Anne W. v. Hess

Prophezeiung
Excidium Babylon

D1671357

Nydensteyn Verlag

Die Autorin

Hinter dem Pseudonym Anne W. v. Hess verbirgt sich eine 1987 geborene Autorin aus Thüringen. Nach einem einjährigen Auslandsaufenthalt und dem Abschluss eines internationalen Studiengangs arbeitete sie viele Jahre in multikulturellen Projekten mit. Ihre Eltern wuchsen im diktatorischen System der DDR auf, ihre Urgroßmutter erlebte beide Weltkriege. Sie selbst ist dankbar für ihr behütetes und sicheres Leben in der Europäischen Union. In dem Wissen, dass Frieden, Demokratie und Freiheit zerbrechliche Güter sind, die vielen verweigert werden, entstand dieses Buch.

Anne W. v. Hess

Prophezeiung
Excidium Babylon

Mysterythriller

Nydensteyn Verlag

Copywrite 2022 © Anne W. v. Hess

Besuchen Sie mich auf Instagram: @anne.hess_autorin

Erstveröffentlichung durch Nydensteyn Verlag

Annemarie Siegler, Winzerstraße 4, 99094 Erfurt

Weitere Informationen unter: nydensteyn-verlag.com

Lektorat:
Carla Mönig Lektorat & Korrektorat

Korrektorat:
Hannah Martina Koinig Lektorat Butterblume

Buchcoverdesign:
Sarah Buhr Covermanufaktur
unter Verwendung von Stockmaterial von zffoto / Shutterstock

Buchsatz
Dena Taherianfar DenaDesigns

1. Auflage - Taschenbuch: ISBN 978-3-00-073180-8
1. Auflage - Softcover: ISBN 978-3-9825096-1-7
1. Auflage - Hardcover: ISBN 978-3-9825096-2-4

Druck und Bindung (Soft- und Hardcover):
Print Group Sp. z o.o., ul. Cukrowa 22, 71-004 Szczecin (Polen)

Triggerwarnung

Die Triggerwarnung enthält mögliche Spoiler zur Geschichte. Aus diesem Grund befindet sie sich auf der letzten Seite des Buches.

In liebevollem Gedenken an meine Urgroßmutter Ida Wilhelmine Hess von Wichdorff. Mögen die Schrecken aus deiner Vergangenheit nicht unser aller Zukunft werden.

Für Lillian, Larissa, Emiliano, Käthe-Klara, Vivian, Scarlett, Kaspar, Arno, Ana Fernanda, Benedikt Samuel und alle Kinder dieser Erde, dass sie in einer geeinten Welt aufwachsen, in der Frieden, Gleichheit, Gerechtigkeit und Freiheit herrscht.

Die Erinnerung ist das einzige Paradies, aus dem wir nicht vertrieben werden können.

— Jean Paul (1763 - 1825), deutscher Dichter

Prolog

Kalter Ausblick

Alé war ihren Verfolgern vorerst entkommen, aber sie wusste, dass es nicht lange dauern würde, bis man sie finden würde. Einzig sie war übrig, und ihr blieb wenig Zeit. Dennoch stand sie still, unbeirrt durch die feinen Regenperlen, die ihr Gesicht entlangliefen, und horchte mit angehaltenem Atem in die Nacht hinein. Eine dicke Wolke schob sich vor die schmale Mondsichel und raubte der Nacht das letzte Licht. Der steinige Weg zum Haus, eben noch schwach vom Mond beschienen, verschmolz nun mit der Dunkelheit. Im Schutz des Gewittersturms schlich sie weiter voran, nur wenige Meter trennten sie davon, entdeckt zu werden. Aber sie konnte nicht warten, denn das eine, das sie befürchtet hatte, war eingetreten: Krieg drohte. Im Hämmern des Regens hörte sie bereits das vermeintliche Geschützfeuer, im Donnergrollen die Bomben. Im Schatten hatte ihr Gegner seine Truppen in Stellung gebracht und war wie ein Blitz auf sie alle niedergefahren. Sein Angriff stand unmittelbar bevor, doch ihre Bestrafung würde dem zuvorkommen - Finsternis. Zu lange hatte sie tatenlos zusehen müssen, doch heute war sie endlich in den Besitz eines *Féth* gekommen. Der Preis dafür war hoch gewesen, denn Neve hatte das gleiche Schicksal wie viele Bucklers vor ihr ereilt. Dieses Opfer hatte Alé hierhergebracht, und sie würde nicht riskieren, dass es umsonst war. Noch einmal hielt sie inne und vergewisserte sich, dass keiner sie entdeckt hatte, erst dann wandte sie sich der Tür zu. Mit dem kleinen Schlüssel versuchte sie in der Dunkelheit das Schloss zu treffen. Jäh durchschnitt das leise, kratzende Geräusch von Metall auf Metall die Nacht. Wassertropfen fielen unentwegt auf die Fußmatte, bis die Tür endlich aufsprang. Drinnen war nichts als Schwärze, und ein mulmiges Gefühl ließ sie ein letztes Mal die frische Nachtluft einatmen. Einen weiteren Moment harrte sie aus, dann betrat sie langsam das stille Haus. Ihr einsames Eintreten begleitete ein Knarren der Dielen, unweit ihrer eigenen Position. Eine schnelle Bewegung folgte, dann ihr erstickter Schrei, bevor die Tür zurück ins Schloss fiel und der Wind aufheulte.

1

Anfang vom Ende

London Six Ravens Pub, 18.01.2019

Südlich der Themse lag seit Generationen ein Pub mit dunkler Holzvertäfelung, mit tiefrotem Samt bezogenen Bänken und langem Tresen. Üblicherweise zog es in die behagliche Lokalität nur Einheimische und Pendler, die es sich zum Feierabend in geselliger Runde bequem machten. An diesem Abend war es aber um die heimische Gemütlichkeit geschehen, denn eine Meute von Touristinnen und Junggesellen hatte die Bar in Beschlag genommen. Der Pub war überfüllt mit Menschen, deren Lautstärke man bis zum Borough Market hörte. Die Atmosphäre war ausgelassen, und der rasche Ausschank von Alkohol heizte die Stimmung weiter an. Eng gedrängt standen oder saßen die Gäste in dem vollgestopften Gastraum, erzählten und lachten.

Dennoch gab es einen freien Barhocker, den sich niemand traute zu besetzen, denn daneben saß ein hellblonder Hüne. Der

Mann, der einem Wikingerkrieger ähnelte, hatte eine kräftige, athletische Statur. Im gut geschnittenen Gesicht des Wikingers fiel zuerst die außergewöhnliche Augenfarbe auf, ein Mix aus Tiefblau und Smaragdgrün. Das dunkle Blau verlief als Ring um seine Pupillen herum, bevor es fließend in ein strahlendes Grün überging. Neben dem linken Auge hatte er eine kleine, horizontale Narbe. Diese und sein Dreitagebart verliehen ihm eine martialische Ausstrahlung. Alles in allem war sein Äußeres zu gleichen Teilen einschüchternd wie gutaussehend und hielt jeden auf Abstand - bis auf eine junge, attraktive Frau mit locker verknoteten rot gefärbten Haaren. Sie hatte den Krieger eine Weile aufmerksam beobachtet, bevor sie selbstbewusst zu ihm hinüberging. Unter den Blicken ihrer Freundinnen zwängte sie sich zwischen den Wikinger und den letzten freien Barhocker, prostete ihm zu und versuchte gleich, mit ihm zu flirten. Zur Überraschung ihrer Freundinnen schien er darauf einzugehen.

Eine Weile amüsierten sich die beiden miteinander, bis ein junger Mann an der Bar erschien. Mit einem quietschenden Geräusch zog er den letzten freien Barhocker über die Fliesen zurück und ließ sich darauf fallen. Seine Ankunft unterbrach den Flirt, und beide wandten die Köpfe genervt in Richtung des Störenfrieds. Nur einen kurzen Blick warf die Frau auf den jungen, dunkelhaarigen Mann mit weißen Schläfen, der einem Wolf glich und geradezu lauernd auf dem Barhocker neben ihr saß. Intensive graue Augen taxierten den Wikinger mit einem durchdringenden Blick, wobei die dichten, tiefschwarzen Wimpern aus dem hellen, kantigen Gesicht herausstachen. Der Ausdruck dieser Augen konnte einen Menschen in seinen Bann ziehen oder ins Mark erschüttern, aber niemanden ließ er kalt. Bei der Rothaarigen stellten sich bei dem beunruhigenden Gebaren des Wolfes die Nackenhaare auf, und sie drehte sich sofort wieder weg. Indes starrte der Wikinger regungslos zum Wolf zurück und ließ ihn keine Sekunde aus den Augen, während sich seine Oberarmmuskeln gefährlich strafften. Vor Anspannung fing die Luft förmlich an zu vibrieren, und dann, genauso plötzlich wie es begonnen hatte, löste sich das Unbehagen wieder auf. Wortlos wendete sich der Wikinger ab und seinem Bier zu. Erleichtert, dass sich die Situation friedlich beruhigt hatte, versuchte die attraktive Frau, das Gespräch mit ihrem Flirtpartner neu zu beginnen. Aber der schien sie komplett vergessen zu haben, und nachdem die Frau ein paar Minuten vergebens gewartet hatte, ging sie entmutigt zu ihren Freundinnen zurück.

Ihren Abgang bemerkte der Wikinger nicht, stattdessen schwenkte er betont gelangweilt den Rest Bier in seinem Glas und sagte, ohne sich erneut dem Wolf zuzuwenden: »Zwei Stunden zu spät, das ist selbst für dich ein Rekord.«

Mit einer flinken Handbewegung machte der Wolf den gestressten Barkeeper auf sich aufmerksam, bestellte ein Glas, vier Schnäpse und einen neuen Krug Bier. Nachdem der Barkeeper kurz darauf das Bestellte mit einer schwungvollen Geste abgestellt hatte, ergriff der Wolf den Krug und schenkte ein. Noch in der Bewegung drehte er sich langsam in Richtung der entmutigten Rothaarigen um, die bei ihren Freundinnen angekommen war. Während sich ein süffisantes Grinsen auf seinem Gesicht ausbreitete, wandte er sich wieder seinem Nachbarn zu. »Es ist ja nicht so, als hättest du keine charmante Gesellschaft gehabt, Bruder. Wahrscheinlich wäre es besser gewesen, wenn ich mir noch etwas mehr Zeit gelassen hätte.«

Nun fiel dem Wikinger die attraktive Frau wieder ein. Mit einem schnellen Blick musste er aber feststellen, dass sie verschwunden war. Böse blickte die gesamte Frauengruppe die beiden Männer an, bevor sich alle betont kühl wegdrehten. Unweigerlich musste der Wikinger anfangen zu lächeln, und mit einem Ruck schloss er seinen Bruder in eine bärengleiche Umarmung. Diese beendete er mit einem etwas härteren Klopfen als notwendig auf dessen Rücken und einem spielerischen Stoß in die Rippen. Anschließend wurden beide ernst, sie schwiegen kurz, bevor sie die Schnapsgläser vom Tresen nahmen. Stumm prosteten sie einander zu und tranken in einem Zug aus. Gleich darauf nahmen sie jeweils den zweiten Schnaps in die Hand, prosteten in Richtung der Decke und sagten gemeinsam mit fester Stimme: »Happy Birthday Mom.« Der heutige Abend war ein trauriges Ritual, daher verliefen die Bewegungen vom Ergreifen der Gläser bis zum Trinkspruch synchron. Erneut verfielen sie in Schweigen, beide vertieft in Erinnerungen.

Einst waren die Brüder unzertrennlich gewesen und in ihrer äußeren Erscheinung sowie in Mimik und Gestik kaum zu unterscheiden. Aber nach dem schlagartigen Tod ihrer Eltern vor über einem Jahrzehnt hatten sie sich selten gesehen, und ihre Ähnlichkeit war verblasst. Heute war die einzige Gemeinsamkeit ihre auffallende Körpergröße von über einem Meter neunzig.

»Wo hast du dich die letzten Monate rumgetrieben?«, fragte der Wikinger nach einer Runde Whisky plötzlich in ernstem Tonfall. Weil der Wolf auch nach einer langen Pause nicht antwortete, stellte der Wikinger in gedehntem, lässigem Ton weitere Fragen. »Wie geht es voran? Bist du endlich fertig geworden mit was-auch-immer-du-vorhast?«

»Mhm«, kam die undefinierte Erwiderung des Wolfes, während er sich einen großzügigen Schluck vom Bier genehmigte.

Mit einem Blick auf seinen Bruder bestätigte sich die Vermutung des Wikingers, dass er erneut keine klare Aussage erhalten würde. Er hatte es auch nicht erwartet, denn diese Art von Fragen hatte er ihm in den letzten Jahren immer wieder gestellt und viele ausweichende Antworten erhalten, ohne je die Wahrheit zu erfahren. Wenn er seinen Bruder jetzt ansah, fiel es ihm schwer, den Jungen von damals zu erkennen. Seit dem Tod ihrer Eltern wirkte der Wolf immerzu gehetzt, getrieben von Dämonen, die nur er sehen konnte, und selten kam der Junge von damals wieder zum Vorschein.

In der Hoffnung, so das Gespräch ins Rollen zu bringen und vielleicht doch noch irgendwelche Erkenntnisse zum Leben seines Bruders zu erlangen, stellte der Wikinger ihm eine letzte Frage: »Wie geht es Ale?«

Hierauf fing der Wolf an zu lachen und wirkte für einen kurzen Augenblick wie ein verliebter Welpe. »Du sprichst ihren Namen aus wie das Bier. Sie heißt aber *Alé*, nicht *Ale*.«

Dabei legte der Wolf die Betonung auf ein kurzes *A*, gefolgt von einer Sprechpause zur Verdeutlichung der Trennung vom lang gesprochenen *lé*.

»Vielleicht hätte ich mittlerweile gelernt, wie ich ihren Namen richtig ausspreche, wenn du sie mir mal vorgestellt hättest. Obwohl ich mir sicher bin, sie hätte mir ihren richtigen Namen genannt«, erwiderte der Wikinger in einem spöttischen Ton. Über die Jahre hatte er herausgefunden, dass sein Bruder ebenso oft ihn wie auch diese Frau besuchte. Wenngleich der Wolf Alé seit fast fünfzehn Jahren kannte, hatte er sie ihm nie vorgestellt oder irgendwelche nennenswerten Fakten über sie verraten. Auch jetzt schwieg sich der Wolf weiter aus, daher fragte er erneut:»Also? Wie geht es deiner Kleinen? Erträgt sie dich noch?«

»Nur noch bedingt«, antwortete der Wolf lakonisch. Dann fuhr er sich mit den Händen rau über sein Gesicht, bevor er mit einem gequälten Lächeln schnell weitersprach.»Sie verlangt etwas, wovon ich überzeugt bin, dass es ihr Verderben sein wird. Nur hört sie nicht auf mich, und wenn ich es ihr verweigere, dann war's das.«

Als der Wolf bei den letzten Worten hochblickte, sah er das Grübeln in den Augen seines Gegenübers. Das Thema hatte ihn seit Tagen nicht in Ruhe gelassen, und so war es zu diesem ungewöhnlich offenen Bekenntnis gekommen.

»Ich bräuchte schon ein paar mehr Informationen«, sagte der Wikinger bedächtig. Die kryptische Aussage und sein fast schon verzweifelt wirkendes Verhalten passten nicht zu dem sonst so beherrschten Wolf, der jedes Wort, jeden Schritt abwägte.

»Keine Ahnung, ich weiß auch nicht«, sagte der Wolf ausweichend, und zum ersten Mal seit langem wünschte er sich schmerzlich den Rat seines Bruders. Trotzdem brachte er es nicht über sich, offen mit ihm darüber zu sprechen, daher schüttelte er die Gefühle ab. Hörbar räusperte er sich und beendete das Thema endgültig.»Nicht heute. Ich hätte nicht davon anfangen sollen. Es ist nicht der richtige Ort und die Zeit dafür. Wie wäre stattdessen eine neue Runde Whisky, und dein Verhör führst du dann die nächsten Tage fort? So schnell wirst du mich diesmal nicht wieder los.«

In dem Bewusstsein, dass der Blick seines Bruders weiterhin auf ihn gerichtet war, drehte sich der Wolf zur Bar und versuchte, eine neue Bestellung zu platzieren. Noch einen Moment länger musterte ihn der Wikinger, als wollte er ihn durchleuchten. Das hatte er bereits als Kind getan, denn er besaß ein natürliches Talent dafür, die Körpersprache von Menschen zu lesen. In den letzten Jahren hatte der Wikinger seine Fertigkeiten der

Verhaltensanalyse nahezu perfektioniert, er war im Stande, die kleinsten, unbewussten Signale des Körpers zu deuten. So war es ihm möglich, die besten Lügner anhand von winzigen Gesten und Regungen zu enttarnen. Sein jüngerer Bruder war da keine Ausnahme, obwohl er es gut verstand, die Reaktionen seines Körpers abzuschwächen. Aber der Wikinger brauchte sich keine Mühe zu geben, den Jüngeren zu analysieren, denn er wusste, dass er darauf vertrauen konnte, dass dieser ehrlich zu ihm war. Das Versteckspiel des Wolfs war für jedermann sonst gedacht, nicht für ihn. Wenn er ihm etwas verheimlichen wollte, dann schwieg er sich einfach aus, und der Wikinger respektierte das. So gab es viele Aspekte im Leben seines Bruders, die er nicht kannte. Umso mehr freute er sich darüber, womöglich in den nächsten Tagen mehr zu erfahren. Daher ließ der Wikinger das Thema mit einem knappen Kopfnicken fallen und stellte eine andere Frage:»Was ist mit deinem Arm geschehen?«

Bei den Bestellversuchen des Wolfes hatte sich der rechte Ärmel des Pullovers nach oben geschoben, woraufhin ein schlecht gewickelter Verband am Unterarm zum Vorschein gekommen war. Augenscheinlich war dieser nicht von einem Arzt angelegt worden und darüber hinaus fleckig von geronnenem Blut. Obwohl der Wikinger nur ein paar Monate älter war als sein Bruder, hatte er schon früh die Rolle seines Beschützers übernommen. Er machte sich andauernd Sorgen um ihn, auch heute noch.

»Ach das«, winkte der Wolf unbekümmert ab und gab seinen Versuch auf, neue Getränke zu bestellen.»Der Strom im Cottage ist wieder ausgefallen, und ich bin durch die Glastür vom Flur in die Küche gestolpert. Wir sollten vielleicht im Frühjahr mal hochfahren und beides reparieren.«

Der Wikinger war verblüfft über den Vorschlag, zum alten Haus in Northumberland zu fahren. Anscheinend plante sein Bruder zum ersten Mal seit Jahren einen mehrmonatigen Aufenthalt in London. Mit einem demonstrativen Blick auf den schlecht sitzenden Verband sagte er aber bloß:»Können wir gerne machen, wenn du vorher nicht an einer Blutvergiftung krepierst.«

»Das geht schon wieder! Du hättest mal vor zwei Tagen sehen sollen, wie das Blut gespritzt ist. Ich war mir kurzzeitig nicht sicher, ob ich das überlebe«, sagte der Wolf, während sein Bruder die Augenbrauen hochzog. »Wenn du mir nicht glaubst: Im Cottage liegt der Haufen blutdurchtränkter Handtücher. Aber ich warne dich, der Anblick ist nichts für schwache Mägen.«

»Wenn du dich so sehr um meine Reaktion sorgst, dann solltest du vorfahren und in Ruhe putzen. Ich komme dann zur Abnahme mit ein paar Bier vorbei«, gab der Wikinger lax zurück.

»Ach, das ist nicht nötig, das solltest du schon schaffen. Die Handtücher liegen bereits in der Wäschetrommel und warten nur noch auf den Strom«, sagte der Wolf mit einem Grinsen, und der Wikinger quittierte das nur mit einem Schnauben.

Endlich hatte es der Wolf geschafft, den Barkeeper auf sich aufmerksam zu machen, als sich die Tür des Pubs öffnete und ein eisiger Wind durch den Raum zog. Der Luftzug machte den Wikinger auf die neuen Gäste aufmerksam, die sich zu dritt in den überfüllten Raum drängten. Die Neuankömmlinge waren frühere Kameraden des Wikingers, und spontan verdreifachte er die Bestellung.

»Ist das dein Versuch, mich zum Reden zu bringen?«, fragte der Wolf skeptisch.

»Mir fallen effektivere Methoden ein, dich zu verhören, aber das ist nicht der Grund. Siehst du die drei Männer?«, fragte der Wikinger mit einer leichten Kopfbewegung in Richtung der Tür.

»Ja«, antwortete der Wolf knapp und sah, wie sich die Männer den Weg zu ihnen bahnten. »Freunde?«

»Ehemalige Kameraden, und sie trinken gerne, daher werden wir sie sicher nicht so schnell wieder los«, erläuterte der Wikinger. »Was soll ich ihnen erzählen, wer du bist?«

»John Baker – du weißt schon, der Typ aus unserer Grundschule. Sag, ich wäre zu Besuch und würde ein paar Tage auf deiner Couch pennen«, antwortete der Wolf, ohne sich an der bizarren Frage zu stören.

Der Wikinger nickte kurz und wandte sich den drei Männern zu. Es folgte eine dröhnende Begrüßung mit flüchtiger Vorstellung von *John Baker* gegenüber Liam, Jason und Robert. Alle drei Corporals der britischen Armee und weitaus mehr an den Frauen im Pub interessiert als an irgendwelchen tiefgehenden Gesprächen mit den zwei Männern. Sofort ergatterten die Unteroffiziere einen kleinen Tisch in der Nähe der Touristinnen, und wenig begeistert setzten sich die Brüder dazu. Mit der gleichen Zielstrebigkeit überredeten die drei Männer die Touristinnen zu einer Runde Schnaps. Hierbei stellte sich heraus, dass allesamt Anglistik-Studentinnen aus Malta waren. Der Teil der Frauen, die nicht bereits mit der Junggesellentruppe verbandelt war, nahm nur allzu gern das Angebot an, mit den fünf Männern zu feiern. Innerhalb der nächsten Stunde wurde ausgiebig getrunken, gelacht und um das weitere Interesse der Frauen rivalisiert. Besondere Beachtung schenkten die Malteserinnen aber nur den Brüdern; sie flirteten maßlos, um ihre vorherige ›Niederlage‹ wettzumachen. Liam, dem das nicht entgangen war, zog alle Register, um in ihrer Gunst zu steigen. Weil das aber nicht so einfach war, begann er, die düstere Geschichte des berüchtigten East-End-Mörders Jack the Ripper zum Besten zu geben. Dabei achtete er darauf, die Erzählung so lebendig wie möglich zu gestalten, ohne die Frauen allzu sehr zu verschrecken. Mittlerweile hatte sich die hübsche Rothaarige auf die Stuhllehne des Wikingers gesetzt und erschauderte gespielt heftig bei jeder sich bietenden Gelegenheit. Nur allzu gern ließ sich der Wikinger auf das Spiel ein und nahm sie in den Arm, als die Geschichte ihren Höhepunkt erreichte. Bei dem Anblick amüsierte sich der Wolf köstlich und registrierte, dass neben der Rothaarigen zwei weitere Zuhörerinnen ihr Schaudern dramatisierten. Er selbst tauschte einen belustigten Blick mit seiner unerschrockenen, brünetten Nachbarin aus und bestellte mit einem Grinsen weitere Krüge Bier. Robert und Jason übernahmen es jetzt, mit Spekulationen zur Identität des Mörders und verschiedenen Verschwörungstheorien die Stimmung weiter anzuheizen. Nun verlor der Wolf endgültig das Interesse an der Unterhaltung und blickte sich ungeduldig nach der nächsten Runde um. Da die Bestellung auf sich warten ließ, checkte er gelangweilt sein Smartphone. Als die Bierkrüge endlich gebracht wurden, starrte der Wolf unverwandt auf den kleinen Bildschirm. Auf die mehrfachen Versuche des Barkeepers, ihn abzukassieren, reagierte er nicht, und so beglich sein älterer Bruder kurzerhand die Rechnung. Großzügig schenkte der Wikinger allen nach, auch, um von dem seltsamen Verhalten seines Tischnachbarn abzulenken.

Als er seinem Bruder eingießen wollte, legte dieser plötzlich die flache Hand auf sein Glas und steckte sein Smartphone wieder in die Hosentasche.

»Ich brauche frische Luft«, sagte der Wolf und stand hastig auf. »Kommst du mit?«

Durch den plötzlichen Stimmungswechsel alarmiert, zögerte der Wikinger keine Sekunde und stand ebenfalls, etwas schwankend, auf. Der Wolf hatte sich bereits in Bewegung gesetzt und verließ vollkommen geradlinig den Pub. Auch die Rothaarige und die kecke Brünette machten Anstalten, sich zu erheben, aber der Wikinger hielt sie zurück.

»Hey, bestellst du noch eine Runde Schnaps für uns alle?«, fragte er mit einem Zwinkern und gab der Rothaarigen einen Schein. »Wir sind gleich zurück.«

Ohne auf ihre Antwort zu warten, wendete er sich ebenfalls dem Ausgang zu. Beim Gehen hörte er, wie Liam erneut über den Ripper zu philosophieren begann, aber diesmal schlug das Thema nicht ein, und die Studentinnen fingen an, in Malti zu wispern.

2

Blinder Schwur

Der Mond stand hoch, und der Wind fegte jäh durch die Gassen, als der Wolf aus dem Pub nach draußen trat. Augenblicklich fiel alle Maskerade von ihm ab. Wie ein getriebenes Tier drehte er auf der Straße seine Kreise. Er holte sein Smartphone wieder hervor und öffnete die E-Mail, die ihn soeben aus der Bar gejagt hatte. Darin enthalten waren die neusten GPS-Messungen und Satellitenbilder vom Gebiet um den Eyjafjöll-Gletscher in Island. Die Daten zeigten schockierende Veränderungen an der Oberfläche des Vulkans, wobei am gravierendsten die zwei Komma fünf Zentimeter große Krustenausdehnung an der Südseite war. Diese hatte sich innerhalb der letzten sechs Stunden ergeben und wurde begleitet von unzähligen leichten, aber stetigen Erdbeben. Derzeitig waren die Erschütterungen in dem Gebiet zu gering, um sie zu spüren, aber sie würden zunehmen, bis es schließlich zur Eruption kommen würde. Verschiedene Experten warnten seit Jahren davor, dass ein erneuter Vulkanausbruch des Eyjafjallajökull innerhalb der nächsten Jahrzehnte unausweichlich wäre. Damit stimmte auch der leitende Vulkanologe Prof. Dr. Jónsson in seinem neuesten Bericht überein. In seinen inoffiziellen Berechnungen schätzte er, dass es im Herbst oder spätestens Winter dieses Jahres zur Katastrophe kommen würde. Seine Feststellungen lagen bisher nur seinen Vorgesetzten vor – und dem Wolf. Letzterer war kein Experte auf dem Gebiet, aber er hatte ein großes persönliches Interesse an dem Thema. Daher hatte er sich illegalen Zugriff auf die Daten der zuständigen Abteilung für Vulkanologie der Universität Island, des örtlichen Wetteramts sowie auf die Rechner der führenden Wissenschaftler verschafft. Jetzt blickte er auf die aktuellen Daten, aufgezeichnet und übermittelt von verschiedenen Messgeräten in der Umgebung des Gletschers. Alle Indikatoren waren eindeutig und ließen nur die eine Schlussfolgerung zu: Der Eyjafjallajökull würde in den nächsten Tagen ausbrechen. Bald würde die vollständige Evakuierung der Bezirke in der unmittelbaren Umgebung des Vulkans die Menschen aus dem Schlaf reißen. Kurz darauf würde eine Warnung für den gesamten Luftverkehr erlassen, die zu seiner zeitweiligen Einstellung führen würde. Die entstehende Kettenreaktion sollte als Grundlage und Deckmantel für das geheime Vorhaben des Wolfs dienen. Soweit verlief alles nach Plan, das einzige Problem war das Timing. Der Vulkanausbruch setzte fast ein dreiviertel Jahr zu früh ein und zwang ihn deshalb zu einer überstürzten Entscheidung. Eine Entscheidung, die das Leben aller Menschen verändern würde.

Er atmete tief durch, schloss die Augen und konzentrierte sich auf das Problem. Was musste noch getan werden? Die Frage war einfach zu beantworten, denn die meisten Vorbereitungen waren bereits abgeschlossen bzw. konnten innerhalb der nächsten zwei Tage beendet werden. So gesehen, stand der Umsetzung des Plans nichts entgegen, trotzdem zögerte er. Wenn sie herausfanden, wer er war und was er getan hatte, würden sie ihn jagen. Ihn und alle anderen, die daran beteiligt waren. Sie alle waren sich dessen von Anfang an bewusst gewesen und hatten entsprechende Vorbereitungen getroffen. Bereits jetzt war der Großteil der Bucklers in Sicherheit, nicht aber Alé – und dieser Gedanke war es, der ihn zögern ließ.

Erst vor ein paar Tagen hatte Alé ihn vor vollendete Tatsachen gestellt und ihm gesagt, dass sie an Tag X mitkommen würde. Das war der Grund für ihren Streit gewesen, denn sie hatte keinen Zweifel daran gehabt, dass sie an seiner Seite sein würde und sie gemeinsam die letzte Phase durchführen würden. Aber er hatte andere Pläne und wollte sie in Sicherheit wissen. Er hatte versucht, es ihr auszureden, aber sie hatte nichts von seinen Warnungen hören wollen. Alé war stur geblieben, und am Ende waren sie zum ersten Mal im Streit auseinandergegangen. Nun hatte der Wolf ohnehin keine Zeit mehr, sie aufzusuchen und mitzunehmen. Seine Gedanken überschlugen sich, während er hin- und hergerissen war. Seit Jahren hatte er sich auf diesen Moment zubewegt, aber nun, wo es so weit war, wusste er nicht, ob er es durchziehen konnte. Ihm war bewusst, dass seine Bedenken nichts mit dem eigentlichen Vorhaben zu tun hatten, sondern einzig und allein mit Alé. Schon zuvor hatte er vor allem deshalb gezweifelt, weil sein Handeln sie in Gefahr bringen würde. Er zögerte, obwohl er wusste, dass die Zeit drängte. Zudem erhöhte jede Sekunde, die verging, die Gefahr, geschnappt zu werden, bevor der Plan überhaupt in die Tat umgesetzt sein würde. Nur allein für den Versuch würde man sie alle ohne Verhandlung wegsperren und den Schlüssel wegschmeißen, da war er sich sicher.

Seine Unentschlossenheit hämmerte nun wie ein Presslufthammer durch seinen Kopf und verstärkte seine Panik. In einer endlosen Spirale wirbelte sein Gehirn widersprüchliche Gedanken auf, die ihn langsam an den Rand des Wahnsinns trieben. Um nicht den Verstand zu verlieren, suchte er nach einer friedlichen Erinnerung, und er dachte an den Morgen vor fast fünfzehn Jahren zurück, als er Alé im Park unter einem knochigen Baum zum ersten Mal erblickt hatte. Bei dem Bild verschwand für kurze Zeit die Angst, und Wärme durchflutete ihn. Doch das Gefühl hielt nicht lange an, Schmerz und Verzweiflung verdrängten es, denn am selben Tag hatte er erfahren, dass seine Eltern ums Leben gekommen waren. Damit hatte alles seinen Anfang genommen. Doch heute bestand die einmalige

Gelegenheit, eine neue, sichere Zukunft für alle einzuleiten. Nur die Entscheidung darüber zerriss ihn förmlich, genau wie seine Gefühle bei der Erinnerung an diesen Tag.

»Ey! Was zur Hölle ist in dich gefahren?«, spie der Wikinger aus. Er hatte den Wolf ein paar Minuten beobachtet, bevor er es schaffte, ihn anzusprechen. Das Verhalten seines Bruders erinnerte ihn bitter an den Tag, an dem sie vom Tod ihrer Eltern erfahren hatten. Wie heute war er auch damals mit schmerzverzerrtem Gesicht auf und ab gelaufen, ohne seine Umgebung wahrzunehmen. Zutiefst beunruhigt forderte er deshalb seinen Bruder erneut zum Sprechen auf: »Sag mir, was los ist!«

Die Stimme des Wikingers riss den Wolf aus seinem Wahn, und ein Gedanke schoss unvermittelt durch seinen Kopf: Sein Bruder würde Alé an seiner statt beschützen *können,* und er traf seine Entscheidung augenblicklich.

»Ich brauche deine Hilfe. Du bist der Einzige, der mir helfen kann«, sagte der Wolf nachdrücklich, während er unbemerkt ein rechteckiges, blaugraues Metallkästchen aus der Hosentasche fischte. Es war klein wie ein Sturmfeuerzeug und sah auch so aus, aber es war viel schwerer. Es handelte sich dabei um einen sogenannten Féth, durch den es möglich war, kurze, verschlüsselte Alarmierungsrufe zu versenden, ohne auf herkömmliche – und zumeist unsichere – Kommunikationssysteme zurückzugreifen. Aber das war nicht seine primäre Funktion, denn mit dem Féth konnte eine kleine, undurchdringliche Kuppel generiert werden. Diese lenkte Lichtwellen so ab, als wären sie nie mit dem geschaffenen Feld in Berührung gekommen. Die Personen innerhalb der Kuppel waren somit unsichtbar, unhörbar und unantastbar. Im Geheimen hatte der Wolf die erste und einzige vollumfängliche Tarnkappen-Technik entwickelt, die er nun benutzte, um sie beide zu verbergen. Hierzu drückte er den Féth entlang eines feinen Spalts an der schmalen Seite des Rechtecks unauffällig auseinander. Statt vier Ecken hatte dieser nun acht und die Form eines regelmäßigen Sterns. Nachdem er eingerastet war, fuhr eine dünne, kurze Nadel aus der Mitte heraus. Der Wolf drückte seinen Daumen darauf und spürte ein kleines Stechen. Es ertönte ein Klicken, dann umschloss ein leichtes, rötliches Flackern die Brüder und erlosch sofort wieder. Einen Lidschlag später wirkte alles wie zuvor, nur der Lärm des Pubs war gedämpft. »Beruhige dich. Ich werde dir helfen. Zusammen bekommen wir das hin. Was ist los?«, fragte der Wikinger auf die eindringlichen Worte seines Gegenübers. Er ließ sich dabei nicht anmerken, ob er das seltsame Ereignis registriert hatte oder nicht.

»Du musst schwören, mir zu helfen«, erwiderte der Wolf, und bei der Aufforderung überschlug sich seine Stimme geradezu. Er wusste, dass es ungerecht war, jemandem einen Schwur abzuverlangen, ohne die Bedingungen dafür offenzulegen, aber er sah keinen anderen Ausweg.

Nochmals zögerte der Wikinger keine Sekunde und willigte ein. Bereits als kleine Jungen hatten sie immer aufeinander achtgegeben, so wie ihr Vater es ihnen vorgelebt hatte. Die Familie stand bei ihm immer an erster Stelle. »Ich schwöre es dir. Was brauchst du von mir?«

»Du musst dich für mich um Alé kümmern. Ich kann sie nicht schützen, und wenn die falschen Leute auf ihre Spur kommen, wird es sie das Leben kosten.« Der Wolf war versucht zu ergänzen, dass bald jeder auf dem Planeten nach ihnen suchen würde, unterließ es aber. Es würde mehr Fragen aufwerfen, und er konnte jetzt schon keine davon beantworten.

»Es geht also um sie«, murmelte der Wikinger mehr zu sich selbst als zu seinem Gegenüber, dann fragte er in normaler Lautstärke: »Wer sucht nach ihr und warum?«

»Es ist wichtig, dass du verstehst, dass diese Leute vor nichts und niemandem haltmachen werden, bis sie uns gefunden haben«, sagte der Wolf ernst. »Es ist gefährlich, aber ich würde dich nicht darum bitten, wenn es einen anderen Weg gäbe. Ich muss wissen, dass sie in Sicherheit ist. Ich kann sie nicht verlieren.«

»Sie suchen euch beide?«, fragte der Wikinger. Anstatt ihm zu antworten, wurde der Wolf wieder unruhig und blickte sich um. Die Militärausbildung des Wikingers erlangte die Oberhand, und er sondierte die Lage, aber bis auf die Gäste im Pub war die Umgebung verlassen. »Ich brauche mehr Informationen. Wer sucht euch?«

Abermals ignorierte der Wolf seine Frage: »Wirst du mir helfen, Bruder?«

»Ich werde ein paar Gefallen einfordern, und morgen seid ihr beide unauffindbar. Danach kümmern wir uns um diese Leute«, sagte der Wikinger, während er seine Bestätigung durch ein Nicken bekräftigte. »Also sag mir, wer sind diese Leute, und was wollen sie von euch?«

»Nein, du kannst keinen in die Sache involvieren! Du kannst niemandem vertrauen! Kein Mensch darf hiervon erfahren! Es ist wichtiger als jemals zuvor, dass unsere Verwandtschaft, meine Identität und besonders die Verbindung, die zwischen uns dreien besteht, geheim bleibt. Verstehst du?«, sagte der Wolf mit Panik in der Stimme.

»Ehrlich gesagt verstehe ich es nicht, nichts von alledem.« Der Wikinger packte den Wolf an den Oberarmen, um ihn von weiterem Kreiseziehen abzuhalten. »Du musst mir vertrauen und mir sagen, was passiert ist. Und du hast mir immer noch nicht erklärt, wer euch eigentlich bedroht.«

»Du weißt, dass ich dir vertraue, aber ich kann dir nicht mehr erzählen«, sagte der Wolf eindringlich und befreite sich aus seinem Griff. »Ich kann auch nicht hierbleiben.«

»Du kannst nicht hierbleiben? Warum nicht? Wohin gehst du schon wieder?«, fragte der Wikinger und wurde jetzt ungehalten. Der Alkohol und die lange Nacht, die Anspannung der letzten Minuten und die andauernde Heimlichtuerei seines jüngeren Bruders forderten langsam, aber sicher ihren Tribut: »Ich brauche Antworten!«

»Ich kann dir keine geben. Und ich werde es nicht riskieren, dich mehr in diese Sache reinzuziehen als notwendig«, gab der Wolf entschlossen zurück. »Wenn alles gewaltig schiefläuft, dann ist deine Unwissenheit das Einzige, das dich schützen kann, und das Einzige, das auch den Rest von uns schützt.«

»In was für eine Scheiße hast du euch da reinmanövriert? Was hast du getan? Sprich endlich mit mir! Du sagst, du kannst sie nicht verlieren, dann tue es nicht. Bleib hier«, sagte der Wikinger und sah, dass der Wolf in seiner Entscheidung schwankte, daher sprach er weiter auf ihn ein: »Was auch immer es ist, du musst das nicht tun. Gemeinsam können wir das regeln, als Brüder. Nur bleib hier, und hilf mir.«

Verunsichert überlegte der Wolf erneut, ob der Plan es wirklich wert war. Wenn er bleiben würde, dann würde nichts geschehen. Der Augenblick würde verstreichen, und die Welt würde sich wie gewohnt weiterdrehen. Keiner wäre in Gefahr, nicht Alé, nicht sein Bruder und auch nicht der Rest. Sie alle wären in Sicherheit. Das war ein alternativer Weg, und er hatte schon oft über ihn nachgedacht. Aber er hatte den Gedanken immer gleich wieder verworfen. Jetzt zweifelte er ernsthaft daran, was richtig war und was nicht. Der Wikinger spürte seine Verunsicherung und glaubte für einen Moment, ihn umstimmen zu können. Da öffnete sich die Tür des Pubs und ein schrilles Gackern war zu hören. Obwohl der Féth die Geräusche aus der Umgebung dämpfte, ging der Laut bis ins Mark und wirkte beim Wolf wie eine kalte Dusche, die alle Bedenken wegschwemmte. Für ihn gab es keinen anderen Weg. Er wusste: Wenn er bleiben würde, dann wäre dies eine trügerische Sicherheit. Wenn er hierbleiben würde, dann würde sich nichts in der Welt ändern. Kriege und Machtgier würden weiter um sich greifen und irgendwann alles zerstören. Mit neuer Entschlossenheit fragte er noch einmal: »Kann ich auf dich zählen?«

Abwehrend schüttelte der Wikinger seinen Kopf. Er war versucht, seinen Bruder vor die Wahl zu stellen: Entweder du erzählst mir endlich die gesamte Wahrheit, oder ich bin weg. Aber schlussendlich konnte er es nicht. »Dann sag mir, wie? Wie soll ich jemanden beschützen, wenn ich nicht weiß, wovor?«

»Ich verspreche dir, du wirst es erfahren. So lange musst auch du mir vertrauen«, sagte der Wolf, und Erleichterung durchströmte ihn.

Diesmal schüttelte der Wikinger resignierend den Kopf: »Wo finde ich sie? Ich breche gleich morgen auf und hole sie.«

»Du brauchst sie nicht zu suchen, sie kommt zu dir. Sie weiß nichts von den Entwicklungen, aber ich informiere sie. Wenn ihr euch getroffen habt, dann bleibt zusammen. Sie weiß, was zu tun ist«, sagte der Wolf, und während er sprach, formte sich sein Plan in seinem Kopf aus.

»Wie heißt sie? Oder erwartest du, dass ich das allein rausfinde bei meinem Versuch, ein Mädchen zu beschützen, das ich nicht kenne und nicht suchen soll?«, fragte der Wikinger, ohne den Sarkasmus in seiner Stimme zu unterdrücken. Jetzt hielt der Wolf einen Moment inne und überlegte, während der Wikinger ungeduldig vorschlug:»Sag mir einfach ihren Namen, und wenn du das nicht willst, dann lass uns zusammen zu ihr gehen und sie holen.«

Erneut reagierte der Wolf nicht, sondern holte ein geknicktes Polaroid und eine lange, gerissene Halskette mit Anhänger aus seinem Portemonnaie. Mattgolden schimmerte die Kette, die wie der Anhänger erhebliche Altersspuren aufwies. Kurz öffnete der Wolf das kleine, runde Medaillon, das ein Kompass mit schwer lesbarer Gravur im Deckel war. Er klappte es wieder zu und reichte beides seinem Bruder, der das Bild entfaltete und die alte Aufnahme betrachtete. Obwohl eine Schutzhülle das Foto umgab, war es arg ramponiert, und die Farben verblassten zusehends. Auf dem Bild erkannte er seinen etwa fünfzehnjährigen Bruder, der ein zierliches Mädchen an sich drückte, während er breit grinste. Die Unbekannte hatte kurzes, weißblondes Haar, das wild und strubbelig zu allen Seiten abstand, dazu war ein strahlend blaues Auge zu sehen. Viel mehr war von ihr nicht zu erkennen, denn anscheinend hatte sie ihre Hand im Augenblick der Aufnahme hochgerissen und bedeckte so den Großteil ihres eigenen Gesichts. Es waren weder ihre Nase noch ihr zweites Auge und nur ein äußerst kleiner Teil ihres Mundes erkennbar. Zusammen mit der schlechten Farbwiedergabe machte dies die Fotografie praktisch unbrauchbar. Er hätte genauso gut seinen künstlerisch unbegabten Bruder bitten können, sie für ihn zu porträtieren. Das sagte er ihm auch geradeheraus und fügte hinzu:»Das ist Alé? Hast du denn kein aktuelleres Bild von ihr?«

»Ehrlich gesagt nein, wir haben es am ersten Tag gemacht, und es ist das einzige, das ich besitze. Es geht auch nicht darum, dass du ein Bild von ihr hast. Alé wird dich finden und die Sachen von dir zurückverlangen, daran wirst du sie erkennen. Also stehst du zu deinem Wort?«

Mit wenig Begeisterung schaute der Wikinger seinen jüngeren Bruder für einen langen Moment an, bevor er antwortete:»Ja, aber …«

»Gut. Versucht nicht, mich zu finden, sondern verhaltet euch ruhig«, wies ihn der Wolf an.»Es geht nicht darum, den Helden zu spielen, Bruder. Sollte es eng werden, dann flieht. Ich werde euch aufspüren.«

»Wo wirst du hingehen? Wie sorgst du für deine Sicherheit?«, verlangte der Wikinger zu erfahren.

»Mir kann nichts geschehen. Versprochen«, sagte der Wolf und versetzte ihm einen leichten Schlag, um zu kaschieren, wie fadenscheinig sein Versprechen war.

Der Wikinger durchschaute ihn sofort und war schockiert von der offensichtlichen Lüge. »Vergiss es, das läuft so nicht. Der gesamte Plan hat kilometerlange Lücken. So kann es nicht funktionieren. Komm mit mir zurück nach Hause, und wir klären das gemeinsam. Alé wird nichts geschehen! Keinem von uns, wenn du endlich mit der Sprache rausrückst. Lauf nicht weg, stell dich der Sache.«

Gerade als der Wolf zur Erwiderung ansetzte, öffnete sich erneut die Tür des Pubs. Torkelnd kam Liam, gefolgt von weiteren Personen, in ihr Sichtfeld. Der Wolf wandte sich von der Szene ab, um seinen Bruder in eine schnelle, aber heftige Umarmung zu schließen.

»Gib auf dich acht und auf Alé. Ich zähle auf dich. Vergiss nicht, was du mir versprochen hast.« In seiner Hand hielt er erneut den Féth, den er wieder zu einem Rechteck zusammenschob. Abermals war ein leises Klicken zu hören, und die kleine Kuppel, die sie umschlossen hatte, verschwand mit einem rötlichen Flackern sekundenschnell. Unauffällig tauchten die Brüder im Dunkel der Straße wieder auf. Danach drehte sich der Wolf um und floh in die Nacht hinein.

»Hey Evans, da seid ihr ja. Ihr zwei sprengt die Party«, dröhnte Robert, der die Gesuchten gerade erblickt hatte. Hinter ihm stand die komplette Tischgesellschaft zum Aufbruch bereit. »Komm, lass uns weiterziehen, die Nacht ist noch jung.«

»Was ist mit John?«, fragte die kesse Brünette mit verführerischem Akzent und leichter Enttäuschung in der Stimme.

»Weg«, sagte der Angesprochene knapp, »und mir reicht es auch!«

Ohne weitere Erklärung schnappte sich der Wikinger seine Jacke vom Arm der Rothaarigen und verschwand ebenfalls in die mondhelle Nacht hinein. Er hörte, wie die anderen ihm hinterhergrölten und das Schimpfen der Hübschen in einer fremden Sprache. Auch er fluchte innerlich. Aber nicht über das abrupte Ende eines vielversprechenden Abends, sondern über den Schwur, den sein Bruder ihm abgerungen hatte. Wie sollte er ihm oder dieser Frau helfen, wenn er nicht einmal wusste, in welchen Schwierigkeiten sie steckten oder wo sich beide aufhielten. Zutiefst widerwillig realisierte er, dass er zum Abwarten gezwungen war. Unvermittelt flammte in ihm gewaltiger Zorn auf, und in einem Reflex schlug er seine Faust mit voller Wucht gegen eine Hauswand. Sofort durchfuhr ihn Schmerz. Er war sich sicher, dass ihm seine Hand am nächsten Tag, in nüchternem Zustand, noch weitaus mehr wehtun würde, aber das war ihm egal. Der Schmerz hatte ihn innehalten lassen, und er schwor sich in dem Moment, die Wahrheit herauszufinden. Er würde sich an die Anweisung halten und im Geheimen vorgehen, den Rest beabsichtigte er aber auf seine Weise zu regeln. Fest entschlossen erst zu ruhen, wenn beide in Sicherheit sein würden, machte der Wikinger sich mit pochender Hand, schwerem Schädel und ungutem Bauchgefühl auf den Heimweg.

3

Verrat

Brüssel Quartier Européen, 21.01.2019

Mittags um halb zwölf schleppte sich Katharina Frey durch die Rue de la Science zum Brüsseler Büro der Médiateur Européen, einer Außenstelle der europäischen Bürgerbeauftragten. Die Sonne kämpfte sich gerade durch die letzten Wolken, der Tag war jetzt schon schöner als sämtliche Tage der letzten Wochen. Bekleidet mit ihrer schwarzen Skijacke, einer dicken Strumpfhose unter der engen Jeans, dazu passenden Boots, einer roten Wollmütze, die ihre dunklen Locken fast verbarg, und Handschuhen, war Katharina überzeugt gewesen, gut für das Winterwetter gewappnet zu sein. Immerhin hatte sie dieses Outfit unzählige Male in den Alpen gewärmt und sogar bei einem Ausflug nach Sibirien vor ein paar Jahren vor den eisigen Winden geschützt. Aber obwohl ihre zierlichen ein Meter fünfundsechzig dick eingepackt waren, fühlte es sich an, als würde ihr die Kälte unter die Haut kriechen. Widerwillig musste sie sich eingestehen, dass der Grund für ihr Kältegefühl nicht das Wetter oder unzureichende Bekleidung war, sondern ihre fortwährende Grippe. Zähneklappernd lief sie durch die Straßen, während das Thermometer über fünfzehn Grad anzeigte und die meisten Leute einen frühen Hauch von Frühling verspürten. Katharina währenddessen sah aus, als würde sie sich für die nächste Eiszeit wappnen, und sie hatte das Gefühl, dass Passanten sie reihenweise anstarrten. Wie zum Beweis ihrer Annahme entdeckte sie einen jungen Mann, der sich mit offener Jacke auf einer Parkbank sonnte. Er schaute sie amüsiert an, als sie schlotternd an ihm vorüberzog. Sie war versucht, ihm wie ein Kleinkind die Zunge rauszustrecken, hielt sich aber zurück. Schließlich war sie neunundzwanzig Jahre alt, besaß drei Universitätsabschlüsse und sprach fünfzehn Sprachen, sechs davon fließend. Ihr sollte eine bessere Erwiderung einfallen auf den spöttischen Blick des Mannes. Doch stattdessen fühlte sie das Fieber und den Kopfschmerz stärker werden. Die Grippe würde ihre heutige Arbeit unsäglich erschweren, und sie hoffte, dass die Kopfschmerztablette bald ihre Wirkung zeigen würde. Bei einem letzten Blick auf den Mann bemerkte Katharina, dass er sie weiterhin anstarrte, und sie streckte ihm doch die Zunge raus. Sein schockierter Gesichtsausdruck war unbezahlbar und hob ihre Stimmung für ein paar Augenblicke an. So lange, bis sie abrupt auf die Straße ausweichen musste, weil ein älteres Pärchen den gesamten Bürgersteig in Beschlag nahm. Die beiden waren so sehr in ihre lautstarke Unterhaltung vertieft, dass es ihnen nicht einmal aufzufallen schien. Katharina schüttelte den Kopf über so viel Unhöflichkeit, womit eine neue Kopfschmerzwelle einherging, und sie wünschte, sie wäre einfach im Bett liegengeblieben. Aber dafür war es jetzt eindeutig zu spät, daher versuchte sie, auf dem schnellsten Weg ins Büro zu gelangen. Das zeternde Paar entfernte sich schnell in die entgegengesetzte Richtung, trotzdem konnte sie weiterhin jedes Wort verstehen. Die Herrschaften schienen anzunehmen, dass die gesamte Straße nur darauf wartete, ihre Kommentare zum heutigen Flugchaos mitanzuhören.

Obwohl sie ihr Bestes tat, um das Gespräch zu ignorieren, rätselte sie dennoch, ob das Wetter oder ein Streik der Anlass für die vermeintlichen Flugausfälle war. Ersteres war eigentlich als Grund ausgeschlossen, denn es gab weder extremen Schneefall noch Sturm oder Eis, die das planmäßige Abheben oder Landen von Flugzeugen verhindern könnten. Zudem hatte sie keine Berichte über anstehende Streiks gelesen, aber ihre Informationen waren auch nicht auf dem allerneusten Stand. Da sie am Freitag vor drei Tagen plötzlich die Grippe erwischt hatte, war sie ohne Diensthandy und Laptop aus dem Büro gestürmt. Zu Hause angekommen, war sie für ein Erkältungsbad in die Wanne gestiegen, hatte aber nur ein paar Minuten die selige Wärme genießen können. Bald waren winzige Schweißperlen auf ihre Stirn getreten, und ihre Temperatur war hochgeschossen, bevor sie ein Kältegefühl überkommen hatte. Ihr war speiübel geworden, sodass sie schnellstmöglich aus dem Wasser hatte flüchten müssen, und dabei war ihr Smartphone unbemerkt hineingerutscht. Mit letzter Kraft hatte sie das Bett erreicht und bis zum nächsten Morgen durchgeschlafen. Am darauffolgenden Tag hatte sie ihr Smartphone auf dem Grund der Badewanne gefunden, es war natürlich nicht mehr zu retten gewesen. Rückblickend musste sie sich eingestehen, dass es wirklich eine dumme Idee gewesen war, mit Fieber ein Bad zu nehmen. Anstatt sich besser zu fühlen, war es ihr erst richtig elend ergangen. Das restliche Wochenende hatte sie geschlafen oder gedöst und vollkommen abgeschnitten von irgendwelchen Nachrichten gelebt. Erst seit heute hatte sie wieder Kontakt zur Außenwelt, angefangen mit ihrem Weg zum Elektronikgeschäft, in dem sie sich nach einer kurzen Beratung ein neues Smartphone gekauft hatte. Danach war sie eilig zur Arbeit aufgebrochen, unterwegs hatte sie sich keine Zeitung besorgt. Sie wusste also weiterhin nicht, was in der Welt geschah, und somit war ein Streik absolut im Bereich des Möglichen.

Bevor Katharina weiter über das Flugchaos sinnieren konnte, wurde sie von der neuen Praktikantin der Médiateur Européen begrüßt. Ohne es zu bemerken, war sie vor dem Bürogebäude angekommen und wäre wohl vorbeigelaufen, hätte sie die andere Frau nicht angesprochen. Die Praktikantin hieß Ella Novak und war eine Studentin Anfang Zwanzig. Seit kurzem absolvierte die

Slowenin ein mehrmonatiges Praktikum in der Behörde, ganz ähnlich wie Katharina vor ihr. Nach ihrem eigenen Praktikumsabschluss vor über zwei Jahren hatte sie sich dazu entschieden, einen Master in European Studies zu belegen und in Brüssel zu bleiben. Während ihres Studiums hatte sie in Teilzeit bei der europäischen Ombudsstelle gearbeitet und gelegentlich Artikel für eine Onlinezeitung verfasst oder für das EU-Parlament gedolmetscht. So waren die Monate dahingeflogen, und vor ein paar Wochen hatte sie ihr Studium an der *Université Libre de Bruxelles* beendet. Mit ihrem Abschluss in der Tasche, bereitete sie ihren Abschied aus Brüssel vor. Dafür hatte sie bereits ihr kleines Apartment gekündigt und ihr Leben in Kisten verpackt, um es zur Einlagerung nach Berlin zu verschicken. Jetzt musste sie nur noch die Übergabe im Büro hinter sich bringen, die eigentlich für den vergangenen Freitag geplant gewesen war. Dann konnte sie in der verbleibenden Woche bis zu ihrem Abflug die letzten Vorbereitungen für die viermonatige Rundreise durch Ozeanien abschließen. Nächsten Sonntag würde sie dann endlich in den Flieger nach Sydney steigen und ihre Eltern mit ihren Geschwistern, den Zwillingen Line und Basti, wiedersehen.

Ella wartete am Eingang auf Katharina und hielt dabei mit der einen Hand die Tür geöffnet, während sie in der anderen vier Kaffeebecher balancierte. Dabei konzentrierte sie sich so sehr darauf, nichts zu verschütten, dass ihr helles, rundes Gesicht leicht rot anlief. Der Balanceakt mit dem Tragetablett drohte zu scheitern, und Katharina eilte an ihr vorbei zum offenen Fahrstuhl. Sie drückte die Knöpfe für den zweiten und vierten Stock, während sie die Tür für Ella offenhielt. Mit einem Ruck setzte sich der Fahrstuhl in Bewegung und ließ die Kaffeebecher erneut schwanken. Die beiden Frauen lächelten sich kurz an, aber schwiegen.

An einem normalen Tag hätte Katharina geschickt in Erfahrung gebracht, welcher der Kollegen die Praktikantin als Kaffeebotin missbrauchte. Aber heute nicht, sie war zu abgelenkt durch ihre Kopfschmerzen und die Planung des restlichen Tages. Nach der Arbeit musste sie zum Postamt, denn ihr neuer Backpackerrucksack war endlich angekommen. Eine entsprechende Benachrichtigung, dass zwei Pakete in der Filiale auf Abholung warteten, hatte sie beim Verlassen des Hauses gefunden. Genervt darüber, den Postboten verpasst zu haben, und verwundert, dass mehr als ein Paket angekommen war, blieb ihr nichts anderes übrig, als nachher zum Postamt zu laufen. Dabei hoffte sie, dass was auch immer sich im zweiten Paket befand, nicht allzu schwer war, denn sie musste es nach Hause schleppen. Zudem wollte sie unbedingt ihre Eltern in den USA, Venezuela oder Australien anrufen. Es war irrsinnig, dass sie keine Ahnung hatte, wo sich ihre Familie gerade aufhielt. Aber durch die Verkettung unglücklicher Umstände hatten sich die Reisepläne ihrer Eltern andauernd geändert. Katharina schüttelte den Kopf bei dem Gedanken, dass diese unglücklichen Umstände einen weitgehenden Regierungsstillstand, eine humanitäre und politische Krise sowie ein pitschnasses Handy umfassten. Die gesamte Situation war so surreal, dass es schon fast komisch gewesen wäre, aber eben nur fast. Ella murmelte eben ein paar Abschiedsworte, bevor sie den Fahrstuhl verließ, ohne dass es Katharina bemerkte.

Mit steigender Beunruhigung dachte sie an den Schlamassel mit ihrer Familie und daran, wie es dazu gekommen war. Nach dem ursprünglichen Plan ihres Vaters wären sie bereits am letzten Donnerstag von Boston nach Caracas geflogen, um eine Woche befreundete Professoren zu besuchen. Anschließend sollte es dann weiter nach Sydney gehen. Aber ihre Mutter war gegen diese Idee gewesen, weil sie es für zu gefährlich und umständlich gehalten hatte. Ihr Vorschlag war es gewesen, stattdessen nach L.A. zu fliegen und dort die Freunde zu treffen, um dann einen Direktflug nach Australien zu nehmen. Ihr Vater hingegen wollte unbedingt nach Venezuela und, geführt durch einen Einheimischen, das Land erleben. Zudem hatte er die Flugtickets zu diesem Zeitpunkt bereits gekauft und alles mit seinen Freunden abgesprochen. Aber nicht mit seiner Ehefrau, und als ihre Mutter das herausgefunden hatte, war es zu einem mächtigen Streit gekommen. Bei der Auseinandersetzung war selbst Katharina kurzzeitig zwischen die Fronten geraten. Das war ein Novum gewesen, und sie hatte ihren Eltern daraufhin mitgeteilt, dass sie erst wieder etwas von ihren Reiseplänen erfahren wollte, wenn sie gelandet waren. Daraufhin waren ihre Eltern eingeschnappt und hatten eisern geschwiegen.

Selbst auf Nachfragen von Katharina hatten sie sich taub gestellt und nur einmal geantwortet, sie würden ein Bild nach der Landung in Timbuktu schicken. Damals hatte sie bei der Antwort gelacht und war nicht weiter darauf eingegangen. Heute war ihr jegliches Lachen vergangen. Beim Gedanken daran presste sie automatisch die Tüte vom Mobilfunkshop fester an sich. Katharina atmete erleichtert aus, als sie die Verpackung spürte, und sagte sich, dass das Rätselraten bald ein Ende haben würde. Sobald ihr Smartphone eingerichtet wäre, würde sie sicherlich dutzende Nachrichten von ihren Eltern vorfinden. Alles würde gut werden, beruhigte sie sich selbst. Abermals atmete sie tief durch und versuchte, jegliches ungute Gefühl zu verdrängen. Stattdessen dachte sie über die Zeitverschiebung zwischen Europa und den drei Ländern nach. Je nachdem, wo sich ihre Familie aufhielt, konnte sie gleich versuchen, sie zu erreichen, oder das Telefonat auf etwas später am Nachmittag verschieben.

Als sie an den Anruf dachte, musste sie unweigerlich auch an die nächsten Tage und Monate denken. Dabei überkam sie ein neues Gefühl, das sie am ehesten an den freien Fall in einer Achterbahn erinnerte und doch ganz anders war. Es war eine Art Rastlosigkeit, aber sie konnte sich nicht erklären, woher diese kam. Zwar hatte Katharina, seit sie mit neunzehn in die Schweiz gezogen war, nie länger als drei Wochen zusammenhängend mit ihrer Familie gelebt, aber das sollte für sie kein Problem darstellen. Bis heute bestand ein inniges Familienverhältnis, und weder als Teenager noch in späteren Jahren war sie groß mit ihren Eltern aneinandergeraten. Daher war das als Grund für ihre innere Unruhe ausgeschlossen. Es lag auch nicht an dem Umzug und einstweiligen Abschied von ihren Freunden, denn das hatte sie in den letzten zehn Jahren schon zu oft erlebt. Für sie war es bereits der sechste Umzug, und jedes Mal war sie zugleich traurig und aufgeregt gewesen. Aber niemals hatte sie in dem Zusammenhang Ruhelosigkeit verspürt. Dies war nicht der Auslöser für ihre ungute Vorahnung, die sie seit Wochen immer mal wieder plötzlich überfiel und immer mehr aus der Bahn warf.

Das Scheppern der schließenden Fahrstuhltüren riss sie aus dem Grübeln, und sie bemerkte, dass sie eine Weile stocksteif vor der Bürotür gestanden hatte, ohne einzutreten. Sie schüttelte die unguten Gefühle buchstäblich ab, woraufhin sich ihr Kopf mit neuem Schmerz bedankte, und trat ein.

Sofort wusste Katharina, dass sie einen jämmerlichen Anblick abgab, denn der junge Mann im Büro begrüßte sie mit einem schockierten »Putain!«. Es folgten weitere kurze Flüche auf Französisch. Einen der Aussprüche hatte sie selbst noch nie gehört, und das war erstaunlich, denn sie hatte bereits als Kind, neben ihrer Muttersprache, Französisch gelernt. Rasch ließ sie ihre Hand vom Kopf sinken, in der Hoffnung, so einen besseren Eindruck zu machen.

»Catherine, was zur Hölle machst du hier? Du siehst aus, als würdest du jede Sekunde abklappen!«, sagte Benjamin Amitié zum Schluss seiner Schimpftirade.

»Ich arbeite hier!«

Ihr Büro-›Mitbewohner‹, der schönerweise auch ihr ältester und bester Freund war, ignorierte ihre Antwort. »Das ist unverantwortlich, du könntest uns alle anstecken.«

Katharina war völlig verdattert. »Du machst Scherze, oder? Du wolltest mich doch eigentlich am Wochenende unbedingt besuchen, weil ich Netflix habe, äh, um mir ›Gesellschaft zu leisten‹ – da war es dir noch egal, ob du dich ansteckst. Übrigens: Warum bist du nicht gekommen?«

»Das wollte ich auch, ich stand sogar vor deiner Tür, aber du hast nicht aufgemacht. Ich habe dich auch mehrfach angerufen, aber du warst nicht erreichbar. Ich dachte, du wärst im Packstress oder hättest dich in einem Buch verkrochen oder was auch immer du tust, wenn du mal wieder abtauchst.«

Katharina hielt die Tüte mit dem neuen Smartphone in die Höhe und sagte entschuldigend: »Dein Türklingeln habe ich nicht gehört, werde wohl geschlafen haben, und mein Handy ist futsch. Wasserschaden, frag besser nicht, wie ich das geschafft habe.«

Benjamin verdrehte die Augen und entgegnete knapp: »Geh heim.«

»Von mir aus«, sagte sie ruhig. »Lass uns schnell die wichtigsten Dinge regeln, und ich bin gleich wieder weg.«

»Ja genau, du haust ja eh ab«, sagte er halblaut.

Vor zwei Monaten hatte sie ihm erstmals von ihrer Entscheidung erzählt, die Stadt zu verlassen. Benjamin hatte nicht über das Thema sprechen wollen. Auch die folgenden Wochen war er verschlossen und kühl gewesen, wann immer das Gespräch auf ihren Aufbruch gekommen war. Doch jetzt schwang in seinem trotzigen Ton eine tiefe Traurigkeit mit, die sie ihre ursprüngliche Antwort vergessen ließ. »Du weißt, dass ich nicht dich verlasse.«

»Dann tu es auch nicht«, sagte er schon beinahe flehentlich und schaute ihr dabei fest in die bernsteinfarbenen Augen. »Mach deinen Urlaub, und komm zurück.«

In seiner Stimme schwang so viel Hoffnung mit, dass es ihr schier das Herz brach, ihn zu enttäuschen.

»Benjamin, ich kann das nicht. Ich muss hier raus ...«, sagte sie, und nach einer kurzen Pause vervollständigte sie ihren Satz mit einer Halbwahrheit: »... ich möchte wieder näher bei meiner Familie sein.«

»Du sagtest einmal ›Wir sind Familie‹«, erinnerte Benjamin seine beste Freundin, und es schwang der Vorwurf mit, sie hätte das vergessen.

Katharina fühlte sich bei diesen Worten zurückversetzt in den Sommer, in dem sie Benjamin kennengelernt hatte. 1998 war sie nach dem Tod ihrer Uroma nach Scheibenhardt geschickt worden, um bei ihrem Onkel Martin und dessen Frau Babette auf andere Gedanken zu kommen. Damals hatte sie traurig auf einer Brücke gestanden, die seit zwei Jahrhunderten die Verbindung zwischen der Pfalz und dem Elsass bildete. Während sie vertieft in die Lauter gestarrt hatte, war ein Junge im selben Alter neben sie getreten, um Steine in das Flussbett zu schleudern. Es hatte nicht lange gedauert, und ihre Trübsinnigkeit war verschwunden. Gemeinsam mit ihm war sie zum Flussufer gerannt, um immer größere Steine ins Wasser zu werfen. Bis eine uralte Frau mit bösen Gesichtszügen und hocherhobenem Stock auf sie zugewankt war. Bei dem Anblick war sie in Panik verfallen und hatte wie erstarrt dagestanden, während die alte Frau immer näherkam. Benjamin hingegen hatte blitzschnell reagiert, sie am Arm gepackt und eilig davongezerrt. Unter kreischenden Verwünschungen, wobei die Alte immer wieder vom Französischen ins Deutsche wechselte, waren die kleinen Übeltäter durch das Dorf gerannt. Erst als sie fast vor Erschöpfung und Lachen zu ersticken drohten, waren sie stehengeblieben. Benjamin war bereits als Kind ein hervorragender Geschichtenerzähler gewesen, so hatte er sie schnell davon überzeugt, dass die alte Frau eine Hexe war, die dunkle Mächte heraufbeschwor. In ihrer kindlichen Vorstellungskraft hatten sie sich daraufhin die zwei verschlafenen Dörfer als ein verwunschenes Königreich vorgestellt, in dem es ihre Aufgabe war, dem Bösen das Handwerk zu legen. Den gesamten Sommer waren sie gemeinsam durch die Gegend gestreift, immer auf der Suche nach der Hexe und einem neuen Abenteuer. Als der Tag ihrer Abreise gekommen war, hatten beide gemeinsam im Gras gelegen und die vorbeiziehenden Wolken betrachtet. Dabei hatte ihr Kopf auf seinem Arm gelegen, und ihre Lockenpracht hatte sich wild verteilt. Nach einer Weile hatte er eine Strähne genommen und sie mit seiner Haut verglichen. Verwundert hatte er festgestellt, dass beides die gleiche Farbe hatte. Ihre verträumte Antwort hatte gelautet, dass dies gar nicht außergewöhnlich war, denn es war ein Zeichen dafür, dass sie beide zusammengehörten wie in einer Familie.

Verblüfft stellte sie plötzlich fest, dass seit jenem Tag am Ufer der Lauter bereits einundzwanzig Jahre vergangen waren. Unberührt von der Zeit war ihre Zuneigung zu ihm. Wie auch seine Hautfarbe, die immer noch diese unvergleichlich schöne Zimtfarbe von früher hatte, während ihre Haare mit den Jahren dunkler geworden waren. Der schlaksige Junge von damals war zu einem sportlichen Mann herangewachsen, mit kleinen Grübchen um den vollen Mund und mahagonifarben Augen.

»Frérot«, rief Katharina ihn leise, und sein Mundwinkel zuckte kurz nach oben, als sie ihn mit »Brüderchen« ansprach. Die Andeutung eines zärtlichen Lächelns verschwand aber sofort wieder, und er wandte sich ab. Benjamin saß mit stocksteifem Rücken am Schreibtisch, und obwohl sie sein Gesicht nicht sehen konnte, wusste sie, dass es keines seiner Grübchen zeigte. Behutsam ging sie neben ihm in die Hocke und legte dabei ihre Hände auf seinen Arm. Ihr Herz kannte keinen Unterschied zwischen ihren jüngeren Geschwistern und ihm, denn sie sah ihn tatsächlich als ihren Bruder an. Daher war ihr bisher nie der Gedanke gekommen, dass er daran zweifeln könnte. »Du weißt, dass es immer noch wahr ist: Es ist egal, wie viele Städte, Länder oder Zeitzonen zwischen uns liegen, du bist ein Teil meiner Familie, und zwar für immer!«

Mit einem tiefen Seufzen zog er seinen Arm langsam unter ihren Händen hervor und legte sein Handgelenk auf ihre Stirn.

»Du hast Fieber«, bemerkte er schlicht und schüttelte den Kopf, danach ließ er seine Hand wieder sinken. Er war sich bewusst, dass er sie nicht umstimmen konnte. Jeder Versuch war sinnlos. Sobald Katharina sich etwas in den Kopf gesetzt hatte, verfolgte sie unbeirrbar ihr Ziel. So war es immer gewesen, nur diesmal hatte er das Gefühl bekommen, dass er ihr dabei gleichgültig war. Zum ersten Mal fühlte er sich von ihr im Stich gelassen. Trotzdem war er nicht in der Lage, sich weiter mit ihr zu streiten.

Sein Gesicht hatte seine Gefühle offen widergespiegelt, und ihr wurde bewusst, dass sie nicht nur in der Kommunikation mit ihren Eltern einiges versäumt hatte, sondern auch bei ihm.

»Komm mit mir, ich möchte dich schon seit Wochen bitten. Komm mit mir nach Berlin«, sagte sie voller Inbrunst, und weil er ihr nicht sofort widersprach, ergänzte sie schnell: »Wir können uns endlich eine gemeinsame Wohnung nehmen, dann kann ich dich zum Sport antreiben und dir Vorträge zu gesunder Ernährung halten. Und du musst dir nicht mehr meine langen Beschreibungen über nächtliche Abenteuer anhören, sondern hast endlich Gelegenheit, mein aufregendes Liebesleben direkt mitzubekommen.«

Erstmals zeichnete sich ein vollständiges kleines Lächeln auf seinen Lippen ab, als er der verdrehten Beschreibung eines möglichen Zusammenlebens lauschte. Schließlich war er der Fitnessjunkie und konnte sich manchmal nicht zurückhalten, sie über ihre ungesunde Ernährung zu belehren. Katharina hingegen verdankte ihre schlanke Figur zum einen ihrem guten Stoffwechsel und zum anderen der Tatsache, dass sie oftmals schlichtweg vergaß zu essen. Besonders der Gedanke, sie würde die Nächte durchfeiern und jeden Abend einen neuen Mann mit nach Hause bringen, war höchst amüsant. Mit Anstrengung ignorierte er das Hochgefühl, das ihr Vorschlag in ihm ausgelöst hatte, und konzentrierte sich wieder auf ihr Gespräch.

»Ich habe da keinen Job und ich ...«, versuchte er zu sagen, aber er wurde bereits mitten im Satz von ihr unterbrochen.

»Ich habe auch keinen Job, aber wir haben vier Monate Zeit, einen zu finden!«, wandte sie ein. »Im Notfall arbeite ich bei meiner Tante Anastasia im Buchladen, und du kannst als ... ähm ... Table Dancer in einem Nachtclub auftreten.«

Benjamin grinste jetzt breit und fragte: »Warum muss ich die Hüllen fallen lassen, während du dich mit deinen Büchern vergnügst?«

»Ganz einfach, du bist hübscher, talentierter und weitaus beweglicher. Wir müssen selbstverständlich sicherstellen, dass wir genügend Geld für die Miete haben«, erwiderte sie ungerührt.

»Mir ›Fakten‹ aufzuzählen, wird dir auch nicht helfen«, versuchte er im selben Tonfall zu erwidern, was ihm nicht ganz so gut gelang wie ihr. »Stripper, ja?«

»Nein, Table Dancer. Ich bin mir sicher, da gibt es einen gewaltigen Unterschied – und wenn nicht, dann wäre das auch nur Plan B«, entgegnete sie mit einer wegwerfenden Geste.

»Meinst du das ernst?«, fragte er, und bevor sie antworten konnte, ergänzte er mit einem schiefen Lächeln: »Nicht das mit dem Nachtclub, ich bin mir sicher, du könntest im Notfall selbst den Papst dazu überreden.«

»Ich meine es todernst. Ich wollte dich schon von Anfang an fragen.« Katharina verkniff sich den Zusatz, dass er sie zuvor nicht angehört hatte. »Frérot, bitte. Komm mit mir nach Berlin!«

Bei diesen Worten schaute er sich sein erschöpftes Schwesterchen genauer an, um hinter ihre Fassade zu blicken. Ihn beschlich erneut das Gefühl, dass mehr hinter ihrer Abreise aus Brüssel steckte. Die Vermutung, dass etwas nicht stimmte, war ihm schon vor Monaten gekommen, lange vor ihren Umzugsplänen. Anfänglich hatte er es für Stress wegen der Universität und ihrer Jobs gehalten, aber das war es nicht. Seit ihrem Abschluss war es schlimmer geworden. So schlimm, dass sie nun fluchtartig die Stadt verlassen wollte. Oder irrte er sich darin? Es war zuweilen schwer, Katharina zu verstehen, denn zeitweilig war sie wie ein Buch mit sieben Siegeln. In der Vergangenheit hatte sie sich immer irgendwann an ihn gewandt, doch dieses Mal wartete er darauf vergeblich.

»Setz dich hin, bevor du mir umfällst.« Dabei nickte er leicht mit dem Kopf, und das fasste sie als ernsthafte Überlegung seinerseits auf. Sofort fing sie an zu strahlen. Ein breites Lächeln kam von ihm zurück, dann zog er sie aus der Hocke nach oben, mit den Worten: »*Sœurette*, wir machen die Übergabe, und dann gehst du heim. Und zwar direkt! Okay?«

Katharina schaute eine Sekunde etwas mürrisch, bevor sie zögerlich einwilligte und sich von ihm auf den herangezogenen Bürostuhl helfen ließ. An ihrem widerwilligen Gesichtsausdruck erkannte er, dass sie ursprünglich etwas anderes geplant hatte, daher streckte er ohne ein weiteres Wort seine Hand in einer unmissverständlichen Geste aus. Er kannte sie zu gut und wusste, dass sie, wenn sie zu Besorgungen aufbrach, alles fein säuberlich auf einen Zettel schrieb. Katharina reagierte zuerst nicht. So saßen sie im kurzen Abstand zueinander beide bewegungslos auf ihren Stühlen und starrten sich nieder. Katharina erschöpft mit weit ausgebreiteten Armen und Benjamin kerzengerade mit ausgestrecktem Arm. Dieses Schauspiel hielt keine Minute an, denn diesmal knickte sie schon nach kurzer Zeit ein. Mit einem Schulterzucken öffnete sie ihre Handtasche und suchte nach dem Abholschein des Postamtes. Wortlos legte sie ihn in Benjamins Hand.

»Ich bring dir die Pakete nachher oder spätestens morgen vorbei.« Er ließ keine weitere Widerrede zu und stopfte sich den Zettel in seine Hosentasche.

Sie bedankte sich aufrichtig und rollte langsam auf ihren Schreibtisch zu. Zielsicher griff sie dort nach einem Blatt Papier, das auf beiden Seiten eng beschrieben war. Nachdem sie es glattgestrichen hatte, begann sie, Benjamin über die ausstehenden Aufgaben zu informieren. Beim Anblick der langen Liste verdrehte er die Augen und schnappte sich die Tüte mit ihrem neuen Smartphone. Während sie mit ihren Ausführungen fortfuhr, startete er das neue Handy und begann, die wichtigsten Einstellungen vorzunehmen. Unbeirrt davon sprach sie weiter, sogar als Benjamin ihr zwischendurch eine neue PIN, E-Mail-

Adressen und ihren Fingerabdruck abverlangte. Aber nachdem der dritte Versuch missglückt war, ihr Gesicht »einzulesen«, unterbrach sie ihren Redefluss erstmalig, um ihm eine Frage zu stellen: »Kriegst du eigentlich irgendwas von dem mit, was ich dir gerade erzähle?«

»Na klar – und wenn nicht, habe ich ja deine ausführliche Liste zum Nachlesen. Abgesehen davon bin ich multitaskingfähig und arbeite auch schon seit einem Jahr hier. Also mach dir keine Sorgen, es wird alles funktionieren. Zudem kann ich dich anrufen im äußerst unwahrscheinlichen Fall einer Krise. Daher lass mich schnell die letzten Settings in deinem Smartphone vornehmen, und schon kannst du dir ein Taxi für die Heimfahrt rufen.«

»Ich kann noch nicht heim, ich muss noch …«, setzte sie an, aber diesmal sprach er dazwischen: »Dein Diensthandy ist bereits auf mich umgeleitet, und auf dein E-Mail-Postfach habe ich Zugriff. Deine restlichen persönlichen Sachen räume ich nachher in eine leere Kiste und bringe alles mit den Paketen vorbei. Am Freitag ist dann deine geheime Überraschungsabschiedsparty.« Er sctzte ›geheime‹ mit seinen Händen in Anführungszeichen, da sich Ella schon zwei Wochen vorher verplappert hatte.

»Eine Party für mich?«, fragte sie mit schlecht gespielter Überraschung. Aber er ging nicht weiter auf das Thema ein, sondern hielt ihr erneut das Smartphone entgegen und wies sie an, sich nicht zu bewegen. Endlich funktionierte es, und er wollte ihr das Gerät schon überreichen, als eine automatische Aktualisierung einsetzte.

»Unglaublich, dass ein neues Handy schon ein Update benötigt. Na ja egal, …«, sagte er und legte das Gerät mit einem verächtlichen Schnauben zur Seite. »Übrigens, da fällt mir noch was ein. Wer ist eigentlich Alexander? Er hat seit sieben Uhr alle zehn Minuten für dich angerufen, das letzte Mal, kurz bevor du reingekommen bist.«

»Alexander? Hast du einen Nachnamen für mich?«, erkundigte sie sich zerstreut.

»Nein, der mysteriöse Anrufer wollte mir seinen Nachnamen nicht nennen. Am Anfang hat er mir nicht einmal seinen Vornamen verraten. Er hat sich auch geweigert, mir zu sagen, worum es geht oder wie seine Rufnummer ist. Das Einzige, was er wollte, war, dich zu sprechen.«

»Das klingt für mich nach einem Spinner!« Katharina hob ihren Kopf und sah seinen neugierigen Blick, wobei sie sich selbst fragte, wie sie nur den Unterton hatte überhören können. »Ich treffe mich mit niemandem und vor allem nicht mit einem Alexander.«

»Hey, meine Annahme war eine Möglichkeit, den schrägen Anrufer zu erklären.«

»Ein komischer Mann ruft an, und du denkst sofort, ich gehe mit ihm aus?«, fragte sie mit hochgezogener Augenbraue. »Na danke für das charmante Kompliment!«

»Was soll ich sagen, wäre ja nicht der Erste«, sagte er mit breitem Grinsen. Katharina feuerte daraufhin eine Taschentuchpackung in Richtung seines Kopfes, aber er fing sie ungerührt auf. »Okay, dann kein neuer Freund. Aber mal ernsthaft, dieser Typ war extrem hartnäckig und hat todernst behauptet, dich dringend sprechen zu müssen. Er meinte, er hätte es auf deinem Privat- und Diensthandy versucht, und er war besorgt, weil du nicht rangegangen bist. Ehrlich gesagt, hat er selbst mich damit ein bisschen nervös gemacht.«

»Ah, ich weiß, wer das sein könnte, Alexander Monte aus Straßburg! Der Typ macht immer sehr schnell ein Drama, nur weil man sich seiner Meinung nach nicht schnell genug zurückmeldet«, sagte sie und rollte mit den Augen über den peniblen Kollegen. Monte würde sie sicher nicht vermissen, er war schrecklich anmaßend und einfach nur nervig.

»Ich kenne Monte, und das war er definitiv nicht. Er sprach Englisch ohne hörbaren Akzent, und ich vermute, er ist Muttersprachler«, antwortete Benjamin ohne Umschweife.

Katharina hatte vergessen, dass auch ihr bester Freund schon das Vergnügen gehabt hatte, Monte kennenzulernen. Da Benjamin nicht einmal für einen Seitenhieb auf den schrägen Kollegen in Stimmung zu sein schien, nahm sie den Anrufer ernster. Es gab zu viele Möglichkeiten, um sie alle aufzuzählen, daher fragte sie: »Ist dein Computer an? Dann können wir zuerst in der Kontaktliste von meinen E-Mails nach einem Alexander suchen.«

Benjamin stimmte ihrem Vorschlag zu und bewegte den Cursor, um den Computer aus dem Ruhezustand zu reaktivieren. Nachdem er das Passwort eingegeben hatte, leuchtete der Bildschirm auf, und sie sahen den Balken eines fast fertigen Updates.

»Unglaublich! Kann die IT das nicht nach Feierabend erledigen?« Genervt schob er die Tastatur von sich und griff nach einem kleinen Schmierzettel, den er ohne Umschweife an Katharina weiterreichte. »Dein Alexander hat beim letzten Anruf zumindest eine Nachricht hinterlassen und mich schwören lassen, sie dir gleich zu geben. Dreimal hat er sie wiederholt, bevor er endlich auflegte, weil er angeblich keine Zeit mehr hatte.«

»Was soll denn das sein?«, fragte sie verdutzt, nachdem sie sich die Notiz durchgelesen hatte.

»Keine Ahnung. Ich dachte, du könntest etwas damit anfangen«, sagte er ebenso ratlos, dann fing er an zu lachen. Jetzt, wo sie bei ihm war, amüsierte er sich über den Anrufer und darüber, ihn überhaupt ernst genommen zu haben. »Ach, wahrscheinlich hast du recht, ein Spinner oder ein dämlicher Streich. Wirf den Zettel einfach weg – wenn es tatsächlich wichtig ist, dann ruft der Typ noch mal an.«

»Ich habe immer recht«, sagte sie unbekümmert und zerknüllte den Zettel in ihrer Hand.

»Na klar! Ich ruf dir mal besser ein Taxi, du halluzinierst ja schon«, sagte er und wollte ihr das Smartphone zurückgeben, als ihm etwas auffiel. »Ist das eigentlich dasselbe Update auf dem Smartphone und dem Computer?«

Die Frage hing in der Luft, als ein dumpfer Piepton von beiden Geräten ertönte und alle Aufmerksamkeit auf die Bildschirme zog. Gleich darauf wurde das Update automatisch beendet. Statt des Balkens sahen sie ein blutrotes Zeichen auf schwarzem Hintergrund, und Katharina gefror augenblicklich das Blut zu Eis.

4

Zeitenwende

Blutrot leuchtete die Zeichnung auf den Bildschirmen, wobei sich die geschwungenen Linien wie Arterien durch die Schwärze zogen und wirkten, als würden sie tatsächlich pulsieren. Bei längerer Betrachtung stellte sich eine entfernte Ähnlichkeit mit einem *B* ein, aber auf den Anfangsbuchstaben folgte kein weiterer Text. Stattdessen verstummte der Piepton genauso schnell, wie er gekommen war, und jäh erhob sich eine helle, melodische Frauenstimme aus den Lautsprechern.

Wir lebten in Freiheit. Wir beherrschten die Welt.
Wir sahen die Zukunft, das Ende der Welt.
Wir opfern die Freiheit. Wir entzweien die Welt.
Wir verändern die Zukunft, wandeln die Welt.
Wir erneuern die Freiheit. Wir vereinen die Welt.
Wir heilen die Zukunft, retten die Welt.

Aufgeregt versuchte Benjamin das automatische Programm zu beenden, indem er verschiedene Tastenkombinationen betätigte. Für einen kurzen Moment schien seine Mühe auch von Erfolg gekrönt, als das Zeichen verschwand. Aber gleich darauf tauchte ein neues Wort auf, diesmal tiefrot und geradlinig. *Klageschrift* war zu lesen, und dieselbe Stimme sprach weiter, nun in unverhohlen anklagendem Tonfall.

> *Der Mensch hat sich über alle Naturgesetze hinweggesetzt. Er schaut beteiligungslos zu, während Unrecht und Zerstörung um sich greifen. Die Gier der Machthaber steuert die Menschheit in immer neue Konflikte. Die Hoffnungslosen strömen aus ihren Ländern, entfliehen Unterdrückung, Armut und Krieg. Die Vergessenen der westlichen Welt geben den populistischen Strömungen Aufschwung als Rebellion gegen die politische Elite.*

Benjamin schaute bei diesen Worten zu Katharina auf, die sich langsam aus einer Art Starre löste. »Was zum Teufel ist das?«

> *Die Welt hat nichts aus der Geschichte gelernt und stürzt ungehindert auf die nächste Dunkelheit zu.*

Mit weit aufgerissenen Augen starrte Katharina weiterhin auf den Bildschirm, unfähig zu antworten. Als das Wort *Schuldspruch* auf dem Bildschirm erschien, schnappte sie sich ihr neues Smartphone und versuchte ohne Erfolg, auf die Kontaktliste zuzugreifen. In immer größerer Panik nahm sie parallel dazu den Telefonhörer ab und wählte mit zitternden Fingern die Nummer ihrer Mutter. Während sie den Atem anhielt und auf ein Freizeichen hoffte, war erneut die unbekannte Stimme zu hören.

> *Die Weltgemeinschaft hat versagt, die globalen und transnationalen Probleme gemeinsam zu*

lösen. Ihr seid unfähig, voneinander zu lernen und in Frieden zu leben. Ihr rollt als immer größer werdende Plage über die Welt hinweg.

Eine etwas längere Atempause folgte, und in kaltem, vernichtendem Ton fuhr die Stimme fort.

Ihr seid schuldig der Kriegstreiberei, des Völkermords, der Unterdrückung von Minderheiten, der Vernichtung der Artenvielfalt, der Ausbeutung der Tiere, der Zerstörung der Umwelt und der natürlichen Ressourcen.

Katharina ließ den Hörer fallen und rannte los, während die Sprecherin ihren Schuldspruch über die Menschheit weiter vortrug. Ohne auf die Stufen zu achten, stürmte sie die Treppe herunter. Ihr Blick war auf das Smartphone gerichtet, während sie unablässig versuchte zu wählen. Benjamin, erst überrascht über die plötzliche Bewegung, sprang ebenfalls auf und sprintete ihr nach. Ungehindert jagten beide kurz hintereinander das Treppenhaus hinab, während die unheimliche Stimme weiter rezitierte. Stumm eilte er seiner besten Freundin hinterher, viel zu beschäftigt damit, die Stufen nicht zu verfehlen, während wachsende Furcht sich auch in ihm ausbreitete. Als Katharina ins Freie gelangte, bog sie um die nächste Ecke und lief die wenigen Meter bis zur Rue Belliard. Auf der Hauptstraße angekommen, blieb sie wie angewurzelt mitten auf dem Fußweg stehen. Benjamin holte sie ein und nahm sein eigenes Telefon aus der Hosentasche. Das Wort *Verurteilung* las er halblaut vom Bildschirm ab, dann blickte er zu der kreidebleichen Katharina auf. In blinder Verzweiflung bearbeitete sie weiterhin ihr Smartphone, während die Stimme zum vierten Mal erklang. Nun war unverkennbar eine wilde Entschlossenheit der Unbekannten zu vernehmen. Im Chor mit den Smartphones anderer Passanten erschallte jeder Satz betont langsam, als die Verurteilung der Welt verkündet wurde:

Wir sind Kläger, Richter und ausführende Gewalt.
Hiermit stellen wir den Menschen unter Arrest.
Die Welt wird von nun an durch den Tholus ge-
teilt. Abgeschnitten voneinander sollt ihr schaf-
fen, worin ihr gemeinsam versagt habt.
Innerhalb eures Sektors und unter Erfüllung un-
serer Forderungen wird euch nichts geschehen.
Zur ersten Sommersonnenwende geben wir
euch Gelegenheit, euren Sektor zu verlassen.
Seid gewarnt, die partielle Öffnung ist der einzige
Zeitpunkt, den Tholus lebend zu durchqueren.

Es folgte eine lange Pause, während sich vollkommene Stille über die Stadt legte. Passanten und selbst die Autos waren stehen geblieben. Alle Menschen starrten angestrengt auf ihre Mobilfunkgeräte und warteten mit angehaltenem Atem auf die nächsten Worte. Katharina hatte ihre fruchtlosen Versuche eingestellt und das Smartphone gesenkt. Bitter schaute sie sich das scheinbar eingefrorene Straßenbild um sie herum an. Danach blickte sie flehend in Benjamins Augen und abschließend nach oben, als wäre dort die Erlösung. Ein leichter Wind kam auf, dann folgten die letzten Worte der geheimnisvollen Stimme.

Es folgt keine Verhandlung, Berufung oder Revi-
sion. Das Schicksal der Welt liegt in den Händen
jedes Einzelnen.
Wir geben euch die Chance, euch zu bewähren,
schafft Frieden, Einheit, Gleichheit, Gerechtig-
keit und Demokratie, und die Welt wird in hun-
dert Jahren wiedervereint.
Folgt ihr unserer Warnung nicht, bestrafen wir
euch mit ewiger Finsternis und dem sicheren
Tod.

Erneut zeigte der Bildschirm das verzierte Initial vom Anfang, darunter stand:

Vergesst niemals, wir beobachten euch und jede eurer Taten.

Katharina ließ das Smartphone mit dem zerknüllten Zettel fallen. Der Glasbildschirm zersprang auf dem Gehweg, und das Geräusch ließ Benjamin zusammenfahren. Sein Blick war wie der ihre in den Himmel gerichtet. »Was geht hier vor?« Wie als Reaktion auf seine Frage überzog ein leicht roter Blitz für einige Sekunden das Firmament, gefolgt von einem ohrenbetäubenden Knall. Viele der umstehenden Passanten hielten sich schützend die Ohren zu. »Passiert das wirklich?«

»Es ist bereits geschehen«, antwortete sie mit erstickter Stimme, unsicher, ob er sie hören konnte. Dann gaben ihre Beine nach, und sie sank zu Boden. Mit den Händen über den Ohren wiederholte sie mit gequälter Stimme immer dieselben Worte. »Wie konnte das nur geschehen? Das ist unmöglich. Wie … Wie konnte das nur geschehen? Das ist unmöglich …«

Plötzlich wehte eine starke Böe die hysterischen Schreie einer Frau heran, und die Totenstille, die so blitzartig über die Stadt gekommen war, löste sich. Der Wind erfasste den kleinen Zettel und trug ihn unbemerkt davon. In krakliger Schrift stand darauf geschrieben: »324 5 80 – AtG.«

5

Nachbeben

Brüssel Matonge, 24.01.001 n. EB

In Benjamins gemütlicher Dreizimmerwohnung im Brüsseler Szeneviertel Matonge saß Katharina seit den frühen Morgenstunden über einen Stapel Papiere gebeugt am Tisch. Hinter ihr stand Benjamin und beobachtete sie beunruhigt. Drei Tage waren seit der Offenbarung der unbekannten Frauenstimme, die Welt zu teilen, vergangen. Gefolgt waren ein rötlicher Blitz, der sich rasch glühend über den Horizont erstreckt hatte, und ein markerschütternder Donnerschlag. Seither umgab den neu geschaffenen europäischen Sektor eine ungleichmäßig geformte, flimmernde Barriere. Das unerforschte Feld sonderte ständig extreme Hitze, Energieladungen und Strahlung ab, was einen Mindestabstand für Menschen von einem halben Kilometer nötig machte. Maschinen oder Gerätschaften gelangten ebenfalls nicht näher an das Objekt heran, daher waren alle bisherigen Versuche, es zu überwinden, zu durchdringen oder zu untersuchen, gnadenlos gescheitert. Vermutet wurde aber, dass der Tholus eine Art Energieschild war, das nach gängigem technischem Stand nicht existieren sollte. Größter Knackpunkt bei der Entwicklung eines solchen Feldes waren die Instabilität und der enorme Energiebedarf, um es aufrechtzuerhalten. Es war daher weiterhin strittig, welche Energiequelle ein so gigantisches Unterfangen mit Strom beliefern konnte. Feststand, dass die Oberfläche des Energiefelds Eigenschaften von Spiegelglas aufwies, was das bloße Auge dazu verleitete, anzunehmen, die Außenwelt zu sehen. Tatsächlich war dies eine raffinierte optische Täuschung, denn das Feld reflektierte nur seine Umgebung. Es gab unzählige Fragen, verschiedenste Expertenmeinungen und Theorien, aber dennoch keine eindeutigen Antworten. Derzeitig konnten sie nur mit Sicherheit sagen, dass der Tholus neben der Europäischen Union weitere achtzehn Staaten beinhaltete. Die Barriere erstreckte sich in knapp acht Kilometern Höhe, unterhalb der Stratosphäre, über große Teile des europäischen Subkontinents bis zum nördlichen Polarkreis. Somit umfasste das Gebiet Grönland, West-, Mittel- und Osteuropa sowie die südosteuropäischen Staaten. Außerhalb dieses Sektors war der Kontakt zur Außenwelt abgerissen.

Der Notstand war ausgerufen worden. Und nachdem die Hysterie auf den Straßen sich vielerorts in Vandalismus verwandelt hatte, war die belgische Regierung gezwungen gewesen, zusätzlich eine umfassende Ausgangssperre zu verhängen. Neben Belgien waren alle verbliebenen sechsundvierzig Staaten unter dem Tholus im Ausnahmezustand. In den Städten war die Lage überall ähnlich, nur auf den abgelegenen Dörfern war das Leben etwas normaler weitergegangen. Auf den Straßen war kaum Betrieb, vereinzelt hörten sie Autos vorbeifahren, meist Einsatzwagen der Krankenhäuser oder Feuerwehr. Es herrschte eine angespannte Ruhe, als würde der Sektor den Atem anhalten vor einem zu erwartenden Sturm. Die strikten Anordnungen hatten seit drei Tagen Bestand, daher waren die Wahlgeschwister unentwegt in Benjamins Wohnung. Verlassen durften sie diese nur, um Versorgungspakete vom Katastrophenschutz entgegenzunehmen. Ihre Zeit hatten sie größtenteils mit der Sondierung der Lage und der Suche nach ihrer Familie verbracht. Die Recherche nach deren möglichen Aufenthaltsorten gestaltete sich jedoch schwierig, denn die weltweiten Kommunikationssysteme waren ausgefallen. Das Mobilfunknetz und andere Satellitensysteme waren zusammengebrochen, da es keinerlei Verbindung mehr zu den Raumsonden gab. Andere Funksignale, die nicht abhängig waren von Satelliten, wurden ebenfalls gestört und zeitweise sogar vollständig blockiert. Davon unberührt waren nur geschlossene Kommunikationskreisläufe, die über Kabel arbeiteten und innerhalb der Barriere lagen. Aus diesem Grund waren ihnen nur Festnetz und Internet geblieben, das zwar Ausfälle hatte, aber weiterhin funktionierte. In den letzten drei Tagen hatte Katharina ständig mit Familienmitgliedern und Kollegen ihrer Eltern telefoniert. Aber die Informationen, die sie von ihnen erhielt, waren meist veraltet oder widersprachen sich. Zusätzlich hatten sie zusammen das Internet nach Flügen durchforstet, die Social-Media-Accounts gecheckt und sich die letzten Kreditkartenabrechnungen besorgt. Die Informationen hatten sie in verschiedenen Grafiken mit möglichen Zeitlinien und Reiserouten zusammengefasst. Jetzt lag alles auf dem Tisch verstreut oder war an die Wand gepinnt. Trotz ihrer stundenlangen Arbeit führte sie ihre Suche immer wieder in Sackgassen. Benjamin wusste, dass sich Katharina große Vorwürfe machte, aber sie sprach nicht darüber. Stattdessen arbeitete sie weiter und achtete darauf, sich nichts von ihren Gefühlen anmerken zu lassen. Jetzt saß sie unbewegt auf dem Stuhl und starrte seit Minuten ins Leere. Als er sie von oben herab betrachtete, erinnerte ihn das Bild auf schmerzliche Weise an die ersten Stunden, nachdem sich der Tholus über ihnen geschlossen hatte. Bei der Erinnerung breitete sich erneut Kälte in ihm aus, und Gänsehaut überzog seine Arme. Vor drei Tagen hatte sie minutenlang mit bleichem Gesicht auf dem eiskalten Bürgersteig gesessen und ohne Unterlass unverständliche Sätze gebrabbelt. Die Szene hatte ihn auf skurrile Weise an einen dieser alten Horrorfilme erinnert, in denen sich auferstandene Leichen grotesk hin- und herbewegen. In Wirklichkeit war er auf sie zugewankt und hatte sie wie hypnotisiert in ihrem Wahn beobachtet. Reglos hatte er neben ihr gestanden, bis das Chaos um sie herum überhandgenommen und ihn aus seiner Trance gerissen hatte. Seine erste große Befürchtung war es gewesen, sie könnte ersticken, denn ihre Atmung ging rasend schnell. Daher war er neben ihr auf die Knie gesunken und hatte begonnen, beruhigend auf sie einzureden, aber sie hatte immer abgehackter Luft geholt. In seiner eigenen aufkommenden Angst hatte er sie hoch in seine Arme gerissen und zum Auto getragen. Durch den Ruck seiner Bewegung hatte sie aufgehört zu sprechen und stattdessen ihre Hände auf den Mund gepresst, woraufhin sich ihre Atmung langsam wieder regulierte. Erleichtert war er mit ihr zu seiner Wohnung aufgebrochen. Während der Fahrt hatte sie still neben ihm auf dem Beifahrersitz gesessen und starr geradeaus geschaut. Die Panik auf den Straßen und die unzähligen Unfälle, die sie passierten, hatte sie währenddessen gar nicht wahrgenommen. Seine Erleichterung hatte nicht lange angehalten, denn nachdem sie angekommen waren, blieb sie apathisch im Auto sitzen. Als sie sich nicht regte, hatte er sie erneut hochgenommen und bis zur Couch in seiner Wohnung getragen. Behutsam hatte er sie abgesetzt und zugedeckt. Zwei Stunden vergingen, in denen Katharina erstarrt dalag, ohne einzuschlafen oder auf äußere Einflüsse zu reagieren. Dann war ihr Fieber gestiegen, und er hatte panisch Hilfe bei seiner Nachbarin gesucht. Nach unzähligem Klingeln, Klopfen und Hilferufen hatte ihm Ladina Bonanni, eine junge Krankenschwester, die Tür geöffnet. Unvermittelt hatte er angefangen, ihr von Katharinas Zustand zu berichten und war dabei die Treppe gleich wieder hochgerannt. Der verschlafene Gesichtsausdruck der Italienerin war schnell zu hellwach gewechselt, und sie war ihm gefolgt, ohne weitere Fragen zu stellen. Ladina hatte flink die Vitalzeichen von Katharina überprüft und wollte gerade vorschlagen, sie ins Krankenhaus zubringen, als draußen eine Männerstimme erschallt war.

Mit Hilfe eines Megafons hatte der Polizist seine Worte an alle Bewohner des Blocks gerichtet. »Die Regierung hat zur Sicherung des öffentlichen Lebens den Ausnahmezustand verhängt. Zu Ihrer eigenen Sicherheit fordern wir Sie auf, ruhig und geordnet nach Hause zu gehen. Es besteht bis morgen früh ein vorübergehendes Ausgangsverbot. Ausgenommen sind medizinisches Personal, Personen des Zivil- und Katastrophenschutzes, Polizei,

Militär und Schwerstverletzte. Angehörige dieser Personengruppen werden gebeten, ihre Arbeitsplätze oder ein Krankenhaus aufzusuchen. Es herrscht eine Ausnahmesituation, dennoch wird ein jeder Bürger aufgefordert, nur in akuten Notfällen den Notruf zu betätigen. Die Regierung wird sich am Abend mit einem aktuellen Bericht über sämtliche Radio- und Fernsehkanäle an die Bevölkerung wenden. Bitte bleiben Sie ruhig, es besteht keine unmittelbare Gefahr durch Dritte. Ich wiederhole: Es ist eine vorübergehende Ausgangssperre verhängt worden. Gehen Sie nach Hause, es dient Ihrer eigenen Sicherheit. Ausnahmen davon bestehen nur für autorisierte Personen. Jeder, der sich den Anweisungen widersetzt, wird vorläufig festgenommen.«

Bevor die Stimme ihre Ansage hatte wiederholen können, hatte Ladina schon zum Hörer von Benjamins Telefon gegriffen. Es brauchte ein paar Versuche, bis das Gespräch durchkam und ein Kollege im Krankenhaus den Hörer abnahm. Dieser hatte ihr nur einen knappen Überblick zur aktuellen Lage geben können, bevor er wieder auflegte. Daraufhin hatte sich die brünette Frau kurz sammeln müssen, bevor sie das weitere Vorgehen erläuterte. Gemeinsam hatten sie Katharina ins Bett gebracht und ihr unter Anwendung von sanfter Gewalt ein paar Medikamente aus Benjamins Hausapotheke verabreicht. Nebenbei hatte er seiner Nachbarin mit ungläubiger Stimme erzählt, was sie verschlafen hatte. Zu sehr auf ihre Arbeit konzentriert, hatte sie die Worte ohne Anzeichen von Angst aufgenommen. Als er seinen Bericht beendete, war auch Ladina fertig geworden. Bevor sie gegangen war, hatte sie die Warnung ausgesprochen, dass Katharina besser zu Hause aufgehoben wäre als in einer überfüllten Klinik. Wieder allein hatte sich Benjamin zu seinem Schwesterchen ins Bett gelegt, um ihren Schlaf, der endlich eingetroffen war, zu überwachen. Die darauffolgenden zwei Nächte hatte er keinen ruhigen Schlaf finden können, zu sehr verfolgten ihn die Bilder der Katastrophe und Katharinas Anblick.

Das Aufheulen eines in der Nähe vorbeirasenden Martinshorns ließ die Wahlgeschwister zusammenzucken. Hörbar atmete Benjamin aus und verdrängte die Bilder, die ihn gerade wieder heimgesucht hatten.

»Kein Hinweis aus den Kreditkartenabrechnungen deiner Eltern?«, fragte er, als Katharina den Laptop zuklappte.

»Nein, nichts. Ich habe jetzt die Abrechnungen der letzten Monate überprüft, aber da ist kein Kauf von neuen Flugtickets abgerechnet. Nur die Tickets nach Venezuela und ein Betrag für die australische Botschaft zur Bearbeitung der Visaanträge. Sonst nichts Relevantes.«

»Welcher ist der letzte Abrechnungsmonat?«, fragte er.

»Dezember. Die Abrechnung von Januar steht noch aus«, sagte sie und fuhr sich über das Gesicht. »Verdammt noch mal, wenn sie nur endlich dieses verfluchte Ausgangsverbot aufheben würden!«

»Beruhig dich, Sœurette. Es sind fast drei Tage vergangen, sie werden die Sperre bald aufheben müssen, bevor das gesamte System kollabiert und es zu weiteren Ausfällen in der Versorgung kommt«, sagte er und machte eine kurze Pause, bis Katharina genickt hatte. »Also lass uns die Zeit nutzen und so viel herausfinden wie möglich.«

Katharina drehte sich zu ihm um und bemerkte sein sorgenvolles Gesicht. Es schmerzte sie, ihn so zu sehen, überspannt, müde und voller Sorge. Daher sagte sie mit mehr Optimismus, als sie verspürte: »Ja, du hast recht, und wenn es dann so weit ist, können wir auch die Telefongesellschaft kontaktieren, um herauszufinden, in welchem Netz ihre Handys zuletzt eingeloggt waren.«

Katharina streichelte ihm kurz über den Unterarm, während ein freudloses Lächeln über ihre Lippen zuckte, dann öffnete sie wieder den Laptop.

Am Abend stellten sie ihre Suche erst einmal ein, nachdem ihnen keine neuen Anhaltspunkte mehr vorgelegen hatten. In Benjamin reifte immer mehr das Gefühl, dass ihre Suche erfolglos enden würde. Dennoch sprach er seine Befürchtungen nicht aus, er wusste, dass die Hoffnung Katharina Kraft gab. Auch wenn ihre Nachforschungen die Heimkehr ihrer Familie nicht beschleunigten, so war die Ungewissheit, bis zur letztmaligen Öffnung des Tholus, am Tag der Sommersonnenwende, zu warten, die wahre Qual.

6

Urschrift

In den vergangenen Tagen hatten sich die Wahlgeschwister angewöhnt, den Fernseher immer laufen zu lassen, damit ihnen keine Neuigkeit entging. Meistens war die Lautstärke runtergedreht, aber an diesem Abend lauschten sie den Nachrichten. Zusammengerollt lag Katharina auf der Couch und blickte starr auf den Fernseher, während Benjamin Mühe hatte, wach zu bleiben. Gerade fasste der Sender die Ereignisse der letzten Tage zusammen, indem er zum hundertsten Mal die gleichen Bilder, Spekulationen und wenigen Fakten präsentierte. Auch dieser Zusammenschnitt begann mit dem Manifest, das die Teilung der Welt verkündet hatte.

Wir lebten in Freiheit. Wir beherrschten die Welt.
Wir sahen die Zukunft, das Ende der Welt.

Wir opfern die Freiheit. Wir entzweien die Welt.
Wir verändern die Zukunft, wandeln die Welt.
Wir erneuern die Freiheit. Wir vereinen die Welt.
Wir heilen die Zukunft, retten die Welt.

So wiederholte die unbekannte Frauenstimme ruhig ihre Verse, die weiterhin die einzig verfügbare Erklärung der Unbekannten zum Tholus war. Die schicksalhaften Worte wurden begleitet von sechs Videos, die den Bildschirm in kleinere Quadrate aufteilten und die Errichtung der Barriere aus verschiedenen Perspektiven zeigten. Synchron sahen sie in den wackligen Aufnahmen den horizontalen, rötlichen Blitz, der sich für ein paar Sekunden über dem Firmament ausstreckte. Auf den Blitz folgte der gewaltige Knall, unter dem die Passanten und Amateurfilmer zusammenzuckten. Danach flackerten über den Bildschirm in schneller Abfolge verschiedene Bilder zu dem Tumult auf den Straßen, zur Ratlosigkeit der Regierungen und zur Angst der Bevölkerung. Untermalt wurde das Ganze durch dramatische Musik. Den Höhepunkt der Zusammenfassung bildete das Horrorszenario vom Ausbruch des Eyjafjallajökull, der einen Tag vor dem Erscheinen des Tholus seine heiße Lava versprüht hatte. Die daraus resultierende Aschewolke und ein weltweiter Cyberangriff auf verschiedene Flugsysteme hatten am vergangenen Montag verhindert, dass Flugzeuge zum kritischen Zeitpunkt in der Luft waren. Andernfalls, so waren sich die Experten einig, wäre jede Maschine durch die ausgelösten Störungen und Systemausfälle des Tholus abgestürzt. Nun erfolgte ein harter Schnitt, und die Musik verstummte, als leere Straßen gezeigt wurden. Stimmengewirr erschallte aus dem vor drei Tagen unter dem Hashtag #ExcidiumBabylon berühmt gewordenen Video, das eine Konfirmandenklasse in den Highlands zeigte. In der zweistündigen Originalaufnahme waren die Konfirmanden und ihr Pfarrer bei einer gelungenen Theaterprobe zu sehen. Ausgelassen waren Texte aufgesagt worden, als das Abspielen der automatischen Nachricht die Stimmung schlagartig kippen ließ. Auf den Donnerschlag war eine kurze Stille gefolgt, bis die Aufschreie und das Gebrüll von zehn verängstigten Jugendlichen aufbrauste.

Beim Betrachten ihrer fruchtlosen Versuche, ihre Eltern oder Freunde zu erreichen, hatte man das gesamte Grauen miterlebt, als die vernommenen Worte Wirklichkeit wurden. Diese Szenen spiegelten am besten die Gefühle der Menschen am Schicksalstag wider, und das war sicher einer der Gründe, weshalb das Video innerhalb von wenigen Stunden viral gegangen war. Weitere Bekanntheit verschafften die Fernsehsender dem Clip, weil sie gern einzelne Passagen in ihren Berichten verwendeten. So wie heute, als Audioaufnahmen von den Teenagern für ein paar Sekunden eingespielt wurden. Die Furcht in den immer noch kindlichen Stimmen passte auf perfide Weise zu den Bildern der verlassenen Straßen und geisterhaften Städte. Selbst bei Katharina kam dadurch ein unheimliches Gefühl auf, und sie rutschte näher an Benjamin heran. Dieser lag regelmäßig atmend neben ihr und war endlich friedlich eingeschlafen. Ihr schlechtes Gewissen meldete sich sofort und erinnerte sie daran, dass sie der hauptsächliche Grund für seine Übermüdung war. In einem stillen Versprechen nahm sie sich vor, ihm nie wieder so viel Kummer zu bereiten und besiegelte dies mit einem kleinen Kuss auf seine Schläfe. Dann suchte sie nach der Fernbedienung, um den Ton auszuschalten, als die besonnene Stimme von Pater Philipp ertönte. Unweigerlich hielt sie in ihrer Bewegung inne, als die geübte Rednerstimme sie in den Bann zog und das Geschrei der Klasse langsam verstummte.

»Die Menschen hatten damals noch alle dieselbe Sprache und gebrauchten dieselben Wörter. Als sie nun von Osten aufbrachen, kamen sie in eine Ebene im Land Schinar und siedelten sich dort an. Sie sagten zueinander: ›Ans Werk! Wir machen Ziegel aus Lehm und brennen sie!‹ Die Ziegel wollten sie als Bausteine benutzen und Teer als Mörtel. Sie sagten: ›Ans Werk! Wir bauen uns eine Stadt mit einem Turm, der bis an den Himmel reicht! Dann wird unser Name in aller Welt berühmt. Dieses Bauwerk wird uns zusammenhalten, sodass wir nicht über die ganze Erde zerstreut werden.‹ Da kam der HERR vom Himmel herab, um die Stadt und den Turm anzusehen, die sie bauten. Als er alles gesehen hatte, sagte er: ›Wohin wird das noch führen? Sie sind ein einziges Volk und sprechen alle dieselbe Sprache. Wenn sie diesen Bau vollenden, wird ihnen nichts mehr unmöglich sein. Sie werden alles ausführen, was ihnen in den Sinn kommt.‹ Und dann sagte er: ›Ans Werk! Wir steigen hinab und verwirren ihre Sprache, damit niemand mehr den anderen versteht!‹ So zerstreute der HERR sie über die ganze Erde und sie konnten die Stadt nicht weiterbauen. Darum heißt diese Stadt Babel, denn dort hat der HERR die Sprache der Menschen verwirrt und von dort aus die Menschheit über die ganze Erde zerstreut. Aus dem ersten Buch Mose (Genesis) (1.Mose 11,1-9).« Pater Philipp schloss langsam die Bibel und richtete seinen Blick auf seine Schützlinge, die allesamt verwirrt dreinblickten. »Wisst ihr, der Turmbau von Babel war die Lieblingserzählung meiner Mutter. In meiner Kindheit hat sie uns die Geschichte dutzendmal erzählt und als Zerstörung Babylons betitelt. Später lernte ich, dass die Bezeichnung so nicht korrekt war, denn der Turm von Babel war nicht vernichtet worden. Dennoch ist mein erster Gedanke bei dem Psalm nicht die Sprachverwirrung, sondern *Excidium Babylon.*«

»Glaubt ihr, das ist passiert? Dass Gott das getan hat?«, hatte ein rothaariges Mädchen halblaut Pater Philipp gefragt.

»Nein, das glaube ich nicht. Aber es gibt erstaunlich viele Parallelen zwischen der Überlieferung und den heutigen Ereignissen, findet ihr nicht?«, hatte er gefragt und seine Erkenntnisse selbst ausgeführt. »Soweit ich es verstanden habe, sind die Völker der Welt erneut voneinander getrennt worden, um weiteres Unheil zu verhindern. Anscheinend soll dieser Tholus das bewirken, was Gott mit der Verwirrung der Sprache bezweckt hatte. Gott hat damals die Babylonier aufgehalten, um zu verhindern, dass sie ihre grausame Herrschaft fortführen, und diese Personen, wer auch immer sie sein mögen, scheinen Ähnliches zu versuchen.«

Mit der Erklärung des Pfarrers endete der Ausschnitt im Fernseher. Dahingegen hatten in der Originalaufnahme die Konfirmanden weiter nachgefragt, während sie unablässig versucht hatten, Kontakt nach außen aufzunehmen.

Vor allem dieses Video war verantwortlich für die Assoziation der zuvor unbenannten Katastrophe mit Babylon. Daher prägte sich in Ermangelung eines besseren Wortes immer mehr der Begriff

Excidium Babylon heraus, wenn man von dem Tag der Errichtung des Tholus sprach. Zudem schien nicht nur der Bibeltext passend, sondern auch das rätselhafte, blutrote Initial, das viele als ein B deuteten. Die Medien taten den Rest dazu, und letztlich klangen dieser Begriff und das lateinische *Exesor* für ›Zerstörer‹ viel spektakulärer als jegliche Versuche, das Ereignis anders zu benennen.

Nach der Zusammenfassung wurde zurück ins Studio geschaltet, wo sich der Sprecher den neusten Mutmaßungen widmete. Als Erstes zitierte er einen hohen, nicht benannten Regierungsmitarbeiter der EU, der durchsickern ließ, dass nun auch Verstrickungen ausländischer Regierungen untersucht wurden. Nach dessen Angaben nahmen sie im Speziellen Russland, China, Nordkorea und die USA ins Visier. Dies waren beträchtliche Anschuldigungen, denn zuvor waren offiziell nur Nichtregierungsorganisationen und terroristische Gruppierungen verdächtigt worden.

Aber der Bericht war lückenhaft, stützte sich auf nicht belegte Quellen und war stellenweise äußerst fragwürdig. Beispielsweise hatte der Sender kein nachvollziehbares Motiv genannt, das die totale Abschottung einer Nation und den daraus entstehenden eigenen immensen wirtschaftlichen Schaden erklären würde. Stattdessen gab ein obskurer Experte die Annahme zum Besten, dass es gar nicht zur Teilung der Welt gekommen war, sondern nur eine Ausgrenzung europäischer Gebiete stattgefunden hatte. Angeblich ein raffinierter Schachzug jener Regierung, um einen Konkurrenten im Ringen um die militärische und wirtschaftliche Vorherrschaft zu eliminieren. Schlussendlich war es eine neue Verschwörungstheorie ohne jegliche Beweise oder Substanz, wie so viele Male zuvor. Dennoch wurde die Meldung vom Sender ausführlich dargelegt als alternative Deutungsmöglichkeit für diejenigen, die dem *Babylon-Manifest* misstrauten. Katharina schnaubte ungläubig bei den neuesten Behauptungen. Gleichzeitig sank all ihre Hoffnung, dass heute noch die Aufhebung der Ausgangssperre verkündet würde, wenn sie die Sendezeit mit haltlosen Gerüchten füllten. Vorsichtig hatte sie sich aufgerichtet und war unter die Dusche gegangen, als es an der Tür klingelte. Das unerwartete Geräusch ließ sie unter dem Wasser zusammenzucken und weckte bedauerlicherweise auch Benjamin.

»Es ist jemand an der Tür, nicht, dass du dich erschreckst, wenn du aus dem Bad kommst«, rief er ihr auf dem Weg zur Wohnungstür zu.

»Zu spät!« Flink stieg sie aus der Dusche und trocknete sich rasch ab. Innerlich verfluchte sie den Besucher, weil er Benjamin aus dem Schlaf gerissen hatte. »Wer ist es?«

»Oh. Hi, komm rein«, begrüßte er jemanden freundlich, ohne ihr zu antworten.

Neugierig, wen Benjamin zu so später Stunde hereingebeten hatte, beeilte sie sich, in ihre schwarze Hose und ein ausgewaschenes T-Shirt zu schlüpfen. Als sie das Bad verlassen konnte, sah sie eine unbekannte Frau mit welligen, hellbraunen Haaren im Flur stehen. Diese war gerade dabei, ungelenk ihren Mantel auszuziehen, während Benjamin ihr ebenso unbeholfen assistierte. Beiden sah sie deutlich die Übermüdung an, und sie fragte sich, warum die erschöpfte Frau bei ihnen auftauchte. Aber dann erblickte sie ihre Krankenhausuniform, und sie ahnte die Antwort. Genau in dem Moment bemerkte auch Benjamin ihre Anwesenheit und stellte Ladina vor. Die Situation war Katharina mehr als peinlich. Obwohl sie keine eigenen Erinnerungen an die Geschehnisse hatte, hatte Benjamins grobe Zusammenfassung dazu geführt, dass sie sich in Grund und Boden schämte. Ihr eigener Aussetzer, wie sie es nannte, hatte es geschafft, nicht nur ihn, sondern auch Ladina in Angst und Schrecken zu versetzen. Auch jetzt raubte er ihnen noch den Schlaf. Neue Schuldgefühle wallten in ihr auf, als die zwei auf der Couch im Wohnzimmer zusammensackten, während sie etwas zu trinken holte. In ihrer Abwesenheit gab Ladina, gedrängt durch Benjamin, einen kurzen Bericht über die Situation im Krankenhaus ab. Das Bild, das sie zeichnete, war desaströs. Volle Betten, durchgängig arbeitendes Krankenhauspersonal, das selbst am Rande der Erschöpfung stand, und Angst. Zudem waren anfangs selbst Mitarbeiter nicht mehr durch die überfüllten Gänge gekommen, und Kranke hatten sich förmlich gestapelt. Mittlerweile waren die Patientenzahlen rückläufig, obwohl weiterhin die Arztpraxen geschlossen waren.

Soeben hatte die Krankenhausleitung verkündet, dass eine baldige Beendigung der Ausgangssperre erwartet wurde, und

Teile der Belegschaft, so auch Ladina, vorläufig heimgeschickt. Katharina war schockiert über die Lage, aber auch hoffnungsvoll, da die Aufhebung der Beschränkungen signalisiert wurde. In ihrem Kopf ratterte sie bereits ihre Liste durch, was sie alles zu erledigen hatte, sobald sie hier herauskommen würde.

»Caterina, wie geht es dir?«, fragte Ladina in die entstandene Pause, um das Gespräch wieder auf den eigentlichen Grund ihres Besuches zu lenken.

»Dank euch beiden viel besser! Die letzten Tage konnte ich mich ausruhen, und ich fühle mich gut.«

»Na ja, du bist schon schnell erschöpft«, ergänzte Benjamin besorgt, aber Katharina schnitt ihm das Wort ab.

»Ja manchmal bin ich etwas schlapp, aber ich denke, das liegt wohl daran, dass ich seit Tagen mehr gelegen habe als alles andere. Jedenfalls bin ich dir sehr dankbar für alles, was du für uns getan hast, und dafür, dass du auch noch nach deinem langen Dienst hier vorbeikommst.«

»Das ist kein Problem, ich habe nicht viel getan«, sagte Ladina abwehrend.

»Doch, hast du«, sagte Benjamin mit Nachdruck und erhielt ein schüchternes Lächeln von der Besucherin.

»Hast du Fieber oder andere körperliche Beschwerden, abgesehen von dem anhaltenden Erschöpfungszustand?« Ladinas professioneller Tonfall war der einer erfahrenen Oberschwester und passte einfach nicht zu dem jungen, sommersprossigen Gesicht.

»Nein, zum Glück nicht. Ich muss nur wieder in die Gänge kommen, hoffentlich lassen sie uns bald wieder hier raus. Die Anspannung der gesamten Stadt ist förmlich zu spüren, und ich will mir nicht ausmalen, was passiert, wenn die Menschen weiterhin in ihren vier Wänden eingesperrt sind. Ich muss auch einiges erledigen, aber das geht erst, wenn die Leute wieder arbeiten«, sprudelte es aus Katharina heraus, und Verwunderung war immer deutlicher in Ladinas Augen zusehen.

»Wenn sie uns hier rauslassen, dann machst du trotzdem langsam!« Benjamin warf Katharina einen warnenden Blick zu, den sie ignorierte.

»Ja, du hattest eine schwere Grippe – und dann der Schock. Du musst langsam machen, sonst liegst du gleich wieder flach. Außerdem kann sich eine nicht auskurierte Grippe auf dein Herz legen. Du solltest dich ein paar weitere Tage ausruhen. Immerhin warst du schwer krank …«, sagte Ladina und unterdrückte jeglichen Kommentar zu der überraschend guten psychischen Konstitution ihrer ›Patientin‹. Sie hatte erwartet, ein Wrack vorzufinden, mit höchstens einer minimalen Verbesserung im Vergleich zu ihrem Besuch vor drei Tagen. Aber das Gegenteil saß ihr gegenüber, eine freundliche und aufgeweckte Frau, die keinerlei Anzeichen für ein psychisches Trauma zeigte. Die einzigen Sorgen, die sie sich zu machen schien, waren irgendwelche Besorgungen.

»Das mach ich, versprochen. Alles ist wieder gut. Also macht euch keine weiteren Sorgen.«

»Nein, es ist nicht alles gut. Wie kannst du das sagen?« Benjamin Stimme hatte sich erhoben.

»Es geht mir besser, und ich werde langsam machen, aber ich werde bestimmt nicht sinnlos das Bett hüten«, sagte Katharina hitzig. »Benjamin, du weißt, dass ich Antworten brauche, und das kann nicht warten!«

Die Verwirrung von Ladina war offenkundig, aber keiner bemerkte es, weil sich die Wahlgeschwister ausschließlich aufeinander konzentrierten.

»Vor drei Tagen hast du wie eine …«

Aber erneut ließ Katharina ihn seinen Satz nicht beenden, sondern fiel ihm, diesmal beschwichtigend, ins Wort: »Ich weiß, dass meine Reaktion auf die Ereignisse heftig war. Ich weiß auch, dass ich dich mit meinem Aussetzer erschreckt habe, und es tut mir entsetzlich leid. Aber es geht mir besser. Sowohl körperlich als auch psychisch fühle ich mich den Umständen entsprechend gut. Du brauchst dir keine Sorgen mehr zu machen. Okay?«

Nun war ein unterdrücktes Gähnen zu hören. Katharina erinnerte sich an ihre Besucherin, und auch Benjamin schluckte seine Antwort runter.

»Es tut mir leid, das war nicht auf euch bezogen«, nuschelte Ladina entschuldigend hinter vorgehaltener Hand.

»Nein, schon gut. Du bist todmüde, und das ist auch verständlich. Ich bringe dich zur Tür«, sagte Benjamin etwas milder und stand auf. Im Rausgehen warf er Katharina erneut einen Blick zu, der bedeutete, dass für ihn das Thema nicht beendet war. Als Erwiderung zog sie resigniert die Schultern hoch.

Im Hausflur angekommen, drehte sich Ladina nochmals zu ihm um: »Seit wann ist sie wieder so?«

Benjamin antwortete ihr nicht, seine Gedanken waren weiterhin bei der Diskussion mit Katharina. Erst als er das fragende Gesicht der Krankenschwester sah, bemerkte er, dass er wohl etwas verpasst hatte: »Entschuldigung. Was hast du gesagt?«

»Wann hat Caterina ihre Starre überwunden?«

Die Frage brachte ihn wieder in die Gegenwart zurück, und seine Antwort brach regelrecht aus ihm heraus: »Bereits am nächsten Morgen. Sie wachte auf, bat um Wasser und fragte mich, was passiert sei. Ich wollte von vorne beginnen, aber sie unterbrach mich und fragte, wie sie in die Wohnung gekommen war. Also erzählte ich es ihr, auch von deiner Hilfe. Sie bedankte und entschuldigte sich mehrfach, danach ist sie wieder eingeschlafen. Ich bin dann wohl auch irgendwann eingenickt, und als ich aufwachte, war sie bereits aufgestanden. Sie war in der Küche mit Kochen beschäftigt und sprach nebenbei am Telefon mit *Maman*. Beim Essen erzählte sie mir die Neuigkeiten, berichtete, mit wem sie alles gesprochen hatte, und dass es allen so weit gut ginge. Ich dachte, ich bin im falschen Film, es war ein Unterschied wie Tag und Nacht. Erst hatte sie einen kompletten Zusammenbruch, war stundenlang unfähig, sich überhaupt zu bewegen, und am nächsten Tag ist sie wieder voll da, als wäre nichts geschehen ... Zwar ist sie manchmal in Gedanken verloren, aber meistens ist sie fokussiert und verhält sich normal. Sie wirkt wie sie selbst, nur auch wieder anders. Sie hat den Schock einfach weggesteckt und ist die Ruhe selbst.« Nach einer kleinen Pause schloss er seinen Redeschwall: »Ich weiß, wie sich das anhört, aber ich traue der Ruhe nicht, weder der da draußen noch der von Catherine. Ich mache mir ernsthaft Sorgen um sie.«

Ladina brauchte einen Moment, um die Informationsflut zu verdauen, dann sagte sie: »Das glaube ich dir. Sie verhält sich merkwürdig ... Was hat es mit den Erledigungen auf sich, die nicht warten können?«

»Ihre Familie ist außerhalb des Sektors, und Catherine hat keine Ahnung, wo. Sie lässt es sich nicht anmerken, aber sie macht sich große Sorgen. Wir arbeiten seit Tagen daran, etwas herauszufinden, aber es ist nicht einfach.«

»Das mit ihrer Familie tut mir sehr leid«, sagte Ladina mitfühlend. »Ich hoffe, dass ihr bald mehr erfahrt.«

»Na ja, selbst wenn wir sie ausfindig machen, dann ist da immer noch das Problem mit dem Ding über uns.«

»Weißt du, vielleicht bricht das Kraftfeld einfach zusammen oder wird zerstört oder so. Was weiß ich ... Jedenfalls besteht doch die Chance, dass dieser Terror bald ein Ende findet oder nicht? Diese Möglichkeit besteht doch?«, fragte die junge Frau schon fast flehentlich.

»Ich weiß es nicht. Es sind fast drei Tage vergangen, und nichts ist geschehen. Keiner weiß, wer es war oder was diese Barriere genau ist. Es gibt nur Vermutungen, aber keine Fakten und keinen Plan.«

»Vielleicht gibt es einen Plan und mehr Erkenntnisse, als veröffentlicht werden. Vielleicht halten sie die Informationen geheim, um sich einen Vorteil zu verschaffen.« Neuer Optimismus strahlte in ihren müden Augen.

Benjamin hingegen dachte an das Babylon-Manifest und daran, was danach geschehen war. Für ihn stand außer Zweifel, dass diese Gruppe es ernst meinte und es kein einfaches Zurück zur Normalität geben würde. »Ich bin mir nicht sicher, ob sich dieses Ding jemals wieder öffnet. Aber Catherine denkt wohl wie du, denn sie zweifelt nicht daran, dass sie ihre Familie wiedersieht. Aber was ist, wenn das nicht passiert? Was ist, wenn sie sich nur deshalb so schnell erholt hat, weil sie Hoffnung hat? Ich will mir gar nicht ausmalen, was passiert, wenn ihr euch irrt.«

Ladina ließ die Schultern hängen, alle Hoffnung war verschwunden.

»Es tut mir leid. Ich bin gerade selbst wohl sehr pessimistisch eingestellt. Ich hoffe ihr zwei behaltet Recht, und alles ändert sich so schnell, wie es begonnen hat. Schließlich hätte ich auch nicht gedacht, dass sich Catherine so schnell erholt.«

Zur Aufheiterung hatte er Ladina kurz an sich gedrückt und

Röte stieg in ihr Gesicht. Um das zu vertuschen, griff sie schnell das eigentliche Thema ihrer Unterhaltung wieder auf: »Ja, genau das ist es, was ich dir eigentlich erzählen wollte: Ihre ›Verwandlung‹ erstaunt mich genauso wie dich, denn am Montag hatte sie alle Anzeichen für eine Schockstarre. Daher hatte ich mich bei einer Ärztin dazu erkundigt, und sie meinte, dass die Schockstarre die erste von drei Phasen eines psychischen Traumas ist. Die Betroffenen sind von den Geschehnissen überfordert und, um sich selbst zu schützen, rettet sich der Körper in die Starre. Nachdem die erste Erregung abgeklungen ist, beginnt die Einwirkungsphase. In dieser zweiten Phase treten oft Depressionen, Gefühle von Hoffnungslosigkeit, Ohnmacht oder Wut auf. Oftmals wollen solche Menschen zwanghaft von den Ereignissen erzählen oder reagieren auf ihre Umgebung apathisch. Das geht meist zwei bis vier Wochen so. Ich habe solche Patienten erst heute gesehen, und glaub mir, das war was ganz anderes als Caterinas Verhalten.«

»Du meinst also, Catherine sollte sich jetzt eigentlich in der ersten oder zweiten Phase befinden«, sagte Benjamin nachdenklich, »aber sie passt nicht ins Schema.«

»Nein, tut sie nicht«, stimmte Ladina zu. »Sie verhält sich, als wäre nie etwas geschehen oder als wäre sie bereits über die Sache hinweg.«

»Womöglich verstellt sie sich, um mich nicht zu beunruhigen.«

»Ich glaube nicht, dass sowas geht. Der Schock ist eine Schutzmaßnahme des Körpers und, wie gesagt, folgen oftmals Depressionen. So was sucht sich keiner bewusst aus, und daher kann es auch nicht einfach von allein beendet werden.« Ladina schüttelte langsam den Kopf, während sie sprach. »Aber ich bin kein Experte auf dem Gebiet, vielleicht war es etwas anderes und gar kein Schock.«

Benjamin stimmte unwillig mit einem Laut zu und sah Ladina leicht schwanken. »Ich sollte dich jetzt wirklich ins Bett lassen, du siehst aus, als würdest du gleich umkippen.«

»Ja, da könntest du sogar recht haben«, sagte sie träge. »Sag Bescheid, wenn ihr etwas braucht.«

Ladina hatte sich bereits zur Treppe bewegt, als er sie noch mal ansprach: »Ach ja, bevor ich es vergesse, ich würde mich gerne bei dir revanchieren für deine Hilfe.«

»Das ist wirklich nicht nötig«, wehrte sie bescheiden ab und nahm die erste Stufe der Treppe.

»Doch das ist es! Also wenn du ausgeschlafen bist und Zeit hast, dann komm zu uns zum Essen vorbei. Mein Schwesterchen ist eine hervorragende Köchin.«

»Geschwister seid ihr?« Ladina schaute verwirrt und stieg die Stufe wieder hoch. »Das hätte ich nicht erraten, weil du vorhin meintest, ihre Familie ... und weil ihr so verschieden seid ... also ich meine, ähm ... Ach egal, danke für die Einladung. Ich freue mich sehr.«

Sie strahlte ihn mit einem umwerfenden Lächeln an, das ihre Augenringe verschwinden ließ. Bevor Benjamin etwas sagen konnte, gab sie ihm einen Kuss auf die Wange und verschwand endgültig die Treppe herunter. Hatte sie gerade trotz ihrer Erschöpfung mit ihm geflirtet? Wahrscheinlich bildete er sich das in seiner eigenen momentanen Verwirrung bloß ein. Wie dem auch sei, er erwiderte ihr vermeintliches Interesse jedenfalls nicht. Zwar mochte er sie, zudem war sie attraktiv, und ihre Sommersprossen besonders niedlich, aber er fand sie nicht anziehend. Aus Gründen, die er selbst nicht verstand, fühlte er sich immer zu komplizierten Menschen hingezogen.

»Frérot! Das musst du unbedingt sehen!«, rief Katharina aufgeregt, und er stürmte sofort zurück zu ihr, seine Grübeleien vergessend.

7

Verschollen

Brüssel Matonge, 25.01.–30.01.001 n. EB

Katharina hatte in der letzten Nacht keinen tiefen Schlaf finden können, weil die Regierung endlich die Aufhebung der Ausgangssperre verkündet hatte. Dazu war kurzerhand eine Pressekonferenz einberufen worden, in der sich das belgische Staatsoberhaupt König Philippe direkt an die Nation gewandt hatte: »Meine Damen und Herren, ich darf Ihnen mitteilen, dass morgen um acht Uhr früh das Ausgangsverbot außer Kraft tritt. Die Regierung ruft alle Bürgerinnen und Bürger dazu auf, ihrem Alltagsleben wieder zivilisiert und geordnet nachzukommen. Mit dem morgigen Tag können zudem alle Wirtschaftszweige ihren Betrieb ohne größere Einschränkungen wieder aufnehmen. Eine Ausnahme gilt für die Bereiche Transport- und Finanzwesen. Aufgrund der Probleme, die weiterhin durch Störsignale und Systemausfälle auftreten, bleiben Flughäfen und Börsen vorerst geschlossen. Des Weiteren hat das Parlament verschiedene Gesetze zum Schutz der Finanzmärkte vor einer Finanzkrise oder betrügerischen Handlungen erlassen. Eines der wichtigsten Gesetze umfasst die vorläufige Limitierung des Geldverkehrs. Per Gesetz sind bis auf Weiteres alle Inlandsüberweisungen und Bargeldabhebungen auf hundert Euro pro Tag je Bürger begrenzt sowie Auslandsüberweisungen nur mit Genehmigung möglich. Die Regierung plant, diese Restriktion nur so lange in Kraft zu belassen, bis der Normalzustand wiederhergestellt ist. Bitte beachten Sie daher nochmals, dass zwar das Ausgangsverbot aufgehoben ist, aber der Notstand weiterhin Bestand hat und eventuelle Einschränkungen dem Schutz des Allgemeinwohls dienen.« Der Monarch hatte dann die weiteren Verfügungen und Gesetze in einer gefühlt nicht enden wollenden Litanei heruntergebetet, bis der Saal schon unruhig wurde. Abschließend hatte er den Zettel mit der vorgefertigten Rede weggelegt und frei gesprochen: »Ich möchte mich zum Schluss mit ein paar persönlichen Worten an Sie wenden. Dieser Anschlag traf uns alle völlig unerwartet, und er sitzt tief. Viele von uns haben den Kontakt zu Freunden oder Familienmitgliedern verloren. Wir alle haben in den letzten Tagen viel Schmerz, Wut, Trauer und Angst durchlebt, und wir alle müssen uns wappnen für das, was noch kommen mag. Dennoch möchte ich Sie dazu aufrufen, den Glauben nicht zu verlieren. Zusammen können wir die Dunkelheit abwehren und die Zukunft meistern. Ich bin zuversichtlich, dass die Teilung der Welt nicht überdauert und wir bald wieder vereint sind.«

Im direkten Anschluss hatte er dem Minister für Heimatschutz das Rednerpult überlassen. Das Regierungsmitglied hatte ohne Umschweife und ohne auf die Fragen der Reporter zu achten, begonnen zu sprechen. Einleitend hatte er den Bürgern versichert, dass alle Gewalten des Staates die nunmehr als Terrororganisation eingestufte Gruppierung suchten. Die obskuren Berichte über die Verwicklung von ausländischen Regierungen oder der generelle Zweifel an der Teilung der Welt, die zwischenzeitlich den Sektor überflutet hatten, waren von den verbliebenen Staatsführungen bereits im Vorfeld widerlegt worden. Auch der Minister hatte diese

Meldungen als haltlose Verschwörungstheorien verworfen und dazu aufgerufen, wachsam zu bleiben. Damit einhergegangen war der eindringliche Aufruf, dass jeder sich umgehend zu melden hätte, wenn ihm Hinweise oder Informationen zum Terrorakt vorlägen. Schlussendlich hatte er betont, dass fieberhaft an der Aufhebung des Kraftfeldes gearbeitet würde und sie guter Hoffnung wären. Bis zu diesem Zeitpunkt war die Regierungsmitteilung wenig eindrucksvoll gewesen, dann aber hatte der Minister sich mit einer direkten Drohung an die Exesor gewandt: »Mit dem anarchistischen Angriff auf unsere Welt habt ihr jegliches Recht auf Vergebung verwirkt. Was auch immer ihr beabsichtigt, wir werden eure Pläne durchkreuzen. Wer auch immer ihr seid, wir werden eure wahre Identität lüften. Wo auch immer ihr euch versteckt, wir werden euch finden. Wir werden nicht eher ruhen, bis wir unsere Freiheit wiedererlangt und euch der gerechten Strafe zugeführt haben.«

Danach war der Saal vor Fragen explodiert, und Katharina hatte gebannt zugeschaut, bis der übermüdete Benjamin sie ins Bett gejagt hatte. Von ihr waren keine Einwände gekommen, denn auch ihre Augen hatten vor Müdigkeit gebrannt. Entkräftet hatte Benjamin beizeiten der Schlaf mitgerissen, nur sie war von einer Seite auf die andere gerollt. Ihr Gehirn konnte nicht abschalten und einzelne Passagen der Ansprachen waren immer wieder in ihrem Gedächtnis aufgetaucht. Erst nach einer halben Ewigkeit war auch sie in einen leichten Schlaf versunken, wobei ihr Kopf weiterarbeitete und sie immer wieder weckte.

Als die roten Zahlen des Weckers kurz nach sechs Uhr anzeigten, war sie schließlich erschöpft aufgestanden. Sie fühlte sich wie erschlagen und schleppte sich schlapp zur Küche, um den rettenden Kaffee anzusetzen. Anschließend ging sie lautlos ins Bad und betrachtete ihr Spiegelbild. Müde sah sie aus, und ihre dunklen Locken hatten sich durch die unruhige Nacht zu einem großen Knäuel verknotet. Kurz überlegte sie, den Knoten mit dem Kamm zu bearbeiten, verwarf die Idee aber sofort. Stattdessen entschied sie, dass eine große Portion Conditioner sich besser zum Lösen ihrer Haarpracht eignen würde. Nach der langen, warmen Dusche fühlte sie sich wenigstens halbwegs wach, und, begierig, die Suche fortzusetzen, wickelte sie sich in ein großes Badetuch ein. Bevor sie zurück ins Schlafzimmer ging, schenkte sie zwei Tassen Kaffee ein, mit denen sie sich dann vorsichtig auf die Bettkante neben den selig schlummernden Benjamin setzte. Der Wecker schrillte, doch er reagierte nicht.

»Guten Morgen!«, sagte Katharina und wedelte mit einem Lächeln Kaffeeduft in seine Richtung.

»Sœurette? Bist du das?«, fragte er verschlafen mit geschlossenen Augen. »Wie spät ist es?«

Katharina tat die ersten zwei Fragen als rhetorisch ab und klopfte mit dem Finger leicht gegen die Anzeige des Weckers: »Viertel nach sieben. In einer dreiviertel Stunde dürfen wir wieder auf die Straße. Also aufstehen, die Arbeit wartet.«

Jetzt öffnete er langsam die Augen und betrachtete sie kurz: »Ja, aber nicht auf dich. Du bist krank und hast Urlaub.«

»Ich bin wieder fit, und meinen Urlaub cancele ich, denn ich kann eh nirgendwo hinfliegen.«

»Ich nehme dich nicht mit zur Arbeit«, erwiderte Benjamin im Halbschlaf.

»Dann laufe ich halt«, antwortete sie unbekümmert.

»Kannst du dich nicht einfach ausruhen und hierbleiben? Ich dachte, du wolltest nach deinen Eltern suchen. Warum machst du das nicht, und zwar hier?«

»Ich habe mich lange genug ausgeruht und bleibe nicht allein zurück«, hielt sie dagegen. »Zudem kann ich genauso gut bei der Arbeit recherchieren, und du kannst mir sogar helfen.«

Zu müde zum Argumentieren und weil er wusste, dass es selten etwas brachte, gab er sich geschlagen. Dann drehte er sich weg von ihr, vergrub sein Gesicht wieder in den Kissen und brummte: »Weißt du, ich hätte dich damals nicht vor der Hexe retten, sondern zusammen mit den Steinen in den Fluss schmeißen sollen. Das hätte mein Leben um ein Vielfaches erleichtert.«

»Tja, zu spät. Du hast mich jetzt am Hals und wirst mich nicht wieder los. Also aufgestanden, der Kaffee wartet, und in spätestens vierzig Minuten will ich los.« Katharina stellte die Tassen ab und riss ihm die Decke weg. Überrascht richtete er sich auf und schleuderte ihr ein Kissen hinterher. Haarscharf verpasste er sie, und es landete klatschend in einer Ecke. »Terrorist!«

Unbeeindruckt lächelnd schlenderte sie aus dem Zimmer: »Ich habe dich auch lieb.«

Die Schwärze der Nacht war noch nicht vollständig verschwunden, als die Wahlgeschwister um Punkt acht Uhr gemeinsam die Wohnung verließen. Benjamin war noch schlaftrunken und etwas verärgert, weil er die Debatte über die Bettruhe verloren hatte, daher verlief die Fahrt zum Büro schweigsam. Vorm Dienstgebäude stießen sie auf Ella, die nervös von einem Bein auf das andere trat und sich scheinbar nicht hineintraute. Nicht in der Stimmung für eine lange Begrüßung, hakte Benjamin die Praktikantin einfach unter und schleppte sie mit ins Gebäude. Gleich in der Lobby stoppte sie ihr Vorgesetzter Albin Peeters und schickte sie zu einer bereits wartenden Gruppe von Kollegen für ein kurzes Briefing.

»Ich wurde von unserer Leitung, um genau zu sein durch unsere werte Europäische Bürgerbeauftragte Emily O'Reilly, angewiesen, Sie über die aktuellen Entwicklungen in Kenntnis zu setzen. Ihnen allen ist sicherlich bewusst, dass wir uns in einem Ausnahmezustand befinden, daher wird die Ombudsstelle bis auf Weiteres von ihren täglichen Pflichten enthoben. Unsere neue primäre Aufgabe besteht darin, die Bevölkerung mit Informationen zu versorgen und zu beruhigen.« Ein einseitig bedrucktes Blatt mit spärlichen Informationen und ohne Neuigkeiten wurde ausgeteilt. Als Peeters den Zweifel und die Enttäuschung auf den Gesichtern erkannte, verstummte sein Redeschwall kurzzeitig. Er schaute sich verloren im Raum um und brauchte etwas, um sich wieder zu fangen. »Geschätzte Kolleginnen und Kollegen, im Auftrag der Médiateur Européen kämpfen wir mit weiteren Auskunftszentren an vorderster Front, um die Rechtsstaatlichkeit und das Allgemeinwohl in der EU zu schützen. Wir sind der Anker für all die verängstigen Menschen da draußen, und wir werden sie nicht im Stich lassen. Also gehen wir an die Arbeit!«

Mit geschwollener Brust und voller Inbrunst hatte der dürre Mann ihnen die Motivationsrede entgegengeschmettert. Dabei erinnerte der verstaubte Verwaltungsmitarbeiter an einen Ritter, kurz vor dem Sturm auf die letzte Festung. Obwohl seine Darbietung peinlich war, erhielt er keinen Spott von den Umstehenden.

Die Gruppe schwieg, was nur zu deutlich machte, in welch einer sonderbaren Situation sie alle steckten. Sobald die Besprechung beendet war, scheuchte Peeters die anwesenden Kollegen zu ihren Arbeitsplätzen und hielt nur Katharina zurück.

»Frau Frey, es ist wunderbar zu sehen, dass Sie in Zeiten der Krise zur Arbeit kommen. Das macht mich besonders traurig, wenn ich daran denke, ein so engagiertes Mitglied wie Sie bald gehen zu sehen.« Peeters hatte seine Hand linkisch auf Katharinas Schulter gelegt, während sich seine schmalen Lippen zur Andeutung eines melancholischen Lächelns verzogen.

»Danke«, antwortete sie, zu verblüfft, um mehr zu sagen. Ihr Vorgesetzter hatte sich nie besonders herzlich ihr gegenüber gezeigt, und nun flammte ein Hauch Wehmut auf.

»Ja, da fällt mir ein, dass Sie keinen Resturlaub oder Überstunden beim Auslaufen ihres Vertrages haben dürfen.« Alle Wärme war aus seiner Stimme verflogen, stattdessen war der altvertraute Tonfall des Prinzipienreiters zurück. Ihr Anflug von Zuneigung war sofort erloschen. »Zudem müssen Sie offiziell die Stornierung ihres Urlaubs und die Auszahlung beantragen, damit die Versicherung oder der Personalrat keine Schwierigkeiten machen.«

Bevor Peeters weitere Schwierigkeiten mit ihrer ungeplanten Rückkehr aufzählen konnte, wurde er durch das Eintreffen von weiteren Kollegen abgelenkt. Katharina nutzte ihre Chance und ging nach oben, bevor er noch auf den Gedanken kommen würde, dass ihre Hilfe nicht konform war mit seinen Vorschriften. Bereits im Flur hörte sie ihr Telefon schrill klingeln und ergriff den Hörer, bevor sie sich hinsetzte. Ihr bester Freund war ebenfalls im Gespräch, und den gesamten Vormittag verbrachten sie damit, die wenigen zur Verfügung gestellten Informationen zu wiederholen. Viele Anrufer reagierten verärgert, als man ihnen keine Neuigkeiten mitteilte, und Benjamin riss immer schneller der Geduldsfaden. Am Nachmittag kam Ella in ihr Büro, als er gerade mit einer besonders anstrengenden Anruferin konfrontiert war, und verteilte neue Hinweisblätter. Kernthema waren das Verhalten gegenüber Verschwörungstheoretikern und der Umgang mit vermeintlichen Presseanfragen. Ein kurzer Blick darauf genügte ihm, und wütend schmiss er das Papier in hohem Bogen in den Papierkorb. Schockiert schaute Ella ihn an, traute sich aber nicht, etwas zu sagen, weil sich seine Miene zusehends verdüsterte.

»NEIN, ich enthalte Ihnen nichts vor. Wie bereits gesagt, bisher haben sie noch keine Ahnung, wer sich hinter den Exesor verbirgt, aber sie suchen nach ihnen.« Eine gedämpfte Antwort folgte, und sein Ärger verwandelte sich schlagartig in Ungläubigkeit. »Was meinen Sie damit, ob wir Verwicklungen des Papstes und der Illuminati in die Sache prüfen?« Aufgeregt sprach die Frau erneut auf ihn ein, und er hörte fassungslos zu. Dann fischte er das zerknüllte Blatt Papier wieder aus dem Papierkorb und antwortete ihr mit einem schalkhaften Grinsen. »Wissen Sie was, hierzu hat mir meine Kollegin soeben neue Informationen reingereicht. Also lassen Sie mich kurz die Auflistung von Verdächtigen durchgehen. Hmmm nein, den Papst haben sie bisher noch nicht ins Visier genommen. Aber ich denke, Sie könnten richtig liegen, ich nehme das mal besser auf. Zurzeit konzentrieren sie sich auf die Verstrickungen unzähliger Hacker- und Terroristengruppen, aber eine ominöse Geheimgesellschaft erscheint mir auch viel logischer.« Die Erwiderung war so laut, dass Benjamin den Hörer weghalten musste, bis er wieder zu Wort kam. »Ja! Ich persönlich denke auch, dass dies reine Zeitverschwendung ist, besonders da es viel offensichtlichere Möglichkeiten gibt. Meine Vermutung ist, dass Yzarc dahintersteckt, die hätten den größten Nutzen durch Chaos und Anarchie. Das sollten Sie mal googeln, hier ist es mir leider nicht gestattet, mehr dazu zu sagen ... Nein, mit Y am Anfang, also Y-Z-A-R-C. Ich muss jetzt Schluss machen. Geben Sie auf sich acht, und bleiben Sie ruhig. Salut.«

»Was ist Yzarc?«, fragte Ella mit erstaunter Stimme, nachdem er den Hörer aufgeknallt hatte.

»Ich bin mir ziemlich sicher, dass Peeters etwas anderes mit >Beruhigung der Bevölkerung< gemeint hatte, Frérot.« Katharina grinste ihn an, bevor sie sich an Ella wandte. »Es ist *Crazy* rückwärts.«

»Man muss Verrückten das geben, was sie hören wollen. Verschwörungstheoretiker schenken der Logik und Vernunft keinen Glauben.« Die Augen der Praktikantin waren mittlerweile riesengroß, als sie Benjamin zuhörte. »Schau mich nicht so an, Ella. Die Madame wird bald rausfinden, was *Yzarc* bedeutet, und dann wird sie wieder anrufen oder es endlich sein lassen. Wie auch immer! Du kannst es selbst versuchen und mich kurz ablösen. Ich besorge uns dreien was zu essen.«

Als er zurückkam, hatte Ella gerade ihren ersten Anruf am Nottelefon beendet: »Ihr werdet es mir nicht glauben, aber dieser Mann war deprimiert, weil er befürchtet, dass er niemals die finale Staffel *Game of Thrones* sehen wird. Ich habe bestimmt über zwanzig Minuten beruhigend auf ihn eingeredet, aber es hat nichts gebracht. Schlussendlich konnte ich ihm nur die Nummer von der Telefonseelsorge diktieren und habe aufgelegt.«

Nachdem sie zu Ende erzählt hatte, schaute sie zu Benjamin auf, aber sein Zuspruch blieb aus. Stattdessen heulte er wie ein gequältes Tier auf und sackte dramatisch auf seinem Stuhl zusammen: »Der Typ hat voll recht! Was ist mit der finalen Staffel von *GOT* oder den nächsten Marvel-Filmen? Oh mein Gott, was ist mit den Neuerscheinungen von Alben, auf die ich schon die ganze Zeit warte. Hast du ihn an sowas erinnert?«

»Bist du verrückt? Der Mann war so schon am Durchdrehen. Ich habe ihm gesagt, dass er sich um *GOT* keine Gedanken machen muss, schließlich gibt es genügend Nerds, die ebenfalls Fans sind und sicher einen Weg finden werden. Und wenn nicht, dann ist es vielleicht besser so, zu oft ist das Ende eine große Enttäuschung.« Ella blickte vom todtraurigen Benjamin zur schmunzelnden Katharina und fügte hinzu: »Du kannst mit dem Schauspiel aufhören, ich kann Katharina grinsen sehen!«

Benjamin schaute auf und bewarf seine beste Freundin mit einer kleinen Pappschachtel, weil sie sein Spiel verdorben hatte. Danach richtete er sich auf und sprach ungerührt weiter: »Traurigerweise glaube ich sogar, dass du recht hast, Ella. Sollte sich die Gelegenheit bieten, dann werden wohl dreimal so viele Menschen daran arbeiten, sich die neuesten Filme und die aktuellste Musik zu besorgen, bevor sie einen Gedanken daran verschwenden, sich dem eigentlichen Problem zu widmen. Welch ein bitteres Zeugnis für unsere Zeit und wahrscheinlich einer der vielen Gründe für unsere derzeitige Lage. Aber na ja, wenigstens besteht so Hoffnung, dass ich die neuen Alben von Pink und Beyoncé noch zu hören bekomme.«

»Oh nein, ich habe Karten für die Beautiful Drama Tour«, stellte Ella entgeistert fest.

Alle brachen wegen der Absurdität ihres Gespräches in haltloses Gelächter aus, und den gesamten Mittag verbrachten sie mit weiteren Scherzen. Kurzzeitig fielen all die Anspannung und die Zukunftsängste von ihnen ab. Doch der Moment verpuffte schnell, als Peeters in der Tür erschien und sie anblaffte: »Hören Sie das Klingeln der Telefone nicht?«

»Also eine Mittagspause wird uns doch noch gestattet sein, oder?«, fragte Benjamin genervt.

»Eine Mittagspause schon, aber nicht alle zusammen«, gab Peeters gereizt zurück. »Bei der Gelegenheit kann ich Sie auch gleich darüber informieren, dass die Büros vorerst rund um die Uhr besetzt sein sollen. Frau Novak, Sie gehen jetzt besser heim und erholen sich etwas. Sie sind für die nächsten drei Nachtschichten eingeteilt, Ihren Dienstplan finden Sie auf Ihrem Schreibtisch.«

Nach der Ansage sprang Ella sofort auf und verließ hastig das Büro. Benjamin sollte ebenfalls heimgehen, um in der zweiten Schicht zu arbeiten, aber er weigerte sich schlichtweg. Eisern bestand er darauf, gemeinsam mit Katharina eingesetzt zu werden. Daraufhin folgte ein kurzes Wortgefecht, bis Peeters einlenkte und ihnen dieselben Schichten gab. Sie gingen rasch zurück an die Arbeit, damit ihr Vorgesetzter nicht wieder seine Meinung ändern konnte. In jeder freien Minute suchten sie weiter nach Katharinas Familie. Ihre größte Hoffnung war es, aus den Kreditkarten- oder den Handyabrechnungen den Standort zu erfahren. Daher war Katharina aufgeregt, als sie kurz vor Feierabend an die aktuelle Aufstellung der Einzelverbindungsnachweise von beiden Smartphones ihrer Eltern gelangte. Weil sie zu nervös war, übernahm Benjamin es, die Daten zu prüfen. Schnell stellte er fest, dass die Aufzeichnungen keine späteren Eintragungen als achtundvierzig Stunden vor Excidium Babylon enthielten. Beunruhigt überprüfte er die Seiten mehrfach, bevor er ihr gezwungenermaßen das schlechte Ergebnis mitteilte. Ihre Reaktion war gefasst und ihre Stimmung optimistisch, als er sie nach Schichtende allein im Büro zurückließ. Wenige Stunden später war davon nichts mehr zu spüren, und sie stocherte nur geistesabwesend in ihrem Essen rum.

»Es war ein absolutes Chaos. Die Regale waren fast vollständig leer und die Kassen überfüllt. Die Warteschlange zog sich durch den kompletten Laden. Die Leute haben sich mit Lebensmitteln eingedeckt, als stünde uns die Apokalypse bevor. Na ja, vielleicht tut sie das auch, aber …« Benjamin hörte auf zu reden, er merkte, dass sie ihm nicht zuhörte: »Geht es dir gut?«

Ihre Antwort kannte er bereits, denn sofort nach ihrer Rückkehr hatte er sie zum neuesten Stand der Dinge ausgefragt. Während er im Supermarkt versucht hatte, Lebensmittel zu ergattern, hatte sie im Büro einen erneuten Rückschlag erhalten. In einer kurzen Rückmeldung hatte ihr der Kreditkartenanbieter mitgeteilt, dass der entsprechende Server mit den aktuellen Belastungen außerhalb des europäischen Sektors lag. Da keine Möglichkeit bestand, die Informationen abzurufen, war auch keine Abrechnung verfügbar.

»Ja. Entschuldigung, ich war in Gedanken.« Katharina legte die Gabel weg.

»Ich war übrigens im Paketshop«, sagte er, um sie mit einem anderen Thema vielleicht etwas aufzuheitern. »Auch da habe ich ewig angestanden, aber es hat sich gelohnt. Dein Rucksack ist im Schlafzimmer.«

Jetzt wurde Katharina hellhörig und stand auf, während sie fragte: »Ist das zweite Paket auch dort?«

»Nein, sie haben das zweite Paket nicht gefunden. Sie meinten, dass alles gerade etwas drunter und drüber geht.-Ich habe eine Verlustmeldung ausgefüllt, und sie melden sich dann.«

Katharina setzte sich langsam wieder hin: »Okay, dann geh ich morgen noch mal hin und auch gleich einkaufen.«

»Ich glaube nicht, dass sie morgen schon das Paket gefunden haben«, teilte er ihr zögernd mit.

»Egal, versuchen kann ich es, und Essen brauchen wir eh.« Katharina steckte sich den letzten Bissen Brot in den Mund und schob den Teller zum hungrig aussehenden Benjamin herüber.

»Was ist eigentlich im zweiten Paket?«, fragte er, während er sich auf die Reste stürzte.

»Keine Ahnung, aber vielleicht ist es von meinen Eltern oder so«, antwortete sie ausweichend, danach schaute sie schweigend zu, wie er sein Abendessen zu Ende aß.

Obwohl es ihm widerstrebte, begann Benjamin später am Abend, Katharina sachte auf die Möglichkeit vorzubereiten, dass ihre Suche erfolglos enden könnte. Im gleichen Atemzug erinnerte er sie aber an die Sommersonnenwende und das Versprechen der Exesor, die Barriere an diesem Tag zu öffnen. Vielleicht würden sie bis dahin nicht erfahren, wo ihre Eltern waren, aber sie würden im Sommer zu ihnen zurückkommen. Sie schaute ihn daraufhin lange an und holte dann mit einem Seufzer die erste Flasche Wein hervor.

Eine ganze Weile saßen sie gemeinsam in dicke Decken gehüllt auf dem Balkon, bis es Benjamin endgültig zu kalt wurde. Katharina blieb draußen, um an der frischen Luft einen klaren Kopf zu bekommen und nachzudenken. Von einem Moment zu anderem hatte das unerwartete Aufkommen des Tholus alles verändert und sämtliche Pläne vernichtet. Getrennt von ihren Liebsten, waren ihr nur wenige Optionen geblieben. Alles war ungewiss, bis auf die Tatsache, dass diese ersten Tage lediglich ein Vorgeschmack waren auf eine unsichere und gefährliche Zukunft. Mit dieser Gewissheit blickte sie zum Tholus hinauf, aber die Antworten, die sie sich ersehnte, bekam sie nicht. Plötzlich zog sich ihr Herz schmerzlich zusammen, als sorgfältig unterdrückte Gefühle in ihr hervorbrachen. Wehrlos den unerreichbaren Sternen gegenüber, flammte Sehnsucht in ihr auf und der verzweifelte Wunsch nach dem Unmöglichen. Verloren in einer verbotenen Vorstellung, genügte ein sachtes Klopfen, um ihr Herz zum Stillstand zu bringen. In törichter Hoffnung drehte sie sich um. *Benjamin, es ist Benjamin* jagte es durch ihr Gehirn und zerrte sie grausam in die Realität zurück. Mit aller Selbstbeherrschung, die sie aufbringen konnte, schwenkte sie lächelnd ihr fast leeres Weinglas und nickte hastig als Bestätigung, ihm gleich zu folgen. Nachdem er im Schlafzimmer verschwunden war, entwischte eine einzelne Träne ihrer Kontrolle, und lautlos verwünschte sie Phelan O`Dwyer, weil er sie allein zurückgelassen hatte.

Die nächsten Tage liefen in einer gleichbleibenden Routine ab.

Erst zur Arbeit, dann zum Supermarkt, um alles zu kaufen, was das begrenzte Sortiment und Bargeld hergab. Danach folgte ein kurzer Abstecher zur Post, um dem verschwundenen Paket hinterherzulaufen. Bisher war die einzige verfügbare Information zur Lieferung, dass es per Express am Freitagabend in London verschickt worden war und am Samstag Brüssel erreicht hatte, wo sich seine Spur verlor. Katharina hatte einen Aufstand gemacht, aber es hatte nichts genützt. Wenige Tage später wurde dann auch ihre letzte Hoffnung zerschlagen, über die Standortkoordinaten der Smartphones den Aufenthaltsort ihrer Familie zu erfahren. Der Konzern weigerte sich schlichtweg, die Auskunft über den Sendemast herauszugeben, bei dem die Geräte zuletzt eingeloggt waren. Dabei berief sich das Unternehmen auf die geltende Datenschutzverordnung und den Schutz von vertraulichen Informationen. Auch ihre Bitte, nur den Kontinent zu erfahren, wo ihre Familie sich zuletzt aufgehalten hatte, wurde abgelehnt, und es wurde darauf hingewiesen, dass die Daten nur mit einer entsprechenden richterlichen Anordnung zugänglich wären. Daraufhin war sie, ohne mit der Wimper zu zucken, zum Gericht gegangen und hatte um genau das gebeten. Aber auch dort war sie abgewiesen worden. Ohne Ermittlung zu einem möglichen Verbrechen oder Straftatbestand waren sie außerstande, ihr zu helfen. Der letzte Strick war gerissen und Familie Frey unerreichbar hinter dem Tholus verschwunden.

8

Aufmarsch

Brüssel Matonge, 31.01.001 n. EB

Seit zehn Tagen waren sie in den neu geschaffenen Grenzen eingeschlossen und allen bisherigen Maßnahmen zum Trotz hatte sich die Situation nur wenig verbessert. Die Euphorie über die wiedererlangte Freiheit nach Aufhebung der Ausgangssperre war schnell verschwunden. Schließlich waren die europäischen Staaten weiterhin abgeschnitten von der restlichen Welt.

Katharina stand leicht gebeugt über der Brüstung vom Balkon, den Kopf Richtung Quartier Européen gedreht. Mit geschlossenen Augen und einem Weinglas in der Hand, lauschte sie den Geräuschen der Nacht. Die kleineren Demonstrationen und Kundgebungen, die überall in der Stadt verteilt stattgefunden hatten, waren zu Ende gegangen. Nun hatte sich der Großteil der Demonstranten den Hauptveranstaltungen im Regierungsviertel angeschlossen. Nach offiziellen Schätzungen war knapp ein Drittel der Bevölkerung des Sektors heute auf die Straße gegangen. Der Rest saß wohl wie Benjamin unter Anspannung vor dem Fernseher und wartete auf die neusten Entwicklungen. Anlass für die Demonstrationen war die Konferenz zu Excidium Babylon, bei der alle Staatsoberhäupter, Würdenträger, Wissenschaftler und Generäle aus dem Sektor zusammengekommen waren. Gemeinsam sollte im Résidence Palace über eine mögliche Bombardierung des Tholus entschieden werden. Vor über sieben Stunden hatte die Versammlung begonnen, seitdem gab ein Pressesprecher jede volle Stunde ein Statement ab. Bisher aber waren sie zu keinem nennenswerten Ergebnis gekommen, wie auch zuvor bei ähnlichen Treffen in kleineren Kreisen.

Aus diesem Grund lag das sonst so lebendige Viertel Matonge still vor ihr, während sich die Massen ein paar Kilometer entfernt vor den EU-Institutionen drängten. Dabei teilten sich die Demonstranten in zwei entgegengesetzte Lager auf. Der weitaus größere Teil der versammelten Menschen verlangte von den Konferenzteilnehmern, das Kraftfeld anzugreifen und sich die Kontrolle zurückzuholen. Zahllose Banner und Plakate wiederholten dazu denselben Spruch: »Liberté Pour Le Monde« – Freiheit für die Welt. Während die Teilnehmer der Gegenveranstaltung vor den Folgen eines Angriffs auf den Tholus warnten. Hierzu saßen sie alle auf dem eisigen Januarboden, viele mit Kerzen in den Händen oder in die Höhe gereckten Schildern. Die Aufschriften waren vielfältig, aber im Kern enthielten ihre Botschaften zwei Hauptforderungen: Stoppt jegliche kriegerische Handlung, und verabschiedet Gesetze zur sofortigen Umsetzung der Forderungen des Babylon-Manifests. Zudem wandte sich ihr stiller Protest direkt an die Exesor, in der Hoffnung, so eine zweite Chance und eine friedliche Öffnung des Tholus zu erwirken.

Katharina hörte das Stimmengewirr der Demonstranten, und auch, wenn sie nur selten einzelne Wortfetzen erhaschte, zog sie es trotzdem der Berichterstattung im Fernsehen vor. Draußen an der frischen Luft konnte sie sich einen eigenen Eindruck von der Stimmungslage machen, ohne von der Darstellung der Sender beeinflusst zu werden. Ihr Blick schweifte zur Couch, wo sie Benjamin sah, der in einem langen Zug sein Weinglas leerte. Hinter ihm zeigte der Fernseher gerade einzigartige Aufnahmen, als eine Drohne im Sinkflug über das Meer aus Menschen und Schildern auf der Place de Luxembourg hinwegflog. Der Plux, wie ihn Einheimische nannten, war heute durch hunderte von Kerzen sanft erhellt und strahlte eine friedvolle Atmosphäre aus. Auf ihrem Weiterflug nahm die Drohne die gläsernen Fronten der Regierungsgebäude auf, die bei der Veranstaltung als riesige Bildschirme dienten. Zusätzlich waren weitere Leinwände überall verteilt aufgestellt worden, welche die anderen Plätze und Parks mit grellem Licht durchfluteten. Die Bildschirme informierten die versammelten Bürger über die Fortschritte der Konferenz. Neben den neuesten Entwicklungen wurden darauf immer wieder Sicherheitshinweise und Verhaltensregeln angezeigt. Die großangelegte Liveübertragung diente nur sekundär als Informationsquelle, ihr primäres Ziel war es, die Massen ruhig zu halten. Außerdem gewährleistete die taggleiche Atmosphäre eine Erhöhung der Sicherheit bei der Massenveranstaltung. Als die Drohne den Jubelpark überflog, fing sie die lauten Protestrufe, Schreie und das unverständliche Gebrüll der Demonstranten ein. Diese Versammlung bildete den kompletten Gegensatz zum Plux, denn im Jubelpark war die Stimmung energiegeladen und aggressiv. Bei den Bildern graute es Katharina und sie befürchtete, dass es trotz aller Vorsichtsmaßnahmen zu Ausschreitungen kommen könnte. Für einen Moment wollte sie sich erneut in ihr Innerstes verkriechen, aber sie gab dem Gefühl nicht nach. Sie musste sich zusammenreißen, alles hing davon ab, dass sie stark blieb. Vehement verscheuchte sie ihre dunklen Vorahnungen und atmete zur Beruhigung tief durch. Wie der restliche Teil der Bevölkerung konnte sie nichts tun, nur abwarten und hoffen.

9

Strömungswächter

Brüssel Place du Luxembourg

Die Straßen, Parks und Plätze des Quartier Européen waren verstopft vom Ansturm der Menschen und überflutet vom Licht der Bildschirme. Mitten durch das Getümmel schritt zielstrebig eine Soldatengruppe. Gekleidet in gänzlich schwarze Gefechtsanzüge mit Helmen, Brustpanzern und Maschinengewehren wirkten die Militärs wie Eindringlinge in der sonst friedlichen Atmosphäre des Plux. Den einzigen Farbfleck auf der Uniform bildeten zwei kleine Aufnäher der blaugoldenen EU-Flagge, die sie als Angehörige der Europäischen Armee identifizierten.

Die Gründung des gemeinschaftlichen Heeres war erst vor wenigen Tagen verkündet worden, und ausgestattet mit vorläufigen Sonderbefugnissen operierten die Soldaten innerhalb der Grenzen der Staatengemeinschaft. Neben weiteren Behörden hatten auch sie den Auftrag, die anonyme Extremistenorganisation, bekannt als Exesor, zu lokalisieren und festzusetzen. Zudem unterstützten sie nationale Sicherheitskräfte dabei, die derzeit sehr fragile öffentliche Ordnung zu schützen. Als oberster Heerführer der Europäischen Armee war der hochdekorierte italienische General Silan Conti bestimmt worden. Der Öffentlichkeit bisher eher unbekannte General hatte keine Zeit verloren und ein Bataillon nach Brüssel beordert zur Sicherung der Konferenz zu Excidium Babylon.

Die Soldaten bogen in V-Formation aus der Seitenstraße Rue de Trèves und trafen am östlichen Ende auf den Plux. Hinter den Männern erhob sich das Europäische Parlamentsgebäude, und vor ihnen lag der quadratische Platz mit Blick auf die Brüsseler Innenstadt, *Le Pentagone*. Auf das Zeichen ihres Kommandeurs, eines blonden Hünen mit kleiner Narbe neben dem linken Auge, hielten die Soldaten am Rande des Platzes an.

Captain Finn William Evans beäugte mit wachsamem Blick die Umgebung, bevor er allein weiterschritt. Erst vor vier Tagen hatte er sich von den UN-Blauhelmsoldaten zur neugegründeten Europäischen Armee versetzen lassen. Vor zwei Tagen war er dann mit weiteren Einsatzkräften von England nach Brüssel gekommen und campierte seither mit rund tausend Mann vor der Stadt. Die meisten der hier vorübergehend stationierten Soldaten kamen zum Einsatz, um bei der Absicherung von Regierungsgebäuden und Straßen zu unterstützen. Sein Auftrag war hingegen ein anderer. Aufgrund seiner außergewöhnlichen Fähigkeiten in der Verhaltensanalyse und seiner Verdienste in vergangenen Operationen war er der Mission Peace zugeordnet worden. Neben sieben weiteren Teams hatten sie den Auftrag, potenzielle Gefährder bei Demonstrationen ausfindig zu machen und diese zu entfernen. Seit den Morgenstunden rotierten die Teams im Zirkel zwischen den Hauptplätzen, den Parkanlagen und dem Résidence Palace im Quartier Européen. Bislang war das von Finn geführte Team Peace Two mehrfach bei kleineren Ansammlungen zum Einsatz gekommen. Als Konsequenz waren die Unruhestifter verwarnt, des Platzes verwiesen oder festgenommen worden, je nach Situation, und eine Eskalation war ausgeblieben. Zur weiteren Absicherung der Veranstaltungsorte waren stationäre Einheiten der Polizei, der Feuerwehr und des Militärs im Einsatz. Bisher verliefen die gesamten Veranstaltungen weitestgehend ruhig, jedoch steigerte sich die angestaute Wut allerorts von Minute zu Minute spürbar.

Als Finn vor den Absperrungen im neuen Einsatzort angekommen war, positionierte er sich auf einem kleinen Podest. Der rechteckige Plux mit Grünfläche und Statur lag vor ihm. Abgesehen von einem Eingang in Richtung EU-Parlament, verfügte das Gelände über drei weitere Zu- und Abgänge. Eine breite Straße führte aus dem Quartier Européen in die Stadt, über die restlichen Ausgänge gelangten die Menschen zu den anderen Plätzen. Am heutigen Tag hatten sich erneut Tausende hier versammelt, um eine Mahnwache für den Frieden abzuhalten. Die Kundgebung bestand vor allem aus Familien mit Kindern und aus älteren Bürgern, die mit Kerzen in den Händen auf dem gefrorenen Boden saßen. Bei seiner Sondierung fiel Finn zuerst die erhöhte Feuergefahr in diesem Abschnitt auf. Aber dieser Fakt war bereits bekannt, denn den Plux zierten drei Löschzüge der Feuerwehr. Ein weiteres Risiko war der gewaltige Menschenandrang, das ständige Kommen und Gehen von Besuchern. Gegenwärtig war das jedoch nicht weiter besorgniserregend, denn es stand genügend Platz zur Verfügung. Die Durchgänge waren gut passierbar, obwohl sie durch Einsatzkräfte, Sanitäranlagen, Technik und Fahrzeuge verengt wurden. Seine erste Analyse schloss er daher damit ab, dass, abgesehen von den Defiziten des Standorts, das Gefährdungspotenzial verschwindend gering war. Nun gab er seinem Team das Signal zum Aufschließen, indem er seine freie Hand von hinten nach vorne schwingen ließ. Auf sein Zeichen platzierten sich zehn Soldaten von Peace Two an strategischen Punkten, während die drei Verbindungsoffiziere der Föderalen Polizei Informationen zur aktuellen Sachlage bei den örtlichen Einsatzkräften einholten. Nachdem ein bulliger Sergeant mit dichtem, schwarzen Haar lautlos seinen Posten zur Rechten seines Kommandanten bezogen hatte, war die Aufstellung abgeschlossen.

»Peace Two in Position, Captain«, meldete Sergeant Maxim Orel.

»Verstanden.« Finns Blick verharrte auf den schutzbedürftigen Menschen vor ihnen, und er wusste, dass Maxim das Gleiche tat. Vor vier Jahren hatte er den Sergeant bei dessen erstem Militäreinsatz für die UN-Friedenstruppen kennengelernt. Seither hatten die Männer einige brenzlige Missionen miteinander durchgestanden und vertrauten sich blind. Ohne Aufforderung wären sie einander in die Hölle gefolgt, und bei einigen Einsätzen waren sie auch nah daran gewesen. Daher hatte es Finn nicht gewundert, als sich sein bester Freund ebenfalls zur neuen Armee gemeldet hatte, und nun war er froh, ihn an seiner Seite zu haben. Zwar war der Ukrainer ein Hitzkopf, aber auch ein getreuer und verlässlicher Kamerad.

»Komm schon, Captain. Hier ist nichts, lass uns zurückgehen«, beschwor Maxim ihn, er hatte seinen Scan beendet und war zur selben Einschätzung der Lage gelangt. »Am Jubelpark würden sich Peace Four und Five sicher über Gesellschaft freuen. Am besten sollten die Sicherheitskräfte von hier auch zu den anderen Brennpunkten verlegt werden. Dort werden sie unsere Unterstützung bald gebrauchen können.«

Finn verstand seine Ungeduld nur zu gut: Während dieser Platz friedvoll vor ihnen lag, sah die Situation in den anderen Einsatzorten ganz anders aus. Auf dem Résidence Palace im Norden sowie der Place de Jourdan und dem Jubelpark im Osten des Viertels hatten sich ausschließlich Angriffsbefürworter versammelt, und die Stimmung wurde immer gewaltbereiter. Die Sicherheitsbehörden vor Ort hatten bereits Alarm geschlagen, aber es existierten keine weiteren Einsatzkräfte zur Verstärkung. Deshalb drängte es auch ihn, den Kameraden in den gefährdeten Zonen zur Seite zu stehen, aber er wusste, dass sie ihren Posten nicht verlassen durften. Die Peace Teams agierten nach einem eingetakteten System, um abwechselnd alle Zonen abzudecken und den größtmöglichen Schutz zu gewährleisten. Sie mussten standhalten, bis die Konferenz zu Ende ging und hoffen, dass ein Ergebnis präsentiert wurde, das die Massen zufriedenstellte. Das einzige Problem war, dass die Gesellschaft mit ihren zwei gegensätzlichen Meinungsbildern zutiefst gespalten war. Nach der Entscheidung waren Auseinandersetzungen zwischen Angriffsbefürwortern und -gegnern höchstwahrscheinlich. Es würde ihre Aufgabe sein, Schlimmeres zu verhindern. »Willst du die Familien etwa schutzlos zurücklassen?«

»Man sollte die Leute heimschicken, ihre Gebete werden heute eh nicht mehr erhört, und sie bringen ihre Kinder nur unnötig in Gefahr!« Maxims Blick war auf eine Familie mit Kleinkind ganz in der Nähe der Absperrung gerichtet.

»Du verkennst die Situation, keiner harrt stundenlang bei Minusgraden aus, wenn er nicht entschlossen ist. Hier geht keiner freiwillig heim.« Finn hatte eine Gruppe von gut zwanzig Jugendlichen erblickt, die am nördlichen Ende des Platzes standen. Diese unterschieden sich nicht nur durch ihr Alter, Mimik und Gestik von den hier versammelten Demonstranten, sondern auch dadurch, dass sie weder knieten noch saßen. Die Halbstarken hatten sich zusammengerottet und begannen einander in jugendlichem Leichtsinn aufzuputschen. »Siehst du die Gruppe auf drei Uhr?«

Maxim drehte seinen Kopf in die gewiesene Richtung und fixierte die Bande: »Ja!«

»Sorge mit ein paar Männern dafür, dass sie sich zurück zu ihren Familien gesellen. Nimm dir einen Verbindungsoffizier mit, damit keine Missverständnisse auftreten«, sagte Finn im befehlsgewohnten Tonfall. »Die Anführerin ist die kleine Rothaarige, nicht ihr Begleiter, also wende dich direkt an sie.«

»Ist schon erledigt, Captain.«

»Und Orel, lass dich von der Kleinen nicht reizen. Deeskalation hat oberste Priorität.«

Während Maxim sich entfernte, richtete sich Finns Blick auf das Ende des Platzes und verdüsterte sich schlagartig. Der Plux, auf dem sich mehrere tausend Menschen aufhielten, verfügte über keinen freien Rettungsweg mehr. In den letzten Minuten war der breite Ausgangspunkt in Richtung Stadt durch Fahrzeuge vollkommen versperrt worden. Das hatte dazu geführt, dass die restlichen Durchgänge zu den anderen Plätzen nun überfüllt waren. Bei großen Menschenansammlungen konnte eine Massenpanik schon durch kleine Auseinandersetzungen, Brände oder Fehlverhalten Einzelner ausgelöst werden. Dies konnte zu einer unkontrollierten Fluchtbewegung der Menge führen, und jetzt, wo jeglicher Rettungsweg fast vollständig versperrt war, wäre das Resultat verheerend.

Als Finn die Gefahr erkannte, nahm er sein Handfunkgerät und drückte dreimal kurz hintereinander die PTT-Taste, um das Team zu alarmieren. Die Funktionsfähigkeit der Funkgeräte war seit Excidium Babylon sehr eingeschränkt, weil der Tholus Störsignale mit schwankender Intensivität absonderte. Aber im Gegensatz zu anderen Kommunikationsanlagen konnten Funkgeräte, die direkt miteinander kommunizierten, weiterhin eingesetzt werden. Dennoch waren die Funksignale zuweilen so stark durch das Kraftfeld behindert, dass keine verständliche Stimmenübertragung zustande kam. Dieses Defizit wurde noch verstärkt, je weiter Sender und Empfänger voneinander entfernt waren, daher war die Reichweite und Qualität der Geräte unberechenbar geworden. Um die Kommunikation sicherzustellen, hatten viele Teams Handzeichen, akustische Signale oder Codes vereinbart. Als Peace Two das dreimalige Klicken des Funkgerätes vernahm, schauten sie zu ihrem Gruppenführer auf. Finn versicherte sich kurz, dass er die Aufmerksamkeit des gesamten Teams erlangt hatte, dann ließ er seinen Zeigefinger über dem Kopf kreisen als Zeichen zum Sammeln. Danach wandte er sich den vier Teammitgliedern um Maxim Orel zu. Sie waren bereits auf dem Weg zu den Jugendlichen und verharrten in der Bewegung, bis Finn ihnen signalisierte, ihren Auftrag weiter auszuführen. Maxim formte kurz ein *O* aus Daumen und Zeigefinger zur Bestätigung, dann schritten sie weiter.

Nachdem Finn Peace Two informiert hatte, versuchte er erfolglos, die Leitstelle zu erreichen. Währenddessen wanderte sein Blick unablässig über den Platz, der sich zwar langsam, aber unaufhörlich füllte. Finn wusste, dass in einer Notsituation die verbliebenen Durchgänge nicht ausreichen würden und in einem Gedränge Hunderte zerquetscht oder zertrampelt werden könnten.

Mittlerweile hatten sich die restlichen Mitglieder von Peace Two eingefunden und warteten auf einen Befehl. Vom Funkgerät erklang weiterhin nur Rauschen, die Störsignale waren zu stark, um eine Verbindung zur Leitstelle aufzubauen. Finn steckte das unnütze Gerät weg und wandte sich in knappen Worten an die Teammitglieder. »Der Platz ist weitestgehend abgeschnitten. Ursache unbekannt. Es stehen keine ausreichenden

Rettungswege mehr zur Verfügung. Wir rücken vor zum Westausgang. Weitere Instruktionen folgen am Zielort. Abmarsch.«

Angeführt durch Finn schritt Peace Two durch die anschwellende Masse. Es war ein schleppendes Vorankommen, und die Anspannung aller Beteiligten wuchs. Als sie auf das Platzende trafen, erblickten sie den Grund für die Blockade. Ein Krankenwagen hatte sich in einem Feuerwehrzug verkeilt und dabei einen Polizeiwagen gegen einen massiven Pfeiler geschoben. Jetzt steckten alle drei Fahrzeuge fest, zudem gab es mehrere Verletzte und weiteres Gedränge. Im entstandenen Chaos hatten sich die Einsatzkräfte um die Verletzten gekümmert und die Beseitigung der Fahrzeuge außer Acht gelassen. Finn sprach einen Feuerwehrmann mit kräftigem Schnauzbart an: »Captain Finn Evans, Gruppenführer von Peace Two im ersten Regiment der Europäischen Armee. Wer ist hier zuständig?«

»Sie haben den Zuständigen bereits gefunden. Ich bin Kommandant von Sapeurs-Pompiers Bruxelles-PASI – ›Chenaie‹ und verantwortlich für diesen Bereich«, bellte der Mann ihn abfällig an. Dann drehte er sich verächtlich von Finn weg. Zackig bestieg er eine niedrige Mauer, denn er wollte anscheinend nicht, dass der andere Mann auf ihn hinabblickte. Nun waren sie gleich groß, und mit offensichtlicher Genugtuung schaute er auf den Plux.

»Wir müssen den Ausgang zur Stadt freiräumen«, begann Finn.

Doch der Feuerwehrkommandant hörte ihm gar nicht zu. Mit bebendem Schnurrbart fuhr der Mann unwirsch dazwischen: »Ich bin hier zuständig, weil ich seit über dreißig Jahren erfolgreich unzählige Großveranstaltungen abgesichert habe. Ich mache das also schon seit einer Zeit, als Sie noch in Ihre Windeln gemacht haben. Daher brauche ich niemanden, der mir hier dazwischenfunkt.«

Finn ließ sich von dem feindseligen Gebaren nicht einschüchtern. Sein Team hatte in den vergangenen Tagen bereits mehrfach die Abneigung einzelner nationaler Einsatzkräfte zu spüren bekommen. Sie machten keinen Hehl daraus, dass ihnen der Einsatz von bewaffneten Militärs in ihrem Land zuwider war. Finn konnte es sogar bis zu einem gewissen Punkt nachvollziehen, aber es änderte nichts an seinem Auftrag und der derzeitigen Gefahrenlage. Erneut setzte Finn an zu sprechen, da wich plötzlich die erzürnte Miene des Feuerwehrmanns kurz Fassungslosigkeit. In einer schnellen Kopfbewegung kontrollierte dieser die verbliebenen Ausgänge und musste wie Finn feststellen, dass diese weitestgehend verstopft waren. Nun realisierte auch der Feuerwehrkommandant, was Finn bereits gesehen hatte, und er reagierte sofort. Mit hochrotem Kopf rannte der Kommandant auf den beschädigten Feuerwehrzug zu, wobei er mehrere Beamten grob zur Seite schubste. Während er den Fahrersitz einnahm, kläffte er den verdutzten Männern Anweisungen zu. Auch Finn teilte nun seine Männer ein, dabei schickte er einen Verbindungsoffizier dem Kommandanten hinterher, um sich einen Seitenschneider zu besorgen. Den zweiten Verbindungsoffizier schickte er zum eingeklemmtem Polizeiwagen, er sollte ihn wegfahren, sobald der Pfeiler gefällt wäre. Der Rest von Peace Two übernahm die Aufgabe, den fahruntauglichen Krankenwagen aus dem Weg zu schieben. Ganz überraschend bekamen sie dabei Unterstützung von fünf kräftigen Feuerwehrmännern, die der Feuerwehrkommandant ihnen zur Hilfe geschickt hatte, nachdem er ihre Bemühungen erkannt hatte. Trotz des eisigen Wetters lief allen Beteiligten schnell der Schweiß. Nach fünfzehn Minuten hatten sie einen Gang von gut vier Metern freigeräumt, aber dieser war weiterhin viel zu schmal, um einem Menschenansturm als brauchbarer Fluchtweg zu dienen. Es war höchste Eile geboten, denn Finn schätzte, dass sie noch mal die gleiche Zeit brauchen würden, um den Feuerwehrzug aus dem Weg zu räumen.

Ein kurzes Rauschen ging dem Funkspruch voraus, dann meldete sich Maxim: »Gruppenführer Evans, hier Sicherungstrupp Orel. Bitte kommen.«

»Sicherungstrupp Orel, hier Gruppenführer Evans. Verständigung? Kommen.«

»Gruppenführer Evans, hier Sicherungstrupp Orel. (...) schlecht. Kommen.«

»Sicherungstrupp Orel, hier Gruppenführer Evans. Hier ebenso. Wie ist die aktuelle Lage? Kommen.« Das Funkgerät blieb still. »Sicherungstrupp Orel, hier Gruppenführer Evans. Status? Kommen.«

»Gruppenführer (…). Einsatz (…). Unerwartete Komplikationen (…)«, hörte er Orel sagen, seine Stimme klang verzerrt. »Sicherungstrupp Orel, hier Gruppenführer Evans. Wiederholen.«

»(…) hier Sicherungstrupp Orel. Einsatz fehlgeschlagen (…) Zuspitzung der (…) Bitte um Unterstützung. Ich wiederhole Einsatz (…) Platz ist überfüllt. Wir sind isoliert (…) Benötigen dringend (…).«

»Sicherungstrupp Orel, hier Gruppenführer Evans. Bitte kommen«, sagte Finn, aber die Antwort blieb aus. »Maxim? Shit!«

Es war nichts mehr zu hören, der Funkkontakt war abgebrochen. Finn wandte sich von den Aufräumarbeiten ab und stieg über die Fahrerkabine auf den weiterhin querstehenden Löschzug. Als er auf dem Dach stand, überblickte er den Plux und erkannte, was Maxim ihm mitteilen wollte. In der letzten Viertelstunde hatte sich die Situation stark verändert. Die friedliche Stimmung war vergangen, die Menge war unruhig geworden. Mittlerweile war der Großteil der Demonstranten aufgestanden, denn ihnen stand nicht mehr genügend Raum zum Sitzen zur Verfügung. Immer mehr mussten die Leute sich aneinanderdrängen, und viel Fläche war nicht mehr übrig. Immer mehr Menschen strömten auf das Gelände, wo sie verharrten. Niemand schien den Plux mehr verlassen zu wollen.

Der zurückgebliebene Gruppenteil von Peace Two war in einer prekären Lage. Sie waren umringt von Leuten, die heftig gestikulierten, und abgeschottet von anderen Sicherheitskräften. Finn hatte genug gesehen und kletterte das Fahrzeug wieder herunter, zielstrebig steuerte er auf eine kleine Ansammlung von örtlichen Einsatzkräften zu. Unter ihnen war der Feuerwehrkommandant, der seinen Ausflug auf das Dach des Löschwagens beobachtet hatte.

»Wir haben eine Einsatzbesprechung zum weiteren Verlauf. Ich denke, Sie sollten dabei sein, Captain«, rief der Feuerwehrkommandant Finn von weitem entgegen. Es war wohl seine Art, sich zu entschuldigen und für die Unterstützung durch Peace Two zu bedanken.

Ohne auf die Worte des Kommandanten einzugehen, begann ein Polizist der Föderalen Polizei zu sprechen: »Wir haben eine dringende Nachricht von der Leitstelle erhalten. Die Konferenz ist beendet, und in wenigen Minuten werden die Teilnehmer heraustreten, um eine kurze Ansprache zu halten. Das Resultat der Verhandlungen wird nicht verkündet, stattdessen sollen die Sicherheitskräfte die Veranstaltungen auflösen. Wir sollen uns vorbereiten.«

»Alle Plätze sollen geräumt werden? Gleichzeitig?«, fragte die einzige Frau in der Runde. Sie war in den Fünfzigern, und ihrer Kleidung nach zu urteilen, leitete sie den Katastrophenschutz. »Warum werden wir so spät informiert?«

»Die Leute lassen sich doch jetzt nicht einfach nach Hause schicken! Es wird Unruhen geben!«, polterte der Kommandant, und sein Gesicht wurde vom Hals aufwärts fleckig.

»Kennen die Verantwortlichen unsere Lage?«, erkundigte sich ein Major mit starkem niederländischen Akzent. »Der Ausgang zur Stadt ist größtenteils blockiert! Die anderen Rettungswege führen die Menschen nur wieder hinein ins Quartier Européen und zu den Plätzen, die eigentlich geräumt werden sollen.«

»Der Kontakt ist abgebrochen, bevor wir unsere Situation schildern konnten. Wir haben keine Möglichkeit, es der Leitstelle mitzuteilen«, sagte der Polizist eindringlich.

»Dann sollten wir den zeitlichen Ablauf besprechen und uns koordinieren.« Der Major hatte die Arme in die Seite gestemmt, und seine Miene zeigte Entschlossenheit.

»Die Verletzten sind abtransportiert, aber wir werden eine Unmenge mehr haben, wenn das hier aus dem Ruder läuft. Wir brauchen zuerst einen breiten Korridor zur Stadt, dann können wir dem Protokoll folgen«, sagte die Frau.

»Wie lange benötigen Sie für die restlichen Aufräumarbeiten?«, fragte der Major an den Kommandanten gerichtet.

»Nicht länger als zwanzig Minuten«, antwortete dieser mit Blick auf die schwerfälligen Fortschritte.

Der Major nickte: »Beginn der Räumung ist neunzehnhundert. Captain, machen Sie sich mit dem Ablaufplan vertraut, Ihr Team unterstützt meine Leute.«

»Wir haben zu viele Menschen auf dem Platz, und es werden ständig mehr, ohne dass jemand diesen Bereich verlässt. Die Einsatzkräfte vor Ort sind nicht mehr einsatzfähig. Wir haben keine halbe Stunde, wir müssen die anderen Zugänge vom Quartier Européen jetzt abriegeln, damit keine weiteren Menschen auf den Plux gelangen, und sofort mit der Räumung beginnen. Auch wenn der Weg nicht komplett freigeräumt ist, kann dennoch ein Teil bereits evakuiert werden. Meine Männer …« Aber Finn kam nicht dazu, seinen Satz zu beenden, denn die Konferenzteilnehmer traten vor die Kameras. Es blieb keine Zeit mehr zum Vorbereiten, die Konferenz hatte geendet, und der Versuch einer Evakuierung zum jetzigen Zeitpunkt war aussichtslos. Die Bildschirme zeigten, wie die Vertreter sich in einer Linie aufstellten, und eine trügerische Stille legte sich über die Stadt. Finn spürte, wie ein Kribbeln über seine Haut jagte und er gespannt die Luft anhielt.

10

Letztes Licht

Brüssel Matonge

Es war kurz vor halb sieben, und der Himmel war bereits tiefschwarz. Katharina fragte sich gerade, wie lange sich die Konferenz noch hinziehen würde, da vernahm sie eine plötzliche Veränderung im Stimmengewirr. Sie blickte durch die Balkontür und sah, wie Benjamin gebannt im flackernden Licht des Fernsehers stand. An seiner steifen Haltung erkannte sie, dass sich etwas getan haben musste. Geschwind schlüpfte sie zurück in die Wohnung. Gerade berichtete die Nachrichten-sprecherin, dass die Lage in einigen Städten eskaliert sei und die Demonstrationen sich in gewalttätige Aufstände verwandelten. Das Sicherheitspersonal in den gefährdeten Städten versuchte, die Veranstaltungen aufzulösen, stieß aber auf vehemente Ge-genwehr. Begleitet wurde der Bericht von kurzen Aufnahmen aus den entsprechenden Orten und Ländern. Die eben noch stahlhart aufgetretene Sprecherin wirkte nun verängstigt, und ihre Stimme bebte, als sie die Neuigkeiten vom Teleprompter ablas. Auch Katharina stellten sich die Haare auf, und sie fragte sich, wann es wohl bei ihnen zu solchen Szenen kommen würde. Nach Einschätzung des Senders war die Situation in Brüssel einigermaßen unter Kontrolle, auch wenn die Geräuschkulisse draußen etwas anderes vermuten ließ.

Schlagartig erfolgte ein harter Schnitt, und die Schreckensbilder verschwanden. Verwirrt verkündete die Nachrichtensprecherin, dass sich die Türen des Résidence Palace überraschend geöffnet hatten und viel Bewegung vor dem Gebäude zu erkennen war. Jetzt zeigte der Sender die passenden Bilder, und sie sah, wie die gläserne Front vom Regierungspalast grell erstrahlte, während die davor präsentierte Endlosschleife mit Ermahnungen verschwand. Durch einen langsamen Schwenk der Kamera wurden nun die einzelnen Gesichter der Konferenzteilnehmer eingeblendet. Die gezeigten Personen unterschieden sich deutlich durch Hautfarbe, Geschlecht und Alter, dennoch teilten sie den gleichen entschiedenen Gesichtsausdruck. Zuvor hatte die Nacht ein durch tausend Stimmen verursachtes tiefes Brummen durchschnitten, das nun abrupt verstummte.

Katharina schluckte beim Anblick der Konferenzteilnehmer, die zum Angriff bereit waren. »Sie greifen an.«

Brüssel Place du Luxembourg

Nach einigem Hin und Her war Maria Baronowa, eine Sprecherin der Europäischen Union, für die undankbare Aufgabe ausgewählt worden, das Resultat der Konferenz zu Excidium Babylon zu verkünden. Zögernd trat sie aus der Reihe heraus und stellte sich vor die Mikrofone. Ihre Stimme hallte über die stille Menge hinweg, als sie mit steinerner Miene die vorgefertigte Erklärung verlas: »Die Konferenz ist zu einem einstimmigen Beschluss gelangt. Der terroristische Akt der unbekannten Exesor war ein

Angriff auf unser aller Leben. Die Auswirkungen dieser Tat betreffen alle Menschen und auch wenn die Auffassungen zum Tholus grundverschieden sind, müssen wir dennoch zusammenstehen. Wir alle wurden unserer Freiheit beraubt, aber nicht unserer Fähigkeit, frei zu wählen. Heute liegt es in Ihren Händen, ob es zu weiterer Gewalt kommt.« In der Pause, die auf ihre Worte folgte, steigerte sich die Anspannung weiter und war nun regelrecht in der Luft zu spüren. »Die Sicherheitssituation ist überall bedrohlich, derzeit sind wir selbst unser größter Feind. Die heikle Situation zwingt uns dazu, Sie alle dazu aufzurufen, nach Hause zu gehen. Bitte beachten Sie, dass die Sicherheitskräfte hier sind, um Unruhen und weitere Eskalation zu verhindern. Sie dienen Ihrem Schutz, bitte folgen Sie ihren Anweisungen und gehen Sie geordnet nach Hause. Unser Beschluss wird morgen früh um neun Uhr verkündet, wenn Ihre Sicherheit wieder gewährleistet werden kann. Mit dem neuen Tag kommt eine neue Hoffnung, bitte vertrauen Sie darauf. Vielen Dank.«

Simultan war der Text zu ihrer Rede auf dem unteren Bildschirmrand in drei Sprachen mitgelaufen. Jetzt verschwand das Bild von den Teilnehmern, es wurden nur noch die Sperrzeiten und die Aufforderung zur Räumung aller öffentlichen Plätze im Sektor angezeigt. Nach Beendigung ihrer Ansprache hatte die Rednerin ein paar Sekunden unschlüssig vor der Menge gestanden, dann hatte sie sich umgedreht und war zurück in die Reihe getreten. Keiner rührte sich, alle warteten auf die Reaktion der Massen.

Finn dachte, dass es ein cleverer Schachzug war, die Verkündung der Entscheidung auf den nächsten Tag zu verschieben. Wenn alles nach Plan lief, dann wäre zum Zeitpunkt der Bekanntmachung der Großteil der Bevölkerung sicher vor den Fernsehern statt auf den Straßen. So konnte verhindert werden, dass die gegnerischen Seiten im Eifer des Gefechts aufeinander losgingen. Selbst wenn sich nach der morgigen Erklärung wieder Gruppierungen bildeten, so hatten die Sicherheitskräfte dann die besseren Chancen, zügig einzugreifen. Die einzige Frage war, ob die soeben gehaltene Rede und die inbegriffene Drohung, den Beschluss erst mitzuteilen, wenn die Leute zu Hause wären, gewirkt hatte oder nicht.

Brüssel Parc Léopold, 01.02.001 n. EB

Als die Sonne am nächsten Tag um viertel nach acht über der Stadt aufging, waren nur noch einzelne Rauchschwaden zu erkennen. In der Nacht zuvor war es trotz aller Schutzmaßnahmen zu Auseinandersetzungen zwischen einzelnen Aufständischen und Einsatzkräften gekommen. Nachdem das Quartier Européen ohne größere Zwischenfälle geräumt worden war und die Einsatzleitung bereits Entwarnung gegeben hatte, war plötzlich an verschiedenen Stellen in der Stadt die Hölle losgebrochen. Die Protestierenden hatten mutwillig gewütet und sich regelrechte Straßenschlachten mit den Sicherheitskräften geliefert. Glücklicherweise waren die meisten friedlichen Demonstranten zu diesem Zeitpunkt bereits zu Hause gewesen, und eine Katastrophe war ausgeblieben. Dennoch, die Unruhestifter hatten in ihrer Zerstörungswut alles kurz und klein geschlagen und erheblichen Widerstand geleistet. Eine besonders hartnäckige Gruppe hatte eine Barrikade in einem Wohnviertel etwas außerhalb der Pentagone errichtet und Molotowcocktails geworfen. Erst durch den Einsatz einer Sondereinsatztruppe der Polizei konnten sie gestoppt werden, aber da war bereits ein Mehrfamilienhaus in Brand geraten. Eine Teenagergruppe hingegen zog um Mitternacht durch die Chaussée d'Ixelles, eine beliebte Einkaufsstraße, und zerstörte Schaufenster, zündete Autos an und riss Verkehrsschilder aus ihrer Verankerung, bis auch sie verhaftet wurden. Peace Two löste gegen halb zwei Uhr nachts eine Veranstaltung mit zwei Dutzend zugedröhnten Teilnehmern auf. Auch sie waren randalierend durch die Pentagone gezogen, wobei sie eine kleine Bronzestatue von einem Brunnen gerissen und mitgenommen hatten. Anschließend waren sie weiter zum Bahnhof gezogen und hatten als Höhepunkt einen leeren Zug gekapert. Dann hatten sie die Polizei über ihre Tat informiert und ein Lösegeld für das Standbild des Jungen gefordert. Eine halbe Stunde später hatte Peace Two den Wagon gestürmt und die vermeintlichen Entführer gewaltsam festgenommen. Zur Erleichterung der belgischen Kollegen war die Brunnenfigur gerettet und halbwegs unbeschädigt.

Auf seinem ersten morgendlichen Rundgang hatte Finn sich das Resultat der vergangenen Nacht genau ansehen können. Ganze Straßenzüge waren mit Glasscherben und herausgerissenen Pflastersteinen bedeckt. Zudem gab es demolierte Bankautomaten, zerstörte Mülleimer, ausgebrannte Autos und Plünderungen. Einem vorläufigen Bericht zufolge schätzten sie den Sachschaden im mehrstelligen Millionenbereich ein. Bei den Ausschreitungen und Übergriffen war es auch zu hunderten Verhaftungen und noch mal genauso vielen Verletzten, aber keinen Toten gekommen. Im Verhältnis dazu, dass auch die gesamte Stadt hätte brennen können, war dies ein erträglicher Preis, dachte Finn.

Mittlerweile war es kurz vor neun, und Peace Two saß erschöpft im Parc Léopold verteilt, während die Stadt still und unschuldig vor ihnen lag. Ihr Auftrag war es, das Gebiet um den Park abzusichern, denn die Regierung rechnete damit, dass es jederzeit wieder zu Gewaltausbrüchen kommen konnte. Finn sprach gerade mit Maxim, als die Bildschirme angingen und ein leeres Rednerpult zeigten, im Hintergrund hingen die Flaggen der verbliebenen sechsundvierzig Staaten des Sektors. Finn ließ die Gruppe Aufstellung nehmen. Peace Two verteilte sich im Gelände, aber jeder von ihnen warf immer wieder nervöse Blicke zum Bildschirm. Punkt neun erschienen die Teilnehmer der Konferenz. Maria Baronowa trat erneut als Sprecherin auf. Diesmal war ihre Nachricht an die Bürger kurz und knapp: »Die Konferenz zu Excidium Babylon hat einstimmig den Beschuss des Kraftfeldes beschlossen. Die *Offensive Libertas* wurde bereits eingeleitet. Die Bevölkerung ist dazu aufgerufen, in ihren Häusern zu bleiben. Wir informieren Sie, sobald der Angriff beendet ist.«

Dann wurde der Saal ausgeblendet und zu den Live-Bildern der Militäroperation geschwenkt. Finn blickte erwartungsvoll vom Bildschirm zum Himmel. Er konnte mehrere Flugobjekte ausmachen, die den höchsten Punkt des Kraftfeldes anvisierten. Nur wenig später schlug die erste Rakete ein, kurz danach folgten die anderen Geschosse. Finn sah Explosionen, und das Firmament fing an zu brennen. Binnen Sekunden verwandelte sich der Funke in eine gigantische Feuerwalze über ihnen, dann folgte ein mächtiger Schlag, und das Energiefeld entlud sich in der Erde. Die Energieentladung verursachte einen Funkenregen. Lautes Knistern und ein plötzlicher Brandgeruch ließen vermuten, dass überall Kabel schmolzen. Die Bildschirme versagten, und das Programm war unterbrochen. Währenddessen hatte Finn Mühe, sich auf den Beinen zu halten, als auf einmal die Erde anfing zu beben. Dann färbte sich der Tholus schwarz, und alles Licht des Tages verschwand. Mit der Dunkelheit kam die Stille, bedrohlicher als jemals zuvor.

11

Tiefste Nacht

Europäischer Sektor, 01.02.-21.03.001 n. EB

T riduum Nox nannte man die Zeit, als drei pechschwarze Tage und Nächte vergingen, ohne dass ein Lichtstrahl den Tholus durchdrungen hatte. Mit der Dunkelheit war Kälte über den Sektor gekommen, denn die Offensive hatte überall Kabel und Leitungen schmelzen lassen. Die meisten Menschen hatten ohne Strom und Heizung überleben müssen, während ihre Lebensmittel verdarben und ihre Ängste wuchsen. Unvorbereitet auf das Ausmaß der Zerstörung hatten jegliche Notfallpläne versagt. Ausnahmslos waren Experten in ihren Notfallszenarien davon ausgegangen, dass ein durch Sabotage, eine Naturkatastrophe oder einen Cyberangriff verursachter Stromausfall nur einen Teil des Netzes für eine gewisse Zeit lahmlegen würde. Ein solcher Blackout hätte eine Wiederherstellung des Ursprungszustandes binnen Stunden oder Tagen möglich gemacht. Aber der Zusammenbruch der Energieversorgung für eine unbestimmte Zeit im gesamten Sektor ohne eine Versorgung durch intakte Systeme war in keinem Plan vorgesehen. Alle Schutzmaßnahmen waren gescheitert, denn es gab nicht genügend Vorräte, um einen solchen Zustand längerfristig zu überbrücken. Es schien unvermeidlich, dass Trinkwasserpumpen endgültig stillstehen und der Transport von Lebensmitteln versiegen würde, denn primär benötigte man alle verfügbaren Spritreserven, um Einsatzfahrzeuge und Kliniken zu versorgen. Der Sektor hatte an der Klippe zu einer humanitären Katastrophe mit Hunderttausenden von Hungertoten gestanden. Stündlich war die Verzweiflung gewachsen, bis die sogenannten Lichtbringer kamen und den drohenden Untergang abwendeten. Sie hatten am zweiten Tag nach dem Zusammenbruch angefangen, Notstromnetze zu verlegen. Diese provisorischen, überirdisch verlegten Kabel überbrückten die verschmorte Infrastruktur mit den wenigen funktionstüchtigen Kraftwerken, die durch einzelne Energieschilde vor dem Rückstoß des Tholus geschützt gewesen waren. Langsam wurden die wichtigsten Stromverbindungen wiederaufgebaut. Schrittweise gingen Tankstellen, Trinkwasserpumpen und Notstromaggregate zurück ans Netz, und die Versorgung der Bevölkerung mit dringend benötigten Lebensmitteln und Wasser lief schleppend an. Aber allen Bemühungen zum Trotz hatte sich das Grauen dieser ersten Tage tief in das Gedächtnis der Menschen eingebrannt. Zu groß war die Furcht gewesen, dass die angekündigte Ewige Finsternis über sie gekommen wäre.

Erst am vierten Tag nach dem Beschuss hatte sich die schwarze Decke über dem Firmament aufgelöst, und Sonnenstrahlen hatten erneut die Erde erreicht. Mit der Rückkehr des Lichts waren die Menschen zurück auf die Straße gegangen und hatten ihr tiefes Misstrauen in einem gemeinsamen tosenden Aufschrei zum Ausdruck gebracht. Die Offensive Libertas wurde von einem Großteil der Bevölkerung als Farce verspottet. Allerorts wurden Klagen über die Lebensmittel- und Trinkwasserknappheit laut, wie auch die vernichtete Infrastruktur, wodurch Haushalte und Gemeinden weiterhin ohne Energieversorgung waren. Aufgebracht und angeheizt durch Regierungsgegner, war das Volk gegen die Machthaber Sturm gelaufen. Die Gunst der Stunde nutzend, hatten die

Oppositionen öffentlich die Entscheidung der Konferenz verurteilt und den Blackout dem falschen Kalkül der Regierungsparteien angelastet. Darüber hinaus hatten sie die volle Verantwortung an der Entstehung von Excidium Babylon den Regierenden zugeschrieben und sie beschuldigt, den Terroristen mit der Misswirtschaft der letzten Jahrzehnte den Nährboden bereitet zu haben. Mit leeren Phrasen hatten die Oppositionsparteien dem Volk Besserung versprochen, und die Ränkespiele hatten einen schnellen Erfolg erzielt. Nur wenige Regierungen innerhalb des Sektors hatten sich länger als ein paar Tage nach dem fehlgeschlagenen Befreiungsschlag halten können, und schließlich waren alle notgedrungen abgetreten. Die darauffolgenden Wochen, in denen auch die neuen Regierungen drohten, unter dem schweren Vermächtnis zusammenzubrechen, wurden als *Schwarze Revolution* bezeichnet. Schlussendlich waren mit dem Machtwechsel die Probleme nicht verschwunden. Im Gegenteil, mit jedem Tag, der verstrich, waren neue Schwierigkeiten dazugekommen, und die bestehenden verlangten dringender denn je Beachtung. Weiterhin waren die Menschen in Aufruhr, und der Druck auf die neuen Führungen hatte sich stetig erhöht.

Es drohte der vollständige Kollaps, als alle Staaten mit steigender Inflation, Massenarbeitslosigkeit, Hunger, ausufernder Gewalt und dem Zusammenbruch der Sozialsysteme kämpften. Ende März fürchteten sie bereits einen neuerlichen Umbruch, aber diesmal nicht durch revoltierende Oppositionen oder das Volk, sondern durch das Militär. Das Gerücht war aufgekommen, dass einige Generäle Pläne schmiedeten, die Regierungen zu stürzen, um die Macht in Europa an sich zu reißen und die Bevölkerung wieder unter Kontrolle zu bringen. Doch bevor derlei passieren konnte, wendete sich das Blatt erneut.

In einem Landhaus in einer verlassenen Gegend fanden sich die Staatsoberhäupter im Geheimen und außer Reichweite der intrigierenden Militärs zu einer Zusammenkunft ein. Fernab der Öffentlichkeit einigten sie sich innerhalb von wenigen Tagen auf die Gründung eines gemeinschaftlichen Bundesstaats. Der radikale Richtungswechsel sollte ein Militärregime verhindern und den Sektor versöhnen. Alle Vorbereitungen wurden getroffen, und der letzte Versuch einer Stabilisierung begann.

12

Vergeltungsschimmer

Brüssel Mont des Arts, 22.03.001 n. EB

Bis zuletzt hielten die Regierungen ihre Pläne zur Gründung eines gemeinschaftlichen Bundesstaats vor den Streitkräften geheim. Schließlich wussten sie nicht, welche Generäle loyal waren und welche die Lage für ihre eigenen Zwecke ausnutzen würden. Demzufolge war die Europäische Armee nur knapp darüber unterrichtet worden, dass erneute schwere Unruhen sektorweit möglich wären. Als Konsequenz sendete die Führung die Truppen vor Tagesanbruch zurück in die Städte, und Peace Two kam vollkommen ahnungslos vor der königlichen Nationalbibliothek in Brüssel an. Auf dem schwach erhellten Platz sah Finn neben den nationalen Sicherheitskräften nur eine Gruppe von etwa zwanzig Menschen. Die Zivilisten standen um einen kleinen tristen Informationsstand herum, unweit seiner eigenen Position. Aufgeregt redeten sie durcheinander, während ein dürrer Mann lautstark versuchte, sich Gehör zu verschaffen.

»Ich bitte um Ruhe. Ruhe, bitte!«, schrie Albin Peeters, vormaliger Leiter der Außenstelle der Médiateur Européen und seit ein paar Stunden neuer Beauftragter zur Bekanntgabe der Staatsgründung, seinen Kollegen entgegen. »Haben Sie noch irgendwelche Fragen, bevor wir mit unserer heutigen Arbeit beginnen?«

Das Gespräch war gut für Finn zu verstehen, aber zu seiner Enttäuschung musste er feststellen, dass die Besprechung bereits am Ende angelangt war.

»Er meint wohl, bevor wir den Wölfen zum Fraß vorgeworfen werden«, sagte ein schlanker Mann mit schwarzen Haaren und zimtfarbener Haut zu seiner nervös kichernden Nachbarin. »Heute bin ich zum ersten Mal froh, dass Catherine nicht mehr bei uns arbeitet.«

»Herr Amitié, haben Sie etwas beizutragen?«, fragte Peeters verärgert.

»Ja, habe ich«, sagte Benjamin laut und klar. »Was sagen wir den Bürgern, wenn man uns fragt, ob es einen Volksentscheid gibt? Oder ob die nötigen Gesetze bereits durch die nationalen Parlamente ratifiziert wurden? Dazu habe ich in der Bekanntmachung nichts gefunden.«

Peeters machte eine wegwerfende Handbewegung: »Es wird keine Abstimmung geben. Die Beschlüsse sind rechtskräftig.«

»Das sollen wir den Leuten einfach so mitteilen? Das ist Wahnsinn!«, sagte ein molliger Mann mit aufgedunsenem Gesicht.

Danach schlossen sich weitere Personen dem Disput an, und Peeters Antwort ging in der erneuten Unruhe unter. Finn versuchte, der Diskussion zu folgen, wurde aber durch einen Funkspruch von der Zentrale abgelenkt. Nach den standardmäßigen Nachfragen zu Signalstörungen und zur aktuellen Position wurde die Statusmeldung erbeten.

»Einsatzleitung Delta, hier Gruppenführer Evans. Trupp einsatzbereit. Einheiten der Polizei und Feuerwehr vor Ort. Zwanzig Zivilisten ebenfalls anwesend. Sonst alles ruhig, derzeit keine Bedrohung. Gibt es neue Informationen zur aktuellen Lage? Kommen.«

»Gruppenführer Evans, hier Einsatzleitung Delta. Verstanden. Wir haben Mitteilung erhalten, dass die Regierung eine Ankündigung macht. Informationsmaterial wird durch verschiedenste Kanäle verteilt, weitere Details derzeit nicht bekannt. Der Befehl ist weiterhin die Unterstützung der nationalen Einsatzkräfte und die Sicherung des Einsatzgebietes. Kommen.«

»Einsatzleitung Delta, hier Gruppenführer Evans. Verstanden. Kommen.«

»Gruppenführer Evans, hier Einsatzleitung Delta. Halten Sie weiter Ihre Stellung, und geben Sie Meldung, wenn sich die Situation ändert. Ende.«

Der Kontakt wurde unterbrochen, und Finn verstaute wütend sein Funkgerät. Er verstand nicht, wie es sein konnte, dass die Einsatzleitung keine näheren Informationen über die Ankündigung der Regierung hatte. Es sei denn, die Gerüchte über einen anstehenden Militärputsch wären mittlerweile bis nach oben vorgedrungen, und die Bedrohung wäre real. Beunruhigung erstickte seine Wut, und er wendete sich wieder dem Gespräch der Zivilisten zu, um vielleicht dort Näheres zu erfahren.

»Wie bereits erwähnt, stehen uns Sicherheitskräfte zur Seite für den äußersten Fall! Nehmen Sie jetzt bitte die Broschüren, und verteilen Sie sich«, sagte Peeters bestimmt und scheuchte die Anwesenden auseinander.

Finn hatte weiterhin keine Ahnung, worin die Ankündigung bestehen könnte, bemerkte aber, dass der dunkelhaarige Mann mit seiner zuvor nervös kichernden Kollegin näherkam. Beide hielten Stapel von Heften in den Armen und stellten sich keine zwei Schritte entfernt von ihm auf. Die restlichen Zivilisten hatten sich ebenfalls in Paare aufgeteilt und standen verloren auf dem leeren Vorplatz herum.

»Du hast recht, sie werden uns in der Luft zerreißen.« Aufgeregt begann Ella, von einem Bein auf das andere zu tänzeln, während ihr rundliches Gesicht einen grünlichen Ton annahm.

»Ella, atme tief durch. Wird schon werden«, sagte Benjamin mit wenig Überzeugungskraft in der Stimme und legte tröstend seinen Arm um sie.

»Nein, nein, nein«, rief Ella und presste ihre Hand auf den Mund, bevor sie fluchtartig losrannte. Auf ihrem Weg rempelte sie den überraschten Finn an, wobei sie ihre Broschüren fallen ließ.

»Entschuldigung, Mann. Sie ist überfordert, und ihre Nerven liegen blank – wie wohl bei den meisten«, murmelte Benjamin ein paar Worte der Entschuldigung und begann das Informationsmaterial einzusammeln.

»Nichts passiert.« Ella war mittlerweile im Eingang der Bibliothek verschwunden, und Finn bückte sich, um ebenfalls Blätter aufzuheben.

»Seit der Tholus aufgetaucht ist, fühlt sich jeder Tag an wie eine neue Katastrophe. Überall herrscht Chaos, und als wäre das alles nicht schlimm genug, kommt jetzt noch das hier.« Benjamin zeigte deutlich auf den Informationsstand, um seinen Worten Nachdruck zu verleihen.

»Was genau macht ihr eigentlich hier?« Finn blickte auf seinen eingesammelten Papierstapel, wobei ihm die Überschrift geradezu ins Auge sprang. In fetten Lettern prangte über dem Text *Bekanntgabe zur Gründung der Bundesrepublik der Europäischen Alliance,* darauf folgte eine kurze Einleitung:

Die Regierungen der verbliebenen sechsundvierzig Staaten des europäischen Sektors informieren hiermit die Bürgerinnen und Bürger über die Gründung der Bundesrepublik der Europäischen Alliance (EA). In den folgenden drei Abschnitten wird Ihnen ein kurzer Überblick über die wichtigsten Bestimmungen und Änderungen im Zusammenhang mit der Staatsgründung gegeben. Das vollständige Vertragswerk, die neue Verfassung und einzelne Beschlüsse können in allen öffentlichen Einrichtungen eingesehen werden. [...]

Die restliche Einleitung überflog er nur, um sich wieder dem ersten Absatz der Bekanntmachung zuzuwenden:

ALLIANCEVERTRAG
Der Gründungsvertrag der Europäischen Alliance ersetzt alle bestehenden transnationalen Verträge des

Sektors und vereint uns als einen supranationalen Bundesstaat mit allen entsprechenden Befugnissen. Es wird festgelegt, dass die Mitgliedstaaten einen Teil ihrer Hoheitsrechte an selbstständige Institutionen der Alliance delegieren, welche die gemeinschaftlichen, die nationalen und die Bürgerinteressen vertreten. Diese Vertretungen werden durch das republikanische Parlament, den Republikrat, den Ministerrat, den Republikausschuss, die Republikbank, das republikanische Finanzgericht, den republikanischen Gerichtshof, das Tribunal und das Bürgercouncil wahrgenommen. [...]

Weiter kam Finn nicht im Text, denn Benjamin beantwortete seine zuvor gestellte Frage: »Na, wir haben die ruhmvolle Aufgabe, die neuen Republikbürger zu informieren. Kein Wunder, dass Ella schlecht wird. Der Gedanke, wie die Leute reagieren werden, ist ja auch zum ...«

»Was ist das?«, fragte Finn dazwischen, ohne den Blick vom Zettel zu nehmen. Seine Augen hatten sich geweitet, als er versuchte zu begreifen, was er soeben gehört und gelesen hatte.

»Na, das Informationsmaterial zur Gründung unseres neuen Superstaats«, sagte Benjamin voller Sarkasmus. Erst als er es ausgesprochen hatte, bemerkte er, dass sein Gegenüber keine Ahnung hatte. »Verdammt! Sie haben uns gesagt, dass die Einsatzkräfte instruiert wurden.«

»Nein«, brummte Finn, »zumindest nicht das Militär.«

»Aber wie kann es sein, dass ihr nicht auch informiert wurdet?«, fragte Benjamin verwundert, und der Blick des Soldaten beantwortete seine Frage. »Oh, verstehe ... ähm ... wir wissen es auch erst seit gestern Abend, als sie uns unter strengster Geheimhaltung hierhergebracht haben. Wir wurden beauftragt, das Informationsmaterial auszugeben und die Bürger zu informieren. In der Nacht haben sie wohl zusätzlich überall diese Zettel verteilt, also in Briefkästen und an Hauswänden und so. Jetzt warten wir darauf, dass die Stadt aufwacht und wie sie auf die Neuigkeiten reagieren wird.«

Als Benjamin den Satz beendete, blieb Finn ebenfalls für ein paar Minuten still. Zu verblüfft zum Sprechen, musste er erst einmal seine Gedanken sortieren, bevor er fassungslos fragte: »Sie schaffen die Unabhängigkeit der einzelnen Staaten ab?«

»Ja, die Souveränität der Nationalstaaten wird aufgelöst. Zukünftig werden die wichtigsten Angelegenheiten des Sektors auf einer übergeordneten Ebene geregelt, die aber nicht die Europäische Union ist, denn diese wird mit der Gründung der Europäischen Alliance ebenfalls abgeschafft. Stattdessen werden neue, unabhängige Institutionen geschaffen.« Benjamin war froh, dass die peinliche Stille beendet war, und stürzte sich in weitere Erläuterungen. Dazu zeigte er auf eine Stelle im Text, die Finn bereits gelesen hatte. »Die ersten sieben Vertretungen, die aufgezählt werden, sind vorigen EU-Organen nicht unähnlich, nur mit erweiterten Befugnissen und anderen Namen. Neu sind das Tribunal und das Bürgercouncil, dazu existieren keine vergleichbaren Modelle.«

»Und was genau sind sie dann?«, fragte Finn perplex.

»In der Bekanntmachung wird das Tribunal als höchste Gerichtsbarkeit der EA klassifiziert und steht eine Stufe über dem republikanischen Gerichtshof. In seiner Beschreibung steht, dass das Tribunal nur zu besonderen Anlässen zusammentrifft und Vertreter aller Staaten und Gewalten beinhaltet«, erklärte Benjamin. »Die zweite neue Einrichtung ist das Bürgercouncil. Es bildet zukünftig die letzte Instanz, bevor ein Beschluss oder Gesetz verabschiedet werden kann. So eine Art Schwurgericht, indem die Schöffen prüfen, ob die Forderungen des Babylon-Manifests eingehalten werden oder nicht. Der Dienst im Bürgercouncil ist übrigens eine der neuen Pflichten eines jeden Republikbürgers.«

»Was denn für neue Pflichten?«, hakte Finn nach, der begierig war, so viele Informationen wie möglich zu erhalten.

»Stimmt, das hast du ja noch nicht gelesen. Die Bürgerrechte und Bürgerpflichten sind in der Verfassung niedergeschrieben, worum es im nächsten Kapitel geht.«

Benjamin blätterte den Teil in einer seiner Broschüren auf und reichte sie an Finn weiter. Zu lesen war als Überschrift *Die Verfassung der Europäischen Alliance*, darunter folgten erneut eine Einleitung und Zusammenfassung:

Die Grundsatzerklärung der Europäischen Alliance ist
von jedem zu achten und umzusetzen. Mit der Verfassung gelten für jeden Bürger die gleichen Grundrechte
und Pflichten. Dem Volk werden fünf unantastbare
Grundfreiheiten der Einheit, Gleichheit, Gerechtigkeit,
Demokratie und Freiheit garantiert. Jedem Menschen
wird die Pflicht auferlegt, den Frieden zu bewahren und
alle Taten, die dem gemeinsamen Streben entgegenstehen, anzuzeigen. [...]

Erneut wurde Finn durch Benjamin unterbrochen, der fortfuhr.

»Das sind die Grundpfeiler, auf denen sich der zukünftige
Staat gründet. In vielen Punkten ähnelt die neue Verfassung der
Charta der Grundrechte der Europäischen Union. Na ja, jeden-
falls, soweit wir feststellen konnten in den letzten paar Stunden.«

»Aber es gibt Unterschiede?«

»Ja, unter anderem gibt es mehr Bürgerpflichten als zuvor.
Wie die *Schöffenpflicht*, die *Friedenspflicht* und die Pflicht ...
Warte. Wie haben sie es noch gleich formuliert? Ach ja, *und alle
Taten, die dem gemeinsamen Streben entgegenstehen, anzuzeigen*«, las
Benjamin ab.

»Also eine Art Mitteilungspflicht?«

»Ja, genau, aber sie nennen es *Loyalitätspflicht*«, sagte Benjamin. »*In unserem gemeinsamen Streben vereint*, ist übrigens auch so
was wie der neue Leitspruch der Nation.«

»Und was ist das gemeinsame Streben genau?«, fragte Finn
misstrauisch.

»*Die Sicherung der Wiedervereinigung und die Abwendung der
Ewigen Finsternis*«, zitierte Benjamin lakonisch. »Aber der wichtigste Unterschied besteht nicht in den Bürgerpflichten, sondern im Artikel zwei. In der alten Grundrechtecharta ist darin
das Recht auf Leben festgeschrieben ...«

»Leben als höchstes Gut«, rezitierte Finn aus dem Gedächtnis.

»Genau, aber in der neuen Verfassung haben sie den Artikel
beträchtlich verändert. Es heißt jetzt *Bewahrung von Leben* und
er räumt eine Ausnahme vom Recht auf Leben ein. In dem neu-
en Artikel steht, dass die höchste Gerichtsbarkeit der Republik

in Fällen von Hochverrat autonom und abweichend zum Recht auf Leben entscheiden kann.«

»Du sagtest, die höchste Gerichtsbarkeit der Republik wird das Tribunal sein und dass dieses nur zu besonderen Anlässen zusammenkommt. Das heißt, diese Anlässe werden Gerichtsverhandlungen gegen Staatsfeinde sein«, setzte Finn die Stücke der erhaltenen Informationen zusammen. Er starrte auf die Broschüren, nahm sie aber nicht mehr wahr. In Gedanken war er zurück auf der dunklen Straße vor dem Six Ravens Pub, wo er seinen Bruder das letzte Mal gesehen hatte. Seit der Tholus aufgekommen war, wusste er, wer dafür verantwortlich war: James Evans. Und nun trat ein, was sein Bruder Jamie ihm damals prophezeit hatte. Finns hünenhafte Gestalt schien um mehrere Zentimeter zu schrumpfen, als er sagte: »Die Ausnahme in Bezug auf das Recht zu Leben ist also die Todesstrafe für die Exesor.«

»Ja, und ich glaube, nicht nur für sie. Wenn der zweite Artikel in Verbindung mit unserer neuen Loyalitätspflicht betrachtet wird, dann haben sie dasselbe Schicksal auch für Mitwisser und Komplizen der Exesor vorgesehen«, sagte Benjamin unbekümmert.

Aus seinen Gedanken gerissen, schaute Finn den anderen Mann scharf an, der so leichtfertig über das Todesurteil für unzählige Menschen gesprochen hatte. »Es beinhaltet aber auch die Möglichkeit, neben den Terroristen auch Regierungsgegner und aufmüpfige Generäle aus dem Weg zu schaffen. Letztlich macht das Gesetz jeden, der dem gemeinsamen Streben entgegensteht, zum Feind.«

»Nein, so einfach ist das nicht, und ich glaube auch nicht, dass die Regierung der EA versuchen wird, die Opposition auszuschalten oder Generäle zu verurteilen«, sagte Benjamin abwehrend. »Sonst hätten sie nicht die *Heimatschutzbehörde der Europäischen Alliance* gegründet.«

»Was ist das schon wieder?«, fragte Finn unwirsch, während er realisierte, dass er schon als Mitwisser im neuen Staat ein Todgeweihter war.

»Das ist Teil der neuen Rechtsverordnungen.« Nach kurzem Suchen fand Benjamin die entsprechende Passage und begann vorzulesen: »*Der Beschluss zur Umwandlung der Europäischen Ar-*

mee in die Heimatschutzbehörde der Europäischen Alliance (HEA),
deren Aufgabe es ist, die Bundesrepublik als exekutive Behörde gegen
Republikfeinde und Widersacher zu schützen.«

Die zukünftigen Handlanger, die dem Tribunal ihre Beute bringen, dachte Finn, sprach es aber nicht laut aus. An Benjamin gerichtet, sagte er ruhig, aber bestimmt: »Die Loyalitätspflicht und diese Schutzbehörde sind sehr wirksame Druckmittel, um die Leute zum Kooperieren zu zwingen und Spitzel zu rekrutieren. Ein Umstand, der den Machthabern innerhalb der EA nur zugutekommen kann. Aber eigentlich bräuchten sie das nicht, denn mit der Autonomie des Tribunals haben sie ein Instrument mit überwältigender Machtstellung geschaffen, womit jegliche Rechtsstaatlichkeit bereits zu Beginn abgeschafft wird.«

»Nein, das ist so nicht richtig. Es existiert ja immer noch das Bürgercouncil als Gegengewicht zum Tribunal«, erinnerte Benjamin ihn an die zweite neue Institution.

»Das ist doch nicht mehr als eine Fassade, mit der sie öffentlich vorgeben, die Forderungen der Exesor zu erfüllen, während sie im Hintergrund weiterhin daran arbeiten, den Tholus zu öffnen und alle Widersacher auszuschalten. Die Macht liegt beim Tribunal, nicht beim Bürgercouncil.«

»Obwohl du recht hast, dass das Tribunal über große Macht verfügt, ist diese nicht grenzenlos, sondern dem Bürgercouncil gleichgestellt. Das Bürgercouncil ist die Rückversicherung für den Fall, dass sie die Exesor niemals finden, und damit ebenso einflussreich. Die Forderungen vom Babylon-Manifest sollen erfüllt werden«, verteidigte Benjamin erneut, »und da dieses sich ausschließlich aus dem Volk zusammensetzt, bestimmen wir über unsere Zukunft.«

»Glaubst du das wirklich?«, fragte Finn skeptisch und wusste doch schon, dass sich sein Gegenüber in eine verzweifelte Wunschvorstellung flüchtete.

»Ja, ich bin mir sicher. Der Fortbestand der EA steht und fällt mit dem Tholus! Bis dahin ist alles darauf ausgerichtet, die Ewige Finsternis zu verhindern, und das geschieht vor allem durch das Bürgercouncil. Lies dir die letzten Worte in der Verkündung durch, dann wirst du es verstehen.« Benjamin deutete auf die Stelle im Text:

Die Gründung der Europäischen Alliance erfolgt am 14.
April des ersten Jahres des Babylonischen Zeitalters.
Ihre Gesetze sind bindend bis zum Tag der Befreiung
oder der Öffnung des Tholus am 21. Januar 100 n. EB.

»Und wenn dir das nicht reicht, dann gibt es noch entsprechende
Verordnungen wie die der *Sommersonnenwende*«, sagte Benjamin
und zeigte auf einen Absatz weiter oben im Text:

Per Dekret hat sich jeder Mensch des Sektors zu melden, der den Wunsch hat, den Tholus am 21.06.001 n.
EB zu durchqueren. Die abschließenden Vorbereitungen zur partiellen Öffnung des Tholus werden durch
die Mitarbeiter der EA bis zur Sommersonnenwende
getroffen.

Die angeführten Textstellen konnten Finn nicht vom Gegenteil
überzeugen. Dafür hatte er in seiner militärischen Laufbahn zu
viele Länder erlebt, in denen die Demokratie zerbrochen war.
Manches Mal freudig gewählt durch das eigene Volk, die ihre
Hoffnung in falsche Versprechungen setzten und schlussendlich
verraten wurden. Oder wie hier, in einem schwachen Moment
überrumpelt durch den vermeintlich letzten Ausweg aus einer
Katastrophe. Nun verteidigte sein Gegenüber vehement den
neuen Staat, obwohl er noch vor ein paar Minuten mit seinem
Vorgesetzten über dessen Rechtschaffenheit diskutiert hatte.
Wahrscheinlich war die Vorstellung, die Gewaltenteilung wäre
weiterhin intakt, leichter zu ertragen, als sich einzugestehen,
dass der Weg zur Autokratie geebnet wurde. Was gab es schließlich noch für Alternativen zur Europäischen Alliance?
»Vielleicht ist der Rest der Bevölkerung auch deiner Ansicht,
dann bleibt uns der Aufstand erspart.« Mit einem Kopfschütteln
beendete Finn die Diskussion und richtete seinen Blick auf den
letzten Abschnitt: *Bündnistreue.*

Das Volk und die Bundesstaaten sind der Europäischen
Alliance zur Treue verpflichtet. In gegenseitiger Rück-

sichtnahme und Zusammenarbeit soll ein jeder nach dem höchsten Ziel der Wiedervereinigung streben. Per Dekret erlässt die Europäische Alliance die folgenden Maßnahmen zur Sicherung der Wiedervereinigung und zur Abwendung der Ewigen Finsternis. [...]

Ella kam langsam die Treppen von der Bibliothek herunter, und Benjamin sah, dass sie noch schwach auf den Beinen war. Verbittert sagte er: »Ich weiß nicht, was diese Menschen erwartet haben, was geschieht, wenn sie einen Anschlag auf die gesamte Welt verüben. Vor dem Tholus wäre ich gegen die Einführung der Todesstrafe auf die Straße gegangen. Jetzt, wo so viel Leid über uns gekommen ist, bin ich mir nicht sicher, ob die Exesor unsere Gnade verdienen.«

Ohne ein weiteres Wort ging Benjamin seiner Kollegin entgegen und verschwand mit ihr hinter dem Informationsstand. Nachdenklich blickte Finn ihnen einen Moment nach, bevor er seine Männer zusammenrief.

»Wie lautet der Befehl?«, fragte Maxim, nachdem Finn einen knappen Überblick über die Situation gegeben hatte.

»Ob sie uns die Europäische Armee oder die Heimatschutzbehörde der Europäischen Alliance nennen, der Auftrag ist weiterhin derselbe: das Einsatzgebiet sichern und die nationalen Einsatzkräfte unterstützen.«

»Was ist, wenn die Führung sich gegen die Europäische Alliance stellt?«, fragte ein Soldat.

»Unsere Generäle unterstehen weiterhin der Kommission und so auch wir«, sagte Finn eisern und befahl: »Verteilt euch!«

Peace Two bezog wieder Posten, nur Maxim blieb zurück und kratzte sich am Hinterkopf. »Du hast die Frage trotzdem nicht beantwortet.«

Finn schaute seinen Freund nicht an, sondern betrachtete mit gerunzelter Stirn Benjamin, der pausenlos tröstend auf seine Kollegin einzureden schien. »Wir sind Soldaten, und wir operieren hier nicht auf Feindesgebiet. Ich werde mich an keinem Putschversuch des Militärs beteiligen, und meine Loyalität liegt auch nicht bei der Übergangsregierung, sollte sich das Volk gegen sie auflehnen. Daher werde ich keinen Befehl ausführen, der mich zwingt, mich gegen die Bevölkerung zu stellen. Sollte es notwendig werden, dann schütze ich die Anwesenden und die Demonstranten, damit sie ihre Verzweiflung nicht aneinander auslassen.«

»Gut! In der Zwischenzeit werde ich mal besser beten, dass kein anderer Befehl kommt, sonst stehen wir bald vorm Militärgericht.«

Finn entging es nicht, dass sein Freund im Plural gesprochen hatte, und er war dankbar für seine unausgesprochene Unterstützung. »Es gibt einiges in der Bekanntmachung, was die Situation heute zum Eskalieren bringen könnte.«

»Oh ja«, sagte Maxim, und nach ein paar Minuten Ruhe fing er an, breit zu grinsen. »Na ja, es gibt aber auch gute Nachrichten! Jetzt wo sie die Genfer Konvention ausgeschaltet haben, können wir uns vollumfänglich unserer neuen Aufgabe als Ghostbusters widmen.«

»Du meinst wohl eher Kopfgeldjäger«, erwiderte Finn und rang sich ein kleines Lächeln ab, während seine Gedanken wieder einmal zu seinem Bruder wanderten.

»Nope, ich finde *Ghostbusters* doch recht passend. Schließlich suchen wir nach Leuten, die keiner kennt und von denen niemand weiß, ob sie überhaupt in unserem Sektor sind oder was sie tun, wenn wir ihnen auf die Pelle rücken. Ein Kopfgeldjäger erhält wenigstens einen Namen und ein Foto, aber wir brauchen das nicht, wir stürmen einfach so drauflos. Das wird sicher ein durchschlagender Erfolg.«

»Du solltest dir überlegen, dich für das Marketing bei der Heimatschutzbehörde zu melden. Du machst das jetzt schon hervorragend, und ich fühle mich richtig motiviert«, scherzte Finn ebenfalls, dabei hoffte er inständig, dass, wo immer sein Bruder Jamie war, er sich gut versteckte.

»Vielleicht mache ich das. Die HEA braucht fähiges Personal, wenn man den Leuten in zehn Jahren erklären will, dass man immer noch keinen Schimmer hat, wer die Exesor sind«, sagte Maxim und legte seine Hand um sein Kinn, als würde er angestrengt nachdenken. »Dann würde ich sogar im Rang über dir stehen, der Gedanke gefällt mir immer besser.«

»Tja, solange es nicht so weit ist, nimmst du besser Aufstellung an«, sagte Finn und gab seinem Freund einen kleinen Schubser. »Mach dich bereit, es wird bald losgehen.«

»Jawohl, Captain.« Maxim salutierte etwas übertrieben und entfernte sich.

Der Tag brach an, und Finns Befehl hielt stand, denn die Einsatzleitung gab keine neuen Anweisungen heraus. Der wütende Mob, der das Volk in den letzten Wochen gewesen war, erhob sich nicht erneut, und zum ersten Mal seit Tagen blieben die Straßen weitestgehend leer. Zu Beginn war es schwer zu beurteilen, warum sich die Situation im Sektor entspannt hatte. War es, weil die Menschen eine Militärherrschaft fürchteten oder weil sie aufgrund aller Entbehrungen einfach müde waren?

Aber keiner dieser beiden Beweggründe schien schlussendlich den Ausschlag gegeben zu haben, sondern es war schlicht und einfach so, dass die meisten Menschen die Gründung der Europäischen Alliance guthießen. Welche Einschränkungen das neue Staatssystem auch mit sich brachte. Die EA gab den Menschen Hoffnung, und sie schöpften Kraft aus dem Wissen, dass die HEA die Exesor suchen und das Tribunal sie richten würde. Zum ersten Mal seit Excidium Babylon verspürten die Menschen die Chance auf Gerechtigkeit.

13

Seelenanker

Europäischer Sektor, 08.04.- 13.04.001 n. EB

Nachdem seit Wochen jeden Tag der totale Kollaps gedroht hatte, stabilisierte die Bekanntmachung der Europäischen Alliance die Lage. Die Gerüchte über aufrührerische Generäle versiegten, während das Volk sich nicht erneut zu großangelegten Demonstrationen zusammenfand. Der Unterstützung der Massen beraubt, schwand auch der Rückhalt für die Oppositionen, und vorläufig kehrte Ruhe im Sektor ein.

Als es zu keinem nennenswerten Widerstand kam, machte sich die Interimsregierung an die Vorbereitung zur feierlichen Gründung der EA. Hierzu wurden in der Woche vor der tatsächlichen Staatsgründung großangelegte Volksfeste in Städten und Gemeinden veranstaltet. Alle mit der Absicht, die Wunden der Vergangenheit zu heilen und sich den weiteren Beistand des Volkes für die Zukunft zu sichern. Höhepunkte der Festwoche bildeten arrangierte Hochzeitsfeiern, die vom Volk als *Alexander Projekt* bezeichnet wurden. Formal handelte es sich hierbei um die Umsetzung der *Verordnung zur jährlichen Völkervereinigung durch Eheschließung von Männern und Frauen aus unterschiedlichen Bundesstaaten, um jegliche kriegerische Handlung unter den Völkern zu verhindern*. Diese symbolträchtige Heiratspolitik sollte die Annäherung der Staaten vorantreiben und die Paare als Vorbild für das gemeinsame Streben etablieren. Dazu wurden landestypische Hochzeitstraditionen der Ehepartner miteinbezogen, um die vielfältigen Bräuche zu ehren und den Sektor zu vereinen. Die Teilnehmer, inoffiziell sogenannte *APs*, waren speziell ausgesuchte Bürger und Bürgerinnen, die verschiedenste Funktionen in der Republik bekleideten. Akribisch geplant und aufwendig inszeniert, wurden insgesamt zweiundneunzig Paare verheiratet. Die Verantwortung dafür oblag einem Gremium und dem *Inszenator*, dessen Aufgabe es war, die Völkervereinigung im rechten Licht erstrahlen zu lassen. Ausgewählt hatten sie dafür Arvo, einen Estländer, der gebürtig Villem Arvo Tamm hieß. Seinen Charakter zeichneten sein Perfektionismus und Kontrollwahn genauso aus wie seine Gleichgültigkeit gegenüber seinen Mitmenschen. Trotz oder vielleicht auch dank dieser Eigenschaften hatte er es in den letzten zweiundfünfzig Jahren geschafft, zum begehrtesten Produzenten und Regisseur weltweit aufzusteigen. Er war ein Ausnahmetalent und besonders bekannt dafür, sein Publikum in vollendete Scheinwelten zu entführen. Jetzt lag es in seinen Händen, den Menschen mit der Völkervereinigung ein unvergessliches Spektakel zu bieten.

Zur Auftaktveranstaltung der Festwoche wurden eine niederländische Soldatin der HEA und ein nordmazedonisches Mitglied des Tribunals in einem prunkvollen Gottesdienst im Petersdom getraut. Am selben Tag fanden weitere Hochzeiten in den Kleinstädten Kotor, Visby, Portree, Hallstatt, Narva, Colmar und Piran statt. Weitere achtunddreißig Trauungen wurden in den folgenden fünf Tagen vollzogen, wobei jeder Zeremonie eine Verlautbarung durch einen Regierungsvertreter vorwegging. Damit die prächtigen Vermählungen auch den gesamten Sektor erreichten, hatten die Lichtbringer die Hauptplätze der

Städte in Akkordzeit wieder vernetzt. Erneut wurden Leinwände aufgestellt, um Nachrichten und ausgewählte Zusammenschnitte der Festakte zu präsentieren. Auch zukünftig sollten diese Informationsplattformen genutzt werden, um kontrolliert Informationen zu verbreiten und wichtige Aufklärungsarbeit der EA zu leisten.

An den Feierlichkeiten vor Ort konnte neben den geladenen Gästen jeder teilhaben, der sich früh genug bei den Veranstaltungen einfand. Die Feste boten dem Publikum ein reichliches Hochzeitsmahl, Musik, Tanz und Überraschungen. So geschah es, dass am Donnerstag, dem vierten Tag der Festwoche, zur Eheschließung von Michał Król mit Dorian Ion Brăila ein Besucher einen besonders aufsehenerregenden Preis erhielt. Als der moldawische Bräutigam nach dem Empfang seine Fliege in die Junggesellenschar aus der Kleinstadt Zamość geworfen hatte, wurde dem glücklichen Fänger ein gläserner Morgenstern überreicht. Der achteckige Stern war zum Zeichen der Lichtbringer geworden und bedeutete für den Gewinner den baldigen Anschluss seines Haushalts an die Energieversorgung. Ein unvergleichlicher Wert und einer der Gründe für den enormen Ansturm auf die Veranstaltungen. Aber nicht nur wegen der Geschenke und der kostenlosen Verköstigung strömten die Menschen zu den Festen. Sondern auch, weil diese Abwechslung vom neuen Alltag boten, der nunmehr durch Entbehrungen und die Trennung von der digitalen Welt gezeichnet war.

Brüssel Grand Place, 13.04.001 n. EB

Katharina stand in der Mitte eines der imposanten Räume des Brüsseler Stadtmuseums im Untergeschoss der Maison du Roi. Vor dem Gebäude lag die Grand Place, gefüllt mit Hunderten von Schaulustigen, die sich an den kleinen Holzhütten mit Speisen und Getränken versorgten. Es war der letzte Tag der Festwoche, und auf dem goldenen Platz war eine der Großveranstaltungen im Gange, die direkt vom Inszenator geleitet wurden. Für die Feierlichkeiten war eine niedrige Plattform vor dem Brüsseler Stadthuis aufgebaut worden. Ein blumengesäumter Mittelgang verband diese mit der Maison du Roi. Auf der rechten und linken Seite des Ganges waren für geladene Gäste weiße Stuhlreihen aufgestellt worden. Neben weiteren Blumenarrangements schmückten ein vollständiges Orchester und ein Podium die Bühne, auf dem ein Mann im Frack gerade die Verlautbarung der EA zu Füßen einer riesigen Flagge vorlas. Die Fahne zeigte einen gefüllten Kreis, bestehend aus sechsundvierzig goldenen Sternen auf schwarzblauem Untergrund. Dies war das Symbol für die Europäische Alliance und die Einheit der Völker in ihrem gemeinsamen Kampf gegen die Ewige Finsternis. Im Kontrast zur Flagge stachen die festlich gekleideten Gäste und die bunte Schar aus Zuschauern hervor. Sicherheitskräfte, Soldaten und Regierungsvertreter trugen dunkle Farben mit kleinen Abbildern des Sternenkreises als goldene Anstecknadeln. Sie fügten sich als letzte in das Bild hinein, das Kameraleute für die Übertragung in den gesamten Sektor einfingen.

Während draußen bereits das Event in vollem Gange war, vollendeten die Mitarbeiter des Gremiums in der Maison du Roi eifrig die letzten Vorbereitungen. Seit dem frühen Morgen hatten Stylisten, Frisöre, Verwandte und Freunde ohne Unterlass an Katharina herumgezerrt und erst von ihr abgelassen, als Arvo im Saal erschien. Mit dem Eintreten des Inszenators breitete sich eine angespannte Atmosphäre im Raum aus, die selbst Katharinas Verwandte verstummen ließ. Ihr war es nur Recht, denn mittlerweile kostete es sie mehr und mehr Kraft, die Fassade aufrecht zu halten. Mit Excidium Babylon war etwas in ihrem Inneren zerbrochen. Auf den ersten Schock, den die Worte des Babylon-Manifests hinterlassen hatten, war eine kurze Zeit gefolgt, in der sie glaubte, baldigst mit ihren Liebsten wiedervereint zu sein. Dies gab ihr Kraft, doch mit der Triduum Nox war alle Hoffnung verloren gegangen. Ein übermächtiger Schmerz überwältigte sie, und um nicht völlig in der Dunkelheit zu verschwinden, schob sie all ihre Gefühle von sich. Der pure Überlebenswille übernahm die Kontrolle, der sie zwar vor größter Gefahr schützte, aber darüber hinaus nur ihre Grundbedürfnisse befriedigen konnte. Sie aß und trank, wenn es etwas zu essen oder zu trinken gab. Sie arbeitete und schlief, wenn es Zeit war, zu arbeiten oder zu schlafen. Sie antwortete und sprach, wenn jemand ihr eine Frage stellte oder ein Gespräch begann. Aber sie spürte den Hunger nicht, wenn die knappen Portionen nicht ausreichten, um ihren Magen zu füllen. Sie merkte nicht, wenn die schwere Arbeit ihren Rücken schmerzen ließ oder eine kurze Nacht nicht ausreichte, um sich auszuruhen. Sie war ungerührt, wenn ihre Gesprächspartner vom Schrecken der Zeit berichteten. Ihre Gedanken und Empfindungen waren gedämpft, bis zur Unkenntlichkeit verzerrt, und sie selbst verstand sich nicht mehr. Beharrlich versuchten sich ihre Gefühle wieder ans Licht zu kämpfen, aber immer seltener gelang es. Mit der Zeit wurde auch ihr Überlebenswille müde und versank immer öfter mit dem Rest in der Dunkelheit. Von außen aber erkannte nicht einmal Benjamin, was in ihr vorging, zu sehr hatte auch er mit den Ereignissen zu kämpfen. So waren die Wochen vergangen, und sie glaubte an ihrem heutigen Hochzeitstag auch den Rest ihres Selbst zu verlieren.

Arvo schnalzte mit der Zunge, während er sich vor ihr aufbaute und sie begutachtete. Katharina bemerkte es kaum. Ohne ein einziges Wort der Begrüßung machte sich der hagere Mann ans Werk. Er steckte eine kleine silberne Haarnadel mit Diamantbesatz in ihre Locken. Währenddessen verteilte er strikte Anweisungen an seine Angestellten, und wieder kam hektisches Treiben auf. Danach rückte er ihren Vintage-Schleier zurecht und ermahnte sie wie ein kleines Kind, den geliehenen Haarschmuck nicht zu verlieren. Mit Gleichgültigkeit ließ sie es über sich ergehen, und selbst als der Mann ihr Korsett noch etwas enger schnürte, wobei ihr fast die Luft wegblieb, sagte sie nichts. Als er damit fertig war, scheuchte er Katharinas Angehörige mit unfreundlichen Worten raus zu ihren Plätzen. Benjamin blieb und schnappte sich die Hände seiner besten Freundin, um ihr forschend in die Augen zu blicken. Aber der Schleier und Arvo verhinderten, dass Benjamin etwas von der großen Leere sah, die sich mittlerweile in ihr ausgebreitet hatte. Bei seinem erzwungenen Abgang kurze Zeit später rief er Katharina etwas zu, was sie nicht verstand, aber mit einem schwachen Winken quittierte. Als er verschwunden war, beendete Arvo seine scharfe Inspektion und schob sie eigenhändig aus dem Saal unter die Arkaden des neogotischen Gebäudes. Dabei gab er ihr genauso strenge Anordnungen zu ihrem bevorstehenden Auftritt wie zuvor seinen Angestellten, und schließlich wies er sie gebieterisch an, mehr zu lächeln. Bevor der Inszenator Katharina weiterbearbeiten konnte, fiel ihm auf, dass der Brautführer fehlte, und er bekam einen ausgewachsenen Wutanfall. Die anwesende Schar der Angestellten rannte sofort auseinander, um sich auf die Suche nach dem verlorengegangenen Onkel zu machen. Katharina blieb allein zurück, während der Tumult um sie herum verhallte. Durch den bestickten Schleier sah sie auf das bunte Treiben vor ihr, aber weder die Menschen noch die Schönheit des historischen Platzes konnten ihr Interesse lange halten. Ihr Blick irrte weiter unruhig umher, bis die Mittagssonne hinter dem gegenüberliegenden Belfried des Stadthuis hervorbrach und sie blendete. Als sie ihr Gesicht vor dem grellen Licht abschirmte, erkannte sie die Figur des Heiligen Michael, Schutzpatron von Brüssel und Seelenwäger der Christenheit. Nach kirchlicher Tradition führte dieser ein Verzeichnis der guten und schlechten Taten eines jeden Menschen, um es am Tag des Jüngsten Gerichts Gott vorzulegen. Dabei zeigte die Waagschale am Ende an, ob Gut oder Böse überwog. Katharina schloss die Augen, aber auch in der Dunkelheit tauchte das Bild des schönen Erzengels mit seinen goldenen Flügeln auf. Ein dumpfes Gefühl regte sich in ihr, als sie sich selbst fragte: Wenn man mein Verzeichnis präsentieren würde, was würde Gott wohl entscheiden? Die Antwort kannte sie nicht, aber sie war sich sicher, wenn es dem Tribunal obliege, sie zu richten, dann würde die Waagschale zweifelsohne bis zum Anschlag auf eine Seite kippen.

Plötzlich tauchte ihr Onkel unter lauten Zurufen auf und hakte ihren Arm unter. Als sie die Augen wieder öffnete, verschwand das Bild des Erzengels langsam. Martin Hofer roch nach Bier, und Katharina brauchte das Gemecker von Arvo nicht, um zu wissen, wo er sich herumgetrieben hatte.

»Tut mir leid, Kleines. Ich dachte, wir hätten mehr Zeit.«
Seine schuldbewusste Miene ähnelte dabei arg der ihrer Mutter

- seiner Zwillingsschwester. »Ich fand, es kann nicht schaden, sich etwas Mut anzutrinken. Ich stand doch noch nie vor einer Kamera.«

»Schon in Ordnung, du bist ja rechtzeitig gekommen, und gleich hast du es hinter dir«, sagte sie träge. Das Gefühl, das die goldene Engelsskulptur in ihr ausgelöst hatte, versuchte weiter, durch ihre Schutzblase hindurchzudringen. Welches es wohl war? Angst? Panik? Schuld? Aber bevor sie es definieren konnte, entglitt ihr der Gedanke schon wieder, und das Gefühl versank.

»Bist du dir sicher, dass du das machen willst?« Beunruhigt durch ihren Ton, drehte der Brautführer seine Nichte zu sich um. »Ich weiß, das hat dich bereits jeder gefragt, und deine Maman Céline wie auch Benjamin haben ihre Meinung mehr als klargemacht. Aber es ist nicht zu spät. Ich habe kein Problem, dich einfach zur Hintertür herauszuführen, wenn du es dir anders überlegt hast. Dieses Rumpelstilzchen kann uns dann auch nicht aufhalten!«

»Ich bin mir sicher, aber danke für das Angebot«, sagte Katharina, und ihre Stimme klang weiterhin gleichgültig.

Martin war drauf und dran, die Sache abzublasen, da beendete der Regierungsvertreter seine Rede. Applaus brauste auf, während überall in der Stadt die Glockentürme anfingen zu läuten. Die Geräuschkulisse war ohrenbetäubend, bis auf den Bildschirmen der goldene Sternenkreis aufflammte und ein Soldat aus voller Brust rief: »In unserem gemeinsamen Streben vereint!«

Daraufhin nahmen die anwesenden Soldaten Haltung an. Synchron schlugen sie sich zweimal kurz hintereinander mit der rechten Faust auf die linke Brust, anschließend schossen der ausgestreckte Arm mit der Faust sowie ihr Blick nach oben zum Tholus. Begleitet durch den Leitspruch der EA, war es zugleich eine eindeutige Kriegsgeste gegen die Exesor und ein Symbol für Freiheit. Auch Teile des Publikums stimmten ein und wiederholten den *Unison-Gruß*. Damit war die Eröffnungszeremonie offiziell beendet und der Regierungsvertreter verließ das Podium. An seiner Stelle trat ein Standesbeamter ans Rednerpult. Alle Köpfe drehten sich dem ehemaligen Haus des Königs zu, wo Katharina und Martin noch unbemerkt standen.

»Und jetzt los«, zischte Arvo den beiden zu, als die Musik begann und keiner sich rührte.

Schlussendlich war es Katharina, die den ersten Schritt tat, und ihr Onkel folgte ihr gleichauf. Gemeinsam traten sie ins Licht, und Jubel brach aus, als sie die wenigen Stufen hinunterschritten. Die geladenen Gäste hatten sich erhoben, aber stimmten nicht in den Beifall ein, sondern schauten zumeist reserviert oder schwach lächelnd der Braut entgegen. Katharina blickte stur geradeaus, sie nahm alles verschwommen wahr.

Auf der Bühne stand Finn Evans in schwarzblauer Ausgehuniform mit gleichfarbigem Querbinder und weißem Smokinghemd. Auf den Schulterklappen war sein Dienstgrad als Captain eingestickt, und neben verschiedenen Orden schmückte eine goldene Vorstecknadel des gefüllten Sternenkreises sein Revers. Als die Musik einsetzte, drehte er sich dem gegenüberliegenden Gebäude zu, wo ein Mann mit aschfarbenem Haar und Bierbauch eine in Strahlendweiß gewandete Frau hinausführte. Das bestickte Kleid der Braut war bis zur Hüfte hauteng, danach fiel es fließend und etwas ausgestellt. Sie gingen langsam, und der Mann schritt nicht so zielsicher wie seine Tochter voran. Zumindest glaubte Finn, dass es die Tochter war, denn schließlich kannte er seine Zukünftige nicht. Genauso wie die restlichen Hochzeitspaare sah er seine Braut bei der Zeremonie zum ersten Mal. Bisher konnte er jedoch nur die Umrisse einer zierlichen Frau mit aufrechter Haltung erspähen. Den Rest verhüllte ein langer, bestickter Schleier, der ihr Gesicht verdeckte und bis zur Taille reichte. Als der Brautzug endlich das Podium erreichte, übergab der Brautführer sie stumm. Auch die Frau sprach kein Wort und blickte den Standesbeamten an, daher wusste Finn nicht, ob sie unter ihrem Schleier lachte oder weinte.

Als Martin die behandschuhte Hand seiner Nichte in die des Bräutigams legte, beendete ein Streichquartett sein Spiel einer unbekannten lieblichen Melodie. Vor der Übergabe war es eigentlich seine Aufgabe als Brautführer gewesen, den Schleier zu lüften, aber in seinem Drang, die Bühne so schnell wie möglich wieder zu verlassen, hatte er es vergessen. Katharina scherte es nicht.

Finn wandte sich ebenfalls dem Standesbeamten zu, die Gäste

setzten sich, Ruhe kehrte ein, und die Zeremonie begann. Der Beamte las in feierlichem Ton die Traurede vor, während Finn weiterhin die Hand der Frau hielt, die weiter regungslos neben ihm stand. So langsam machte ihn ihr Verhalten nervös, aber er hatte keine Zeit mehr darüber nachzudenken, denn der Standesbeamte kam schon zur entscheidenden Frage: »Wollen Sie, Katharina Frey, den hier anwesenden Finn William Evans zu ihrem rechtmäßig angetrauten Ehemann nehmen, dann antworten Sie mit *Ja, ich will*.«

Es entstand eine Pause, in der ein Raunen durch die Menge ging. Alle fixierten die Braut, aber sie blieb still. Der Standesbeamte räusperte sich und wiederholte die Frage auf Französisch. Dann endlich bewegte sich die junge Frau, und nach einem weiteren Zögern drehte sie sich ihrem Bräutigam zu.

»Ja, ich will«, antwortete sie atemlos in Englisch, dann steckte sie sachte den Trauring an Finns Hand.

Verdutzt überlegte Finn, ob die ihm gegenüberstehende Frau überhaupt Englisch sprach, denn nicht vorhandene Sprachkenntnisse hätten ihr sonderbares Gebaren erklärt. War es möglich, dass sie ihn mit einer Frau verheirateten, mit der er sich nicht einmal verständigen konnte? Möglicherweise. Aber eigentlich war es auch egal, er war nicht hier, um sich eine liebevolle Gefährtin zu angeln. Sondern um Antworten auf viel wichtigere Fragen zu finden. Daher schob er den Gedanken beiseite und wandte seinen Blick von ihr ab.

Der Standesbeamte sprach nun ihn an: »Wollen Sie, Finn William Evans, die hier anwesende Katharina Frey zu ihrer rechtmäßig angetrauten Ehefrau nehmen, dann antworten Sie mit *Ja, ich will*.«

Finn zögerte ebenfalls einen Moment, weil die Frau ihren Blick noch immer gesenkt hielt. Dann aber hob er ihre Hand und steckte den Ring an ihren Finger, während er mit fester Stimme sagte: »Ja, ich will.«

»Hiermit erkläre ich Sie kraft meines Amtes zu Mann und Frau. Sie dürfen die Braut küssen.«

Finn schaute den Standesbeamten perplex an. Eigentlich hatte er erwartet, dass bei einer arrangierten Ehe auf diesen Teil verzichtet würde. Auf seinen Fehler aufmerksam geworden, wandte sich der Beamte hilflos Arvo zu, und der schlug sich mit der Hand vor die Stirn. Dann fing sich der Inszenator wieder und bedeutete dem überforderten Beamten gestenreich, den Schleier zu heben. Dieser schien die Aufforderung aber nicht zu verstehen und stand wie gelähmt vor dem Brautpaar. Um die Situation zu retten, nahm Finn Katharina selbst den Schleier ab. Der bestickte Stoff glitt an ihr herab und bildete auf dem Boden eine kleine Schleppe. In der Zwischenzeit hatte die Braut nichts weiter getan, als ihren starren Blick vom Standesbeamten weg und auf seine Brust zu lenken. Teilnahmslos stand sie da, während er aufmerksam die Frau betrachtete, die nun nach Gesetz seine Ehefrau war. Ihr puppengleiches Gesicht zierte ein kleiner Mund mit vollen Lippen. Lange schwarze Wimpern rahmten ihre großen Augen ein, deren Bernstein-Braun gut zu ihrem ebenmäßigen, honigfarbenen Teint passte. Umrandet wurde alles von dunkelbraunen Locken, die im Licht tanzten. Obwohl er fand, dass sie ein schönes Gesicht hatte, störte ihn irgendetwas. Er brauchte einen Moment, dann fiel ihm auf, dass kein Leben in ihren Augen zu sein schien. Seine anfängliche Faszination schlug augenblicklich in ein Frösteln um.

Im Publikum kam erneut Unruhe auf, als nichts weiter geschah. Abermals fing Arvo an zu gestikulieren, nur waren seine stummen Zeichen diesmal direkt an Finn gerichtet. Der Bräutigam war an der Reihe zu handeln, und ohne weiter darüber nachzudenken, beugte er sich herunter, um Katharina einen sanften Kuss auf den Haaransatz zu geben. Die Zuschauer jubelten, als die Braut sich ihm während des Kusses entgegenneigte. Nacheinander legte sie beide Hände auf seine Brust, und er umschloss ihre Hände fest mit seinen. Diese schlichte Geste berührte in ihrer natürlichen Einfachheit selbst die abgeklärtesten Zuschauer und hätte auch von Arvo nicht besser geplant werden können.

Während das Publikum meinte, einem Märchen beizuwohnen, war Katharina weiterhin im Dunkel gefangen. Die Schritte zur Vermählung hatten sie ihre letzten Kräfte gekostet, während das Korsett wie auch die Endgültigkeit ihres Tuns ihr den Atem raubten. Als sie die Frage des Standesbeamten beantwortete, versagte ihr Überlebenswille. Ihr Herzschlag versiegte, und alles wurde schwarz. Kraftlos knickten ihre Beine weg in dem Moment, in dem der Fremde sie zum ersten Mal berührte. Unbesehen landeten ihre Hände auf seiner Brust, und sie spürte das kräftige Klopfen eines anderen Herzens. Wie ein Beben durchdrangen die Vibrationen die Schwärze. Licht kehrte zurück in die Düsternis, und Wärme durchflutete sie. Sein Herzschlag wirkte auf sie wie ein Feuer in einer kalten und finsteren Nacht und mit einem Ruck tauchte Katharina aus dem Dunkel auf.

»Meine Damen und Herren, ich habe die Ehre, Ihnen zum ersten Mal die Eheleute Finn William Evans zu präsentieren«, sagte der Standesbeamte huldvoll, und dröhnender Applaus folgte. Katharina hörte es nicht, für sie war alles friedlich. Die Kälte war verschwunden und nur eine blasse Erinnerung, während sie tief atmend in der strahlenden Sonne stand.

Doch genauso plötzlich, wie die Wärme gekommen war, riss die Verbindung wieder ab. Nach Wochen von gedämpfter Stille kehrte plötzlich die Wirklichkeit zurück, und alles strömte wieder ungefiltert auf sie ein. Währenddessen hatte der Beamte als Erster die Gelegenheit ergriffen, dem frisch vermählten Brautpaar zu gratulieren. Dem Gleichklang ihres Herzens beraubt, nahm Katharina zum ersten Mal die begeisterte Menge wahr und hörte die Glückwunschrufe. Die neuen Eindrücke waren überwältigend, und sofort wollte sie die Ruhe und Wärme des anderen Herzschlags wieder fühlen. Aber inzwischen standen eine Vielzahl von Gratulanten zwischen ihr und ihrer Zuflucht. Die Gäste, die ihr abwechselnd die Hände reichten und sie umarmten, ließ sie einfach stehen. Ihr Blick suchte nach dem Mann, von dem sie nicht einmal wusste, wie er aussah. Ein paar Schritte entfernt entdeckte sie den breiten Rücken eines Soldaten mit Blondschopf. Er wurde von Kameraden umringt, die ihn abwechselnd beglückwünschten, daher vermutete sie, ihren Ehemann gefunden zu haben. Doch bevor sie ihn erreichen konnte, schob sich Arvo in ihr Blickfeld.

»Na, das ist ja noch ganz gut gelaufen, trotz all der kleinen Pannen …«, sagte er nüchtern, »Ich glaube nicht, dass es den Leuten aufgefallen ist. Dennoch müssen wir jetzt zügig den nächsten Ablaufpunkt angehen, damit der Tag auch wirklich als Erfolg endet.«

Sie hörte ihm nur mit halbem Ohr zu und versuchte, sich an ihm vorbeizudrängeln. Aber der Inszenator hatte weitere Personen aus seinem Team zur Verstärkung dabei. Verärgert, weil man sie nicht vorbeiließ, sagte sie scharf: »Ich möchte mich erst mit …«

»Sie können sich ihr ganzes Leben mit Ihrem Ehemann unterhalten. Nun ist nicht die Zeit«, sagte Arvo und schnippte mit den Fingern.

Katharina gab nicht auf, ihr war der Zeitplan egal. Doch zwei der Assistentinnen waren auf das Zeichen ihres Chefs auf sie zu getreten, und eine wisperte ihr zu. »Kommen Sie, Frau Evans, wir erledigen das kurz, und dann können Sie zu ihm.«

»*Frau Evans*«, schoss es ihr durch den Kopf, und bei der Anrede mit ihrem neuen Familiennamen zuckte sie unweigerlich zusammen. Die Assistentinnen führten sie unnachgiebig vom Podest weg, während sie weiter auf sie einredeten. Immer wieder drehte sie sich in die Richtung der Soldaten um, bis sie die Gruppe vollends aus den Augen verlor. Als sie die Zunfthäuser auf dem großen Platz passierten und in eine Seitenstraße einbogen, bemerkte sie, dass Arvo verschwunden war, aber ein Kameramann ihnen folgte. Ein ungutes Gefühl beschlich sie, und gerade, als sie ihre Begleitpersonen fragen wollte, was der nächste Punkt auf der Tagesordnung überhaupt war, öffnete sich die Schiebetür eines schwarzen Vans. Heraus sprangen zwei schwarzgekleidete Männer mit Skimasken. Schnell schnappte sich einer ihre Beine, während der andere ihren Oberkörper fest umschloss. Angst durchfuhr sie, und innerlich schrie eine Stimme: »Sie haben dich!«

14

Ludi incipiant

Brüssel Le Pentagone

Katharina war sich vollends sicher, wieder in der Wirklichkeit angekommen zu sein. Die Angst, der Schrecken und das wilde Pochen ihres Herzens waren allzu real. Das Gefühl stumpfer Abgeschiedenheit, mit dem sie die letzten Wochen verlebt hatte, war verflogen. Genauso wie der Moment des Friedens, den sie vor ein paar Minuten verspürt hatte. Nun waren ihre Sinne gespannt wie Drahtseile, als die Männer sich auf sie stürzten, und sie reagierte intuitiv. Mit voller Wucht rammte sie die Absätze ihrer Schuhe in die Brust des Mannes, der ihre Beine festhielt. Obwohl sich dieser krümmte und nach Luft schnappte, ließ er nicht von ihr ab. Sie schrie um Hilfe, aber die Assistentinnen waren zur Seite getreten und schauten beschämt weg, während der Kameramann zwar empört hinter seiner Kamera hervorlugte, aber auch nichts tat, um ihr zu helfen. Für die umstehenden Passanten kam der sekundenschnelle Übergriff zu plötzlich, um zu verhindern, dass die Männer, die sich windende Braut in den Van zerrten. Bevor der erste begriffen hatte, was soeben auf offener Straße geschehen war, raste das Auto schon los. Durch das scharfe Anfahren wurden die Insassen ruckartig in die Sitze gedrückt, und Katharina gelang es, sich zu befreien. Weit kam sie aber nicht, denn ihre Angreifer machten sich gleich wieder daran, sie zu packen. Wild um sich schlagend, versuchte sie, die Männer erneut abzuwehren, und in dem entstandenen Gewirr riss sie einem die Maske herunter. Dabei war sie ihm so nahegekommen, dass er es schaffte, sich eines ihrer Handgelenke zu schnappen. Der Türgriff, den sie bereits mit ihren Fingerspitzen erreicht hatte, entglitt ihr wieder. Sein erbarmungsloser Griff zwang sie dazu, sich ihm zuzuwenden, woraufhin sie ihm mit der freien Hand schmerzhaft über das Gesicht kratzte. Wütend schrie er auf, und der kleine Erfolg spornte sie an, sich noch heftiger zu wehren.

Ein dritter Mann, der den Transporter lenkte, hatte nun genug von der Szene und schrie seine Spießgesellen an: »Wollt ihr nun die kleine Raubkatze ruhigstellen, oder seid ihr mit dem Mädchen überfordert?«

Der Stichelei und der Verletzungen durch Katharina überdrüssig, stürzten sich die zwei Männer mit neuer Kraft auf ihr Opfer. Diesmal gelang es ihr nicht, sich ihren Fängen zu entwinden. Schnell fesselten sie ihre Hände und Füße. Die gesamte Zeit schrie sie ihnen dabei Verwünschungen entgegen, bis auch ihr Mund und ihre Augen mit schwarzem Tuch bedeckt waren. Als der Wagen bald darauf stehenblieb, war sie kurz verblüfft so schnell am Zielort angekommen zu sein und stellte ihre Gegenwehr ein. Bis jemand sie hochhob und sich daran machte, sie aus dem Wagen zu tragen. Wieder fing sie an zu zappeln, aber ihre Anstrengungen waren zwecklos. Nachdem sie das eingesehen hatte, hielt sie still, um sich stattdessen auf ihre Umgebung zu konzentrieren. Aufgrund der kurzen Fahrt war sie sich sicher, dass sie immer noch in Brüssel war. Das Knarren einer Tür folgte, dann begeisterte Rufe von weiteren Männern sowie der unangenehme Geruch nach Rauch und Alkohol. Katharina schätzte, dass sie in einer Bar angekommen waren. Erneut war sie überrascht, das hatte sie nicht erwartet. Eine Angstwoge überkam sie, als sie sich fragte, wer diese Leute waren und was sie mit ihr vorhatten. Die Stimmen wurden leiser, als man sie in den nächsten Raum brachte und auf einen Stuhl niederdrückte. Grobe Hände lösten ihre Fesseln vom Rücken, um sie stattdessen an der Stuhllehne zu befestigen. Dann entfernten sich die Männer, und sie hörte, wie die Tür mit einem Schlüssel verriegelt wurde. Mit dem Schließen der Tür versank der Raum in absoluter Dunkelheit. Katharina lauschte mit angehaltenem Atem in die Leere, doch nur das Klopfen ihres eigenen Herzens und die unklaren Stimmen im Nachbarraum waren zu hören. Sie zerrte an ihren Fesseln, aber bis auf den Schmerz, den sie sich dabei selbst zufügte, erreichte sie nichts. Im Nebenraum waren ihre Kidnapper jetzt anscheinend mit Trinken beschäftigt, und zum wiederholten Mal fragte sie sich, was zum Teufel sie von ihr wollten.

Brüssel Grand Place

Benjamin schlängelte sich durch die Schar der Gratulanten auf die Bühne und suchte nach Katharina. In der Menge erkannte er einige bekannte Gesichter, aber keines gehörte seinem Schwesterchen. Als er sie nirgends finden konnte, wandte er sich einer in der Nähe stehenden Gruppe zu.

»Wisst ihr, wo die Braut ist?«, fragte er in die Runde.

Finn schaute den Sprecher interessiert an und antwortete, bevor jemand anderes reagierte: »Wir kennen uns doch von der Bekanntmachung von vor drei Wochen.«

»Ja, stimmt!« Benjamin hatte nicht bemerkt, dass bei der Gruppe auch der Bräutigam stand, und erst bei seinen Worten erkannte er den Mann wieder. Bei der Zeremonie hatte er keinen Blick für ihn gehabt, sondern sich nur auf Katharina konzentriert und inständig gebetet, sie würde die Flucht ergreifen. »Ich bin Benjamin Amitié, und dein Name ist Avans. Richtig?«

»Finn Evans«, korrigierte dieser ihn schmunzelnd, während er ihm seine Hand reichte.

»Ich bin auf der Suche nach Catherine. Weißt du, wo sie steckt?« Benjamin schüttelte die Hand, verzichtete aber auf die typische *bise* auf die Wange.

»Die Organisatoren haben Katherine zum Interview gebracht, es sollte aber nicht lange dauern, bis sie zurück ist«, sagte Finn und unterließ es dabei zu erwähnen, dass er ebenso darauf brannte, sich mit ihr zu unterhalten. Der plötzliche Wandel ihrer gesamten Körpersprache hatte ihn förmlich aus der Bahn geworfen, und er war begierig darauf festzustellen, ob diese energetische Ausstrahlung weiterhin von ihr ausgehen würde oder nur ein Produkt des Augenblicks gewesen war.

»Auf dem Ablaufplan standen nach der Zeremonie Spiele und das Hochzeitsfrühstück, während die Interviews erst abends drankommen sollten ... Dachte ich zumindest, aber wahrscheinlich haben sie es geändert«, sagte Benjamin und nutzte die Zeit, um sich den Bräutigam näher anzuschauen.

»Du bist also ein Freund von Katherine?« Finn hatte sein Gegenüber ebenfalls interessiert gemustert.

»Meine Damen und Herren«, sagte Arvo feierlich, und ein stechendes Ziepen begleitete die durch den Lautsprecher verstärkte Stimme. Einige Gäste hielten sich bei dem unangenehmen Geräusch die Ohren zu und murrten. »Meine Damen und Herren, wie es scheint, hat unser Bräutigam bereits seine Braut verloren.«

Auf die Worte des Inszenators begannen sich die Menschen neugierig nach der Braut umzuschauen, und als sie diese nicht ausmachen konnten, drehten sich viele dem Bräutigam zu. Finn hingegen hatte seine Aufmerksamkeit keine Sekunde von Arvo abgewandt, er wusste, dass Katharina nicht in der Nähe war.

»Ah, jetzt verstehe ich es«, sagte Benjamin gedehnt, »das erste Spiel ist die Brautentführung.«

Finn hörte es, sagte aber nichts. Sein Blick ruhte weiterhin auf dem Podium, wo Arvo selbstgefällig stand und es genoss, auf seine Zuhörer hinabzublicken. Die Bildschirme sprangen an, und ein kurzer Zusammenschnitt der Entführung in Machart eines

Schwarz-Weiß-Klassikers lief ab. Die Aufnahmen endeten mit dem Bild der an den Stuhl gefesselten Katharina und den Worten *Find the Bride*. Benjamin zog hörbar die Luft ein, und auch die Menge erschrak. Wut stieg in Finn auf, als er die Angst in ihren Augen sah und den rücksichtslosen Umgang ihrer Kidnapper. »Nach altem Brauch muss der Bräutigam die schöne Braut aus den Fängen der Entführer befreien, wenn er sich ihrer als würdig erweisen will«, verkündete Arvo nüchtern und schnippte herablassend mit den Fingern, woraufhin eine der Assistentinnen einen verschlossenen Briefumschlag an Finn übergab. »Captain Evans hat eine Stunde Zeit, den Hinweisen zu folgen und die Braut zu uns zurückzubringen. Wünschen wir ihm Glück, und während sich der Bräutigam seiner Suche widmet, ist das Publikum eingeladen, sich ebenfalls auf eine Jagd zu begeben. Auf dem Platz sind vier goldene Eier versteckt, jedes verspricht dem Finder eine Jahresration an Lebensmitteln. Lasst uns anfangen!«

Putain de merde, hörte Finn Benjamin immer wieder fluchen, während der Inszenator die Regeln erläuterte und auch Finns Wut sich weiter steigerte. Für Katharina schien das Spiel genauso real zu sein, wie ihre Fesseln sie es glauben ließen, und nach der Reaktion ihrer Angehörigen zu urteilen, entsprach der Ablauf keineswegs dem alten Brauchtum. Aber für das Publikum war die Brautentführung nur zweitrangig, sie machten sich eifrig auf die Suche nach den goldenen Eiern, zu verlockend war der Preis. Maxim tauchte neben Finn auf und schnappte sich den Arm des Captains, weil dieser wirkte, als wolle er vor aller Augen auf den Mann am Mikrofon losgehen. Die leidenschaftliche Reaktion seines Freundes kam für Maxim unerwartet. Zwar war er sich bewusst, dass Finn über einen ausgeprägten Gerechtigkeitssinn verfügte, und das Spiel war niederträchtig, aber normalerweise zeichnete ihn auch eine ausgesprochene Selbstbeherrschung aus. Jetzt gerade schien er all seine Gelassenheit vollkommen verloren zu haben.

»Evans, beruhig dich. Ein Mord vor laufenden Kameras hilft keinem weiter«, raunte Maxim ihm beschwichtigend zu.

»Weißt du etwas über die Sache?«, fragte Finn und entspannte seine Gesichtszüge, innerlich kochte seine Wut weiter.

»Nein, keinen Schimmer, aber ich kriege sicher etwas raus.«
Maxim schlug Finn freundschaftlich auf die Schulter. »Mach
nichts Unüberlegtes, während ich weg bin.«

Finn nickte nur und wandte sich ab. Gerade verließ Arvo die
Bühne, und er wollte ihn nicht aus den Augen verlieren. Ungefragt
schloss sich Benjamin der Verfolgung an. Doch bevor die Männer
den Inszenator erreichen konnten, wurde dieser schon vom Brautführer mit seiner Frau und Benjamins Mutter abgepasst.

Schnaufend rief Martin Hofer aus: »Sind Sie wahnsinnig? Die
Tradition der Brautentführung ist ein kleiner Zeitvertreib, ein
harmloser Spaß, wo die Freunde des Bräutigams sich die Braut
in einer unbeobachteten Minute schnappen und mit ihr was trinken gehen. Es ist keine echte Entführung!«

»Wo ist unsere Nichte?«, fragte Babette flehentlich, doch ihre
sanften Worte gingen im wilden Aufschrei der zweiten Frau unter.

»Mon bébé, Catherine! Was haben Sie mit ihr gemacht?« Céline Amitié drängelte sich zu ihm durch, wobei ihre blonde Turm-
frisur in wüste Wellen zerfiel.

»Das muss der Bräutigam herausfinden – und da ist er schon«,
sagte Arvo ungerührt. »Herr Evans, Sie sollten sich besser beeilen, wenn die Braut zu lange fehlt, wird dem Publikum der
Spaß vergehen. Also hopphopp, machen Sie sich auf die Suche.«

Finn war während der kleinen Ansprache weiter auf Arvo
zugegangen. Er hatte nicht haltgemacht und drückte den Inszenator bereits bei Beendigung des Satzes gegen die nächste
Hauswand. Dabei sah es so aus als wäre Finn der vermeintlichen
Brautmutter nur um ein paar Sekunden zuvorgekommen.

»Wo ist sie?«, fragte Finn knapp.

»Aua! Lassen Sie mich los!« Pikiert wedelte Arvo mit einem
schwarzen Fächer, als würde er versuchen, eine Fliege zu verscheuchen.

Aber Finn verstärkte den Druck seines Unterarms und
quetschte Arvo noch fester an die Wand. »Wo ist sie?«

»Ihr ist nichts geschehen. Es ist nur ein Spiel, nur ein Spiel.«

»Ich spiele keine Spielchen, und ich frage nur noch ein Mal,
dann tut es richtig weh. Wo ist sie?«, fragte Finn, und seine
grünblauen Augen blitzten gefährlich auf. Er sah Panik in der

Mimik des anderen aufkeimen und war sich seines Erfolges sicher, doch dann wurden sie unterbrochen.

»Lassen Sie den Mann los, Captain«, sagte ein General mit silbergrauem Haarschopf. »Das ist ein Befehl!«

Finn drehte sich um und sah, dass es General Conti war, der neuernannte Oberste General der HEA. Er ließ den Inszenator los und nahm mit ausdrucksloser Miene Haltung an. Arvo blieb an der Wand stehen und rückte unruhig seinen tiefschwarzen Maßanzug zurecht.

»Captain, suchen Sie das Mädchen, und sorgen Sie dafür, dass sie rechtzeitig wieder hier ist. Ich wünsche keine Verzögerung, Sie repräsentieren die Effizienz der HEA«, sagte General Conti und befahl: »Wegtreten!«

Finn war davon überzeugt, dass er die Einsatzstärke der HEA weitaus besser präsentieren könnte, wenn er das makabre Spiel sofort beenden würde. Aber er schluckte seine Erwiderung runter. Ein kurzer Salut folgte, dann verließ er die Gruppe widerspruchslos mit dem Kameramann im Schlepptau. Er war keine zwei Schritte gekommen, da hörte er ein Klatschen, dann folgten Flüche in einer fremden Sprache. Céline hatte ihre Wut verbal und auch körperlich zum Ausdruck gebracht. Danach konnte Arvo den Platz nicht schnell genug verlassen, aber Benjamin und Martin verhinderten eine allzu schnelle Flucht, während Babette schluchzte.

Finn ging weiter und öffnete im Laufen den kleinen Briefumschlag. Zu lesen war: *Unweit von hier findest du hinter Gittern versteckt ein kleines Mädchen, unberührt von der Zeit wird sie seit Jahrzehnten von ihrem männlichen Pendant in den Schatten gestellt. Geh zu ihr, bring Licht ins Dunkel, und schon bist du deiner vermissten Braut einen Schritt nähergekommen.*

Innerlich stöhnte Finn auf, eine Schnitzeljagd war nicht gut mit seinem Ärger und seiner Ungeduld vereinbar. Aber ihm gingen die Optionen aus, und so überlegte er: Welches Mädchen kann seit Jahrzehnten in den Schatten gestellt werden, ohne zu altern? Die Antwort kam ihm schnell. Ein Bildnis, eine Statur oder dergleichen, also wahrscheinlich eine Touristenattraktion. Nur welche und wo? Da stockten seine Überlegungen, denn er kannte die Stadt nicht gut, schließlich war er hier nicht auf Urlaub. Zorn flammte wieder in ihm auf, aber er unterdrückte ihn und konzentrierte sich wieder auf das Rätsel. Plötzlich fiel ihm ein, dass sein Team in der Nacht vor der fatalen Offensive Libertas eine Statur von Vandalen zurückgeholt hatte. Bei der Figur hatte es sich um das Standbild eines kleinen nackten Jungen gehandelt, der zur Freude von Touristen seit Jahrhunderten in einen Brunnen pinkelte. Die Stadtbewohner waren schockiert gewesen beim Verlust der Statue und in Hochstimmung, als Peace Two den kleinen Mann halbwegs unbeschadet zurückgebracht hatte. Jetzt fielen ihm die Worte des Polizisten wieder ein, der die Statue freudestrahlend entgegengenommen hatte: »Wissen Sie, die Figur ist sehr wertvoll, auch wenn sie nur eine Replik vom original Manneken Pis ist. Menschen kommen aus der ganzen Welt, um ihn und seine Freunde zu sehen. Aber der kleine Bursche ist von den dreien der Beliebteste.« Damals hatte er sich recht wenig dafür interessiert und nicht weiter nachgefragt. Jetzt hätte er nur zu gerne gewusst, wo die drei Bronzefiguren zu finden waren.

»Könntest du den Hinweis vorlesen, damit wir das auf Band haben?«, fragte der Kameramann, der ihn filmte. Er war jung, hatte haselnussbraune Haare und einen gebräunten Teint, und sein Gesicht strahlte pures Selbstvertrauen aus. »Es ist nicht gerade spannend für das Publikum, dich nur stumm und grübelnd zu sehen. Du musst die Leute schon an deinen Überlegungen teilhaben lassen, damit wir ein bisschen Aktivität reinbekommen, denn ich denke, die krasse Aktion gerade wird sicher rausgeschnitten werden.«

Der Kameramann plapperte weiter. Finn blendete seine Stimme einfach aus und drückte ihm im Vorbeigehen den Zettel an die Brust. Unweit von seiner eigenen Position hatte er einen kleinen Holzstand mit einem großen *I* entdeckt, und er steuerte geradewegs darauf zu. Darum drängten sich keine Menschenmassen, weil es hier weder Getränke noch Essen gab und die meisten jetzt sowieso mit der Suche nach den goldenen Eiern beschäftigt waren. Direkt sprach Finn die gelangweilte Frau vom Informationsstand an. »Haben Sie einen Stadtplan?«

»Oh, na klar«, sagte sie freudig. »Wissen Sie schon, wo die Braut ist?«

»Nein, aber vielleicht können Sie mir helfen. Ich suche die Statue eines kleinen Mädchens, das vielleicht in einen Brunnen pinkelt.«

»Meinen Sie Jeanneke Pis?«, fragte sie und holte einen Stadtplan raus.

»Ich denke schon«, sagte Finn, den der Name sehr an den anderen kleinen Pinkler erinnerte.

»Das ist leicht, die befindet sich keine fünf Minuten von hier«, sagte sie und markierte ihren jetzigen Standort und den Weg zum Ziel auf der Karte.

Finn bedankte sich und marschierte los, immer dicht gefolgt vom Kameramann. Auf seinem Weg zur Brunnenfigur trat Maxim an seine Seite und drückte ihm ein Funkgerät in die Hand.

»Was hast du herausgefunden?«, fragte Finn.

»Bisher nicht viel. Ein Mann hat berichtet, wie der schwarze Van an der Nordseite den Platz verlassen hat, aber er weiß nicht, in welche Richtung. Die Angestellten wissen ebenfalls nichts, anscheinend verfügt nur der Inszenator über die entsprechenden Informationen. Neben den Entführern war ein Kameramann aus Luxemburg dabei, wir versuchen ihn ausfindig zu machen, aber er ist wahrscheinlich noch vor Ort.«

»Ja, ist er, und bevor ihr fragt: Weder mir noch meinem Kumpel haben sie gesagt, wo es hingeht«, sagte der Kameramann. »Übrigens bin ich mir nicht sicher, ob das erlaubt ist, was ihr da macht. Der Inszenator hat doch eben verkündet, dass er sie allein finden soll. Von Hilfe war da keine Rede.«

»Was willst du dagegen machen?«, fragte Maxim herausfordernd.

»Ignorier ihn, der erzählt nur gerne«, sagte Finn und schob seinen Freund weiter.

»Wir sollten uns vielleicht diesen Arvo vornehmen.«

»Das war auch meine erste Anlaufstelle, aber General Conti hat mich bei der Befragung unterbrochen und mich angewiesen auf Schnitzeljagd zu gehen«, sagte Finn, während der Kameramann feixte: »Hast du was zu den Kidnappern?«

»Es ist keiner von der HEA, mehr weiß ich nicht«, antwortete Maxim.

»Sie müssen hier in der Nähe sein, wenn sie erwarten, dass ich sie ohne Fahrzeug innerhalb von einer Stunde finde und zurückbringe ... Der Brautführer hat fallengelassen, dass es sich eigentlich um eine Art Trinkspiel handelt. Vielleicht haben sich die Organisatoren wenigstens in diesem Punkt an die Tradition gehalten, und sie sind in einem Lokal. Also schnapp dir ein paar Mann, und durchsucht alle Kneipen, Bars und Restaurants nördlich von hier. Es sind noch fünfundvierzig Minuten übrig, aber ich möchte sie lieber früher finden und da rausholen. Ich folge in der Zeit den Hinweisen. Meldet euch, wenn ihr was Konkretes habt.«

Die Männer trennten sich, und Finn bog in die markierte Sackgasse ein. Er fand wie erwartet den zweiten Briefumschlag in einer dunklen Ecke hinter der hockenden Figur eines kleinen Mädchens. Nachdem er drei weiteren Hinweisen gefolgt war, die ihn kreuz und quer durch die Innenstadt führten, erreichte er eine Spelunke unweit vom Hauptbahnhof. Ein Blick auf das heruntergekommene Gebäude genügte ihm, um zu wissen, dass es allerhöchste Zeit war, das Spiel zu beenden.

15

Gunst des Schicksals

Brüssel Saint – Gilles

Die Sonne stand am höchsten Punkt, und ihre hellen Strahlen beleuchteten eine abscheuliche Gasse mit brüchigen Fassaden und verwahrlosten Geschäften. Vor dem schäbigsten Gebäude im gesamten Viertel parkte der verlassene Van der Entführer, und aus dem Inneren der Spelunke drangen ausgelassene Männerstimmen. Augenscheinlich war das die Endstation seiner Suche. Finn informierte seine Männer über das Funkgerät, bevor er knapp zehn Minuten vor Ablauf der Zeit mit dem Kameramann die verrauchte Kneipe betrat. Als die Anwesenden den Captain erkannten, begrüßten sie ihn mit Jubelrufen und groben Scherzen. Im Raum waren der Wirt, ein weiterer Kameramann, ein Dutzend Betrunkene sowie drei Männer in schwarzer Tarnkleidung zu sehen, aber keine Spur von Katharina. Zwei der Entführer hatten sichtbare Verletzungen. Einer von ihnen hielt sich beim Lachen die Rippen, der andere hatte ein zerkratztes Gesicht. Die Entführte hatte sich wohl ordentlich gewehrt und dem einen sogar eine Rippenprellung zugefügt. Der anscheinend einzig unverletzte Kidnapper ging auf ihn zu und drückte ihm ein Bier in die Hand. »Na, das war ja knapp. Noch ein paar Minuten länger, und wir hätten unsere Beute behalten dürfen.«

Auf die Aussage folgten Pfiffe und weitere Rufe, die Menge amüsierte sich prächtig. Finn ignorierte sie und schaute sich weiter im Raum um. Neben der Eingangstür gab es zwei weitere Türen, und er bewegte sich auf die naheliegendste zu. Die drei schwarzgekleideten Männer ahnten, was er vorhatte, und versperrten ihm den Weg. Er stellte das volle Bierglas auf einem schmutzigen Stehtisch ab und baute sich vor Ihnen auf: »Lasst mich durch.«

»Mal schön langsam!« Der Mann mit dem tiefen Kratzer über dem Gesicht hatte seinen Arm ausgestreckt, um Finn auszubremsen. »Trink erstmal, und dann bezahlst du die Zeche, danach kannst du dir deine Braut schnappen.«

»Ja genau. Das Lösegeld haben wir uns auch verdient, sie ist eine richtige Wildkatze. Stimmt's Männer?«, rief der Mann mit der Rippenprellung. Er lachte schmerzlich auf und betäubte die neuerliche Schmerzwoge mit einem tiefen Zug aus seinem Glas.

»Stimmt, und wir sind noch lange nicht fertig mit Trinken, auch unsere neuen Freunde sind durstig«, sagte der dritte Mann süffisant, und seine neuen Trinkkumpane feuerten ihn an.

»Das Spiel ist vorbei. Lasst mich durch!« Es kostete Finn viel Selbstbeherrschung, ruhig zu sprechen, und prompt folgten Buhrufe, gemischt mit beleidigenden Aussprüchen der Kneipengäste. Die drei Entführer wichen nicht zurück, obwohl er ihnen körperlich eindeutig überlegen war. Sie fühlten sich ihrer Sache sicher, schließlich waren sie zu dritt und er allein. Dazu kam ein Raum voller Männer, die nicht nach Hause gehen wollten.

»Alter, du kannst dich nicht so früh in der Ehe unter den Pantoffel stellen lassen. Lass die Kleine warten, das macht sie schärfer«, sagte der Mann mit dem zerkratzten Gesicht derb.

»Lass uns trinken, und nachher wird sie dich sicher ihre Dankbarkeit spüren lassen«, sagte der dritte Mann schmierig, und der Kidnapper mit der Prellung lachte wieder auf. Um seinen Worten Nachdruck zu verleihen, packte er Finn bei der Schulter.

»Nimm deine Finger weg«, sagte Finn, aber der dritte Mann verstärkte seinen Griff. Pfeilschnell verdrehte Finn dem Angreifer den Arm auf dem Rücken, bis es gefährlich knackte, dann schleuderte er ihn gegen den Mann mit der Rippenprellung. Beide gingen zu Boden und mit ihnen ein Tisch voller Gläser. Der letzte Entführer nutzte die Gelegenheit, um sich einen Barhocker zu schnappen, und mit all seiner Kraft zertrümmerte er ihn über Finns Kreuz. Das Holz zersplitterte, und Finn sackte in die Knie. Während sich der letzte Angreifer nach einer weiteren Waffe umschaute, rappelte sich Finn wieder auf und rammte ihn gegen den Tresen. Weiteres Knacken von Knochen und von einem lauten Schlag, denn der Wirt hatte einen Schläger hervorgeholt und mit voller Wucht auf die Theke geknallt. Dabei hatte er knapp neben die Kämpfenden gezielt, und beide hielten in ihrer Bewegung inne.

»Jeder, der noch weitermachen will, lernt mich kennen«, brüllte der Kneipenwirt in Richtung von ein paar Betrunkenen, die Anstalten machten, sich an dem Kampf zu beteiligen. Dann blaffte der Inhaber die Kameraleute an, die den gesamten Vorfall gefilmt hatten. »Dafür habe ich meinen Laden nicht zur Verfügung gestellt, den Schaden bezahlt ihr mir.«

»Kein Problem, schicken Sie die Rechnung einfach an uns«, sagte der Jüngere der beiden Kameramänner. Er war nach der Auseinandersetzung überzeugt davon, dass das Gremium zur Völkervereinigung alles zahlen würde, solange sie das Filmmaterial hatten.

»Die Frau ist im Hinterzimmer«, polterte der Wirt und zeigte auf die linke Tür. »Nimm sie und verschwinde.«

Mit einem knappen Nicken ließ Finn den letzten Entführer los, woraufhin der kraftlos zusammenbrach. Zielstrebig ging er zur gezeigten Tür und musste feststellen, dass sie abgeschlossen war. Die Tür war alt und abgenutzt. Also kein großer Verlust, dachte er und warf sich mit seinem vollen Gewicht dagegen. Das Holz beim Schloss zerbarst, und die Tür flog auf.

Bevor der Besitzer seine Empörung herausschreien konnte, sagte der zweite Kameramann ruhig: »Einfach mit auf die Rechnung schreiben.«

Als Finn in den dunklen Raum trat, sah er, wie Katharina ihren Kopf in Richtung des Lärms herumriss. Da sie am ganzen Leib zitterte, folgerte er, dass der Krach sie zusätzlich verängstigt hatte. Sofort machte er sich daran, ihre Handfesseln zu lösen. Dabei pulsierte sein Blut rasend schnell durch seine Adern, und er war nicht im Stande, etwas zu sagen. Bei seiner Berührung schreckte sie nicht zurück, sondern hielt ganz still. Bis sie spürte, dass ihre Hände frei waren und sie unvermittelt aufstand. Sogleich hämmerte sie mit ihren kleinen Fäusten blindlings auf seine Brust ein und schrie ihm zusätzlich durch ihren Knebel unverständliche Worte entgegen. Er schnappte sich ihre Hände, aber sie wehrte sich weiter, bis sie das Gleichgewicht verlor und ihm entgegenfiel. Es war das zweite Mal an diesem Tag, dass sie ihm unverhofft in die Arme fiel. Nur diesmal fühlte es sich für ihn an, als würde er versuchen, einen Energieball zu bändigen.

»Beruhige dich, ich werde dir nicht wehtun«, sagte Finn, der nun endlich seine Sprache wiedergefunden hatte. Sanft richtete er sie auf, aber sie schwankte weiterhin, weil ihre Füße immer noch zusammengebunden waren und sie ihren Widerstand fortführte. Mittlerweile war er sich vollkommen sicher, dass sie ihn nicht verstand, und dennoch redete er weiter beruhigend auf sie ein: »Ich weiß, du verstehst mich nicht, aber ich möchte dir helfen. Halt einfach still, gleich bist du frei.«

Ihre beiden schmalen Handgelenke hielt er nun mit einer seiner Hände fest, während er mit der anderen freien Hand den Knebel öffnete. Obwohl Katharina ihn nicht mehr erreichen konnte, gab sie nicht auf, und sobald das schwarze Tuch aus ihrem Mund entfernt war, fauchte sie ihn an: »Lass mich los, du Mistkerl. Ich verstehe dich sehr wohl, nur will ich nicht, dass du mich noch einmal anfasst.«

Sogleich ließ er sie frei. In Trippelschritten wich sie zur Stuhlkante zurück, um etwas Raum zwischen sich und den Fremden zu bringen. Dann hantierte sie fahrig mit ihrer Augenbinde, und als er sah, dass sie Probleme hatte, den Knoten zu lösen, versuchte er, ihr zu helfen. Aber sie schlug resolut seine Hände weg und schaffte es kurze Zeit später selbst. Ihre Augen brauchten einen Moment und mussten sich an die schlechten Lichtverhältnisse anpassen, denn die Beleuchtung des Raumes kam einzig durch den schmalen Türspalt. Als sich ihre Pupillen geweitet hatten, konnte sie die Züge des Mannes ausmachen, der weiterhin viel zu nah vor ihr stand. Er hatte kurze hellblonde Haare, angenehme Gesichtszüge, war sehr groß und muskulös, ohne dabei schwerfällig zu wirken. Seine Augenfarbe wirkte im Dämmerlicht fast schwarz. Katharina bemerkte, dass auch er sie prüfend anstarrte, aber sie ließ sich dadurch nicht irritieren. Sie verglich den Mann mit ihren Kidnappern und musste sich eingestehen, dass keiner von ihnen ihm ähnelte. Bei genauerer Überlegung fiel ihr auch auf, dass keiner der drei Männer mit britischem Akzent gesprochen hatte.

»Wer bist du?«, fauchte Katharina immer noch wütend.

»Tja, ähm, ich, ähm …« Bei seinem Gestammel hätte er sich gerne selbst niedergeschlagen.

Es half nicht, dass der junge Kameramann für ihn antwortete: »Na, dein Retter und frisch angetrauter Ehemann. Hast du wohl schon wieder vergessen?«

Katharina schluckte und schaute peinlich berührt weg, während Finn dem vorlauten Kameramann einen vernichteten Blick zuwarf. Um zu vertuschen, dass sie rot anlief, setzte sie sich auf den Stuhl, um ihre Fußfesseln zu lösen. Es war zu peinlich, dass sie nicht gleich begriffen hatte, wer er war. Aber weitaus schlimmer war, dass sie ihn beleidigt und geschlagen hatte. Um etwas Zeit zu schinden, damit sich ihre Hautfarbe wieder normalisieren konnte, fragte sie: »Was soll das Ganze hier eigentlich?«

Finn war diesmal schneller als der Kameramann: »Es ist die Version der Projektverantwortlichen von eurem alten Hochzeitsbrauch, aber ich denke, in Frankreich läuft die Sache anders ab.«

»Frankreich? Es gehört zum deutschen Brauchtum, und eigentlich entführt man die Braut nur für ein paar gemeinsame Getränke. Niemand wird gefesselt oder weggesperrt«, sagte Katharina, der endlich klar wurde, was geschehen war. Die erneute Wut, die in ihr aufstieg, verdrängte jegliches Peinlichkeitsgefühl, und sie ballte ihre Hände zu Fäusten.

»Ich weiß«, sagte er, und das Geräusch, mit dem Katharinas Mutter - oder wer die blonde Frau auch gewesen war - dies dem

Inszenator mit einer Ohrfeige klargemacht hatte, kam ihm in den Sinn. »Bist du verletzt?«

Bei der Frage unterließ es Katharina, sich weiter die brennenden Handgelenke zu reiben: »Nein, mir geht es gut.«

»Evans, du solltest sie tragen, das kommt besser rüber im Film«, sagte der junge Kameramann und rief seinem Kollegen, der vor der Tür gewartet hatte, zu: »Wir kommen jetzt raus, Freddie.«

»Du hältst jetzt den Mund«, schnauzte Finn ihn an.

»Hey, gib mir nicht die Schuld an dem Schlamassel. Ich mache hier nur meinen Job«, sagte der Mann abwehrend und kein bisschen eingeschüchtert. »Mein Name ist übrigens Paolo Garcia Perez, und ich bin euer persönlicher Schatten, wenn es um öffentliche Auftritte für die Völkervereinigung geht. Der alte Mann da draußen heißt Freddie, und er ist mein Assistent.«

Ein Mann in den Sechzigern mit Glatze winkte hinter seiner Kamera hervor und sagte zu Finn: »Frederic Muller. Der Grünschnabel braucht auch mal eine Abreibung, und ich würde mich freuen, wenn du das übernimmst. Aber zerlege ihn nicht wie die anderen Typen, denn trotz seiner großen Klappe hat er das Herz am rechten Fleck. So, und nun lasst uns weitermachen, ich will zurück zur Feier.«

Nun erkannte Katharina, dass Freddie derselbe Kameramann war, der ihre Entführung gefilmt hatte, und ihr wurde erst jetzt schmerzlich bewusst, dass er darüber hinaus auch alles andere aufgenommen hatte. Paolos Aussage zufolge war ihr in der Inszenierung die Rolle des hilflosen Opfers zugeschrieben worden, und neuer Zorn auf den Inszenator stieg in ihr auf. Zwar war ihr von Anfang an bewusst gewesen, dass zur Teilnahme am Alexander Projekt auch Öffentlichkeitsarbeit und werbewirksame Auftritte für die EA zählten. Aber die Schamlosigkeit und eiskalte Berechnung von Arvo überstiegen alles. Für sie fühlte es sich so an, als wäre sie von einer Geiselhaft in die nächste gerutscht, nur konnte sie aus dieser nicht so schnell entkommen. Besonders wenn sie ihr eigenes Ziel, ihre Eltern wiederzufinden, nicht aus den Augen verlieren wollte, gab es nur sehr wenige Möglichkeiten, sich gegen den Inszenator zu wehren. Plötzlich überkam sie das Gefühl, von allen beobachtet zu werden. Mit ihrer Ahnung, lag sie richtig, besonders Finn ließ sie keine Sekunde aus den Augen. Zu gern hätte er gewusst, was in ihrem Kopf vorging, während sie ruhig und abwartend auf dem Stuhl saß.

Paolo durchbrach das Schweigen:»Na, dann los. Trag sie einfach nach draußen, da wartet bereits ein Wagen, und gleich sind wir zurück bei der Feier.«

»Du gehst mir besser aus dem Weg, sonst lasse ich meine Wut an dir aus«, zischte Katharina auf Spanisch, als sie sich an Paolo vorbeischob und mit erhobenem Kopf das Hinterzimmer verließ. Eine weitere Sprache, stellte Finn stumm fest und folgte ihr aus dem Raum.

Im Gastraum war keine Spur mehr von den Kidnappern zu sehen. Der Wirt polierte schlecht gelaunt mit einem dreckigen Geschirrtuch einen Krug, während die restlichen Gäste tief in ihre Gläser starrten. Unbehelligt ging die kleine Gruppe an der zerstörten Einrichtung vorbei. Katharina begutachtete das Chaos, sagte aber nichts dazu. Vor der Tür stiegen sie in den angekündigten Wagen, und sie schaute die gesamte Fahrt nachdenklich aus dem Fenster. An der Grand Place angekommen, liefen gerade die letzten Minuten auf der riesigen Stoppuhr ab.

»Bist du bereit?«Auf seine Frage nickte sie nur, und er öffnete die Tür.

Aus heiterem Himmel hielt sie ihn zurück, und zum ersten Mal schaute sie ihm richtig in die Augen, als sie aus tiefster Seele »Danke« sagte. Als Antwort lächelte Finn ihr zu, und sie erwiderte sein Lächeln, bevor er ausstieg. Die Stoppuhr blieb stehen, und die Zuschauer brachen erneut in begeisterte Jubelrufe aus, als erst der Bräutigam und dann die unversehrte Braut erschienen. Händchenhaltend standen sie vor dem Publikum, dann fielen Benjamin und nach ihm weitere Verwandte Katharina um den Hals.

Der restliche Tag verlief ohne weitere Zwischenfälle. Die Zuschauermenge feierte ausgelassen, und das Brautpaar musste weitere Hochzeitsspielchen über sich ergehen lassen, die wohl nur das Publikum genoss. Besonderes Highlight war dabei das Strumpfbandwerfen, und Katharina war kurz verschreckt von der

Nähe und Freizügigkeit, die diese Tradition vorgab. Dann aber kniete sich Finn so geschickt vor ihr hin, dass er die Sicht für die Kameras und das Publikum auf ihr gehobenes Kleid verdeckte. Erleichtert atmete sie auf, und als er seinen Blick keine Sekunde von ihrem Gesicht abwandte, während er das Strumpfband rasch entfernte, verflogen ihre Sorgen. Unversehens landete das blaue Band in einer eifrigen Menge aus Junggesellen, und Katharina lächelte ihn an. Den Zuschauern entging das nicht, und einige nahmen die gute Stimmung zum Anlass, mit ihrem Besteck gegen ihre Gläser zu schlagen. Binnen kürzester Zeit schwoll das Läuten an, aber Katharina ignorierte es. Statt Finn zu küssen, ging sie auf einen Holzblock zu und schnappte sich eine Säge, dann forderte sie ihren Bräutigam keck auf, ihr mit dem Baumstamm zu helfen. Das Publikum war zwar enttäuscht, aber schnell wieder besser gestimmt, als der Stamm zerteilt war und dutzende weiße Tauben in den Himmel stiegen. Sicherlich hätte Arvo getobt über die Weigerung der beiden, sich zu küssen, aber der Inszenator war seit ihrer Rückkehr nirgends zu sehen.

Als sich der Abend dem Ende zuneigte, zog die gesamte Feiergesellschaft von der Grand Place in den Stadtteil Sablon. In einem Hunderte Meter langen Brautzug wurden sie zu ihrem neuen Heim begleitet, wie die EA es jedem der Brautpaare stellte. Für die in Brüssel ansässigen APs waren dafür vier aneinandergebaute Häuser mit Flachdächern und farbigen Türen renoviert worden. Das letzte der kleinen, zweistöckigen Gebäude hatte eine rote Eingangstür und war mit Blumengirlanden und Kerzen reichlich dekoriert. Es erstrahlte im hellen Kerzenschein in der kleinen Seitenstraße, die nur einen Steinwurf von der Kirche Notre Dame du Sablon entfernt war. Katharina gefiel alles daran, von der Lage bis zum Baustil der zwanziger Jahre, nur mochte sie den Gedanken nicht, nun hineinzugehen. Schließlich hatte sie mit Finn über den gesamten Tag nur wenige Worte wechseln können, und immer waren Kameras oder Gäste bei ihnen gewesen. Die Feier war wie im Rausch an ihr vorbeigezogen, sodass sie bisher keinen Gedanken an die bevorstehende Nacht verschwendet hatte. Auch jetzt blieb ihr keine Zeit zum Nachdenken, denn der Regierungsvertreter hatte bereits das Haus aufgeschlossen und ihr den Schlüssel feierlich übergeben. Katharina war mulmig zumute, und die frisch aufgeflammten Freudenrufe der Zuschauer zur Verabschiedung halfen ihr nicht, sich zu beruhigen. Als Finn nun einen Schritt auf sie zutrat, blickte sie ihn an. Erst verriet seine Miene ihr nichts zu seinem Gemütszustand, doch dann zwinkerte er ihr zu und grinste aufmunternd. Angesteckt von seiner Leichtigkeit, legte sie ihren Arm um seinen Hals. Schwungvoll nahm er sie hoch, und ihr flaues Gefühl verrauchte vollends, als er sie über die Schwelle trug. Drinnen gab er der Tür einen kleinen Stoß, um die Gaffer auszusperren, erst dann ließ er sie langsam herunter. Seine Hände berührten sie sanft am Arm, und sein Ausdruck war unergründlich. Seine Nähe fühlte sich an wie ein Rausch, dem sie kaum widerstehen konnte, und sie trat näher an ihn heran. Plötzlich stockte ihr der Atem, als sie glaubte, in dem Gesicht des Soldaten die Augen eines anderen zu erkennen.

16

Blasse Spuren

Woiwodschaft Schlesien, 14.04.001 n. EB

Der Schlafwagon schaukelte, und Katharina erwachte jäh aus einem tiefen Schlaf. Es war finstere Nacht gewesen, als sie mit Finn in den Sonderzug eingestiegen war, der sie nach Krakau brachte. Der offizielle Gründungstag der EA stand an, der mit einem Festakt im Zentrum des Sektors und sechsundvierzig weiteren Trauungen in den Metropolen gefeiert wurde. Er war der Höhepunkt der Festwoche, und die Länder entsandten hochrangige Abgeordnete, um die feierliche Staatsgründung zu begehen. Zur Abschlusszeremonie wurden ebenfalls alle bereits verheirateten APs geschickt.

Erneut schaukelten die Wagons des Zuges, und Katharina öffnete langsam die Augen. Die Sonne stand bereits hoch am Himmel, und durch das Fenster konnte sie die Landschaft schnell vorbeiziehen sehen. Angespannt horchte sie in das kleine Abteil, und als sie feststellte, dass außer ihr niemand anwesend war, kletterte sie flink die schmalen Stufen des Hochbettes herunter. Das zweite, untere Bett war sorgfältig gemacht, und auf dem flachen Kopfkissen lag ein Zettel mit einer knappen Nachricht:»Guten Morgen. Ich bin im Speisesalon, wenn du mich suchst. Finn.« Katharina fragte sich, ob der Schreiber genauso geradlinig und zuvorkommend war, wie seine Worte es vermuten ließen, denn obwohl er am vorigen Tag immer charmant ihr gegenüber gewesen war, hatte sie dennoch geglaubt, dass er etwas verbarg. Vehement schüttelte sie den Gedanken ab. Es wäre ein Fehler, ihn nach dem gestrigen Tag beurteilen zu wollen, letztlich war ihr Verhalten auch nicht normal gewesen. Ihrer eigenen Einschätzung nach hatte sie selbst bei den vielen Fremden vor allem den Eindruck von Einfältigkeit oder Verrücktheit hinterlassen. Auch Finn musste unweigerlich zu diesem Schluss gekommen sein. Im Besonderen, wenn er den Abschluss des Abends betrachtete, denn nachdem er sie über die Schwelle getragen hatte, war sie unvermittelt erstarrt. Einen Moment zuvor war sie noch überrascht gewesen über die unerwartete Geborgenheit, die sie in seinen Armen verspürt hatte. In der nächsten Sekunde hatte sie ein Gefühl von aufsteigender Glut erfasst, die sie ihm entgegentrieb. Doch das Feuer war schlagartig erstickt, als sie glaubte, in seinem Gesicht Züge von Phelan O`Dwyer zu erkennen. Perplex war sie vor ihm zurückgeschreckt und hatte zur Vertuschung angefangen, Kommentare zur Einrichtung des Hauses zu brabbeln. Finn hatte sich nicht anmerken lassen, ob ihm ihr Benehmen suspekt war oder nicht. Stattdessen hatte er freundlich vorgeschlagen, sich gemeinsam umzusehen. Auf ihrer Erkundungstour durch das Haus war ihr sofort aufgefallen, dass alle Räume sehr großzügig und offen geschnitten waren. Ihr frisch renoviertes Heim verfügte über einen breiten Eingangsbereich, der fließend in ein ausgedehntes Wohnzimmer mit Küche überging. Dabei hatte ihr besonders die riesige Fensterfront gefallen, durch die viel Licht in das Zimmer gelangen konnte. In die Fensterfront war der Zugang zur überdachten Terrasse mit kleinem Garten eingelassen. Im Erdgeschoss waren neben einer großen Couch noch ein Gästebad und der Eingang zum winzigen Kellergeschoss zu entdecken. Über eine Stahltreppe waren sie ins obere Stockwerk gelangt, in dem sich ein Flur mit drei

Türen erstreckte. Katharina hatte angenommen, ein Bad und zwei Schlafzimmer vorzufinden, aber sie hatte sich geirrt. Es gab nur ein Zimmer mit breitem Bett, der zweite Raum war ein schönes, großes Bad und der dritte nur eine schmale, verwinkelte Abstellkammer. Diese unerfreuliche Entdeckung hatte er im Gegensatz zu ihr mit viel Fassung getragen und sich einfach ein Bettzeug geschnappt. Mit einem Augenzwinkern hatte er gemeint, dass Feldbetten nicht annähernd so gemütlich wären wie ein gutes Sofa, und war nach unten verschwunden. Nach seiner Verabschiedung hatte sie sich ins Schlafzimmer zurückgezogen und dann ewig gebraucht, um sich aus ihrem Korsett zu befreien. Nachdem sie es endlich geschafft hatte, war sie erledigt aufs Bett gefallen. Mit geschlossenen Augen hatte sie eine Weile auf den seidenen Bezügen gelegen, aber der Schlaf war trotz Erschöpfung nicht gekommen. Daher hatte sie ihren Versuch zu schlafen kurzentschlossen aufgegeben und war aus dem Fenster aufs Terrassendach geklettert. In ein breites Tuch gewickelt, hatte sie die Sterne am Firmament beobachtet, die der Tholus auf unwiederbringliche Weise von der Welt abgeschnitten hatte. Die Betrachtung hatte ihr die neue Weltordnung vor Augen geführt und alle Gefahren, die mit dieser einhergingen. Excidium Babylon hatte alles aus dem Gleichgewicht gebracht, und sie muss-te aufpassen, bei den Stabilisierungsversuchen nicht zerquetscht zu werden. Sie hatte sich daher eingestehen müssen, dass sie die letzten Wochen überaus unvorsichtig gewesen war. Es war nur dem Zufall zu verdanken, dass sie in ihrer Leichtfertigkeit keinen fatalen Fehler begangen hatte. Jetzt da sich der Einsatz nochmals erhöht hatte, wusste sie, dass jeder kleinste Fehltritt alles gefährden konn-te. Unter dem Sternenzelt hatte sie sich geschworen, es nicht noch einmal so weit kommen zu lassen.

Finn war bereits seit der Morgendämmerung wach und hatte die Zeit genutzt, sich ausführlich mit Beata Jankovic, einem füh-renden Mitglied des Gremiums zur Völkervereinigung, zu unter-halten. Die Slowakin hatte sich nur zu gern zu den raschen Vor-bereitungen und ihrem Chef Arvo geäußert. Der Inszenator war in ihren Augen ein missverstandener Meister, der viel zu wenig Anerkennung dafür bekam, die Völkervereinigung in kürzester Zeit organisiert zu haben. Finn war die angebliche Aufopferung des Inszenators egal, er hatte den Mann bereits seit ihrer ersten Begegnung nicht ausstehen können, und seit der Brautentführung verachtete er ihn vollends. Für ihn war das Gespräch kein unbedeutender Plausch mit einer Zufallsbekanntschaft, sondern ein Verhör. Seit seiner Anmeldung zum Alexander Projekt verfolgte er das Ziel, so viel wie möglich über die Verantwortlichen und Teilnehmer des Projekts zu erfahren, denn er glaubte, darin den Schlüssel zum Verbleib Alés und seines Bruders Jamies zu finden. Während das Gremiumsmitglied Arvo weiter in den höchsten Tönen lobte, dachte er zurück an den Freitagabend, als er Jamie das letzte Mal gesehen hatte. Damals hatte er sich eine Whiskyflasche gegriffen, nachdem er zu Hause angekommen war, und alles aufgeschrieben, was ihm zu Alé einfiel. In der Nacht und noch mal nüchtern am nächsten Tag waren dabei nur wenige und teilweise sehr zweifelhafte Anhaltspunkte zustande gekommen. Finn wusste, dass Alé im Juni 2004 in London gewesen war, und obwohl er schätzte, dass sich ihr Äußeres in den letzten fünfzehn Jahren grundlegend verändert hatte, war sie damals ein zierliches, hellblondes Mädchen mit blauen Augen gewesen. Des Weiteren hatte sein Bruder einmal erwähnt, dass Alé keine Geschwister hatte. Ein paar Jahre später hatte Jamie sie in ihren Semesterferien besucht. Sonst hatte Finn keine relevanten Informationen über die Frau, die mutmaßlich ein Ende zwanzigjähriges Einzelkind mit blauen Augen war, das als Teenager England besucht hatte und wahrscheinlich einen Studienabschluss besaß. Alles in allem passte die vage Beschreibung auf Tausende von Frauen und schloss nur wenige aus. Eine Sackgasse. Daher hatte er sich das restliche Wochenende darauf konzentriert, eine Auflistung über die Tätigkeiten und Aufenthaltsorte Jamies anzufertigen. Aber die Besessenheit seines Bruders, alles geheim zu halten, hatte auch hier verhindert, dass dabei viele konkrete Fakten zusammengekommen wären. Als dann nach dem Wochenende der Tholus aufgekommen war, hatte er gleich gewusst, dass dies Jamies Werk war, und beide Aufstellungen sofort verbrannt. Sein Bruder hatte ihn in ihrer letzten Unterhaltung mehrmals gewarnt, dass diese Angelegenheit lebensbedrohlich war, und nun wusste Finn, dass er es nicht übertrieben hatte. Die Geschehnisse hatten sich danach nur so überschlagen, und ihm war nichts anderes übriggeblieben, als ungeduldig auf die Ankunft von Alé zu warten. Sein Plan war es gewesen, seinen verschwundenen Bruder gleich nach ihrem Eintreffen aufzusuchen, um ihn zum Abschalten der Barriere zu zwingen und anschließend beiden zur Flucht zu verhelfen. Aber niemand war gekommen, um das Medaillon und das Polaroidfoto zurückzuverlangen, und so hatte sich sein ursprünglicher Plan in Luft aufgelöst. Da er über keine greifbaren Hinweise verfügt hatte und keine Auskünfte über beide einholen konnte, hatte er mit leeren Händen dagestanden. Bis zum fünften Tag nach Errichtung des Tholus, als er eine überraschende Mitteilung von Jamie in Form einer Postkarte erhalten hatte. Diese war mit einer Briefmarke aus Norwegen und einem Stempel gekennzeichnet, die ihre Versendung auf nur einen Tag nach dem letzten Zusammentreffen der Brüder zurückdatierte. Die Karte hatte als Motiv den Hafen von Bergen gezeigt und war auf den ersten Blick eine ganz normale Urlaubskarte. Der obere Teil des Textes war in der fein säuberlichen Handschrift eines unbekannten Schreibers verfasst und hatte die üblichen Floskeln enthalten. Darunter war die Abschiedsformel in der präzisen Schrift seines Bruders gefolgt, die sich nur schwach von der ersten Handschrift unterschied. »Ich hoffe, dich bald zur Hochzeit in Brüssel zu sehen, dein Alexander.« Den ersten Teil der Benachrichtigung hatte er außer Acht gelassen, weil dieser nicht von seinem Bruder verfasst worden war. Im Gegensatz zum Schluss, der nicht nur von Jamie stammte, sondern auch eindeutig eine geheime Nachricht an ihn darstellte. Es war also davon auszugehen, dass Jamie ihm drei wichtige Hinweise hatte geben wollen, die wahrscheinlich auf ein großes Ereignis, eine Person und die belgische Hauptstadt hinwiesen. Darüber hinaus vermutete Finn keine weiteren verschlüsselten Botschaften in dem Text, da er nie mit Jamie über Codes gesprochen hatte. Zudem kannte er seinen Bruder, der schon immer der Überzeugung gewesen war, das Offensichtliche wäre der beste Weg, etwas zu verstecken. Damals war sein erster Impuls gewesen, nach Bergen aufzubrechen, aber der Hafen war ein zu guter Ausgangspunkt, um sonst wohin in die Welt zu verschwinden. Außerdem hatte er gewusst, dass sein Bruder es sehr gut verstand unterzutauchen, und sein Vorsprung war bereits zu groß gewesen. Daher hatte er den Gedanken schnell verworfen und war stattdessen der ersten Spur nach Brüssel gefolgt. Die Europäische Armee war bereits gegründet worden, und durch einen alten Kameraden hatte er erfahren, dass ein Teil der Truppen nach Brüssel zur Absicherung der Konferenz zu Excidium Babylon entsandt wurde. Unverzüglich hatte er sich ihnen angeschlossen und war zwei Tage später vor Ort gewesen. Nachdem kurz danach die Offensive Libertas gescheitert war, blieb er weiter in der Stadt, um vorsichtig Nachforschungen anzustellen. Aber die Wochen waren verflogen ohne eine neue Spur, und er war wie der restliche Sektor im Dunkeln getappt, was die Identität oder den Aufenthaltsort der Exesor anging. Mit jedem Tag, der vergangen war, ohne dass Alé auftauchte oder er sie ausfindig machte, war die Wahrscheinlichkeit eines schlimmen Endes gewachsen. Stunde um Stunde hatte er im Verborgenen weitergearbeitet, aber die Chancen auf Erfolg waren zusehends geschwunden. Bis er auf das sogenannte Alexander Projekt stieß und erkannte, dass er Jamies nächsten Anhaltspunkt gefunden hatte.

Beata erzählte immer noch von den Großtaten des Inszenators und hatte dabei die kurze gedankliche Abwesenheit ihres Gesprächspartners gar nicht bemerkt. Finn konzentrierte sich wieder und lenkte das Thema in eine für ihn relevantere Richtung. Nach einem kleinen Anstoß erzählte sie ihm, dass alle Teilnehmer sich freiwillig zum Projekt gemeldet hatten. Manche in verquerem Idealismus, aber die meisten mit der Aussicht auf einen Aufstieg in der neuen Republik. Das hatte er zwar interessant gefunden, aber nicht so wichtig wie das, was folgte. Beata ließ fallen, dass die Zusammenstellung der Brautpaare nicht auf das Gremium zurückging, sondern auf einen Algorithmus. Nach ein paar geschickten Fragen erzählte sie ihm, dass das grundsätzliche Konzept zur Völkervereinigung aus einer Forschungsarbeit des verstorbenen Nagib Amin zur Arabischen Liga stammte, aber die Idee zur Verordnung durch die griechische Abgeordnete Niobe Basdeki eingebracht worden war. Als Beata mit ihrem Bericht geendet hatte, fiel ihr die späte Uhrzeit auf, und sie stürzte ihren restlichen Saft herunter, bevor sie sich verabschiedete. Finn blieb und überlegte, ob Amin oder Basdeki oder sogar beide zu den Exesor gehörten. Von dem Ägypter hatte er heute zum ersten Mal gehört, und auch wenn er angeblich tot war, konnte es nicht schaden, etwas mehr über sein Leben zu erfahren. Schließlich hatte das Alexander Projekt mit ihm seinen Anfang genommen, und zudem gab es keine bessere Tarnung, sich aus dem Kreis von Verdächtigen zu eliminieren, als vorgeblich tot zu sein. Eine Methode, die auch sein Bruder vor vierzehn Jahren angewandt hatte, als Jamie einen Tag nach dem ersten Todestag ihrer Eltern untergetaucht war. Auf sein eigenes Bestreben hin wurde er später als vermisst gemeldet und nach Ablauf der Frist für tot erklärt. Die Erinnerung daran, dass er ihn damals nicht schon aufgehalten hatte, schmerzte Finn. Aber es bestätigte ihn auch darin, dass er mit Amin vielleicht eine neue Fährte hatte. Die zweite Person, Niobe Basdeki, war hingegen keine Unbekannte für ihn. Bereits vor über zwei Wochen hatte er Erkundigungen über sie eingeholt, nachdem er erfahren hatte, dass sie für den Vorschlag der Völkervereinigung verantwortlich war. Schnell hatte er aber ausschließen können, dass es sich bei Niobe um Alé handelte, da sie bereits über sechzig Jahre alt war. Dennoch war weiterhin offen, ob sie eine andere Verbindung zu seinem Bruder hatte.

Katharina erschien im Speisewagen und riss ihn mit ihrem Lächeln zurück in die Gegenwart. Er ließ den Gedanken an den Toten und die Griechin vorläufig fallen, es war später noch Zeit dafür. Im Moment war es besser, mehr über seine neue Ehefrau und die restlichen Beteiligten am Alexander Projekt zu erfahren.

»Guten Morgen, Katherine«, sagte er, und sie erwiderte seine Begrüßung heiter, bevor sich sich setzte. Schmunzelnd hatte sie vernommen, dass auch er sie nicht mit ihrem eigentlichen Namen ansprach, sondern mit einer landesspezifischen Variante davon. Ihr gefiel das, deshalb korrigierte sie ihn nicht.

»Ich wollte mich gerade zu dir aufmachen und dich wecken, wir kommen in einer Dreiviertelstunde an.«

»Danke, aber das Schaukeln hat das bereits für dich erledigt«, sagte sie verschmitzt und bestellte dann eine Tasse Kräutertee bei der Zugbegleiterin.

»Was hast du damit vor?« Finn deutete auf einen Block mit Stift, den sie auf den Tisch gelegt hatte.

»Ich dachte, solltest du doch nicht mehr im Speisesaal sein, dann nutze ich die Zeit, um mich auf das Interview vorzubereiten. Ehrlich gesagt bin ich ein wenig besorgt, was ich antworten soll, wenn sie mich fragen, warum ich mich hierzu gemeldet habe. Weil die nackte Wahrheit Arvo sicher nicht gefallen würde. Daher wollte ich mir besser mal eine diplomatische Formulierung einfallen lassen, bevor er mich wieder wegfangen lässt«, sagte sie, wirkte aber entgegen ihrer eigenen Aussage keinesfalls besorgt.

Obwohl sie die Erklärung mit einem Lächeln vorgetragen hatte, regte sich in Finn erneut die Verachtung für den Inszenator. »Darüber brauchst du dir keine Gedanken zu machen. Ich denke, dem ist vorerst die Lust auf solche perfiden Spielchen vergangen.«

Seine Erwiderung ließ sie nicht im Zweifel darüber, dass er Arvo ebenso verabscheute wie sie selbst. Dennoch fragte sie sich, ob seine gestrige entschiedene Vorgehensweise gegen ihn und die Entführer das Ergebnis einer inneren Überzeugung oder seiner Militärausbildung war. Was auch immer ihn dazu getrieben hatte, es war der Grund, warum die Interviews zur Völkervereinigung nicht planmäßig am Hochzeitstag durchgeführt wurden, denn der Inszenator war nach dem Zusammenstoß mit ihm überstürzt von der Veranstaltung verschwunden.

»Aber wenn du möchtest, dann kannst du deine Antwort trotzdem schon mal an mir üben«, sagte er und wirkte nun neugierig.

»Oh, äh. Das Ganze hat mit meiner Familie zu tun.« Ihr heiterer Tonfall war offensichtlicher Traurigkeit gewichen »Mein Vater hat als Gastprofessor an der Boston University im Fachbereich Mathematik und Statistik gelehrt, während meine Mutter sich eine Auszeit genommen hat von ihrer Forschung, um sich um die Zwillinge zu kümmern. Line und Bastian, meine Geschwister, sind weitaus jünger als ich, und meine Mama wollte noch etwas mehr Zeit vor der Einschulung mit ihnen verbringen. Eigentlich war geplant, dass wir einen Familienurlaub in Australien machen, aber dann ist einiges schiefgelaufen. Ich fasle, das alles tut nichts zur Sache … Was ich eigentlich sagen wollte, ist, dass meine Familie außerhalb unseres Sektors ist. Und als die Bekanntmachung mit der Verordnung zur Sommersonnenwende publik wurde, habe ich mich für eine Position im zuständigen Komitee beworben. Bei meinem ersten Gesprächstermin haben sie mir relativ deutlich gesagt, dass die Stellen nur an Personen vergeben werden, die staatstreu sind. Ich wusste erst nichts damit anzufangen, dann aber haben sie mir die Völkervereinigung vorgeschlagen, und mir ging ein Licht auf.«

Langsam rührte sie den Löffel in ihren Tee, als er ihre freie Hand ergriff und sie mitfühlend drückte. »Das tut mir ehrlich leid.«

»Danke. Weißt du, heute mitgerechnet sind es bereits dreiundachtzig Tage, seit jegliche Kontaktmöglichkeit nach draußen abgebrochen ist«, sagte sie mit belegter Stimme, dann räusperte sie sich. »Ich kann mich nicht zurücklehnen und nichts tun, da wäre ich durchgedreht. Ich muss selbst sicherstellen, dass alle Vermissten auch zurückkehren können. Aus diesem Grund habe ich mich auf den Handel eingelassen. Wahrscheinlich ist es vielen Teilnehmern so ergangen ... Oder was treibt dich her?«

Katharina hatte ihm ihre Hand wieder entzogen und schaute ihm jetzt direkt in die Augen. Kurz hörte sie nur das leise Rattern des Zuges, denn er antwortete nicht sofort auf ihre Frage.

»Es ist ähnlich wie bei dir, nur habe ich nicht so einen noblen Beweggrund. Ich will schlicht und einfach derjenige sein, der die Exesor findet«, sagte er spitzbübisch, um die Stimmung zu heben.

Katharina lachte auf und sagte: »Na, dann musst du aber schnell sein, denn davon träumt mittlerweile jeder.«

Finn war kurz gefangen von ihrem amüsierten Lachen, das aber die Sorgen aus ihren Augen nicht vollständig verscheuchen konnte. Auch er lachte, doch verspürte er dabei keine Freude, sondern vor allem Betroffenheit, weil ihr Schmerz auf die radikalen Entscheidungen seines Bruders zurückging. Dennoch sprach er unbekümmert weiter: »Das dachte ich mir auch, und obwohl ich als Angehöriger der HEA schon mal bessere Chancen habe als die meisten, wollte ich nicht als Fußsoldat jeden Stein einzeln umdrehen. Colonel Joannou wusste das und hat mir eine Position in der Federal Intelligence Agency angeboten, wenn ich an der Völkervereinigung teilnehme und somit Mitglied der Tactical Assault Forces werde. Das war eine einmalige Gelegenheit, und für die bessere Ausgangsposition habe ich zugestimmt.«

»Wozu gehörst du bitte?«, erkundigte sie sich unschuldig. Zwar hatte sie bereits auf der Hochzeit von beiden Einheiten gehört, doch sie hielt es für besser, Unwissenheit vorzuschützen und so vielleicht mehr darüber zu erfahren. »Oder ist die Information geheim?«

»Das ist nicht vertraulich«, erwiderte er auf ihre letzten Worte, die sie geflüstert hatte. »Wie du sicher bereits weißt, soll die Heimatschutzbehörde der Europäischen Alliance den Schutz der Republik gegen Feinde und Widersacher gewährleisten. Absolut inoffiziell liegt das Hauptaugenmerk der Behörde auf dem Aufspüren der Exesor.«

Katharina belächelte das bestgehütete offene Geheimnis des Sektors, das jeder kannte und niemand aussprach aus Angst, die Exesor würden sich rächen. »Ja, das wusste ich bereits, und ich dachte, du wärst Teil der HEA.«

»Die FIA, also die Federal Intelligence Agency und die TAF – Tactical Assault Forces sind beide Teil der HEA. Die Spezialeinheit der FIA wird alle Informationen aus Geheimdiensten, Polizei und von Informanten bündeln, analysieren und auswerten. Die TAF ist eine Staffel, die bei konkreten Verdachtsmomenten eingreift und aus den militärischen Mitgliedern der Völkervereinigung besteht«, erklärte Finn.

»Also ist die FIA ein militärischer Nachrichtendienst und die TAF ein weiteres Medium, um der Öffentlichkeit eine vorteilhafte Darstellung der erbrachten Leistungen zu präsentieren«, fasste Katharina zusammen, »und du gehörst beiden Einheiten an.«

»Genau, alle HEA-Angehörigen der Völkervereinigung sind Teil der TAF, aber nicht zwangsläufig Teil der FIA. Die restlichen Mitglieder der TAF haben verschiedene Positionen in der HEA inne und werden als Staffel nur zu besonderen Anlässen ausgesandt.«

»Agent und Werbefigur in einem, auch kein schlechter Deal«, sagte sie scherzhaft, und er schüttelte abwehrend den Kopf.

Ihr Wissensdurst war damit keinesfalls gestillt, aber sie wollte nicht zu neugierig wirken. Gerade überlegte sie, wie sie weiter vorgehen sollte, als ein Pärchen durch die Abteltür hinter Finn trat und die Aufmerksamkeit auf sich zog. Der Mann hatte die Statur einer Eiche und dichtes schwarzes Haar. Verliebt strahlte er seine

Begleitung an, die seinen Blick genauso glühend durch ihre tiefblauen Augen erwiderte. Seine Angebetete war vielleicht Mitte zwanzig und sehr klein mit prallen Kurven. Sie hatte fransiges pastellrosa Haar, das ihr bis zum Schlüsselbein reichte, und ein herzförmiges Gesicht mit einer zu schmalen Nase. Als das Paar fröhlich Finn begrüßte, bemerkte sie, dass beide goldene Ringe trugen, bestehend aus sechsundvierzig aneinandergereihten Sternen. Angesichts der Eheringe wurde ihr gleich bewusst, dass sie ebenfalls APs waren, obwohl ihr Benehmen nicht auf eine wenige Tage alte arrangierte Ehe hindeutete. Ihre Annahme wurde gleich bestätigt, als Finn die Neuankömmlinge als Stéphanie und Maxim Orel vorstellte. Sie setzten sich zu ihnen, und kurze Zeit später erzählte Stéphanie selig, dass sie am zweiten Tag der Festwoche in Lwiw, der Heimatstadt ihres Bräutigams, geheiratet hatten. Die vier unterhielten sich angeregt, bis der Zug in den Hauptbahnhof einrollte. Dabei erfuhr Katharina, dass Finn bei der Hochzeit der Orels als Trauzeuge fungiert hatte. Beim Verlassen des Bahnhofs wechselte die Monegassin plötzlich ins Französische, um Katharina die Geschehnisse während ihrer unfreiwilligen Abwesenheit von der eigenen Hochzeit zu berichten. Stéphanie erklärte ihren Sprachwechsel damit, dass sie nicht wollte, dass die Männer sich wieder aufregten. Dann schwärmte sie minutenlang fast genauso warmherzig von Finns heroischem Einsatz wie zuvor von ihrem eigenen Ehemann. Die Beschreibung von Finns Taten zu Katharinas Auffindung waren in Stéphanies Erzählung noch glorreicher als das, was Katharina bereits von Benjamin erfahren hatte, und lösten eine Vielzahl von Gefühlen bei ihr aus. Eines davon war Verblüffung, nicht nur, weil ihr die Anwesenheit des anderen Ehepaars auf der Hochzeit zuvor völlig entgangen war, sondern auch, weil sie erfuhr, dass die Veranstalter ihre Hochzeitsfeier von Anfang bis Ende als schlagenden Erfolg werteten. Unbewusst drehte sie an ihrem Ehering, der sich nur geringfügig von Stéphanies unterschied, und fragte sich, ob diese positive Wirkung auch gut für ihre eigenen Interessen war.

17

Auftakt zur Hatz

Krakau Rynek Główny

Der Rynek Główny war der Marktplatz in Krakau und einer der größten mittelalterlichen Plätze Europas. Heute diente die riesige quadratische Fläche als Veranstaltungsort für die Gründungsfeier der EA. In der Mitte des Platzes, vor den imposanten Tuchhallen im Stil der Renaissance, war eine Bühne aufgebaut. Seit drei Stunden traten verschiedene Regierungsvertreter auf, um Reden zu halten oder Institutionen vorzustellen. Der letzte Redner hatte in einer nicht enden wollenden Litanei die Inhalte und Funktionsweise des Tribunals vorgetragen. Dabei war der Mann so ängstlich gewesen, das eigentliche Hauptziel der neuen Institution anzusprechen, dass er immer mehr schwafelte, und die Menge dankte es ihm mit Unruhe. Aber das Publikum hatte schon lange davor abgeschaltet, und das lag an der gesamten Organisation der Zeremonie.

Anders als die letzten Veranstaltungen war diese nicht durch das Gremium der Völkervereinigung organisiert worden, sondern direkt durch die EA. Dabei war es den Verantwortlichen weniger auf ein Spektakel als auf Informationsvermittlung angekommen. Daher hatten sie den Ausschank von Alkohol an den Ständen untersagt, bis die offizielle Zeremonie beendet wäre.

Seitlich neben der Bühne standen Zuschauertribünen mit Sitzmöglichkeiten für die Besucher. Die höchsten Reihen der rechten Tribüne waren als Ehrenloge den Teilnehmern der Völkervereinigung vorbehalten. Katharina hatte den unendlichen Reden aufmerksam zugehört, aber sie verstand, warum die Zuschauer ungehalten waren. Auch ihr fiel es immer schwerer, sich darauf zu konzentrieren, besonders seit Finn vor knapp einer halben Stunde die Zuschauerplattform verlassen hatte. Mit den anderen Angehörigen der TAF war er gegangen, um sich auf den letzten Programmpunkt vorzubereiten. Nun blickte sie sich nach ihnen um, sah aber nur Arvo, der abseits der Bühne stand. Anscheinend wartete auch er ungeduldig auf das Ende der Rede. Katharina wunderte sich über seinen besorgten Gesichtsausdruck, sie hatte von ihm Schadenfreude über die missratene Veranstaltung erwartet. Sein Anblick ließ ihre Wut wieder hochkochen, und sie war froh, als der Aufmarsch der Soldaten vor dem Podest sie ablenkte. Sogleich erkannte sie in der Aufstellung von schwarzblauen Paradeuniformen Finn und Maxim, obwohl sie ihre Schirmmützen tief im Gesicht trugen. Der Redner beendete endlich sein Gestammel und verließ das Pult. Stéphanie rutschte aufgeregt auf ihrem Platz umher, und auch das Publikum richtete seine Aufmerksamkeit wieder auf die Geschehnisse. Nun traten hochrangige Militärangehörige auf das Podest, und die Einheit der TAF salutierte, als ein Mann mit silbergrauem Haar das Mikrofon übernahm. Stéphanie wisperte Katharina seinen Namen zu, aber sie hatte General Silan Conti bereits erkannt. Er war eine eindrucksvolle Erscheinung, die man nicht so schnell wieder vergaß, mit akkuratem, grauem Vollbart und stechenden, eisblauen Augen. Mit Beginn seiner Rede verstummte das Publikum innerhalb kürzester Zeit. In seiner mitreißenden Ansprache verpackte der General die inoffizielle Wahrheit zur geplanten Vernichtung der Exesor geschickt. Dabei vermied er es zwar wie seine Vorgänger, diese Tatsache auszusprechen, aber im Gegensatz zu ihnen schaffte es Silan Conti, die Menge zu begeistern. Als er seine Rede beendete, herrschte eine fiebrige Stimmung auf dem Platz, während sich auf Katharinas Unterarm alle Härchen aufgestellt hatten. Ein Signal ertönte, und laut stimmte ein Soldat den Unison-Gruß an. Katharina war fassungslos, als sie innerhalb von nur zwei Tagen miterlebte, wie auch Bürger leidenschaftlich den Salut praktizierten, indem sie sich zweimal kurz hintereinander mit der rechten Faust auf die linke Brust schlugen. Anschließend schoss der Arm mit der Faust zum Tholus, dabei bildete er eine Linie mit dem Kopf. Gemeinsam riefen sie stolz die Worte aus: »In unserem gemeinsamen Streben vereint!« Damit war die Jagd auf die Exesor eröffnet, und Repräsentanten der EA sowie hohe Militärs stellten sich zur Inspektion der ›Jäger‹ auf. Die Menge jubelte der TAF zu, als sie im Gleichschritt vorbeimarschierte, um ihren unausgesprochenen Befehl zu erfüllen. In die Marschmusik mischten sich jetzt die Geräusche von knallenden Sektkorken und Kanonen. Goldenes Konfetti flog durch die Luft, und der offizielle Teil der Gründungsfeier der Europäischen Alliance war beendet.

Der Inszenator und sein Team waren jetzt an der Reihe, und die letzte Eheschließung der Völkervereinigung erfolgte in der Marienbasilika. Finn und Maxim waren nicht zurück, als Katharina mit den restlichen Gästen die Kirche betrat.

»Der Abschluss war der Hammer, meinst du nicht auch?«, fragte Stéphanie an ihrer Seite.

Auch Stéphanie hatte am Ende der Rede enthusiastisch gejubelt, auch wenn sie sich nicht dem Unison-Gruß angeschlossen hatte. Als Erste war sie aufgesprungen, um zu klatschen, erst dann waren Katharina und die restlichen Ehrengäste ihrem Beispiel rasch gefolgt.

»Ich muss sagen, ich war erstaunt, wie schnell der General es geschafft hat, die öde Stimmung zu drehen«, antwortete Katharina ausweichend und rutschte auf eine Kirchenbank.

»Ich auch, das hatte wohl keiner mehr erwartet. Aber der Mann ist schon faszinierend, ihn umgibt diese gewaltige Ausstrahlung, das ist mir schon zuvor an ihm aufgefallen.« Stéphanie machte einen kleinen Knicks und bekreuzigte sich in Richtung Altar, bevor sie Katharina folgte.

»Kennst du den General?«, fragte Katharina beiläufig, während sie tatsächlich versessen darauf war, mehr über ihn zu erfahren.

»Ich habe mich auf deiner Hochzeit ein Weilchen mit ihm über die HEA unterhalten, er hat seine Pläne sehr standfest vertreten. Das hatte mich nach den ganzen Gerüchten um ihm wirklich überrascht, obwohl Maxim mir bereits erzählt hatte, wie bestrebt er ist.«

»Gerüchte?«, fragte Katharina etwas zu eifrig. Ihre Gesprächspartnerin lächelte und freute sich anscheinend über ihr offensichtliches Interesse an Klatsch und Tratsch.

»In den Zeiten der Schwarzen Revolution war ich noch als Mitarbeiterin in der diplomatischen Vertretung von Monaco in der EU tätig, und da gab es immer Gerede. Eines der brisantesten Gerüchte zu jener Zeit war, dass General Conti nicht nur zu den aufrührerischen Militärs gehörte, sondern der Kopf hinter dem geplanten Militärputsch war.« Stéphanies tiefblauen Augen blitzten verschwörerisch auf.

»Was hältst du davon?«, fragte Katharina mit zweifelnder Miene.

»Wie so oft eine Falschmeldung. Schließlich hat sich das Militär nie erhoben, und sie hätten ihn sicher nicht zum Obersten General der HEA gemacht, wenn es wirklich Pläne zum Umsturz gegeben hätte. Oder?«, fragte Stéphanie und wollte wohl genauso sehr sich wie auch ihr Gegenüber davon überzeugen.

Katharina zögerte. Sie fragte sich, ob Silan Conti ein Fanatiker, ein Ehrenmann oder eine doppelzüngige Schlange war. Egal, was er war, sie hielt es für klüger, Stéphanies Zweifel zu beseitigen und sie ihre eigene Unentschlossenheit nicht spüren zu lassen. »Ich glaube es auch nicht und wüsste nicht, wie noch jemand nach der Ansprache an seiner Loyalität zur EA zweifeln könnte.«

»Manche meinen, dass in Gerüchten immer ein Fünkchen Wahrheit steckt«, sagte Stéphanie vage. »Aber andererseits habe ich erst vor ein paar Tagen gehört, dass manche glauben, die Exesor seien Aliens.«

Beide lachten, als die Mitglieder der TAF und damit auch ihre Ehemänner in der Kirche auftauchten.

»Was habt ihr zwei schon wieder auf Französisch zu tuscheln?«, fragte Maxim, der beim Sprechen im Englischen mit hörbarem Akzent sprach. Sein rollendes R erinnerte sie ans Russische, doch war seine Aussprache weicher, melodischer und verlieh seiner dunklen Brummstimme einen durchgängig heiteren Klang.

Katharina war dabei gewesen, ihm zu antworten, aber da küsste Maxim seine Frau bereits leidenschaftlich. Wegen der anhaltenden Liebesbekundungen der beiden verdrehte sie die Augen und wandte sich Finn zu, der ebenfalls Platz genommen hatte.

»Wir haben uns über die flammende Rede des Generals unterhalten. Man kann sie sicher als Erfolg verbuchen«, sagte sie. »Aber ich denke, der Erwartungsdruck für ihn und die gesamte Operation ist dennoch immens.«

»Wenn das jemand wegstecken kann, dann ist es wohl General Conti. Der Mann ist ein Despot und weithin bekannt für seine Willensstärke und Ambitionen.«

Katharina war froh zu sehen, dass in seinem Blick keine Ehrerbietung oder Verblendung lag, als er über seinen Heeresführer sprach, daher fragte sie nonchalant heraus: »Hebt er sich damit etwa von anderen Generälen ab?«

»Nein, wahrscheinlich nicht. Der einzige Unterschied ist, dass er seine dissoziale Persönlichkeit hinter seinem Charisma versteckt und das ist gefährlich«, antwortete er mit einem Grinsen, und Katharina wusste nicht, inwieweit er scherzte.

Orgelmusik ertönte, und die Gäste erhoben sich. Durch das Kirchenschiff schwebte eine große, schlanke Frau in einem schlichten elfenbeinfarbenen Seidenkleid, das mit Zehntausenden Perlen und Kristallen gesäumt war. Ihr graziler Anblick verschlug den Zuschauern den Atem, und zur Krönung wartete ein ebenso anmutiger Mann auf sie am Altar. Zwar waren beide Brautleute unwiderlegbar attraktiv, aber vollkommen entgegengesetzt. Sie, eisblond, mit heller Haut und saphirblauen Augen, erinnerte an gefrorenen Morgentau. Er wiederum glich der milden Abendsonne mit seinem dunkleren Teint, den glatten schwarzglänzenden Haaren und tiefgründigen Augen.

Während der gesamten Zeremonie sprach Finn kein weiteres Wort, sondern hielt seinen Blick unablässig auf die Braut gerichtet. Katharina fiel es kurz auf, aber sie hing ihren eigenen Gedanken nach und beschäftigte sich nicht weiter damit. Neunzig Minuten später wurde dann der Bund von Dr. Lene Bondevik mit Lance Corporal Tammo Møller als letztem der zweiundneunzig Paare der Völkervereinigung verkündet. Obwohl die gesamte Hochzeit mit fantastischen Details geschmückt war und reibungslos verlief, wurde sie dennoch nicht der Höhepunkt des Tages. General Conti mit seiner energiegeladenen Zurschaustellung der Stärke der HEA, verbunden mit seiner starken Rhetorik, kam Arvo dazwischen. Der Auftritt des Generals sorgte für den Gesprächsstoff während einer rauschenden Straßenfeier, die bis zu den Morgenstunden andauerte.

18

Nachtschwärmer

Krakau Bielany-Tyniec Park, 15.04.001 n. EB

Die Lichter vom Rückscheinwerfer des Busses verschwanden langsam, als vier dunkle Gestalten eine Freifläche im Bielany-Tyniec Park betraten. Obwohl noch ein Teil des Stadtgebietes von Krakau, war der Landschaftspark eine Oase mit frischer Luft, die feucht und holzig schmeckte. Aus der nahegelegenen Waldung erschallte der sanfte Ruf einer Eule, als drei der Schattengestalten voran polterten. In der Nacht wirkten sie regelrecht miteinander verschmolzen, denn Stéphanie hielt die Hand ihres Ehemanns, während Finn seinen schwankenden Kameraden auf der anderen Seite stützte. Etwas hinterher, fast vom Waldrand verschluckt, schritt Katharina mit einer ausgestreckten Hand an den Bäumen entlang. Sie schwelgte in der Erinnerung an die Weitläufigkeit des Naturparks mit seinen Millionen von Kreaturen, versteckten Höhlen und grandiosen

Felsformationen. Vor einigen Jahren war sie bereits einmal hier gewesen, und in ihren Gedanken war die Unbekümmertheit jener Tage lebendig. Während das Reservat unverändert war, hatte sich die Welt dem Wandel der Zeit nicht entziehen können, und mit ihr hatte sie ihre Unbeschwertheit von damals verloren. Obgleich die Gegend sie an den Verlust erinnerte, war sie dennoch froh, wieder hier zu sein. In der Abgeschiedenheit, weit weg von Hektik und Lärm. Für einen Augenblick war sie unbeobachtet und konnte frei atmen.

Vor der Gruppe tauchte eine weiße Zeltstadt auf, die erst vor ein paar Tagen speziell für die APs errichtet worden war. Die Anlage stach wie ein Fremdkörper aus der Umgebung hervor und sollte nach Beendigung der Veranstaltung wieder der Unantastbarkeit des Naturschutzgebiets weichen. Katharina war enttäuscht, ihr Ziel so schnell erreicht zu haben, und löste nur widerwillig ihre Finger von den Bäumen, als der Weg sie von dem Wald wegführte. Nachdem sie das Holz nicht mehr unter ihren Fingerkuppen gespürt hatte, riss das Band zur Vergangenheit ab, und die Erinnerungen an die Sorglosigkeit lösten sich auf. Die kleine Silhouette von Katharina schloss nun zur Gruppe auf, und kurz darauf wichen die Schatten dem Licht von hunderten gelbgoldenen Laternen. Sie betraten das Camp, das bis auf die Geräusche des Waldes vollkommen lautlos vor ihnen lag. Katharina folgte ihren Begleitern durch schmale Gassen bis zur Mitte der Ansammlung, wo sie auf einen Pavillon mit Sitzplätzen und Tischen für über hundert Menschen trafen. Hiervon gingen strahlenförmig alle Wege zu den mannshohen Schlafzelten ab. Anhand einer Karte orientierte sich Finn kurz und ging dann auf den südlichen Gang am anderen Ende des Einganges zu. Kurze Zeit später blieb er vor einem Zelt mit der Nummer einundvierzig stehen. Die Zahl stand für die Reihenfolge in der Eheschließung und markierte damit den Schlafplatz für die Evans. Als Stéphanie das realisierte, verabschiedete sie sich für die Nacht von Katharina. Auch Finn wandte sich ihr zu und versprach ihr, gleich wiederzukommen, während Maxim etwas Unverständliches lallte. Dann zog das Knäuel aus den drei Personen weiter, und Katharina ging in das Zelt aus weißen Leinen.

Drinnen war es nur schwach beleuchtet, dennoch konnte sie ein Meer aus Kissen auf einer breiten Matratze ausmachen. Erneut nur ein Schlafplatz und diesmal ohne die Chance auf eine Couch zum Ausweichen, ging es ihr durch den Kopf. Sie atmete einmal tief durch, um ihre Befürchtungen zu verscheuchen, und ging dann an ihre kleine Reisetasche, um Schlaf- und Badsachen herauszuholen. Einen Plan vom provisorischen Zeltplatz sowie eine Taschenlampe fand sie auf einem der Kissen, und geschwind machte sie sich zu den Sanitäranlagen auf. Nachdem sie eine halbe Stunde später fertig gewesen war, ging sie mit feuchten Haaren zurück zum Zelt. Während der Dusche hatte sie sich Zeit gelassen, in der Hoffnung, ihren neuen Ehemann bereits schlafend vorzufinden. Aber ihr blieb der einfache Ausweg verwehrt, denn er lag lässig vorm Zelteingang in einem Liegestuhl und wartete auf sie. Sein Gesichtsausdruck war offen, ohne Verlegenheit oder Beklemmung, ganz anders als sie sich gerade wieder fühlte. Obwohl sie nicht schüchtern war, ließ sie die aufgezwungene Nähe der Völkervereinigung nicht kalt. Der durchdringende Blick aus seinen blaugrünen Augen durchfuhr sie. Argwöhnisch meinte sie plötzlich, dass er sie nicht betrachten, sondern analysieren wollte. Misstrauen keimte in ihr auf. Obwohl sie wusste, dass ihre Bedenken wahrscheinlich nur auf ihre eigene Überreizung zurückgingen, war sie froh, Vorkehrungen getroffen zu haben: Vor der Dusche hatte sie, wie auch in der Nacht zuvor, ein Hypnotikum geschluckt. Es war eine reine Vorsichtsmaßnahme, denn schon öfter war ihr berichtet worden, dass sie im Schlaf sprach, und sie wollte ihre Gedanken lieber für sich behalten. Jetzt legte sie ein gelassenes Lächeln auf, das ihre Scham und Vorsicht vertuschte: »Schläft Maxim?«

»Er ist wie ein Stein umgefallen. Stéphanie kümmert sich jetzt um ihn, ihr scheint es zum Glück nichts auszumachen«, antwortete er. »Es war eine schöne Feier, aber ich glaube, es war dennoch eine gute Entscheidung aufzubrechen.«

Schlapp ließ sie sich während seiner Antwort in den zweiten Stuhl fallen, denn ihr taten die Füße weh, nachdem sie den gesamten Abend durch die Krakauer Innenstadt gestreift waren. Die historische Stadt hatte die letzten Stunden an ein Festivalgelände erinnert, mit unterschiedlichsten Bühnen, Shows und jeder Menge Alkohol. Stéphanie war zu Beginn begeistert gewesen, bis sie kurz nach Mitternacht müde geworden war. Ihren Wunsch nach Schlaf hatte sie aber nur Katharina verraten, mit der Bitte, es für sich zu behalten, weil sie den Männern nicht den Spaß verderben wollte. Tatsächlich passte das Katharina gut, denn obwohl sie weder ein großartiger Musikfan noch Partygänger war, so bot der Abend doch die Möglichkeit, ihre Begleiter in ausgelassener Stimmung zu erleben. Also waren sie noch eine ganze Weile geblieben, bis der Alkoholpegel von Maxim massiv aufgefallen war und Finn seinem Kumpel kurzerhand den Abmarschbefehl erteilt hatte. Ohne Widerworte hatte dieser gehorcht, und alle hatten den Heimweg angetreten. Finns eher diplomatische Formulierung, die nahelegte, der Aufbruch wäre eine Gruppenentscheidung gewesen, brachte sie auf eine neue Frage: »Bist du eigentlich sein Vorgesetzter?«

»Nein, seit ein paar Tagen gehören wir nicht mehr der gleichen Einheit an. Wir beide gehören zwar zur TAF, aber Maxim ist nicht Teil der FIA. Fragst du das, weil ich den Abend für ihn heute beendet habe?« Katharina nickte zur Antwort, wobei ihre Locken rhythmisch zur Kopfbewegung tanzten. Finn fiel das auf, und er lächelte in sich hinein. »Das habe ich gemacht, weil wir Freunde sind. Anstandslos gefolgt ist er mir aber, weil ich im Rang über ihm stehe.«

»Davor wart ihr aber lange zusammen in einem Team«, sagte sie und hielt seinem Blick stand. Es war eine Feststellung, denn den gesamten Abend hatten beide Soldaten immer wieder Geschichten der letzten Jahre zum Besten gegeben. Alle hatten klar die Beziehung der Kameraden aufgezeigt, Maxim als loyaler Hitzkopf und Finn als dirigierender Beschützer. »Ihr wart oft weg die letzten Jahre, oder? War sicher nicht immer einfach für euch oder eure Familien.«

»Maxim hat vier Brüder, die zu Hause die Stellung halten, dennoch ist seine Mutter immer krank gewesen vor Sorge. Ich war ein paar Mal zu Besuch, und die Herzlichkeit dieser Frau kennt keine Grenzen.« Die Erinnerung brachte einen schelmischen Ausdruck auf sein Gesicht. »Maxim ist der Jüngste, aber auch der Schlimmste von allen. Seine Brüder wetteifern andauernd miteinander, und dabei geht immer etwas zu Bruch. Nun erhofft sich seine Mutter von Stéphanie, dass sie ihn endlich bändigen kann und er ruhiger wird. Sie wünscht sich, dass er nach Hause kommt oder dass er sich zumindest irgendwo niederlässt, und ich glaube, die Chancen dafür stehen gar nicht schlecht. So verliebt wie jetzt habe ich ihn noch nie erlebt, und ihr scheint es nicht anders zu gehen.«

Die Art, wie er von den Orels sprach, gefiel ihr, dennoch entging ihr nicht, dass er bisher kein Wort zu seinem Zuhause verloren hatte. Den gesamten Abend hatte er sie ausgefragt, und sie hatte ihm brav geantwortet. Lange Zeit hatten sie über ihre verschwundene Familie gesprochen und von den Umständen, die dazu geführt hatten. Ihren Erzählungen war er aufmerksam gefolgt, und sie meinte, dass er auch die unbedeutendsten Informationen regelrecht aufgesaugt hatte. Jedes Mal aber, wenn sie ihn etwas fragen wollte, hatte er auf wundersame Weise das Thema gewechselt. Diesmal hatte er es so offensichtlich getan, dass es sie stark irritierte, und erneuter Argwohn stieg in ihr auf. Zumal sie nur annehmen konnte, dass er ihr absichtlich auswich, um etwas vor ihr zu verbergen. Um ihrem Verdacht auf den Grund zu gehen, setzte sie bereits zu einer neuen Frage an, als er weitersprach und ihr vollkommen den Wind aus den Segeln nahm.

»Meine Mutter meinte immer: Heimat ist, wo die Menschen sind, die man liebt«, sagte er zögernd. »Wenn ich heimkehre, dann warten nur noch meine Großeltern in Reading auf mich. Seit ich denken kann, sind meine Eltern, mein Bruder Jamie und ich jeden Sonntag von Bristol zu ihnen gefahren. Jeder Besuch lief gleich ab, meine *Nan* tischte immer Cornish Pasty auf, und beim Essen berichtete sie über die neusten Geschehnisse aus der Opernwelt. Mein *Pop* hat sie ständig berichtigt, wenn er meinte, dass seine Frau einen Komponisten oder ein Stück verwechselte. Aber sie ist auch nicht besser, denn sie unterbricht ihn pausenlos in seinen Erzählungen, um uns über die neusten Aufführungen in London zu informieren oder den Spielplan eines internationalen Opernhauses vorzulegen. Irgendwann fangen sie an, sich zu streiten. Meist geht es dabei nur um kleinste Details, denn einander nicht ausreden zu lassen, ist für sie völlig normal. Am Ende sitzt mein Pop brabbelnd mit verschränkten Armen und geschlossenen Augen am Tisch. Meine Nan verstummt dann ebenfalls, und keiner von beiden lässt mehr mit sich reden. Mein Dad kannte das bereits zur Genüge aus seiner Kindheit: Seine Mutter, die Primadonna, die erste Dame im Ensemble, wollte immer das letzte Wort haben. Ähnlich wie ihr Ehemann, der auch im Privaten gerne alles dirigieren wollte. Bei unseren Besuchen gab es eigentlich nur einen Weg, um die Wogen wieder zu glätten: Musik. Mein Dad hat sich also an den großen Flügel im Wohnzimmer gesetzt und gespielt, bis sie wieder redeten. Jeden Sonntag das gleiche Schauspiel, und auch der Tod meiner Eltern hat nicht viel an der Szenerie geändert. Abgesehen davon, dass ich es übernommen habe zu spielen, wenn ich da bin und es wieder so weit ist, dass sie sich anschweigen.«

»Es tut mir ehrlich leid«, flüsterte Katharina, obwohl es ihr abgedroschen vorkam. »Was ist geschehen?«

»Meine Eltern waren Teil eines internationalen Ärzteteams im Sudan, wo ein Konflikt zwischen Regierungstruppen und Rebellen über achthunderttausend Menschen vertrieben hatte. Es mangelte den Flüchtlingen an allem, besonders an Essen und medizinischer Versorgung. Meine Eltern waren vor ihrer Heirat bereits im Einsatz gewesen, hatten es dann aber wegen Jamie und mir gelassen. In dem Jahr entschieden sie sich, an dem Einsatz teilzunehmen, und so flogen sie in ihrem Sommerurlaub für drei Wochen nach Darfur. Jamie war nicht begeistert, aber ich überzeugte ihn schnell vom Gegenteil. Ohne Aufsicht, mal abgesehen von Onkel Jack, wo wir übernachteten, hatten wir einen unvergleichlichen Sommer. Als sie sich auf die Heimreise machten, waren wir unterwegs, Trinken, die letzte Nacht in völliger Freiheit genießen. Am nächsten Morgen waren wir immer noch unterwegs … Ich war auf der Kreuzung vom Piccadilly Circus gelandet, die Schlagzeile von der The Times berichtete von einem Flugzeugabsturz mit wenigen Überlebenden. Ich habe es gleich gewusst, und nur einen Anruf später war meine Befürchtung zur Gewissheit geworden. Joan und Benedict Evans Namen hatten ganz oben auf der Liste der Toten gestanden …

Jamie war nicht bei mir, irgendwie waren wir getrennt worden. Als ich ihn endlich fand, musste ich ihm sagen, dass unsere Eltern am Vortag abgestürzt waren. Seine Reaktion war … Ich kann es nicht mal mehr in Worte fassen. Nie wieder in meinem Leben habe ich jemanden so erlebt. Ich habe ihn praktisch den ganzen Weg nach Hause gezerrt. Nach der Beerdigung hat die Fürsorge entschieden, uns wieder zu unserem Onkel zu geben. Jack war schon allein mit sich überfordert, ganz zu schweigen von der Verantwortung für zwei trauernde Teenager. Schnell rutschte er wieder ab in Alkohol und Drogen, wie bereits Jahre zuvor, als er sich als Musikmanager versucht hatte. Keine vier Monate später setzte er sich eine Überdosis, und meine Großeltern mussten auch ihren zweiten Sohn zu Grabe tragen. Uns nahmen sie dann mit nach Reading. Jamie, er … Er kam über ihren Tod nicht hinweg. Für ihn war es, als hätte er Vater und Mutter immer wieder verloren. Jedes Mal starb ein Teil von ihm mit. Als Kinder waren wir wie Zwillinge, aber weder ich noch unsere Großeltern konnten die entstandene Lücke füllen. Ich erreichte ihn nicht mehr, es war, als würde er vor meinen Augen verschwinden. Ich konnte nichts tun, und einen Tag nach dem ersten Todestag unserer Eltern verlor ich auch ihn …« Es stimmte, Finn hatte damals Jamie in vielerlei Hinsicht verloren, doch nicht durch Selbstmord. James Evans war untergetaucht, vom Radar verschwunden. Nur Finn kannte mehr als die offizielle Version seines Verschwindens. Und wie sehr er es sich auch wünschte, die Wahrheit zu offenbaren, besonders seinen Großeltern, konnte er es nicht. Aber besonders jetzt war es unabdingbar, dass James Evans weiterhin für tot gehalten wurde. »Mit achtzehn bin ich dann zur Armee gegangen, und die sonntäglichen Mittagessen sind seither selten. In den letzten Jahren habe ich angefangen, ein altes Cottage im Hinterland von Alnwick in Northumberland zu renovieren. Die Familie meiner Mutter kam ursprünglich aus der Gegend, und sie hat es mir hinterlassen. Es wartet noch viel Arbeit auf mich, bis es fertig ist, aber ehrlich gesagt weiß ich nicht, was ich dann damit anfangen will. Ein Haus ist eben nicht dasselbe wie ein Zuhause.« Zwar hatte er sie bei seiner Erzählung unentwegt angesehen, doch erst jetzt sah er sie wieder klar. Es war, als käme er aus weiter Ferne zurück zu ihrem Zelt. »Aber es wird spät, wir sollten schlafen gehen.« Er stand auf und reichte ihr seine Hand. Sein Gesichtsausdruck war verschlossen, das Thema war für ihn unweigerlich beendet, und sie spürte, dass er keine weiteren Beileidsbekundungen oder Fragen wollte. Mit einem Nicken stimmte sie zu und nahm seine Hand. Als sie stand, warf sie einen kurzen Blick auf den Nachthimmel und ging an ihm vorbei ins Zelt. Sobald sie den Vorhang passiert hatte, sah sie erneut die Matratze und fragte beherrscht: »Linke oder rechte Seite? Ich habe da keine Präferenz.«

»Rechts«, antwortete er nah hinter ihr, und sie drehte sich einem Impuls folgend um. In der Hoffnung, so all das Ungesagte auszudrücken, legte sie ihre Hand auf seinen Brustkorb. Dann stellte sie sich auf die Zehenspitzen, um ihm einen Kuss auf die Wange zu geben, und wünschte ihm leise eine gute Nacht. Alles zusammen hatte nur einen Herzschlag gedauert, und sie deckte sich bereits zu, bevor er das Gleiche erwidern konnte. Kein weiteres Wort fiel zwischen den beiden, und das Geräusch, wie er sich hinlegte, war das Letzte, das sie vernahm, bevor die Wirkung der Tablette einsetzte. Als sie bereits friedlich atmete, schaute er mit starrem Blick an die Zeltdecke. Er sprach selten mehr über seine Familie als zu sagen, dass sie tot waren. Aber heute hatte er dieser völlig fremden Frau tiefere Einblicke gegeben als sonst jemandem zuvor. Verwundert über sich selbst und mit den Gedanken bei Katharina, schlief auch er endlich ein. Dabei setzte sich der weiche, warme Duft ihrer Haare bleibend in seinem Gedächtnis fest.

19

Blendung

Vom schrillen Aufkreischen eines Vogels geweckt, öffnete Katharina die Augen. Dank ihrer eigenen Nachhilfe hatte sie friedlich und zum Glück traumlos geschlafen. Das Bett war abgesehen von ihr selbst leer. Finn war wie am Vortag längst aufgestanden und hatte einen kleinen Zettel mit der Information zu seinem Aufenthaltsort hinterlassen. Gestern hatte er bereits seinen frühen Interviewtermin mit Arvo erwähnt, das war ihr aber für kurze Zeit entfallen. Nun überprüfte sie schnell die Uhrzeit, weil auch sie dazu am Morgen erwartet wurde. Es war noch knapp eine Stunde Zeit, daher ließ sie sich zurück in die Kissen fallen. Aber das Summen eines nahegelegenen Bienennests verhinderte ein weiteres Dösen, also stand sie lustlos auf. Nachdem sie sich zurechtgemacht hatte, suchte sie sich ihren Weg zurück in die Mitte des Lagers. Im offenen Speisepavillon waren alle Plätze leer, nur an dem üppigen

Frühstücksbuffet standen vereinzelt Menschen. Katharina schritt den langen Tresen ab, auf dem eine Speisenauswahl aus allen Staaten des Sektors zu finden war. Da sie nicht besonders hungrig war, nahm sie sich nur einen grünen Apfel und setzte sich an einen kleinen Tisch. Während sie ihr Obst aufschnitt, schaute sie sich die Anwesenden genauer an. Es waren vor allem Mitarbeiter der Völkervereinigung, die zu einem schnellen Frühstück zusammengekommen waren. Katharina kannte keinen davon, daher blieb sie allein am Tisch sitzen, bis eine Assistentin von Arvo auf sie zukam, um sie zum Interview zu bringen. Die Frau führte sie wortlos durch die Zeltstadt, in der mittlerweile richtiges Gewusel herrschte. Gemeinsam ließen sie das Lager schnell hinter sich, und es wurde wieder ruhig. Unweigerlich drängte sich ihr der Gedanke an die Brautentführung von vor zwei Tagen auf. Obwohl sie nicht glaubte, dass Arvo zweimal das Gleiche aufziehen, geschweige denn es sich trauen würde, fragte sie dennoch geradeheraus nach: »Ich werde aber nicht wieder verschleppt, oder?«

»Was? Nein. Arvo möchte das Interview nur außerhalb der Zeltstadt machen, und dort hinten ist eine kleine Lichtung mit einem wunderschönen Ambiente«, erklärte die Assistentin verwundert. »Übrigens, eure Hochzeit kommt beim Testpublikum mit am besten an, und die ersten Rückmeldungen aus dem Sektor sind auch positiv. Arvo ist ein Meister! Es war so romantisch, gefährlich und packend inszeniert. Ich meine: Alle Veranstaltungen waren großartig, aber bei euch habe selbst ich mitgefiebert.«

Katharina antwortete ihr nicht, sondern verdrehte die Augen und trottete ihr hinterher. Sie kamen an einem kleineren Pavillon an, der an einen Schönheitssalon erinnerte, und die Assistentin übergab sie an die Stylisten. Nachdem diese mit ihren Prozeduren fertig waren, steckte man sie in ein figurbetontes blassgelbes Kleid. Der Inszenator erschien und nahm die Arbeit gönnerhaft ab. Als er nichts mehr zu kritisieren hatte, brachte er sie zu einer nahegelegenen Wiese.

»Anders als Ihr Ehemann es Ihnen vielleicht eingeflößt hat, steht heute nur ein Gespräch an«, begann Arvo. »Also antworten Sie einfach auf die Fragen, und in einer Stunde sind wir hoffentlich fertig.«

Wenngleich es keine Entschuldigung war, freute sie sich über seine Aussage. Schließlich zeigte es, dass der große Inszenator sich dazu gezwungen fühlte, sich ihr zu erklären. Wahrscheinlich hatte Finn ihm zuvor noch einmal zugesetzt, und daher fragte sie freudig: »Ist Finn schon fertig? Wo ist er?«

»Die Interviews finden getrennt voneinander statt, und auch wenn es der Captain anders gesehen hat, braucht man ihn hier nicht. Das ist das Gute bei einem Soldaten, er befolgt Befehle«, sagte Arvo süffisant. »So, und ich hoffe, Sie stellen sich jetzt nicht auch noch an, sonst muss ich Sie Ihren Vorgesetzten melden, und Ihre Karriere beim Komitee zur Sommersonnenwende ist schneller beendet, als Sie denken.«

Ihre Miene verdüsterte sich, und sie blickte weg. Obwohl die Inszenierung der Völkervereinigung eigentlich einem Gremium unterlag, war der Inszenator praktisch der Alleinherrscher. Alles richtete sich nach ihm, hier hatte er die Kontrolle. Dennoch konnte sie sich sträuben, nur die Frage war, zu welchem Preis. Wie Arvo sie unmissverständlich erinnert hatte, war ihr bereitwilliges Mitwirken bei der Völkervereinigung eines der Einstellungskriterien beim Komitee gewesen. Da sie ihre Arbeit unter keinen Umständen gefährden wollte, schluckte sie jegliche Erwiderung herunter. Hinter zwei großen Kameras sah sie die Gesichter von Freddie und Paolo hervorlinsen. Der ältere Mann zuckte als Erwiderung auf ihren missgelaunten Gesichtsausdruck nur mit den Schultern, und auch sein Kollege gab zum ersten Mal keinen Kommentar ab.

»Gut, Sie haben mich also verstanden. Jetzt nehmen Sie ihren Platz ein, und beantworten Sie artig die Fragen des Moderators.« Arvo zeigte auf die linke Ecke einer Picknickdecke, wo bereits ein Mann auf sie wartete. »Sehen Sie das Interview als ein freundliches Gespräch mit einem Vertrauten an, das ist die Stimmung, die wir erzeugen wollen.«

»Natürlich«, sagte Katharina bissig und setzte sich genervt. Ihr Interviewpartner lächelte aufmunternd, während Arvo noch zweimal ihre Sitzposition korrigierte. Wahrscheinlich war ihr Gegenüber ein langjähriger Profi, der für viele ein bekanntes Gesicht war, nur sie sah ihn heute zum ersten Mal. Minuten später gab Arvo endlich das Signal zum Start.

»Ich bin Morten Sørensen, und ich freue mich, dass du heute für mich Zeit gefunden hast«, stellte sich der Däne vor, und durch seine väterliche Ausstrahlung schaffte er es sofort, eine unbeschwerte Atmosphäre zu schaffen. Auch Katharina überwand sich zu einem Lächeln.

Das Gespräch verlief dann angenehmer, als sie es erwartet hatte, und nach knapp einer halben Stunde näherten sie sich dem Ende. Bisher schien der Inszenator mit ihrer Darbietung zufrieden zu sein, besonders weil sie ihre Entscheidung zur Teilnahme an der Völkervereinigung so patriotisch dargelegt hatte. Des Weiteren hatte sie darauf verzichtet, die schlecht gemachte Brautentführung anzuklagen und stattdessen mit Überschwung von den Hochzeitsfeierlichkeiten erzählt. Morten hatte das Gespräch geschickt gelenkt, und gemeinsam hatten sie auch die schmerzlichen Tage von Excidium Babylon bis zur Triduum Nox besprochen. Direkt im Anschluss hatte er ein neues Thema aufgegriffen, und sie sprachen über die Bemühungen der Europäischen Alliance zum Neuaufbau des Sektors und die damit einhergehenden Schwierigkeiten. Danach war das Gespräch wieder persönlicher geworden, und für Katharina war es offenkundig, dass Morten zur Vorbereitung ein Dossier über sie erhalten hatte, denn er kannte ihren Lebensweg praktisch auswendig. Infolgedessen sprach er auch ihr Mitwirken bei den Lichtbringern an. Er stellte ihre Tätigkeit als heldenhafte Aufopferung ihrerseits hin, obwohl ihre Mitarbeit ein Resultat ihrer eigenen Notlage gewesen war. Immerhin waren ihr damals nur wenige Optionen geblieben, nachdem sie zeitgleich mit der Offensive Libertas ihre Anstellung bei der Médiateur Européen verloren hatte. Eine äußerst schlechte Zeit für die Arbeitssuche und heikel, weil Lebensmittel knapp und die Preise hoch gewesen waren. An dieser Stelle begriff sie, warum Arvo Morten Sørensen für den Part ausgewählt hatte. Der Moderator schaffte es, seine Gesprächspartnerin auf unaufdringliche Weise im perfekten Licht erstrahlen zu lassen. Vermutlich wäre es ihm mit der gleichen Technik gelungen, Sympathien für einen Serienkiller zu wecken, dachte sie bei sich und nippte an ihrem Sekt.

»Du bist zu stürmischen Zeiten geboren und sogar an einem

Tag, der in die Menschheitsgeschichte eingegangen ist!«, schnitt er begeistert das nächste Thema an.

»Ja, das stimmt wohl. Ich wurde am 9. November 1989 in Ostberlin geboren. Während meine Mutter in den Wehen lag, waren die Menschen der Stadt auf den Straßen, um die Mauern des Sozialismus einzureißen«, nahm sie den Gesprächsfaden auf. »Mit dem Ende des Kalten Krieges stand den Menschen eine neue Welt offen. Auch meine Eltern steckten all ihre Hoffnungen in die Wiedervereinigung Europas. Sie hofften auf mehr Freiheit und eine bessere Zukunft.«

»Kommt da deine Leidenschaft für Geschichte her? Ich glaube, du hast darin auch ein Studienabschluss von der Universität Bern?«, fragte Morten, um sie zum Weitersprechen zu animieren.

»Der Fall des Eisernen Vorhangs ist sicherlich einer der vielen Gründe für mein Studium gewesen. Aber den Ausschlag gab meine Liebe zu Büchern und Legenden, schließlich hat jede Epoche unzählige davon hervorgebracht. So auch die Überlieferung der Massenhochzeit von Susa, wo im Frühjahr dreihundertvierundzwanzig vor Christus Alexander der Große sein neu geschaffenes Reich mit einer gezielten Heiratspolitik zu vereinen wünschte. Es wurde überliefert, dass er in einem fünftägigen Fest über achtzig Gefolgsmänner mit Perserinnen verheiratet hatte, um eine Annäherung der Gebiete zu schaffen«, sagte sie und pausierte kurz. »Das ist der Grund, warum die Völkervereinigung auch Alexander Projekt genannt wird, denn darin liegt der Ursprung. Ich persönlich möchte mit meiner Eheschließung zum weiteren Zusammenwachsen des Sektors beitragen. Ähnlich wie zur Wende leben wir auch heute in einer neuen Welt und haben die Möglichkeit eine friedliche Zukunft mitzugestalten. Meine größte Hoffnung ist eine vereinte und gerechte Gesellschaft für alle Lebewesen auf unserer Erde.« Als sie endete, strahlte Arvo wie bei einem Lottogewinn, und Paolo zeigte ihr einen gehobenen Daumen.

»Keiner hätte unser gemeinsames Streben besser beschreiben können. Danke. Es war mir eine Freude, dich kennenzulernen. Für deine Ehe und die Arbeit zur Umsetzung der Sommersonnenwende wünsche ich dir nur das Beste. Hoffen wir, dass deine

Familie und alle anderen verlorenen Seelen bald wieder bei uns sind«, sagte der Moderator gütig und drehte sich dann direkt zur Kamera. »Katharina Evans – eine außergewöhnliche junge Frau, die es gewagt hat, sich für ihre Überzeugung der Völkervereinigung anzuschließen, um ein Zeichen für den Frieden zu setzen.«

»Cut«, schrillte die Stimme von Arvo durch die Lichtung.

»War das Ende zu dick aufgetragen?«, fragte Morten an Arvo gerichtet. Seine Stimme hatte viel von der Güte eingebüßt, und er klang jetzt wie ein gewiefter Geschäftsmann.

»Nein, die Aufnahme war exzellent, den Rest können wir schneiden.«

Da Arvo seine Zufriedenheit mit dem Interview geäußert hatte, nahm sie sich eine Blaubeere aus dem Picknickkorb und verabschiedete sich knapp.

»Für den nächsten Programmpunkt benötigen Sie andere Sachen. Meine Assistentin wird sie Ihnen geben, und danach gehen Sie zum Sammelpunkt am großen Pavillon. Und zwar sofort, es geht gleich weiter.«

Arvo hatte es ihr hinterherrufen müssen, denn sie hatte sich zügig entfernt. Genervt winkte sie den Zuruf ab, aber dem Inszenator genügte das als Zustimmung.

20

Verschlungener Pfad

Gekleidet in einen khakifarbenen Overall, erschien Katharina bei der Sammelstelle, und zu ihrer Erleichterung stellte sie fest, dass alle Teilnehmer gleich gekleidet waren. Inmitten der größten Menschentraube entdeckte sie nach kurzem Suchen Finn. Bei ihm standen sein bester Freund mit seiner Frau Stéphanie sowie weitere APs. Alle hielten Sektgläser in den Händen und unterhielten sich angeregt miteinander, während sie auf die Eröffnung der Veranstaltung warteten. Dieser dreitägige Workshop war durch das Gremium der Völkervereinigung für alle hundertzweiundsiebzig APs organisiert worden. Dabei handelte es sich um eine Kombination aus Kennenlernveranstaltung mit Teambuildingsequenzen und Flitterwochenelementen. Heute sollte das Ganze durch eine Art Kick-off-Meeting gestartet werden, und Katharina hoffte, dann endlich den Ablaufplan für die nächsten Tage zu erfahren. Generell hätte sie am liebsten auf die Veranstaltung verzichtet, aber die Beteiligung war obligatorisch. Insbesondere zum Leidwesen derjenigen Paare, die gestern erst ihre Hochzeit gefeiert und zum Teil die gesamte Nacht zur Anreise nach Polen benötigt hatten. Früher wären sie bequem in einen Flieger gestiegen, aber seit Excidium Babylon galt aufgrund der Störsignale ein striktes Flugverbot. Derzeit sah es auch nicht so aus, als würde sich das bald wieder ändern, denn es gab gerade keine freien Ressourcen, um das Problem zu lösen. Zudem herrschte weiterhin vor allem Ahnungslosigkeit in Bezug auf die Beschaffenheit des Tholus – somit war der Menschheitstraum vom Fliegen auf ungewisse Zeit gestorben. Endlich hatte Katharina die Ansammlung erreicht und wurde, wie inzwischen gewohnt, von Finn mit einem intensiven Blick gemustert.

Sofort kam er zu ihr und beugte sich zu ihr herunter, um leise zu fragen: »War alles in Ordnung beim Interview?«

»Ja, diesmal gab es keine Überraschungen«, sagte sie und, um einen Vorwand zu haben, den Blickkontakt abzubrechen, steckte sie sich eine entflohene Locke hinters Ohr.

Finn blickte sie einen Moment an und bemerkte, dass ihr nicht nur das Outfit, sondern auch die geschlossenen Haare mit Schildmütze ausgezeichnet standen. Dann drehte er sich wieder der Gruppe zu und stellte sie den Anwesenden vor. Es waren so viele, dass Katharina sich die meisten Namen nicht merken konnte, und die Unterhaltung ging ohne großes Zutun ihrerseits weiter. Neben Finn stand Lene, die Tammo gestern in der Marienbasilika geheiratet hatte, im Mittelpunkt der Aufmerksamkeit. Die vorige Begrüßung von Lene ihr gegenüber war steif gewesen, und auch ihr restliches Gebaren war zwar höflich, aber unterkühlt. Ihr perfekt gestyltes Äußeres und ihre große, schlanke Statur fügten sich passend dazu ein und verliehen ihr die Wirkung einer unnahbaren Traumgestalt. Gerade erzählte sie auf Finns Nachfragen von ihrer Heimat Norwegen und, ähnlich wie am Tag zuvor, war er ein perfekter Zuhörer. Im Gegensatz zu den meisten anderen hing Katharina der Sprecherin nicht an den Lippen, aber sie folgte jedem Wort, das die andere Frau sagte. Soeben fand sich Morten mit dem Inszenator bei der Sektrunde

ein, und das Klatschen von einzelnen Teilnehmern der Völkervereinigung unterbrach Lenes Redeschwall. Die Begeisterung
einiger, den Moderator zu sehen, bestätigte Katharina in ihrer
Annahme, dass er für die Öffentlichkeit kein Unbekannter war.

»Meine Damen und Herren, vielen Dank«, sagte Morten
und wartete, bis der kurze Applaus verhallt war. »Schön, dass
ihr euch alle hier zusammengefunden habt. Für all diejenigen,
die mich nicht kennen: Ich bin Morten Sørensen, und ich habe
das Vergnügen, euch die nächsten Tage zu begleiten. Auf euch
wartet ein spannendes und vielseitiges Programm, das euch vorbereiten soll auf eure zukünftige Rolle als Repräsentanten der
Europäischen Alliance. Wie ihr wisst, waren eure Eheschließun-
gen nur der erste Schritt auf dem Weg, den Sektor und seine
Bürger für immer zu vereinen. Eure Aufgabe als Teilnehmer der
Völkervereinigung ist es nicht nur, die vielfältigen Kulturen in
der Republik zu vertreten, sondern auch, die Funktionen des
Staates aufzuzeigen. Das Augenmerk der Menschen ist auf euch
gerichtet, wenn ihr eurer Arbeit als Teil der Tactical Assault
Forces, des Tribunals oder anderer Institutionen der Alliance
nachgeht. Eure Taten sollen den Menschen die nötige Hoffnung
für die Zukunft schenken und ihnen als Vorbild dienen. In unserem gemeinsamen Streben vereint für Frieden und Freiheit.«

Morten hielt inne, woraufhin fast alle APs ihm mit dem Unison-Gruß antworteten. Katharina rührte sich nicht, sondern
klatschte nur höflich in die Hände. Ihre Gedanken waren bei der
Forschungsarbeit von Nagib Amin. Abgesehen davon, dass er
darin die arabische Welt behandelt hatte und dass die EA großen
Wert auf die mediale Zurschaustellung der Völkervereinigung
legte, hatte Morten das Konzept und seine Ziele gut beschrieben.
Aber nicht nur für sie enthielt die Rede daher keine Neuigkeiten,
denn alle Teilnehmer waren vor ihrer Eheschließung ausführlich
darüber informiert worden. Erst nachdem sie sich mit den Verpflichtungen vertraglich einverstanden erklärt hatten, waren sie
zu dem Programm zugelassen worden.

Ehe wieder Ruhe eingekehrt war, fuhr der Moderator fort: »So,
und jetzt wollen wir keine weitere Zeit verlieren und stattdessen
beginnen. Unser heutiger Tag führt uns auf eine abenteuerliche

Wanderung durch die Tiefen des Bielany-Tyniec Parks. Diese Aktivität soll euren Zusammenhalt als Ehepaare stärken und fordert jedem sein Bestes ab. Aber ich will nicht zu viel verraten, alles Nötige findet ihr an der Markierung mit der zu euren Overalls passenden Nummer. Bitte begebt euch jetzt dahin, damit wir bald anfangen können.«

Als Katharina an sich herabblickte, fand sie eine schwarz gedruckte Sechsundzwanzig auf dem rechten Ärmel unterhalb eines kleinen Abbilds des gefüllten Sternenkreises vor. Auch auf Finns Overall war die gleiche Zahl mit dem Symbol erkennbar, soweit war ihr Aufzug gleich. Dennoch bemerkte sie jetzt erhebliche Unterschiede, denn seinen Anzug schmückte auf der rechten Brust zudem sein Name mit Dienstgrad. Außerdem trug er einen Waffengurt. Mit einem schnellen Blick stellte sie fest, dass so anscheinend alle Mitglieder der TAF gekleidet waren. Das wiederum warf die Frage auf, warum eine Bewaffnung bei einer Wanderung vonnöten sein sollte. In der stillen Hoffnung, dass die Soldaten diese nur zur Zierde trugen, drehte sie sich wieder Finn zu.

»Bist du bereit?«, fragte er und wies auf die Fahne mit der Nummer sechsundzwanzig.

»Ich bin mental auf alles vorbereitet, weil ich glaube, dass es Arvo nicht bei einer normalen Wanderung belässt«, sagte sie, nichts Gutes ahnend, aber mit einem Lächeln auf den Lippen. »Wahrscheinlich lässt er die Raubtiere aus dem nahegelegenen Zoologischen Garten auf uns los, oder er stürzt ein paar von uns von den Kalksteinfelsen, damit wir dramatisch gerettet werden können.«

Finn lachte auf, und gemeinsam setzten sie sich in Bewegung. Andere APs drängten sich in einem heillosen Durcheinander an ihnen vorbei. Viele sortierten sich nicht gleich richtig ein, weil sie statt zu ihrer Ärmelnummer zur Zeltnummer gingen. Als sich endlich alle am richtigen Fleck aufgestellt hatten, waren sechsundvierzig Gruppen gebildet.

Bei der Markierung sechsundzwanzig standen vier Rucksäcke und bereits drei Personen. Ein Mann Mitte dreißig mit braunen Knopfaugen blickte freundlich über den Rand einer dunklen Brille hinweg. Sein schwarzes Haar offenbarte bereits erste Ansätze von Geheimratsecken, und er wirkte sehr sympathisch. Neben ihm stand eine Frau, die einen Kopf kleiner und ein paar Jahre jünger war als er. Während das Erscheinungsbild des Mannes besonders durch seine Unauffälligkeit auffiel, bestach die Frau durch ihr erstaunliches Äußeres. Ihre goldgelben Haare fielen glatt bis zum Kinn und waren mit dicken weißblonden Strähnen durchzogen. Sie umgaben ein leicht schiefes, porzellanweißes Gesicht mit himmelblauen Augen. Um ihre Beine schlängelte sich ein circa fünfjähriger Junge, von dem Katharina annahm, dass es sich um ihren Sohn handelte, weil sein strubbeliges Haar dieselbe auffällige Farbe hatte.

»Wie ihr sicher festgestellt habt, besteht jedes Team aus zwei Ehepaaren, mit denen ihr euch gemeinsam den Weg bahnen müsst«, verkündete Morten freudig. »Jetzt habt ihr ein paar Minuten Zeit zum Durchatmen und, um euch mit euren Teamkollegen und der Ausrüstung vertraut zu machen. Später zählt jede Minute!«

»Hallo«, begrüßte Katharina ihre neuen Teamkollegen und reichte der Frau zuerst die Hand. »Ich bin Katharina Frey, ich meine Evans, und das ist Finn Evans.«

Es erfolgte weiteres Händeschütteln, während die blonde Frau Katharinas Beispiel folgte und alle in ihrer Begleitung vorstellte: »Ich heiße Alise Mauriņa, das ist mein Sohn Jamey und mein Ehemann Cornel Gheorghe.«

»Jamey?«, horchte Finn auf und betrachtete den Jungen näher.

»Sein Name ist eigentlich Jēkabs, aber er wird vom mir immer bei seinem Spitznamen genannt, denn außerhalb von Litauen kann den Namen keiner richtig aussprechen«, sagte Alise und strich ihrem Jungen über das helle Haar. »Ich hoffe, ihr werdet nicht allzu enttäuscht sein, wenn wir als Letzte das Ziel erreichen. Aber mit meiner schlechten Konstitution und dem kleinen Mann werden wir wohl nicht so schnell vorankommen.«

»Alise, mach dir keine Gedanken, wir schaffen das«, sagte Cornel einfühlsam. »Dennoch könnt ihr natürlich gerne vorangehen, wenn wir euch zu sehr aufhalten.«

»Finn«, sprach Katharina ihn an und berührte sanft seinen

Oberarm, weil er abwesend wirkte: »Ist das für dich in Ordnung? Ich bin, ehrlich gesagt, froh darüber, eine Ausrede zu haben, nicht durch die Wälder zu hetzen.«

»Ja, natürlich.« Finn schaffte es endlich, sich von dem Anblick des Kindes loszureißen, und er taxierte nun stattdessen die Mutter.

Sein irritierendes Verhalten war der kleinen Familie nicht aufgefallen, aber Katharina, die sich keinen Reim darauf machen konnte.

Morten trat wieder ans Mikrofon: »Es geht los. Bitte folgt nun den Anweisungen der Mitarbeiter, sie bringen euch zum Ausgangspunkt. Ich verabschiede mich erst mal und freue mich, euch alle am Zielort wiederzusehen, wo am Ende des Tages ein abendliches Galadinner der serbischen Sterneköchin Despina Antonic auf euch wartet. Viel Glück!«

Sobald Morten geendet hatte, wurden sie auch schon mit zwei anderen Teams und drei Kameraleuten, darunter Paolo, in einen Kleinbus verfrachtet. Keine zehn Minuten später hielt das Fahrzeug, und die Gruppe sechsundzwanzig wurde als erste in die Wildnis entlassen. Finn hatte die Fahrt genutzt und sich die Rucksäcke vorgenommen. Jeder enthielt eine Karte, Kompass, Handfunkgerät, Erste-Hilfe-Set samt Rettungsdecke und Leuchtpistole sowie ausreichend Wasser und Proviant. Bei der Auswahl schwante Katharina erneut nichts Gutes und sie verließ kopfschüttelnd den Bus.

Doch Finn navigierte sie problemlos durch den dichten Wald, wobei er die kleine Gemeinschaft auch gleich anführte, wie er es als Captain gewöhnt war. Jede Stunde kamen sie an einem Etappenziel vorbei, wo eine zu lösende Aufgabe auf sie wartete, bevor sie weitergehen konnten. Hierbei wurden die Teilnehmer abwechselnd psychisch und physisch auf die Probe gestellt. Die Herausforderungen wurden dabei mit jedem Mal anspruchsvoller. Am ersten Punkt war das finnische Geschicklichkeitsspiel Mölkky aufgebaut, wobei die Schwierigkeit darin bestand, mit einem Wurfholz zwölf hochkant stehende Hölzer zu treffen. Nachdem sie es geschafft hatten, erreichten sie eine Stunde später die nächste Aufgabe, in der sie ihre Ängste überwinden mussten, um die andere Seite einer wackligen Hängebrücke zu erreichen. Alise, die unter Höhenangst litt, hatte dabei die größten Schwierigkeiten. Stocksteif stand die Litauerin auf der Brücke, und es gelang ihr nur durch Finns geduldiges Zutun, das Hindernis zu überwinden. Finn war es auch, der die Gruppe immer anspornte und zeitweilig auch zum Weitergehen motivierte. Den größten Teil der Strecke hielt er sich nah an Katharinas Seite auf, und wenn das Gelände zu unwegsam wurde, ergriff er automatisch ihre Hand. Dabei verhinderte er das ein oder andere Mal, dass sie abrutschte. Zur Mittagspause wartete in einer kleinen Holzhütte eine Mahlzeit auf sie, und während sie sich erschöpft niederließen, stellte sich das Haus als das nächste Etappenziel heraus. Die Türen verschlossen sich von selbst und konnten nur durch das Lösen von mehreren Rätseln wieder geöffnet werden.

Paolo, der schwor, die einzelnen Aufgaben nicht zu kennen, filmte jede ihrer Bemühungen und Misserfolge. So auch den Unfall von Cornel, der sich auf halber Strecke beim skandinavischen Axtwerfen an der Doppelschneide der Waffe verletzte. Der kleine Jamey hatte gegen das Verbot seiner Mutter an dem Spiel teilnehmen wollen, und nur das schnelle Eingreifen seiner neuen rumänischen Vaterfigur hatte schlimmeres Unheil verhindern können. Die Wunde an Cornels Hand konnte Alise sofort professionell behandeln, weil sie, wie sich dabei herausstellte, eine Sanitätsoffizierin in den Diensten der HEA war. Paolo kippte bei dem Anblick des Blutes um, und nachdem Alise beide Männer versorgt hatte, konnten sie ihren Weg fortsetzen. Finn, der sich zuvor bereits mit Cornel darin abgewechselt hatte, den kleinen Jungen auf den Schultern zu tragen, übernahm das von da an komplett. Nach dem Unglück war Jamey eine Zeit lang tieftraurig und stellte sein übersprudelndes Geschnatter ein. Zur Aufmunterung erklärte Finn dem Kleinen den Kompass, und er wurde wieder fröhlich, da sie nun gemeinsam die Gruppe führten. Auch Katharina involvierte Finn in die Ablenkung, und die Eltern konnten einen Moment durchatmen. Cornel fühlte sich erst wieder gut, als er in Rekordzeit ein schwieriges geometrisches Rätsel für das Team gelöst hatte. Das letzte Etappenziel lag an der Wisła, auf der sie zum Abschluss ein Stück stromaufwärts paddeln mussten. Diese finale Aufgabe war nicht nur kraftraubend, sondern auch tückisch, weil der Fluss über kräftige Stromschnellen und Sandbänke verfügte. Nachdem sie die letzte Teilstrecke ebenfalls erfolgreich hinter sich gebracht hatten, erreichten sie erschöpft, aber überglücklich am frühen Abend den Rand des Berges Srebrna Góra. Weiße Türme thronten darauf, die durch das satte Grün des Waldes auf den letzten Metern bis zum Ziel für sie zu leuchten schienen. Auf der Ebene vor der Anhöhe entdeckte Katharina festlich eingedeckte Tische mit Sonnenschirmen. Die schönen Sitzgruppen lagen verlassen vor ihr, ohne eine Spur von Gästen oder Kellnern. Kurz glaubte Katharina, dass sie vielleicht doch nicht als Letzte angekommen waren und jubilierte innerlich. Doch dann machte sie eine Ansammlung von Menschen nur ein paar hundert Meter entfernt aus. Die Leute standen vor gut zwei Dutzend Militärfahrzeugen, und es herrschte viel Betrieb. Eine einzelne Person löste sich aus dem Getümmel und kam fix auf sie zu. Es war Maxim, und er war nicht mehr in Zivil gekleidet, wie die Hälfte der Teilnehmer hatte er seinen Overall gegen die Uniform eingetauscht. Alles deutete darauf hin, dass etwas Unvorhergesehenes passiert war. Verwirrt drehte Katharina sich zu Finn um, der eben noch hinter ihr gewesen war. Nun musste sie aber feststellen, dass er verschwunden war. Unentschlossen, ob sie die anderen rufen oder dem heraneilenden Soldaten entgegenlaufen sollte, blieb sie wie angewurzelt stehen. Glücklicherweise brach wenige Augenblicke später Alise mit dem kleinen Jamey durch das Dickicht. Dicht gefolgt von Cornel, Paolo und Finn, der seinen besten Freund sofort entdeckte. Sein Mienenspiel verriet, dass er gleich bemerkte, dass etwas nicht stimmte. Auch Maxim hatte nun die kleine Schar erreicht und begrüßte Katharina, bevor er vor den Offizieren salutierte.

»Was ist passiert?«, fragte Finn und erwiderte den Salut.

»Es gibt den ersten handfesten Hinweis auf die Exesor«, äußerte sich Maxim erregt. »Heute gegen Mittag wurde eine geheime Startvorrichtung für einen Flugkörper unbekannter Herkunft gefunden.«

Finn warf einen schnellen Blick auf die erstaunte Alise, dann auf die interessiert wirkende Katharina, die seinem Blick standhielt. »Gibt es einen Einsatzbefehl?«

»Ja, Colonel Joannou hat vor einer halben Stunde den Befehl für die TAF gegeben«, antwortete Maxim.

»Was für eine Startvorrichtung?«, fragte Katharina, aber ihre Frage wurde von Alise Stimme überlagert.

»Einschließlich des medizinischen Personals?« Alise Stirn zeigte leichte Sorgenfalten.

»Ausnahmslos alle, die der Staffel des Colonels angehören, rücken aus«, antwortete Maxim, der den kleinen Jungen entdeckt hatte und bedauerte, keine andere Auskunft geben zu können.

»Schaffst du das? Kann ich ihn bei dir lassen?«, fragte Alise unsicher an Cornel gewandt. Er nickte entschlossen, und sie beugte sich mit einem aufgesetzten Lächeln zu ihrem Kind herunter. Sofort begann sie, schnell in ihrer Muttersprache mit Jamey zu sprechen.

»Evans«, sprach Maxim Finn leise an. Alle Aufmerksamkeit hatte sich zuvor auf die Mutter und den Jungen gerichtet. »Wir müssen los.«

Es blieb keine Zeit, weitere Fragen zu stellen. Um Rücksicht auf Alise zu nehmen, sprach Finn ihren Mann an. »Ich verschaffe euch ein paar Minuten Zeit, um alles zu arrangieren. Wir treffen uns dann unten.«

Dankbar für den Aufschub, reichte Cornel Finn die Hand, und sie trennten sich einstweilig. Paolo, der die Verabschiedungsszene aufzeichnen wollte, wurde von Finn am Kragen gepackt und weggezogen. Raschen Schrittes lief der Rest zur Fahrzeugkolonne, von der inzwischen viele Wagen gestartet waren. Ihnen entgegen kam Stéphanie, die kurz mit ihrem Mann sprach und dann auf Katharina zuging. Bisher hatte Finn sich eng neben Katharina gehalten, doch jetzt nahm Stéphanie seinen Platz ein.

»Geht es dir gut?«, fragte Stéphanie, dabei knupperte sie an ihren Fingernägeln.

»Ja«, antwortete Katharina und bemerkte den nervösen Tick der anderen. »Kann ich dir irgendwie helfen?«

»Oh nein«, sagte Stéphanie fahrig. »Ich bin nur überrascht über das alles, sonst nichts.«

Dennoch ergriff Katharina zur Beruhigung Stéphanies Hand, und diese dankte es ihr mit einem Lächeln. Mittlerweile hatte Maxim sie durch die Menge zu einem Truck manövriert, wo ein Soldat die Ausrüstung verteilte. Als Finn seinen Namen und Dienstgrad nannte, erhielt er einen olivfarbenen Standard-Rucksack und Kleidung, in die er auf der Stelle wechselte. Katharina beobachtete ihn dabei, bis Maxim kam und sie sich ertappt abwandte.

»Kateryna, pass gut auf meine Liebste auf«, sagte er und winkte ihr kurz zum Abschied zu. »Wir sehen uns in ein paar Tagen.«

Wie bereits zuvor wartete Maxim nicht auf eine Antwort, sondern führte Stéphanie außer Sicht. Dann tauchte Finn auf, und kurz schauten sie sich wortlos an. Ein Soldat rief zur Abfahrt auf, woraufhin er Katharina unvermittelt an sich zog. Eine kurze Weile hielt er sie in seinen Armen, bevor er ihr fast unmerklich einen Kuss auf den Hals hauchte und sie wieder losließ. Ihr Herz setzte einen Schlag aus, und wie automatisch legte sie ihre Hand auf seine. Für einen Moment stand die Zeit still, bis Katharina bemerkte, dass Paolo die Kamera auf sie gerichtet hatte. Daraufhin drehte sie sich weg, und Finn setzte seinen Rucksack auf. Er zwinkerte ihr zu, bevor er sich aufmachte.

»Hey, wo geht es denn eigentlich hin?«, rief Katharina ihm hinterher.

Er drehte sich noch einmal zu ihr um und schaute sie forschend an. »Irgendwo ins Jablanica-Gebirge.«

»Albanien«, stellte Katharina fest, bevor ein dreifaches, schrilles Trillern erklang und er in einem der Fahrzeuge verschwand.

21

Graue Vorsehung

Brüssel Quartier Européen, 16.04.001 n. EB

Die Sonne durchbrach die Wolken und senkte ihre wärmenden Strahlen auf die Erde. Katharina saß vor dem ehemaligen Bürogebäude der Médiateur Européen der heutigen Auskunftsstelle der EA, und wartete auf Benjamin. Erst am Morgen war sie mit Stéphanie, Lene, Cornel und Jamey nach Brüssel zurückgekommen. Nach dem plötzlichen Einsatzbefehl der TAF hatte das Gremium entschieden, den Workshop abzubrechen. Schließlich fehlte die Hälfte der APs, und auch Arvo war mit unzähligen Kameraleuten nach Albanien aufgebrochen. Das exzellente Dinner vor der beeindruckenden Kulisse des Kamaldulenser-Klosters hatten die Übrigen zwar eingenommen, aber selbst die Kochkünste von Despina Antonic hatten die abwartende Stimmung nicht heben können. Nach dem Essen waren sie zum Packen zurück auf den Zeltplatz gebracht worden. Die Abreise war dann nach dem Zeitplan der Bahn erfolgt, denn diesmal stand für die Teilnehmer kein Sonderzug zur Verfügung. Aus diesem Grund war die Rückreise auch nicht so komfortabel wie zuvor, und die Reisenden nach Brüssel hatten dreimal umsteigen müssen, bevor sie ihr Ziel erreichten. Deshalb war Katharina übernächtigt, und um nicht einzuschlafen, während sie auf Benjamin wartete, öffnete sie die Zeitung. Das bekannte Blatt hatte sie mit ihren Einkäufen für ein gemeinsames Mittagessen besorgt. Die Auswahl in den Supermärkten hatte sich im Vergleich zu der Zeit direkt nach Excidium Babylon wieder gebessert, aber war weiterhin stark eingeschränkt. Einer der Artikel in der Zeitung beschäftigte sich genau mit dieser Problematik, denn Tiefkühlware und importierte Produkte wie beispielsweise Kakao oder Bohnenkaffee waren aus dem Sortiment verschwunden. Katharina überflog den Text nur kurz, denn ihr Interesse galt dem Leitartikel. Der Beitrag unter dem Titel *ENDGEGNER* enthielt eine Beschreibung des vierundsiebzigjährigen Lebensweges vom Silan Conti, wobei besonders seine militärischen Errungenschaften und Auszeichnungen hervorgehoben wurden. Darüber hinaus enthielt der Text einige Passagen mit Auszügen seiner Rede in Krakau. Der Redakteur zeichnete in dem Beitrag das Bild eines heldenhaften Generals und beschrieb ihn in seinem Fazit hinter vorgehaltener Hand als einziges Wundermittel zur Ergreifung der Exesor. Katharina fand, dass der Leitartikel wenig mit der Diskussion eines aktuellen Themas gemein hatte und eher ein Porträt war. Zudem war es kein gelungenes, denn es war nur eine verzerrte und einseitige Darstellung des Mannes ohne tiefgehende Betrachtung. Die einzige Perspektive, die der Artikel aufwies, war die persönliche Meinungsäußerung des Journalisten. Wie viel das mit der Wahrheit zu tun hatte, war fraglich, denn das Hintergrundwissen des Schreibers schien vor allem eine Quelle zu haben: den Porträtierten selbst. Nach Beendigung des Lesens war sie zutiefst verstört, und ein nicht greifbares Gefühl breitete sich in ihr aus, das nichts mit der schlechten journalistischen Leistung zu tun hatte.

Zwischenzeitlich hatte Benjamin das Gebäude verlassen und überrascht Katharina entdeckt. Da sie weiterhin tief in Gedanken war, schaffte er es, sich an sie heranzuschleichen.

»Buh«, flüsterte Benjamin in ihr Ohr, und sie schreckte leicht zusammen, dann fiel sie ihm gleich um den Hals. »Sœurette! Was machst du hier? Wie kommt es, dass du bereits zurück bist? Haben sie dich etwa schon rausgeschmissen bei den APs?«

»Sehr freundlich, und ich freue mich auch sehr, dich zu sehen, Frérot«, sagte sie und ließ ihn los. »Ich habe was zum Mittag für dich, aber nur, wenn du netter zu mir bist.«

Benjamin schnappte ihr die Einkaufstüte weg, und nachdem er zu seiner Zufriedenheit einige Leckereien darin entdeckt hatte, sagte er: »Das bin ich doch immer.«

Aus Gewohnheit liefen sie zum nahegelegenen Parc de Bruxelles, wo sie in den Sommermonaten immer ihre Pausen verbracht hatten. Jetzt, wo die Wahlgeschwister nicht mehr zusammen bei der Médiateur Européen arbeiteten und sich alles verändert hatte, war dieses Ritual aus der Vergangenheit Balsam für die Seele. Beim kurzen Spaziergang erklärte sie die Gründe für ihre frühzeitige Rückkehr nach Brüssel. Bisher war der Fund der Startvorrichtung noch nicht bekannt, daher nannte sie ihm die wenigen Fakten. Zur weiteren Erläuterung der Notwendigkeit der APs vor Ort gab sie ihm zudem einen kurzen Abriss der geplanten Marketingstrategie der TAF. Benjamin, der genau wie sie eigentlich großes Interesse an allen Aspekten der neuen Republik hatte, nahm das Gesagte kommentarlos hin. Sein Augenmerk lag derzeit auf anderen Themen, und als sie sich auf eine Bank im Zentrum des Parks setzten, platzte es aus ihm heraus: »Und wie war's? Wie ist dein Ehemann?«

Katharina wollte ihn schon bitten, Finn nicht als ihren Ehemann zu bezeichnen, entschied sich aber dagegen. Es hätte nur zu neuerlichen Diskussionen über ihre Teilnahme an der Völkervereinigung geführt, wie zigmal vor der Eheschließung. Aus diesem Grund änderte sie lieber ganz das Thema und fragte: »Hast du den Artikel gelesen?«

Benjamin wusste, dass Katharina nicht gerne über Männergeschichten sprach und warf daher einen kurzen Blick auf die Zeitung, um ihr antworten zu können: »Den über unseren einzig wahren Retter? Ja, wieso?«

»Genau das stört mich daran, er ist nur ein General. Eins von vielen Zahnrädern, die nach den Urhebern des Tholus suchen, und alle stehen in den Diensten der EA. Diese Darstellung erinnert an Propaganda«, sagte sie hitzig, da ihr nun klar geworden war, was sie an dem Artikel störte.

»Wo ist der große Unterschied zur Aufklärungskampagne der EA?«, konterte er. »Wie das Spektakel zur Völkervereinigung und die Funktion der TAF?«

»Die EA verbreitet keine Fehlinformationen, sondern versucht ihre Institutionen und Ziele zu präsentieren. Es geht darum, der Öffentlichkeit die Strategie darzulegen. Das ist keine Manipulation, sondern eine Einbeziehung des Volkes in den Wandel«, verteidigte sie, obwohl ihre Meinung über die neue Republik und deren Vorgehensweise nicht kritikfrei war. Ihre eigene Beteiligung an der Marketingmaschinerie unterlag anderen Gründen, die vorerst schwerer wogen als ihre Vorbehalte. »Dieser Artikel demonstriert nur eine Person, und seine Absichten sind unabsehbar.«

Plötzlich dachte Benjamin wieder an die Verse des Babylon-Manifests, und der Singsang der Unbekannten erklang in seinen Ohren, als würde jemand tatsächlich die Aufnahme abspielen:

Wir lebten in Freiheit. Wir beherrschten die Welt.
Wir sahen die Zukunft, das Ende der Welt.
Wir opfern die Freiheit. Wir entzweien die Welt.
Wir verändern die Zukunft, wandeln die Welt.
Wir erneuern die Freiheit. Wir vereinen die Welt.
Wir heilen die Zukunft, retten die Welt.

Ein kalter Schauer lief ihm dabei über den Rücken, und Wut über die Exesor kochte ihn ihm hoch.

»Mir ist egal, wer diese Bastarde schnappt oder wie, solange es geschieht«, sagte er zornig, und Katharina zuckte zusammen. »Können wir jetzt das Thema wechseln? Ich möchte mich nicht schon wieder über die Exesor aufregen.«

»Ich habe einfach ein schlechtes Gefühl dabei«, sagte sie matt.

»Es tut mir leid! Aber ganz ehrlich, du dramatisierst die Sache. Es steht doch eigentlich nicht viel darin, und es ist nur ein einzelner Presseartikel«, sagte er beschwichtigend und lenkte wie immer ein. Benjamin ertrug es schlichtweg nicht, mit ihr zu streiten, und nahm sie in den Arm. »Wie wäre es damit: Du erzählst mir etwas über deine letzten Tage, und ich berichte dir dafür eine Neuigkeit, die morgen in allen Zeitungen stehen wird. Ich würde nämlich gerne entscheiden, ob ich mir weitere Sorgen machen muss, weil du mit einem fremden Mann verheiratet bist.«

»Okay, aber du zuerst«, sagte sie und wirkte etwas weniger bedrückt.

»Nein, so läuft das nicht. Du rückst zuerst mit der Sprache raus, und ich entscheide anhand der Länge deines Berichtes, was ich dir erzähle. Meine Information sind gewissermaßen topsecret.«

»Erpresser!« Katharina machte kurz einen Schmollmund, startete dann aber in eine ausführliche Erzählung über die Gründungsfeier, die letzte Hochzeit und die APs, die sie näher kennengelernt hatte. Dabei erwähnte sie besonders die drei Paare, die jetzt auch ihre Nachbarn wurden. Stéphanie und Maxim, Cornel und Alise mit dem kleinen Jamey sowie Lene und Tammo. Katharina hatte anhand von zahlreichen Beispielen die offensichtliche Verliebtheit der Orels und das zarte Band der beginnenden Vertrautheit in Alises kleiner Familie beschrieben. Benjamin entging dabei nicht, dass sie zwar die Beziehungen von zwei Pärchen dargestellt hatte, aber nur recht wenig zu Finn und dem dritten Paar zu sagen hatte. Danach kam sie auf den Workshop und die stundenlange Wanderung zu sprechen, wobei sie jede Aufgabe penibel erläuterte. Erst ganz zum Schluss ließ sie ein paar Attribute wie »nett« und »freundlich« über Finn fallen, wohl in der Hoffnung, Benjamins Fragerei damit zu beenden.

»Reicht nicht«, sagte er knapp. »Wie verhält er sich dir gegenüber – und komm mir nicht mit dem gleichen Nonsens wie zuvor.«

»Finn ist«, sagte sie notgedrungen und suchte nach den richtigen Worten, »er ist wirklich ein guter Zuhörer.«

»Aha, schon klar.« Benjamin bewarf sie mit einem Stück trockenen Brötchen und machte Anstalten, sich zu erheben.

»Lass mich ausreden!« Katharina hielt ihn fest. »Jedes Mal, wenn er mit mir gesprochen hat, dann hat er mir seine uneingeschränkte Aufmerksamkeit geschenkt. Er war interessiert, ohne allzu neugierig zu sein, und hat mir ein gutes Gefühl vermittelt. Aber so ist er zu jedem: respektvoll, höflich und hilfsbereit.«

»Nicht zu vergessen: intelligent, wachsam und meinungsstark«, ergänzte Benjamin. »Jedenfalls habe ich ihn so bei der Verkündung zur Gründung der EA wahrgenommen. Weißt du noch? Ich hatte dir davon erzählt. Wenn ich damals auf dem Mont des Arts gewusst hätte, dass ihr keine drei Wochen später heiratet …«, sagte er und schüttelte ungläubig den Kopf. »Aber egal. Gibt es nichts weiter Interessantes zu berichten?«

»Viel mehr kann ich dir nicht sagen, außer dass er ähnlich wie ich selbst die ganze Sache pragmatisch sieht. Er hat seine Gründe für die Ehe gehabt, und ich habe meine. Außerdem glaube ich nicht, dass ich in sein Beuteschema passe. Ich glaube, er steht auf den keltischen Typ Frau«, antwortete sie, da sie wusste, auf was Benjamin anspielte.

Ihr abschließender Tonfall signalisierte ihm, dass für sie das Kapitel beendet war. Er nahm es hin und drängte nicht weiter. Nach all den Jahren wusste er, dass das keinen Sinn hätte. In Bezug auf Männer war seine beste Freundin schon immer verschlossen gewesen und erzählte das Wenige auch nur ihm und auch nur, wenn sie es für richtig hielt. Er hatte gelernt, seine eigenen vorsichtigen Rückschlüsse aus dem, was sie sagte, zu ziehen. Augenscheinlich mochte Katharina den Engländer, und das beruhigte ihn, weil auf ihre Menschenkenntnis Verlass war. Außerdem hatte sie anscheinend so viel Interesse an dessen Person, dass sie sein Verhalten im Umgang mit anderen Menschen und im Speziellen mit anderen Frauen näher betrachtet hatte. Auch wenn er wusste, dass sie sicher noch weitere Gedanken und Schlüsse zu Finn gezogen hatte, begnügte er sich erst einmal mit diesen ersten Erkenntnissen. Eine kleine Pause war entstanden, bis er wie versprochen seine Neuigkeit ansprach. »Hast du das von der *Ökologischen Wende* gehört?«

Es war eine rhetorische Frage, und er holte noch beim Sprechen eine zerknitterte Seite aus seiner Hosentasche, um sie an Katharina zu übergeben. Mit einem Lächeln nahm sie das Papier und begann, es halblaut vorzulesen:

Das Dekret zur Sicherheit der Tier- und Pflanzenwelt sowie der natürlichen Ressourcen, das in seinen strikten Maßnahmen ihren Schutz über den der Wirtschaft stellt.

»Peeters hat dazu den gesamten Morgen ein Meeting veranstaltet und alle Einzelheiten erörtert. Das Wichtigste ist wohl, dass sie vorhaben, die Massentierhaltung abzuschaffen, um den Fleischkonsum zu senken. Ergänzend sollen Energiesperrzeiten eingeführt werden, aber da die meisten eh keinen Strom haben, ist das wohl eher zweitrangig. Mehr ins Gewicht fallen die strikte Begrenzung der Produktion und das Handeln nach dem Notwendigkeitsprinzip sowie die Einführung eines allgemeinen Fahrverbots für kraftstoffbetriebene Privatfahrzeuge. Zum Trost soll das öffentliche Transportwesen ausgeweitet und kostenfrei werden.«

»Hat das Bürgercouncil das bereits abgesegnet?«, fragte sie interessiert. »Das müsste doch zu ihren Aufgaben gehören.«

»Gestern, am ersten Sitzungstag, haben sie das Dekret einstimmig angenommen. Ihnen blieb auch nicht viel anderes übrig. Die Ressourcen werden knapp, aktuelle Studien meinen, dass wir uns mit den begrenzten Erdölvorkommen im Sektor keine zehn Jahre selbst versorgen können. Darüber hinaus fordert das Manifest ein striktes Vorgehen in Bezug auf den Naturschutz. Der Beschluss wird nächste Woche rechtskräftig, und mal sehen, was dann geschieht.«

»Wahrscheinlich wird die EA versuchen, uns das mit den neusten Erkenntnissen zu den Exesor zu versüßen«, sagte sie und las sich die weiteren Informationen der Broschüre durch.

»Dann können sie hoffentlich mit riesigen Neuigkeiten aufwarten«, sagte er und lehnte sich auf der Parkbank zurück. »Es muss wohl Intuition gewesen sein, dass ich den Zettel eingesteckt habe – als hätte ich gewusst, dass wir uns heute sehen.«

Katharina war nicht mehr ansprechbar und schmunzelte nur, deshalb nutzte er die Zeit für ein Schläfchen. Es war angenehm warm in der Sonne, und er schlummerte schnell weg. Als sie das Informationsmaterial zu Ende gelesen hatte, weckte sie ihn mit neuen Fragen. Halbwach tasteten seine Hände automatisch nach seinem Smartphone, um die Uhrzeit zu checken. Dann erstarrten seine suchenden Finger plötzlich, als ihm wieder einfiel, dass seit Excidium Babylon die Mobilfunknetze nicht mehr funktionierten. Zu Anfang hatte ihn dieser Umstand nicht davon abgehalten, sein Smartphone weiterhin überall mit sich herumzutragen, denn aller Vernunft zum Trotz hatte auch er lange Zeit noch gehofft. Aber nach fast drei Monaten und der fehlgeschlagenen Offensive Libertas war das Smartphone mit weiteren unnützen Geräten in irgendeiner Schublade verschwunden. Das Fehlen der Mobilfunkgeräte mit ihrem schnellen Zugang zum Internet, zu den sozialen Medien und mit der ständigen Erreichbarkeit war eine der auffälligsten Veränderungen im täglichen Straßenbild, nachdem man daran gewöhnt gewesen war, dass fast jeder immerzu auf einen Bildschirm starrte.

Benjamin schluckte seine neuerlich aufflackernde Wut herunter und erwähnte seine Gedanken nicht vor Katharina. Er wollte sie nicht daran erinnern, dass auch sie keine Möglichkeit mehr hatte, ihre Familie zu erreichen. Stattdessen sprach er mit ihr über das Dekret, bis sich seine Mittagspause dem Ende zuneigte. Danach begleitete sie ihn zurück zum Büro, bevor sie sich selbst zur ersten Sitzung des Komitees zur Sommersonnenwende aufmachte.

22

Dunkles Zeugnis

Brüssel Le Pentagone, 22.04.–04.05.001 n. EB

V or Tagesanbruch stieg Finn aus einem olivfarbenen Militärjeep vor der Notre Dame du Sablon aus. Die Jahrhunderte alte gotische Kirche lag verlassen vor ihm und
hob sich bisher nur schwach vom heller werdenden Firmament
ab. Nach den Stunden des Sitzens in den Zügen wollte er die paar
Meter bis zu seinem neuen Haus zu Fuß gehen. Zielstrebig lief er
an der Kathedrale vorbei und bog in die schmale Seitenstraße ein,
an deren Ende die Ansammlung der vier miteinander verbundenen zweistöckigen Häuschen lag. Das beige Haus, das Katharina
und er bewohnten, war das letzte der Reihe. Vor einer Woche
hatten es Blumengirlanden geschmückt, nun war die Dekora-
tion verschwunden. Auch erstrahlte es nicht mehr wie bei ihrer
Hochzeit im Kerzenschein, sondern ruhte dunkel vor ihm. Als er
davorstand, kam ihm plötzlich der Gedanke, dass sein nächtliches

Eintreten die Hausbewohnerin wecken oder sogar verängstigen könnte. Daher blieb er draußen und stellte seinen Rucksack in der Nähe der roten Eingangstür hinter ein paar dichten Sträuchern ab, um eine spontane Joggingrunde durch das Viertel zu drehen. Die Bewegung verschaffte seinen Muskeln Entspannung, und er nutzte die Zeit, um die letzte Woche zu reflektieren. Nach über drei Monaten hatte die EA mit dem Fund der Startvorrichtung den ersten handfesten Hinweis auf die Exesor erhalten. Die Euphorie war groß gewesen und hatte die Interimsregierung dazu verleitet, eine überraschende Kehrtwende hinzulegen. In dem Glauben, Excidium Babylon bald ungeschehen zu machen, hatte die EA die zuvor inoffiziell betriebene Suche nach den Exesor zur offenen Jagd erklärt. Das wohlgehütete Geheimnis, das jeder kannte, aber niemand aussprach, war keines mehr, und die Mission war unter dem Namen *Schwarzer Stein* rasch publik gemacht worden. Dem Inszenator war die öffentliche Darstellung übertragen worden, um nicht nur die Bevölkerung zu informieren, sondern auch das Ansehen der EA zu erhöhen. Daher waren alle Kameras auf die TAF gerichtet, als diese bei der Startvorrichtung auf westlicher Seite des höchsten Berges im Jablanica-Gebirge eintrafen. Der Gur i Zi, der sich auf über fünfzig Kilometern von Albanien bis Nordmazedonien erstreckte, war ein Paradies der unberührten Natur. Seit jeher streiften Bären, Luchse und Wölfe weitestgehend ungestört von Besuchern über den langen Bergrücken. Mit dem Fund hatte der Frieden sein Ende gefunden, denn Hunderte von Einsatzkräften hatten das Gebiet tagelang akribisch durchforstet.

Als die TAF eingetroffen war, hatte der zyprische Colonel Joannou die Leitung übernommen und die gesamte Gegend großzügig abgeriegelt. Die albanischen Sicherheitskräfte, welche die ersten Untersuchungen am Fundort gestartet hatten, waren abgelöst worden und von da an nur noch an der Durchsuchung des weitläufigen Gebiets beteiligt gewesen. Maxim hatte, wie die meisten der TAF, einem dieser Suchtrupps angehört. Ihre Aufgabe war es, die Bergkette nach Anhaltspunkten und Hinweisen zu durchkämmen. Dabei war die Unterstützung durch die einheimischen Forstwirte unabdingbar gewesen, da das Gebirge riesig und zuweilen gefährlich war. Neben den Schwierigkeiten, welche die Natur den Suchtrupps auferlegte, stellte es ein weiteres Problem dar, die gefundenen Spuren richtig zu bewerten. Ganzjährig besuchten das Gebiet unzählige Menschen, die es ohne Registrierung oder Kontrolle betreten und wieder verlassen konnten. Daher hatte alles, was sie fanden, das Potenzial, der Schlüssel zur Auffindung der Exesor zu sein oder in überhaupt keinen Zusammenhang damit zu stehen. Zwar hatten sie mittlerweile festgestellt, dass es sich bei der Vorrichtung um einen festinstallierten Raketenstartplatz handelte – eine Startrampe auf einer großen betonierten Fläche, von der der Abschuss von Raumflugkörpern wie beispielsweise Satelliten möglich war. Aber da zu der Vorrichtung weitere mobile Bestandteile zu gehören schienen, die leider unauffindbar waren, ergaben sich auch hier nur wenige Erkenntnisse. Zudem waren sich die Experten uneinig, wann genau der Bau errichtet oder benutzt worden war. Aus diesen Gründen hatte die Suche schließlich auch keine konkreten Hinweise auf die Personen liefern können, welche die Startvorrichtung erbaut hatten.

Finn war nicht Teil der Suchtrupps gewesen, sondern hatte mit weiteren Angehörigen der FIA Informationen zusammengetragen und Vernehmungen durchgeführt. Die Befragten waren zumeist Einheimische gewesen, die wieder entlassen wurden, nachdem sie ihre Aussagen gemacht hatten. Dieses Vorgehen hatte zumindest gegolten, bis Enes Rexha und Dr. Tiana Denkowa aufgetaucht waren. Zu einem Zeitpunkt, an dem die Erfolgsaussichten der Mission zur unmittelbaren Ergreifung der Exesor bereits auf den Nullpunkt gesunken waren. Beide waren Wissenschaftler des ehemaligen Europäischen Weltraumforschungs- und Technologiezentrums, die zu Besuch aus den Niederlanden in Librazhd waren. Nachdem sie von dem Fund erfahren hatten, waren sie freiwillig auf die Ermittler zugegangen und hatten ihr Expertenwissen angeboten. General Conti, der tags zuvor die Führung der Mission übernommen hatte, war wie ein Falke auf sie hinabgestürzt. Stundenlang hatte er sie persönlich verhört. Nach Abschluss des Verhörs hatten jedoch keine handfesten Beweise gegen die Wissenschaftler vorgelegen, die sie mit den Exesor oder der Startvorrichtung in

Verbindung gebracht hätten. Dennoch hatte er sie als Hauptverdächtige eingestuft und die sofortige Überstellung der Gefangenen zum Tribunal in Athen befohlen. Arvo, der wie immer alles für die Leinwände des Sektors aufgezeichnet hatte, hatte beim rigorosen Vorgehen des Generals große Vorbehalte gezeigt. Finn war überrascht gewesen, beim Inszenator ein moralisches Gewissen wahrzunehmen, das in dem Fall seinem gleichkam. Dass Arvo generell nicht mit Autoritätspersonen zurechtkam, hatte die Mission schon zuvor demonstriert. Aber fortan war für Finn der immer größer werdende Groll des Inszenators gegen den General nur allzu deutlich. Die Abneigung, die Arvo gegen Silan Conti hegte, ging dabei nicht nur auf die Festnahme zurück, sondern auch auf die Einschränkungen bei seiner eigenen Arbeit. Fern aller Aufsicht der EA nahm Conti massiven Einfluss auf die Ausrichtung der Aufnahmen und inszenierte sich selbst als neuerlichen Mittelpunkt.

Einen Tag nach den Festnahmen hatte die EA entschieden, die Startvorrichtung abzubauen und mitsamt allen Beweisen in ein Labor nach Helsinki zu schaffen. Woraufhin der General die Mitglieder der FIA nach Brüssel zurücksandte, um sicherzustellen, dass er am weiteren Informationsfluss beteiligt war.

Schlussendlich waren die Resultate der Mission ernüchternd, und nur Arvos Kunst, jede noch so kleine Erkenntnis als Erfolg zu verkaufen, hatte die EA vor einem Desaster gerettet. Dennoch: Der wahre Sieger war General Conti, der in seiner Selbstverherrlichung seine eigene Popularität beim Volk steigerte.

Als die Sonne den Himmel langsam rosa färbte, flackerte vereinzelt warmes Kerzenlicht in den Häusern von Sablon auf. Nachdem Finn auch sachtes Licht aus seinem neuen Haus scheinen gesehen hatte, entschied er sich, seine Laufrunde zu beenden und zurückzukehren. Leise holte er seinen Rucksack hinter den Sträuchern hervor und bemerkte dabei, dass diese erst vor kurzem gepflanzt worden waren. Weitere Veränderungen fielen ihm auf, als er sich umschaute. Die Vorgärten der Häuserreihe waren großzügig umgestaltet worden, so hatte man die Zäune entfernt und einen Teich mit Seerosen angelegt. Auch die rote Eingangstür war verändert, denn nun zierte sie ein beeindruckendes Feuersymbol. Noch als er eintrat, tanzten die geschnitzten Flammen lebensecht vor seinen Augen, bis ein anderes Leuchten ihm den Atem raubte.

Nur mit einem Handtuch bekleidet und eine kleine Kerze haltend, stand Katharina in der Küche. Sein unerwartetes Auftauchen lähmte sie, aber sie erholte sich schneller als er, der von ihrem Anblick wie gefesselt war. »Oh, ich wusste nicht, dass die TAF heute zurückkommt.«

Obwohl ihre Worte kein herzlicher Willkommensgruß waren, schien sie sich dennoch darüber zu freuen, dass er zurück war, und er lächelte sie an: »Ich habe es auch erst gestern erfahren. Aber die TAF ist nicht zurück, sondern nur die FIA.«

»Oh«, stieß sie erneut aus, »das wird Stéphanie aber enttäuschen. Kommt denn der Rest bald zurück?«

»Ich denke schon. Arvo wird alles tun, damit bald alle APs wieder vereint sind«, sagte er und verdrängte seine letzten Beobachtungen zum Inszenator. »Und damit Stéphanie die Zeit nicht zu lang wird, habe ich einen Brief für sie.«

Ein Lächeln breitete sich auf ihrem Gesicht aus, weil er seinem Freund als Cupido diente. Obwohl Stéphanie ihr gegenüber nichts erwähnt hatte, war es eindeutig gewesen, dass sie Maxim sehr vermisst hatte. Für sie selbst waren die Tage seit dem Workshop nur so verflogen, und sie hatte jeden Gedanken an Finn bestmöglich weggeschoben. Bei allem, was zu tun war, fiel ihr das auch nicht schwer, denn die Arbeit beim Komitee zur Sommersonnenwende war anspruchsvoll. Ihnen stand eine Herkulesaufgabe bevor, in der es galt, in weniger als zwei Monaten die letztmalige Öffnung des Tholus vorzubereiten. Zu Beginn war praktisch alles ungeklärt, wobei die größte Ratlosigkeit darüber herrschte, wie oder wo die Überquerung der Barriere stattfinden sollte. Mit dem Babylon-Manifest hatten die Exesor nur bekanntgegeben, dass es am 21.06.001 n. EB zur partiellen Öffnung kommen würde, ohne konkrete Rahmenbedingungen dafür zu nennen. Dennoch hatte das Komitee mit der grundsätzlichen Planung begonnen, denn klar war, dass die Übergangspunkte entlang des Kraftfeldes liegen würden. Zuerst galt es, die Bestimmungen zu erlassen für diejenigen, die vorhatten, die EA zu verlassen. Es wurde daher festgelegt, dass grundsätzlich jeder das Gebiet verlassen durfte, wenn diese Person nachweisen konnte, den Einreisebestimmungen eines anderen Sektors zu entsprechen. Diese Prüfung sollte von republikweiten Ausreisezentren übernommen werden, welche die Ansprüche bzw. Hindernisse im Vorhinein prüften. Ihre Arbeit sollten die Zentren aufnehmen, sobald die entsprechenden Instanzen und auch das Bürgercouncil ihre Zustimmung dazu gegeben hätten. Am vergangenen Samstag lag diese Autorisierung nicht vor, daher hatte das Komitee am Sonntag nicht getagt, und Katharina hatte gestern spontan frei gehabt. Den Tag hatte sie mit Stéphanie und Benjamin im Parc de Bruxelles verbracht, um die neusten Meldungen aus dem Sektor auf der Leinwand zu verfolgen. Der Park war schon immer gut besucht gewesen, aber seitdem er als einer der öffentlichen Übertragungsplätze der Interimsregierung diente, war er restlos überfüllt. Als sie gegen Mittag im Park angekommen waren, hatten die drei nur schwer einen Platz finden können, von dem aus ein Bildschirm zu sehen war. Den Nachmittag über waren dann Filme mit Informations- und Werbeaufnahmen der EA abgespielt worden. Überdurchschnittlich oft hatten sie Ausschnitte der Völkervereinigung, vom Workshop, sowie aus dem Material von Finns und Katharinas Interviews enthalten. Auch in den Sequenzen zur Mission in Albanien war Finns Einsatz wesentlicher Bestandteil, während beispielsweise Maxim nicht einmal zu sehen war. Bei einer Einstellung, in der Finn besonders lange eingeblendet war, hatte Benjamin die Reaktion seiner besten Freundin zu beobachten versucht, aber sie hatte nicht einmal mit der Wimper gezuckt. Am Abend war, kurz bevor ein Spielfilm gezeigt werden sollte, ein Interview von General Conti ausgestrahlt worden, in dem er die ersten zwei Verdächtigen der EA präsentierte. Katharina hatte die Aufnahme mit tiefer Besorgnis gesehen, aber die meisten Zuschauer hatten wohl nicht mit ihrer Meinung übereingestimmt, sondern frohlockten.

Als jetzt der Mann, der gestern noch als Großaufnahme über die Bildschirme geflackert war, direkt vor ihr stand, überzog ein Kribbeln ihre Haut. Sie wandte sich ab, nachdem ihr aufgefallen war, dass sie ihn während ihrer Überlegungen unentwegt angeblickt hatte und auch er sie nicht aus den Augen ließ.

»Ich sollte mich weiter fertig machen. Das Bad ist frei, aber das Wasser ist kalt«, sagte sie und setzte als Erklärung hinzu:

»Die Energiesperrzeiten. Aber du kannst auch gerne warten, der Strom geht um sechs Uhr wieder an. Eine halbe Stunde später ist der Boiler heiß. Hätte ich mehr Zeit, dann hätte ich gewartet. Im Dunkeln und kalt zu duschen, ist nicht die beste Erfahrung. Aber ich sollte mich nicht beschweren, wir haben im Haus wenigstens Strom. Die meisten Menschen im Sektor haben das nicht, und du bist wahrscheinlich viel Schlimmeres gewohnt.«

Katharina konnte plötzlich nicht mehr aufhören zu sprechen, weil ihr bewusst geworden war, dass sie halbnackt vor ihm stand. Noch im Erzählen näherte sie sich langsam der Treppe und ließ die Kerze auf dem Küchentresen zurück. Als sie geendet hatte, war sie im oberen Bereich angekommen, und er war ihr mit etwas Abstand gefolgt.

Bevor sie ins Schlafzimmer gehen konnte, fragte er: »Darf ich dich zur Arbeit bringen?«

»Klar«, sagte sie rasch und schloss dann die Tür hinter sich. Als sie allein war, fragte sie sich, wie es sein konnte, dass sich die Atmosphäre im Raum so schnell gewandelt hatte. Erst hatten sie zwanglos geplaudert, und dann auf einmal hatte sie das Gefühl gehabt, die Luft würde vibrieren. Auch jetzt bebte sie noch und schalt sich selbst als töricht dafür. Endlich kleidete sie sich an, und als sie sich wieder völlig unter Kontrolle hatte, ging sie zurück in die Küche, um Malzkaffee anzusetzen. Finn kam nicht viel später geduscht und umgezogen herunter. Ihm schmeckte die Alternative zu den Bohnen nicht, dennoch nahm er die Tasse dankend entgegen. Unter dem grellen Licht der Glühbirnen war weitaus weniger Knistern zu spüren. Auf ihrem zwanzigminütigen Weg zum Quartier Européen verzichtete sie darauf, ihn länger als nötig anzuschauen. Stattdessen bombardierte sie ihn mit Fragen zur Mission Schwarzer Stein, die er umfassend beantwortete.

»Abgesehen von den Wissenschaftlern, die festgenommen wurden, wird die nächste Zeit zeigen, ob die Spur sich zu den Exesor zurückverfolgen lässt«, antwortete er auf ihre Frage, als wie erfolgreich er die Mission einschätzte.

»Du meinst den albanischen Ingenieur und die bulgarische Doktorin«, sagte sie und spürte ihre eigene Anspannung bei dem Thema. »Glaubst du, dass sie daran beteiligt waren?«

Finn zögerte kurz. »Dafür gibt es bisher keine Beweise.«

»In dubio pro reo - im Zweifel für den Angeklagten. Oder im Fall unserer Verfassung die Unschuldsvermutung: Darüber kann sich nicht mal mehr das Tribunal hinwegsetzen. Im Prozess müssten entsprechende Beweise oder Zeugenaussagen vorliegen, sonst können sie nicht verurteilt werden. Ein Schuldspruch ist damit ausgeschlossen, und außerdem können sie nicht festgehalten werden, wenn die Untersuchung stichhaltige Beweise vorbringt, die für ihre Unschuld sprechen.« Ein Teil von ihr wusste, dass der Freispruch nur eine Frage der Zeit sein sollte, während eine leise Stimme ihr unentwegt die Möglichkeit zuflüsterte, dass die beiden als Bauernopfer enden könnten. Diese böse Vorahnung beunruhigte sie und war nur schwer zu ignorieren. Beweise konnten fingiert werden, schließlich waren sie bereits eingesperrt worden, obwohl bisher nicht mal mehr Indizien für eine Zugehörigkeit zu den Exesor vorlagen. Wenn das Volk Blut sehen wollte, würde sich dann das Tribunal dazu entscheiden, es dem Beispiel des Generals gleichzutun?, fragte sie sich und verstummte.

Auch Finns Überlegungen kreisten um ähnliche Fragen, daher liefen sie das restliche Stück schweigend. Am Charlemagne-Gebäude, dem Versammlungsort des Komitees angekommen, trennten sich ihre Wege. Finn bestieg einen Wagen, der an einem Sammelplatz in der Nähe wartete, um Angehörige der HEA zum Stützpunkt außerhalb der Stadt zu bringen. Das provisorische Militärgelände wurde schlicht *Fort* genannt und enthielt neben dem Stützpunkt der Truppen auch den Hauptsitz der FIA.

Über die Woche stellte sich so etwas wie ein Alltag ein. Jeden Morgen verließen die Evans das Haus, um gemeinsam zur Arbeit zu gehen. Ihre Mittagspause verlebte Katharina mit Benjamin. Auf dem Heimweg war Finn wieder bei ihr, und sie machten Besorgungen, um abends zusammen zu kochen. Die meiste Zeit unterhielten sie sich über die neuesten Entwicklungen, wobei sie versuchte, einen gewissen Abstand zu ihm zu wahren, was ihr nicht immer glückte. In diesen Tagen lernte sie ihn besser kennen, so auch seine große Leidenschaft für Musik, die wohl genetisch bedingt war. Seine Begeisterung dafür erinnerte schon fast an eine Abhängigkeit, wobei er sich keinem besonderen Genre zugeneigt fühlte. Nach seiner eigenen Aussage genoss er alle Facetten. So drangen durch ihr Haus immer die leisen Klänge verschiedenster Lieder, sobald er anwesend und wach war. Finn hatte selbst für die Zeit der Stromsperre ein altes Koffer-Grammofon mit dazugehörigen Schellackplatten besorgt, um auch da nicht ohne Musik zu sein. Katharina störte sich daran nicht, sie saß meistens nach dem Essen auf der Terrasse mit einem Buch in der Hand. Zum wirklichen Lesen kam sie dabei nicht, weil ihr zu viele Gedanken durch den Kopf rasten oder Finn sie ablenkte. Wenn das Licht schwand, ging sie zu Bett, aber nicht, ohne zuvor noch eine Weile auf dem Terrassendach gesessen zu haben, um allein den Tholus zu betrachten.

Am Samstag kam etwas Abwechslung in ihren routinierten Ablauf, denn am Abend war eine Veranstaltung der Völkervereinigung geplant, um die Rückkehr der restlichen TAF-Mitglieder zu inszenieren. Katharina war mit bester Stimmung aufgewacht und ließ sich diese auch bei der Aussicht auf die Zwangsveranstaltung nicht verderben. Die Evans gingen wie gewohnt ihren Arbeitsweg entlang, wobei die Vögel laut zwitscherten, und nur Katharinas Geschichten über Scheibenhardt, den Ort ihrer Kindheit noch lauter waren. Auf dem gesamten Weg hatte sie Finn Anekdoten über Benjamin erzählt, weil er sie gefragt hatte, wie es kam, dass sie sich als Geschwister bezeichneten. Vertieft in die Beschreibung der alten Frau, vor der sie sich als Achtjährige so sehr gefürchtet hatte, war sie unachtsam auf die Straße gelaufen. Ihr Schlenker auf die Fahrbahn wäre aufgrund der Verordnung zur ökologischen Wende eigentlich harmlos gewesen, denn richtiger Verkehr existierte praktisch nicht mehr. Versunken in ihre Erzählung, bemerkte sie nicht, dass sich dennoch langsam und beinahe lautlos ein Elektroauto näherte. Obwohl das Fahrzeug genügend Platz und Zeit zum Ausweichen hatte, ließ es Finn nicht darauf ankommen. Ohne Katharina zu unterbrechen, schob er sich sanft an ihr vorbei, um auf die Straßenseite zu gelangen. Als Reaktion trat sie automatisch wieder auf Den Bürgersteig. Erst als das Fahrzeug sie überholt hatte, realisierte sie, was geschehen war. Verwunderung breitete sich in ihr aus, weil er es für notwendig erachtet hatte, sie vor einer unbedeutenden Gefahr zu schützen. Dann wandelte sich ihr Gefühl, als sie erkannte, wie viel Wertschätzung seine schlichte Geste ausdrückte, mit der er sich wie selbstverständlich um ihr Wohlergehen kümmerte. Diese Erkenntnis brachte sie dazu, stehenzubleiben, und zum ersten Mal seit dem Tag seiner Rückkehr wich sie seiner Nähe nicht aus. Seinen Arm hatte er immer noch leicht um sie gelegt, und unwillkürlich trat sie näher an ihn heran. Hitze glühte in ihrem Innersten auf, und die Welt um sie herum verblasste.

Ein eiliges Hupen vom Transportwagen am Sammelpunkt zerriss den Moment, und der Bann brach. Ihre Augen flackerten in Richtung des Geräusches, und sie erstarrte, gerade, als er sie fest an sich zog. Alles in ihm hatte danach verlangt, sie zu berühren, aber als er ihren warmen Körper spürte, war sie steif und abweisend. Beunruhigt musste er zudem feststellen, dass sie starr an ihm vorbeischaute, und sich zwangsläufig eingestehen, dass sie anscheinend nicht dasselbe gefühlt hatte. Aufgrund ihrer anhaltenden Regungslosigkeit gab er sie umgehend aus der Umarmung frei. Nur langsam löste sich ihr Blick von dem fixen Punkt neben ihm. Sein Versuch, zu ergründen, was in ihr vorging, scheiterte an ihrem hölzernen Gesichtsausdruck. Dennoch trat er erneut an sie heran, ohne zu wissen, was er tun oder sagen sollte.

»Möchten Sie mitfahren, Captain? Denn ich muss jetzt wirklich los.« Der Fahrer des Transportwagens lehnte sich aus dem Seitenfenster. In seiner Ungeduld hatte er jetzt das Fahrzeug gedreht, und seine Finger klopften unablässig auf den Lack.

»Ich hole dich nachher wieder ab.« Finn ignorierte den Fahrer weiterhin und strich kurz über Katharinas Haar. Als keine Reaktion ihrerseits folgte, öffnete er die Wagentür und stieg ein.

Nachdem er weggefahren war, betrachtete sie erneut die Stelle, die ihre Aufmerksamkeit gefangen genommen hatte. Die Wand war mit einem frischen Graffiti beschmiert, das in schwarzer Farbe eine riesige Hand zeigte, die einen gefüllten Kreis aus Sternen zerquetschte. Darunter hatten die Sprayer den Schriftzug *Befreiungsfront* geschrieben, und die Bedeutung des Zeichens war einfach. Eine stählende Hand, die das offizielle Symbol der Europäischen Alliance zerstörte, war eine Kampfansage an die neue Republik.

23

Blauer Zenit

Brüssel Le Pentagone, 04.05.001 n. EB

Der Sitzungssaal, in dem das Komitee zur Sommersonnenwende tagte, leerte sich am späten Nachmittag, und Katharina begab sich auf schnellem Weg nach draußen. Ihr erster Blick wanderte zu der Wand mit dem schwarzen Graffiti, aber die Schmiererei war mittlerweile entfernt worden, und das Mauerwerk war wieder blank. Daher schaute sie sich auf dem Vorplatz nach Finn um, aber er war nirgendwo zu sehen. Stattdessen sah sie Paolo auf sich zukommen und Freddie am Steuer eines weißen Lieferwagens.

»Du bist spät dran«, sagte Paolo vorwurfsvoll. »Wo warst du so lange?«

Katharina hatte keine Lust, sich vor ihm zu rechtfertigen, daher antwortete sie nicht darauf, sondern stellte eine Gegenfrage: »Hast du Finn gesehen?«

»Der ist verhindert, irgendwas im Fort«, antwortete er. »Steig ein, wir fahren dich zu den Stylisten, damit sie dich für heute Abend fertig machen.«

Unweigerlich fragte sie sich, was Finn so lange bei der Arbeit aufhielt, aber sie erkundigte sich nicht bei dem Spanier danach. Die Wahrscheinlichkeit, dass er es ihr sagen konnte, war gering, und üblicherweise plauderte er all sein Wissen, ob nützlich oder nicht, von allein aus. Plötzlich kam ihr eine ernüchternde Erklärung für Finns Abwesenheit, die nichts mit Arbeit zu tun hatte. Kurz bevor sie sich am heutigen Morgen verabschiedet hatten, war auf einmal ein unbändiger Drang in ihr aufgekommen, ihm nahe zu sein. Der ungewollten Eingebung folgend, war sie ihm diesmal nicht ausgewichen. Doch ihre Reaktion auf seine zärtliche Umarmung war kühler ausgefallen als tatsächlich empfunden, weil sie zeitgleich das mysteriöse Symbol an der Hauswand entdeckt hatte. Für einen Moment bereute sie die harte Abweisung, die sie ihm damit unbeabsichtigt erteilt hatte. Sie fürchtete, dass diese Szene der wahre Grund war, warum die Kameramänner hier waren, und nicht er. Dummkopf, schalt sie sich selbst. Finn war kein Feigling, und ihre temporäre Schwäche für ihn war ein Fehler gewesen, der nichts bedeutete. Auf keinen Fall wollte sie irgendwelche Hoffnungen in ihm wecken. Also schüttelte sie die Gedanken an den Morgen und jegliche Emotionen für Finn ab. Stattdessen konzentrierte sie sich wieder auf Paolo, und halbherzig, weil sie die Antwort bereits kannte, fragte sie: »Muss ich da überhaupt hin, wenn Finn eh nicht da ist?«

»Na klar musst du zur Rückkehrfeier. Es ist wichtig, dem Volk die Fortschritte und den Zusammenhalt zu präsentieren«, sagte Paolo verständnislos. »Können wir jetzt endlich fahren?«

Seine Worte waren die dummen, nachgeschwatzten Ansichten des Inszenators, der all seine Energie in die werbewirksame Vermarktung der APs und der neuen Republik setzte. Wozu auch die heutige Abendveranstaltung gehörte, die nicht nur die Rückkehr der TAF zelebrierte, sondern auch den Startschuss für das neueste Marketinginstrument der EA markierte: die *Morgenstern-Lotterie*, ein kostenloses Gewinnspiel, das den Bürgern die Chance auf den baldigen Anschluss an die Energieversorgung eröffnete.

Dafür würden in einer zukünftigen wöchentlichen Ziehung jeweils drei Gewinner generiert werden. Um die Einführung der Lotterie gebührend zu präsentieren, hatte das Gremium entschieden, die Rückkehrfeiern unter das Thema ›Casino‹ zu stellen. Heute Nacht sollten die ersten Glasskulpturen der achteckigen Sterne, des Zeichens der Lichtbringer, verlost werden. Geplant war, dass jeder gewonnene Jeton im Casino am Ende des Abends in einen Automaten mit Zufallszahlengenerator geworfen wurde, der wiederum, dem gewonnenen Wert entsprechend, die eigentlichen Preisträger der gläsernen Morgensterne ausspucken würde. Von der offiziellen Einführung der Lotterie und den zusätzlichen Gewinnern abgesehen, galt die Veranstaltung der TAF. Die Einheit war nun vollständig aus dem Jablanica-Gebirge abgezogen worden, und um den Fokus von den geringen Ergebnissen der Mission abzulenken, setzte Arvo vor allem auf eine rührende Wiedervereinigung der APs. Den Mittelpunkt bildete dabei die Veranstaltung ›Casino Royal‹ in Paris, deren penible Durchführung vom Inszenator direkt überwacht wurde. Währenddessen sollte der Abend in Brüssel schlichter ausfallen, weil von der ansässigen TAF nur noch Maxim und Tammo fehlten. Alise war bereits kurz nach Katharina nach Hause zurückgekehrt, zur vollen Freude des kleinen Jamey. Die Wiedervereinigung der Mutter mit ihrem Kind und Mann hatten sie bereits vor ein paar Tagen auf Band eingefangen, daher durfte ihre kleine Familie der heutigen Veranstaltung fernbleiben. Alle anderen Brüsseler APs mussten in ein paar Stunden in einem alten Fabrikgebäude im Industriegebiet von Molenbeek erscheinen. Jetzt, da Finn verhindert war, hatte Katharina gar keine Lust mehr darauf. Und selbst der kleine Trost, dass Arvo nicht zugegen war, änderte wenig daran. Einzig Stéphanie fieberte dem Abend entgegen, denn sie freute sich tatsächlich aus tiefstem Herzen auf die Ankunft ihres Ehemannes.

Trübsinnig bei der Aussicht auf das erzwungene Fest, kam Katharina unversehens die rettende Idee: »Aber ich geh da nicht allein hin«, platzte es aus ihr heraus, und bevor Paolo fragen konnte, was sie damit meinte, stieg sie in den Van ein. »Freddie, können wir kurz einen Abstecher nach Matonge machen? Ich möchte meinen Begleiter abholen.«

Weitere Diskussionen folgten, weil die Männer ihrem spontanen Einfall nicht folgen wollten. Schließlich stieg Katharina wieder aus dem Fahrzeug aus, um zu ihrem besten Freund zu laufen. Gezwungenermaßen mussten die zwei Kameramänner ihr folgen. In kurzem Abstand fuhren sie missmutig hinter ihr her, und Paolo verbrachte den gesamten Weg damit, abwechselnd auf sie einzureden und zu schmollen. Als sie endlich in Matonge angekommen waren, ließ sich Benjamin sofort überzeugen, und Katharina hüpfte ihm zum Dank um den Hals. Ungefragt war Paolo mit nach oben in die Wohnung gekommen und machte einen letzten Versuch, ihren Plan zu durchkreuzen.

»Wenn er mitkommt, dann muss er den Bekleidungsvorschriften eines Casinos im Stil der Zwanzigerjahre entsprechen, und das Ganze in den Farben der Europäischen Alliance«, warf er schnippisch ein. Zur Erwiderung schnaubte Benjamin verächtlich und verschwand in seinem Schlafzimmer. »Was bedeutet das? Hat er nun was zum Anziehen da, oder können wir gehen?«

»Also, wenn das so ist, dann haben wir ein großes Problem, denn ich kann nicht mal mehr mit einem normalen Kleid in den gewünschten Farben aufwarten.« Katharina ließ sich gespielt niedergeschlagen auf die Couch fallen und machte es sich demonstrativ bequem. »Heißt das dann, ich muss auch hierbleiben?«

Paolo schüttelte den Kopf und gab sich endlich geschlagen: »Kommt einfach so schnell wie möglich runter, damit wir dich einkleiden und loskönnen. Ich für meinen Teil hänge nämlich sehr an meinem Job. Also könntest du dich nicht mehr querstellen und deinen Anteil leisten?«

Niedergeschlagen verschwand Paolo aus der Wohnung, und Katharinas schlechtes Gewissen tauchte kurz auf. Sie wusste, dass die Kameramänner nur ihre Arbeit taten, wobei Freddie weitestgehend zurückhaltend vorging und sein Bestes tat, um nicht zu stören. Paolo hingegen war überengagiert und zudem ein taktloses Plappermaul. Das alles hätte sie ignorieren können und wäre entgegenkommender gewesen, wenn er nicht so großen Gefallen daran gehabt hätte, ihr andauernd Vorschriften zu machen. Aber sie ließ sich nicht weiter von seiner trüben Stimmung beirren, denn sie wusste, dass er sich fangen würde, sobald er Finn und sie gemeinsam vor die Linse bekam. Benjamin kam wenige Minuten, nachdem Paolo die Wohnung verlassen hatte, mit einem dunkelblauen Smoking mit passender Fliege und goldenen Manschettenknöpfen aus dem Schlafzimmer. Darunter trug er ein schneeweißes Smoking-Hemd mit verdeckter Knopfleiste, eine rund ausgeschnittene Weste und Lackschuhe. Katharina war wieder einmal verblüfft – sie wusste zwar, dass er eine größere Auswahl an Kleidung als mancher Herrenausstatter besaß, aber das überraschte selbst sie. Der Anzug saß wie angegossen, und die dunkelblaue Farbe brachte seinen zimtfarbenen Teint perfekt zur Geltung. Mit einem anerkennenden Pfeifen hakte sie sich bei ihm ein, und gemeinsam traten sie vor die Tür. Die Kameramänner lauerten angespannt vorm Haus, und Paolo nickte das Outfit von Benjamin knapp ab, bevor er sie in den Wagen scheuchte. Schnurstracks fuhren sie zu einem schicken Salon, in dem eine Armada von Stylisten ungeduldig auf Katharina wartete. Stéphanie und Lene waren bereits fertig, daher stürzte sich der gesamte Haufen auf sie. Zuerst erfolgte eine Anprobe von mehreren Kleidern, von denen erst das letzte alle Erwartungen erfüllte. Danach betätigten sich die Profis ewig mit Schminken und Haarstyling. Katharina konnte sich während der gesamten Prozedur nicht entspannen, denn Paolo prophezeite jede Sekunde den Ruin der Veranstaltung wegen ihres späten Auftauchens. Letztlich schafften sie es aber, pünktlich zum Spektakel zu erscheinen, und Paolo verstummte für ein paar Minuten.

Brüssel Molenbeek

In einem Hinterhof vor einem roten Backsteingebäude lungerten zwei Männer mit Schiebermützen, ausgewaschenen Hemden und grauen Stoffhosen mit schlichten Hosenträgern herum. Bei dem größeren der beiden lugte unter der Kopfbedeckung strähniges farbloses Haar vor, das zu einem stummeligen Zopf zusammengebunden war. Er lehnte lässig an der Wand, mit hochgekrempelten Hemdärmeln, wodurch eine Vielzahl von verblassten Narben zum

Vorschein kam. Der andere Mann war klein und bullig, mit einem verschlagenen Gesichtsausdruck. Seine Hände hatte er in den Hosentaschen, und er kaute träge auf einem Zahnstocher herum. Als sich Katharina mit Benjamin und den Kameramännern näherte, rappelten sie sich auf, um ihnen den Einlass zu verwehren. Für Katharina erweckten die Männer den Eindruck, dass sie keine wirklichen Türsteher waren, sondern Schauspieler, die als weitere Zierde dem Ambiente dienten. Doch sie waren überzeugend in ihrer Rolle, und man wollte ihnen lieber nicht in einer verlassenen Gasse begegnen. Der Vernarbte spuckte auf den Boden, bevor er ein Erkennungszeichen von ihnen verlangte, um in die vormalige Fabrik eingelassen zu werden. Katharina zeigte auf Freddie und Paolo mit ihren laufenden Kameras, da sie diese für ausreichend kennzeichnend hielt. Die Männer schüttelten stumm den Kopf, also kramte sie aus ihrem Lederbeutel einen schwarzblauen Jeton mit goldenem Sternenkreis auf der einen Seite hervor, um ihn vorzuzeigen. Der gedrungene Mann nahm gelangweilt seinen Zahnstocher aus dem Mund, um sich eine Zigarre anzustecken, und warf einen abschätzigen Blick auf den Chip. Danach nickte er seinem Kumpan zu, dieser spannte die Muskeln an, dann schlug er lässig dreimal gegen die Eisentür, zu der sie den Zugang versperrten. Auf den dumpfen Ton hin schob sich eine kleine Luke halb auf. Das Gesicht dahinter war durch einen abgewetzten schwarzen Filzhut und die Dunkelheit nicht zu erkennen. Es wurden kurz ein paar unverständliche Worte gewechselt, dann schlug die Klappe wieder zu. Die Türsteher machten kommentarlos den Weg frei, und langsam wurde die schwere Tür von innen geöffnet. Ausgelassenes Lachen, gemischt mit Swingmusik, schallte ihnen entgegen, als Katharina, gefolgt vom Rest, eintrat. Es dauerte einen Moment, bis sich ihre Augen an den Nebel in der abgedunkelten Fabrikhalle gewöhnt hatten und weitere Details des riesigen Raums sichtbar wurden. In einer Ecke spielte eine Big Band, während an den verschiedenen Spieltischen bereits die Gäste zockten. Etliche junge Frauen, die in ihren auffälligen kurzen Kleidern wie Charleston-Tänzerinnen wirkten, servierten Getränke. Katharina konnte für einen Moment ihren Augen nicht trauen, als sie in die Atmosphäre eintauchte, die mit ihrer ursprünglichen Erwartung von einer schlechten Kostümparty nichts zu tun hatte. Der Inszenator und seine Mitarbeiter hatten es tatsächlich geschafft, ein Relikt aus der Vergangenheit authentisch zum Leben zu erwecken. Das Flair der ›Goldenen Zwanziger‹ bebte durch den offenen Raum und umfing sie vollständig. Sprachlos wandte sie sich Benjamin zu, der mit seiner natürlichen Eleganz aus der Menge herausstach, obwohl auch andere Gäste wie Gentlemen gekleidet waren. Dennoch, der weitaus größere Teil der Männer trug wie die Türsteher legere Kleidung, und sie erinnerten dabei an Industriearbeiter. Andere Gäste hatten sich das berüchtigte Gangster-Milieu jener Zeit mit seinen Halunken zum Vorbild genommen und brachten so einen Hauch von Illegalität in die Szenerie. Die Erscheinungen der Frauen waren ebenso vielfältig wie die der Männer, und von Hängerkleidchen bis zu figurbetonter Abendgarderobe war alles zu sehen. Trotz allem wirkte keiner der Anwesenden verkleidet, weil die Mode zwar angelehnt war an das Jahrzehnt, aber auf Androgynität oder auffällige Accessoires wie Pfauenschweif, Haarwelle oder Gamaschen verzichtet worden war. Dementsprechend trug Katharina ein goldenes Seidenkleid mit schmalen Trägern und tiefem Rückenausschnitt, das nur durch eine Kette mit EA-Sternenanhänger zusammengehalten wurde. Ihre Locken waren raffiniert mit einem Haarband hochgesteckt, wodurch sie weiterhin offen waren, aber weitaus kürzer wirkten.

Benjamin war sofort in seinem Element und steckte Katharina mit seinem Enthusiasmus an. Der Rausch der Glücksspiele umfing sie, und im schnellen Tempo der Musik vergaßen sie die Zeit. Zusammen spielten sie Blackjack, legten einen gar nicht so schlechten Balboa auf der Tanzfläche hin und amüsierten sich an den verschiedenen Spielautomaten. Während des Abends sah Katharina nur kurz, wie Stéphanie ihren Maxim zur Begrüßung auf der Tanzfläche abküsste, bevor sie sich davonstahlen. Lenes und Tammos Zusammentreffen entging Katharina in den angebotenen Vergnügungen ganz. Die schlicht inszenierte Veranstaltung zur Rückkehr der Soldaten war ein Novum für das Gremium der Völkervereinigung und gefiel ihr. Erst Wochen später erfuhr sie, dass die Wiedervereinigung der APs bei der Hauptveranstaltung in Paris nicht so unaufdringlich zelebriert worden war.

Gegen Mitternacht war die Stimmung auf dem Höhepunkt, und die selbsternannten Geschwister waren beim Roulette angekommen. Der Abend war rasant vergangen, und Katharina hatte sich lange nicht mehr so ausgelassen amüsieren können. Doch obwohl sie dankbar und überglücklich über die gemeinsame Zeit mit Benjamin war, nagte mit fortschreitender Stunde die Irritation über Finns auffälliges Fernbleiben an ihr.

»Woran denkst du?«, fragte Benjamin, weil Katharina eine Weile nichts gesagt hatte.

»Wieso ›woran denkst du?‹«, entgegnete sie, denn ihre düsteren Befürchtungen über Finns Abwesenheit und die ungewollten Gefühle, die diese in ihr auslöste, wollte sie nicht teilen.

»Machen Sie Ihre Spiele!«, forderte der Croupier die Spieler am Tisch laut auf.

»An unseren Ausflug nach London«, antwortete er nostalgisch und schob Katharina ihre Spielmarken hin, damit sie ihren Einsatz machte.

»Warte! Welches Mal?«, fragte sie und setzte drei Plaques auf Rot, während Benjamin alles auf Ungerade wettete. »Du setzt deine gesamten Gewinne?«

Benjamin bekräftigte mit einem Nicken seinen Einsatz am Spieltisch und sagte dann: »Unseren Kurztrip als Teenager natürlich, wo wir die gesamte Nacht in dem inoffiziellen Club getanzt haben!«

Der Croupier verpasste der Roulette-Scheibe einen Anstoß, dann warf er die kleine silberne Kugel geübt hinein. »Nichts geht mehr.«

Katharinas Miene zeigte keine Regung, als sie an die Reise zurückdachte. Wie die Kugel im Zylinder ihre Runden drehte, kreisten auch ihre Gedanken, aber nicht um Zahlen, sondern um eine ganz bestimmte Begegnung.

»Sœurette, das musst du doch wissen? Schließlich war es das einzige Mal, dass ich dich erfolgreich zu einer Straftat angestiftet habe. Wenn ich an die Aktion mit den Reisepässen denke oder deinen Haaren oder …«, sagte er und durchschnitt damit das Traumbild, das sich aus ihrem Gedächtnis befreit hatte.

»Klar weiß ich das«, unterbrach sie ihn schnell, weil sie nicht wollte, dass er in der Öffentlichkeit weiter davon sprach. »Wie war noch der Name von dem Typen, mit dem du am nächsten Tag auf die private Besichtigungstour gegangen bist?«

»Das kann ich dir beim besten Willen nicht mehr sagen.« Unbekümmert strich er sich durch sein schwarzes Haar. »Aber du hättest damals mitkommen sollen, es war gigantisch.«

»Ich glaube, da hätte ich nur gestört, und außerdem war es ein zu schöner, sonniger Tag. Einfach perfekt zum Lesen im Park«, sagte sie leichthin, während sie weitere Erinnerungen unterdrückte.

»Für dich ist doch jeder Tag perfekt zum Lesen.« Benjamin rollte mit seinen Augen.

»Elf. Rot. Ungerade. Niedrig.« Der Croupier zog die Masse an verspielten Einsätzen ein, bevor er die Gewinne an die Wahlgeschwister auszahlte.

In die Hände klatschend jubilierte Benjamin, während zwei andere Spieler den Tisch verließen, weil sie alles verloren hatten. Katharina reagierte mit schwach imitierter Freude. Im Geiste war sie zurück in die Vergangenheit gereist, zu dem Tag, den Benjamin beschrieben hatte und von dem sie heute wusste, dass er ihr Leben verändert hatte.

»Wie wäre es mal mit etwas mehr Risiko?« Benjamin schob erneut seine gesamten Einsätze auf den Tisch, aber diesmal setzte er alles auf eine Zahl. »Plein!«

»Ich glaube, ich setze diese Runde aus und hole uns besser mal Drinks. Ich bin mir sicher, dass du den Alkohol gleich brauchst«, antwortete sie flapsig und entzog sich schleunigst der Situation.

»Trockener Martini mit Eis!«

Katharina vernahm Benjamins Bestellung noch, bevor sie die Halle zur Bar durchmaß. In dem provisorischen Casino herrschten weiterhin eine enorme Lautstärke und Gedränge, dennoch versuchte sie, sich auf ihrem Weg umzuschauen. Die Anwesenden bestanden aus geladenen Staatsbediensteten, Anwohnern aus dem Bezirk, Mitgliedern der HEA und Servicepersonal. Unter den Hunderten von Gesichtern war für sie kein bekanntes zu entdecken, weder das eine, das durch Benjamins nostalgischen Anflug ungewollt in ihren Gedanken aufgetaucht war, noch das andere, das sie gerade suchte. Stattdessen fiel ihr auf, dass viele der Gäste ihren Blick neugierig erwiderten. Manche von ihnen starrten sie sogar regelrecht an, und die Aufmerksamkeit war ihr unangenehm. Sie war eine weitere unumgängliche Nebenwirkung ihrer Teilnahme an der Völkervereinigung und machte ihr erneut deutlich, dass sie ständig unter Beobachtung stand. Sie versuchte, die Blicke auszublenden und auch, ihre Gedanken an die Männer von sich zu schieben.

Die Bar war voll, denn wie bei den meisten Veranstaltungen des Gremiums waren Getränke kostenfrei, und die Gäste nutzten das freudig aus. Katharina hatte dennoch Glück, und eine junge Kellnerin im Paillettenkleid nahm ihre Bestellung sofort entgegen: »Trockner Martini auf Eis und ein stilles Wasser, bitte.«

»Signora Evans«, sprach eine Person hinter Katharina sie mit einer sonoren Stimme an, und sie drehte sich um.

Ein uniformierter Mann mit silbergrauen, akkurat geschnittenen Haaren, stechenden Augen und einem geordneten Vollbart stand ihr gegenüber. Entgeistert erwiderte sie nur knapp seinen Namen: »General Conti.«

»Ich war gerade dabei zu gehen, als ich Sie sah, und dachte, ich nutze die Gelegenheit, mich Ihnen vorzustellen«, sagte er einnehmend.

»Das ist sehr aufmerksam«, sagte sie vorsichtig und setzte zum Schutz automatisch ein unverbindliches Lächeln auf.

»Ich muss sagen, Ihr Interview und Ihre Gedanken zur Völkervereinigung waren für viele Menschen inspirierend. Dennoch hatte ich, nachdem ich es gesehen hatte, das Gefühl, dass mehr dahintersteckt. Eine Frau mit Ihrem Aussehen, die einen Lebensweg wie Sie hinter sich hat, entscheidet sich doch nicht einfach so für die Ehe mit einem Unbekannten«, sagte er gönnerhaft, ohne seine eisblauen Augen von ihr zu nehmen. »Verraten Sie mir Ihr Geheimnis?«

Sofort verspürte sie die anziehende Wirkung seiner Aura aus Scharfsinn, Strenge und Charme. Sein wohlüberlegtes Auftreten und die blendende Wortwahl ließen Menschen sicher für gewöhnlich wie Fliegen ins Spinnennetz tappen. Bei ihr hatte es aber den umgekehrten Effekt, und alle Alarmglocken schrillten. Dennoch ließ sie sich nichts von ihrer Beunruhigung anmerken und trat ihm betont liebenswürdig entgegen.

»Wenn man Geheimnisse verrät, dann sind es keine mehr. Aber Sie haben recht, und nur Ihnen zuliebe mache ich eine Ausnahme«, sagte sie galant: »Neben meinem persönlichen Interesse an der Mitarbeit beim Komitee zur Sommersonnenwende habe ich auch noch meine Überzeugung, für etwas Gutes einzustehen. Ich glaube, dass in dieser Situation die Europäische Alliance der beste Weg ist, um unser Leben wieder neu zu ordnen und wichtigen Fortschritt einzuleiten. Letzten Endes weiß niemand, ob oder wann die Exesor gefunden werden.«

»Haben Sie so wenig Vertrauen in meine Arbeit?«, fragte der General weiterhin lächelnd, aber spürbar kälter.

»Nein, natürlich habe ich Vertrauen in die HEA. Immerhin ist sie dafür geschaffen worden, die Feinde der Republik zu vernichten«, sagte sie leutselig. »Ich bin mir sogar sicher, dass, wenn jemand in der Lage ist, diese Aufgabe zu erfüllen, es die Beauftragten der EA sind.«

»Das werden sie sicher, wenn sie sich nicht durch Feste und andere Verpflichtungen ablenken lassen«, erwiderte er gefällig, aber diesmal lag eindeutig Verachtung darin.

Sein Unterton fiel Katharina gleich auf, und sie fragte sich, ob seine Missbilligung ihrer vorgegebenen Folgsamkeit gegenüber der EA oder sogar der Republik im Allgemeinen galt. Unaufmerksam für einen Moment und im Affekt auf seine Geringschätzung rutschte ihr heraus: »Das stimmt, letztlich wird es nicht ausreichen, zwei fadenscheinige Verhaftungen durchzuführen, wenn man das Ziel hat, die Wiedervereinigung der Welt zu unseren Lebzeiten zu ermöglichen.«

Ihr Ausspruch löste eine sichtbare Reaktion bei ihrem Gegenüber aus, das es im Gegensatz zu ihr nicht so gut verstand, seine Empfindungen zu verbergen. Contis gesamter Körper spannte sich kurz an, während sich seine eisigen Augen in sie hineinbohrten und seinen Lippen ein Zischen entwich. Katharina erkannte, dass es gleißender Zorn war, den ihre Anspielung auf die fälschliche Verhaftung hervorgerufen hatte. Aber es war nicht ihr erster Fehler gewesen: Schon, dass sie anfangs die Republik bekräftigt und die Bedeutung der HEA als Mittel zur Ergreifung der Exesor hervorgehoben hatte – und nicht die

Wichtigkeit seiner Person, hatte ihn gereizt. Sie verfluchte sich selbst für ihre unüberlegten Worte gegenüber dem Mann, den sie weniger als irgendeinen anderen zu provozieren wünschte, und sprach daher bemüht unbekümmert weiter.

»Aber da die Männer der FIA offensichtlich noch arbeiten, werden sicher bald weitere Ergebnisse folgen. Wissen Sie, ob Captain Evans bald erscheinen wird?«, fragte sie, aber ihr Versuch, das Gespräch wieder in unverfängliche Gefilde zu lenken, scheiterte vollends.

»Wie mir berichtet wurde, hat Ihr Ehemann arges Interesse an andersartigen Themen entwickelt, denen er auch nach seiner regulären Tätigkeit für die Federal Intelligence Agency nachgeht. Also nehme ich an, dass *Sie* im weitesten Sinne der Grund dafür sind, warum er als Einziger noch über Akten hängt und nicht hier ist. Ihr Vertrauen ist auch hier vollkommen deplatziert.« Der General zog ruckartig sein Jackett glatt, während er angestrengt versuchte, die Beherrschung zurückzuerlangen. Das Alter hatte ihn jähzornig gemacht und verleitete ihn zum ersten Mal in seinem Leben zu einer unüberlegten Entscheidung. Nur mit Mühe bekam er eine Verabschiedung heraus, wobei seine kalte Mimik nicht zu seinen höflichen Worten passte. »Hoffen wir, Sie können die Veranstaltung und andere Zerstreuungen der EA noch lange genießen. Guten Abend.«

»Danke, den wünsche ich Ihnen auch«, antwortete sie und ließ ihn nicht aus dem Blick, bis er die Fabrik verlassen hatte. Alarmiert blieb sie an der Bar zurück, nicht ahnend, wie tief sein Zorn ging. Ihr Fokus lag auf seiner letzten kryptischen Aussage, deren Sinn sie nicht verstand. Was hatte der General mit Finns Interesse an andersartigen Themen gemeint? Was für Angelegenheiten außer der Ergreifung der Exesor sollten schon seine Aufmerksamkeit erregen? Hatte er etwa auf eine Affäre angespielt? Aber das ergab keinen Sinn, er hatte von Akten gesprochen, nicht von Frauen. Akten worüber?, fragte sie sich, aber ihr fielen einfach keine Antworten dazu ein. Benjamin schob sich mit einem triumphierenden Grinsen in ihr Sichtfeld und forderte so ihre Aufmerksamkeit ein.

»Ich bin reich!«, rief er jauchzend und präsentierte ihr einen vollen Samtbeutel mit raschelnden Jetons.

»Du weißt schon, dass du nichts davon behalten darfst, sondern die Gewinne vollständig in die Lotterie um die Morgensterne geht?«, erwiderte sie abwesend.

Ein bloßes Schulterzucken war seine Reaktion darauf, und er erzählte ihr ungemindert fröhlich von den letzten Spielrunden beim Roulette. Seinem detaillierten Bericht hörte sie nur mit halbem Ohr zu, weil sie in Gedanken weiterhin das Gespräch mit dem General analysierte. Er hatte von ihrem Lebensweg gesprochen, fiel ihr plötzlich ein. Aber was wusste er schon darüber? Und dazu fiel ihr endlich eine Antwort ein. Die Akten! Vielleicht sollte ich mich nicht fragen, um was es in den Akten geht, sondern um wen.

»Catherine«, sprach Benjamin sie laut an. »Was ist los? Worüber grübelst du? Verrätst du es mir, oder muss ich erst zum Telepathen werden wie dein Ehemann?«

»Was bitte?«, fragte sie verständnislos, denn besonders heute war sie froh, dass das, was in ihrem Kopf herumging, für immer geschützt war. »So was wie Gedankenlesen existiert nicht, das sind nur Hirngespinste von Idioten und Träumern.«

»Ich weiß das«, sagte er eingeschnappt auf ihre ruppige Erwiderung, und sein Tonfall brachte sie dazu, sich ganz auf ihn zu fokussieren. Zeit zum Nachdenken würde sie später noch haben, weit weg von der Öffentlichkeit mit unzähligen Kameras und ihrem besten Freund als Beobachter. »Ich wollte auch nur auf seine Fähigkeiten in der Verhaltensanalyse anspielen und seinen Einsatz für die FIA.«

»Ach so, das meintest du«, sagte sie gefasst, als wäre seine Eröffnung über Finn keine Neuigkeit für sie. Innerlich aber brauste ein Tumult von unterschiedlichsten Gefühlen auf, die sie nur mit Mühe davon abhalten konnte, an die Oberfläche zu treten. Am Mienenspiel ihres Kindheitsfreundes erkannte sie, dass auch ihn verschiedene Emotionen plagten. Er war nicht nur verletzt, sondern auch neugierig. »Tut mir leid für gerade eben, mein Gespräch mit dem General war ätzend.«

»Ich habe seinen schnellen Abgang gesehen. Was hast du ihm an den Kopf geworfen?« Katharina machte eine wegwerfende Bewegung, und Benjamin drückte sie aufmunternd an seine Seite: »Ist schon in Ordnung, vergiss ihn. Du hättest besser bei mir bleiben sollen!«

»Nachher ist man immer schlauer!« Katharina kuschelte sich fest an ihn, um etwas Kraft durch seine Nähe zu tanken. Der Schreck saß tief. Innerhalb von wenigen Stunden hatte sie ein Wechselbad der Gefühle durchgemacht: Vertrautheit, Besorgnis und nun Misstrauen. »Woher weißt du das von Finn so plötzlich?«

»Die Frage ist, warum hast du es mir nicht schon eher gesagt?«, stellte er die Gegenfrage und schob sie von sich, um sie anzusehen. »Da erzählst du mir jede Kleinigkeit vom Workshop und von der Wanderung, aber nicht von seinen Superkräften.«

Katharina lächelte bei seiner übertriebenen Behauptung und ihre Antwort fiel schlicht aus, um die Lüge zu tarnen: »Keine Ahnung, ich hielt es für nicht so wichtig. Also woher weißt du es nun?«

»Nicht so wichtig«, wiederholte er tadelnd, bevor er sich ihrer Frage widmete. »Der Hübsche dort drüben.«

»Wer ist das?« Katharina beäugte den Mann, auf den er gezeigt hatte und der, wie alle HEA-Mitglieder, eine Militäruniform der Zwanzigerjahre trug. Der Corporal war in ihrem Alter und entsprach keinem klassischen Schönheitsideal: Er hatte ein herbes Aussehen, das ihn zugleich interessant machte, mit kantigem Gesicht, langer breiter Nase und schmalem Mund, der unter einem Rauschebart verschwand. Der Typ kerniger Holzfäller, übermäßig muskelbepackt und mit einem Gesicht voller Sorgenfalten. Sein Anblick versprühte nur so den Eindruck, dass er mit Problemen beladen war, worauf Benjamins Helfersyndrom ansprang. Ein fatales Muster, das für ihren Wahlbruder immer in Katastrophen endete.

»Keine Ahnung, er war beim Roulette und hat grauenhaft gespielt. Als er mehrfach verloren hatte, verkündete er lautstark, dass er besser seine Chance beim Poker nutzt, solange Evans nicht da ist. Das hat meine Neugier geweckt, und ich habe ein bisschen nachgefragt. Schließlich hat er mir erzählt, dass er irgendeinem Team der ehemaligen Europäischen Armee angehört hat, das von Finn geführt worden war. Zu der Zeit, als die großen Demonstrationen um die Konferenz zu Excidium Babylon tobten … Na ja, jedenfalls war es damals ihre Aufgabe gewesen, für Frieden zu sorgen, und dabei muss Finn wohl ihre Wunderwaffe gewesen sein. Er sagte, dass er durch reine Observation verdächtige Personen mit Gefährdungsabsichten identifizieren konnte, die das Team dann entfernte. Mehr noch, Finn muss wohl ein erstaunliches Talent im Verhör gezeigt haben. Der Corporal hat ihn als wandelnden Lügendetektor beschrieben, seine Begeisterung bei dem Thema war ansteckend. Er meinte, dass ›die Fähigkeiten seines Captains seinesgleichen suchen‹«, beendete Benjamin seine Ausführungen theatralisch.

»Frérot, lass die Finger von ihm. So ein Typ bringt nur Ärger, und du wolltest dich von solchen Menschen fernhalten … Mal abgesehen davon scheint er viel zu leicht zu beeindrucken zu sein, denn Verhaltensanalyse ist genauso unsicher wie Lügendetektoren«, sagte sie abwertend, obwohl sie tatsächlich weit weniger abschätzend darüber dachte, als sie vorgab. Verhaltensanalyse war zwar keine unfehlbare Wissenschaft, aber eine Begabung mit gewissem Potenzial, und soweit sie wusste, wurde sie vor allem von Spezialkommandos der Polizei zur Aufklärung von Gewaltverbrechen eingesetzt. Generell gab es nur wenige Menschen, die über die entsprechenden Weiterbildungen und Erfahrungen verfügten, um wirkliche Erfolge auf dem Gebiet vorzuweisen. Aus diesem Grund war es besonders auffallend, dass ein Militärangehöriger solche speziellen Fähigkeiten besaß, obwohl dies auch endlich Finns Wert für den militärischen Nachrichtendienst erklärte. In dem Fall würde seine Aufgabe über die reine Analyse und Auswertung von Informationen sicher hinausgehen und ihm noch eine aktivere Rolle bei der Terrorismusbekämpfung zufallen. Wenn das der Wahrheit entsprach, dann hatte er es absichtlich vor ihr verschwiegen, und das machte sie in Verbindung mit der Anspielung des Generals nicht nur nervös, sondern auch wütend.

»Ihm wird es nichts nützen, dass Finn nicht mit am Pokertisch sitzt, jeder kann ihm die Gedanken von der Nasenspitze ablesen«, sagte Benjamin mitleidig über den Corporal.

»Poker! Sehr gute Idee!« Katharina hatte beobachtet, wie der leicht schwankende Corporal einen Platz am Tisch eingenommen hatte. »Machst du mit?«

»Nein, bestimmt nicht. Mit dir zu pokern, hat nichts mehr mit Glücksspiel zu tun. Die armen Teufel können einem jetzt schon leidtun«, entgegnete er und winkte ab. »Außerdem soll ich mich ja von ihm fernhalten … Also versuche ich mich lieber am Einarmigen Banditen, da sind meine Chancen weitaus höher, meinen Reichtum zu mehren.«

»Ich bin stolz auf dich!«, sagte sie zwinkernd und schob Benjamin seinen Martini zu. »Viel Glück dabei, ich mache mich auch mal daran, mir einen Sack voller Sterne zu verdienen.«

In Katharina war ein kühner Plan erwacht, der sicher nicht der durchdachteste war, aber die Ereignisse des Abends zwangen sie zum Handeln. Einen Moment rumorte ein verängstigtes Monster in ihr, aber sie schlug es vehement nieder und durchschritt erneut die Halle, um ihren Plan in die Tat umzusetzen.

24

Wellenbruch

Brüssel Molenbeek, 05.05.001 n. EB

Finn erschien gegen zwei Uhr nachts abgeschlagen in seiner Alltagsuniform in der Fabrikhalle in Molenbeek. Stunden zuvor war die FIA darüber in Kenntnis gesetzt worden, dass die Verdächtigen Enes Rexha und Dr. Tiana Denkowa mit einer neuen Methode zur Wahrheitsfindung befragt werden sollen. Diese Neuigkeit hatte seinen Plan, Katharina abzuholen, auf Eis gelegt. Sofort hatte er sich daran gemacht, mehr über die neue Technik zu erfahren, aber alle Informationen dazu waren streng vertraulich und nicht einmal den Angehörigen des Geheimdienstes zugänglich. Das war sehr ungewöhnlich, weil per Gesetz alle Institutionen der Spezialeinheit gegenüber auskunftsverpflichtet waren. Auf dieser Grundlage hatte er sich auch eine Woche zuvor alle verfügbaren Unterlagen der Projektmitarbeiter der Völkervereinigung und der APs organisiert. Als Grund hatte er angegeben, die Involvierten in Bezug auf ihre Vertrauenswürdigkeit zu überprüfen, um sicherzustellen, dass diese ihre repräsentativen Rollen für die EA auch ausfüllten. Seine Taktik war erfolgreich gewesen. Innerhalb von kürzester Zeit hatten ihm umfangreiche Informationen zu jedem Einzelnen vorgelegen. Seitdem hatte er täglich Zeit abgezwackt, um die Akten im Zusammenhang mit seinen Nachforschungen zu Alé zu durchwälzen. Eine Notwendigkeit, da Jamie sich ja bei ihrem letzten Treffen vorm Six Ravens Pub geweigert hatte, den Namen oder Aufenthaltsort seiner Freundin zu nennen. Da entgegen der Vorhersage seines Bruders Alé nie bei ihm aufgetaucht war, hatte er mit seiner eigenen Suche begonnen. Seine Bemühungen, Alé ausfindig zu machen, stützten sich dabei auf die norwegische Postkarte, die ihn zum Alexander Projekt gelotst hatte, und wenige, teilweise unsichere Fakten. Anhand dieser fragwürdigen Anhaltspunkte hatte er die Unterlagen der weiblichen Beteiligten der Völkervereinigung nach Einzelkindern zwischen Mitte zwanzig bis Anfang dreißig durchsucht. Daraufhin waren zehn potenzielle Kandidatinnen übriggeblieben, bevor Finn die Akten erneut gefiltert hatte. In der zweiten Runde hatte er alle Frauen aussortiert, die keine blauen Augen hatten sowie keine Verbindung zu einer Universität aufwiesen und deren Unterlagen keinen Aufenthalt in England im Sommer 2004 belegten. Letztendlich waren drei Frauen in der ersten Auswahl geblieben, die allen Kriterien entsprachen: Stéphanie Chiron, Alise Mauriņa und Lene Bondevik. Bei der Letzten hatte die Akte aufgezeigt, dass sie aus desaströsen familiären Verhältnissen stammte, aus denen sie sich erst als Dreizehnjährige hatte befreien können. Ihre Rettung war ein Hochbegabtenstipendium gewesen, das sie 2001 von Trondheim nach London gebracht und ihr ein Studium der Neurowissenschaften ermöglicht hatte. Nach ihrem ersten Abschluss waren ein Studium der Biologie und später der Psychologie gefolgt, immer mit Unterbrechungen durch Klinikaufenthalte und Phasen, in denen sie gänzlich verschwunden war. Erst vor knapp zwei Jahren hatte sie offenbar ihre gewalttätige Kindheit hinter sich gelassen, denn seither war ihr Lebenslauf lückenlos. Lene galt als instabiles Genie und verfügte seit ihrer Volljährigkeit über Sponsoren, die ihr jahrelang ein privates Forschungslabor finanzierten. Über ihre Forschungen war nichts bekannt, es gab keine

Auszeichnungen oder Veröffentlichungen und keine Informationen über ihre Geldgeber. Alle Indizien hatten zu Alé gepasst, wobei die Postkarte seines Bruders möglicherweise eine weitere Deutung zuließ, und zwar den Hinweis auf ihre norwegische Herkunft. Auf Grundlage dieser Erkenntnisse hatte er ursprünglich geplant, heute Abend seine Theorie über Lenes mögliche andere Identität zu überprüfen. Dann aber hatte sich alles geändert, als er herausfand, dass die Verantwortung für das neue Verfahren zur Wahrheitsfindung dem ICN – *Institut of Computational Neuroscience* – unterlag, einer neugegründeten staatlichen Einrichtung in Brüssel, die direkt der Interimsregierung der EA unterstellt war. Die Mitarbeiter waren anonym, agierten streng geheim und unabhängig von der HEA. Finn war sich sicher, durch seine eigennützige Recherchearbeit als Einziger in der FIA eine Mitarbeiterin des ominösen Instituts zu kennen – Dr. Lene Bondevik. Denn die Akte des vormaligen Wunderkindes enthielt als einzige der APs keinen Eintrag zu ihrer derzeitigen Tätigkeit, und zudem passte das Arbeitsfeld des Instituts zum Fachgebiet der Neurowissenschaftlerin. Das neuste Puzzleteil, das er zu Lene aufgedeckt hatte, fügte sich nicht so nahtlos in sein Bild von Alé ein und warf viele zusätzliche Fragen auf. Aber es war keine Zeit mehr geblieben, sich näher damit zu beschäftigen, denn der sonst so ruhige Freddie war aufgeregt im Fort erschienen. Der Kameramann hatte ihn aus seiner Arbeit gerissen, und erst da hatte er festgestellt, wie spät es bereits war. Unverzüglich war er zur Veranstaltung aufgebrochen, mit dem Gedanken, vor Ort weitere Nachforschungen anzustellen.

Im Casino angekommen, begann Paolo sofort ihn wegen seiner nicht angemessenen Kleidung zu belehren, und Finn brachte ihn mit einem Blick zum Verstummen. Danach konzentrierte er sich darauf, den Saal nach der Norwegerin zu durchsuchen, aber er entdeckte nirgends die große, kühle Blondine. Stattdessen sah er Katharina, und ihr Anblick vertrieb alle Pläne aus seinem Kopf. In einem unwiderstehlichen Kleid in der Farbe von flüssigem Gold und mit freiem Rücken, saß sie an einem Tisch mit sieben Männern. Abgesehen von einem Zivilisten waren ihm alle als Soldaten der HEA bekannt. Drei von ihnen waren sogar ehemalige Teammitglieder von Peace Two, und ausnahmslos alle waren stark alkoholisiert. Die Betrunkenen begafften Katharina, und dies versetzte ihm einen Stich, weil sie die Blicke der Männer nicht abwehrte. Eine Bedienung kam und servierte der Pokerrunde Shots. Die Gruppe prostete sich zu, und einer der Soldaten sprach einen obszönen Trinkspruch aus, bevor er Katharina zuzwinkerte. Dann tranken alle den Schnaps mit einem Schluck aus, wobei Katharina direkt danach eine Bierflasche ansetzte. Nach dem Anstoßen deckten alle Mitspieler ihre Karten auf, und Katharina triumphierte, als sie den Pot abräumte. Abgesehen von der Siegerin saßen die meisten nun ohne Chips am Tisch. So auch der Zivilist neben Katharina, der nun die Gelegenheit ergriff, näher an sie heranzurutschen. Katharina wich ihm nicht aus, als er begann, ihr etwas zuzuflüstern, aber sie wirkte angewidert. Finn reichte es jetzt, und ohne weiter darüber nachzudenken, schritt er ein.

»Hey, wir wollen alle wissen, was du sagst. Also sprich es laut aus!«, sagte der Corporal mit dem Rauschebart zu Katharinas aufdringlichem Tischnachbarn, bevor er seinen ehemaligen Captain entdeckte.

»Ich habe vorgeschlagen weiterzuspielen, aber da die meisten von uns blank sind, gäbe es nur die Variante von Strip-Poker«, sagte der Zivilist schmierig.

Er hatte wohl begeisterte Zustimmung erwartet und war verdutzt, als keiner etwas antwortete. Alle Soldaten hatten nun den Captain entdeckt, der sich, schäumend vor Wut, hinter Katharina aufgebaut hatte.

»Oder die Möglichkeit heimzugehen«, sagte Finn kalt, und die Soldaten standen widerstandslos auf, um schnellstmöglich zu verschwinden.

Der Zivilist blieb noch einen Augenblick und rechnete sich seine Erfolgschancen aus, eine Auseinandersetzung mit dem Captain zu gewinnen. Dann aber schien sich Angst durch den Alkohol durchzukämpfen, und er sprang vom Stuhl auf. Nur noch Katharina saß ungerührt auf ihrem Platz und lächelte Finn nach einem weiteren Moment des Wartens anmutig an.

»Nanu, da bist du ja endlich. Du hast fast alles verpasst ... Die Männer sind jetzt leider los, aber zuvor waren sie echt unterhaltsam. Du hast mir nie erzählt, dass alle Soldaten so gute

Geschichtenerzähler sind«, sagte sie, und zum ersten Mal hörte Finn in ihrem Englisch einen Akzent heraus. »Aber egal, jetzt bist du ja da und kannst mir Geschichten erzählen, zur Belohnung erhältst du auch einen Shot.«

Durch ihren verklärten Blick schien ihr Finns maskenartiger Gesichtsausdruck nicht aufzufallen. Mit aller Anstrengung unterdrückte er seine Wut und antwortete ihr tonlos: »Ich bin in Uniform und kann nicht trinken, vielleicht sollten wir nach Hause gehen.«

»Nach Hause? Nein, es ist doch gerade so lustig, und du bist erst gekommen. Los, lass uns tanzen gehen«, sagte sie freudestrahlend und sprang auf.

Sofort verlor Katharina das Gleichgewicht, und er fing sie automatisch auf. Dabei glitt seine Hand zärtlich über ihren nackten Rücken, während er sie stabilisierte.

»Huch, hoppla«, rief sie aus, als der Inhalt des Shots, den sie beim Aufstehen in der Hand gehalten hatte, über seine Hose lief. Sie schob sich von ihm weg, damit nicht auch sie nass wurde. »Vielleicht hast du recht, und wir sollten gehen. Aber erst müssen wir meine Gewinne eintauschen. Die sind bestimmt zig Sterne wert, und wir wollen doch, dass unsere zwei Paparazzi ein paar schöne Aufnahmen erhalten.«

Katharina winkte in Richtung der Kameras, und Finn übernahm es, die Spielmarken einzusammeln, weil sie erneut schwankte. Während er die Jetons und Plaques in einen Beutel schob, genehmigte sie sich einen weiteren Shot und noch einen Schluck Bier. Finn verkniff sich einen Kommentar dazu, denn er hatte nur das Ziel, sie so schnell wie möglich heimzubringen. Abgesehen von ihr nahmen alle anderen seine Verärgerung wahr, und keiner, nicht einmal Paolo, sagte ein Wort zu ihm. Auf dem Weg zum Zufallszahlengenerator quasselte sie zusammenhangslos und lehnte sich mit ihrem Fliegengewicht auf ihn. Dabei stieg der Geruch ihrer Haare und ihrer weichen Haut in seiner Nase auf, was zusammen mit dem Gefühl ihres warmen Körpers beruhigend auf ihn einwirkte. Der Automat spie am Ende fünf Adressen und Namen aus, abwechselnd hatten sie die Namen der Gewinner der Morgensterne für die Kameras vorgelesen. Dabei hatte sie innig mit ihm posiert und jedem der Gewinner liebenswürdige Glückwünsche ausgesprochen. Zur Freude der verantwortlichen Gremiumsmitarbeiterin hatte sie sogar zweimal in der Amtssprache des jeweiligen Landes gratulieren können. Finn war darüber nicht überrascht, da er auch ihre Akte gelesen hatte und mittlerweile wusste, dass sie insgesamt sechs Sprachen fließend beherrschte. Als das Prozedere endlich beendet war, hatte sich seine Verärgerung fast vollständig gelegt, weil sie nun sicher in seinen Armen lag. Die Kameramänner verabschiedeten sich, und er führte Katharina Richtung Ausgang, dabei schmiegte sie sich erneut eng an seine Brust. »Was hat dich eigentlich so lange von hier ferngehalten?«, murmelte sie schläfrig und registrierte dabei, dass sie nun endlich ohne die Kameras waren.

»Erzähle ich dir ein anderes Mal.« Liebevoll schob er eine Locke aus ihrem Gesicht. »Lass uns dich jetzt erst mal ins Bett bringen.«

Katharina schwenkte leicht die Bierflasche in ihrer Hand, und wortlos gingen sie ein paar Schritte weiter, wobei er darauf achtete, dass sie nicht mit anderen torkelnden Betrunkenen zusammenstieß.

»Du hast gar nichts dazu gesagt, dass ich Russisch spreche«, setzte sie trotzig das Gespräch fort und blieb stehen. Abwartend verzog sie ihre Lippen zu einem Schmollmund und blickte ihn an. »Kann ich meinen Ehemann nach so kurzer Zeit schon mit nichts mehr überraschen?«

Finns Mundwinkel zuckten kurz zu einem Lächeln, aber er antwortete ihr nicht, sondern führte sie weiter. Abrupt machte sie einen Schlenker und schnappte einem vorbeikommenden Kellner einen kleinen goldfarbenen Drink vom Tablett. Reflexartig griff er nach ihrer Hand und hielt sie fest: »Komm, lass das.«

Ihre Reaktion darauf war anders, als er es erwartet hatte. Geschmeidig löste sie sich von ihm, um sich aufrecht hinzustellen. Der Blick aus ihren Augen war völlig klar, als sie ihn fixierte und wieder in akzentfreiem Englisch sprach: »Schreib mir nicht vor, was ich zu tun oder zu lassen habe!«

Entschlossen löste sie seinen Griff, um das Glas an den Mund zu heben. Wie die Male zuvor trank sie zuerst den Schnaps in einem schnellen Zug aus, direkt gefolgt von einem Schluck Bier aus der Flasche. Diesmal bemerkte er, dass sie nicht richtig trank, sondern Flüssigkeit zurückfloss. In ihrem Gesicht konnte er ablesen, dass sie offensichtlich beabsichtigte, dass er dies auch endlich wahrnahm. Nun drückte sie ihm die volle Glasflasche an die Brust, und jegliche Anzeichen von Trunkenheit oder Müdigkeit waren verschwunden.

»Was soll die ganze Show?«, fragte er wachsam.

»Show?«, fragte sie mit einer hochgezogenen Augenbraue, und statt eine Antwort zu geben, sprach sie ein neues Thema angriffslustig an: »Sag mir, ist es Standard in der Laufbahn eines Captains in England, ein zusätzliches Studium der Soziologie abzulegen?«

»Wie kommst du darauf?«, fragte er und konnte sich die Frage eigentlich selbst beantworten. Schließlich hatte sie ihm bereits zur Begrüßung verraten, dass die betrunkenen Kameraden in Plauderstimmung waren.

»Na von denselben, die mir erzählt haben, wie intensiv du dich mit dem Thema der Verhaltensanalyse auseinandergesetzt hast. Ist das der Grund, warum dich die FIA angeworben hat?«

»Es ist nicht so, wie du denkst«, sagte er vage und versuchte sie wieder in Richtung des Ausgangs zu führen, aber sie wich ihm aus.

»Na, das beruhigt mich aber!«, sagte sie mit übertriebener Erleichterung in der Stimme. »Erklärst du mir noch, wie es kommt, dass du ohne mein Zutun weißt, dass ich sechs Sprachen spreche? Erkennen das Verhaltensanalytiker für gewöhnlich einfach so? Oder geht das auf klassische Ermittlungsarbeit zurück?«

»Lass uns gehen und woanders darüber sprechen«, sagte er eindringlich, denn er wollte nicht, dass sie ihre neugewonnenen Erkenntnisse über seine Ausbildung und besonders über die Akten weiter offen kundtat.

»Nein, ich will es jetzt wissen! Woher weißt du es?«

»Eine routinemäßige Überprüfung der Teilnehmer auf ihre Vertrauenswürdigkeit«, antwortete er knapp. »Ich hatte die Akten auf meinem Schreibtisch.«

»Ich glaube dir kein Wort! Warum bist du bei der Völkervereinigung?«, fragte sie sofort, aber er schwieg, und sie hakte noch einmal nach: »Ein Mann mit deinen Qualifikationen muss sich doch nicht zusätzlich an der Völkervereinigung beteiligen. Also warum hast du es dennoch getan? Ist das ein soziologisches Experiment oder eine Spionageaktion der HEA?«

»Keins von beidem«, antwortete er, und obwohl ihre Anschuldigungen weitestgehend falsch waren, konnte er diese nicht einfach entkräften, ohne den Schwur gegenüber seinem Bruder zu brechen und das Leben von Jamie und dessen Freundin zu riskieren.

»Weißt du, jeder Mensch lügt, hat Geheimnisse und eine Vergangenheit. Das ist nichts Besonderes, das mache ich auch. Aber du hast es gewagt vorzugeben, dass da mehr zwischen uns ist als eine Zweckehe«, sagte sie mit kalter Leidenschaft. »Damit ist jetzt Schluss! Zukünftig gehen wir unseren Verpflichtungen als APs zusammen nach, und sonst hältst du dich von mir fern.«

Das war der springende Punkt, wie er zu spät bemerkte. Ihre Wut über seine heimlichen Nachforschungen wurde durch das Gefühl von Verrat und Betrug überschattet, weil sie glaubte, dass seine Absichten in Bezug auf ihre Beziehung unehrlich waren – Teil eines Spiels oder einer Tarnung –, und ihre Darbietung sollte ihm zeigen, dass sie es ihm mit gleicher Münze heimzahlen konnte. Mit einem verächtlichen Blick drehte sie sich um, aber er hielt sie erneut fest: »Katherine, du verstehst das falsch. Hör mir zu, ich …«

Statt ihm zuzuhören, versuchte sie, sich loszureißen, was die gegenteilige Wirkung hatte und sie noch näher an ihn heranbrachte. Einen Augenblick verschlug es beiden die Sprache, und er bemerkte, dass ihre für gewöhnlich bernsteinfarbenen Augen nun regelrecht grüne Funken stoben. Dann zischte sie ihm zu: »Wage es nicht, mir noch einmal zu nahezukommen!«

Ihre Worte fühlten sich für ihn wie eine Verbrennung an, und er ließ sie sofort los. Als sie davonstürmte, stieß sie fast mit Benjamin zusammen.

»Sœurette«, rief Benjamin als Warnung aus, damit sie die Getränke in seinen Händen nicht verschüttete, aber sie reagierte nicht. Im letzten Moment wich er daher selbst aus, um eine Kollision zu verhindern. In seiner Anstrengung entging ihm dabei ihr aufgebrachter Gesichtsausdruck, und er wandte sich vergnügt an Finn: »Wo geht unsere kleine Schnapsdrossel so schnell hin? Ist ihr schlecht? Es würde mich nicht wundern, ich habe sie seit Jahren nicht mehr betrunken erlebt.«

»Sie ist stocknüchtern«, antwortete Finn konsterniert und blickte ihr nach.

»Oh, aber eben war sie doch ...«, sagte Benjamin, ohne seinen Satz zu beenden. Endlich hatte er bemerkt, dass er wohl einiges nicht mitbekommen hatte. Vor ein paar Minuten hatte er noch zu seiner Verblüffung festgestellt, dass die sichtlich angetrunkene Katharina von Finn umsorgt wurde. Da sich zwischen den beiden mehr zu entwickeln schien, wollte er sich etwas näher mit dem Captain bekannt machen und hatte Getränke für alle geholt. Dem schnellen Abgang von Katharina und dem eisernen Schweigen von Finn nach zu urteilen, hatten sie sich nun allerdings heftig gestritten. Benjamin fragte sich, ob Katharinas merkwürdiges Schauspiel der Auslöser dafür gewesen war. Der verschlossene Gesichtsausdruck von Finn sagte ihm, dass er es ihm nicht offenbaren würde. Zudem meinte Benjamin, Reue in seinem Blick zu erkennen, was wohl bedeutete, dass auch er seinen Beitrag zu der Situation geleistet hatte. »Ich verstehe, wie du dich fühlst, aber Catherine ist temperamentvoll und eigenwillig. Ich kann dir nur raten, dich damit zu arrangieren. Ich für meinen Teil habe es getan, und wenn sie mich dennoch überfordert, dann bewerfe ich sie einfach mit Dingen. Natürlich nichts Hartes oder Spitzes, einfach irgendwas Kleines. Vor eurer Eheschließung habe ich das so oft getan, dass ich am Ende eine Sehnenscheidenentzündung hatte. Na ja, wie man sieht, hat das nichts geändert, aber es beruhigt mich«, sagte er als Versuch, ihn aufzuheitern, weil er wusste, dass seine beste Freundin zuweilen harsch sein konnte. Als Finn nicht darauf reagierte, schwenkte Benjamin um: »Egal, ich gehe sie mal besser suchen. Das wird schon wieder.«

In der Zwischenzeit hatte Katharina die Fabrik verlassen und war schnellen Schrittes zur nächsten Bushaltestelle gegangen. Nach dem Dekret der Ökologischen Wende mussten die öffentlichen Transportmittel die gesamte Nacht fahren, und sie hoffte, schnell einen Bus zu erwischen. Ihr erster Instinkt war, heute

Nacht nicht in das Haus in Sablon zurückzukehren, sondern nach Matonge zu fahren. Aber Benjamin würde sie sicherlich nicht so einfach schlafen lassen, bevor er nicht ein paar Antworten zu den Geschehnissen des Abends erhalten hätte. Bei dem Gedanken grauste es sie, sie wollte nur schlafen und nicht jede einzelne Reaktion abwägen müssen. Ein Rascheln ließ sie aufhorchen, und sie konnte in der Dunkelheit eine Gestalt erahnen. Langsam trat ein kräftiger Mann mit Glatze in den Lichtkegel des Mondes und stellte sich zu ihr an die Haltestelle. Da er ebenfalls wartete, tat sie die Situation als nebensächlich ab, und sie entschloss sich, zu ihrem eigenen Bett zurückzukehren. Letztlich zwangen sie die Vereinbarungen der Völkervereinigung, in dem Haus zu wohnen, und es war daher unausweichlich, dass sie Finn bald wiedertreffen würde. Tränen stiegen ihr in die Augen, aber sie blinzelte sie störrisch weg. Ihr Puls raste immer noch, als der Fremde sie leise mit ihrem Namen ansprach, aber sie wimmelte ihn kurzerhand ab. Zu wütend, spürte sie nichts von der Kälte, die von ihm ausging, und sie war unvorbereitet, als er sie gegen den Stahlpfeiler der Haltestelle stieß. Ein dumpfer Schmerz flammte auf, und Schwärze umfing sie, bevor sie auf dem Boden aufprallte.

25

Widerhall

Brüssel Institut Jules Bordet

Ein stetiges Piepsen klang leise an Katharinas Ohr, und ihre Augenlider begannen zu flattern. Ihr gesamter Körper schmerzte, und ihr Kopf drohte zu zerspringen. Die Schmerzen hatten sie geweckt, nicht das Geräusch. Ein Monitor tauchte den Raum in spärliches bläuliches Licht, und sie konnte im Halbdunkel eine Gestalt direkt neben sich erkennen. Ihr Körper reagierte automatisch, und panische Angst jagte ihre Herzfrequenz in die Höhe. Der Kopf der Schattengestalt schnellte ebenfalls hoch, und die rasche Bewegung löste eine erneute Angstwoge bei ihr aus. Leise Worte drangen von dem Schatten auf sie ein, aber sie verstand ihn nicht und wollte ihn nur von sich fernhalten. Um ihn abzuwehren, riss sie ihre Arme empor, aber er schnappte sich ihre Fäuste. Ihr Versuch, sich zu schützen, scheiterte, denn die Gestalt war weitaus stärker als sie und drückte ihre Arme entschieden an ihre Seite. Neuer Schmerz wallte auf. Ein zweiter Schatten entfloh dem Zimmer und schrie. Auch sie schrie und wandte sich wie eine Wahnsinnige in ihrem Bett. Weitere Schatten tauchten auf, vertrieben den finsteren Angreifer. Frei von ihm, versuchte Katharina fluchtartig, das Bett zu verlassen. Aber das löste weitere Schmerzen aus, weil Nadeln und Kabel sie am Bett fixierten. Eine Vielzahl von neuen Händen griff ein und packte sie, um ihre Flucht zu verhindern. Diese Hände fühlten sich sogar noch grässlicher an als zuvor, weil sie kalt und fremd waren. Ein frischer Schmerz in der Armbeuge tauchte auf, und dann spürte sie, wie sich eine kalte Flüssigkeit in ihre Venen ergoss. Der Schmerz ebbte langsam ab, und alles um sie herum verschwamm. Ihre Augenlider versagten den Dienst, und eine innere Schwere, gegen die sie sich nicht wehren konnte, drückte sie ins Bett.

Gegen Abend öffnete Katharina erneut die Augen. Verwirrt blickte sie sich in dem Krankenhauszimmer um, unsicher über Zeit, Ort und Geschehen. Das Gefühl von dichtem Nebel, der ihr Bewusstsein umfangen hatte, lastete auf ihr. Ihr tauber Geist ließ sie schwerfällig agieren, dennoch versuchte sie sich zu bewegen, und dabei fiel ihr auf, dass noch etwas sie einschränkte. Jemand hatte sie in weiße Ketten gelegt, dazu sah sie Schrammen und blau-violette Flecken auf ihren Armen. Bei dem Anblick kehrten trügerische Erinnerungsfetzen zu ihr zurück. Alles war schemenhaft. Es wirkte wie die verschwommenen Umrisse eines Bildes, das zu weit weg war, um es klar zu erkennen. Der Nebelschleier in ihrem Kopf verhinderte, dass sie es genau erfasste, dennoch brach plötzlich der dröhnende Klang von schweren Hufen zu ihr durch. Mit dem Geräusch legte sich ein stumpfer Metallgeschmack auf ihre Zunge, verbunden mit dem Gestank von Schwefel, der ihr in die Nase kroch. Die Stücke setzen sich jetzt zu einem Abbild der Hölle zusammen, in der ein widernatürliches Wesen sie in blutrote Finsternis tauchte. Ein Gefühl war damit verbunden, und sie erkannte, dass es Todesangst war. Sie hatte befürchtet, dass der Dämon sie umbringt, und diese Angst war ihr in den Raum mit dem blauen Licht gefolgt. Diesen Raum, wo weitere Gestalten auf sie warteten und ihr wehtaten. Ihre Furcht schrumpfte zu einem schwachen Echo, denn ein stärkeres Gefühl nahm sie in seine Gewalt: Müdigkeit, und diese umschloss sie vollständig und brachte sie zurück zu seliger Ahnungslosigkeit.

Brüssel Institut Jules Bordet, 06.05.001 n. EB

Licht fiel durch die schmutzige Fensterscheibe. Morgenrot durchzog den Himmel, und im Krankenhaus war es ruhig, nur vereinzelt hörte Katharina Schritte auf dem Gang. Von ihrem Bett aus beobachtete sie still den Sonnenaufgang. Die Trugbilder von schwarzen Schatten und abstoßenden Dämonen waren verschwunden. Genauso wie der Nebel, der ihr Bewusstsein umfangen hatte. Schwach spürte sie ihren schmerzenden Körper. Erste, echte Fragmente von Erinnerungen aus der vergangenen Nacht kamen langsam zu ihr zurück. Die Haltestelle mit dem Mann, der sich auf sie gestürzt hatte. Der gellende Hass in seiner verzerrten Grimasse, als er sie geschlagen und angeschrien hatte. Sein Gewicht auf ihrem Brustkorb, das Zerbersten ihrer Knochen, als diese nachgegeben hatten. Der Schmerz, den er ihr zugefügt hatte, die Angst und die eigene Machtlosigkeit ergriffen sie erneut. Kälte durchfuhr sie, und ein tiefes Schluchzen brach aus ihr heraus. Neue Bilder prasselten ungehindert auf sie ein, während Tränen schnell und heiß über ihre Wangen flossen. Finns Gesicht war auch unter den Erinnerungen, mit einem Ausdruck, der ihr unvergesslich war. Sie hatte gedacht, ihn zuvor wütend erlebt zu haben, aber nun meinte sie, dass keiner jemals so rasend gewesen war wie er in jenem Moment. Mit einer enormen Wucht hatte er den Angreifer von ihr losgerissen und durch die Luft geschleudert. Seine schützenden Arme hatten sie behutsam umfangen, und einen Wimpernschlag lang hatte sie sich sicher gefühlt. Aber die Ruhe hatte nicht angehalten, sondern war durch das eiserne Klicken einer Klinge, die aus einem Messergriff sprang, zerstört worden. Ihr Angreifer war zurückgekommen und hatte todbringend ein langes, scharf geschliffenes Messer geschwungen. Nur durch die kleine Vorwarnung der aufspringenden Klinge hatte es Finn geschafft, seinen Arm rechtzeitig zur Abwehr hochzureißen, und das Messer hatte sein ursprüngliches Ziel verfehlt. An ihrer Stelle hatte es Finn erwischt. Eine neue Furcht hatte sie gepackt, als warmes Blut aus der Wunde gesickert war und den Boden benetzt hatte. Die misslungene Attacke hatte den Angreifer aus dem Gleichgewicht gebracht, und Finn hatte die Gelegenheit genutzt. Mit vernichtender Wirkung war er auf den Mann losgegangen, und der Kampf war aus ihrem Sichtfeld verschwunden. Das nächste, an das sie sich erinnerte, war, dass sie auf die Männer zugewankt war. Blutüberströmt hatte da bereits der Angreifer auf dem Boden gelegen, und mit einem Flüstern, nicht lauter als ein leichter Hauch, hatte sie Finns Namen gerufen. Erst da hatte er von dem Mann abgelassen. Ihre Kräfte hatten versagt, und nur sein schnelles Eingreifen hatte verhindert, dass sie erneut aufschlug. In ihrer nächsten Erinnerung war sie schon hier im Krankenhaus gewesen, und das Grauen war weitergegangen. Erst jetzt glaubte sie zu wissen, was tatsächlich geschehen war. Beim Aufwachen hatte ihr Gehirn ihr vorgegaukelt, dass der Angreifer zurückgekommen wäre, und in der aufsteigenden Panik war jeder ihr Feind gewesen. So hatte sie weder die beruhigenden Worte von Finn verstanden noch Benjamins Hilferufe wahrgenommen oder auf die Ärzte reagiert.

Das Ende brachte sie zurück zum Anfang, und erneut erlebte sie, wie der Mann auf sie losging. Tränen quollen aus ihren Augen, als ein schwarzer Fluss aus Gerüchen, Bildern und Geräuschen über sie hinwegrauschte. Erst als Erschöpfung sie überkam und Trockenheit ihren Hals zuschnürte, versiegten sie. Wie versteinert blieb sie im Bett liegen, bis sie leise schlurfende Schritte vernahm, als jemand ihr Zimmer betrat. Mit dem Wissen, nicht mehr allein zu sein, zwang sie das Grauen, hinter einer Fassade zu verschwinden, um sich bestmöglich der Gegenwart zu stellen.

Die Krankenschwester hatte hellbraunes, leicht gewelltes Haar, das in einem unordentlichen Zopf steckte. Einzelne Strähnen fielen über eine Krankenhausakte, in die sie vertieft war, und das freundliche Gesicht hatte einen vertraut professionellen Ausdruck. Katharina erkannte, dass es Benjamins Nachbarin Ladina Bonanni war, die sie kurz nach Excidium Babylon versorgt hatte. Die Sonne der letzten Wochen hatte der Frau mehr Sommersprossen beschert, die ihrem viel zu ernsten Gesichtsausdruck einen Zug von Unbeschwertheit verliehen.

»Du bist wach!« Ladina war an das Bett der Patientin herangetreten und sah die Spuren der Tränen, die feucht auf den Wangen glänzten. »Es ist alles in Ordnung, du bist in Sicherheit! Keiner wird dir etwas antun.«

Katharina versuchte auf die beruhigenden Worte zu antworten, aber nur ein Krächzen entkam ihrer trockenen Kehle, und die Krankenschwester setzte sofort einen Becher an ihre Lippen. »Besser? Hast du Schmerzen?«

»Nur leichte«, antwortete sie mit blecherner Stimme, »etwas mehr beim Atmen. Wo bin ich?«

»Im Institut Jules Bordet«, antwortete Ladina sanft und stellte den Becher weg. »Weißt du, was geschehen ist?«

»Das meiste, denke ich«, sagte sie, und ihre Worte kamen weit weniger gefestigt raus, als sie es beabsichtigt hatte. Neue Bilder erschienen, und sie schloss kurz die Augen, damit der Strom sie nicht wieder mitriss: »Wo ist er?«

»Hier bist du in Sicherheit«, wiederholte Ladina und wog beim Sprechen ihre nächsten Worte sorgfältig ab: »Der Angreifer wurde im Zuge der Verhaftung schwer verletzt und wird auf einer anderen Station von der Polizei bewacht. Er kann dir nichts mehr anhaben.«

Katharina wusste, dass Finn den Mann in den Zustand versetzt hatte, und kein Bedauern regte sich in ihr. Stattdessen dachte sie an die Waffe, die der Angreifer gegen Finn gerichtet hatte: »Ist Finn schwer verletzt?«

»Der Captain hat eine Verletzung am Arm, aber nichts Bedrohliches«, beschwichtigte sie Ladina und strich sanft über ihr Haar, um sie wieder zu beruhigen. »Er nennt es einen Kratzer, und ich weiß nicht, ob er endlich einem Arzt gestattet hat, die Wunde zu behandeln.«

Katharina nahm das Gesagte dankbar auf, aber ihr Gesicht verzerrte sich qualvoll, als ein scharfer Schmerz durch ihren Rücken jagte. Der Versuch, sich daraufhin in eine andere Position zu bringen, scheiterte an den weißen Fixiergurten, die um ihre Handgelenke gebunden waren und an ihrem schwachen Allgemeinzustand.

»Kannst du mir die Fesseln abnehmen?«, fragte sie, während Ladina ihr Bemühen bemerkte und ihr half, sich anders zu lagern.

»Das sind keine Fesseln, sondern Fixiergurte, und ein Arzt muss darüber entscheiden«, sagte Ladina und erklärte auch den Grund für die Maßnahme: »Sie wurden angebracht, weil du beim ersten Aufwachen verwirrt und, ähm …«

»Aufgebracht? Irrational? Eine Gefährdung für mich und andere?«, schlug sie vor, weil Ladina verlegen nach Worten suchte. »Ja, ich erinnere mich.«

»Ich bin mir sicher, dass die Gurte bald entfernt werden. Übrigens habe ich die Anweisung, den Arzt umgehend zu informieren, sobald du wach und ansprechbar bist. Also bin ich gleich wieder da.«

»Bitte, kannst du mir davor sagen, was ich habe? Nur einen kurzen Überblick, bevor die Ärzte mich mit ihrem Fachjargon überfordern«, bat sie inständig.

Ladina überlegte einen Augenblick. Es überstieg ihre Befugnis, solche Informationen zu übermitteln, aber das Verhalten von Katharina wirkte den Umständen entsprechend gefasst, und zudem wollte sie noch etwas anderes in Ruhe ansprechen: »Du hast eine schwere Gehirnerschütterung mit einer Platzwunde am Haaransatz, die genäht werden musste. Dazu kommen zwei gebrochene Rippen, wobei weitere geprellt sind, daher die Schmerzen beim Atmen. Begleitverletzungen des Herzens und der Lunge oder anderer Organe sind vorerst nicht ersichtlich, aber weitere Tests folgen. Zudem hast du einige Quetschungen, Hämatome und Schwellungen.«

»So fühlt es sich auch an.« Katharina nickte vorsichtig und bemerkte dann, dass Ladina zögerte. »Ist da noch mehr?«

»Caterina, deine Blutwerte sind auffällig. Es wurden darin Rückstände von Benzodiazepinen gefunden«, sagte Ladina ernst und behielt sie scharf im Auge, aber die Patientin erwiderte nichts. »Der Wirkstoff findet sich in Beruhigungs- und Schlafmitteln und gehört zu den verschreibungspflichtigen Medikamenten.«

»Warum ist das ungewöhnlich? Haben die Ärzte mir nichts zur Beruhigung gespritzt?«, fragte Katharina verwundert und zeigte kein Anzeichen für Stress bei dem Thema. »Sollte es dann nicht in meinem Blut zu finden sein?«

»Die Blutabnahme ist nach der Einlieferung erfolgt, bevor der Arzt es dir verabreicht hat«, stellte Ladina unmissverständlich klar.

»Du meinst also, dass es mir jemand davor verabreicht hat?«
Sie riss ihre Augen auf vor Schreck, keine Spur von Schuld oder
schlechtem Gewissen war zu erkennen.

Die Krankenschwester war aufgrund der überzeugenden Darstellung kurz verunsichert, sagte dann aber doch: »Nein, das
glaube ich nicht. Ich habe die Befürchtung, dass der Schock vor
drei Monaten starke Depressionen bei dir ausgelöst hat und du
es deshalb einnimmst. Es ist meine Schuld, ich hätte Benjamin
nicht davon abhalten sollen, dich damals ins Krankenhaus ein-
zuweisen.«

Die Selbstanklage der Frau, die sie mittlerweile zum zweiten
Mal pflegte, ertrug sie nicht, und daher ließ sie alle Täuschung
fallen: »Ladina, mach dich dafür nicht verantwortlich. Ich habe
keine Depressionen, und ich nehme das auch nicht regelmäßig
ein. Aber du hast recht, ich habe es in der letzten Woche genommen, weil ich Probleme beim Einschlafen hatte.«

»Medikamentenmissbrauch kann schwere Folgen haben, du
musst damit aufhören und eine Therapie machen«, beschwor
Ladina sie, weil sie ihrer Patientin weiterhin misstraute.

»Ich schwöre dir, ich nehme es nicht mehr ein«, appellierte sie.
»Die restlichen Pillen sind in meiner Handtasche, nimm sie heraus und vernichte sie. Ich werde auch mit einem Psychotherapeu-
ten sprechen, wenn dich das beruhigt. Aber ich benötige weder
einen Entzug noch eine Therapie, weil ich nicht abhängig bin. Ich
weiß, du glaubst mir nicht, weil das jeder sagen würde. Aber du
hast Gelegenheit, mich die nächsten Tage zu überwachen. Sollten
Symptome eines Entzugs auftreten, dann verspreche ich dir, dass
ich eine Therapie mache. Wenn nicht, dann ist das Thema Medi-
kamentenabhängigkeit vom Tisch. Okay? Versprochen?«

Katharina wusste, dass sie es mit den Tabletten übertrieben
hatte, denn sie hatte nicht nur bei der Übernachtung im Zug und
im Zelt dazu gegriffen, sondern täglich seit Finns Rückkehr vor
fast zwei Wochen. Aber es stimmte auch, dass sie nicht depres-
siv war, obwohl sie seit Excidium Babylon Albträume plagten.
In Benjamins Nähe hatte sie nie etwas dagegen unternommen,
weil sie nicht befürchtete, dass er es mitbekam, wenn sie unruhig
schlief. Sein eigener Schlaf war jede Nacht so tief, dass mindes-

tens eine Blaskapelle vonnöten wäre, um ihn zu wecken. Finn, so schätzte sie ihn zumindest ein, wären ihre Schlafstörungen nicht entgangen. Dabei war ihre größte Befürchtung gewesen, dass er sie im Schlaf reden oder sogar schreien hörte. Nun galt es, auf jeden Fall zu verhindern, dass die Geschichte an Benjamins oder Finns Ohren gelangte. Die Verschwiegenheitspflicht hin oder her, wenn es erst mal herauskam, dann war sie es, die sich rechtfertigen müsste. Im Zweifelsfall würde das dazu führen, dass sie noch mehr unerwünschte Aufmerksamkeit auf sich zog. Ein Arzt unterbrach forsch die Unterhaltung, und Ladina kam um ein etwaiges Versprechen herum.

»Ah, die Patientin ist wach! Schwester Ladina, ich wollte doch sofort benachrichtigt werden.«

»Ich wollte aber vorher etwas trinken. Ich habe darauf bestanden, ich kann mich ja nicht selbst darum kümmern«, gab Katharina im selben Ton zurück. Dabei hatte sie ihre Fixiergurte hochgehalten, was der Arzt mit einer angehobenen Augenbraue quittierte. Der Oberarzt, wie sich herausstellte, hatte wenig soziale Kompetenz, aber das störte sie nicht. Er klärte sie sachlich zu ihrem Zustand und der weiteren Behandlung auf.

Den restlichen Tag wurden verschiedene Untersuchungen und ein Gespräch mit dem Traumatherapeuten durchgeführt, womit sie ihre Fixierung loswurde. Am Nachmittag kam Benjamin vorbei, und Katharina war so aufgewühlt durch den Therapeuten, dass sie die gesamte Zeit an seiner Seite weinte. Als dann die Polizei zur Befragung eintraf, schickte sie ihren Kindheitsfreund gefasst nach Hause. Die Beamtinnen der Föderalen Polizei führten ihre Untersuchung behutsam durch, ohne die Patientin unnötig aufzureiben. Dennoch lag ihnen viel daran, die Hintergründe der Tat zu klären, wobei sie ihnen nur wenig weiterhelfen konnte. Katharina erinnerte sich zwar, dass der Angreifer sie angeschrien hatte, aber die genauen Worte oder auch nur ihr grober Sinn blieben ihr verborgen. Als hätte ihr Gedächtnis einen Teil der Erinnerungen in einer Kiste versteckt, und sie versuchte derzeit nicht einmal, diese zu öffnen, denn sie fürchtete das, was dann zum Vorschein kommen könnte. Nachdem die Polizistinnen ihre Befragung ohne relevante Erkenntnisse abgeschlossen hatten, fühlte sie sich am Ende. Die letzten Stunden hatten an ihren Kräften gezerrt, und das Gefühl, dass eine erdrückende Last ihr Herz zerquetschte, war mittlerweile allumfassend. In der Gewissheit, jeder würde dies als Schmerz von ihrem Rippenbruch abtun, sprach sie nicht davon. Stattdessen versuchte sie, durch das Grauen weiter zu atmen, was ihr nicht sehr gut gelang, bis zum späten Abend, als Finn eintraf. Zuerst ertrug sie seinen Anblick nicht, denn seine schönen blaugrünen Augen waren voller Qual auf sie gerichtet. Daher wandte sie sich wortlos ab, aber er ergriff bestimmt ihre Hand und, zu kraftlos, sie ihm zu entziehen, ließ sie ihn gewähren. Seine Berührung hob etwas von dem zermalmenden Gewicht auf ihrer Brust und ließ sie in den Schlaf sinken.

Brüssel Institut Jules Bordet, 07.05.001 n. EB

Der nächste Tag war ähnlich wie der vorige abgelaufen. Auf die Untersuchungen waren der Traumatherapeut und später die Besuche von Benjamin und Finn gefolgt. Ladina war ebenfalls wieder im Dienst gewesen, und weil niemand eine angebliche Medikamentensucht angesprochen hatte, ging sie davon aus, dass die Krankenschwester das Thema vorerst nur beobachtete. Benjamins Anwesenheit war für sie zu gleichen Teilen wohltuend wie unerträglich gewesen, was ein Gefühl von Erleichterung und Kummer erzeugte, als Finns abendlicher Besuch ihn ablöste. In seiner Gesellschaft verstummte sie wieder, obgleich sie ihm eigentlich ihre Dankbarkeit ausdrücken wollte. Wie am Abend zuvor nahm er ihre Hand, und der sanfte Druck linderte erneut die Schwere, die auf ihrem Herzen lag.

26

Bittersüßer Balsam

Brüssel Institut Jules Bordet, 08.05.001 n. EB

Katharina war schwindlig und auch ein wenig übel. Der Weg von der Intensivstation in ihr Einzelzimmer im Westflügel des Krankenhauses war ihr nicht gut bekommen. Es war ein eigenartiges Gefühl gewesen, als die Wände sich bewegten, während sie reglos in ihrem Bett gelegen hatte. In Nachhinein dachte sie, dass es wahrscheinlich besser verlaufen wäre, wenn sie die Augen geschlossen gehalten hätte. Nur wäre ihr dann möglicherweise auch die Bewachung entgangen, die Stellung vor ihrem Zimmer bezogen hatte. Als Benjamin am Nachmittag wieder zu Besuch kam, erkundigte sie sich gleich dazu. Er war zwar verwundert, dass sie nicht schon im Bilde war, aber er freute sich auch, weil sie zum ersten Mal wieder Interesse an etwas zeigte. Zudem hoffte er, dass es sie beruhigen würde zu erfahren, dass seit ihrer Einlieferung immer ein bewaffneter Soldat und ein Polizist der Föderalen Polizei Wache hielten. Die Begründung für die Sicherheitsvorkehrungen wollte er lieber verschweigen, aber sie bestand darauf, sie zu erfahren. Obwohl es im Grunde nur eine reine Vorsichtsmaßnahme war, kam die Wahrheit mit einem bitteren Beigeschmack, denn die Identität und das Motiv des Täters waren weiterhin ungeklärt. Wie erwartet, war Katharina daraufhin still geworden. In dem Glauben, sie ablenken zu müssen, begann er ein neues Thema, das auch erstaunlich gut bei ihr anschlug. Benjamin berichtete ihr, dass am Morgen erneut das Symbol der Befreiungsfront an verschiedenen Stellen im Sektor aufgetaucht war. Wiederum war es dargestellt durch eine Hand, die den Sternenkreis der EA zerstörte, und genauso wie beim ersten Mal waren die Spuren der Vandalen zügig beseitigt worden. Dennoch hatte die Regierung nicht verhindern können, dass mittlerweile die gesamte Stadt über die Graffitis sprach. Bisher herrschte Unkenntnis im Regierungsviertel, was oder wer diese Befreiungsfront eigentlich war. Katharina selbst hatte seit dem ersten Auftauchen des Zeichens am Tag der Rückkehrfeiern nicht mehr daran gedacht. Jetzt hoffte sie, dass die Regierung sich nicht nur mit der Beseitigung der offensichtlichen Schäden beschäftigte, sondern ebenso rasch die Urheber suchte. Dazu keimte in ihr ein Verdacht auf, den wohl nur wenige Menschen mit ihr teilen würden und der General Conti betraf. Den Mann, der vielerorts für seine Verdienste, sein Charisma und seine Bestrebungen zur Ergreifung der Exesor gefeiert wurde. Den Mann, der ihr gegenüber ungewollt seine Verachtung für die Republik gezeigt und der Gerüchten zufolge bereits zuvor eine eigene Militärherrschaft angestrebt hatte. Conti stand bei ihr ganz oben auf der Liste der Verdächtigen, sollte die Bewegung der Befreiungsfront eine ernsthafte Bedrohung sein. Im gleichen Atemzug, in dem sie das dachte, zweifelte sie an sich selbst. Ihre eigene Abneigung und ihr tief empfundenes Misstrauen dem General gegenüber trübten ihre Urteilskraft. Also betrachtete sie die Fakten noch einmal objektiv. Bereits zu Anfang hatte sie die Bedeutung des Graffitis für eindeutig erachtet und es als eine Kampfansage, wenn nicht sogar eine Aufforderung zur Rebellion gegen die neue Republik, beurteilt. Natürlich konnte eine einzelne Person so etwas, auch ohne konkrete Pläne für einen Umsturz, an jeder Hauswand hinterlassen. Dagegen sprach aber, dass dieses Symbol nach Benjamins Aussage in der gleichen Form überall im Sektor aufgetaucht war. Also konnte es sich dabei nicht um einen einzelnen Sprayer handeln, sondern nur um eine organisierte Gruppe. Die Gründe dieser Unbekannten für ihren Hass auf die neue Republik zu verstehen, war einfach. Es war ein unumstößlicher Fakt, dass sich die EA bereits zu Beginn Feinde gemacht hatte, weil sich ihre Gründung auf die Übereinkunft von nicht gewählten Interimsregierungen der Oppositionen stützte. Zudem verschlechterte sich ihr Ansehen zusehends, weil sie es dem Volk bisher versagt hatte, ihre Daseinsberechtigung und ihre Vertreter durch demokratische Wahlen zu legitimieren. Zweifelsohne ein taktisches Manöver der EA, um Zeit zu schinden, damit erste Erfolge sichtbar wären, bevor sie sich einer Wahl stellen würden. Dennoch ein tiefer Einschnitt in die Demokratie, der großen Unmut aufwarf. Dazu kamen etliche Erlässe und Einschränkungen, die zwar eine zwingende Reaktion der Republik auf die neue Weltordnung waren, aber dennoch vielen Bürgern aufstießen. Abschließend kam die Problematik mit der Suche nach den Exesor dazu, bei der die EA bisher nur wenige Resultate vorweisen konnte. Katharina wusste, dass Maßnahmen wie die Lotterie der Morgensterne, die Völkervereinigung und die gesamte Inszenierung der neuen Republik das Volk nicht ewig ruhig halten konnten, besonders, wenn es eine Alternative gäbe. Eine Gruppierung, die sich dem entgegenstellte und die richtigen Parolen benutzte, würde sicher schnell Zulauf erhalten, egal, wie realistisch die Aussichten auf Verbesserung wären. Die EA schien sich einer solchen Gefahr von Anfang an bewusst gewesen zu sein, denn das würde den Auftrag der HEA und des Tribunals erklären. Beide dazu geschaffen, nicht nur die Exesor zu jagen, sondern auch diejenigen, die der Republik feindlich gesinnt waren. Bei einem Putschversuch könnten die Bundesstaaten sie als scharfe Waffen ins Feld führen und jeglichen Widerstand brechen. Aber eine Gegenwehr gegen Aufrührer würde nur Aussicht auf Erfolg haben, wenn die EA ausreichend Rückhalt vom Volk und von General Contis Armee hätte. Jetzt trafen ihre Gedanken wieder auf diesen Knackpunkt, der zwingende Fragen aufwarf. War der General loyal? Wenn er es war, wer steckte hinter der Befreiungsfront? Wenn er es nicht war, traf die EA entsprechende Vorbereitungen, oder tappte sie arglos in die Falle? Auch ohne sich der Antworten sicher zu sein, waren die Aussichten erschreckend. Der Sektor, der in die Hände von Populisten, möglicherweise sogar in die des Militärs fiel, würde sicher allen Forderungen aus dem Babylon-Manifest entgegenstehen. Aber bevor es dazu kam, würde der Umsturz wohl einen Bürgerkrieg oder Kampf zwischen den Staaten auslösen und Blut auf die Straßen schwemmen. Katharina bemerkte, dass sie erneut voreilig war, denn sie beschwor aufgrund von Graffitis eine düstere Zukunft herauf, ohne stichhaltige Beweise. Schließlich hatte in Benjamin das Zeichen keine apokalyptischen Befürchtungen ausgelöst, obwohl auch er meinte, dass die Sache wohl besser beobachtet werden sollte. Mit einem tiefen Atemzug, der sie schmerzlich an ihre gebrochenen Rippen erinnerte, bremste sie sich selbst. Wenn sie Antworten auf ihre Fragen wollte, dann musste sie zurück auf den Boden der Tatsachen kommen und logisch vorgehen.

Plötzlich schoss ihr eine Idee durch den Kopf: Vorausgesetzt, die FIA kam ihrer Aufgabe nach und setzte umfassende Ermittlungen ohne Einmischung des Generals zur Befreiungsfront an, dann wäre das ein Argument gegen eine Verstrickung von Silan Conti in die Sache. In dem Fall wären die Möglichkeiten der Befreiungsfront weitaus schmaler, denn sie müssten ohne Rückendeckung durch das Militär oder einen charismatischen Anführer auskommen. Ohne mächtige Verbündete sollte das Aufgreifen der Hintermänner schnell vonstattengehen, immerhin liefen in der FIA die geballten Informationen aus allen Staaten und Instanzen zusammen. Im Umkehrschluss würde jedes Intervenieren des Generals ein schwerwiegendes Indiz für seine Schuld sein, und das würde hoffentlich auch den Verantwortlichen in der Interimsregierung auffallen. Daher blieb jetzt nur noch herauszufinden, ob der Geheimdienst der HEA zur Befreiungsfront ermittelte oder nicht. Nur da stellte sich ein Problem in ihren Weg, denn Finn Evans saß mittlerweile seit einer Stunde neben ihr, strich zärtlich über ihre Hand und schwieg. Sein Besuch hatte wie üblich Benjamin an ihrem Bett abgelöst, und seither rang sie mit sich, ihn anzusprechen. Dabei lag ihr weniger die Frage zur Befreiungsfront, sondern eine unausgegorene Danksagung auf der Zunge. Katharina wälzte verschiedene Formulierungen hin und her, aber keine war kraftvoll genug, um ihre Gefühle auszudrücken, daher ging ihr kein Wort über die Lippen. Weiter angestrengt über das Unaussprechliche nachdenkend, übermannte sie der Schlaf und beendete damit ihr Sinnen.

Brüssel Institut Jules Bordet, 09.05.001 n. EB

Eine füllige Silhouette betätigte sich an einem der Fenster, und das Geraschel der Jalousien weckte Katharina. Ihr erster Blick wanderte zu dem Stuhl, auf dem Finn gesessen hatte, aber er war leer. Wie immer war er, wenn sie am nächsten Morgen aufwachte, verschwunden. Ihr Krankenhausaufenthalt hatte daran nichts geändert, außer dass sie heute zum ersten Mal betrübt darüber war.

»Na, da ist ja schon jemand wach, daran ist sicher Ihr Ehemann schuld«, sagte die Krankenschwester mit dem runden Gesicht verstimmt. »Das ist der Grund, warum ich seit Tagen predige, dass ich ihn nicht über Nacht hierhaben will. Patienten brauchen ihre Ruhe und nicht den Ehemann zum Händchenhalten. Sie schlafen schließlich, da macht seine Anwesenheit keinen Unterschied. Aber ihrem Körper und der Genesung schadet es, wenn er sie so früh aufweckt.«

»Finn war die ganze Nacht da?«, fragte Katharina und durchschnitt die Schimpftirade der Nachtschwester.

»Schätzchen, mir brauchen Sie nichts vorzumachen. Ich bin über die Anordnung des Oberarztes informiert, dass der junge Mann über Nacht bleiben darf. Wäre ich es nicht, dann hätte ich ihn eigenhändig rausgeworfen! Egal, wie groß er auch ist«, echauffierte sich die Krankenschwester weiter. »Aber so ist es halt, und ich werde mich nicht beschweren, denn mir ist es wichtig, dass meine Patienten Ruhe bekommen. Also schließen Sie noch mal die Augen, es bleibt Ihnen noch Zeit zum Schlafen.«

Katharina fühlte sich hellwach, und zwar wegen der Krankenschwester, aber sie verzichtete darauf, ihr das zu sagen. Obwohl die Frau sich gegen ihre eigene Aussage doch beschwert hatte, glaubte Katharina ihr, dass ihr das Wohl der Patienten am Herzen lag. Daher beschränkte sie sich auf ein dankbares Lächeln und ein zustimmendes Kopfnicken. Dass Finn anscheinend jede Nacht an ihrer Seite verbracht hatte, machte ihr in Bezug auf ihre früheren Befürchtungen, sie könnte im Schlaf sprechen, derzeit keine Sorgen. Die Mischung aus seiner Nähe und den Schmerzmitteln hatte sie, auch ohne Verwendung eines Hypnotikums, jede Nacht traumlos schlafen lassen.

Den gesamten Tag beschäftigte es sie, dass er nachts bei ihr blieb, was jegliche Erinnerungen an das Attentat oder die Befreiungsfront vertrieb. Erst mit Benjamins Erscheinen kam sie auf andere Gedanken. Gemeinsam unternahmen die Wahlgeschwister einen vorsichtigen Spaziergang im Krankenhauspark, wobei Benjamin es sogar schaffte, sie mit einer treffenden Parodie seines Vorgesetzten Albin Peeters zum Schmunzeln zu bringen. Weitere Zerstreuung brachten die Sitzungsprotokolle des Komitees zur Sommersonnenwende, die ihr bester Freund ihr übergeben hatte.

Höchst erfreut, den bekannten konzentrierten Gesichtsausdruck wiederzusehen, war Benjamin beschwingt losgegangen, um frischen Tee zu besorgen. Als er mit einer dampfenden Kanne zurück über den Flur kam, sah er Finn bereits vor der Tür warten und sprach ihn an: »Oh, ist es schon wieder so spät? Die langen Tage sind trügerisch, was die Zeit angeht.«

Insgeheim freute er sich sehr, Finn so früh zu sehen. Gegen Abend wurde Katharina immer unruhiger, das sah er daran, dass sie unentwegt ihren Ring am Finger drehte, und er interpretierte dies als Vorfreude auf Finns Besuch. Natürlich hatte sie wie gewöhnlich nichts davon erwähnt, dennoch wusste er, dass die Beziehung zwischen den beiden trotz aller Widrigkeiten gewachsen war.

»Was hat Katherine da schon wieder?«, fragte Finn gereizt und hielt ihn vom Weitergehen ab.

»Sitzungsprotokolle«, antwortete er mit einem Schulterzucken und war perplex über die rüde Anrede. »Sie meinte schon vor Tagen, dass ihr langweilig ist, und hätte ich sie ihr heute nicht mitgebracht, dann säße sie womöglich morgen wieder selbst im Komitee.«

»Das hätte ich schon verhindert«, sagte Finn.

»Wie hättest du das verhindern wollen? Sie einsperren? Denn das wäre die einzige Möglichkeit gewesen«, wies Benjamin ihn zurecht. »Catherine lässt sich nichts vorschreiben, und wenn man es dennoch versucht, dann lässt man sich auf einen Kleinkrieg mit ihr ein.«

»Weil du einer Auseinandersetzung mit ihr aus dem Weg gehen wolltest, lässt du sie gewähren und riskierst dabei ihre Gesundheit«, beschuldigte Finn ihn. »Sie muss sich ausruhen und genesen, ob es ihr passt oder nicht.«

»Ich weiß, dass sie sich ausruhen muss! Aber mir ist es lieber, sie arbeitet hier weiter und schöpft Kraft aus der Hoffnung, ihre Familie bald wiederzusehen, als wenn sich alle ihre Gedanken um den Anschlag drehen«, verteidigte er sein Handeln.

»Wenn sie das Geschehene verdrängt und die Leugnung überhandnimmt, dann kann das zu einer schwerwiegenden psychischen Erkrankung führen«, führte Finn unnachgiebig aus. »Das sollte dir wichtiger sein als einen Streit mit ihr zu verhindern.«

»Schalt mal einen Gang runter. Ich mache das nicht, weil es einfacher ist, sondern weil es das Beste für sie ist. Vertrau mir, ich kenne Catherine weitaus besser als du.« Mittlerweile hatte Benjamin genug von den Anschuldigungen. »Außerdem verdrängt sie nichts, sie spricht täglich mit dem Therapeuten darüber. Daher ist es wohl in Ordnung, wenn sie sich die restliche Zeit etwas ablenkt, und jetzt lass mich durch.«

»Warte«, sagte Finn, und seine Stimme klang weit weniger wütend: »Sie spricht zwar mit dem Therapeuten, aber sie öffnet sich ihm gegenüber nicht, sondern sagt nur das Nötigste. Das solltest du wissen!«

»Woher weißt du das?«, fragte Benjamin und blieb verblüfft stehen. »Hat sie dir das gesagt?«

»Nein, Katherine spricht überhaupt nicht mit mir, sie erträgt es nicht einmal, mich länger anzusehen. Das einzig Positive ist, dass sie mich nicht davonjagt. Aber ich bin mir nicht sicher, ob das daran liegt, dass sie einfach nicht die Kraft dazu aufbringt«, gestand Finn ein.

»Wenn sie dich zum Teufel schicken wollte, dann würde sie es tun. Keine Sorge«, stellte Benjamin klar, dann fiel ihm ein, woher Finn das mit der Therapie wohl wusste: »Hast du dir ihre Krankenhausakte besorgt oder den Therapeuten bestochen?«

»Ich musste herausfinden, wie stabil Katherine ist«, sagte Finn ohne weitere Erklärung oder Reue.

»Nur weil du Catherine den Abend gerettet hast, gebe ich dir jetzt einen kleinen Tipp: Wenn du willst, dass sie jemals wieder mit dir spricht, dann unterlässt du solche Aktionen besser zukünftig und hoffst bis dahin, dass sie niemals herausfindet, dass du dich informiert hast«, sagte Benjamin, der sich bereits entschieden hatte, die Indiskretion vor Katharina zu verschweigen.

»Das Wichtigste ist, dass sie keinen weiteren Schaden nimmt, und mit den Konsequenzen arrangiere ich mich«, sagte Finn stur.

»Konsequenzen wie mit dem Angreifer?«, forderte Benjamin ihn heraus. »Das Krankenhaus ist kein sehr verschwiegener Ort, und die Spatzen werden ihr Wissen bald von den Dächern pfeifen. Wie willst du das von ihr fernhalten?«

»Das ist eine laufende Ermittlung. Wer auch immer mit dir über sie gesprochen hat, hat sich strafbar gemacht«, sagte Finn düster und ballte seine Hand zur Faust, während neue Erbitterung in ihm aufstieg.

Benjamin schüttelte ungläubig den Kopf und musste sich eingestehen, dass wohl Katharina in Finn ihr Gegenstück gefunden hatte. Beide scharfsinnig, aber stur wie Esel und unbelehrbar.

»Hör zu! Catherine hat ihren eigenen Kopf, und sie ist stark, es trifft sie daher umso härter, wenn sie sich hilflos fühlt. Du darfst ihr nicht das Gefühl vermitteln, dass du sie für schwach hältst, damit richtest du den weitaus größeren Schaden an. Also sprich mit ihr, es ist besser, sie erfährt es von dir als von irgendjemand anderem«, wies er ihn an und ging dann an ihm vorbei in Katharinas Zimmer.

»Sœurette, ich bin erledigt. Wärst du mir sehr böse, wenn ich mich aufmache?«, fragte Benjamin, nachdem sich die Tür geschlossen und er ihr Tee nachgeschenkt hatte.

»Nein, natürlich nicht! Du musst auch nicht jeden Tag vorbeikommen«, sagte sie. »Geh heim, und ruh dich aus. Mir geht es gut!«

»Ich weiß, dass ich das nicht muss, aber ohne dich ist mir langweilig. Also sehen wir uns morgen«, antwortete er und verabschiedete sich mit einem Kuss von ihr. Beim Rausgehen sah er den wartenden Finn demonstrativ an und klopfte ihm dann aufmunternd auf die Schulter, bevor er ging.

Als Finn das Zimmer betrat, blickte Katharina von ihren Unterlagen auf und bemerkte seinen angespannten Gesichtsausdruck. Diesmal nahm er nicht auf dem Stuhl Platz, sondern räumte die Unterlagen von ihrer Bettdecke, um sich neben sie zu setzen. Sein Verhalten machte sie argwöhnisch, was ihm nicht entging, daher ergriff er zur Beruhigung ihre Hand, und ein mildes Lächeln tauchte auf ihren Lippen auf. Er umfing auch mit seiner zweiten Hand die ihre und küsste kurz ihre Finger, bevor er zu sprechen begann: »Katherine, ich muss mit dir über den Mann sprechen, der dich angegriffen hat.«

Ihr Lächeln verschwand genauso schnell, wie es gekommen war, als seine Worte sie erreichten. Die Erwähnung des Angreifers brachte einen neuerlichen Schauer von Erinnerungen, und ihre Hand zuckte krampfhaft zusammen. Mit den Erinnerungen kam der Schmerz, aber das erdrückende Gefühl kehrte diesmal nicht zurück, und sie vermutete erneut, dass dies mit Finn zu tun hatte. Ihre Finger entspannten sich wieder, und sie nickte vorsichtig, um ihre Zustimmung zu signalisieren.

»Die Ermittlungen in dem Fall werden von den örtlichen Behörden geführt, aber weil der Gefangene jede Aussage verweigert hat oder besser gesagt gar nicht gesprochen hat, konnten sie bisher weder seine Personalien noch sein Motiv feststellen«, sagte er, und sie nickte erneut, während flüchtige Erinnerungen von dem brutalen Anschlag in ihr aufflackerten. Angestrengt wehrte sie sich gegen den Strudel aus Bildern, denn sie wollte das alles nicht erneut durchleben. Um dem Durcheinander ihrer Gedanken zu entkommen, konzentrierte sie sich fest auf seine Stimme. »Ich habe seit jener Nacht daran gearbeitet, dass der Fall der FIA überstellt wird, aber die Aussichten darauf waren schlecht. Gestern hat sich das Blatt gewendet, als sich die Führung der HEA eingeschaltet hat und daraus ein Politikum geworden ist. Der Druck von oben war gewaltig, daher wurde die Zuständigkeit durch ein Eilverfahren vor Gericht geklärt. Die Verhandlung war ein Kräftemessen zwischen der HEA und dem Nationalstaat Belgien. Letztendlich wurde unsere

Begründung, dass der versuchte Mordanschlag auf eine AP als ein Akt von Terrorismus zu kategorisieren ist, dennoch abgewiesen. Danach hat die HEA sofort einen Antrag beim Tribunal eingereicht, um die Zuständigkeit neu zu verhandeln.«

Seine Schilderung der Gerichtsverhandlung und die Unterstützung der HEA-Führung bei seinem Bemühen ließen sie erneut an General Conti denken. Zwar hatte Finn seinen Namen nicht erwähnt, aber dennoch stürzte sie sich auf die Idee wie eine Ertrinkende auf einen Tropfen Wasser. Katharina griff ihre Überlegungen wieder auf, die sie zuvor dazu verleitet hatten, den obersten Hauptmann der HEA als Strippenzieher hinter der Befreiungsfront zu verdächtigen. Sie hatte sich bereits eingestanden, dass sich ihre Annahmen auf keinerlei Beweise stützten, und ihren Plan, diese zu finden, hatte sie bisher nicht umgesetzt. Wie in stillen Momenten zuvor fragte sie sich, ob ihre eigenen wachsenden Zweifel sie davon abhielten, mehr in Erfahrung zu bringen. Schließlich war die Befreiungsfront bisher weder als eine offizielle Gruppierung geschweige denn als eine ernstzunehmende Bedrohung eingestuft worden. Nur sie schien der Sprayerei so viel Bedeutung beizumessen – und das vielleicht auch nur, weil sie mit allen Mitteln versuchte, sich abzulenken. Zusätzlich setzte ihr Hauptverdächtiger nun mutmaßlich auch seine Macht dazu ein, sie zu unterstützen, und das machte sie plötzlich wieder stutzig.

»Warum eigentlich?«, fragte sie unvermittelt und führte ihre Frage dann erst genauer aus: »Warum hat die Führungsriege der HEA ein so großes Interesse daran, wer den Fall übernimmt?«

»Das habe ich mich auch gefragt und auch, wer genau unser Fürsprecher ist. Aber ich habe für beides keine Erklärung«, sagte er bedächtig. Unentschlossen, ob er weitersprechen sollte, sah er sie forschend an. In ihrem Blick lag Traurigkeit, aber auch Kampfgeist, und das gab den Ausschlag dafür, dass er Benjamins Ratschlag beherzigte: »Katherine, das alles ist mittlerweile hinfällig, denn heute Nachmittag habe ich die Mitteilung erhalten, dass der Gefangene wenige Stunden nach der Verhandlung Selbstmord begangen hat.«

Die Nachricht traf sie eiskalt, und sofort überwältigte sie Abscheu, weil sie kein Mitleid bei seinem Tod empfand. Das Gefühl triggerte neue Details zu der Nacht, denn auch damals hatte sie nicht nur Angst, sondern auch tiefe Abscheu empfunden. Plötzlich waren alle Erinnerungen zurück, als wäre die Kiste aufgesprungen und hätte ihren kompletten Inhalt zu ihren Füßen ausgebreitet. Sie sah die Fratze des Angreifers vollkommen klar, als er sich über sie beugte und ihr Beschimpfungen entgegenschrie. Wirres Gestammel brach aus ihr heraus, als sie versuchte die Bilder mit Worten zu vertreiben.

»Er ... er hat mich angebrüllt und ... und mich als ›Volksverräter‹ und als ›Hure der Alliance‹ bezeichnet, während er nicht ... nicht aufhörte auf mich einzuprügeln«, stotterte sie, dann wurde ihr Gesicht bleich und ihre Stimme überschlug sich: »Ich habe mich gewehrt und ihm den Tod gewünscht. Aber er hat nicht aufgehört, er hat einfach nicht aufgehört. Als du kamst, wollte ich, dass du ihn totschlägst. Ich wollte, dass er stirbt, und jetzt ist er gestorben. Ich habe das zu verantworten, ich habe ihn umgebracht.«

Schuldgefühle, die sie sich selbst nicht erklären konnte, übermannten sie und schnürten ihren Hals zu. Sie glaubte zu ersticken. Finn reagierte sofort und packte sie an den Oberarmen. »Katherine, schau mich an. Es ist nicht deine Schuld, du bist nicht verantwortlich für das, was geschehen ist. Auch wenn du ihm einen Augenblick lang den Tod gewünscht hast, du warst diejenige, die mich aufgehalten hat! Erinnerst du dich nicht daran? Ich war blind vor Wut, und du hast versucht, dazwischen zu gehen. Du hast keine Schuld. An nichts von alledem hast du Schuld. Glaub mir, bitte!«

Tränen rollten ihr über das Gesicht, und sie erstickte ihr Schluchzen an seiner Brust. Seine Arme umfingen sie, als er sich im Bett zurücklehnte, und er hörte nicht auf, beruhigend auf sie einzusprechen. Mit der Zeit wurde Finn still, aber sie schlief diesmal nicht ein, sondern folgte dem stetigen Klopfen seines Herzens.

»Ich habe dir nie gedankt. Seit Tagen suche ich erfolglos nach Worten, um dir zu sagen, wie dankbar ich dir bin«, sagte sie plötzlich mit belegter Stimme, als er bereits glaubte, sie wäre eingeschlafen. »Ich spreche so viele Sprachen, aber keine vermag auszudrücken, was ich empfinde.«

»Ich hätte früher da sein müssen«, unterbrach er sie, während er angewidert die braun-schwarzen Hämatome auf ihren Armen betrachtete. »Er hätte dich nie anrühren dürfen. Es ist meine Schuld!«

Mit einer Hand bedeckte Finn seine Augen, dennoch konnte sie den Kummer in seinem Gesicht erkennen. Tränen stiegen wieder in ihre Augen und befreiten sich mit einem Schniefen: »Nein, nein. Das stimmt nicht …«

Da er nicht wollte, dass sie sich wieder aufregte, nickte er zustimmend und küsste sie auf die Schläfe. Dann legte sie ihre Hand auf sein Gesicht, um mit den Daumen die Linie an der kleinen horizontalen Narbe neben seinem Auge entlangzustreichen. Es gab kein Wort, um auszudrücken, was sie fühlte, daher gab es nur noch eins zu tun. Langsam beugte sie sich weiter vor, bis sie unvermittelt keuchte. Die unbedachte Bewegung hatte eine neuerliche Schmerzwelle in ihrem Körper freigesetzt.

»Hast du große Schmerzen?«, fragte er, und sie vermochte als Antwort nur leicht den Kopf zu schütteln, weil ihre Rippen ihr den Atem nahmen. »Ich hole einen Arzt!«

»Nein, bleib!« Katharina hielt ihn fest, als er versuchte, sich von ihr zu lösen. »Geht schon, ich habe nur meine Rippen für einen Moment vergessen.«

Die Worte waren nur gepresst durch ihre Lippen gekommen, und Finn gab sein Bestreben unvermittelt auf. Stattdessen schwenkte er seinen Arm nach hinten, um die Schmerzpumpe für sie zu betätigen. Die Infusion zeigte schnell ihre Wirkung, Katharinas Körper entspannte sich, während der Schlaf sie mit sich riss.

27

Schattenriss

Brüssel Institut Jules Bordet, 10.05.001 n. EB

Im Halbdunkel erwachte Finn einigermaßen erholt im Krankenhausbett neben Katharina. Während draußen ein Hund mit lautem Gebell den Tag begrüßte, ruhte ihr Kopf an seiner Brust. Zärtlich schob er ein paar der Locken zur Seite, um sie zu betrachten. Ihre Gesichtszüge wirkten vollkommen friedlich und wiesen zum ersten Mal keine Anzeichen von Furcht oder Traurigkeit auf. Es erleichterte ihn zu sehen, dass sie zumindest im Schlaf frei von jeglichem Leid zu sein schien. Tagsüber konnten selbst die starken Medikamente die körperlichen und seelischen Schmerzen nicht vollkommen von ihr fernhalten. Zwar versuchte sie diese so gut wie möglich vor der Welt zu verheimlichen, aber selbst ihrer Kontrolle gelang es nicht, den Kummer ständig aus ihren Bernsteinaugen zu verbannen. Bei jedem Aufflackern ihrer Qual durchfuhren ihn Wogen aus Wut und Pein, weil er den feigen

Angriff nicht hatte verhindern können. Aber gerade fühlte auch er sich friedvoll und genoss die letzten Augenblicke an ihrer Seite. Mit Mühe raffte er sich auf und entzog sich ihr. Schonend bette er sie in die Kissen, und als er sie aufs Haar küsste, sog er ihren weichen Duft in sich auf. Draußen auf dem Gang nickte er dem wachhabenden Polizisten und der Soldatin zu, bevor er das Krankenhaus verließ, um zum Fort zu fahren.

Brüssel Militärbasis Fort

Auf dem Stützpunkt ging es um diese frühe Stunde gemächlich zu, und so ergab es sich, dass in dem Gebäude mit der Abteilung der FIA noch niemand war, als Finn es betrat. An seinem Schreibtisch angekommen, überprüfte er zuerst, ob der Bericht zu dem Suizid des unbekannten Angreifers bereits vorlag, aber er konnte nichts Entsprechendes vorfinden. Daher nahm er sich vor, persönlich bei der Polizeiwache zu erscheinen, wenn dieser nicht im Laufe des Tages eintreffen würde. Zwar hatte die Behörde ihre Kooperation vor Gericht zugesagt, dennoch wollte er nichts riskieren und lieber früher als später die Fakten zu dem Fall vorliegen haben. Statt Katharinas Fallakte stapelte sich auf seinem Schreibtisch der Papierkram zu den Ermittlungen über die Exesor, und er nahm Platz, um einige der Akten abzuschließen, bevor die nächste Flut des Tages kommen würde.

In den ersten Tagen nach Excidium Babylon hatten sich die damaligen Regierungen hilfesuchend an verschiedenste Experten des Sektors gewandt. Damals galt es nicht nur, so schnell wie möglich die Beschaffenheit des Energieschilds aufzuklären, sondern auch die Möglichkeiten, es abzuschalten. Allen Bemühungen zum Trotz waren die Resultate nach Wochen des Forschens desaströs gewesen. Die Wissenschaftler hatten die unterschiedlichsten Theorien zum Kraftfeld präsentiert, wobei sie den Argumentationen von Kollegen regelmäßig widersprochen und deren Annahmen zerrissen hatten. Am Ende waren sich die Experten nur in einem einig gewesen: dass ein Energieschild wie der Tholus nach derzeitigem Wissensstand unmöglich war. Kurze Zeit später waren die Experten massenweise von örtlichen Behörden zum Verhör gebracht worden, um mögliche Verwicklungen in die Angelegenheit zu untersuchen. Handfeste Beweise hatten gegen keinen der Wissenschaftler vorgelegen, und alle waren schnell wieder auf freiem Fuß.

Eine zweite Welle von Vernehmungen war zügig nach der Mission Schwarzer Stein im Jablanica-Gebirge erfolgt. Analog zur TAF, die in ihrer Ermittlung über die unbekannte Abschussvorrichtung Dr. Tiana Denkowa und Enes Rexha verhaftet hatten, richteten die nationalen Behörden ihr Augenmerk auf Personen aus den Bereichen Luft- und Raumfahrttechnik. Im Gegensatz zum Militär inhaftierten sie niemanden, und die Ermittlungen führten ins Nichts.

Die dritte und bisher umfassendste Verhaftungswelle war zwei Tage nach den Rückkehrfeiern durch die FIA veranlasst worden, als die Tathergangsanalyse zu Excidium Babylon veröffentlicht wurde. Teil davon war ein vorläufiges Täterprofil der Exesor, das die Terroristen als eine geschlossene heterogene Gruppe von nicht straffällig gewordenen Personen beschrieb, mit einer einheitlichen Altersstruktur zwischen fünfundzwanzig und fünfunddreißig Jahren. Alle ledig mit unterschiedlicher sozialer Herkunft und unterschiedlichem Bildungsniveau. Vornehmlich Experimentalphysiker, Ingenieure und Hacker aller Geschlechter, die über spezialisierte Kenntnisse in den Bereichen der Plasmafenster, Lasertechnik, Kohlenstoffnanoröhren, photochromatischen Materialen, Kernkraft, Gravitation, Teilchenbeschleunigung, des Elektromagnetismus, der Satellitentechnik oder des Cracking verfügen. Eine autarke Einheit, bestehend aus mindestens zehn Mitgliedern, die mit erheblichen finanziellen Mitteln, Zeit und Ressourcen ausgestattet waren. Laut Profil agierten die Terroristen in einer festen Hierarchie und wurden von einer starken, hochintelligenten Führungspersönlichkeit gelenkt. Zudem scheuten sie die Öffentlichkeit, zeigten keinen Drang, sich zu profilieren und hatten daher bisher die Ermittlungen nicht freiwillig unterstützt. Mit der Analyse war eine konkrete Anweisung der FIA an die nationalen Behörden der einzelnen Länder ergangen, entsprechende Individuen oder Gruppen unverzüglich zu Vernehmungen vorzuladen und ihre Aussagen aufzunehmen. Verdächtige, bei denen sich der Verdacht erhärtete, und jeder, der sich den Maßnahmen verweigerte, musste verhaftet und zur weiteren Befragung der FIA überstellt werden. Hinzugefügt hatten sie den Hinweis, dass kein Ausschluss von Personen stattfinden sollte, bei denen nur ein oder zwei Kriterien nicht übereinstimmten. Die Bekanntmachung des Täterprofils für die Allgemeinheit war von Arvo durch einen Kurzfilm inszeniert worden. Die Ideen des Inszenators hatten dabei so weit von der Realität abgewichen, dass er bei der Erstellung alle Beteiligten an den Rande der Verzweiflung getrieben hatte. Arvo hatte keine theoretischen Annahmen oder Wahrscheinlichkeiten der FIA gewollt. Seine Vision war eine medienwirksame Enthüllung von sensationellen Details wie Nationalität, Kleidung oder sogar Augenfarbe einzelner Personen, wie sie seinerzeit Dr. James Brussel beim Mad Bomber geliefert hatte. Finn hingegen hatte sich geweigert, für den Film mehr als die offizielle Verlautbarung vorzutragen. Andere Aussagen waren aufgrund der Diversität der Gruppe realitätsfern und würden zudem die Gefahr, eine Hexenjagd durch die Bevölkerung auszulösen, schüren. Als dem Inszenator die aufsehenerregenden Enthüllungen versagt geblieben waren, hatte er den Aufnahmen Bildmaterial von Verhaftungen durch die TAF hinzugefügt, die ebenfalls bei der Aktion ausgerückt waren. Am Ende hatte der Bericht einem Actionthriller der Superlative geglichen und mit der Erinnerung an die Loyalitätspflicht geendet. Lax bezeichnete Finn diese als ›Spitzelaufruf‹, denn die Bürgerpflicht forderte jeden unter Strafandrohung dazu auf, Informationen oder Kenntnisse über mögliche Verdächtige umgehend den zuständigen Behörden anzuzeigen. Nach der letzten Welle von Zugriffen platzten die Arrestzellen im gesamten Sektor aus allen Nähten, weil entgegen dem veröffentlichten Profil nahezu jede Person aus den genannten Berufsfeldern verhaftet worden war. Während die Analyseabteilung der FIA von den neuen Daten überschwemmt wurde, verbrachte Finn die meiste Zeit im Verhörraum. Seine Aufgabe bestand darin, die Aussagen der Verhafteten und ihre Körpersprache auf Widersprüche oder Anzeichen von Lügen zu überprüfen. Er war nicht der einzige Verhaltensanalytiker, weitere anerkannte Experten auf dem Gebiet, sowie zahllose Lügendetektoren kamen bei den Ermittlungen zum Einsatz. Die Jagd nach den Exesor hatte einen deutlichen Sprung nach vorne gemacht, und er erwartete nun jeden Tag die ersten Ergebnisse. Auch wenn sein Bruder nirgends unter den Befragten war, so war es denkbar, dass einer seiner Komplizen bereits aufgegriffen werden konnte. Die Chancen, dass alle Beteiligten unentdeckt bleiben würden, waren auf lange Sicht äußerst gering, wodurch auch eine Enttarnung von Jamie oder Alé immer wahrscheinlicher wurde. Die Zeit drängte, aber seine eigene Suche schleppte sich zäh dahin. Lene Bondevik, die er für eine der Möglichkeiten für die wahre Identität von Alé hielt, hatte nach der Casinonacht Brüssel mit unbekanntem Ziel verlassen. Vor ihrer Abreise war es ihm nicht möglich gewesen, weitere Nachforschungen über sie anzustellen. Aber das plötzliche Verschwinden der Neurowissenschaftlerin vor fast einer Woche war ein weiteres Indiz dafür, dass sie für das ICN arbeitete, das Institut, das angeblich an einer neuen Methode zur Wahrheitsfindung forschte. Zudem waren sie im Auftrag des Tribunals für die weitere Vernehmung der Hauptverdächtigen des Generals zuständig. Über das mysteriöse Verfahren waren weiterhin keine Details bekannt. Daher war er sich unsicher, ob es sich dabei tatsächlich um eine bahnbrechende Innovation oder nur um ein Blendwerk der EA handelte. Es hing viel davon ab. Ein valides, erfolgreiches Verfahren bedeutete eine neue immense Gefahr für die Exesor und ihn selbst. Die Überführung der Mitwisserschaft bedeutete für ihn mindestens eine Gefängnisstrafe, wenn nicht sogar den Tod. Das gleich galt für Jamie und Alé, auch wenn er wenig wusste, das hilfreich wäre, die beiden aufzuspüren, bestand dennoch das Risiko. Während eine neuerliche Illusion der EA, die vielleicht nur eine bereits bestehende Erfindung auf diesem Gebiet aufbauschte, weitestgehend harmlos wäre, so lange, bis der Betrug dem Volk auffallen würde. Was auch immer es war, es würde wohl bald öffentlich werden, denn Arvo war ebenfalls zum Tribunal nach Athen gereist. Finn plante momentan, anhand seines Berichts über die Arbeit des ICN und dessen Ergebnisse bei der Befragung, die Situation neu zu eruieren. Erst dann würde eine Entscheidung möglich sein, wie er weiter in Bezug auf Lene verfahren könnte. Somit war die Arbeit des Gremiums zur Völkervereinigung für ihn zum ersten Mal hilfreich und Arvos Abwesenheit insbesondere jetzt ein Segen. Katharina konnte sich erholen, ohne dass der Vorfall öffentlich ausgeschlachtet wurde, denn bisher war weder der versuchte Mordanschlag noch der Suizid des Angreifers publik gemacht worden. Ebenfalls unbemerkt geblieben waren weiterhin seine intensiven Nachforschungen zu den weiblichen APs, obgleich unlängst bekannt geworden war, dass er sich die Akten zur Völkervereinigung besorgt hatte. Zur Verschleierung seiner tatsächlichen Absichten hatte er eine Überprüfung der Vertrauenswürdigkeit aller Beteiligten vorgeschützt. Die Finte war gelungen und hatte ihm vereinzelt den Ruf eines paranoiden Republikverfechters eingebracht. Ihm war das egal, denn es kaschierte den wahren Grund seiner Bemühungen. Bislang war Katharina die Einzige, die der Wahrheit nahegekommen war, als sie seine Teilnahme am Alexander Projekt hinterfragt hatte. Der Streit, der daraufhin losgebrochen war, lag seit dem Attentat auf Eis, und er hoffte inständig, dass ihr Argwohn nicht wiederkehren würde. Seine Skrupel, sie anzulügen, wuchsen stetig, auch wenn dies am Ende nichts an der Tatsache änderte, dass seine Geheimnisse verborgen bleiben mussten. Oberste Priorität hatte das Auffinden von Alé, und eine weitere Anwärterin dafür war Maxims Ehefrau.

Die gebürtige Stéphanie Chiron kam aus sehr gutsituierten Verhältnissen, aber einer zerbrochenen Familie. Kurz nach ihrer Geburt hatten sich ihre Eltern scheiden lassen und jeweils neu geheiratet. Wodurch sie bereits als Kleinkind zu ihren Großeltern abgeschoben worden war, weil kein Platz für sie in den neuen Ehen blieb. Sie verfügte über vier Halbgeschwister, zu denen sie, wie auch zu ihren Eltern, keinen Kontakt pflegte. Im Gegensatz dazu hatte sie eine enge Bindung zu zwei Großcousinen, die sie regelmäßig in London besuchte. Stéphanie war eine sehr gute Schülerin und Studentin gewesen, bis 2014 kurz hintereinander ihre Großeltern verstorben waren. Ihr Leben war aus den Fugen geraten, und sie hatte ihren Master in Wirtschaftswissenschaften abgebrochen, um jahrelang ziellos durch die Welt zu reisen. Über diesen Zeitraum gab es wenige Aufzeichnungen über ihre Aufenthaltsorte und keine Informationen zu ihren Tätigkeiten. Das einzig Bekannte war, dass sich ihr Vermögen, das mit der Erbschaft aus Aktiendepots und Immobilien über zwanzig Millionen

Euro umfasste, in dieser Zeit halbiert hatte. Vor einem Jahr war sie plötzlich nach Europa zurückgekehrt und hatte durch den Einfluss ihrer Familie eine Stelle in der EU angetreten. Alle Anhaltspunkte trafen exakt auf Alé zu, wenn er davon absah, dass Stéphanie zwar als Einzelkind aufgewachsen war, aber dennoch über Geschwister verfügte. Besonders ihre vierjährige Abwesenheit war ideal, um sich an dem Vorhaben der Exesor zu beteiligen. Zudem konnte sie einer der Geldgeber sein, die das Projekt benötigt hatte. Doch, obwohl sie sich in das Schema so gut fügte, hatte Finn arge Zweifel daran, dass sie Alé war, und das lag an ihrer Persönlichkeit. Stéphanie war klug, aber leichtfertig, sie sprach immer schneller, als sie nachdachte und behielt weder Geheimnisse noch Gedanken für sich. Sie war empfindlich und ängstlich, zeigte ein zwanghaftes Bedürfnis nach Sicherheit, Organisation und Nähe. Ihre Persönlichkeitsstruktur spiegelte sich besonders in ihrer Liebschaft mit Maxim wider, die das Gegenteil von Jamies und Alés Beziehung war. Das zumindest hatte er aus den kargen Berichten seines Bruders geschlussfolgert, die eine komplizierte und meist über Distanz geführte Beziehung Jamies und Alés nahelegten. Zudem nahm er an, dass sein Bruder auch bei Alé monatelang verschwand und wieder auftauchte, wie es ihm beliebte, was ihr Verhältnis deutlich geprägt haben musste. Eine solche Art von Romanze war für jeden schwierig und für eine Person wie Stéphanie wäre sie unerträglich. Generell war es für Finn ein Mysterium, wie die Beziehung zwischen Jamie und Alé dennoch gehalten hatte, und er fragte sich ständig, ob sie womöglich doch zerbrochen war. Das wäre eine logische Erklärung dafür, warum sie nicht bei ihm aufgetaucht war, um die Halskette und das Polaroidfoto zurückzuverlangen. Andere Gründe für ihr Fernbleiben umfassten fatale Missverständnisse, eine Verkettung von unglücklichen Umständen, Inhaftierung, Unfall oder Tod. Die Wahrscheinlichkeit eines Irrtums oder Zufalls waren gering, denn Jamie war ein Pedant, der in seinen Planungen immer alles doppelt und dreifach absicherte. Das Aufgreifen oder der Tod eines der beiden durch die Obrigkeit war weitestgehend ausgeschlossen, weil das im Sektor nicht geheim geblieben wäre. Ein schweres Unglück oder Verletzungen, die sie davon abhielten, zu ihm zu kommen, waren denkbar. Dennoch hielt er mittlerweile die Theorie, dass sie sich mutwillig weigerte, den Instruktionen seines Bruders zu folgen, für die realistischste. Es bestand schließlich die Chance, dass Alé nie Teil der Exesor gewesen war und auch nichts oder zumindest nicht alles über die Bestrebungen ihres Partners gewusst hatte, bis das gesamte Ausmaß mit Excidium Babylon sichtbar geworden war. Aus Furcht könnte sie sich von Jamie abgewandt haben und bereits vor Monaten untergetaucht sein. Oder aber sie war Teil der Verschwörung und ein genauso paranoider, eigenwilliger Mensch, wie auch Jamie es zuweilen war. Das hätte darin resultiert, dass sie niemandem vertraute und ihr Schicksal selbst in die Hand nahm. Letztendlich war alles möglich, und wie bei all seinen Theorien hatte er keine Möglichkeit, die Annahme zu belegen oder zu entkräften. Auch mit der Aussicht, dass Alé vielleicht keinesfalls gefunden werden wollte, konnte er nicht aufgeben und würde so lange weitermachen, bis er sie gefunden hätte. Erst wenn Alé sicher bei ihm wäre, würde er seine Suche auf seinen Bruder ausweiten und versuchen, das Jahrhundert des Tholus frühzeitig zu beenden. Das war der ausschlaggebende Grund gewesen, warum er allen Zweifeln zum Trotz Stéphanie nicht einfach ausschließen konnte, sondern weiter ermittelte.

Vor drei Tagen hatte sich die Gelegenheit ergeben, dass er Stéphanie allein vor ihrem Haus antraf. Bereits zu Anfang des Gespräches war sie ausgesprochen unruhig gewesen und hatte ständig ihre Haare gezwirbelt, die sie mittlerweile nicht mehr in der Pastellfarbe, sondern in einem Erdbeerton mit Pony trug. Es war eine höchst eigenartige Unterhaltung, die mit ihren Erkundigungen zu Katharinas Zustand begonnen hatte. Auf seinen kurzen Bericht waren Aussprüche ihrer aufrichtigen Bestürzung über die Geschehnisse gefolgt. Das Thema hatte bei ihm erneute Gefühle von unbändigem Zorn und tief sitzender Schuld ausgelöst, während Stéphanie noch zappeliger geworden war. Auch seine Versicherungen, dass der Angreifer weggesperrt war und Katharina auf dem Weg der Besserung, hatten sie nicht beruhigt. Weil seine Beschwichtigungen nichts geholfen hatten, hatte er das Thema gewechselt und sich nach ihrer neuen Frisur erkundigt. Angespannt hatte sie halbherzig von ihrer frühen Vorliebe für unterschiedliche Haarfarben und Schnitte berichtet. Dabei war ihm das Bild von dem zierlichen Mädchen mit den strubbeligen, weißblonden Haaren vor Augen getreten, als hätte er es tatsächlich vor sich. Das war der Anstoß für ihn gewesen, mit einem Versuch klare Verhältnisse zu schaffen. Wie nebenbei hatte er ihr von dem alten Kompass erzählt, den er für seinen Bruder aufbewahrte. Stéphanie, die zwischenzeitlich abwesend gewirkt hatte, war plötzlich bleich geworden. Schnell hatte sie sich daraufhin entschuldigt und sich wegen angeblicher Krankheit ins Haus zurückgezogen. Finn war äußerst irritiert zurückgeblieben, denn er wusste nicht, ob ihr ungewöhnliches Verhalten dem Selbstschutz diente oder ob sie ihn nicht einmal verstanden hatte. Er war dabei gewesen, ihr ins Haus zu folgen, doch da war Maxim aufgetaucht, und er hatte es unterlassen. Ein zweiter Versuch zur Klärung dieser Angelegenheit hatte sich seither nicht ergeben, weil er nur zum Duschen und Wechseln seiner Kleidung in Sablon aufkreuzte, während Stéphanie nach Maxims Auskunft das Bett hütete. Ob das der Wahrheit entsprach oder sie ihm absichtlich aus dem Weg ging, war unklar, aber sie würde sich nicht ewig vor ihm verstecken können. Langsam kam Bewegung in den Komplex, als Finn bereits mit der Sichtung der Unterlagen zu den heutigen Verhören begonnen hatte. Zuerst war eine andorranische Computerspezialistin namens Isolda Clemente Peña an der Reihe. Die dreißigjährige Frau war als Teenagerin öfter mit dem Gesetz in Konflikt geraten, wobei sie mit siebzehn den mutmaßlichen Höhepunkt ihrer kriminellen Karriere erreicht hatte. Damals war sie auf der Liste der Verdächtigen für einen beeindruckenden Bankraub aufgetaucht. Bei dem gezielten Angriff auf das Netzwerk eines inländischen Kreditinstituts hatte ein Hacker mit dem Pseudonym Schneewittchen durch illegale Transaktionen sieben verschiedene Bankkonten leergeräumt und das Geld ins Ausland transferiert. Die vermeintlichen Opfer waren eine handverlesene Gruppe aus afrikanischen Warlords, europäischen Mitgliedern des organisierten Verbrechens und südamerikanischen Drogenkartellen. Mehrere Millionen hatte die Beute umfasst, und die Spur war ins Leere gelaufen, woraufhin das Geld für immer verschwand. Isolda war mit einem unwiderlegbaren Alibi freigekommen, und der Fall war unaufgeklärt geblieben. Mittlerweile arbeitete sie seit fast zehn Jahren freiberuflich und war anerkannte Expertin für Sicherheitskonzepte, wobei sie hochbezahlte Aufträge aus der Privatwirtschaft sowie der Hochfinanz entgegennahm. Als er sie im Verhörraum zu Gesicht bekam, fielen ihm die Parallelen zu der Märchenfigur sofort auf. Die Frau war sehr schlank, eigentlich schon mager, mit tiefschwarzen Haaren, die ihre Haut im Kontrast wie Schnee wirken ließen.

Ihr Gesicht mit den roten Wangen wirkte erschöpft, die dunklen Augen waren müde und die blutleeren Lippen zu einem Strich zusammengekniffen. Bei seinem Erscheinen blickte sie auf, und unter sichtbarer Anstrengung entspannte sich ihre Gesichtsmuskulatur etwas. Langsam steckte sie ein metallenes Sturmfeuerzeug in ihre Hosentasche, das sie zuvor fest umklammert hatte. Dann setzte sie sich aufrecht auf den Stuhl, legte ihre Hände auf den Tisch und verschränkte ihre Finger.

»Guten Morgen, Frau Clemente«, begann Finn das Verhör freundlich. »Mein Name ist Captain Finn William Evans von der Federal Intelligence Agency. Wie geht es Ihnen?«

»Alles wunderbar, abgesehen davon, dass ich immer noch kein Wasser bekommen habe und fast am Verdursten bin«, antwortete sie schnippisch und schob das leere Glas ein Stück von sich weg. »Oder gehen Sie bereits zur Folter über?«

Finn legte die Akte auf den Schreibtisch und bat den vor der Tür wachhabenden Soldaten Wasser zu holen. Wie bei jedem seiner Verhöre war er darauf bedacht, eine angenehme und lockere Atmosphäre zu schaffen, um unnötigen Stress bei den Befragten zu vermeiden, denn Stress blockiert nachweislich das Gedächtnis, wodurch die normalen Verhaltensmuster verwischen und es ihm so schwerer fallen würde, Täuschungsmanöver zu erkennen. Aus eigener Erfahrung wusste er zudem, dass sich die Verdächtigen besonders unter Drohungen, Druck und Geschrei anders verhielten, was dazu führte, dass ihm wichtige Referenzpunkte für seine Analyse verloren gehen würden. Grundsätzlich waren die meisten Befragten in einem Verhör nervös, daher galt es, die Anspannung so weit wie möglich herauszunehmen. Bei einem Gefühl von Sicherheit waren ihre Reaktionen authentischer und einfacher für ihn zu lesen, zudem neigten einige Befragte dann zu Leichtsinn oder sogar Überheblichkeit. Als er sich wieder umdrehte, sah er ihren abschätzigen Blick, der auf seinen Papierhefter gerichtet war.

»Wasser kommt gleich«, sagte er ruhig und setzte sich langsam. »Wir können gerne so lange warten.«

»Ehrlich gesagt, würde ich es vorziehen, das hier schnell hinter mich zu bringen. Ich habe die letzte Nacht schlecht geschlafen, mir tun alle Knochen weh, und ich würde mich gerne wieder hinlegen«, entgegnete Isolda bestimmt, wobei sich ihre Haltung weiter versteifte.

Er nickte zustimmend. »Dann lassen Sie uns anfangen. Sie wissen sicherlich, warum Sie hier sind?«

»Weil bei der Razzia nahezu jeder verhaftet wurde, der mit einem Computer umgehen kann«, provozierte Isolda ihn. Entgegen ihren herausfordernden Worten war ihr Gesicht verschlossen.

Finn zog ein schiefes Lächeln und lehnte sich zurück, während er sprach: »Das stimmt vielleicht, aber nicht jeder wird zur weiteren Vernehmung nach Brüssel gebracht.«

»Dann liegt es wohl an meiner Weigerung, einem Lügendetektortest zuzustimmen und daran, dass ich in das sehr weitgefasste Profil der FIA passe«, sagte sie ohne Anzeichen von Nervosität. »Ach ja, und nicht zu vergessen: meine angebliche Verwicklung in den Schneewittchen-Bankraub. Der die Behörden immer per se dazu verleitet, mich in eine bestimmte Kategorie zu stecken. Dabei ist es egal, dass ich weder angeklagt wurde noch mir etwas in meinem Erwachsenenleben zuschulden habe kommen lassen. Aber das steht wahrscheinlich alles auch so in meiner Akte.«

Sofort fiel ihm auf, dass sie äußerst selbstbewusst und zuweilen verächtlich gesprochen hatte, aber keine Anstalten machte, ihre Unschuld zu beteuern. Isolda gab sich unbekümmert, aber ihr Körper verriet, dass sie sich zu beruhigen versuchte. Bei dem Thema mit dem Bankraub hatte sie sich über das Gesicht gestrichen und zum Schluss auf die blassen Lippen gebissen. Beides primitive Gesten, die tief im Menschen verankert waren und dazu dienten, sich selbst zu entspannen.

»Ich bin nicht die Polizei, und der alte Fall mit den damaligen Anschuldigungen interessiert mich nicht«, sagte er und schenkte ihr Wasser aus einem Krug ein, den der Soldat mittlerweile gebracht hatte. Hastig trank sie das Glas aus, wobei ihre Hände leicht zitterten. »Ihre Jugendsünden, ob zutreffend oder nicht, wären nicht Teil einer Befragung. Daher erklären Sie mir: Warum haben Sie nicht einfach einem Lügendetektortest zugestimmt, um ihre Unschuld zu beweisen?«

»Drei Gründe: Erstens ist der Fall in meiner Heimat weder abgeschlossen noch verjährt, die Beamten suchen immer noch nach den Schuldigen genauso wie die um ihr Geld geprellten Verbrecher. Dort hätten sie mich definitiv dazu befragt. Zweitens: Lügendetektoren sind entgegen der öffentlichen Meinung nicht unfehlbar. Die Resultate hängen immer von der Interpretation der Messwerte ab, die durch Stress oder Nervosität verfälscht werden können. Das bringt mich zu meinem dritten und wichtigsten Grund: Ich habe Angst um mein Leben. Ein falsches Testergebnis könnte die Verbrecher wieder auf mich aufmerksam machen, und ich würde ihre Rache zu spüren bekommen. Damals hatte es bereits gereicht, als mögliche Tatverdächtige gelistet zu werden, und meine Familie hat Morddrohungen erhalten. Können Sie sich vorstellen, was passiert, wenn meine Panik bei dem Thema dazu führt, dass meine Antworten als Lügen ausgelegt werden?«

»Das verstehe ich!« Bei ihrer kleinen Ansprache hatte er genau beobachtet, wie sie mit ihren Fingern über ihren Hals gestrichen hatte, was ein typisches Anzeichen für Lügen war. Das gleiche Signal hatte ihre Stimme ausgesandt, diese hatte zwar zwischenzeitlich ängstlich geklungen, aber ihre Pupillen hatten sich nicht analog dazu geweitet. Ihr Körper verspürte die angebliche Todesangst nicht. »Aber hier würde Ihnen keiner Fragen zum Schneewittchen-Fall stellen. Sind Sie unter diesen Umständen bereit, Ihre Aussagen durch den Test abzusichern?«

»Nein, weil die Tatsache bleibt, dass diese ganzen Tests von zu vielen menschlichen Faktoren abhängen, und ich misstraue den Menschen. Ich setze mein Vertrauen schon immer in Technik. Wenn ein System entwickelt wird, das ohne diesen Makel ist, dann bin ich gern dazu bereit. Bis dahin verweigere ich meine Zustimmung, bis ich dazu gezwungen werde!«, sagte sie voller Inbrunst.

Zum ersten Mal glaubte er, dass die Verdächtige ihm gegenüber die Wahrheit gesprochen hatte. Aber das konnte auch einfach an ihrer eigenen Überzeugung liegen, dass ein solches System nie existieren würde. Unweigerlich dachte er an das ICN mit seinen Forschungen zu dem Thema und hoffte für sie wie für sich selbst, dass eine solche Technik nie auftauchen würde. Er lenkte ein: »Dann sprechen wir über den aktuellen Fall. Wie weithin bekannt ist, hat eine anonyme Terroristengruppe am 23. Januar dieses Jahres ein unbekanntes Kraftfeld namens Tholus in Gang gesetzt, das die sechsundvierzig europäischen Staaten von der restlichen Welt abgrenzt. Seither läuft die Suche nach den als Exesor bekannt gewordenen Personen.«

»Ja, natürlich weiß ich davon, jedes Kind weiß davon, und bevor Sie fragen: Nein, ich gehöre ihnen nicht an. Warum sollte ich auch? Excidium Babylon hat mein gesamtes Leben in Trümmer gelegt! Zuerst hat der Tholus die Verbindung zu den Satelliten gekappt, und dann hat die dämliche Offensive Libertas das restliche System zerstört. Seither bin ich arbeitslos. In dieser neuen Welt ist kein Platz mehr für jemanden wie mich. Das hier ist das Letzte, was ich wollte!«

Als ihre Worte im Raum verhallten, schrie jede Zelle in seinem Körper, dass Isolda Clemente Peña eine der Exesor war.

28

Blutfährte

Jede der Vernehmungen, welche die FIA im Zuge der Ermittlungen zur Entlarvung der Exesor machte, wurde aufgezeichnet. So auch das Verhör von Isolda Clemente Peña, das innerhalb von Sekunden eine unerwartete Wendung genommen hatte. Bereits zu Anfang hatte sich die Andorranerin als schlechte Lügnerin erwiesen. Ihre Selbstsicherheit, die sie wie ein Panzer umgab, half ihr nicht, das zu vertuschen. Im Gegenteil: Ihr Hochmut verhinderte, dass sie ihre Schwäche selbst erkannte. Ihre Antwort auf den Vorwurf einer Verstrickung mit den Exesor war schlüssig, wirkte aber auswendig gelernt. Zudem kam sie nur gepresst über ihre Lippen, während sie die gesamte Zeit Blickkontakt mit ihm hielt, um möglichst schnell zu sehen, ob er ihr das Gesagte abnahm. Alles in allen war ihr gesamtes Gebaren während des Verhörs typisch für Unbehagen,

Täuschung und Lügen. Aber das allein war es nicht, viel wichtiger für ihn war sein Gespür, und das sagte ihm, noch während sie sprach, dass er eine der Exesor gefunden hatte.

Vorgebend, nichts bemerkt zu haben, nahm er seinen Blick von ihr und blätterte scheinbar interessiert in ihrer Akte. Ihm war nur allzu bewusst, dass jedes Wort, jede Regung durch unabhängige Kameras und Mikrofone dokumentiert wurde. Sollte es zu einer nachträglichen Analyse des Verhörs kommen, wollte er nicht, dass ein auffälliges Verhalten seinerseits weitere Aufmerksamkeit auf Isoldas Aussage lenkte. Während er mit der Planung seines weiteren Vorgehens beschäftigt war, fing sie an, immer vernehmlicher zu atmen. Dann zog sie hektisch ihre Hände vom Tisch und umschlang zittrig ihren schmalen Leib. Aus seinen Augenwinkeln heraus sah er, dass mittlerweile winzige Schweißperlen auf ihrem Gesicht standen, während sie regelrecht auf ihrem Stuhl zusammengesunken war. Ihre schneeweiße Haut war inzwischen unnatürlich blass. Das Rot auf ihren Wangen sah fleckig aus und hatte sich auf dem Nasenrücken und auch auf ihrem Hals verteilt. Ihre Atmung kam nun stoßweise, während sie ihre Hände auf die Brust drückte und ihr Kopf nach vorn wegkippte. Ruckartig stand er auf, und er erreichte die andere Seite des Tisches, bevor sie seitlich vom Stuhl rutschte. Schockiert stellte er fest, dass sie bewusstlos war und ihre Haut glühte.

Isolda war weiterhin ohnmächtig, als er sie in seine Arme hob, um sie ins Lazarett im Nachbargebäude zu bringen, und sie erwachte nicht, als er sie in ein freies Bett legte. Kurz danach kam ein Krankenpfleger herbeigeeilt, der gleich die diensthabende Stabsärztin verständigte. In einen weißen Kittel gekleidet erschien Alise Mauriņa, die goldgelben Haare mit den weißblonden Strähnen waren zu einem Dutt hochgesteckt, und ihr Gesichtsausdruck war ernst. Im Vergleich zu der ebenfalls hellen, aber gesunden porzellanweißen Haut der Ärztin war der Anblick der leichenblassen Isolda noch erschreckender, und er warf sich vor, nicht schneller gehandelt zu haben. »Das ist Isolda Clemente Peña. Sie ist gestern aus Andorra zur weiteren Befragung hierher überstellt worden.«

»Was ist passiert?«, fragte Alise, während sie die Patientin untersuchte.

»Sie ist während des Verhörs zusammengebrochen. Zu Beginn hatte sie angegeben, dass sie schlecht geschlafen hat und ihr alle Knochen wehtun. Aber sie sagte nicht, dass sie sich unwohl fühlt oder Fieber hat.«

»Gelenkschmerzen, erhöhte Temperatur und der typische hochrote Hautausschlag sprechen für Ringelröteln. Sind alle bereits damit infiziert gewesen?«, fragte Alise, und die Frage ging sowohl an den Krankenpfleger als auch an die Soldaten. Alle nickten zur Antwort. »Es ist eine ansteckende Tröpfcheninfektion. Sie müssen sich die Hände desinfizieren, damit Sie das Virus nicht über den gesamten Stützpunkt verteilen, auch wenn Sie selbst immun dagegen sind. Captain, liegen Ihnen medizinische Daten zu der Frau vor? Ich möchte andere Erkrankungen wie beispielsweise SLE ausschließen.«

»Krankenakten liegen uns nicht vor«, antwortete er. »Aus den Informationen, die wir von ihr haben, geht kein Hinweis auf eine chronische Erkrankung hervor, was diese natürlich nicht ausschließt.«

»Ihr Puls rast«, stellte Alise fest und sprach nun direkt mit dem Krankenpfleger: »Die Hautblässe und ihre Vitalzeichen weisen auf eine Anämie hin. Wir müssen die Patientin verlegen, und ich benötige sofort ein Blutbild. Eine aplastische Krise kann nicht ausgeschlossen werden, wir müssen ihr möglicherweise Blut transferieren.«

Sie lösten die Feststellbremsen des Krankenbettes, als der kleine Jamey angerannt kam, um sich wieder einmal um die Beine seiner Mutter zu wickeln. Darauf folgte eine schnelle Unterhaltung in Litauisch, wobei die Mutter ihr Kind von der Patientin wegschob. Der Kleine wehrte sich heftig, dann sprach sie ein Machtwort, aber Jamey gehorchte weiterhin nicht.

»Gehen Sie sich bitte desinfizieren, und bringen Sie meinen Sohn fort. Er hatte noch keine Ringelröteln, und bei seinem momentan schwachen Immunsystem möchte ich eine Ansteckung unbedingt verhindern. Mein Ehemann kommt in einer halben Stunde aus der Nachtschicht und wird ihn dann abholen«, wies

Alise den Pfleger an. »Und schicken Sie bitte jemand anderen vom Pflegepersonal zu mir.«

»Doktor Mauriņa, die restliche Belegschaft ist zur Übung. Bis jemand kommt, kann es eine Weile dauern«, erwiderte der Krankenpfleger.

»Wie wäre es, wenn ich ihn so lange nehme. Ich wollte rüber zur Kantine, da ich jetzt unerwartet Zeit für ein Frühstück habe«, bot Finn überraschend seine Hilfe an. Sein Instinkt riet ihm, Isolda aus dem Fort wegzuschaffen, aber das war unmöglich, und zurzeit war sie in Sicherheit. Durch die Vielzahl der Verdächtigen im Fort bestand gerade keine Veranlassung dazu, dass jemand anderer die Befragung von Isolda beenden würde, zudem war sie nicht vernehmungsfähig. Das verschaffte ihm wiederum wichtige Zeit, um einen Ausweg zu finden; zudem bekam er endlich die Gelegenheit, einer anderen wichtigen Spur nachzugehen. Alise schien in ihrer Entscheidung zu schwanken, daher wandte er sich direkt an Jamey. »Dort gibt es leckeren Wackelpudding, was meinst du? Hast du Lust?«

»Äh«, sagte Alise unsicher und schaute ihren Jungen an. Der strahlte über beide Ohren und löste sich bereits von den Beinen seiner Mutter. »Danke! Sobald Cornel da ist, nimmt er ihn mit nach Hause.«

Nach Alises Zustimmung wurde die Patientin rasch weggebracht. Finn warf einen letzten langen Blick auf Isolda, während er sich den Anweisungen folgend desinfizierte. Danach stellte er einen Soldaten zur weiteren Bewachung ab, bevor er den Kleinen Huckepack nahm und mit ihm die Kantine aufsuchte. Auch wenn einige der Anzeichen während der Befragung wohl auf ihre Erkrankung zurückgingen, so konnte er das Gefühl nicht abschütteln, dass einzelne seiner Beobachtungen dennoch zutreffend waren. Besonders war er sich sicher, dass Isolda ihn bei seiner letzten Frage zum Tholus angelogen hatte. Sobald sie wieder bei Bewusstsein wäre, würde er sicherstellen müssen, dass er erneut mit ihr sprechen könnte. Sollte sich seine Vermutung erhärten, dann müsste er es so drehen, dass beim nächsten offiziellen Verhör ihre Aussage ihre Unschuld belegen würde, um sie schnellstmöglich aus dem Fort schaffen zu können. Später müsste er sie zur Kooperation bewegen, damit er Jamie und auch Alé aufspüren könnte. Das war wahrscheinlich die schwierigste Aufgabe dabei, dachte er und hörte, wie neben ihm Glas zersplitterte. Der kleine Jamey hatte sein Tablett schräg gehalten, und die Schüssel mit dem Wackelpudding war heruntergerutscht. Aus den runden graublauen Augen, die so anders als die schmalen himmelblauen Augen seiner Mutter waren, blickte das Kind ihn traurig an. Mit einem Schulterklopfen schickte er den Jungen zu einem leeren Tisch, während er sich um die Beseitigung der Sauerei kümmerte und neuen Pudding besorgte. Während Jamey Unmengen der Süßspeise in sich hineinstopfte, musterte Finn ihn nachdenklich. Bereits beim ersten Zusammentreffen bei der Wanderung im Bielany-Tyniec-Park waren ihm Mutter und Sohn ins Auge gefallen. Anders als wohl die meisten hatte er sie nicht wegen ihrer hervorstechenden Haarfarbe angestarrt, sondern wegen des Namens ihres Sohnes und weil Alise bei seiner ersten flüchtigen Beurteilung ins Profil von Alé gepasst hatte. Haarfarbe, Augenfarbe und Alter stimmten überein. Auch bei seiner späteren, intensiveren Recherche blieb sie weiterhin als eine mögliche Kandidatin übrig. Den Unterlagen hatte er entnommen, dass Alise aus einer Arbeiterfamilie in Litauen stammte. Nach den Totgeburten zweier Geschwister war sie als einziges Kind der Familie in Kaunas aufgewachsen. Mit der EU-Erweiterung im Mai 2004 war die Familie für ein Jahr in die Grafschaft Surrey bei London gezogen. Mit achtzehn hatte sie ihr Medizinstudium begonnen, und nach ihrem Abschluss war sie als Offizierin dem Militär der Republik Litauen beigetreten. Mit fünfundzwanzig hatte sie ihren Sohn Jamey geboren und war bis zu ihrer Hochzeit vor einigen Wochen alleinerziehend gewesen.

Sein Bruder hatte zwar nie ein Kind erwähnt, aber das war kein Grund anzunehmen, dass nicht eins existierte. Zudem glich der Junge seiner Mutter nur in der Haarfarbe, die graublauen Augen und die erstaunliche Größe des Fünfjährigen erinnerten ihn an seinen Bruder. Als Letztes war da die Sache mit dem Namen. Das Kind hieß Jēkabs, wurde aber Jamey gerufen, weil laut Erläuterung der Mutter niemand seinen litauischen Namen richtig aussprechen konnte. Auch Jamie wurde seit seiner frühesten Kindheit nicht mit James, sondern mit seinem Spitznamen angesprochen.

Zusammen genommen waren das zwar alles nur schwache Indizien für eine mögliche Vaterschaft seines Bruders, aber für ihn genug, der Sache nachzugehen. Bereits bei der Wanderung im Wald hatte er sich nach dem leiblichen Vater erkundigt. Alise hatte die Angelegenheit unwirsch abgewiegelt und nur gesagt, dass der biologische Vater im Leben des Kindes keine Rolle spielte. Später hatte sie sich bei ihm für ihre unhöflichen Worte entschuldigt und ihn gebeten, das Thema nicht noch einmal anzusprechen. Finn war ihrer Aufforderung nachgekommen und hatte auf die Geburtsurkunde gesetzt, um zu erfahren, wer der Vater von Jēkabs Mauriņa war. Nur hatte das Dokument den Vater als unbekannt ausgewiesen, und er war erneut in einer Sackgasse gelandet. Aber er beabsichtigte nicht, die Frage unbeantwortet zu lassen, und da weder die Unterlagen noch die Mutter Auskunft gaben, sollte eine DNA-Analyse die Vaterschaft seines Bruders nachweisen oder ausschließen. Dafür hatte er sich an einen alten Schulkameraden in London gewandt, der in einem entsprechenden Labor arbeitete und sich gern etwas dazuverdiente. Seine wilde Geschichte, der zufolge eine angebliche Ex-Freundin seines verstorbenen Bruders nach Jahren Ansprüche stellte, interessierte den Laboranten dabei nicht. Da das Geld stimmte, war er nur allzu bereit, den Test auch ohne Zustimmung der Mutter durchzuführen. Für die illegale Analyse setzte er den Preis zehnmal so hoch wie üblich an, aber das war es Finn wert, wenn er sich damit das Schweigen des Mannes erkaufen und möglicherweise Alé finden würde. Dabei war ein Abgleich Finns mit Jamey aufgrund der niedrigen prozentualen Übereinstimmung von 6,25 Prozent der DNS-Profile ausgeschlossen. Hier hatte ihm das Glück einmal zugelächelt, denn er besaß DNA seines Bruders, weil dieser bei seinem letzten Aufenthalt im Cottage ja durch die Glastür gestürzt war. Der Stromausfall, der zu dem blutigen Unfall geführt hatte, war in dem Fall sehr praktisch gewesen, denn er hatte verhindert, dass Jamies Sachen gewaschen worden waren. Auf den Handtüchern war das Blut getrocknet, und Finn setzte darauf, dass diese DNA mittels der modernen Spurenanalyse erfolgreich entschlüsselt werden konnte. Schließlich wurden heutzutage Kriminalfälle auch anhand von weitaus älteren Proben gelöst. Um an die Handtücher zu gelangen, hatte er vor Wochen einen Brief mit entsprechender Bitte an einen Nachbarn aus Alnwick geschickt. Der alte Mann, der jahrzehntelang der beste Freund seiner verstorbenen Großeltern gewesen war, schaute regelmäßig nach dem Haus. Auf seine Anfrage hatte er das Gewünschte als Paket geschickt, ohne weitere Fragen zu stellen. Gestern hatte es Finn von der Post geholt, und nun brauchte er eine Probe des Jungen. Da er für den Test weder Blut, Haarwurzeln noch eine Speichelprobe unauffällig und schmerzfrei nehmen konnte, hatte er sich für eine harmlosere Alternative entschieden. Soeben hatte Jamey seine dritte Schüssel der süßen Creme aufgegessen, und dennoch konnte er einem zuckrigen Kaugummi nicht widerstehen. Bevor Finn es ihm gab, hatte er den Fünfjährigen schwören lassen, dass er nicht zu jung für die Süßigkeit war. Mit kugelrunden Augen hatte Jamey das zugesagt und auch versprochen, es nicht zu verschlucken, sondern ihm zurückzugeben. Das tat der Lausbube dann auch, und zwar frech grinsend und mit viel Spucke, kurz bevor sein neuer Ziehvater Cornel ihn abholte. Finn amüsierte sich über den Jungen, der nur Flausen im Kopf hatte und ihn dabei an die Streiche seiner eigenen Kindheit erinnerte.

Nachdem Jamey abgeholt war, kehrte er zu seiner Arbeit zurück. Heute war er endlich vorangekommen. Nicht nur in Bezug auf seinen Plan mit dem Vaterschaftstest, sondern auch wegen Isolda, die ihn vielleicht sogar noch schneller zu seinem Bruder würde führen können. Den restlichen Tag verliefen die Vernehmungen ohne weitere Vorkommnisse, und so konnte er am späten Nachmittag wieder zum Lazarett zurückkehren. Zwischenzeitlich war Isolda isoliert worden, obwohl die höchste Ansteckungsgefahr vor dem Ausbruch der Hautreaktion gelegen hatte. Die strengen Quarantänevorschriften spielten ihm dabei in die Hände, denn sie stellten sicher, dass nur das autorisierte Personal sich ihr näherte. Zudem hatte er die Pflegekräfte instruiert, ihn zu informieren, sobald die Frau zur weiteren Vernehmung imstande wäre. Alise war auf der Station nicht mehr zu sehen, und er nahm an, dass sie bereits gegangen war. Als Finn die Patientin am Morgen gebracht hatte, war ihm nicht entgangen, dass die Ärztin keine Anzeichen von Wiedererkennung oder Überraschung gezeigt hatte. Das konnte natürlich bedeuten, dass seine Vermutung einer Verbindung der Frauen zu den Exesor falsch war. Oder aber, dass es Alise sehr gut verstand, die non-verbalen Signale ihres Körpers zu vertuschen. Wie dem auch sei, er beabsichtigte, es bald herauszufinden. Dazu war der nächste Schritt, das Päckchen mit den DNA-Proben schnellstmöglich zum Labor zu schaffen, so würde er bald Gewissheit haben. Daher machte er sich zügig auf, das Fort zu verlassen, um zum Postamt, zur Polizeistation und dann endlich zurück zu Katharina zu gelangen. Aber bevor er den Transportwagen erreichte, der die Soldaten in die Stadt beförderte, schnitt der Leiter der FIA, Major Vītols, ihm den Weg ab. Eskortiert von zwei Militärpolizisten der Einheit der Gendarmerie, wies sein Vorgesetzter ihn knapp an, ihm zu folgen. Vor einem Besprechungszimmer angekommen befahl der Major ihm zu warten und verschwand ohne weitere Erklärung in dem Raum. Alarmiert wartete Finn vor der Tür, denn die Soldaten der Militärpolizei waren ebenfalls zurückgeblieben. Das bedeutete, dass die Gendarmen nicht dem Personenschutz des Majors dienten, sondern seiner Bewachung. Ein weiteres Warnsignal für ihn, nachdem der sonst sehr umgängliche Vītols ihm keinen Hinweis gegeben hatte, weswegen er überhaupt hier war. Angespannt wartete er, bis sich die Türen des Besprechungszimmers eine Viertelstunde später öffneten und eine Gruppe aus hochrangigen Beamten geschäftig den Raum verließ. Die Gendarmen geleiteten Finn in den Raum, wo der Major, Colonel Joannou, der Leiter der TAF, und ein dritter, unbekannter Mann in Polizeiuniform mit zahlreichen Abzeichen ihn erwarteten.

»Jarmil Kučera, das ist Captain Evans, der Ehemann des Opfers und Angehöriger der FIA«, stellte Colonel Joannou ihn grimmig vor, »Präsident Kučera bekleidet die neuerliche Position des Polizeipräsidenten der Europäischen Alliance.«

»›Polizeipräsident der Europäischen Alliance‹ klingt wichtiger als es wirklich ist. Letztendlich ist es nur ein Titel und nicht mehr als eine Koordinierungsstelle. Ich bereise den Sektor, um mir ein Bild von den Aktivitäten der regionalen Präsidien und deren Zusammenarbeit mit der HEA zu machen«, sagte der

Tscheche wegwerfend. »Das umfasst auch den Fall Ihrer Ehefrau und die gerichtliche Auseinandersetzung unserer Behörden. Das Ganze ist der Interimsregierung ein Dorn im Auge, und daher haben wir uns nun außergerichtlich geeinigt.«

»Die Federal Intelligence Agency wird in dem Fall keine weitere Rolle spielen. Der gestrige Antrag von General Conti beim Tribunal wird zurückgezogen. Die Zuständigkeit bleibt bei der Föderalen Polizei, aber sie werden uns bei den weiteren Ermittlungen auf dem Laufenden halten«, informierte Joannou ihn.

Finn war ehrlich überrascht zu erfahren, dass sein Fürsprecher innerhalb der HEA der General war. Es war seltsam, dass sich der oberste Befehlshaber für so etwas persönlich einsetzte. Jetzt war das aber nachrangig, denn sein Bauchgefühl warnte ihn, dass hier etwas nicht stimmte.

Kučera öffnete nun eine dünne Akte und fasste den Bericht kurz zusammen. »Der Angreifer hieß Alfred Steiner und stammte aus der ehemaligen DDR, wie auch das Opfer. Er war bis zum Ende des Kalten Krieges Teil der NVA, danach hat er sich als Zeitsoldat in der Fremdenlegion und als Söldner verdingt, bis er jeweils frühzeitig aus dem Dienst entlassen wurde. Anfang des Jahrtausends trat er immer mehr in den Fokus der Behörden, als er eine radikale nationalistische Gruppierung namens Schwarzer Kampfbund gründete. Vor zehn Jahren wurden seine Pläne für einen Sprengstoffangriff auf die EU-Kommission vereitelt, danach tauchte er unter. Seither wurde nach ihm international gefahndet, aber ohne Erfolg. Der versuchte Mordanschlag auf Katharina Evans war die erste dokumentierte Sichtung Steiners seit dem gescheiterten Bombenanschlag. Bei seiner Tat handelte es sich um eine gezielte Attacke, ein entsprechendes Schreiben wurde bei Steiners Leiche gefunden. Sein Motiv führt er darin selbst seitenlang aus und beschreibt sein Handeln als seine patriotische Pflicht.«

»Colonel, wenn der Täter der Anführer einer Terrormiliz war und der Schwarze Kampfbund als neuerliches Ziel APs hat, dann sollte doch die FIA die Ermittlungen führen«, warf Finn ein, woraufhin Joannou ihn mit einem Blick abstrafte.

»Steiner hatte eine ausgeprägte paranoide Persönlichkeitsstörung und ein hohes Gewaltpotenzial. Er galt als psychisch labil, was sein Suizid auch belegt«, führte Kučera ungerührt fort. »Die Tat ist das Ergebnis eines größenwahnsinnigen Einzeltäters und keiner Organisation, auch wenn er einen anderen Anschein erwecken wollte. Der Schwarze Kampfbund ist bereits seit Jahren aufgelöst, dennoch bleibt Katharina Evans unter Polizeischutz, bis das Attentat vollständig aufgeklärt wurde.«

»Ich bitte darum, die Entscheidung noch mal zu überdenken«, setzte Finn an, aber der Colonel schnitt ihm scharf das Wort ab.

»Die Entscheidung ist endgültig. Die Kapazitäten der FIA sind durch die dritte Verhaftungswelle und die Suche nach den Exesor ausgereizt.« Joannou nickte dem Major zu, woraufhin der die Akte vom Polizeipräsidenten entgegennahm. »Das wäre dann alles, Captain.«

»Warten Sie draußen, ich bin gleich bei Ihnen«, ergänzte Major Vītols.

Nachdem Finn den Raum verlassen hatte, versuchte er die Situation zu beurteilen. Sein erster Gedanke war gewesen, dass sie ihm wegen seines Bruders auf die Schliche gekommen wären. Aber davon war keine Rede gewesen. Einziges Thema waren die Hintergründe zum versuchten Mordanschlag auf Katharina. Soweit nicht besorgniserregend, wären da nicht die Gendarmen, die keinen Moment von seiner Seite wichen. Ihre Anwesenheit, so war er sich sicher, hatte einzig und allein dazu gedient, ihn zu verunsichern. Eine Taktik, die angewandt wurde, um einen Verdächtigen einzuschüchtern. Aber es waren ihm keine Fragen gestellt worden oder Vorwürfe gefolgt. Stattdessen hatten sie ihn nur über die neusten Entwicklungen in Kenntnis gesetzt, aber dafür benötigte Vītols weder den Colonel noch den Polizeipräsidenten und schon gar nicht die Gendarmarie. Aber der Major war auch nicht derjenige gewesen, der ihn informiert hatte, sondern er hatte sich die gesamte Zeit im Hintergrund gehalten. Sein Gefühl sagte ihm, dass er dabei gewesen war, um seine Reaktionen zu analysieren und dass die Besprechung ein Test gewesen war. Aber genau das ergab keinen Sinn, denn sein Bestreben, den Fall durch die FIA aufklären zu lassen, war ihnen bekannt. Daher war seine Reaktion vorhersehbar gewesen. Die Hintergründe zu der Besprechung waren ihm schleierhaft, dennoch war er sich sicher, dass sein Gefühl ihn nicht trog und sie ihn soeben überprüft hatten.

»Captain Evans«, unterbrach Major Vītols sein Sinnieren. Die Miene des Mannes war undurchsichtig und verriet nichts darüber, wie seine Bewertung ausgefallen war. »Ich bin darüber informiert worden, dass Sie heute in Kontakt mit einer Frau mit unbekannter Viruserkrankung kamen?«

»Das ist richtig, die behandelnde Stabsärztin geht von Ringelröteln aus«, bestätigte er und war über den Themenwechsel beunruhigt. Seine Verdächtigungen gegenüber Isolda hatte er nicht gemeldet und in seinem Bericht nur den Abbruch des Verhörs aufgrund ihrer Krankheit vermerkt. Sollte der unwahrscheinliche Fall eingetreten sein, dass jemand die Videoaufnahmen der Vernehmung überprüft hatte und zum gleichen Schluss wie er gekommen war, würde er ihre Krankheit als Tarnung vorschützen. Es sei denn, sie war eine Exesor und hatte mittlerweile gestanden, woraufhin er möglicherweise ebenfalls aufgeflogen wäre.

»Die Diagnose ist bisher nicht bestätigt«, korrigierte Vītols ihn sofort. »Aufgrund des Seuchenschutzgesetzes werden alle, die mit der Person in Kontakt waren, isoliert, bis die Erkrankung bestätigt und eine weitere Übertragung ausgeschlossen werden kann. Vorrangig ist eine mögliche Epidemie auf dem Stützpunkt zu verhindern, genauso wie im Lazarett. Daher wird die Patientin ins städtische Krankenhaus verlegt und kommt unter Beobachtung. Der Rest von Ihnen wird unter häusliche Quarantäne gestellt, bis wir die Testergebnisse haben.«

Der Major ließ ihn wegtreten, und Finn salutierte, bevor er sich wortlos abwandte. Diesmal folgten ihm die Gendarmen nicht, aber dafür brachte ihn ein Fahrer direkt nach Sablon. Finn kam zu dem Schluss, dass der Test ihn nicht entlastet hatte, andernfalls hätten sie ihn keinesfalls unter fadenscheinigem Grund unter Beobachtung gestellt. Wäre eine tatsächliche Gefahr von einer Viruserkrankung von ihm ausgegangen, dann hätten sie zuvor keine Besprechung mehr abgehalten. Seine These bestätigten auch die zwei zivilen Überwachungsfahrzeuge der Föderalen Polizei, die mit seiner Rückkehr aufgetaucht waren. Weiterhin hatte er keine Erklärung dafür, was sie ihm genau vorwarfen, aber die Maßnahmen zeigten, dass der Anstoß von der Polizei ausging. Dennoch wurde das Vorgehen von seinen Vorgesetzten gebilligt und sogar unterstützt. Aber gerade war es irrelevant, wer die Untersuchung führte. Wichtig war, dass, wenn es zu einer Hausdurchsuchung käme, nichts Belastendes ihn in Verbindung mit den Exesor bringen könnte. Das Polaroidfoto und das alte Medaillon waren sicher. Andere direkte Verbindungen zu seinem Bruder existierten nicht, bis auf die DNA-Proben und natürlich ihre Verwandtschaft. Welche Vorwürfe sie ihm auch immer machen würden, das DNA-Päckchen und seine Absichten damit würde er nur schwerlich erklären können. Daher musste er es loswerden, nur konnte er das Haus nicht verlassen. Aber andere konnten es, und sogleich ging er durch die Hintertür hinaus, um seinen besten Freund aufzusuchen. Statt Maxim sah er einen Garten weiter Cornel, der Blumen und Gartenmöbel vor dem angesagten Sommergewitter in Sicherheit brachte. Kurzentschlossen fragte er Alises Ehemann, ob dieser das Päckchen für ihn abgeben könnte. Das war ein riskanter Schachzug, aber, wie sich später herausstellen sollte, die richtige Entscheidung, denn Cornel verließ das Haus zu seiner Nachtschicht, ohne von den Beamten aufgehalten zu werden.

Im Gegensatz zu Maxim, der ebenfalls in seinem Auftrag loszog, um eine Mitteilung an Katharina zu überbringen. Der Sergeant war gerade einmal um die Ecke gebogen, als ein weiter weg geparktes Fahrzeug sich in Bewegung setzte und die Verfolgung aufnahm. Eine Überwachung bei so wenig Verkehr zu erkennen, war einfach, und sie entging Maxim keinesfalls. Nach seiner Rückkehr berichtete er Finn von seiner Beobachtung und auch davon, dass man ihn nicht zu Katharina vorgelassen hatte. Er entschuldigte beide Maßnahmen mit dem Attentat, und Maxim ließ sich mit der Begründung abspeisen. Finn hingegen grübelte den gesamten Abend über die Geschehnisse und darüber, was nun folgen würde. Ihm blieben nur noch zwei Möglichkeiten: Bleiben und Abwarten oder Fliehen und Kämpfen. Beide Optionen waren riskant, beides könnte ihn sein Leben kosten, und beides würde wohl verhindern, dass er Katharina jemals wiedersehen könnte. Die Stunden vergingen zäh, ohne dass er eine Entscheidung traf, bis mitten in der Nacht Geräusche eines Eindringlings an sein Ohr drangen und er sich bereit zum Angriff machte.

29

Erbe der Revolution

Brüssel Institut Jules Bordet

Ein frischer Wind blies über den Rasen des Klinikums hinweg, als der große Bildschirm im Außenbereich zu flackern anfing. Von dem Spielfilm, der für die Patienten ausgestrahlt wurde, sahen sie nur noch ein schwarzweißes Schneegestöber mit Rauschen statt eines Tons. Es folgte ein bestialisches Knacken wie von brechenden Knochen, dann tauchte ein neues Bild auf, das mit dem vorherigen Programm nichts zu tun hatte: Zu sehen war das Symbol der Befreiungsfront, das im Unterschied zum bekannten Graffiti in Farbe und filigranen Details frisch erstrahlte. Auf weinroten Hintergrund war eine kräftige Hand gemalt. Der fahle Sternenkreis wirkte dagegen alternd und schwach, als er von ihr zerquetscht wurde. Unter dem Zeichen stand ein Schriftzug aus schwarzen Großbuchstaben. Messerscharf schrie er seine todbringende Botschaft dem Betrachter entgegen: BEFREIUNGSFRONT.

General Conti erschien im Bild, mit akkurat gestutztem silbergrauem Haar und Bart, aber ohne die typische schwarzblaue Uniform mit goldener Anstecknadel der EA. Stattdessen trug er ein ebenfalls weinrotes Hemd mit schwarzer Weste, weißer Hose und schwarzen Lederstiefeln mit hohem Schaft. Darüber hatte er einen schweren grauen Mantel gezogen, der zu warm für diese Jahreszeit war und an dem eine dreifarbige Kokarde in den Farben des Symbols prangte. Seine neue Aufmachung war eindrucksvoll und wies Parallelen zu Napoleon Bonaparte auf, den er seit jeher verehrte. Der revolutionäre Diktator, der ein Weltreich errichtet hatte und dessen Vermächtnis er sich gezwungen fühlte anzutreten. Sein gesamtes Leben war er der Linie von Politikern gefolgt, die nur ihren eigenen Vorteil suchten. Wankelmütige Heuchler, die davor zurückschreckten, den Kampf bis zum bitteren Ende auszutragen. In der Vergangenheit hatte er mit dem Blut von Tausenden den Preis dafür gezahlt, damit sich die Pharisäer auf ihren Posten hielten. Sinnlos hatten sie Kriege geführt und beendet, nicht wenn die Mission erfüllt war, sondern wenn die Stimmung im Land kippte oder das erhoffte Geld ausblieb. Selbst jetzt, wo Excidium Babylon sie in die einzigartige Lage versetzte, eine neue Ära zu beginnen, gingen ihre Bestrebungen nicht weit genug, denn sie waren zu schwach, die nötigen Reformen umzusetzen. Nur er war dazu imstande, das Geschenk, das die Exesor ihnen gaben, zu nutzen. Fern aller äußeren Einmischung würde er Außergewöhnliches schaffen, die Menschen von der Last der Demokratie befreien. Im Stillen sehnten sie sich bereits seit Jahren nach einem starken Anführer, der ihnen die Entscheidungen abnahm. In der Welt, die seit jeher aus Schafen und Hirten bestand, würde er seine Herde schützen. Ihnen die Sicherheit geben, ihm zu folgen. Ihre Gewissen beruhigen, indem er ihnen sagte, was sie hören wollten. Die Wölfe fernhalten, weil er nicht am Zaun rüttelte, sondern diesen stärkte. Er würde ihr Retter sein, die Regierung, die Medien, das Parlament und die Justiz im Sektor unter sich vereinen. In Alleinherrschaft würde er Recht und Ordnung herstellen. Sobald er die Kontrolle hätte, würde er die Forderung der Wölfe umsetzen, gewiss zu seinen eigenen Bedingungen, aber zum ersten Mal würde wahrhaft Frieden herrschen. Seine Schafe würden sich ihren Leben sorglos hingeben, während ihr Hirte sie beschützte.

Hinter Conti marschierte nun eine große Schar aus schwerbewaffneten Kämpfern in grauen Camouflage-Anzügen und mit weinroten Baretten mit Aufnähern der Befreiungsfront auf. Der Gleichklang ihrer Schritte und das autoritäre Auftreten ihres Heerführers erzeugten den Eindruck einer unüberwindbaren Streitmacht. Mit entschlossenen Mienen stierten die Bewaffneten geradeaus, als ihr Anführer mit donnernder Stimme zu sprechen begann:

»Völker Europas, ihr wurdet betrogen! Betrogen von denjenigen, die euch beschützen sollten. Die Europäische Alliance und die Exesor schreiten Hand in Hand. Unsere verräterische Regierung wusste nicht nur von den Gräueltaten, welche die Exesor gegen die Welt planten, sondern sie unterstützten die Terroristen auch darin. Excidium Babylon ist keinesfalls die Tat einer autonomen Gruppe, sondern die Verschwörung der Mächtigen, um uns in die Knie zu zwingen. Dieser grässliche Anschlag wurde durch unsere Regierung von langer Hand geplant, finanziert und vertuscht. Das Ziel ist die uneingeschränkte Kontrolle und Herrschaft über uns alle. Abgeschnitten von der Welt, wollen sie euch ihre Doktrinen aufzwingen, und unter dem Deckmantel des Friedens werden sie jegliches Aufbegehren ersticken. Aber ihr seid nicht allein, ihr seid nicht machtlos. Schließt euch uns an und zerschlagt mit uns die Tyrannen, die uns unterdrücken. Folgt uns in unseren Kampf gegen die Machthaber und Marionetten der Europäischen Alliance«, beschwor der General sein Publikum und sprach auf diese Weise die primitivsten Ängste der Menschen an. Er griff damit die Gerüchte auf, die seit langem im Sektor kursierten. An der pulsierenden Wut seiner Anhänger im Rücken spürte er die gewünschte Reaktion seiner Worte. Geblendet von der eigenen Gier zu herrschen, sah er nicht, dass er der EA vorwarf, was er selbst plante.

»Tod der Europäischen Alliance!«, erklang dröhnend der Schlachtruf der Soldaten, während das Bild immer wieder aussetzte. In Gedanken setzte Silan Conti hinzu: Holen wir uns die rechtmäßige Vorherrschaft zurück.

Das Programm wurde plötzlich unterbrochen, und ein Raunen ging durch die Zuschauermenge, als einzig die Mondsichel das Gelände erleuchtete. Katharina erhob sich, und mit ihr erhoben sich auch zwei lange Schatten. Mit einem prüfenden Blick beäugte sie ihre Bewacher, die unruhig waren. Ihr selbst war speiübel, als sie mit zügigen Schritten in das Krankenhaus zurückkehrte. Auf ihrem Gang wurde sie unvermittelt langsamer, als sie weitere militärische Sicherheitskräfte erblickte. Anders als ihre Bewacher spiegelte deren Haltung Ahnungslosigkeit wider, während sie die Bedrohung in hellen Aufruhr versetzt hatte. Unbekümmert kamen diese noch ihrer Aufgabe nach, bewachten nicht ihr Zimmer, sondern eine zweite Tür weiter unten im Flur. Ein Krankenpfleger in kompletter Infektionsschutzkleidung schob sich an ihr vorbei und trat auf die Soldaten zu. Sein vollständiges Gesicht konnte sie unter der medizinischen Maske zwar nicht erkennen, aber er wirkte befremdet, als sie ihn durchsuchten. Erst nach der Kontrolle ließen sie ihn eintreten, und er verschwand aus ihrem Blickfeld. Einen Augenblick länger betrachtete sie die Militärs und die erhöhten Sicherheitsvorkehrungen auf der Etage. Eilig kalkulierte sie die Chancen dafür, dass jemand ungehindert kommen oder gehen könnte. In ihrem Nacken spürte sie jäh die drückende Stille ihres eigenen Wachschutzes, daher öffnete sie rasch ihre Tür. Zu abgelenkt durch Contis Aufruf zum Umsturz oder vielleicht bereits versucht, ihm zu folgen, machten ihre Bewacher keine Anstalten, ihr Zimmer zuerst zu durchsuchen. Diese Unachtsamkeit nahm sie zur Kenntnis, und sie verschwand schnell hinein. Vor der geschlossenen Tür begannen sie emsig zu flüstern, während Katharina angespannt auf dem Bett saß. Nachdenkend, ihren Blick zum Tholus gerichtet, lauschte sie jeder ihrer Bewegungen.

Ein Quietschen in der Nacht ließ sie aufhorchen, es war das einzig hörbare Geräusch. Als sie aufstand, fühlten sich ihre Glieder steif an, nachdem sie stundenlang regungslos in einer Position verharrt hatte. Leise öffnete sie ihre Tür und streckte ihren Kopf heraus. Auf dem Flur war niemand zu sehen, so trat sie einen Schritt nach draußen. Ihre Tür schwang weiter auf, bis sie an die Wand stieß. Das leise »Klong« ließ sie innehalten. Dann spürte sie einen nahen Windhauch, als würde jemand an ihr vorbeigleiten, aber niemand war in ihrer Nähe. Die drei Soldaten und die Polizistin hatten ihre Posten verlassen, sie standen am Ende des Gangs, um einen alten Rollwagen versammelt. Darauf lag ein von Tüchern bedecktes großes Objekt mit unförmiger Silhouette. Es musste schwer sein, denn die überlasteten Reifen verursachten das grässliche Geräusch. Bedächtig schoben sie es weiter, bis schlagartig das vordere linke Rad unter der Last wegknackte. Hektik brach aus, als der Wagen kippte. Dabei verrutschte eines der Tücher, und sie sah drei Buchstaben, die sich von dem weißen Gehäuse abzeichneten. *S.Y.N.* Zu viert stabilisierten sie das Gerät behelfsweise und blockierten dabei das gesamte Ende des Ganges. Katharina hatte genug gesehen, und unbemerkt schob sie sich zurück in ihr Zimmer. Sie schloss vorsichtig ihre Tür, und sofort hatte sie das unangenehme Gefühl, dass jemand bei ihr war, doch erneut war niemand zu sehen.

30

Aroma von Petrichor

Brüssel Sablon, 11.05.001 n. EB

Im Gleichklang hämmerte der Regen auf das Vordach der Terrasse, während Finn reglos auf der Couch saß und ins Dunkel der Nacht blickte. Seine Gedanken waren unruhig zwischen seinen verbliebenen Möglichkeiten hin- und hergejagt, als die Stunden ohne Vorkommnis vergingen. Weit nach Mitternacht kam zum regelmäßigen Klang des Regens ein unangenehmes metallisches Kratzen hinzu und warnte ihn, dass die Zeit des Abwartens vorbei war. Eilig stand er auf und zog sich geräuschlos in die Ecke hinter der Tür zurück. Zwar bestand die Chance, dass die Beweise gegen ihn nicht ausreichten oder ein anderer Vorwurf als der Bruch der Loyalitätspflicht gegen ihn vorlag, aber er war nicht gewillt, das Risiko einzugehen. In Gefangenschaft nutzte er keinem etwas, daher hatte er sich in diesem Moment dazu entschieden, sich notfalls den Weg freizukämpfen. Die Müdigkeit abschüttelnd machte er sich bereit, um so vielleicht doch noch die Chance zu erhalten, seinen Bruder und Alé zu retten. Sachte schwang die Tür auf, und das schwache Licht vom fast gänzlich wolkenverhangenen Mond ließ ihn nur die Umrisse einer einzelnen, kleinen Person erkennen. Wie zu einer Salzsäule erstarrt, hielt sie einen Moment inne, bevor sie langsam eintrat. Mit ihren zögernden Schritten trug sie das volle Aroma von Erde und Stein mit ins Haus. Irgendetwas irritierte ihn an der Situation, aber er schob den Gedanken weg und näherte sich weiter vorsichtig. Unvermittelt ächzte der Holzboden unter seinem Gewicht und gab so seine Position preis. Der Eindringling riss den Kopf herum, aber da war es bereits zu spät. Finn hatte ihren Mund und Leib fest umschlossen, um sie aus dem blassen Lichtkegel zu ziehen. Danach genügte ein kurzer Anstoß seines Fußes gegen die Tür, und das Aufbäumen des Windes draußen verschmolz mit den Geräuschen des Übergriffs. Sein ursprünglicher Impuls, die Gefahr unschädlich zu machen, wandelte sich schlagartig, als der letzte Luftzug einen so viel lieblicheren Duft in seine Nase wehte.

Im Raum war es stockduster, aber Katharina empfand keine Angst, sondern elektrisierende Spannung. Wie unterschiedlich Herz und Gehirn doch voneinander waren – während ihr Verstand diese Situation mit der des brutalen Attentats gleichsetzte und seinen Neuronen befahl, die Flucht zu ergreifen, erkannte ihr Gefühl die Sicherheit des Vertrauten. Finn hatte nun realisiert, wen er sich geschnappt hatte, und murmelte Worte der Entschuldigung in ihr Haar, während er sie wieder freiließ. Selig lehnte sie sich einen Moment an seine Brust und verspürte seinen schnellen Herzschlag, der ihrem gleichkam. Als er verstummte, drehte sie sich zu ihm um, stellte sich auf die Zehenspitzen und legte ihre Hände um seinen Nacken. Paradox, einzigartig und unberechenbar wie jeder Moment des Lebens, küsste sie ihn, bevor sie selbst begriff, was sie tat. Dabei hätte sie weder ihre eigenen überschäumenden Gefühle vorhersagen können noch seine Reaktion auf ihre Zärtlichkeit, die er nicht erwiderte. Stattdessen schob er sie sanft, aber bestimmt hinter sich und nahm gerade eine schützende Position vor ihr ein, als die Tür krachend aufflog. Die Holzsplitter aus dem Türrahmen segelten zu Boden, als vier Männer in taktischer Ausrüstung das Haus stürmten. Finn wich keinen Zentimeter zurück, sondern drückte ihre Hand, als diese leicht zu zittern anfing.

Ein Polizist mit schusssicherer Weste trat durch die Mitte der Männer, die mit gezogenen Pistolen auf die Evans zielten. Dem Abzeichen seiner Uniform nach zu urteilen, hatte er den Dienstgrad eines Polizeihauptkommissars der Föderalen Polizei und die Leitung über den Einsatz. Er war unscheinbar, aber sein Gesichtsausdruck war stählern: »Katharina Evans, kommen Sie bitte langsam hierher!«

»Welche Befugnis haben Sie für Ihr Eindringen?«, fragte Finn und blockierte den Weg.

»Treten Sie von der Frau weg, Captain«, ermahnte der Hauptkommissar, »das ist meine letzte Warnung.«

»Ich werde nichts dergleichen tun«, erwiderte er unbeugsam. Jeder Gedanke an Flucht war verblasst im Angesicht dieser augenscheinlichen Gefahr für Katharina. »Mit welcher Autorität agieren Sie?«

»Wir sind von der Interimsregierung der Europäischen Alliance und vom Tribunal ermächtigt«, informierte ihn der Mann knapp. »Auch dazu, im Notfall mit aller Härte vorzugehen, wenn sich der Festnahme widersetzt wird. Also tun Sie nichts Unüberlegtes, und entfernen Sie sich umgehend!«

Katharina lugte hinter Finns Schulter vor. Dabei musste sie ihre Augen gegen das grelle Licht der Taschenlampen abschirmen, um nicht völlig geblendet zu werden. Nach einem Moment erkannte sie, dass alle Schützen direkt auf Finns Brust zielten. Bebend atmete sie mehrmals tief ein und aus, bevor sie beruhigend auf ihn einsprach: »Es ist schon in Ordnung, ich werde mit ihnen gehen.«

»Nein«, sagte er deutlich, genauso an Katharina wie an die Polizisten gerichtet. Um seine Worte zu verdeutlichen, war er den halben Meter, den sie zur Seite gerückt war, simultan mitgegangen. »Was wollen Sie von ihr?«

»Von Ihrer Frau?«, fragte der Polizeihauptkommissar mit hochgezogenen Augenbrauen, dann folgte weiterer Krach, als wild an die Türen der Nachbarhäuser geklopft und Einlass verlangt wurde. »Captain Finn William Evans, Sie sind festgenommen. Der Vorwurf lautet: Bruch der Loyalitätspflicht und Verdacht auf Hochverrat. Entfernen Sie sich sofort von der Zivilistin, oder wir machen von der Schusswaffe Gebrauch.«

»Was?«, rief sie perplex. Energisch tauchte sie hinter seinem Rücken auf, um zu zeigen, dass sie nicht seine Geisel war. Diesmal hielt Finn sie nicht auf, sondern nahm langsam die Hände hoch.

»Festnehmen«, sagte der Hauptkommissar schlicht, und sogleich traten zwei der Bewaffneten vor, um Finn Handschellen anzulegen.

Dieser erhob keinen Widerstand, sondern ließ sich ohne Gegenwehr abführen. Während die Polizei ihn aus dem Haus brachte, erholte sich Katharina von ihrem ersten Schock und lief sogleich hinterher. Die nächtlichen Himmelsgestirne waren nun gänzlich von dicken Wolkendecken verschluckt worden, und nur die Taschenlampen der Einsatztruppen spendeten etwas Licht. Dadurch wurden weitere Einheiten der Föderalen Polizei und vereinzelt Mitglieder der Gendarmerie erkennbar. Aber weder Major Vītols noch Colonel Joannou waren anwesend. Dafür ein halbnackter Tammo, der barfuß über den nassen Rasen geführt wurde. Seinen Körper bedeckten einzig schwarze Boxershorts, wodurch seine zahllosen Tätowierungen sichtbar wurden. Im Türrahmen des Nachbarhauses stand Alise im Nachthemd und weigerte sich standhaft, Folge zu leisten. Bei den Orels öffnete jetzt erst der verschlafene Maxim in Jogginghosen die Tür, während Stéphanie aus der oberen Etage rief.

»Alle werden verhaftet? Wieso?«, fragte Katharina, die sich vor dem Haus fassungslos umgesehen hatte, aber der angesprochene Hauptkommissar beachtete sie nicht weiter.

»Katrė! Katrė! Katrė!«, rief Alise immer wieder laut! Obwohl Katharina daran gewöhnt war, auf die verschiedensten Varianten ihres Namens zu reagieren, überhörte sie es diesmal.

»Es geht Ihnen nicht um die Exesor, sondern um die Befreiungsfront«, sagte Katharina gedämpft, aber laut genug, um von den Umstehenden verstanden zu werden. Gerade hatte sich ihr die einzig logische Erklärung für die Festnahmen aufgedrängt: »Er ist Ihnen entkommen oder etwa nicht? Er ist geflohen?«

Nur für einen Augenblick war der Polizeihauptkommissar auf

dem Rasen stehengeblieben, bezog aber nicht Stellung, sondern entfernte sich kommentarlos von ihr. Auch Finn hatte sie gehört, aber es war zu dunkel, um seinen Gesichtsausdruck zu deuten. Kurz darauf wurde er im stärker werdenden Regen weggeführt. Dicht hinter ihm folgte Maxim, der eine schluchzende Stéphanie im Haus zurückließ. Die Letzte in der Reihe war Alise im dünnen Nachthemd, die Katharina am Arm packte.

»Jamey, er ist oben in seinem Bett und schläft. Er ist allein, du musst dich um ihn kümmern«, flehte die Mutter, während man sie unaufhaltsam weiterzog. »Katrė, ich flehe dich an. Bitte!«

Katharina nickte, während sie ein paar Schritte mitging, und sprach beruhigend auf Alise ein. Allerdings ging der Großteil ihrer Worte in einem krachenden Donnergrollen unter, als sich die volle Wucht des Gewitters über der schmalen Seitenstraße entlud. Riesige Blitze erleuchteten den Abtransport der vier TAF-Mitglieder, doch nicht alle Polizisten fuhren ab. Als Katharina den kleinen Beobachtungstrupp bemerkte, wünschte sie sich, der Wind würde auch sie wegwehen. Genauso, wie er auch den Duft von flüssigem Stein verscheucht hatte.

31

Trugschluss

Brüssel Le Pentagone

Die kleine Einzelzelle in der Generaldirektion der Kriminal-
polizei war kahl, und neben dem Bett war nur eine Toilette
mit Waschbecken vorhanden. In seiner militärischen Laufbahn hatte Finn weitaus tristere Behausungen gesehen und dunkle-
re Situationen durchleben müssen, daran gemessen war die Unter-
suchungshaft der Föderalen Polizei schon fast Luxus. Dennoch war
es nicht gemütlich, und die kalten Gitterstäbe bohrten sich allmählich in seine Arme. Daher setzte er sich auf das Bett, das für seine
Körpergröße zu kurz war. Angesichts des langen und ereignisrei-
chen Tages schmerzte ihn alles, von Kopf bis Fuß. Jeder Zentimeter
seines Körpers sehnte sich nach Ruhe. Aber an Schlaf war nicht
zu denken, obwohl es auch seiner Konzentration gutgetan hätte,
ein paar Stunden abzuschalten. Gegen sein Bedürfnis ankämpfend,
dachte er an den vergangenen Tag. In seinen Ermittlungen für

die FIA war er mit Isolda Clemente Peña möglicherweise auf eine der Exesor gestoßen. Zudem war er endlich an die Speichelprobe von Jamey gelangt und somit in seiner Suche nach seinem Bruder einen großen Schritt vorangekommen. Doch nun saß er in einer Zelle – nicht wegen der Exesor, sondern wegen der Befreiungsfront. Ihm war diese Gruppe bisher nur durch ein paar Delikte von Vandalismus flüchtig zu Ohren gekommen. Katharina hingegen schien über mehr Informationen zur Befreiungsfront zu verfügen, die wohl über das Delikt der Sachbeschädigung weit hinaus gingen. Als sie die Verhaftung mit der Gruppe in Zusammenhang gebracht hatte, war der Polizeihauptkommissar hellhörig geworden. Obwohl dieser nicht geantwortet hatte, wusste Finn, dass sie ins Schwarze getroffen hatte. Ebenso hatte sie gemeint, dass jemand geflohen sei, und zwar eine spezielle Person, keine Gruppe. Aber wer war auf der Flucht, und warum? Sein träges Gehirn lieferte ihm dazu keine schlüssige Erklärung. Stattdessen mischte sich in seine Überlegungen immer wieder der Gedanke an den kurzen, aber intensiven Augenblick an Katharinas Seite und den süßen Geschmack ihrer Lippen. Widerwillig gab er seiner Erschöpfung nach und legte sich auf das Bett, das an eine Pritsche erinnerte. Erneut bohrte sich etwas in seine Knochen, aber er wechselte seine Position nicht mehr, sondern schlief im selben Atemzug ein. Das letzte Bild vor seinen Augen war Katharinas und auch das erste, als er unwirsch von einem Wärter geweckt wurde. Finn brauchte einen Moment, bevor ihm klar wurde, wo er sich befand und dass der Morgen bereits gekommen war. Rasch trieb ihn der übelgelaunte Polizist hoch, um ihm Hand- und Fußfesseln anzulegen. Auf seine Nachfragen zum weiteren Vorgehen oder zu einer Spezifizierung der Anklage ging dieser nicht ein, sondern stellte sich taub. Nachdem er ihn stumm gesichert hatte, ließ der Polizist ihn aus der Zelle. Auf dem Gang wurde seine Bewachung durch zwei weitere Polizisten verstärkt, die ihn zwischen sich nahmen. Dieselbe Vorgehensweise hatten sie bei den anderen drei Inhaftierten angewandt, und nun standen sie hintereinander aufgereiht im Durchgang. Alise, Maxim und Tammo waren unversehrt, aber sahen erschöpft aus, und alle hatten anstelle ihrer Schlafsachen nun Häftlingskleidung an. Die Polizisten setzten den Gefangenenzug in Bewegung und brachten sie unter strenger

Bewachung wie Schwerverbrecher wortlos nach draußen. Mit dem Morgen hatte der Regen erst einmal aufgehört, und die Sonne kämpfte sich durch die dicken Wolken. Vor dem Gebäude standen der blasse Polizeihauptkommissar der gestrigen Nacht und Polizeipräsident Kučera. Ihre Ankunft beobachteten die Männer ernst, und außer Hörweite beendeten sie knapp ihr zuvor geführtes Gespräch, bevor Kučera eine schwarze Limousine bestieg. Danach kam der Polizeihauptkommissar eilig auf die stehengebliebene Gefangenenkolonne zu. Mit einer flotten Handbewegung gab er das Signal, die vier in einen grünen Gefangenentransporter zu verladen. Zusammen mit den APs stiegen zwei Gendarmen ein, deren Namensschilder sie als Corporals Roth und Hodžić auswiesen. Der Polizeihauptkommissar bestieg jetzt einen Jeep, dann setzte sich der Konvoi mit der Limousine von Kučera an der Spitze unverzüglich in Bewegung.

Einige Minuten fuhren sie schweigsam ihrem unbekannten Ziel entgegen, bis Alise sich im Flüsterton an den neben ihr sitzenden Finn wandte: »Wo bringen sie uns hin?«

Die Corporals hatten bisher steif auf der gegenüberliegenden Bank gesessen und regungslos aus den vergitterten Fenstern geblickt. Als Alise zu sprechen begann, regte sich Roth leicht und verzog missbilligend das Gesicht.

»Keine Ahnung, aber wir fahren aus der Stadt heraus«, gab Finn halblaut zurück, ohne den Blick von den Corporals zu nehmen.

Roth bewegte sich erneut und drückte sein Maschinengewehr fester an seinen Körper, wovon sich seine Fingerknochen weiß verfärbten. Angestrengt schaute er weiterhin über die Gefangenen hinweg, während er sie rau anwies: »Keine Gespräche!«

»Was wird uns eigentlich genau vorgeworfen?«, fragte Alise entgegen der Anweisung erneut leise. »Pflichtverletzung und Hochverrat? Wofür?«

»Ich sagte: keine Gespräche!«, wiederholte Corporal Roth diesmal mit laut erhobener Stimme, sein Blick flackerte einen Moment in Alises Richtung.

Seit sie losgefahren waren, hatte Finn die Gendarmen beobachtet, um zu einer schnellen Einschätzung ihrer Verhaltensweise zu kommen. Corporal Hodžić war beherrscht und pflichtgetreu, das hatte ihm, gemessen an seinem Alter, einen hohen

Rang eingebracht. Für äußere Reize war er weniger empfänglich und damit für Finns Plan unbrauchbar. Dahingegen konnte der ältere Corporal Roth seine Wut nur schwer unterdrücken, seine unkontrollierten Gefühle waren aus seiner Gestik und Stimme einfach herauszulesen. Roth war reizbar, unbeherrscht und impulsiv. Möglicherweise war er unvorsichtig genug, gegen seine Befehle zu verstoßen und Details zu den Vorwürfen preiszugeben. Dies war die einzige Chance für Finn, sich auf das Kommende vorzubereiten und eine Verteidigung aufzubauen. Seine Taktik war schlicht, und er konnte nur hoffen, dass sein Manöver nicht schrecklich nach hinten losginge.

»Du hast den Sanitätsoffizier gehört, Private«, forderte er Roth auf zu antworten und sprach ihn dabei absichtlich mit dem niedrigsten Dienstgrad an.

»Corporal! Und ich unterstehe nicht Ihrer Befehlsgewalt«, erwiderte Roth verächtlich.

»Bei einer Festnahme sind Sie verpflichtet, uns Auskunft über die Gründe zu nennen!«, entgegnete Finn. »Das sollte selbst euch bekannt sein.«

»Fanatiker wie ihr haben keine Rechte«, sprang Roth sofort auf das Gesagte an.

»Sie sprechen mit einem Offizier«, wies Maxim den Corporal zurecht. »Befolgen Sie den Befehl, und antworten Sie dem Captain.«

Corporal Hodžić hob schlicht die Hand, um seinen Kameraden und die übrigen Gefangenen zum Schweigen zu bringen. Widerwillig verstummte Roth, spuckte aber vor ihre Füße, um seiner Verachtung für sie Ausdruck zu verleihen.

Maxim zuckte, aber Finn schüttelte den Kopf, und der Sergeant beließ es beim Knacken seiner Finger. Für einen Erfolg musste Finn weiteren Druck aufbauen. Roth stärker provozieren. Hier galten nicht dieselben Regeln wie im Verhörraum, denn er war nicht der Ankläger, sondern der Angeklagte, und er benötigte schnell Antworten. Daher sprach er mit einem höhnischen Lachen seinen besten Freund an: »Sergeant, dem Tölpel kann man keinen Ungehorsam vorwerfen. Er kann nicht beantworten, was er gar nicht weiß, das Ganze übersteigt nicht nur seinen Rang, sondern auch sein Fassungsvermögen.«

Corporal Roth lief bei der Beleidigung feuerrot an, und sein Zorn steigerte sich weiter, als Tammo feixte. Zwischen seinen Zähnen stieß er hervor: »Haltet den Mund, oder ich stopfe ihn euch.«

»Er hat keine Ahnung, wer die Befreiungsfront ist oder wozu sie im Stande sind«, sagte Finn und tat belustigt. »Deswegen haben sie ihn hier zu uns gesteckt. Er ist wie die drei kleinen Äffchen. Nichts sehen, nichts hören und nichts sagen. Das kann selbst ein Degenerierter wie er nicht versauen.«

Maxim pustete los. Er fand zwar die Situation nicht komisch, aber er hatte begriffen, dass Finn den Mann aus der Reserve locken wollte.

»Keine Ahnung?«, schrie Roth ihn wutentbrannt an, dabei traten seine Augen leicht hervor, während seine Halsschlagader wummerte. »Du meinst, ich habe keine Ahnung?«

»Du Großmaul hast doch keinen Schimmer, was vorgeht«, beleidigte Finn ihn erneut und hoffte, seine Finte würde endlich aufgehen.

»Du weißt wohl nicht, dass der Graue General es dem gesamten Sektor live offenbart hat, bevor er geflohen ist wie eine Memme«, antwortete Roth mit Genugtuung. »Euch Abschaum hat er hier zurückgelassen.«

»Es reicht«, warnte Corporal Hodžić die Anwesenden erneut, doch diesmal reagierte niemand auf seine Anweisung.

»Der General wirft euch Brotkrumen hin, und ihr schluckt sie auch noch«, sagte Finn mit unverhohlener Geringschätzung. Zwar hatte er keine Ahnung, wer der Graue General war, aber nun hatte er den ersten Hinweis auf den Geflohenen. Langsam näherten sie sich der Wahrheit, daher sprach er mit donnernder Stimme weiter, wobei er mit seiner Vermutung ins Blaue schoss: »Ihr sitzt hier und glaubt zu wissen, was er vorhat. Aber ihr kennt weder seinen Plan, noch habt ihr Beweise. Ihr glaubt, ihr wüsstet, was ihr tut, dabei seid ihr genauso ahnungslos wie Lämmer auf dem Weg zur Schlachtbank. Ihr seid erbärmlich! Aber ich verrate euch etwas: Ihr werdet erst wissen, was passiert, wenn es euch überrollt hat. Aber da werden wir schon wieder auf freiem Fuß sein, während ihr hier auf das Jüngste Gericht wartet.«

Das Maß war voll, und Roth verlor vollends die Kontrolle. Sein Kamerad versuchte, ihn aufzuhalten, aber es war bereits zu spät. Der Corporal hatte Finn am Revers gepackt und zog ihn zu sich heran. »Silan Conti wird geschnappt werden, bevor seine Rebellion überhaupt angefangen hat! Die Syn wird euch dazu zwingen, uns seine Pläne zu verraten, und das Tribunal wird euch hinrichten lassen. Wenn alles vorbei ist, werde ich auf das Loch spucken, in dem ihr verrottet. Ich werde lachen, weil ich weiß, dass eine von euch euren Untergang besiegelt hat.«

»Conti«, wiederholte Finn baff. Zwar hatte er nie die höchste Meinung vom obersten General der HEA gehabt, aber diese Neuigkeiten waren genauso überraschend wie beunruhigend. Silan Conti war der Graue General, der Verräter, der scheinbar eine Revolution gegen die EA anzettelte. Er war der Geflohene, und ihnen wurde vorgeworfen, zu seiner Anhängerschaft zu gehören.

»Ja!« Roth stieß den Gefangenen hart von sich, während seine Hände nicht aufhören konnten, vor Wut zu zittern. »Conti!«

Gerüchte über einen anstehenden Militärputsch waren in den Zeiten der Schwarzen Revolution aufgetaucht und erst nach der Gründung der Europäischen Alliance wieder verschwunden. Bei dem Gerede war auch der Name des Generals gefallen, aber er war nie eines Vergehens beschuldigt worden. Später war jeglicher Verdacht gegen Conti zerfallen, als er zum Oberbefehlshaber der HEA ernannt worden war. Die Interimsregierung der EA hatte ihm vertraut oder zumindest geglaubt, ihn mit dieser Position für ihre Sache zu gewinnen. Eine offensichtliche Fehleinschätzung und eine gelungene Täuschung von Conti, der anscheinend im Stillen an seinen Plänen festgehalten hatte. Der General musste alles von langer Hand geplant haben, es stellte sich daher die Frage, warum er gerade jetzt zuschlug. Zwar rumorte es hier und da in der Bevölkerung, aber von neuen Aufständen war der Sektor weit entfernt. Seine Beliebtheit beim Volk war freilich hoch, einige seiner Anhänger verehrten ihn sogar, aber die breite Masse liebte die APs. Damit konnte sich der General weder des uneingeschränkten Rückhalts der Bevölkerung sicher sein noch sich ihres Unmuts bemächtigen, um eine Revolution auszulösen. In ein paar Monaten hätten sich seine sorgfältig geplanten Bestrebungen und der Personenkult um ihn vielleicht im verseuchten Nährboden, den der Tholus geschaffen hatte, voll entfaltet. Aber jetzt war das

Timing nicht ideal, und die Flucht des Generals ließ vermuten, dass etwas seinen ursprünglichen Zeitplan durchkreuzt hatte. Schließlich hatte er sich noch vor ein paar Tagen demonstrativ vor Gericht seiner Aufgabe als Schützer der EA gewidmet. Scheinbar fest entschlossen hatte er sich dafür eingesetzt, dass der Angriff auf Katharina durch die FIA aufzuklären war. Dabei hatte er das Attentat als einen Akt von Terrorismus deklariert, da es sich gegen eine Repräsentantin des Staates richtete. Dass Katharina darüber hinaus eine der beliebtesten Personen der Völkervereinigung war, hatte seine Argumentation nur verstärkt. Mehr noch, obwohl Arvo Katharina nicht besonders mochte, hatte er sie am besten vermarkten können. Daher war sie zur Galionsfigur der EA aufgestiegen. Ihre Interviews, ihre Familiengeschichte, Szenen aus den verschiedenen Veranstaltungen sowie ihre Hochzeit liefen am häufigsten über die Bildschirme. Das war das Motiv für den Angriff von Steiner gewesen. Aber Katharina war noch jemandem ein Dorn im Auge, und sie aus dem Weg zu räumen, bedeutete, die EA zu schwächen. Jemandem, der sie als die Verkörperung der Tugenden der EA ansah. Jemandem, der sie als personifiziertes Feindbild betrachtete, das seiner eigenen patriarchalen Selbstgerechtigkeit und Arroganz entgegenstand. Silan Conti. Der General musste Steiner die Order erteilt haben, und als dieser versagte, war er zu einer ernsthaften Bedrohung für seinen Auftraggeber geworden. Also hatte sich Conti dafür eingesetzt, dass der Fall der FIA übergeben wurde, um die Ermittlungen unter seine Kontrolle zu bringen. Als er vor Gericht scheiterte, hatte er dafür gesorgt, dass Steiner vor der Polizei nicht mehr aussagen konnte. Die plötzliche Erkenntnis ließ glühenden Hass durch Finns Venen schießen und er wusste, dass er Conti umbringen würde, wenn er die Gelegenheit dazu erhielt. Allerdings musste er dafür zuerst von der Mittäterschaft in der Befreiungsfront freigesprochen werden. Das war der nächste Knackpunkt: Wie kam die Förderale Polizei darauf, ausgerechnet ihn und die drei anderen einer Verschwörung zu verdächtigen? Der Grund dafür lag wohl in seinem eigenen Engagement, den Fall des Attentats zu übernehmen. Nur waren seine Absichten grundverschieden von denen des Generals. Bei der Besprechung mit Kučera, Vītols und

Joannou hatten sie genau das herausfinden wollen, daher hatten sie ihn über die Ermittlungsergebnisse und die Beteiligung Contis informiert. Der Zweck war nicht nur gewesen, seine Loyalität zu testen, sondern auch, seine Reaktion auf die Rolle des Generals zu prüfen. Die Information über seinen angeblichen Fürsprecher waren für ihn jedoch zweitrangig gewesen, daher hatte er keine Reaktion gezeigt. Infolgedessen war wohl das Ergebnis über ihn nicht eindeutig ausgefallen, und sie hatten ihn unter Beobachtung gehen lassen. Bis dahin war er keine unmittelbare Bedrohung gewesen, oder sie hatten gehofft, durch ihn neue Hinweise auf Conti zu erhalten. Aber dann war Katharina überraschend aufgetaucht, und die Einsatzkräfte mussten geglaubt haben, ihr Leben wäre in Gefahr. Deswegen hatten sie frühzeitig das Haus gestürmt und ihn verhaftet. Das erklärte auch die weniger rigorose Vorgehensweise bei den anderen Festnahmen.

Die Flucht General Contis ging also auf das Scheitern des Attentats und seine Konsequenzen zurück. Aber warum war der General geflohen, nachdem er erfolgreich seine Spuren beseitigt hatte? Wer hatte ihn dazu getrieben, alles zu riskieren?

»Woran denkst du, Evans?«, unterbrach Maxim den verstummten Finn, aber der reagierte nicht. Stattdessen realisierte Roth langsam, dass er einen Fehler begangen hatte.

›Die Syn wird euch dazu zwingen, uns seine Pläne zu verraten … Ich werde lachen, weil ich weiß, dass eine von euch euren Untergang besiegelt hat.‹ Bei der Erinnerung an Roths Worte kam Finn plötzlich das mysteriöse Verfahren zur Wahrheitsfindung in den Sinn und die Lösung für Contis Flucht.

»Lance Corporal Møller!« Er wartete nicht auf Tammos Erwiderung, sondern stellte ihm gleich seine Frage: »Ist deine Frau wieder in Brüssel?«

»Ja seit gestern, Captain«, antwortete Tammo sofort.

»War Lene letzte Nacht zu Hause?«, hakte er nach, und Roth schlug ihm für das erneute Sprechen mit dem Gewehrgriff in die Magengrube.

»Nein, Captain«, gab Tammo dienstfertig Auskunft und kassierte ebenfalls einen Schlag. Keuchend beendete er seinen Satz: »Ich habe sie seit ihrer plötzlichen Abreise nicht mehr gesehen.«

32

Göttin der Gerechtigkeit

Brüssel Militärbasis Fort

Auf dem weitläufigen Truppenübungsplatz standen die Soldaten des Forts wie aufgereiht vor einem Podest. Unbewaffnet und ahnungslos warteten sie darauf, dass etwas geschah, das die schwergerüstete Bewachung durch die Polizei erklären würde. In hinterster Reihe standen separat und abgeschirmt durch eine übermächtige Anzahl von Gendarmen die Brüsseler Mitglieder der TAF.

Bewegung kam auf den Platz, als Colonel Joannou mit Polizeipräsident Kučera die Bühne betrat. Die zwei riesigen Leinwände rechts und links neben der Erhöhung erwachten zum Leben. Ohne Einleitung wurden den Versammelten die schicksalhaften Worte des Grauen Generals vorgespielt, mit denen er am Tag zuvor den Sektor überfallen hatte. In seiner kurzen, aber wortgewaltigen Rede beschuldigte er die Regierungen des konspirativen Mitwirkens bei dem Exesor und machte sie zum Sündenbock für Excidium Babylon. Anklagend warf er der neuen Autorität die systematische Unterjochung des Volkes vor. Die vielfältigen Vorwürfe wurden durch keinerlei Fakten belegt, sondern stützten sich einzig auf die charismatische Ausstrahlung des Sprechers. Seine Anschuldigungen dienten nur dem einen Zweck, sich selbst über jegliche Kritik zu erheben und seinen Angriff auf die EA zu rechtfertigen. Unverkennbar wurde der Interimsregierung der Kampf angesagt, aber kein Wort über die Abschaltung des Tholus verloren. Hinter vorgehaltener Hand plante er, die Kontrolle im Sektor zu übernehmen, ohne mit einem direkten Angriff auf die Exesor alles zu riskieren. Zu sehr fürchtete er die Folgen, wenn er sich gegen sie auflehnen würde, was nur im Scheitern seiner eigenen Machtansprüche enden konnte. Als er seine Hetzrede beendete, schwoll der Chor seiner Anhänger an, die einstimmig den »Tod der Europäischen Alliance« forderten. Die Bildschirme erloschen, und Colonel Joannou blickte mit Argusaugen auf die Zuhörer hinab, während eine Vielzahl von Kcamerateams ihre Reaktionen einfing. Allmählich entfaltete sich die verhängnisvolle Wirkung der Rede des Grauen Generals, und töricht genug stimmten einzelne Soldaten in den zuvor gehörten Slogan der Befreiungsfront ein. Eine geschlagene Minute ließ der Colonel sie ungehindert gewähren, genügend Zeit, damit sich weitere Sympathisanten offenbarten. Erst als eine Soldatin aus voller Kehle »Krieg den heuchlerischen Beschützern der Exesor« schrie, schritten sie ein. Ein knappes Kopfnicken des Polizeipräsidenten hatte das Eingreifen gebilligt. Der Anweisung folgend gingen die Einsatzkräfte mit harter Präzision gegen die Aufwiegler vor und zerrten sie aus den Reihen. Während der Großteil von ihnen schnell entfernt wurde, brachten sie die Soldatin auf die Bühne. Als Ruhe eingekehrt war, trat der Colonel vor das Mikrofon und sprach zum alarmierten Publikum.

»In unserem gemeinsamen Streben vereint, ist die Sicherung der Wiedervereinigung und die Abwendung der Ewigen Finsternis unser höchstes Gebot. Dabei fällt der HEA die Aufgabe zu, die Bürger der Europäischen Alliance als exekutive Gewalt gegen Republikfeinde und Widersacher zu schützen. Silan Conti hat vorsätzlich gegen diesen Grundsatz verstoßen und wurde daher mit sofortiger Wirkung seines Amtes als oberster General enthoben. Des Weiteren wurden die Abtrünnigen der HEA, die sich selbst Befreiungsfront nennen, angeklagt, die in der Verfassung der Europäischen Alliance gebotene Friedenspflicht gebrochen zu haben. In Wahrung seiner Aufgabe als Oberste Gerichtbarkeit hat das Tribunal die Rebellen des Hochverrats und der Kriegstreiberei für schuldig erklärt. Seid gewarnt, ebenso wird ein jeder, der sich den Hochverrätern anschließt oder diese unterstützt, gerichtet werden. Zudem macht sich jeder Mitwisser strafbar, der seiner Loyalitätspflicht nicht freiwillig nachkommt und Informationen zu den Flüchtigen zurückhält.«

Die aufwiegelnden Worte von Silan Conti waren verstörender, als Finn es erwartet hatte, und er verstand nun, warum der zornige Corporal Roth ihn als Grauen General bezeichnet hatte. Genauso beunruhigend, wie die Hetzrede war die Antwort der Europäischen Alliance, die ausführte, was er bereits bei der Bekanntmachung der neuen Staatsordnung vermutet hatte. Gedeckt durch die Gesetze und Verordnungen ging sie mit aller Macht gegen jegliche Gegner vor. Ein Todesurteil war unter dem zweiten Artikel der Verfassung möglich, und obwohl das Strafmaß für die Abtrünnigen noch nicht verkündet war, so war dies höchst wahrscheinlich. Derzeit regten sich in ihm nur wenig Vorbehalte gegen eine entsprechende Verurteilung des Generals, wenn er an dessen Tat gegen Katharina oder die Gier nach einem blutigen Umsturz dachte. Trotzdem war er der Überzeugung, dass das Tribunal einen zu gewaltigen Einfluss in der EA besaß. Sollte die Todesstrafe an den Abtrünnigen durchgesetzt werden, würde dies einen gefährlichen Präzedenzfall schaffen. Einen, nach dem nicht nur die Exesor, sondern jegliche Widersacher in Gefahr geraten würden, unter dem Deckmantel des gemeinsamen Strebens, den Tod zu finden. Unter diesem Gesichtspunkt sah er die Szene, wie die festgesetzte Soldatin auf das Podium gezerrt wurde. Krampfhaft versuchte sie, sich zu befreien, als Polizisten sie auf einen Metallstuhl drückten. Ihre Augen waren vor Angst weit aufgerissen, als ihre Gliedmaßen sowie der Kopf und Rumpf mit Ledergurten fixiert wurden. Das unfreiwillige Publikum war unruhig, und die Atmosphäre zum Zerreißen gespannt. Finn befürchtete, dass sich jetzt zeigen würde, wie in der EA mit Andersgesinnten zukünftig verfahren werden würde, und die Vorzeichen waren düster. Auf der Bühne liefen weiter die Vorbereitungen für etwas, das aussah, als würde die EA unter Scheinwerferlicht und Kameras eine Hinrichtung inszenieren. Dabei fungierten die versammelten Soldaten als Zeugen für die tödliche Botschaft, die bald den gesamten Sektor erreichen würde.

In ihm erwachte heftiger Widerstand. Sein gesamtes Leben hatte er dem Ziel gewidmet, Unrecht zu bekämpfen, und auch wenn die Befreiungsfront Gräueltaten plante, so gab es keinen Beweis für eine Beteiligung dieser Soldatin. Selbst wenn sie schuldig war, so konnte er bei keiner illegitimen Hinrichtung tatenlos zusehen.

Der Polizeipräsident übernahm das Mikrofon, und eine erneute Ansprache folgte: »Die Interimsregierung der Europäischen Alliance hat mich mit Zustimmung des Bürgercouncils autorisiert, die Säuberung der HEA zu überwachen, um sicherzustellen, dass diese ihrer Aufgabe in der Bekämpfung von Republikfeinden wieder uneingeschränkt nachkommt.«

Das Bürgercouncil sollte die Einhaltung der Forderungen des Babylon-Manifests überwachen und war eine Rückversicherung, für den Fall, dass der Versuch der Ergreifung der Exesor scheitern würde. Nach Benjamins Ansicht bildete das Bürgercouncil damit das Gegengewicht zum Tribunal. Von Anfang an hatte Finn die Macht dieser Institution bezweifelt und sah sich nun bestätigt. Schließlich hatte es den Anschein, dass auch sie, entgegen ihrer eigentlichen Aufgabe, dem unrechtmäßigen Vorgehen zugestimmt hatten. Für ihn war ihre Billigung unerheblich, er war bereit, sich gegen sie zu erheben.

Eine Delegation aus weißen Kitteln betrat die Bildfläche. Unter ihnen stach eine große, schlanke Gestalt heraus, die ihn innehalten ließ. Das Bild einer möglichen Hinrichtung hatte sich gewandelt mit dem Erscheinen von Dr. Lene Bondevik.

»Hierzu wird die gesamte HEA einem obligatorischen Loyalitätstest unterzogen, bevor sie ihren Einsatz zur Zerschlagung der Rebellen beginnt«, setzte Kučera fort. »Durchgeführt wird die Prüfung durch die Mitarbeiter des ICN, die ein neuartiges Verfahren zum Einsatz bringen. Durch den Synthetic Truth Obligator kann zukünftig ein jeder Republikbürger ohne Verdachtsmoment überprüft werden. Einer entsprechenden Verordnung hat das Bürgercouncil ebenfalls zugestimmt und drei Loyalitätsfragen legitimiert. Sollte eine dieser Fragen positiv beantwortet werden, wird eine umfangreiche Untersuchung eingeleitet. Abschließend wird das Tribunal über die Schuld und das Strafmaß entscheiden.«

Eine große Apparatur mit gläsernem Bildschirm wurde enthüllt, und Lene positionierte sich davor. Nach ein paar schnellen Handgriffen auf dem Sensorbildschirm leuchtete die Gerätschaft auf. Drei Buchstaben wurden seitlich erkennbar und identifizierten es als die *Syn*. Im nächsten Moment löste sich ein Teleskoparm mit einer großen silbernen Kugel aus dem Gerät und richtete sich in einem Abstand von zwei Metern auf die gefesselte Soldatin aus. Lene drehte sich nicht zum Publikum, sondern nahm weitere Einstellungen vor, als sie ruhig, aber deutlich zu sprechen begann: »Herkömmliche Lügendetektoren mit Polygraphen messen physiopsychologische Parameter, um den Wahrheitsgehalt einer Aussage zu ermitteln. Ähnlich arbeiten Lügendetektortests mittels fMRT, die anhand von bildgebenden Verfahren physiologische Funktionen im Gehirn auswerten. Beide Methoden sind fehlerhaft, da sie auf subjektive Einschätzungen zurückgreifen und zudem manipuliert werden können. Die Syn ist frei von diesen Makeln und absolut zuverlässig bei einer belegten Aufklärungsquote von hundert Prozent. Diese Technik versucht nicht, die Lüge zu enttarnen, sie nimmt den Verdächtigen die Möglichkeit zu lügen.«

»Dr. Bondevik, wir wären jetzt so weit«, unterbrach ein Mitarbeiter des ICN sie halblaut. Eine geflüsterte Antwort ihrerseits folgte, und er entfernte sich sofort von dem Gerät, woraufhin das Programm gestartet wurde.

»Jedes Gehirn ist einzigartig, daher scannt die Syn es zuerst, um die entsprechenden individuellen Einstellungen vorzunehmen. Anschließend wird eine selektive Stimulierung verschiedenster

Gehirnareale mit einem speziellen Präzisionslaser vorgenommen. Die Wirkung tritt unverzüglich ein, wobei die Methode weder dem Schädel noch dem Hirn Schaden zufügt.« Lene hatte, angehalten durch den Inszenator, das Verfahren grob erklärt. Währenddessen hatte ein breitgefächerter violetter Lichtstrahl den Kopf der Soldatin mehrfach abgetastet. Nach Abschluss dieses Schrittes geschah einen Moment lang nichts, dann schossen urplötzlich mehrere feingebündelte Laser aus der Kugel und drangen an verschiedenen Stellen durch die Haut der Verdächtigen.

»Lieutenant Halla, sind Sie Mitwisserin oder beteiligt an der Terrororganisation, bekannt als Exesor?«, fragte Kučera, auf ein Zeichen von Lene.

Die Angst der Soldatin hatte sich gelegt, nachdem sie begriffen hatte, dass eine Befragung, nicht etwa ihre Hinrichtung auf sie zukam. Ihre Miene hatte Skepsis ausgedrückt, als Lene die Syn vorstellte, bis die Laserstrahlen sie abtasteten. In Sekundenbruchteilen waren weitere Emotionen über ihr Gesicht gehuscht, zuerst Schrecken, dann Wut, gefolgt von Widerwillen und schlussendlich Abscheu, als sie die Frage leichthin verneinte. Danach entspannte sie sich zufrieden, und das Gefühl von Überlegenheit übernahm die Kontrolle über ihre Mimik. Siegessicher glaubte Halla, über die Syn erhaben zu sein, doch Finn hatte eine böse Vorahnung.

»Sind Sie involviert in die volks- und staatsfeindlichen Verbrechen der Abtrünnigen, oder sympathisieren Sie mit diesen?«

Die nächste Frage hing in der Luft, und einen Moment glaubte sie anscheinend, genauso einfach wie zuvor verneinen zu können, doch es gelang ihr nicht. Mit versteinerter Miene beobachtete Finn, wie ihre Arroganz dahinschmolz. Vergeblich versuchte sie, ihren Körper gegen die Ledergurte aufzubäumen, die sie straff an den Stuhl fesselten. Allen Möglichkeiten der Flucht beraubt, realisierte sie, dass sie dem Zwang der Syn nicht gewachsen war. Augenscheinlich widerstrebend bejahte sie.

»Haben Sie Kenntnis von Aktivitäten, die dem gemeinsamen Streben entgegenstehen?«

Sie kämpfte erneut erfolglos gegen ihre Fesseln an, aber sie entkam den violetten Lichtstrahlen keinen Zentimeter. Tränen liefen über ihr Gesicht, als sie gegen ihren eigenen Willen ihre Mittäterschaft zugab. Offenkundig entsetzt über ihre eigenen Worte, schrie sie ihre Verzweiflung heraus.

Der Polizeipräsident wandte sich ab, und kein Funken Mitleid war erkennbar, als die zusammengesunkene Halla zur weiteren Befragung weggebracht wurde. Colonel Joannou trat vor und stimmte dröhnend den Unison-Gruß an, der von Polizei und Militär erwidert wurde. Damit war die Demonstration der Syn beendet, und ihre Wirksamkeit hatte Finns schlimmste Befürchtungen weit übertroffen. Diese Methode war kein Blendwerk der EA, sondern ihre wertvollste Waffe im Kampf gegen Republikfeinde, und ohne Erbarmen würden sie ihre Suche nach weiteren Hochverrätern fortsetzen.

Die vier TAF-Mitglieder führten sie zum Verhör ab. Eiseskälte packte Finn, als er die aschfahle Alise sah, die mehrfach beim Gehen stolperte, und er befürchtete, dass nicht nur sein Ende gekommen war. Aber er konnte nichts zu ihr sagen, ohne dass die Gendarmen aufmerksam geworden wären, und es existierten ohnehin keine tröstenden Worte. Er hatte keinen Plan, um das Kommende zu verhindern. Letztlich konnte er nur zusehen, wie sie allzu schnell in verschiedene Räume gebracht wurden. Kaum hatte sich die Tür hinter ihm geschlossen, wurde er auf einem Stuhl in zwei Metern Abstand zur Syn gefesselt. Corporal Hodžić war erneut zu seiner Bewachung abgestellt, wurde jetzt aber durch einen Private unterstützt. Nach seiner Sicherung wichen beide Soldaten zurück, und ein grauhaariger Arzt trat auf ihn zu. Bei seiner flüchtigen Untersuchung stellte er einen erhöhten Puls bei Finn fest. Hastig warf er einen zusätzlichen Blick in die Akte, dann stufte er ihn als vernehmungsfähig ein und zog sich ebenfalls zurück. Alle warteten. Der Kugelschreiber des Arztes kratzte unangenehm über das Papier, während der Private hörbar beim Atmen röchelte. Unerbittlich rutschte der Sekundenzeiger der Wanduhr straff weiter und brachte Finn mit jedem Schlag dem unvermeidlichen Verhör näher. Seine Aussichten, dabei unentdeckt zu bleiben, hatten niemals zuvor so schlecht gestanden wie jetzt. Dennoch schützte er Gelassenheit vor, während Gefühle der eigenen Machtlosigkeit und Versagensangst an ihm nagten. Um sich nicht weiter in die Furcht um Alise und die Angst der eigenen Enttarnung zu steigern, konzentrierte er sich auf das regelmäßige Ticken der Uhr, das ihm half, sich zu beruhigen. Als die Tür schwungvoll geöffnet wurde, hatte sein Herz den gleichmäßigen Takt des Sinusrhythmus wieder erreicht.

»Wie weit sind wir?« Lene hatte den Raum betreten, gemeinsam mit einem bedröppelt aussehenden Freddie, wie üblich mit seiner Kamera im Anschlag.

»Aus medizinischer Sicht steht der Befragung von Captain Evans nichts im Wege«, sagte der Arzt und blickte einen Moment von seinem Klemmbrett auf.

»Die Sicherung ist ebenfalls abgeschlossen«, bestätigte Corporal Hodžić.

»Wo ist der Vertreter der Staatsanwaltschaft?«, fragte Lene. »Laut Protokoll muss beim Loyalitätstest einer zugegen sein.«

»Das ist richtig, und hier bin ich.« Eine Frau mit geziertem Lächeln war im Raum erschienen und reichte Lene die Hand, als sie sich selbst vorstellte: »Arta Shala, mir wurde gesagt, dass zuerst die Vernehmung der Abtrünnigen Halla beendet wird. Wie ist da der Stand?«

»Ausgesetzt. Die Patientin hat höchstwahrscheinlich durch den Stress eine Synkope erlitten. Nun muss zuerst alles medizinisch abgeklärt werden, bevor wir fortfahren«, antwortete der Arzt trocken.

»Was ist da schiefgelaufen?«, forderte die Juristin zu erfahren und richtete die Frage direkt an Lene. »Bei der Anhörung vor dem Bürgercouncil und dem Tribunal haben Sie das System als fehlerfrei und aus medizinischer Sicht harmlos deklariert. Sie müssen mir als Vertreterin der EA anzeigen, wenn es Fehler im System gibt.«

»Unzählige klinische Studien belegen die Wirksamkeit der Syn, es ist keine Behauptung meinerseits. Wären Sie bei der Zulassung dabei gewesen, wüssten Sie das.«

»Anscheinend nicht, wenn wir bereits einen medizinischen Notfall haben«, echauffierte sich die Staatsanwältin.

»Eine Synkope ist nur eine kurze Ohnmacht«, stellte der Arzt klar. »Die Betroffene hat für ein paar Sekunden das Bewusstsein verloren, ist aber bereits wieder ansprechbar.«

»In zehn Jahren Forschung und Entwicklung habe ich die Syn perfektioniert, daher obliegt mir nicht nur die Leitung des ICN, sondern auch die Säuberung der HEA und Auffindung der Exesor.« Lene hatte sich zu ihrer vollen Größe aufgerichtet und blickte vernichtend auf Arta herab. »Sie hingegen sind nur hier, um drei Fragen vorzulesen. Zudem liegen wir Ihretwegen bereits zwei Minuten hinter dem Zeitplan, also fangen Sie endlich an.«

Das Kräftemessen war beendet, und für Finn hatten sich einige Fragen geklärt. Geraume Zeit hatte er auf die Gelegenheit gewartet herauszufinden, ob Alé und Lene dieselbe Person waren. Nach der ersten Sichtung der Akte war die Neurowissenschaftlerin als potenzielle Kandidatin übriggeblieben und kurz seine Hauptverdächtige. Später war ihm der Verdacht gekommen, dass sie als Mitarbeiterin für das ICN arbeitete, und seine vorige Einschätzung war ins Wanken geraten. Nun hatte sie klargestellt, dass ihr die Leitung des Instituts zukam und sie die letzten Jahre in ihrem privaten Forschungslabor mit der Entwicklung der Syn verbracht hatte. Das alles ließ sich nur schwer mit dem Plan seines Bruders vereinbaren, und die Chancen, dass sie heimlich den Exesor angehörte, schwanden zusehends.

Zum ersten Mal, seit Lene den Raum betreten hatte, richtete sie den Blick auf ihn. Wie so oft war dieser unnahbar und kühl. Keine Regung verriet, dass sie sich kannten und sogar Nachbarn waren. Ihr Augenkontakt brach schnell wieder ab, als sie mit einer Hand über die Syn fuhr. Die flüchtige Berührung war zärtlich wie bei einer Mutter, die ihren Säugling streichelt, und die Kugel leuchtete auf. Kurze Zeit später spürte Finn, wie sich ein unvergleichlicher Druck in seinem Kopf aufbaute, der zwar nicht angenehm war, aber auch nicht schmerzhaft. Ein Schlenker von Lenes Hand signalisierte der Staatsanwältin anzufangen.

»Sind Sie involviert in die volks- und staatsfeindlichen Verbrechen der Abtrünnigen, oder sympathisieren Sie mit diesen?«

Mit konstanter Intensität wirkte die Syn auf seine Gedanken ein. Es war unbeschreiblich, er hatte erwartet, dass es sich wie eine Trance anfühlen würde, aber er war völlig klar. Er hatte weiterhin Zugang zu jeder Erinnerung, jedem Gedanken und jedem Gefühl, nur seine Fähigkeit, unabhängig zu handeln, war verschwunden. So sagte er, bevor er sich dazu entschlossen hatte, laut: »Nein.«

Sein Gesicht war immer noch das einer Maske, als Arta Shala die nächste Frage vorlas: »Sind Sie Mitwisser oder beteiligt an der Terrororganisation, bekannt als Exesor?«

Für einen Moment schloss er die Augen, alles stand auf dem Spiel. Sein Geist und Körper sträubten sich, wehrten sich gegen den Zwang zu antworten, wahrheitsgetreu zu antworten. Aber die Syn löschte jeden Widerstand vollständig aus, bevor dieser richtig aufwallte. Keine Lüge, nicht mal eine kleine Verneinung kam über seine Lippen. Also verwandte er all seine Anstrengung darauf, nichts zu sagen, einfach zu schweigen, aber auch dieser Kampf war vergeblich. Sein eigener Wille wurde von der Macht der Syn außer Kraft gesetzt, und der Drang der Wahrheit war unaufhaltsam.

33

Bannstrahl

Der Raum um ihn herum nahm wieder verschwommene Formen an, als Finn seine Augen öffnete. Die violetten Strahlen blendeten ihn, als er direkt in die Kugel blickte, die sein Gegner war. Seine Hände waren zu Fäusten verkrampft, und die Fesseln brannten sich in seine Haut, als er versuchte, sie aufzubrechen. In seinen Gedanken tauchte das Bild von Jamie mit der jungen Alé im Arm auf, wobei sich ihre Züge in schneller Abfolge in die von Alise, Stéphanie und Lene wandelten. Verzweiflung riss ihre Gesichter davon, dann sah er Katharina, und Sehnsucht mischte sich unter. Sein Herz raste unaufhörlich, aber die Zeit war abgelaufen. Ein letzter Schlag des Sekundenzeigers begleitete sein Versagen, als die Wahrheit sich ihren Weg nach draußen bahnte.

Jäh erschütterte eine schwere Detonation in der Nähe den Boden, und ein Alarmsignal schrillte auf. Der Druck auf sein

Gehirn ließ augenblicklich nach, und obwohl die Laserstrahlen weiter aus der Syn hervorbrachen, hatte er die Kontrolle über sich selbst zurückerlangt.

»Was war das?« Die Worte kamen als Aufschrei von Arta Shala, die in Deckung gegangen war.

Alle Anwesenden blickten zur Tür, außer Lene, die ihre Augen auf den Sensorbildschirm fixiert hatte, während ihre Finger darüber hinweg rasten: »Ich weiß es nicht, aber die Syn ist davon unberührt. Alle Systeme laufen einwandfrei.«

»Wir müssen unterbrechen und klären, was geschehen ist!« Arta machte Anstalten, den Raum zu verlassen, aber Lene hielt sie am Arm fest.

»Nein, wir müssen weitermachen. Unsere Aufgabe ist es, den Loyalitätstest an den Soldaten der HEA schnellstmöglich durchzuführen. Derzeit besteht unser Schutz gegen die Abtrünnigen nur aus ein paar hochrangigen Offizieren, der Gendarmerie und ein paar Polizisten. Wir wissen nicht, wie tief unsere Armee infiltriert wurde, geschweige denn, dass wir die Truppenstärke unseres Gegners kennen würden. Aus diesem Grund wurden wir alle angewiesen, so schnell wie möglich die Säuberung zu vollziehen. Also fahren Sie augenblicklich fort!«

Lene ließ sie ruppig wieder los und drehte sich Finn zu. Ihr Gesicht war konzentriert und verriet nicht, ob ihr das Versagen der Syn tatsächlich entgangen war.

Mit einem verunsicherten Blick wiederholte Arta die zweite Frage: »Sind Sie Mitwisser oder beteiligt an der Terrororganisation, bekannt als Exesor?«

»Nein.« Finn hatte seinen Blick von Lene genommen und gab möglichst gelassen seine Antwort, inständig hoffend, die Funktionsstörung würde anhalten, bis der Loyalitätstest beendet war.

Schreie und Rufe erklangen aus dem Gang vor dem Raum, als die Staatsanwältin die letzte Frage stellte: »Sind Sie in Kenntnis über Aktivitäten, die dem gemeinsamen Streben entgegenstehen?«

»Nein!« Abermals kam ihm die Lüge mühelos über die Lippen, und er war fassungslos, der Syn entkommen zu sein. Nachdem Lene den fehlerlosen Ablauf des Tests und die uneingeschränkte

Funktion der Syn erneut bestätigt hatte, stoppte der Laser. Sofort delegierte sie die Gendarmen nach draußen, um den Sachverhalt zu klären und Befehle ihres Vorgesetzten einzuholen. Der Arzt wurde von ihr angewiesen, Finns Fesseln zu lösen, wobei Arta und Freddie ihren Posten nicht verlassen durften. Alle kuschten, und keiner argumentierte gegen ihre Anordnungen.

»Dr. Bondevik, es hat einen Anschlag gegeben. Bis auf Weiteres sollen die Anwesenden den Raum nicht verlassen, der Test wird unter verschärften Sicherheitsbestimmungen fortgeführt«, informierte Corporal Hodžić, der seinen Kopf zur Tür hereingesteckt hatte. »Captain Evans, bitte folgen Sie mir zu Colonel Joannou.«

Unverzüglich machte Finn sich auf den Weg nach draußen. Der Gang hing voller Rauchschwaden, die sich im hinteren Teil des Gebäudes verdichteten. Sein Blick suchte nach Alise, und er sah sie wenige Meter von ihm entfernt aus einer Tür heraustreten. Erleichterung durchfuhr ihn, als er erkannte, dass sie ohne Wachen war. Augenscheinlich war auch sie von der Syn freigesprochen worden. Ob zu Recht oder nicht, war fraglich, daher bewegte er sich eilig auf sie zu, als Colonel Joannou erschien, dicht gefolgt von Maxim und Tammo. Sie kamen aus der Richtung des Brandes, aber nur der Colonel hatte ein verrußtes Gesicht und hustete heftig.

»Die Abtrünnige Halla hat einen Sprengsatz gezündet, Teile im östlichen Bereich der Kaserne sind beschädigt. Es gibt Verletzte, wahrscheinlich auch Tote. Es gilt die höchste Warnstufe, wir müssen davon ausgehen, dass jeder der Abtrünnigen den Freitod wählt, bevor sie den Grauen General verraten. Ihr Ziel besteht darin, so viel Schaden wie möglich anzurichten.« Ein weiterer Hustenanfall schüttelte Joannou und zwang ihn, sich zu unterbrechen.

»Colonel, ich bitte darum, die Einsatzkräfte bei der Bergung vor Ort zu unterstützen«, ergriff Alise das Wort.

»Erlaubnis erteilt. Sergeant Orel und Lance Corporal Møller, unterstützen Sie den Trupp beim Munitionsdepot, keiner erhält Zugang ohne meine persönliche Genehmigung«, befahl der Colonel mit kratziger Stimme.

»Zu Befehl, Colonel!« Beide Männer salutierten und verschwanden, wie zuvor der Sanitätsoffizier.

»Captain Evans, gehen Sie zu den Arrestzellen, und stellen Sie sicher, dass jeder erneut durchsucht wird, bevor er von den Gendarmen zum Loyalitätstest gebracht wird. Danach melden Sie sich bei Major Vītols auf dem Truppenübungsplatz.« Der Colonel ließ auch Finn wegtreten, der keine Gelegenheit hatte, Alise zu sprechen.

In den Arrestzellen saßen die Soldaten, die sich dem Chor nach der Hetzrede des Grauen Generals angeschlossen hatten. Die durchgeführte Leibesvisitation brachte keine Sprengkörper oder Waffen zum Vorschein, daher meldete Finn sich wie befohlen bei seinem Vorgesetzten. Im strömenden Regen standen die Soldaten des Forts in einem Meter Abstand aufgereiht und warteten darauf, zum Loyalitätstest abgeführt zu werden. Bis zur abschließenden Überprüfung galten sie alle als verdächtig, daher war es ihnen nicht gestattet, aus der Reihe zu treten oder zu sprechen. Bei Verstößen lautete der Befehl, das Feuer zu eröffnen. Deeskalation war hinter der Gefahr eines weiteren Anschlags in den Hintergrund gerückt. Jeder Soldat, den die Syn freisprach, wechselte vom Status eines Verdächtigen zum Bewacher. Unterdessen kam Finn mit den restlichen Mitgliedern der FIA die Aufgabe zu, potenzielle Abtrünnige ausfindig zu machen. Bei einem Verdacht sollten diejenigen sofort isoliert und vorrangig zum Test geführt werden. Es war eine Sisyphusarbeit, denn jeder der Soldaten verhielt sich auffällig, da jeder die Syn fürchtete.

Als sich die Reihen am späten Nachmittag lichteten, sah Finn wie ein junger Kadett von zwei Gendarmen abgeholt wurde. Sein Verhalten war ruhig und folgsam, bis er plötzlich angriff. Mit einer abrupten Bewegung rammte er seinen linken Bewacher und entwaffnete ihn geschickt. Dann erschoss er eiskalt den zweiten Mann an seiner Seite, bevor er die Pistole zielsicher auf die Brust von Kučera richtete. Ohne zu zögern, drückte der Kadett erneut ab. Finn sah es und warf sich mit voller Wucht gegen den Polizeipräsidenten, um ihn aus dem Schussfeld zu manövrieren. Die Kugel erwischte Finn am Oberarm, bevor ein Scharfschütze den Kadetten mit einem Kopfschuss niederstreckte.

»Es ist nur ein Streifschuss, nichts Bedrohliches«, beruhigte Finn die herbeigeeilte Alise, die entsetzt auf seine blutverschmierte Uniform starrte.

»Das hat nichts zu sagen!« Alise hatte ihn ins Lazarett geführt und drückte ihn nun vehement auf ein Krankenbett. »Durch einen Streifschuss können große Schäden in tieferen Gewebeschichten auftreten oder Frakturen, von dem Infektionsrisiko ganz zu schweigen. Also lass mich dich behandeln.«

»Es ist nichts weiter«, sagte er, verzog dann aber bei der Untersuchung kurz vor Schmerz das Gesicht.

»Um den Einschuss sind Pulverkörnchen und Schmauchrückstände zu erkennen, aber sonst scheinen nur die oberen Hautschichten verletzt«, bemerkte Alise, nachdem sie die Fetzen der Uniform und den Verband entfernt hatte. »Der Schütze muss aus kurzer Entfernung geschossen haben.«

Finn zuckte mit den Schultern: »Es geht mir gut! Die Station ist voller Patienten, die deine Hilfe nötiger haben.«

Alise rollte mit den Augen, lächelte dabei aber und machte sich dann mit der Krankenschwester an die Versorgung der Wunde. »Die Erstversorgung der Patienten von der Explosion ist bereits abgeschlossen. Zwei davon befinden sich im Operationssaal, sind aber stabil. Alle restlichen Patienten sind in der letzten Nacht abtransportiert und durch das ICN befragt worden, daher haben wir genügend Zeit für dich.«

Eigentlich war ihm gerade eingefallen, dass er seinen ungeplanten Arztbesuch nutzen könnte, um mit Alise über den Loyalitätstest zu sprechen. Jetzt wurde er aber hellhörig. »Alle abtransportiert? Auch die Verdächtigen der dritten Verhaftungswelle?«

»Ja, alle sind in ein städtisches Krankenhaus verlegt worden. Die Verantwortlichen wollten sicherstellen, dass im Lazarett genügend Kapazitäten für heute frei sind. Nur für den Fall, dass sie gebraucht werden sollten und das war auch gut so.« Alise desinfizierte die Wunde und sprach immer weiter, weil Finn endlich stillhielt. »Die gestrige Vernehmung der Patienten war zudem eine Art abschließende Vorführung der Syn als Beweis, dass auch Medikamente keinen Einfluss haben. Weißt du noch: deine Verdächtige mit den Ringelröteln, die du zur Untersuchung gebracht hattest?«

»Ja.« Sein Mund war trocken, und seine Muskeln spannten sich an, denn er hatte sofort an Isolda Clemente Peña gedacht. Die Frau, die er für eine der Exesor hielt. »Was ist mit ihr?«

»Sie muss sich wohl als Erste freiwillig gemeldet haben, kannst du dir das vorstellen? Die meisten haben eine Heidenangst, und sie meldet sich einfach freiwillig. Wirklich unglaublich.«

»Ja, und was ist rausgekommen?«, fragte er ungeduldig.

»Was meinst du?« Alise war einen Moment abgelenkt gewesen, fand aber den Faden sofort wieder. »Ach so, du meinst natürlich den Test. Er ist negativ ausgefallen. Keiner der gestrigen Befragten hat sich als Exesor oder Abtrünniger herausgestellt.«

Finn gab sich gleichmütig, während ein Teil von ihm erleichtert und der andere ungläubig war. Gestern war er überzeugt gewesen, dass Isolda ihn angelogen hatte, und zwar mehrfach. Ihre Aussagen und ihr Gebaren hatten eindeutig die Merkmale von Täuschung gezeigt. Aber auch er war kurzzeitig in seiner Schlussfolgerung geschwankt, als sich diese Anzeichen mit den Symptomen ihrer Krankheit deckten. Dennoch: Sein Instinkt stand dem Urteil der Syn entgegen. Aber er wusste nicht, worauf oder wem er noch vertrauen sollte. »Woher weißt du das alles?«

»Ein Offizier, der für die Koordinierung zuständig war und bei der Explosion verletzt wurde, hat es mir erzählt. Nach dem Selbstmordattentat war er erschüttert, weil er sich nicht nur die Schuld daran gab, sondern auch an der Flucht des Generals und dem Suizid des Attentäters. Anscheinend war er im Krankenhaus, als General Conti nach irgendeiner Gerichtsverhandlung Zugang zu Steiner verlangte. Er hatte dem stattgegeben und ihn eingelassen. Ein paar Stunden nach seinem Besuch hatte der Gefangene eine günstige Gelegenheit abgepasst, um sich aus dem Fenster zu stürzen, und sein Anführer war geflohen. Beide sind so der Syn entkommen, bevor sie ihr Wissen preisgeben konnten. Ich glaube, deswegen hatten sie uns auch festgenommen, sie wollten eine weitere Flucht verhindern.«

Finn hatte also richtig gelegen, Silan Conti hatte nach dem gescheiterten Mordanschlag auf Katharina dafür gesorgt, dass Steiner keine Gefahr mehr darstellte. Das vorige Engagement des Generals um die Zuständigkeit der HEA zur Aufklärung des Falles hatte dem gleichen Zweck gedient. Nach dem Rückschlag vor Gericht hatte er für Steiners Tod gesorgt, danach war kurzzeitig alles wieder nach Plan gelaufen. Aber dann hatte er wohl von der Syn erfahren, und Finn verstand nun, was ihn zur Flucht getrieben hatte. Finn konzentrierte sich wieder auf Alise, die gerade die Lokalanästhesie setzte, und fragte argwöhnisch: »Warum erzählst du mir das alles?«

»Zum einem hältst du endlich still, wenn man mit dir spricht, und zum anderen mache ich mir Sorgen. Die HEA wird ausgesandt werden, um die Rebellen zu bekämpfen, also auch wir von der TAF. Cornel muss sich um Jamey kümmern, und wahrscheinlich werden sie mich diesmal nicht so schnell zurückholen wie bei der Mission Schwarzer Stein. Vor meiner Ehe haben meine Eltern mich mit Jamey unterstützt, aber mein Vater ist schwer krank, und meine Mutter pflegt ihn, daher können sie nicht aushelfen. Katrė hat mir vor Wochen zugesagt, im Fall der Fälle zu helfen, aber ich bin beunruhigt, dass Katharina weiterhin in Gefahr ist …« Zögerlich legte sie die Spritze weg. »Und so auch unser Heim in Sablon.«

»Jamey wird nichts geschehen!« Finn griff nach ihrer Hand. »Colonel Joannou hat bereits vorgesorgt und die Bewachung aller zivilen APs angeordnet. Dennoch wäre es sicherer, wenn du Jamey raus aus Brüssel schaffst. Zu Verwandten oder seinem leiblichen Vater, irgendeinem Aufenthaltsort, den die Öffentlichkeit nicht kennt.«

»Es gibt niemanden außer meinen Eltern!« Bei der Erwähnung von Jameys Vater hatte sich ihr Gesicht verdüstert. »Und wo soll ich ihn hinschicken, wenn wir nicht wissen, wer alles den Abtrünnigen angehört? Nein, es ist besser, er bleibt hier bei Cornel und unter dem Schutz der neuen Sicherheitsvorkehrungen.«

Erneut hatte sie beim Thema der Vaterschaft direkt abgeblockt, und er konnte es nicht riskieren, den Namen seines Bruders ins Spiel zu bringen. Die Welt hielt James Evans für tot, und das durfte sich nicht ändern, somit konnte er auch Alise gegenüber nicht Alé oder irgendetwas im Zusammenhang mit ihr erwähnen. Zuerst musste er herausfinden, ob der Loyalitätstest auch bei ihr versagt hatte, bis dahin konnte er ihr nicht vertrauen. »Mit der Syn haben wir die Chance, den Prozess etwas abzukürzen, und vielleicht sind wir schneller wieder zu Hause als erwartet. Solange sie uneingeschränkt funktioniert, halten wir alle Trümpfe in der Hand.«

»Ja«, stimmte Alise nachdenklich zu und schickte dann den Pfleger weg, um nach einer Patientin zu schauen. Erst als sie allein waren, sprach sie angespannt weiter: »Dieses Gerät und seine Möglichkeiten sind unfassbar. Ich hatte eine solche Angst nach der morgendlichen Präsentation, und ich war mir sicher, dass ich das nicht überlebe … Ich meine, das Verfahren gilt als ungefährlich, da es nichtinvasiv ist und daher kein Gewebe verletzt. Aus physischer Sicht ist es vollkommen unbedenklich. Aber die psychische Belastung ist meiner eigenen Erfahrung nach zu urteilen immens. Ich bin nur froh, dass Kinder und Schwangere dem nicht ausgesetzt werden. Aber vielleicht reduziert sich dieser Faktor auch, wenn der Befragte nichts zu verbergen hat oder zuvor nicht schon in Dauerstress war. Keine Ahnung. Als sie dann das Verfahren gestartet hatten, war alles anders als erwartet. Zwar war da dieses unbegreifliche Gefühl in meinem Kopf, aber als die Detonation kam, war ich mir wieder der realen Gefahren bewusst, und alles ging danach recht schnell.«

Ein kurzes Klopfen, und Corporal Roth trat ein, bevor Finn in Erfahrung bringen konnte, ob Alise damit andeuten wollte, dass der Druck auch bei ihr nach der Explosion verschwunden war. »Lieutenant Mauriņa, ich soll Sie zur Einsatzbesprechung zu Colonel Joannou begleiten.«

»Kann der Doktor mich nicht erst zusammenflicken?«, fragte er gereizt, weil der Corporal ihm in die Quere gekommen war.

»Mir wurde befohlen, sie gleich mitzunehmen«, sagte der Corporal kleinlaut. »Captain, Sie sollen ebenfalls folgen, sobald Sie verarztet sind.«

Die unterwürfige Haltung des Corporals war ihm nicht entgangen, wahrscheinlich fürchtete er Konsequenzen für sein Verhalten beim Gefangenentransport. Immerhin hatte er nicht nur ein Dienstvergehen, sondern eine Straftat begangen. Aber erst, als die Syn sie entlastet hatte, war er sich der gravierenden Folgen seiner Tat bewusst geworden. Finn hingegen hatte kein Interesse, dem Corporal ein Disziplinarverfahren anzuhängen, immerhin hatte er ihn absichtlich gereizt. Dennoch plante er, ihn bei Gelegenheit zu maßregeln, damit er nie wieder den Fehler machte, Hand an unbewaffnete Gefangene zu legen.

Eine andere Ärztin kam, als Alice aufgebrochen war, und nähte schweigsam die Wunde mit ein paar Stichen zusammen. Sobald sie damit fertig war, machte er sich ebenfalls schleunigst zur Einsatzbesprechung auf. Vorm Lazarett stieß er beinahe mit Lene zusammen. Sie war allein und genauso überrascht, ihn zu sehen. Ihr Anblick ließ Zorn in ihm aufwallen, und aus ihm platzte heraus: »Was inspiriert einen Menschen eigentlich dazu, jemand anderem die Fähigkeit der Selbstbestimmung zu nehmen?«

Einen Moment fassungslos über seine anklagenden Worte, fand sie schnell die Sprache wieder. Mit Leidenschaft, die bereits an Besessenheit grenzte, antwortete sie ihm geradeheraus. »Der Wunsch nach Gerechtigkeit, sie allein bringt uns Freiheit.«

34

Hymne des Widerstands

Brüssel Gare de Bruxelles-Central, 12.05.001 n. EB

Seit der Sturmnacht war jeder Tag von Gewittern durchzogen gewesen, die immer wieder die Sonne verscheuchten. Auch heute hatte der Morgen mit Nieselregen begonnen, wodurch eine drückende, feuchte Luft über der Stadt hing. Auf dem westlichen Bahnhofsvorplatz hatten sich flache Pfützen angesammelt, in die ein kleiner blonder Junge versuchte zu hüpfen. Nur schaffte er es nur ein einziges Mal, das Wasser spritzen zu lassen, bevor die Erwachsenen zu seinen Seiten eingriffen und sein Spiel verdarben. Wie ein Pendel schwang er nun an der Hand eines schwarzhaarigen Mannes und einer Frau mit im Nacken zusammengerollten Locken über jegliches Nass hinweg. Aus Trotz ließ der Junge sich wie ein Sack ein paar Schritte hängen, bis er feststellte, dass auch dieses Spiel Spaß machte, und anfing, ausgelassen zu jauchzen. Mit jedem Schritt nahm der Junge mehr Schwung auf und flog immer höher durch die Luft. Sein Lachen hallte den dreien voraus, als sie unbekümmert das Bahnhofgebäude betraten.

»Ausweispapiere und Passierschein!«, forderte ein Soldat sie ruppig auf und versperrte ihnen resolut den Weg. Der fremde Mann war aus dem Nichts gekommen, und sein plötzliches Auftreten in voller Bewaffnung verscheuchte das Lachen des Kindes. Unweigerlich schreckten die Erwachsenen einen Schritt zurück, während hinter ihnen sechs Polizisten der Föderalen Polizei eintraten und den Soldaten sofort umstellten.

Einer der Polizisten erhob das Wort und antwortete ebenso harsch: »Diese Personen sind auf Anweisung der Europäischen Alliance hier, also treten Sie augenblicklich zurück, und lassen Sie uns passieren.«

»Nur autorisierten Personen ist der Zutritt gestattet, ohne Inspizierung der entsprechenden Dokumente gehen Sie nirgendwohin!«, antwortete der Grenzsoldat unerschrocken, und weitere Soldaten kamen zu seiner Unterstützung. Mit dem gestrigen Tage hatte die Interimsregierung der EA ein weitreichendes Reiseverbot verhängt, das nicht nur Grenzübertritte zwischen den Ländern verbot, sondern obendrein auch einzelne Landkreise absperrte. Daher waren nicht nur Bus- und Bahnhöfe abgeriegelt, sondern auch Straßensperren außerorts errichtet wurden. In allen Zeitungen des Sektors und über die Informationsplattformen war die Anordnung verkündet worden. Ziel des Verbotes war es, den Abtrünnigen die Flucht zu erschweren sowie Überläufer daran zu hindern, sich ihnen anzuschließen.

Der schwarzhaarige Mann hatte mittlerweile den Jungen auf den Arm genommen und seiner Begleiterin signalisiert, das Gebäude schnurstracks wieder zu verlassen. Ihm war die Situation zu brenzlig, aber der Ausgang war bereits blockiert.

»Hiergeblieben!«, wies ein anderer Soldat sie bedrohlich an und fixierte die drei Zivilisten. Ihre außergewöhnliche Kleidung hatte einen altmodischen Charme und war von einem Dunkelblau, das bereits ins Schwarze neigte. Der Mann trug einen dünnen, dreiteiligen Wollanzug mit grauem Hemd, Filzhut und goldener Krawatte. Auch der Junge hatte Wollhosen und ein graues Hemd an, nur mit Hosenträgern kombiniert, dazu prangte der typische Sternenkreis der EA an seiner Brust. Das Symbol war auch als Anstecker am Hut der Frau befestigt, den sie mit einem Mantel in der Hand hielt. Sonst war sie in einem knielangen Kostüm im Charakter einer Uniform gekleidet, und bei ihrem Anblick ging dem Soldaten ein Licht auf: »Warte mal, du bist doch Katharina Evans, oder? Na klar, der Mann und der Junge gehören zur Stabsärztin. Hey, das hier sind APs!«

Den letzten Satz hatte er seinen Kameraden laut zugerufen, und als die restlichen Soldaten sie erkannten, änderte sich ihr Gebaren. Neugierig schauten die meisten Katharina an, und obwohl ihr das besser gefiel als die vorherige Anfeindung, fand sie es dennoch befremdlich. Besonders als einem besonders aufmerksamen Beobachter die blauen Flecken auf ihrer Haut auffielen und er seinen Nachbarn anstieß, um unverblümt darauf zu zeigen. Katharina zog ihren Mantel über und wartete ungeduldig darauf, verschwinden zu können. Als der erste Grenzsoldat endlich den Befehl gab, die APs mit ihren Bewachern passieren zu lassen, entfloh sie flink mit Cornel und Jamey in die Bahnhofshalle. Dankbar, den Blicken zu entkommen.

Den restlichen Vormittag ging sie unruhig in der Wartehalle auf und ab, während die Bildschirme in Dauerschleife die Entwicklungen der letzten Tage präsentierten. Darunter waren Ausschnitte von der Urteilsverkündung des Tribunals und den Bestimmungen des Bürgercouncils, einhergehend mit einem ausgefeilten Beitrag des Inszenators über den Loyalitätstest. Dieser war eine spektakuläre Kombination aus Erklärvideo, Imagefilm und Dokumentation der Syn. Den Höhepunkt des Streifens bildeten die Vernehmung und das Schuldeingeständnis von Lieutenant Halla sowie die ergriffenen Maßnahmen zur zeitgleichen Säuberung der HEA auf allen Stützpunkten. Ebenfalls gezeigt wurde der Freispruch von Enes Rexha und Dr. Tiana Denkowa, den Wissenschaftlern, die bei der Mission Schwarzer Stein durch den verräterischen General verhaftet worden waren. Nachdem sie über drei Wochen unschuldig hinter Gittern gesessen hatten, zelebrierte Arvo ihre Entlastung als Gnade, welche die Syn den Menschen brachte. Verheißungsvoll zeichnete der Bericht das Bild von einer zeitnahen Zukunft, in der die Syn nicht nur die Abtrünnigen, sondern auch die Exesor der gerechten Strafe zuführen würde. Die geschaffene Illusion war makellos und kaschierte die Fehltritte der EA perfekt, ob die Ernennung von Silan Conti oder die Gefahr eines Krieges. Weiterhin verheimlichte der Bericht, dass die Interimsregierung bereits blutige Rückschläge durch die Abtrünnigen erhalten hatte. So fehlte darin jegliche Erwähnung des Angriffes auf Katharina oder der Opfer der Selbstmordattentate. Offiziell erklärt wurde nur, dass die Gefangene Halla sich selbst in die Luft gesprengt hatte, bevor sie intensiver befragt werden konnte. Dass bei dem Anschlag auch vier Polizisten gestorben waren und später ein Gendarm erschossen worden war, unterschlugen sie wohlweislich. So galt Hallas Tat nun als Beweis für den Fanatismus, mit dem die Anhängerschaft des Grauen Generals vorging und als Abschreckung für diejenigen, die Conti verherrlichten.

Am Abend sollte das glorreiche Aufmarschieren der HEA zur Verteidigung der Republikbürger und Bekämpfung der Hochverräter übertragen werden. In Szene gesetzt durch Arvo, der daraus eine neuerliche Inszenierung der Völkervereinigung machen würde. Aus diesem Grund war noch vor dem Morgengrauen nach den zivilen APs geschickt worden, und alle waren dem zwingenden Aufruf gefolgt.

Inzwischen war es Nachmittag, und Katharina wandte sich von den Bildschirmen ab, nachdem diese keine Neuigkeiten mehr gezeigt hatten. Cornel hatte mit Jamey die letzten Stunden auf den unterirdischen Gleisen verbracht, um den Abtransport der Truppenteile zu beobachten. Stundenlang war das Kind wild vergnügt herumgerannt und nun vollkommen erschöpft. Cornel war das Warten leid, daher hatte er sie gebeten, sich einen ruhigen Platz zu suchen und sich kurz um den Jungen zu kümmern.

Über die Beschäftigung war sie froh, denn sie lenkte sie davon ab, weiterhin unablässig über den Kuss nachzudenken. Den gesamten Vormittag hatte sie ihn nicht aus dem Kopf bekommen. Nun war sie sicher, dass es nur eine Schwäche gewesen war. Ausgelöst durch die Geschehnisse der letzten Tage. Ein Ausdruck von Dankbarkeit, keinesfalls mehr. Aber entgegen ihrer eigenen Beteuerung wallte beständig ein tieferes Gefühl in ihr auf.

Als Cornel den Bahnhof verließ, verpasste er nur knapp Finn, der ausgestattet mit allen Reisedokumenten problemlos den Hauptbahnhof betrat. Obwohl der hohe Raum voller Menschen war, fand sein Blick dennoch augenblicklich das eine Gesicht, nach dem er sich sehnte. Katharina saß in helles Licht getaucht auf einer Bank, und der kleine Jamey lag friedlich zusammengerollt auf ihrem Schoß. Durch die riesigen Fenster mit dem geschliffenen Glas brach sich ein kleiner Regenbogen. Im bunten Schein tanzten die Finger ihrer linken Hand, immer bestrebt, ihren Ehering in der grünen oder blauen Farbe zu halten. Ihre rechte Hand strich sanft über die Haare des Jungen, während sie halblaut eine Melodie summte. Finn erkannte das Lied sofort. Es war dasselbe, das sie manchmal vor sich hinsang, wenn sie träumerisch über einem Buch saß oder versonnen den Himmel betrachtete. Den Namen oder den Text des Liedes kannte er nicht, denn sie sang es immer in ihrer Muttersprache und ersetzte die meisten Worte durch Laute. Dennoch war ihm die lebhafte Tonfolge vertraut, aber er konnte sie nicht zuordnen, denn ihre Interpretation hatte nichts von der Leichtigkeit des Originals, sondern klang empfindsam und unheilvoll. Verloren in ihren Anblick, stand er wenige Schritte entfernt von ihr und lauschte eine kurze Weile. Dann, als hätte er ihren Namen gerufen, blickte sie plötzlich zu ihm auf. Ihr Lied erstarb, und ein Lächeln ersetzte es, als er sich vor sie kniete.

»Es ist ein altes Volkslied, meine Mutter hat es mir und meinen Geschwistern immer vorgesungen. Ich versuche seit Wochen, mich an den vollständigen Text zu erinnern, aber er will mir einfach nicht einfallen«, erzählte Katharina ohne Aufforderung, als wüsste sie, woran er gedacht hatte. »Mein Gespür für Musik ist einfach miserabel, ehrlich gesagt kenne ich wohl zu keinem Lied den vollständigen Text, und es ist ein wahres Wunder, dass ich dieses halbwegs hinbekomme. Wahrscheinlich müsste ich mir mal ein Liederbuch besorgen, alles was ich lese, vergesse ich nicht so schnell.«

»Meine Familie besitzt eine ganze Sammlung mit Hunderten von Liederbüchern aus allen Teilen der Welt. Die liegen in Alnwick und Reading verteilt, wenn wir mal da sind, kannst du

321

dir welche aussuchen.« Ihr gelöster Blick veränderte sich nach seinem beiläufigen Vorschlag über eine zukünftige gemeinsame Reise und wurde unergründlich.

»Woran denkst du?«, wollte Finn wissen.

Katharina benötigte einen Moment, dann überzog ein verschmitztes Lächeln ihren Mund: »Ich kann keine Noten lesen, und glaube mir: Es haben bereits Hunderte verzweifelt versucht, es mir beizubringen. Also versuch es gar nicht erst!«

Ihm fiel auf, dass sie nicht zugestimmt hatte, mit ihm seine Heimat zu besuchen. Außerdem war er sich sicher, dass sie ihm nicht verraten hatte, was wirklich in ihrem Kopf vorging. Daher setzte er zu einem erneuten Versuch an, als Jamey seine Mutter entdeckte und aufsprang, um ihr in die Arme zu laufen. Katharina zuckte zusammen, denn die ruckartige Bewegung des Kindes ließ ihre Rippen schmerzen. Finn nahm vorsichtig an ihrer Seite Platz und legte seinen Arm um sie, während sie durch ihre zusammengepressten Zähne einen Namen ausrief, der verdächtig nach dem seines Bruders klang. Bestürzt über die Möglichkeit verglich er Katharina erneut mit seinem Wissen über Alé. Bereits am Tag ihrer Hochzeit hatte er das getan, aber, abgesehen von ihrem Alter und ihren Studien, gab es keine Übereinstimmung. Natürlich war ihr Äußeres auf den ersten Blick nicht stimmig, aber das war kein Ausschlusskriterium, denn es könnte unzählige Erklärungen dafür geben. Dahingegen war es ein unumstößlicher Fakt, dass sie erst an ihrem achtzehnten Geburtstag England besucht hatte und keinesfalls ein Einzelkind war. Diese Punkte waren für ihn ausschlaggebend gewesen, sie nicht weiter für die wahre Identität von Alé in Betracht zu ziehen. Später waren weitere Indizien dazugekommen, wie beispielsweise ihr Schockzustand nach Excidium Babylon und dass ihre eigene Familie zu den Verschollenen zählten.

»Jamey«, wiederholte sie nun deutlich, »das Kind ist ein echter Wirbelwind, und das ist vielleicht eine ganz gute Überleitung zu einem Geständnis, das ich machen muss.«

»Geständnis?«, fragte er, und ihr Gesicht war ehrlich schuldbewusst. Eine innere Unruhe breitete sich in ihm aus, obwohl ihm bewusst war, dass sich Alé nicht einfach offenbaren würde, wie noch anfänglich erhofft. Dennoch, den bloßen Gedanken, sie könnte Alé sein, mochte er noch nicht einmal zu Ende denken.

»Es ist meine Schuld, ich habe nicht richtig aufgepasst, als Jamey durch unser Wohnzimmer tobte.« Katharina zog zwei Fotos aus ihrer Handtasche und übergab sie ihm. Die Bilder stammten aus einem silbernen Reisebilderrahmen, der klappbar war und normalerweise auf dem niedrigen Tisch neben der Couch stand. Die Couch, die Finn weiterhin als Bett diente, und allein die Tatsache, dass er darauf schlief, machte ihr ein schlechtes Gewissen. Jetzt hatte das Nichtvorhandensein eines eigenen Zimmers dazu geführt, dass sein mindestens anderthalb Jahrhunderte altes Erbstück zerbrochen war. »Tut mir wirklich leid, aber ich lasse den Rahmen reparieren. Versprochen!«

Finn nickte knapp und nahm die Fotos geistesabwesend entgegen. Beide Bilder zeigten seine Familie, wobei das eine das Hochzeitsbild seiner Eltern war. Entsprechend der Mode der Achtzigerjahre hatte sein Vater einen Oberlippenbart und eine Föhnfrisur gehabt und einen extravaganten hellblauen Anzug angehabt. Allein seine Mutter hatte ihn mit ihrem Aufzug noch ausstechen können, denn sie hatte ein opulentes, mit Pailletten besticktes Hochzeitskleid inklusive riesiger Puffärmel getragen. Dazu die typische Dauerwelle mit funkelndem Glitzerstirnband, an dem ein gigantischer Schleier samt Schleife befestigt war. Damals waren beide Mitte zwanzig gewesen, und auf dem Foto lachten sie einander verliebt an. Die auffälligen Frisuren und Klamotten hatten sie mit den Jahren abgelegt, nur den verliebten Ausdruck nicht. Finn betrachtete das zweite Bild, das knapp zehn Jahre später zu Weihnachten aufgenommen worden war. Seine Eltern küssten sich unter einem Mistelzweig, während die Brüder unter dem Weihnachtsbaum Geschenke stibitzten. Leuchtende Kinderaugen stachen aus dem tiefroten Gesicht des fünfjährigen Jamie hervor, der damals noch weizenblonde Haare gehabt hatte und nur schwer sein Lachen hatte unterdrücken können, während Finn selbst kreidebleich gewesen war.

Er löste sich von seinem sechsjährigen Ich, als ihm wieder allzu bewusst wurde, dass seine Eltern nicht mehr da waren und er seinen Bruder nur durch dessen Freundin würde finden können.

Daher blieb ihm keine andere Möglichkeit, als seine vormalige Schlussfolgerung noch einmal zu überprüfen. Schließlich waren alle seine Anhaltspunkte über Alé mehr als unsicher, und das hatte er nie aus den Augen verloren. Es gab nur vier unumstößliche Tatsachen, die ihn zu ihr führen konnten: ihr Tarnname, das Polaroid, der Anhänger mit Gravur im Inneren und natürlich ihre Verbindung zu Jamie. Aber mit diesen Informationen konnte er nicht hausieren gehen, denn er war sich nicht sicher, wie viel die EA wirklich über die Exesor wusste oder noch herausbekommen würde. Es stand daher außer Frage, über seinen totgeglaubten Bruder mehr zu verraten, als die offizielle Geschichte hergab. Spätere Fotografien von Jamie waren mitsamt den Polaroids und dem Kompass sicher versteckt, es wäre zu gefährlich gewesen, diese herumzuzeigen. Aus demselben Grund sprach er auch Alés Namen oder seine Suche nach ihr niemals offen aus. Nach einem letzten Blick auf die Familienbilder legte er diese sorgsam übereinander. Zögernd reichte er sie zurück und blickte Katharina dabei tief in die Augen. »Kannst du sie sicher für mich verwahren? Die Bilder und der Rahmen gehörten meinem Dad. Meine Mom hat mir nach ihrem Tod ihren Verlobungsring und das Cottage vermacht. Jamie gab mir bei unserer letzten Begegnung ein Polaroidbild seiner Freundin und ein altes goldenes Medaillon. Es waren ihre wertvollsten Besitztümer, und jetzt sind es meine.«

Die Erwähnung der Hinterlassenschaften von Jamie hatte keine sichtbare Reaktion bei ihr ausgelöst, außer tief empfundenes Mitgefühl. Bittersüße Erleichterung durchflutete ihn als er das erkannte und gleichzeitig ein leichter Stich, weil die Auffindung seines Bruders wieder in weite Ferne rückte.

Behutsam nahm sie ihm die Bilder ab, um sie in ein kleines, in Leder eingebundenes Buch zu legen. Flink wickelte sie das dazugehörige Band mehrfach um den dunkelbraunen Umschlag und fixierte es geschickt mit einem Kreuzknoten. Abschließend steckte sie es in die Innentasche seines Dienstanzuges.

»Du solltest sie bei dir tragen!«, sagte sie, ihre Hand hatte sie nicht zurückgezogen, sondern ließ sie an seinem Herz verweilen. Sie spürte ein ungestümes Pochen unter ihren Fingerkuppen, und ihre Gedanken, welche die Melodie noch vor ein paar Minuten zu Phelan getragen hatten, verbrannten durch seine Nähe. Das Gefühl der Schwäche war zurück, drängender als jemals zuvor, und unweigerlich beugte sie sich näher zu ihm hinüber.

»Hier sind Sie ja«, unterbrach sie eine Quietschstimme, und Katharina rückte von ihm ab, »der Inszenator lässt nach Ihnen und nach der Familie von Alise Mauriņa schicken. Wir sind spät dran für die Vorbereitungen! Der Inszenator hat wie immer Unvergleichliches geplant, also gehen Sie bitte nach unten. Ich bitte Sie: Gehen Sie schnell, ich suche solange nach den anderen.«

Die Assistentinnen von Arvo waren einander sehr ähnlich, immer zu gleichen Teilen eingeschüchtert und trotzdem lobpreisend seiner Person gegenüber. Auch die Frau, die vor ihnen stand, war da keine Ausnahme. Ihre Wangen waren gerötet, sie war aufgeregt, sogar ein bisschen ängstlich und dennoch bestrebt, ihn zu rühmen. Finn erbarmte sich ihrer und zeigte auf die Gesuchten, während er Katharina nicht aus den Augen ließ.

»Wir werden schon mal vorgehen«, sagte er und erhob sich. Froh nickend spurtete die Frau davon, und er zog Katharina behutsam hoch. Auf ihrer honigfarbenen Haut waren allzu deutlich die Spuren des Anschlags erkennbar. Er benötigte diese Hinweise nicht, um sich an den feigen Anschlag auf Katharina zu erinnern, der den Ausschlag gegeben hatte für das, was er jetzt plante.

»Warte, wo willst du hin?«, fragte Katharina, als sie den Zugang zu den unterirdischen Gleisen passierten, statt in ihn einzubiegen. Nicht nur sie hatte Probleme, seinem zielstrebigen Gang zu folgen, sondern auch die Polizisten und Paolo mit seiner sperrigen Kamera. Es folgte keine Erklärung seinerseits, stattdessen ging er mit ihr durch eine Menschentraube und bog unerwartet in eine enge Nische ab.

»Katherine, wir haben nur ein paar Minuten.« Finn legte seine Hände auf ihre Wangen und drehte ihren Kopf vorsichtig zu sich. Ihr Blick hatte auf zwei Soldaten gelegen, die mit ihren breiten Rücken die Nische vor Zuschauern abschirmten. »Schau mich an, und hör mir bitte genau zu. Ich möchte, dass du nicht an einer neuerlichen Vorstellung von Arvo teilnimmst, weder heute noch in Zukunft. Er bringt dich mit seinen Inszenierungen immer mehr in Gefahr, und das werde ich nicht weiter zulassen.«

»Finn, was redest du da?« Verwirrung kämpfte sich an dem Gefühl des inneren Feuers vorbei und drang nach oben. »Was ist passiert?«

»Alfred Steiner. Der Attentäter …«, fing er an zu erklären, aber sie hörte nichts weiter.

»Das war also sein Name«, flüsterte sie. Erneut sah sie seine Fratze, als er sich auf sie gestürzt hatte, und hörte seine von Hass durchdrungenen Beschimpfungen. Seine Worte, die sie am weitesten von sich ferngehalten hatte, drangen auf sie ein. Auf einmal stand ihr die Szene deutlich vor Augen. Jetzt kannte sie seinen Namen, jetzt wusste sie, dass er sie in ihrer Muttersprache angeschrien hatte. Etwas, dessen sie sich vorher nicht bewusst gewesen war, und sie suchte nach der Bedeutung dieser Erkenntnis, fand sie aber nicht. Ruhelos irrte ihr Blick umher, eine Schwere umfing ihr Herz und ließ ihre Atmung stocken. Ihr Geist suchte nach Heilung von der Qual, und wie selbstverständlich legte sich ihre Hand erneut auf sein Herz. Als sie den Schlag spürte, nahm sie seine Stimme wieder wahr.

»Katherine, hörst du mich?« Er drückte ihre Hände fest an sich, das Schlagen wurde kräftiger und hielt ihr Inneres zusammen.

»Ja, ich höre dich!« Die Bilder waren noch da, aber zum ersten Mal hatte sie keine Angst mehr. Der Name des Angreifers und seine Herkunft waren ihr egal, das Einzige, das für sie zählte, war, dass er keine Macht mehr über sie hatte. Er war ein Monster gewesen, aber er war fort und würde nicht zurückkommen. Dieser Gedanke machte ihren Schmerz erträglich, und zum ersten Mal verscheuchte sie die Erinnerungen an ihn nicht, sondern nutzte sie, um daraus Stärke zuziehen. »Was ist mit ihm?«

»Der Mann war ein Abtrünniger«, wiederholte er vorsichtig, und wie vermutet hatte sie seine vorherige Erklärung nicht gehört. Es widerstrebte ihm, sie damit zu belasten, aber nur so konnte er sie vor der Gefahr warnen. Ihr Blick war wieder klar, und der Schmerz, der kurzzeitig in ihre Augen getreten war, hatte sich gelegt. »Steiner hat auf den direkten Befehl von Conti gehandelt. Der verräterische General hat vor, die Republik und jeden, der seinem Ziel in die Quere kommt, zu vernichten. Arvo wiederum macht dich zur Galionsfigur der Europäischen Alliance. Er benutzt dich und die Völkervereinigung dazu, die EA zu glorifizieren. Du schwebst deswegen mehr als jeder andere der APs in Gefahr, also verlass Brüssel. Tauch eine Weile unter! Ich habe bereits alles arrangiert und ein kleines Haus außerhalb von Priština aufgetan. Keiner wird deinen Aufenthaltsort kennen, dort wirst du in Sicherheit sein.«

Wer Wind sät, wird Sturm ernten, dachte sie, und eine Erinnerung an ihr Zusammentreffen mit Conti bei der Rückkehrfeier in Molenbeek kam ihr in den Sinn, wie als Bestätigung seiner Worte. Damals hatte sie bereits gespürt, dass der General gefährlich war, und alles an ihr hatte ihn gereizt. Dass er für den Angriff auf sie verantwortlich sein sollte, leuchtete ihr daher ein. Aber ihr Kampfgeist war zurück und verweigerte jeglichen Gedanken an Flucht. »Ich werde mich nicht verstecken! Ich bin kein Opfer, und ich werde mich auch nicht zu einem machen lassen. Außerdem, wenn ich mich nicht an die Vereinbarungen der Völkervereinigung halte, dann schmeißen sie mich aus dem Komitee!«

»Das ist nicht wichtig, nur deine Sicherheit zählt. Lass mich dich fortbringen!«, beschwor er sie.

»Doch, nur das ist wichtig! Ich muss beenden, was ich angefangen habe. Es gibt kein Weg zurück, und ich weigere mich, von Angst beherrscht zu werden«, sagte sie mit Nachdruck, dann wurde ihre Stimme wieder weicher. »Alles wird gut! Niemandem wird etwas geschehen, wenn wir nicht untätig bleiben. Also lass uns bitte gehen.«

Katharina wandte sich ab und wollte ihn mit sich ziehen, aber Finn blieb wie ein Felsen stehen. Er haderte mit sich und hielt sie zurück. Es wäre zwar schwierig, sie gegen ihren Willen aus dem Bahnhof zu schaffen, aber er konnte sie zwingen. Ihm war bewusst, dass dazu wohl der Einsatz von Gewalt nötig wäre. Ebenso wenn er sie davon abhalten wollte, in seiner Abwesenheit ihren Verpflichtungen als AP nachzukommen, wahrscheinlich müsste er sie sogar einsperren lassen. Es wäre zwar machbar, aber Irrsinn, auch nur daran zu denken. Doch der Gedanke, auf die Vorkehrungen von Colonel Joannou zu vertrauen, behagte ihm genauso wenig. Nach allem, was ihr bereits zugestoßen war, hatte er darauf vertraut, dass sie freiwillig verschwinden wollte.

Gestern hatte er sich daher nur darum gesorgt, in der Kürze der Zeit ein sicheres Versteck für sie zu finden und alles vorzubereiten. Nun musste er feststellen, wie naiv er gewesen war. Katharina hatte ihm bereits zuvor deutlich gezeigt, dass sie zu allem bereit war, um sicherzustellen, dass sie ihre Familie wiedersehen würde. Schließlich hatte sie dafür einen Fremden geheiratet, um im Komitee zur Sommersonnenwende arbeiten zu können, und unterstützte die EA öffentlich vollkommen. Abermals fühlte er, wie sie an seiner Hand zog, und er machte einen kleinen Schritt auf sie zu. Sanft versuchte sie, sich an den Soldaten vorbeizuschieben, die weiterhin vor der Nische standen, aber sie rührten sich nicht vom Fleck. Erst als einer der Männer den Blick von Finn auffing, traten sie zur Seite. Der Weg war frei, doch erneut bewegte er sich nicht weiter, sondern zog sie entschieden zurück in seine Arme. Es war sein letzter Versuch, sie aufzuhalten, und er drängte sie gegen die Wand. Behutsam streichelte er ihr Gesicht, vernahm ihren warmen Geruch und wusste, dass er sie nicht gehen lassen konnte. Fieberhaft suchte er nach Worten, sie umzustimmen, aber es existierten keine. Also senkte er langsam seine Lippen auf ihre, um so doch noch auszudrücken, wie wichtig sie ihm war. Süß prickelnd schmeckten ihre Lippen, und seine zuvor zarte Berührung wurde ungestüm, als sie seinen Kuss fordernd erwiderte. Vergessen war die Welt um sie herum.

35

Widerschein

Im schwachen Licht des unterirdischen Bahnsteigs sah Katharina ihr Ebenbild in einem provisorisch aufgestellten Spiegel. Ihre Lippen waren geschwollen und rot, das Haar war zerzaust, und ihre ohnehin großen Augen wirkten riesig. Als sie sich selbst betrachtete, verwunderte es sie nicht mehr, dass die Assistentin bei ihrem Anblick hysterisch geworden war. Unter lautem Gekeife hatte die Frau sie aus der Nische und zu den Gleisen geschleift. Inzwischen stand die Assistentin wenige Meter von ihr entfernt und hyperventilierte, während eine Schar aus Stylistinnen Katharina umringte. Ihre Behauptung, der Wind hätte ihr Styling ruiniert, hatte ihr keiner abgekauft, das konnte sie nur allzu deutlich in den Gesichtern ablesen. Glücklicherweise waren sie alle zu beschäftigt damit, sie erneut zurechtzumachen, und fragten sie daher nicht weiter aus. Nochmals steckten sie ihre Locken in der Art der Victory Rolls zurecht, während Lippenstift aufgetragen und der Hut samt Goldanstecker platziert wurde. Abschließend besprühten sie die braun-schwarzen Hämatome auf ihrer Haut mit Make-up, um die Spuren des Angriffes zu übertünchen. Als sie Katharina erlaubten, ihre Augen wieder zu öffnen, stand der Inszenator dicht vor ihr, und automatisch verschränkte sie ihre Arme. Seine Art, sie abschätzig zu begutachten, als hätte er keinen Menschen, sondern eine Investition vor sich, stieß ihr neuerlich auf. Wie so oft zuvor zupfte er ungefragt an ihrer Kleidung und Frisur herum, ohne sie davor wenigstens zu begrüßen. Außerdem gab er bärbeißig Anweisungen an seine Mitarbeiterinnen, was an ihr zu verbessern wäre, wobei er sie heute besonders hart zusammenstauchte.

»Geht es noch etwas frauenverachtender?«, fragte Katharina, da sie endgültig genug von ihm hatte.

»Ma›am Evans«, erwiderte Arvo und jagte die Stylistinnen fort. Dann trat er hinter sie, um den Hut zurechtzurücken. »Es ist zwar nicht von Belang, wie Ihnen mein Verhalten gefällt, dennoch möchte ich klarstellen, dass ich von jedem hier absolute Hingabe und Einsatzbereitschaft erwarte. Mich selbst nehme ich davon nicht aus. Dabei ist es mir gleich, ob ich mit Frauen, Männern oder einem *Härjapõlvlane* oder, wie Sie ihn nennen würden, einem Kobold zusammenarbeite. Wenn Sie wiederum eine freundlichere Behandlung beanspruchen, dann haben Sie den Respekt und kommen pünktlich. Treiben Sie sich nicht in dunklen Ecken herum und zerstören die Arbeit, die man bereits in ihr Äußeres gesteckt hat. Diese Stümperei, die wir vor uns sehen, wurde durch ihre Verspätung verursacht, nur dadurch wurde übereilt gearbeitet. Meine Reaktion geht also auf Ihr Konto. So, und jetzt wischen Sie den Ausdruck von Mordlust aus ihrem Gesicht, und konzentrieren Sie sich. Ich akzeptiere nicht, dass Sie die Völkervereinigung weiter torpedieren.«

»Ich torpediere gar nichts!«, verteidigte sie sich. »Ich habe den ganzen Morgen in der Bahnhofshalle darauf gewartet, dass es losgeht. Stundenlang ist nichts passiert, bis es auf einmal schnell gehen musste, und dass wir aufgehalten wurden, war keine Absicht.«

»Aufgehalten? Sehr schöne Umschreibung der Vorfälle«, sagte er, und sie lief leicht rot an. »Es war Ihre Aufgabe, sich bereitzuhalten, Sie wurden darüber informiert, dass uns nur ein kurzes Zeitfenster bleibt, sobald die TAF eintreffen. Aber von Ihrer Verspätung einmal abgesehen, täte auch etwas mehr Engagement von Ihnen und Ihrem Ehemann für die Europäische Alliance gut.«

Katharina war seiner Vorwürfe überdrüssig – auch wenn diese zu Beginn berechtigt gewesen sein mochten, jetzt klang es nur noch lächerlich. »Mehr Engagement von Finn als mit der HEA auszurücken, um die Republik zu verteidigen? Wie sollte das bitte aussehen?«

»Nicht auszurücken, um hier zur Verfügung zu stehen, wie es seine Pflicht als Mitglied der Völkervereinigung ist!« Arvo machte Anstalten, sie vom Stuhl zu scheuchen.

»Ja, weil es für ihn auch zur Option stand, ob er sich an dem Einsatz beteiligt oder nicht«, winkte sie ärgerlich ab und erhob sich ganz gemächlich. In der Reflexion des Spiegels sah sie den schwarzen Zug, der für die HEA zur Abfahrt bereitstand – und für Finn! Schlagartig verlor sie jegliches Interesse an der Streiterei mit Arvo und hielt möglichst still, damit sie schnellstmöglich zurück zu ihm kommen würde.

»Dumm stellen, steht Ihnen gar nicht! Wir wissen beide sehr wohl, dass er die Wahl hatte. Schließlich war ich höchstpersönlich dabei, als Colonel Joannou ihm meine Vision für die weitere Inszenierung der Völkervereinigung vorgestellt hat. Jeder andere ist meinem Aufruf gefolgt, damit sich die APs in der Krise gemeinsam präsentieren. So wird Frau Orel nahe der Kampfzone in einer Koordinierungsstelle arbeiten, sie hat sich nicht von ihrem tobenden Ehemann davon abhalten lassen. Für die bezaubernde Lene war es nur natürlich, nach der Säuberung der HEA mit ihrem Gatten auszurücken, um zukünftig Befragungen an verhafteten Abtrünnigen durchzuführen. Ich bin davon überzeugt, dass selbst Dr. Mauriņa sich nur zu gern beteiligt hätte, wäre die Situation mit ihrem Kind anders. Aber für die Evans kommt so etwas nicht in Frage, wie ihr Ehemann mir lautstark mitgeteilt hat. Zu krank seien Sie, um Ihrem Mann beizustehen. Dass ich nicht lache! Und für ihren Ehemann kam der Vorschlag, bei Ihnen zu bleiben und weiter für die FIA zu arbeiten, auch nicht in Frage. Er hetzt lieber mit Tausenden anderen dem abtrünnigen General nach, als hier der EA von Nutzen zu sein!«, sagte er verächtlich und umkreiste Katharina prüfend. Ihre Aufmerksamkeit war weiterhin bei Finn, den zwei breitschultrige Soldaten flankierten. Es waren dieselben Männer, die vor der Nische gestanden hatten, und wie es aussah, gab er ihnen geschwind Anweisungen. Langsam realisierte sie, dass die Soldaten wohl nicht zufällig den Zugang versperrt hatten, sondern diesen vorsorglich vor ungewollten Blicken verdeckt hatten. Als ihr das bewusst wurde, sickerten auch Arvos Worte allmählich zu ihr durch. Ungläubig fragte sie nach, ob Finn sich wirklich freiwillig gemeldet hatte, an dem Einsatz teilzunehmen, aber ihr Ausruf ging in einem unheilvollen Zischen unter. »Ihr Dilettanten! Ich werde euch alle rauswerfen! Ist keinem aufgefallen, dass ihr Outfit hinten vollkommen verdreckt ist?«

Augenblicklich stoben alle auseinander, um nach Ersatz zu suchen, und Arvo trieb sie wie ein wildgewordener Stier an. Eine Lautsprecherdurchsage folgte und eröffnete, dass sie fünf Minuten bis zur Ausfahrt des Zuges hatten, als eine Assistentin hechelnd mit einer neuen Garderobe zurückgerannt kam. Danach hielten die Mitarbeiterinnen lax ein paar Tücher für Katharina hoch, damit sie sich sofort an Ort und Stelle umzog. Während sie das tat, fauchte Arvo sie die gesamte Zeit an, sich zu beeilen. Aber mit ihren Verletzungen war der Kleidertausch nicht so einfach zu bewerkstelligen. Schnell riss ihm vollends der Geduldsfaden, und obwohl der Reißverschluss ihres Kleides noch nicht geschlossen war, schob er sie zu dem wartenden Finn. In einem Meter Abstand hatten die Verantwortlichen die APs als Pärchen am Rand des Gleises angeordnet. Mit ihr sollte die Aufstellung endlich abgeschlossen werden, daher liefen die Kameras bereits mit. Aber wiederum wurden die Pläne des Inszenators durchkreuzt, denn Stéphanie übergab sich geräuschvoll in eine eilig hergebrachten Eimer, während Jamey seiner Mutter ausbüxte. Arvos neuster Wutanfall hatte ein bisher ungekanntes Ausmaß, aber Katharina beschäftigte sich nicht weiter damit. Finn stand ihr allein gegenüber, da sich die zwei Soldaten zurückgezogen hatten. Entgegen ihrer ersten Vermutung bestiegen sie aber nicht den Zug, sondern positionierten sich in der Mitte des Bahnsteigs. Soweit nicht ungewöhnlich, denn eine Masse von Soldaten, die nicht zu den TAF gehörte, drängelte sich auf den Treppen zum Gleis und wartete darauf, durchgelassen zu werden. Ihr Blick war auf die zwei Soldaten gerichtet, und sie konnte das Gefühl nicht abschütteln, dass es sich bei ihnen anders verhielt.

»Finn, wer sind diese Männer?«, fragte sie mit gerunzelter Stirn, während er zärtlich den seitlichen Reißverschluss ihres Kleides schloss.

»Der linke Sergeant ist Ando Persson und der rechte Nenad Berisha. Beide gehören einer Sondereinheit für Personenschutz an und wurden abgestellt, um für deine Sicherheit zu sorgen.«

»Das heißt, sie ersetzen damit meine anderen Bewacher?« Katharinas Nachfrage hatte einen beunruhigten Unterton.

»Nein, aber du wirst sie kaum bemerken«, sagte er milde und half ihr in den dünnen Mantel. »Nenad ist ein guter Mann, ich kenne ihn seit ein paar Jahren und vertraue ihm.«

»*Ich* kenne ihn aber nicht! Und selbst wenn, ich möchte keine weiteren Aufpasser! Die Polizisten, Soldaten, Freddie und Paolo verfolgen mich bereits überallhin. Ich komme mir vor, als wäre ich eine Gefangene.«

»So ist das nicht! Du kannst dich frei bewegen und alles machen, was du möchtest. Ignoriere sie einfach!« Da sie weiterhin erregt wirkte, schloss er sie in seine Arme und küsste ihre in Sorgenfalten gelegte Stirn. »Wenn ich könnte, würde ich mich selbst darum kümmern.«

»Ich brauche niemanden, der auf mich aufpasst, aber wenn wir bereits beim Thema sind: Warum hast du dich für den Einsatz freiwillig gemeldet? Arvo meinte, du hattest die Wahl, also warum hast du dich dafür entschieden?« Ihre Worte waren nicht als Anklage gemeint. Es war ihr Versuch, den Mann zu verstehen, der per Gesetz mit ihr verbunden war und der ihr Rätsel aufgab.

Einen Moment flackerte sein Blick zu Lene, Stéphanie und Alise, die alle auf dem Weg waren, die Stadt mit den TAF zu verlassen. Tatsächlich hatte er die Wahl gehabt, aber die ihm zur Verfügung stehenden Optionen waren alle nicht optimal gewesen. Entweder hätte er in Brüssel bleiben und für den Schutz von Katharina selbst sorgen können oder er würde weiter seiner Spur von Alé folgen. Wenn er sie und anschließend seinen Bruder fände, könnte er den Grund für den gesamten Konflikt beenden. Wäre er geblieben, hätte er sich einem Einsatz entzogen, für den er mitverantwortlich war. Andere würden kämpfen und womöglich sterben, weil er zu seinem Bruder stand. Mit seinem Entschluss zu gehen, konnte er nicht nur seine Pflicht erfüllen, sondern hatte auch die Möglichkeit, den Grauen General aufzuhalten und somit dauerhaft für Katharinas Schutz zu sorgen. In Gedanken versunken, streichelte er sacht ihren Hals, exakt entlang der Linien, die Alfred Steiner auf ihrer Haut hinterlassen hatte. Obwohl sie vollkommen durch Make-up überdeckt waren, hatte sich der Verlauf unwiderruflich in sein Gehirn eingebrannt. »Conti muss aufgehalten werden, genau wie jeder einzelne von seinem Pack von Fanatikern. Ich werde dafür sorgen, dass sie für ihre Taten zur Rechenschaft gezogen werden.«

Katharina funkelte ihn an, seine Berührung implizierte, dass er auszog, um Rache für ihre Verletzungen zu üben, und der Gedanke war ihr verhasst. Keiner sollte für ihre Verfehlungen zahlen, besonders nicht Finn. Es war ein unerträglich schmerzhaftes Gefühl. Nur die Ahnung, dass er ihr erneut nicht die gesamte Wahrheit sagte, verhinderte, dass Tränen aus ihr herausbrachen. »Ist das der einzige Grund?«

»Es ist der einzige Grund, der zählt«, gab er stoisch zurück.

Auffahrend schlug sie seine Hand weg: »Nein, wage es nicht! Wenn du gehen willst, dann geh. Nimm mich nicht als Rechtfertigung dafür!«

Mit einem Ruck drehte sie sich um, aber er umschlang flink ihre Taille. »Katherine, lass es mich erklären!«

»Gut, dann erklär es mir!« Er schien nach Worten zu suchen, weiteren Ausflüchten, und ihr reichte es endgültig. »Du kannst es bleiben lassen. Ich kann auf weitere Lügen verzichten. Lass mich los! Und lass die Männer abziehen, ich akzeptiere keine weiteren Wachen!«

Finn schüttelte den Kopf, dann sagte er: »Die Sergeanten bleiben, wo sie sind! Es ist zu gefährlich.«

»Es ist *mein* Risiko, nicht deines!«, sagte sie ebenso entschlossen wie er. »Beordere sie zurück!«

»Nein! Selbst wenn ich die Befehlsgewalt über sie hätte, würde ich es nicht tun«, antwortete er starrköpfig. Das Abfahrtssignal erschallte, und Finn setzte seinen Rucksack auf, während Dutzende von Soldaten zum Zug preschten. Katharina ging nicht, obwohl sie nun die Möglichkeit dazu hatte. »Versprich mir einfach, dass du sie ihre Arbeit machen lässt und bei ihnen bleibst.«

»Mir bleibt wohl keine andere Wahl, es wird schwer werden vor ihren Augen zu verschwinden.« Sie wollte sich ungerührt geben, aber die vorbeeilenden Soldaten führten ihr vor Augen, dass er zu einem gefährlichen Einsatz aufbrach. »Mach dir bitte keine Sorgen um mich, sondern pass auf dich auf!« Sie zögerte, dann stellte sie sich auf die Zehenspitzen und gab ihm einen sanften Kuss. »Und komm zu mir zurück!«

Eine verräterische Träne hing glitzernd an einer ihrer Wimpern, als sie sich endgültig von ihm löste. Diesmal hielt er sie nicht auf. Hart wischte sie sich die einzelne Träne weg und verließ schnell das Gleis. Im Gehen fiel ihr die Ironie der Szene auf, die Arvo geschaffen hatte.

Nachdem bereits die Rückkehrfeiern eine Erinnerung an die ›Goldenen Zwanziger‹ gewesen waren, hatte die Aufmachung der APs nun den frühen Vierzigern geglichen. Die Analogie war auf infame Weise passend. Ähnlich wie hundert Jahre zuvor hatte Europa nach dem Schrecken der Triduum Nox und der Schwarzen Revolution einen kurzen Aufschwung erlebt. Mit der Gründung der EA waren die Massenaufstände endlich vorbei gewesen, und die Menschen hatten zeitweilig aufgeatmet. Eine trügerische Ruhe war im Sektor eingekehrt, die sich aus der Hoffnung auf Rache und Freiheit nährte. Dennoch war die Krise nicht vorüber, die gesamte Zeit hatte der Unmut der Menschen unterschwellig weitergebrodelt. Entstanden war nur ein äußerst instabiler Waffenstillstand, und um diesen zu halten, erforderte es rasche Ergebnisse. Allerdings steckte die Wirtschaft weiterhin in der Depression fest, während die Exesor unauffindbar waren und der Tholus nach wie vor verschlossen war. Sich dessen bewusst, hatte die Interimsregierung auf Zeit gesetzt, um die nötigen Erfolge zu präsentieren und ihr Dasein zu legitimieren. Doch nun hatte sich ein unerwarteter Gigant der neuen Ordnung entgegengestellt und beendete die Übergangsphase allzu schnell. Contis rascher Aufstieg mit der Befreiungsfront zeigte deutlich, dass kein Frieden herrschte, sondern die vergangenen Wochen nicht mehr waren als ein kurzer Lichtblitz in der Schwärze der Nacht. Eine Anomalie, denn eine neue Dunkelheit war bereits aufgezogen. Vergessen war jede Warnung, und vollkommen unbeachtet bedrohte diese Dunkelheit mehr denn je das Schicksal der Menschen.

36

Verborgene Schlinge

Ostalpen Malbun, 20.05.001 n. EB

Am Lauf eines flachen Baches stieß ein Trupp der HEA auf ein beschauliches Dorf im Malbuntal. Das Hochtal war von einer felsigen Bergkette umgeben und lag am äußersten Rand des Fürstentums Liechtenstein. In voller Alarmbereitschaft schritten elf Soldaten voran, in ihrer Mitte führten sie fünf gefangene Abtrünnige mit sich. Eigentlich hätte hier Verstärkung auf sie warten sollen, aber die kleine Ansiedlung wirkte vollkommen ausgestorben. Keine Menschenseele war zu sehen, bis am Ortseingang ein sehniger Mann aus der Tür eines schönen Holzhauses mit schwarzem Dach und üppigem Balkon trat. Sein rechter Arm war in einer Schiene, den linken hatte er erhoben als Zeichen, dass er unbewaffnet war.

Sein sonnengegerbtes Gesicht war ernst, und ein starker Akzent schwang in jedem Wort mit: »Mein Name ist Lukas Altmeier, ich bin der Ortsbürgermeister von Malbun.«

»Captain Finn William Evans von der Alpha Troop Nine der Heimatschutzbehörde der Europäischen Alliance. Was ist hier geschehen? Wo sind die Bewohner?«

»Die Menschen sind verängstigt und verstecken sich. Vor knapp einer Stunde ist eine schwerbewaffnete Miliz hier durchgekommen, sie haben uns aus unseren Häusern getrieben und auf dem Dorfplatz versammelt. Sie waren auf der Suche nach erfahrenen Berggängern, und als wir uns weigerten, Ihnen zu helfen, drohten sie, jeden einzelnen von uns zu erschießen. Sie ließen keinen Zweifel daran, dass sie es ernst meinten, und uns blieb keine andere Wahl als zu gehorchen. Sie haben zwei von uns gezwungen mitzugehen, um sie zu führen. Als sie endlich weiterzogen, schlugen sie den Wanderweg zum Naafkopf ein.« Lukas hatte die fünf Finger seiner linken Hand breit ausgestreckt und zeigte knapp über sein Haus in die Richtung eines zerklüfteten Berges. »Ich denke, sie wollen vor der Nacht die Landesgrenze überqueren und nach Österreich oder in die Schweiz entkommen. Aufgebrochen sind sie vor gut zehn Minuten, wenn ihr euch beeilt, könnt ihr sie an der Pfälzerhütte abpassen. Ich habe eine Karte von der Umgebung und kann euch einen schnelleren Weg dorthin zeigen, als ihn die Miliz genommen hat. Wartet hier! Ich komme gleich zurück.«

»Hey«, rief Finn, und Lukas, der schon fast wieder im Haus verschwunden war, hielt inne. »Habt ihr nicht noch einen Bergführer für uns? Dann können wir sofort weiter!«

»Leider nein, meine Frau und ich sind zwar Berggänger, aber sie ist mit unseren Kindern verreist, und ich würde euch derzeit nur aufhalten«, antwortete Lukas und hielt seinen gebrochenen Arm hoch. Unter Schmerzen spreizte er erneut alle Finger ab, sie zeigten in den Hauseingang. »Wartet hier, ich hole nur kurz die Karte. Ich beeile mich. Versprochen!«

»Machen Sie das«, sagte Finn und behielt genau wie sein Trupp die Umgebung scharf im Auge.

Lukas kam rasch zurück und ging zur Terrasse, um die Karte auf einem großen Kieferntisch auszufalten. Auf dem Tisch standen ein Topf sowie vier halbgefüllte Suppenteller. Ein verlassener Kinderstuhl lehnte an einem Tischbein. Das Essen war kalt. Mit seinem

Zeigefinger fuhr Lukas an einer schmalen Linie entlang, die durch das Dorf führte. Am Ortsausgang zögerte er einen Moment, dann streckte er alle fünf Finger aus, um leicht rechts und links auf die Karte zu klopfen. Mit wieder nur einem Finger wies er nun auf einen Pfad, der teilweise parallel zum Hauptweg verlief. Zum Schluss strich er wegwerfend über das Symbol der zuvor genannten Schutzhütte. Noch einmal begann er für Finn den Weg auf der Karte nachzuzeichnen. Am Ortsausgang hielt er wieder kurze inne, bevor er seine Finger ausstreckte, um rechts und links neben die eingetragene Straße zu pochen. Danach richtete er sich auf, ohne den Pfad zur Hütte erneut zu zeigen, stattdessen sagte er: »Die Gehzeit beträgt circa eine Stunde, auf dem Bergweg benötigen die Rebellen mindestens anderthalb Stunden. Aber den verwundeten Corporal könnt ihr nicht mitnehmen, der Pfad ist schmal und steil. Im Winter ist zudem Geröll heruntergestürzt, daher ist der Wanderweg eigentlich geschlossen. Jegliche Unachtsamkeit auf der Strecke kann zum Absturz führen, darum solltet ihr auch die Gefangenen hierlassen. Mein alter Schuppen steht leer, er muss abgerissen werden und kann vorübergehend als Gefängnisbaracke dienen.«

»Ich hatte nicht vor, einen davon mitzunehmen«, sagte Finn und blickte die verlassenen Straßen des idyllischen Dorfes entlang. Nach dem Aufbruch der HEA hatte er mit weiteren Einheiten die Verfolgung einer zwanzigköpfigen Gruppe von Abtrünnigen aufgenommen, die sich ihren Weg durch die Ostalpen bahnte. Ohne Satellitenbilder oder Luftüberwachung entwischten ihnen die Rebellen immer wieder, bis Alpha Troop Nine den Abtrünnigen heute Morgen bedrohlich nah gekommen war. Daraufhin hatte sich die Miliz in einer unübersichtlichen Gegend um einen Gebirgsgrat aufgesplittet. Unbemerkt hatte sich eine kleine Nachhut zurückfallen lassen und seinem Trupp später an einem kargen Flussbett aufgelauert. Aus dem Hinterhalt heraus war der Angriff erfolgt, aber Ort und Zeitpunkt waren schlecht gewählt. Mit einem verfrühten Vorstoß der Abtrünnigen war ihr Vorteil des Überraschungsmoments verpufft, denn Finns Trupp hatte sich in einer erhöhten Angriffsposition befunden. Da sie zudem in der Überzahl waren, überwältigten sie die Angreifer. Bei dem Kampf war einer seiner Corporals, Fabio Poggiali, verletzt worden, wie der aufmerksame Lukas bereits bemerkt hatte. Ihm hatte eine Kugel die Schulter durchschlagen. Ein sehr schmerzhafter, aber nicht tödlicher Treffer und unter Berücksichtigung, was alles hätte passieren können, ein glimpflicher Ausgang. Finn richtete seine Aufmerksamkeit wieder auf den hilfsbereiten Lukas und dachte an die vereitelte Falle. »Der Zustand meines Corporals ist kritisch, und die Gefangenen sind nur Ballast. An allen Zufahrtsstraßen stehen weitere Truppen der HEA bereit, nur haben wir keinen Funkkontakt und wahrscheinlich auch keine Zeit, auf ihr Vorrücken zu warten ...«

»Eher nicht«, erwiderte Lukas. »Mit meinem Jeep könnt ihr den Verletzten ins Tal schaffen und gleich die anderen Einheiten verständigen. Es ist das einzige Fahrzeug im Dorf mit Sprit im Tank.«

»Mhm.« Finn nickte bedächtig und blickte auf den gedeckten Tisch, betrachtete aber nicht die Karte. »Und es sind wirklich keine weiteren Verwandten im Haus, die ihn von hier wegbringen könnten oder ein Nachbar?«

»Wie gesagt, meine Familie ist vor ein paar Tagen verreist. Nur mein Bruder ist da. Ich frage ihn. Wartet hier!« Lukas blieb diesmal länger weg, und als er wiederkehrte, begleitete ihn ein kräftiger Mann, der keine Ähnlichkeit mit ihm hatte.

»Markus Altmeier«, sagte er und schüttelte Finn knapp die Hand, auch sein Akzent war ausgeprägt, aber weicher. »Wir können gleich los.«

»Ist noch jemand im Haus verfügbar, der den Transport begleiten kann?«, fragte Finn, ohne sich vorzustellen und beachtete dabei genau Markus' Körpersprache. »Ich möchte nur ungern ein weiteres Teammitglied entbehren, solange die Hochverräter auf freiem Fuß sind.«

»Sonst ist niemand da.« Markus stand breitbeinig und mit verschränkten Armen vor dem Soldatentrupp, während hinter ihm ein verstummter Lukas wartete. »Die restlichen Dorfbewohner sind Weiber, Kinder und Alte. Sie werden euch nicht von Nutzen sein.«

Finn nickte leicht. »Wie viele Abtrünnige, schätzen Sie, sind es gewesen?«

»Ich würde meinen, dass die Gruppe höchstens fünf oder sechs Mann umfasst ... Oder, Bruder?«, fragte Markus hinter sich. Mit kargen Worten bestätigte Lukas die Anzahl, während er seine Hände zu Fäusten schloss. Dann öffnete er seine geschiente Hand einmal und die Linke zweimal, so als machte er eine Fingerübung. »Hervorragend, das wird ein Kinderspiel«, sagte Finn breit grinsend. »Die Gefangenen bleiben hier, während wir uns die restlichen Feiglinge schnappen. Markus, Sie können in ein paar Minuten mit Sanitätssergeant Rybák starten.«

Mit einem Nicken verließ Finn die Brüder und ging zurück zu seiner Einheit. Kurz erteilte er ihnen leise Befehle, dann kam Bewegung in Alpha Troop Nine. Zwei Soldaten verlagerten den verletzten Poggiali auf die Ladefläche des Jeeps und entfernten sich unbeachtet zu zweit zu Fuß, während die Gefangenen lautstark vorangetrieben wurden. Lukas verschwand im Haus, unterdessen sperrte Markus wie gewünscht den Schuppen auf. Mit wachsamen Augen beobachtete er, wie die Abtrünnigen hineingebracht wurden, die allesamt gefesselt waren und dicke schwarze Armbänder trugen. Anschließend verriegelte er die Tür wieder und brachte den Schlüssel zu Finn.

»Vielen Dank, Markus, Sie erweisen der EA heute einen großen Dienst.« Finn klopfte ihm auf die Schulter und verstaute den Schuppenschlüssel in seiner Brusttasche. Eine kleine Soldatin kam, schwankend unter dem Gewicht ihrer Ausrüstung, an ihnen vorbei. Mit einem festen Griff packte Finn sie am Oberarm und stabilisierte die Frau, die beinahe mit dem Jeep kollidiert wäre. Er wirkte ihrer überdrüssig, sagte aber nichts zu ihr, sondern er wandte sich erneut an Markus. »Höchstens sechs Feinde sind hier durchgekommen, richtig?«

»Vielleicht sogar nur fünf«, erwiderte Markus beflissen.

Finn nickte wieder, und seine nächsten Worte waren an die Soldatin gerichtet: »Sergeant Ginsberger, steigen Sie ein, sie werden uns nur aufhalten. Der Rest: Abmarsch!«

Markus nahm auf dem Fahrersitz Platz, Lucija Ginsberger setzte sich mit hängendem Kopf neben ihn, nachdem sie ihren Rucksack im Fußraum verstaut hatte. Als letztes kletterte der Sanitätssergeant, der vom Trupp nur Sani genannt wurde, auf die Ladefläche und kniete sich neben Poggiali. Finn schlug kräftig auf das Heck des Wagens, und unverzüglich fuhr der Krankentransport los. Wenig später starteten in drei Zweierreihen die restlichen Soldaten von Alpha Troop Nine.

Lucija hatte den Kopf Richtung Fenster gewandt, und Markus glaubte, sie schniefen zu hören. Ihr Geheule war widerlich, aber für ihn absolut vorhersehbar. Ihm war immer klar gewesen, dass Weiber keine Soldaten waren. Das ganze Konzept einer gemischten Armee fand er einfach lächerlich, das brachte jeden in der Einheit unnötig in Gefahr. Die Tusse neben ihm schien besonders schwächlich und sensibel zu sein. Ihr Offizier hatte das erkannt, daher hatte er sie jetzt am Hals. Genervt fuhr er den Wagen um die nächste Biegung, als der Sanitätssergeant an die hintere Scheibe hämmerte und ihn aus seinen Überlegungen riss. Mit wilden Zeichen signalisierte der Mann ihm, rechts ranzufahren. Schnell versicherte sich Markus, dass der Transport vom Dorf aus nicht mehr zu sehen war, dann kam er nur zu gern dem Wunsch nach. Ungeduldig lenkte er das Fahrzeug zur Seite, während er seine rechte Hand unter seine Jacke schob.

In der Spiegelung der Scheibe blitzte die kantige Silhouette einer Pistole auf. Lucija reagierte sofort. Fest umfing sie mit beiden Händen die Waffe und zog den Arm in einer fließenden Bewegung in die Überstreckung. Mit einem schnellen Ruck kugelte sie Markus die Schulter aus, und bevor der Schmerz zu seinem Gehirn vordringen konnte, brach sie ihm die Finger der rechten Hand. Vollkommen mühelos als bestänhen sie nur aus Streichhölzern. Schreiend ließ er die Pistole los, und mit einem dumpfen Aufprall verschwand sie unerreichbar im Fußraum. Ohne einen Augenblick zu zögern, nahm Lucija seinen derangierten Arm in die Zange und drückte ihn weit nach hinten. Um weiterem Schmerz zu entgehen, neigte er seinen Oberkörper weiter nach vorne, dann ballte er mit aller Kraft seine unverletzte Hand zusammen. Aber bevor er ausholen konnte, schlug sie mit ihrem Ellenbogen hart gegen seine Schläfe. Durch die Wucht des Schlages prallte seine Nase seitlich auf das Lenkrad und brach geräuschvoll.

Der Kopf des Abtrünnigen fiel kraftlos nach vorne, und er bewegte sich nicht mehr. Geschwind schob Lucija die Heckscheibe zur Ladefläche auf. Poggiali grinste sie an und hielt beide Daumen hoch, während Sani aus einem der Rucksäcke ein paar Handschellen sowie ein schwarzes EMD-Sicherheitsarmband holte. Wortlos nahm sie beides entgegen und legte es dem vermeintlichen

Markus an. Das Armband war dazu konstruiert, Standortdaten zu übertragen und dem Träger mittels eines Signals elektrische Impulse zu versetzen, die ihn von weitem außer Gefecht setzen konnten. Aufgrund der Störsignale vom Tholus war die Funktion des Gerätes unzuverlässig, und die Ortung wie auch die Reichweite waren äußerst eingeschränkt. Dennoch war es eine zusätzliche Sicherheitsmaßnahme, auf die sie zurückgriffen, da ihnen der Einsatz von tödlichen Waffen von der Interimsregierung untersagt war. Eine Anordnung, die dem Schutz vor einer Vergeltung durch die Exesor diente, wenn diese das Vorgehen gegen die Abtrünnigen als Bruch des Babylon-Manifests auslegen würden. Konsequent verharmloste die Führung der EA den Kampf. In der Öffentlichkeit bezeichneten sie ihr Vorgehen als Operation zur Wiederherstellung der konstitutionellen Ordnung, kurz als *Weißes Gefecht*, symbolisiert durch eine Friedenstaube. In der Realität war es ein bewaffneter Konflikt, wobei die Truppen der HEA versuchten, schnell und mit minimalen Schäden zu agieren, während ihre Gegner auf Eskalationskurs gingen.

»Sani. T minus fünf!«, informierte Lucija ihn, während sie ein letztes Mal ihre Ausrüstung checkte. Zuvor hatten sie gemeinsam den Gefangenen aus der Fahrerkabine auf die Ladefläche neben ihren verletzten Kameraden gehievt.

»Geht es, Poggiali?« Sani drückte ihm die Fernsteuerung für das EMD-Sicherheitsarmband und ein Funkgerät in die Hände, eine Elektroschockpistole legte er ihm ebenfalls in Reichweite. »Schön wach bleiben, Corporal! Und vergiss nicht, die Verstärkung zu rufen.«

»Ich besorge euch Rückendeckung«, versicherte Poggiali, und als sich seine Kameraden entfernten, setzte er den ersten erfolglosen Funkspruch ab.

Ostalpen Malbun, Ortseingang - Deckungsteam

Ein Brandsatz mit elektronischem Zeitzünder war seitlich am Schuppen angebracht, und die letzten Sekunden liefen ab, als

Sani seine Stellung bezog. Lucija hatte unterdessen das Haus von Lukas umrundet und sich am Hintereingang positioniert. Auf ihrem Weg entdeckte sie die Verstärkung, es waren zwei Soldaten ihres Trupps, die sich im dichten Gebüsch verbargen.

Mit einem kleinen Zischen detonierte der Sprengsatz, und qualmend schlängelten sich Flammen am Holz hinauf. Eine Minute verging, und im Haus rührte sich niemand. Langsam wurde Sani nervös, denn die dichte Rauchentwicklung drohte, die Gefangenen zu ersticken, während Lucija Bedenken bekam, dass der aufsteigende Rauch die anderen Abtrünnigen warnen könnte. Vorsichtig kroch sie näher zur Hintertür, als drei bewaffnete Männer vorne aus dem Haus stürmten. Einer hatte eine Axt und traktierte sogleich den Eingang des Schuppens. Seine Kameraden gaben ihm Feuerschutz, wurden aber von den HEA-Soldaten ins Kreuzfeuer genommen. Zur selben Zeit betrat Lucija leise Lukas' Haus, wo ein weiterer Abtrünniger hinter der halbgeschlossenen Eingangstür kauerte. Tief knieend feuerte er aus seiner geschützten Position heimtückisch auf die HEA-Soldaten und hielt sie damit in Schach. Unbemerkt näherte sich Lucija bis auf wenige Meter, als er plötzlich nach einem zierlichen Beistelltischchen griff und es ihr entgegenschleuderte. Umgehend duckte sie sich, um auszuweichen, und der Tisch flog haarscharf über sie hinweg. Mit einem Knall zerbarst er an der Wand in seine Einzelteile. Nun richtete der Mann seine Pistole auf sie. Flink wirbelte sie herum und trat sie ihm aus der Hand. Scheppernd rutschte die Waffe über den kalten Fliesenboden und so auch Lucija, denn er hatte sich ihren Fuß geschnappt. Ruckartig zerrte er an ihrem Bein, bis sie ihm ihren freien Fuß in den Magen stieß. Eilends holte sie erneut aus und versetzte ihm einen Tritt gegen die Schläfe. Endlich lockerte er seinen Griff, und sie sprang mit einem Satz auf. Ihre Schläge hatten nicht die nötige Kraft gehabt, ihn außer Gefecht zu setzen. Rasend vor Wut rammte er sie aus der Hocke zu Boden. Ihr verschlug es den Atem, und sofort kassierte sie Prügel. Der beleibte Mann schlug mit seinen schweren Fäusten unentwegt auf sie ein. Ihre Arme hatte sie zur Abwehr hochgerissen und blockte ihn bestmöglich ab. Kein Laut kam ihr über die Lippen, obwohl er mehrere schmerzliche Treffer landete. Dann zeigte er die ersten Anzeichen für Erschöpfung, und sie hob unvermittelt ihr Knie an. Um seine Weichteile zu schützen, ließ er seine Deckung fallen. Nun holte sie zum Gegenschlag aus. Fest boxte sie ihm mehrfach ins ungeschützte Gesicht. Diesmal erwischte sie ihn mit voller Kraft, und ihr Gegner heulte laut auf. Dennoch ließ er sich nicht unterkriegen, sondern griff mit ungeahnter Schnelligkeit nach einem alten gusseisernen Krug. Sogleich holte er weit aus. Sein Ziel war es, ihr den Schädel zu zertrümmern, aber seine ausladende Bewegung war sein Verhängnis. Bevor er wusste, wie ihm geschah, zog sie ihre Beine unter ihm weg und wickelte sie eng um seinen Hals. Mit seinem eigenen Schwung knallte sie seinen Kopf auf die Fliesen. Augenblicklich sickerte Blut aus einer breiten Platzwunde, und er fiel in sich zusammen. Keuchend wälzte sie den regungslosen Angreifer beiseite, als Sani das Haus betrat und ihr nur noch die Hand zum Aufstehen reichen konnte.

Für die Umgebung war das gesamte Manöver nahezu lautlos verlaufen, denn beide Seiten hatten Schalldämpfer benutzt, um die jeweils gegnerischen Truppen nicht zu alarmieren. Vor dem Haus erstickten die anderen zwei Soldaten zügig das Feuer, bevor sie die Gefangenen evakuierten. Sani fand den im Keller eingesperrten, unverletzten Lukas mit seiner Familie. Nach ihrer Befreiung bestätigte Lukas ihnen, was er bereits zuvor mit seinen versteckten Handzeichen versucht hatte zu vermitteln. Die Miliz hatte Malbun nie verlassen, sondern sich mit Geiseln in den zwei letzten Gebäuden am Ortsausgang verschanzt. Genau dort, wohin Finn den Stoßtrupp führte, auf offener Straße, an deren Ende die Abtrünnigen ihren Verfolgern auflauerten.

Ostalpen Malbun, Ortsausgang - östliches Gebäude

Gut dreißig Menschen drängten sich auf dem engen Raum zusammen. Die Frauen, Männer und Kinder wichen jedem seiner Blicke aus. Er spürte ihre Angst, er roch sie in der Luft, und ihm gefiel das Gefühl der Macht. Es vertrieb seine eigene Panik und es ließ ihn trotz der Strapazen der letzten Tage wachsam bleiben. Wie die Höllenhunde hatten die verblendeten Marionetten der EA sie über die Alpen gehetzt. Aus allen Richtungen waren sie ihnen immer näher zu Leibe gerückt. Noch an diesem Morgen hatte er geglaubt, dass es ihm und seinen Kriegern der Wahrheit nicht gelingen würde, zum Grauen General vorzustoßen. Doch nun waren sie die Jäger, und der blonde Hüne führte seine Herde arglos in den Abgrund. Aus seinem Fenster konnte er sehen, wie die Lakaien der HEA vorsichtig jede Seitenstraße absicherten, bevor sie weiter voranschritten. Aber es würde ihnen nichts nutzen, sie waren ihnen ausgeliefert. Von drei Seiten würden seine Männer sie in die Mangel nehmen und sie zerfleischen. Unbemerkt rückte bereits die befreite Nachhut mit fünf weiteren Kriegern vor, sie würden dem HEA-Abschaum in den Rücken fallen. Viel würde für die Nachhut wohl nicht zu tun sein, denn er plante, von vorne einen vernichtenden Kugelhagel auf sie abzufeuern. Bei ihrer Flucht aus dem Fort war ihnen leider nicht die Zeit geblieben, sich mit schweren Geschützen auszurüsten. Sie verfügten daher weder über Sprengstoff noch Scharfschützengewehre. Doch es war unbedeutend, die anderen hatten auch so keine Chance. Sein Finger streichelte über den Abzug, der HEA-Trupp war bereits so nah, dass er das selbstgefällige Lächeln des Captains erkennen konnte. Es juckte ihn abzudrücken, aber er musste sich gedulden. Noch ein paar Meter, dann würde es endlich so weit sein.

37

Vergissmeinnicht

Ostalpen Malbun

Finn schritt mit den verbliebenen fünf Mann über die Hauptstraße, ihnen klebte eine Zielscheibe auf der Brust, die mit jedem Schritt klarer hervortrat. Sein Team war angespannt, und er spürte, wie das Adrenalin durch seine Venen jagte. Gefährlich weit war er mit seinen Männern bereits vorgerückt, sie konnten nicht anhalten, ohne Verdacht zu erregen. Es schien, als hätte sich die Zeit mit ihren Feinden gegen sie verschworen. Ungeschützt steckten sie im Niemandsland fest.

»Rybák und Ginsberger: in Position. Östlich.« Im blendenden Schein der untergehenden Sonne und mit dem Kalkül, dass sich die Rebellen auf den feindlichen Stoßtrupp konzentrieren würden, waren Lucija, Sani und die zwei Soldaten zum Ende der Ansiedlung geschlichen. Auf dem Weg hatten sie die von den Rebellen besetzten Gebäude bestätigt, nun hatten sie unbemerkt ihre

Posten bezogen. »Vorne vier Zielpersonen, ein weiterer Mann im hinteren Bereich mit unbekannter Anzahl von Geiseln. Handfeuerwaffen – P30. Visuell sind keine Sprengstoffe oder Granaten erkennbar, der Infrarotscan ist ebenfalls negativ.«

Störungsfrei kam das Signal des Kommunikationsgerätes in Finns Ohr an, etwas, das dieser Tage eine Seltenheit war. Erleichtert atmete er durch, sie waren zumindest nicht mehr blind. Lucija lag im Obergeschoss eines Nachbarhauses auf der Lauer und hatte den einzelnen Geiselnehmer im Visier. Unterdessen drückte sich Sani an die Hauswand neben dem vordersten Fenster. Sobald sie ihre Mitteilung beendet hatten, meldete sich das zweite Deckungsteam und teilte die gleichen Aktivitäten im westlichen Haus mit.

»Zugriff!«, rief Finn aus. Blendgranaten flogen durch die Fenster und explodierten lautstark, Glas klirrte. Helles Licht flackerte auf, und der Stoßtrupp sprintete aus dem gegnerischen Schussfeld. Geteilt in zwei unabhängige Sturmtruppen rückten sie weiter auf die besetzten Gebäude vor. Jetzt setzten die Deckungsteams Narkosegranaten ab, die jeden betäubten, der das durchsichtige Gas einatmete. Unverzüglich legten die Sturmtruppen ihre Schutzmasken an und machten sich bereit zum Zugriff.

»Narkosegranaten abgefeuert«, kam die Durchsage vom westlichen Deckungsteam. »Clear!«

»Zweites Geschoss abgefeuert«, riefen Sani und Lucija aus, doch nur er bestätigte auch die erfolgreiche Detonation. Eine kurze Funkstille trat ein, jetzt meldete sie: »Blindgänger! Wiederhole, Ladung nicht detoniert. Zielperson bei den Geiseln, nicht ausgeschaltet. Erneuter Versuch.«

Es war das Geräusch zu hören, wie nachgeladen wurde, aber kein erneuter Abschuss erfolgte.

»Status, Sergeant?«, forderte Finn sie auf, während er mit den Sturmtrupps die letzten Meter bis zu den Eingängen zurücklegte.

»Ladehemmung!« Lucija schmiss den Granatwerfer zur Seite, um sich ihr modifiziertes M40 Gewehr zu greifen.

»Übernehme!«, rief Sani und wandte sich dem hinteren Fenster zu, als der verbliebene Geiselnehmer seine Waffe plötzlich hochriss.

»Deckung«, schrie Lucija die Warnung heraus, aber es war bereits zu spät. Kugeln peitschten durch die Luft. Anfangs schlugen sie in die Wand ein, danach schossen sie durch das Fenster. Ein Querschläger bohrte sich in Sanis Arm, ein zweiter Schuss traf ihn in den Bauch und brachte ihn zu Fall. »Rybák getroffen. Sergeant Daniil Rybák ist am Boden. Ziel weiterhin nicht ausgeschaltet.«

Ostalpen Malbun, Ortsausgang - östliches Gebäude

Eine Explosion hatte das Fensterglas zu seiner Rechten splittern lassen, als ein schwarzes Geschoss durch die Scheibe gerast war. Ihm war nur eine Sekunde Zeit geblieben, bevor ein ohrenbetäubender Knall den Raum erschüttert und gleißendes Licht ihn geblendet hatte.

Orientierungslos taumelte er zurück, während ungesehen ein zweiter Flugkörper hineingesegelt kam und über den Boden rollte. Blindlings feuerte er seine Pistole in die Richtung ab, in der er den Schützen vermutete. Geschrei dröhnte durch den Raum, als er unaufhörlich den Abzug betätigte. Sein Magazin knackte, es war leer, und er sprang zur Seite. Schemenhaft nahm seine Umgebung wieder Formen an, und das Fiepen in seinen Ohren ließ langsam nach. Er packte sich den ersten Körper, den er erreichte. Es war ein Kind, und es zappelte wie verrückt. Seine Mutter hielt es an den Beinen fest und schrie. Er trat nach der Frau, aber obwohl er sie hart am Kopf traf, ließ sie sich nicht abschütteln. Ein Mann, wahrscheinlich der Vater, baute sich mit seiner breiten Statur vor ihm auf, und er sah einen Ausweg. Achtlos ließ er das dürre Kindchen fallen, und die Mutter zog es schnell an sich. Sogleich kauerte sie sich über dem weinenden Ding zusammen, um es vor weiterem Schaden zu schützen. Jetzt machte der Vater Anstalten, zu seiner Familie zurückzukehren, aber er verhinderte es, indem er sein Bajonett zückte.

Eiskalte Stille. Nach Lucijas Bericht wirkte das Straßenbild wie eingefroren. Bewegungslos verharrte Alpha Troop Nine einen kurzen Moment, bis ein Knacken durch die Leitung fuhr und den Bann durchbrach. »Sichtkontakt zur Zielperson verloren.«

»Wir gehen rein«, erteilte Finn den Befehl. Er legte seine Hand auf den Türknauf des östlichen Gebäudes, nickte einmal zu seinen Hintermännern, dann stieß er die Tür auf. Zuerst zielte er nach links, trat einen Schritt in den Raum und schwang seine Waffe nach rechts. »Vier Mann am Boden!«

»Bestätige, vier Mann am Boden«, kam auch die Meldung vom westlichen Sturmtrupp, »stoßen vor in den nächsten Raum.«

Wie bei einer Spiegelung gingen beide Sturmtrupps exakt gleich vor. Der jeweils letzte Mann löste sich aus der Formation, um den Raum zu sichern und die bewusstlosen Abtrünnigen zu fesseln. Während die verbleibenden zwei Soldaten tiefer in das Gebäude eindrangen.

»Kein Sichtkontakt!«, wiederholte Lucija, bevor sie es riskierte, einen schnellen Blick auf Sani zu werfen. Mit Grauen sah sie, wie er verzweifelt seine Hände auf seinen Bauch drückte und dennoch unaufhörlich das Blut heraussickerte. Seine Uniform war bereits rot durchtränkt. Nur widerwillig riss sie sich von seinem Anblick los, um erneut ihr Ziel zu suchen. »Sergeant Rybák verliert sehr viel Blut. Er ist bei Bewusstsein, aber es sieht nicht gut aus.«

»Westliches Gebäude gesichert. Geiseln frei«, teilte das westliche Deckungsteam mit. »Erbitten Befehle.«

»Übernehmt Versorgung und Sicherung des Hinterausgangs am östlichen Gebäude.«

»Verstanden«, kam die Bestätigung.

Finn schaute schräg hinter sich und zuckte mit seinem Kopf in Richtung des Hinterzimmers. Der dritte Mann verstand den Befehl, nickte knapp und reihte sich wieder ein, bereit zum Stürmen.

Plötzlich kam der Abtrünnige zurück in Lucijas Blickfeld. »Sichtkontakt, ein Kind in unmittelbarer Bedrängnis.«

»Verstanden!« Zügig näherten sie sich der nächsten Tür, und bevor Finn weitere Instruktionen geben konnte, meldete sie sich erneut.

»Freies Schussfeld. Wiederhole: freies Schussfeld. Geisel ist frei.« Lucija zielte mit dem Fadenkreuz mitten auf die Stirn des Geiselnehmers und machte sich bereit zum Abschuss.

»Ausschalten!«, gab Finn sofort die Freigabe.

»Abbruch! Kein freies Schussfeld. Wiederhole, kein freies Schussfeld mehr gegeben.« Lucija ließ den Abzug langsam wieder los, verfolgte ihre Zielperson aber weiter. »Neue Geisel. Männlichem Erwachsenen wird ein Messer an die Kehle gedrückt. Weitere Geiseln werden mit der leeren Pistole bedroht, schieben sich mir ins Sichtfeld.«

Der letzte Gegner stand mit dem Rücken zur Wand, und seine ausweglose Lage machte ihn umso gefährlicher. Eine Verhandlung mit ihm war aussichtslos, die Abtrünnigen verhandelten nicht. Sie waren wie Granaten, bei denen der Splint fehlte. Jede Minute, die verging, machte ein Blutbad wahrscheinlicher, und so entschied sich Finn binnen Sekunden. »Geiselnehmer ohne Munition?«

Das typische Geräusch des leeren Magazins hallte in ihrem Kopf wider. Lucija hatte es vernommen, nachdem Sani zu Boden gegangen war. Sie glaubte, es gehört zu haben. Kurz flackerte Verunsicherung in ihr auf, dann antwortete sie fest: »Hundertprozentig!«

»Abschuss der männlichen Geisel, sobald sich die Gelegenheit ergibt! Wiederhole: Abschuss der Geisel freigegeben.« Sekunden des Schweigens. »Sergeant Ginsberger, Befehl bestätigen!«

»Befehl bestätigt«, lautete ihre klare Antwort nach kurzem Zögern. »Ausschalten der männlichen Geisel.«

»Gehen rein!« Finn trat die Tür auf und richtete seine Waffe auf die Decke. Sofort drückte er mehrfach ab und die freistehenden Geiseln warfen sich wieder zu Boden.

Auch der Geiselnehmer drückte seine Waffe ab, aber nichts geschah. Währenddessen presste Lucija ihr Auge hart auf das Zielfernrohr und hielt die Luft an. Obwohl sie den oberen Brustbereich der Geisel des Abtrünnigen bereits erfasst hatte, korrigierte sie den Gewehrlauf wenige Millimeter nach oben, bevor auch sie abdrückte. Ihr Schuss schallte noch nach, als der Geiselnehmer sich sein Bajonett tief durch die dünne Haut in die Kehle stieß. Zitternd zog er die Klinge wieder heraus und schleuderte sie kraftlos Finn entgegen, bevor er zusammenbrach. Blut quoll ungehemmt hervor, er hatte die Aorta mit der Schneide präzise durchschnitten.

Ostalpen Malbun, Ortseingang

Wie eine Lawine rollte ein Zug aus fünfzehn Fahrzeugen mit schwerem Geschütz samt Infanteriepanzer an. Unter der Verstärkung war auch ein umgerüsteter LKW, der als mobiles Lazarett fungierte. Als Teile von Alpha Troop Nine mit dem verwundeten Sani zum Vorschein kamen, ließ man das Sanitätsfahrzeug vorwegfahren. Ein Rettungstrupp machte sich zügig auf den Weg, um die Verletzten zu holen, während weitere Einheiten die Umgebung sicherten.

»Captain Evans«, grüßte ein gutgelaunter Major, er war von einem gepanzerten Jeep gesprungen. »Corporal Poggiali schickt uns, aber wie es scheint, sind wir bereits zu spät. Meldung, Captain.«

»Neunzehn gefangene Abtrünnige, ein weiterer ist tot. Die Miliz hatte die Dorfbewohner als Geiseln genommen und uns eine Falle gestellt. Wir waren gezwungen, ohne Artillerie und Nachschub sofort zu stürmen. Bei dem Einsatz wurde mein Sanitätssergeant niedergeschossen, zudem wurden zwei Dutzend Zivilisten und Gefangene verletzt«, bilanzierte Finn gereizt, salutierte und entfernte sich, bevor der Major ihn entließ. »Ihr seid zu spät, viel zu spät!«

Ostalpen Malbun, 21.05.001 n. EB

Ein warmer, trockener Fallwind durchzog das Tal, als ein Hahn krähte und den Morgen noch vor dem ersten Licht verkündete. Die gesamte Nacht war geschäftig gewesen. Zuerst hatte der

Sanitätszug die Verletzten versorgt und schwere Fälle ins Tal zur weiteren Behandlung gebracht. Corporal Poggiali und Sergeant Rybák waren unter ihnen, dabei hatte Sani zuerst stabilisiert werden müssen, bevor sie ihn überhaupt verlegen konnten. Sein Zustand war wenig hoffnungsvoll. Neben Finns Männern war eine Frau mit frühzeitigen Wehen im Krankenhaus gelandet und zwei Abtrünnige, die das Pech hatten, im Nahkampf auf Lucija zu treffen. Alle übrigen Rebellen waren nach der ersten medizinischen Versorgung durch die eingetroffenen Mitarbeiter des ICN befragt worden. Ohne Überraschung hatte jeder von ihnen die drei Loyalitätsfragen gleich beantwortet, zweimal positiv und einmal negativ. Keiner von ihnen war ein Exesor, dafür waren alle schuldig des Hochverrats und der Kriegstreiberei. Durch die letzte Verordnung des Bürgercouncils war danach eine umfangreiche Befragung gestattet. Die wichtigsten Fragen waren hierbei die Namen von unentdeckten Abtrünnigen, ihre Truppenstärke, ihr Aufenthaltsort und ihre Strategie. Doch Conti war raffiniert und äußerst misstrauisch, daher hatte er nur wenige ins Vertrauen gezogen. Es gab einen innersten Zirkel, der ihm fanatisch gehorchte und willig war, für ihn zu sterben. Ein Umstand, der dazu geführt hatte, dass sich Leichen stapelten, wo immer sie führenden Abtrünnigen zu nah gekommen waren. Die Geschehnisse von Malbun waren da keine Ausnahme, denn die Gefangenen konnten ihnen keine dienlichen Informationen liefern, sondern identifizierten einstimmig den toten Geiselnehmer als ihren Anführer. Da dieser den Freitod gewählt hatte, um dem Zwang der Syn zu entgehen, stand die EA weiterhin am Anfang, und ihre Aussichten auf ein schnelles Ende der Kämpfe waren erneut dahin.

Nach dem Abschluss der Verhöre hatte man die Hochverräter abtransportiert, danach war der Loyalitätstest bei den verstörten Dorfbewohnern durchgeführt worden. Einziges Ergebnis war hierbei die Entlarvung eines alten Mannes als Sympathisant der Befreiungsfront. Doch da er sich weder den Abtrünnigen angeschlossen noch diese in ihrem Tun unterstützt hatte, war er lediglich verwarnt worden. Mit ehrlicher Erleichterung hatte Finn beobachtet, dass die EA solche Delikte nicht mit Strafe ahndete, sondern Andersgesinnte, die sich friedlich verhielten, in Ruhe ließ. Seit der Gründung der neuen Republik hatte er befürchtet, dass diese danach trachtete, die Demokratie und die Meinungsfreiheit der Bürger zu beschneiden, indem sie das Tribunal über alles Recht stellte und Wahlen ausschloss. Nun sah die Sache etwas besser aus, denn die EA hatte unerwartet für den letzten Sonntag im Juni, eine Woche nach der Sommersonnenwende, eine Volksabstimmung angesetzt, die über die Legitimation der EA entscheiden sollte. Bei positiver Abstimmung würden im Herbst umfassende Wahlen abgehalten werden. Diese Neuigkeit und das untadelige Vorgehen des ICN waren für ihn die einzig guten Nachrichten seit Beginn des Gefechts.

Als Colonel Joannou ihm vor dem Einsatz eröffnet hatte, dass die Möglichkeit bestünde, in Brüssel zu bleiben, war er kurz versucht gewesen. Im ersten Moment hatte er geglaubt, dass kein TAF-Mitglied ausrückte. Doch diesen Irrtum hatte Arvo schnell korrigiert und seinen Plan für die weitere Inszenierung der Völkervereinigung präsentiert. Unter dem Slogan: *Vereinigt für Licht*, was eine Weiterentwicklung des Leitspruchs der EA darstellte, sollten die APs gemeinsam im Kampf gegen die Abtrünnigen auftreten. Durch dieses neue Konzept waren fast alle zivilen Ehepartner mit der HEA zusammen aufgebrochen und unterstützten diese seither in verschiedensten Bereichen. So auch Stéphanie, die sich gegen den Willen von Maxim dazu bereit erklärt hatte, auszurücken. Genauso wie Lene, die sich als Leiterin des ICN mit den Verhören von aufgegriffenen Abtrünnigen beschäftigte. Gemeinsam mit ihren Ehepartnern und den anderen Paaren lieferten sie einen beschönigten Einblick von der Front des Weißen Gefechts. Alle APs waren vereint, bis auf vier, denn Alise war wegen ihrer Tätigkeit im Sanitätsdienst für die HEA unabkömmlich gewesen, dasselbe galt für Cornel, der sich um Jamey kümmerte. Ursprünglich sollten sie das einzige getrennte Ehepaar sein, aber Finn hatte Arvo einen Strich durch die Rechnung gemacht. In der Besprechung hatte er klargestellt, dass weder Katharina mitziehen noch er zurückbleiben würde.

Mittlerweile zweifelte er an seiner Wahl, denn zwei seiner drei Beweggründe zum Einsatz hatten sich in Luft aufgelöst. Zwar

war es immer noch im besonderen Maße seine Pflicht zu kämpfen, doch Silan Conti war, wie die meisten seiner Anhänger, verschwunden. Nur wilde Gerüchte rankten sich um seinen Verbleib, und Finn war genauso weit davon entfernt, ihn zu finden wie Alé oder seinen Bruder. Es war alles schiefgegangen, denn Alé oder besser gesagt die drei Frauen, die möglicherweise für ihre wahre Identität in Frage kamen, waren im gesamten Sektor verstreut. Entgegen ihrer eigentlichen Bestimmung war die TAF aufgesplittert worden. Damit war seine Chance, Stéphanie, Lene oder Alise zu enttarnen, dahin, wie auch seine Möglichkeit, den Tholus zu öffnen und das Gefecht zu beenden. Trotz der Entwicklungen und seiner neuesten Zweifel war seine damalige Entscheidung für den Einsatz richtig und logisch gewesen. Doch tief in seinem Inneren wusste er, dass letztendlich nicht Alé, sein Bruder oder sein Pflichtgefühl der ausschlaggebende Faktor gewesen waren. Sondern Katharina und der Wunsch, sie, um jeden Preis, zu beschützen. Für ihn stand außer Frage, dass ihre langfristige Sicherheit nur mit der Vernichtung der Befreiungsfront und des Tholus möglich war. Trotzdem nagte es an ihm, nicht bei ihr zu sein, und nur das Wissen, dass sie weiterhin rund um die Uhr bewacht wurde, hielt ihn bei Verstand. Durch seinen Freund Nenad, der ihr als Personenschützer zugeteilt war, erhielt er zudem täglich kurze Berichte über ihr Wohlbefinden. Er selbst schrieb ihr nicht. Stattdessen betrachtete er oft nachdenklich einen flach gepressten Strauß aus langstieligen Blumen mit fünfzähligen, tiefblauen Blüten und leuchtend grünen Blättern. Das kleine Bündel hatte er in dem braunen Lederbuch entdeckt, das Katharina ihm gegeben hatte, und aus unerfindlichen Gründen faszinierte es ihn.

Knirschend öffnete sich die Eingangstür der Familie Altmeier, und er tauchte aus seinen Gedanken auf. Lukas erschien in einer Uniform und mit einem vollen Rucksack. Seine Armschiene hatte er abgelegt. Er drückte sich einen plüschigen Teddybären an die Brust, während er seinen Sohn, das Baby und dann seine Frau küsste. Ihre Verabschiedung war liebevoll, aber kurz und ohne Tränen, denn die Eltern wollten ihre Kinder nicht spüren lassen, dass es ein Abschied auf ungewisse Zeit sein würde. Eilig schloss die Frau die Tür, und Lukas ging auf Finn zu, der unter dem schwachen Licht einer Straßenlaterne im taufrischen Gras saß. Finn legte die Blumen mit dem Buch beiseite, stand auf und drückte vorsichtig Lukas' Hand.

»Ich hatte noch keine Gelegenheit, mich bei dir zu bedanken. Du hast heute viel riskiert, um uns zu warnen. Ohne dich wäre wohl mein gesamter Trupp im Hinterhalt der Abtrünnigen gefallen.«

»Und nach euch die Bürger von Malbun«, erwiderte Lukas grimmig. »Du brauchst mir nicht zu danken, ich war selbst Gebirgsjäger und wünschte, ich hätte mehr tun können.«

»Ich dachte, Liechtenstein gehört zu den wenigen Ländern ohne Armee.« Unbeabsichtigt klang Argwohn aus seiner Stimme, aber Lukas ignorierte es.

»Haben wir auch nicht, dafür aber die Schweiz. Es ist Fluch und Segen zugleich, eine doppelte Staatsbürgerschaft zu besitzen. Vor Excidium Babylon war ich Reservist bei der Schweizer Armee, bis die HEA sie ersetzte. Jetzt melde ich mich freiwillig.«

»Und genau das solltest du nicht tun.« Finn hob sein Buch auf, steckte den getrockneten Strauß vorsichtig hinein und verstaute alles zusammmen. »Ich verdanke dir mein Leben und nun rette ich dir vielleicht deines. Geh wieder rein, und bleib hier! Du hast Kinder und eine Frau, die dich brauchen.«

»So wie die meisten. Und auch auf dich scheint jemand zu warten. Sonst hättest du wohl keinen Strauß *Myosotis* bei dir.« Lukas hatte die leuchtend blaue Blüte mit dem typischen gelben *Auge* erkannt, und Finn, der im Begriff gewesen war zu gehen, blieb stehen. »Selten ranken sich um eine einzelne Blume so viele Legenden und Sagen. Abschied in Liebe und ewige Erinnerung, heißt es immer wieder darin. Lieblich und zäh sind die kleinen Dinger, genau wie die Frauen. Ein ganzes Meer wächst davon hinter unserem Haus ... Vielleicht sollte ich noch einmal danach sehen.«

Lukas hatte mehr zu sich selbst gesprochen als zu Finn, der weder den Namen noch die Bedeutung der Blume gekannt hatte. Nun stellte Lukas seinen Rucksack ab, steckte sich den Teddy liebevoll in seine Jackentasche und verschwand ohne eine weitere Erklärung. Finn blickte ihm sprachlos nach, dann setzte er sich wieder ins Gras und holte erneut das Lederbüchlein hervor.

Einer Inspiration folgend, schrieb er die ersten Worte für Katharina hinein.

Als die letzten Soldaten Malbun verließen, saß auch Lukas hinten auf dem Truck. Sein Blick war auf sein Holzhaus gerichtet, bis es in der Ferne verschwand. Kurz danach verlor sich der schmale Bach im satten Grün, und wenig später waren auch die rauen Bergketten verschwunden, die seit jeher das Hochtal umschlossen.

38

Friedensbruch

Europäischer Sektor, 21.05. −02.06.001 n. EB

U nverhüllter Krieg war ausgebrochen – das eine, was die EA um jeden Preis hatte verhindern wollen, war geschehen und wütete seitdem. Alpha Troop Nine hatte Malbun erst wenige Stunden zuvor verlassen, da waren Abtrünnige im gesamten Sektor offen in Erscheinung getreten. Wie Hyänen waren sie aus ihren Verstecken gekrochen und hatten im Schutz der Nacht sechsundvierzig schlafende Städte überfallen. Dabei hatten sie die gut geschützten Hauptstädte gemieden und stattdessen Ziele aufgrund der Bevölkerungszahl, der Lage oder der Wirtschaftsleistung ausgewählt. Manche Städte hatten eine Besatzung schnell und effektiv abgewehrt, allen voran Mailand. Die Italiener hatten die Milizen noch in derselben Nacht aus ihrem Land vertrieben. Andere Orte litten länger unter den Angriffen, und wenn die HEA sie endlich zurückdrängen konnte, hinterließen die Rebellen nichts als verbrannte Erde.

Nach fast zwei Wochen der offenen Kämpfe hielten die Abtrünnigen eisern an sieben Städten fest: Porto, Den Haag, Odessa, Brünn, Tartu, Warna und Dubrovnik. Mit gnadenloser Gewalt beschwor der Graue General seine Truppen, die Hochburgen zu verteidigen, während er selbst nach weiteren Anhängern suchte. Trotz der Eskalation gelang es ihm, sich weiteren Rückhalt in der Bevölkerung zu sichern. Jene, die seinen Verschwörungsmythen Glauben schenkten und willig waren, schloss er zu einer zivilen Anhängerschaft *der Freibürger* zusammen. Diese Verschwörungstheoretiker aus zumeist Rechts- und Linksradikalen agierten aus dem Verborgenen heraus, um ihre Brüder und Schwestern in ihrem Kampf zu unterstützen. Heimlich verbreiteten sie seine Hasspredigten weiter, schafften Verstecke für seine Gefolgsleute und versorgten seine Truppen mit Geld, Lebensmitteln oder sogar Waffen. Vereinzelt war der Personenkult um Silan Conti so mächtig, dass Freibürger in seinem Auftrag Sprengstoffattentate auf Regierungsgebäude, Fabriken und die HEA verübten. Als Republikfeinde gebrandmarkt, wurden sie vom Tribunal als Hochverräter verurteilt und öffentlich hart bestraft, wenn man ihrer durch die Syn habhaft wurde. Als Konsequenz der strikten Verfolgung aller Freibürger, radikalisierte sich die Bewegung weiter und verschwand in den Untergrund. So hatte sich eine weitere starke Front gegen die EA geformt, und ein durchdringendes Misstrauen erfasste die Menschen. Jeder Politiker, Soldat, Nachbar, Freund und Verwandter war potenziell ein heuchlerischer Verschwörer, ein feiger Mitwisser, ein feindlicher Freibürger, ein extremistischer Abtrünniger oder ein versteckter Exesor. Mit Sorge sah die Interimsregierung auf die Entwicklungen, kraftlos wirkten ihre Versuche, den Konflikt einzudämmen. Unterdes wurde eine Vergeltung der Exesor mit jedem Tag, der verstrich, wahrscheinlicher. Zu Beginn fürchteten die Abtrünnigen, dass die Warnung aus dem Babylon-Manifest wahr gemacht und der Sektor in Ewige Finsternis fallen würde. Ganz allmählich war diese Angst aber in Vergessenheit geraten. Mehr noch, nachdem die Exesor untätig geblieben waren, glaubten nur die wenigsten noch daran, dass sie einschreiten würden, und mit dieser vermeintlichen Gewissheit hatte sich die Gewalt intensiviert. Um der Situation wieder Herr zu werden, verwarf die EA ihre letzte Anweisung und gab den Einsatz von tödlichen Waffen frei. Unaufhaltsam schritt das Blutvergießen weiter voran, als der als Weißes Gefecht proklamierte Einsatz den Sektor in einer wachsenden Feuersbrunst verschlang.

Dubrovnik, 29.05.–02.06.001 n. EB

Sechs der schwer umkämpften Hochburgen glichen Geisterstädten, denn ihre Einwohner waren geflüchtet. Nur Soldaten beider Lager hielten die Stellung und lieferten sich täglich verbitterte Schlachten. Große Erfolge blieben bisher aus, immer wenn ein Straßenzug von den Verteidigern der EA zurückerobert wurde, fiel ein anderer den Angreifern in die Hände. In Dubrovnik sah die Lage anders aus. Erst vor vier Tagen war die Küstenstadt durch den Handstreich einer zusammengerotteten Armee von Abtrünnigen überrannt worden. Jahrhundertelang hatten massive Mauern und ein mächtiges Bollwerk die Stadt geschützt, nun war die eigene Befestigungsanlage ihr zum Verhängnis geworden. Alle Einwohner, die es nicht rechtzeitig nach draußen schafften, waren von der bis zu sechs Meter dicken und fünfundzwanzig Meter hohen Stadtmauer eingekesselt. Die malerische Altstadt wurde durch tausend Rebellen bewacht und umschloss doppelt so viele Einwohner. Manche versteckten sich verzweifelt in ihren Häusern, andere wagten die Flucht über den Hafen oder eine der Zugbrücken. Aber niemand bewegte sich lange ungesehen durch die Stadt, denn in den engen Gassen, auf den Dächern und Mauern patrouillierten zu jeder Zeit bewaffnete Schützen. Aufgegriffene Bürger und feindliche Soldaten sperrten sie in die altertümliche Festung. Die Stadt glich einem Sumpf, kein sicherer Pfad führte hinein, keiner wieder hinaus. Wer dennoch in die Stadt eindrang, tat es in dem Wissen, dass ein schneller Rückzug durch den zwei Kilometer langen steinernen Ring versperrt war.

Dubrovnik Franziskanerkloster, 03.06.001 n. EB

Schutt rieselte aus dem blauen Himmel, als Steine donnernd herunterrollten und neben Finn einschlugen. Alles um ihn herum bebte, bis eine dumpfe Aschewolke ihn umfing und jedes Geräusch erstickte. Eine Sprengladung war gut hundert Meter neben ihm explodiert und hatte ein breites Loch in die Stadtmauer gefressen. Seit mehreren Stunden war jegliche Kommunikation ausgefallen. Daher hatte es seinen Trupp beinahe erwischt, als ein Evakuierungsteam den Weg nach draußen kurzerhand freigesprengt hatte. Im allerletzten Moment waren sie in Deckung gegangen, nun rappelte sich Lucija als erste wieder auf. Ihr Gesicht war mit einer dünnen grauen Schicht bedeckt, ein tiefer Kratzer auf ihrer Wange blutete, aber sie signalisierte, dass es ihr gut ging. Weitere Köpfe tauchten auf, alle schmutzig, aber unverletzt. Also gab Finn den Befehl, die Umgebung zu sichern, ihnen blieben gewiss nur Minuten, bevor Kugeln erneut die Luft zerreißen würden. Auf der anderen Seite tauchte Lance Corporal Tammo Møller auf, er führte mit weiteren Soldaten eilig Zivilisten aus dem altehrwürdigen Franziskanerkloster. Nur langsam kamen die Flüchtenden, die aus ihrer eigenen Stadt vertrieben worden waren, voran, denn das Kopfsteinpflaster war an vielen Stellen aufgerissen. Überall lagen rote Ziegel, Glasscherben, Holzspalte und Steinbrocken des ehemals prachtvollen Kirchenturms sowie der Mauer herum. Noch bevor die Letzten über das Geröll in Sicherheit gelangen konnten, war der Feind da. Ein Zischen nahe Finns Ohr hatte sie angekündigt, als ein Geschoss an ihm vorbeisauste und neben ihm in das brüchige Mauerwerk einschlug. Ohne Verzögerung erwiderte Finn den Beschuss auf den Gegner, der sich nur schlecht hinter einem Brunnen verbarg. Nachdem Finn ihn ausgeschaltet hatte, nahm er aus dem Augenwinkel eine neuerliche Bewegung hinter sich wahr. Finn wirbelte herum, bemerkte fast zu spät, dass es kein Feind, sondern ein Kamerad war. Unerwartet kletterte Tammo, der es bereits nach draußen geschafft hatte, über die Bruchstücke der Steinmauer zurück in die Gefahrenzone. Finn wollte ihn schon anschreien, auf der anderen Seite zu bleiben, da bemerkte er eine weitere Bewegung. Zitternd drückte sich ein kleiner Körper an einen Gesteinsbrocken, der genau zwischen der zweiten Verteidigungslinie und Alpha Troop Nine lag. Immer wieder tauchte aschgraues Haar für wenige Sekunden hinter der Deckung auf. Zuerst glaubte Finn, dass es sich um eine alte Frau handelte, doch dann erhaschte er einen Blick auf das angstverzerrte Gesicht und sah, dass es ein Kind war. Das etwa zehnjährige Mädchen blutete stark am Bein, dennoch machte sie sich bereit, ihren vorerst sicheren Unterschlupf zu verlassen. Es war Irrsinn, doch in ihrer Panik erkannte sie das nicht, und schon krabbelte sie aus ihrem Versteck hervor. Prompt schlugen Kugeln neben ihr ein, die feindlichen Schützen schossen, bevor sie erkannten, dass ihr Ziel keine Gefahr für sie darstellte. Um das Feuer abzulenken, tauchte Finn ebenfalls aus seiner Deckung auf, während Tammo waghalsig auf das Mädchen zustürzte. Im Rennen setzte er ein Streufeuer ab. Finn hingegen hatte Zeit zum Zielen und brachte zwei Abtrünnige zu Fall. Mit einem letzten mächtigen Satz erreichte Tammo das Kind, riss sie mit sich und landete hart hinter dem Schutzwall. Gerade noch rechtzeitig, denn weitere Rebellen stürmten hinter ihnen hoch auf die Mauer. Ihr schnelles Vorrücken war fatal. Einmal in Position, würden sie ihnen nicht nur die Möglichkeit zum Rückzug rauben, sondern sie schmerzlich in die Zange nehmen. Lucija entdeckte die feindlichen Schützen zuerst und feuerte auf den vordersten Mann. Nach einem präzisen Schuss auf dessen Brust ging er am Rande einer bröckelnden Kante zu Boden. Einen Moment lang lag sein Körper starr da, dann rutschten erste Steine unter ihm weg und trugen ihn näher dem tödlichen Abgrund entgegen. Ein weiterer seiner Kameraden rückte unbedacht zu ihm auf, und plötzlich geriet der Abschnitt der Mauer merklich ins Schwanken. Mit einem Krachen kippte ein drei Meter langes Mauerstück unter seinen Füßen nach vorne weg. Ungebremst stürzten beide Abtrünnige in den Tod, danach traute sich keiner weiter vor, und unter dem schweren Beschuss beider Trupps zog sich der Feind wieder zurück. Tammo nutzte die Gelegenheit und ergriff ein riesiges metallenes Schild, das in der Nähe lag und früher als

Stadtplan gedient hatte. Hinter dem provisorischen Schutz schaffte er das Kind zurück ins Kloster, in dessen Inneren sich weitere Flüchtende versteckten. Vor dem Kloster verteidigte der Rest des Evakuierungsteams ihren Posten, es waren nicht mehr als eine Handvoll Soldaten. Mit Alpha Troop Nine waren sie insgesamt sechzehn, nicht genug, um lange die Stellung zu halten. Sich dessen bewusst, suchte Finn fieberhaft nach einer schnellen Exitstrategie, als ein Lichtstrahl ihn aufmerken ließ. Die kurze Reflexion war ein Vorbote des Todes, die stumpfe Vorwarnung eines alles vernichtenden Unglücks.

»Panzerfaust. Östliches Dach. Sofort ausschalten!«, schrie Finn, während er selbst das Feuer auf den Mann mit grünem Helm eröffnete. Obwohl mehrere den Schützen ins Visier nahmen, gelang niemandem der Abschuss. Mit einem Satz warf sich der Abtrünnige auf den Bauch und positionierte rasch ein schwarzes Rohr auf seiner Schulter. Ohne viel Federlesens betätigte er den Abzug. Blassgrauer Rauch umhüllte ihn, als ein spitzzulaufendes Geschoss dröhnend herausraste. Unaufhaltsam durchschlug die Granate die dicken Wände des Klosters genauso leicht wie zuvor die Luft. Hintereinander detonierten zwei Sprengladungen. Dann stürzte der vordere Teil des Gebäudes ein und begrub alles unter sich.

39

Kassandraruf

Dubrovnik, 03.06. −04.06.001 n. EB

Zur Mittagszeit hatten die verbliebenen Kirchenglocken der Stadt geläutet, als die HEA eine großangelegte Offensive startete. Mit schwergerüsteten Booten hatten sie den Hafen attackiert, während zwei Panzerdivisionen die Tore sprengten und Sturmtrupps an verschiedensten Stellen die Steinmauer erklommen. Mit dem Einfall der Truppen hatte sich der Fokus des Feindes verlagert, und Alpha Troop Nine war es gelungen, zum Kloster vorzudringen. In der Ruine hatte sich ihnen ein Bild des Schreckens offenbart, als sie das vollständige Ausmaß der Katastrophe erkannten. Bei der Explosion und dem darauffolgenden Einsturz waren alle im Gebäude befindlichen Personen verletzt worden. Drei Zivilisten, der Truppenführer des Evakuierungsteams sowie eine Soldatin hatten ihr Leben verloren. Das kleine Mädchen hatte nur überlebt, weil Tammo sie mit seinem eigenen Körper vor der hinabstürzenden Decke geschützt hatte. Ihm selbst hatte einer der Balken eine klaffende Wunde am Hinterkopf zugefügt, und durch ein Feuer hatte er schwere Verbrennungen erlitten. In allerhöchster Eile hatten sie die Verschütteten geborgen und sich in den hinteren, noch intakten Museumstrakt des Klosters zurückgezogen, dann waren die Kämpfe auch bei ihnen weitergegangen. Seither erbebte der Boden von unzähligen Detonationen, und die Stadt glühte vom Geschützfeuer. Trotzdem waren Bucht, Festung und weite Gebiete der Stadt weiterhin in Feindeshand, als die Glocken erneut zur zwölften Stunde schlugen.

Dubrovnik Franziskanerkloster, 04.06.001 n. EB

Um ein Uhr nachts erreichte der Schlachtenlärm am anderen Ende der Stadt seinen Höhepunkt, und der Beschuss auf das Kloster kam einstweilen zum Erliegen. Finn, dem als ranghöchstem Offizier das Kommando oblag, durchschritt den Museumsraum, in dem einundzwanzig verängstigte Zivilisten und zwölf Soldaten ausharrten. Neben ihm fand sich Lucija ein und informierte ihn über die aktuelle Lage, die mit fortschreitender Nacht immer verheerender geworden war. Ihr knapper Bericht enthielt abgesehen von der jähen Angriffspause keine weiteren Neuigkeiten. Seit Stunden standen sie mit limitierten Ressourcen einer Übermacht entgegen. Ein schmerzlicher Fakt, der dazu geführt hatte, dass sich ihre Munitionsvorräte bedrohlich schnell dem Ende zuneigten. Verschärft wurde ihre Situation durch die unzureichende medizinische Versorgung, wodurch sie mit Aufgehen des Mondes vier weitere Tote hatten beklagen müssen. Als Lucija den Bericht beendete, betrachtete er sie kurz. Der tiefe Kratzer in ihrem Gesicht war unter einem Heftpflaster verborgen, um ihr linkes Handgelenk bis hoch zum Oberarm wand sich ein Verband, und ihre Augen hatten dunkle Schatten. Doch von alldem ließ sie sich wie gewohnt nichts anmerken.

»Wie steht es mit dem Funkkontakt?«, fragte er flüsternd, um die Zivilisten nicht weiter zu beunruhigen.

»Weiterhin kein Kontakt und keine neue Information zu der überfälligen Verstärkung oder wann diese eintrifft«, erwiderte sie ebenso leise, aus ihrem nüchternen Tonfall klang erstmals Besorgnis heraus. »Es sind mittlerweile fast zwei Stunden …«

»… und wir benötigen dringend Nachschub«, beendete er ihren Gedankengang. »Ich werde mit einem Team in den verschütteten Vorderbereich vorstoßen, um dort Ausrüstung zu bergen. Wir müssen schnell vorgehen, daher benötige ich zwei einsatzfähige Soldaten.«

»Captain!«, unterbrach ihn die brüchige Stimme von Tammo, der zum ersten Mal seit der Explosion wieder das Bewusstsein erlangte. Sein Gesicht war unter der dunklen Haut gräulich verfärbt, seine Augen waren gläsern und lagen tief in ihren Höhlen. »Was ist mit dem Mädchen? Geht es ihr gut?«

»Geben Sie der Vet Bescheid, dass er wach ist, und stellen Sie ein Team zusammen«, raunte er Lucija zu, dann trat er näher an den Tisch heran, der Tammo als provisorisches Krankenlager diente. »Dank dir ist sie am Leben.«

Unruhig fuhr Tammos Blick durch den diesigen Raum, während Lucija sie hastig verließ. »Aber nicht mehr lange, wenn sie weiter hierbleibt!«

Finn musste sich nicht umdrehen, um zu wissen, was Tammo gesehen hatte. Jeder Soldat, ob voll einsatzfähig oder nicht, verteidigte ihren letzten Zufluchtsort. Entkräftet und mit verbundenen Gliedmaßen stützten sie sich auf behelfsmäßige Krücken oder Stühle, um an zerbrochenen Fenstern ihren Dienst zu verrichten. In der äußersten Ecke des Raumes hinter steinernen Torbögen waren die neun Toten aufgebahrt, umgeben von ihren Liebsten, die sie leise beweinten. Auf dem Krankenlager lagen neben Tammo vier weitere Schwerverletzte, ebenfalls umringt und dennoch isoliert im stillen Kampf ums Überleben. Zur Behandlung der Verwundeten stand ihnen einzig eine Veterinärin zur Seite, die ausgestattet mit den Arzneien aus der klostereigenen Apotheke bestmöglich Quetschungen, Brüche, Brand- und Schusswunden versorgte. Die restlichen Flüchtenden kauerten sich schutzsuchend an die kalten Wände. Einige hielten ihre Augen geschlossen, in der Hoffnung, so auch das Grauen auszusperren. Aus Tammos niedrigem Blickwinkel konnte er wohl nicht mal die Hälfte davon überblicken, und dennoch hatte dies ausgereicht, um ihm ihre Misere vor Augen zu führen.

»Es gibt zu wenige, die sich noch auf den Beinen halten können und zu viele Verwundete. Es sind Truppen unterwegs, so lange halten wir die Stellung«, informierte ihn Finn.

»Womit? Beschmeißen wir sie mit Steinen?«, fragte Tammo und schaute ihn fest an. Auch seine Stimme war nun klar und kräftig, gestärkt von Entschlossenheit. Es war offenkundig, dass er den Lagebericht mitangehört hatte. »Die Verstärkung wird nicht mehr rechtzeitig kommen. Nimm diejenigen, die zur Flucht in der Lage sind und flieht.«

»Für jeden, der zurückbleibt, wäre das das Todesurteil!«

»Der Feind nimmt den Tod der Zivilisten sowieso in Kauf! Jeder wird sterben, wenn wir alle hierbleiben. Flieht, der Rest von uns bleibt hier und kämpft bis zur letzten Kugel.«

Sofort machte Tammo Anstalten sich zu erheben, aber Finn hielt ihn zurück. »Schon deine Kräfte, du wirst sie für den Transport brauchen.«

Tammos Versuch aufzustehen, war kraftlos gewesen, und dennoch flatterten seine Augenlider, während seine Atmung schwerfälliger wurde. Selbst diese kleine Bewegung war zu viel für ihn gewesen, und er erwiderte nichts mehr. Finn hatte die verbliebenen Möglichkeiten bereits durchdacht, und aus gutem Grund hatte er davon Abstand genommen, die Zivilisten über das kurze Stück nach draußen zu schaffen. Die wenigen Meter bis in die Freiheit waren gefährlich, besonders im Dunkeln, wo der Feind nur schwer zwischen Einwohnern und Soldaten unterscheiden konnte. Aber auch ihre Chancen im Kloster standen äußerst schlecht, wie Tammo unmissverständlich ausgeführt hatte, und verschlechterten sich zusehends.

»Captain!«, nuschelte Tammo plötzlich wieder. Noch leiser als beim ersten Mal und nur schwerverständlich. »Wie geht es dem Mädchen?«

»Es geht ihr gut«, wiederholte Finn alarmiert.

»Das ist gut, Captain. Das ist gut«, murmelte Tammo, seine Augen hatten sich schon wieder geschlossen.

Die Veterinärin eilte herbei, schob sich an Finn vorbei und untersuchte Tammo. Es dauerte nicht lange, bevor sie sich wieder von ihm abwandte. Mit dem Handrücken fuhr sie sich schroff über die Stirn, ehe sie die Hände in die Hüften stemmte und einmal tief durchatmete. Ihre Körpersprache hatte bereits Bände gesprochen, bevor sie ihr Untersuchungsergebnis in Worte fasste.

»Sie sagt, dass der Lance Corporal keine Reaktion mehr zeigt, nicht einmal auf Schmerzreize«, übersetzte Lucija für die Veterinärärztin, da diese nur unzureichend Englisch sprach. »Sie vermutet ein schweres Schädel-Hirn-Trauma, alle Symptome sprechen dafür. Wahrscheinlich hat er eine Gehirnprellung, -quetschung oder einen Schädelbruch erlitten, was die tiefe Bewusstlosigkeit verursacht. Sie sagt, dass es vielleicht sogar alles zusammen ist. Ausschließen kann sie nichts davon. Aber derzeit ist das auch irrelevant, denn sie meint, sie kann hier eh nichts weiter für ihn tun. Für keinen der Schwerverletzten. Jede weitere Behandlung könnte womöglich mehr Schaden anrichten als Nutzen und ihren Zustand verschlechtern, befürchtet sie. Sie sagt, dass sie schleunigst adäquate medizinische Versorgung benötigen, sonst wird keiner der fünf überleben.«

Lucija hatte kurz gestockt, bevor sie den abschließenden Satz übersetzte, der weniger eine Diagnose als eine düstere Vorwarnung war. Nun wartete die Veterinärin auf seine Antwort, aber er blickte auf Tammos blutleeres Gesicht. Auch in der Bewusstlosigkeit hatte dieser seinen entschlossenen Ausdruck nicht verloren. Stumm schien er ihn zu beschwören zu handeln, und er zögerte nicht mehr.

»Sergeant, sie soll die Leute zum sofortigen Aufbruch bereit machen. Wir evakuieren.« Finn ergänzte noch ein Wort, das keine Übersetzung benötigte und mit dem er klarstellte, wen sie versuchen sollten zu retten: »Triage.«

Keine drei Minuten später drängten sich im Kreuzgang die Flüchtenden und Soldaten aneinander. Sein Trupp war nicht mehr von den Einheimischen zu unterscheiden, denn statt einer Uniform trugen sie einen wilden Mix aus geliehener und gefundener Kleidung. Auch Lucija stand in ziviler Kleidung vor ihm, sie hatte kurze weiße Leggins mit Blutflecken an, die zuvor das kleine Mädchen unter ihrem Kleid getragen hatte. Darüber trug sie nur eine blassblaue Jacke von einem der Todesopfer. Beides rieb sie mit Dreck ein, um die hellen Farben zu übertünchen, doch dann hörte sie schlagartig damit auf. »Private Lehner vom Evakuierungsteam ist Burgenlandkroate aus Österreich. Er spricht daher neben Kroatisch und Deutsch auch Englisch. Damit ist er besser für meinen Part geeignet und sollte ihn übernehmen. Ich bitte um Erlaubnis, stattdessen hierzubleiben und den Feuerschutz bei der Evakuierung zu übernehmen, dann können Sie die Menschen führen.«

»Nein, Sergeant«, sagte Finn ruhig und blickte kurz auf. In ihrem sonst so beherrschten Gesicht lagen Sorgenfalten, und sie setzte bereits zur Erwiderung an, aber er kam ihr zuvor: »Ihr Auftrag birgt ein erhebliches Risiko, ich kann nicht garantieren, dass der Feind abgezogen ist. Zwar ist weiterhin keine Bewegung auszumachen, aber vielleicht warten Sie auch nur auf ein Ziel. Sind Sie weiterhin bereit, vorwegzugehen?«

»Ja, Captain, aber das war es nicht, was ich damit sagen wollte.«

»Das weiß ich!« Er winkte ab, dann schärfte er ihr den Plan erneut ein. »Gehen Sie vor bis zum Rand der Mauer. Sollte Beschuss folgen, versuchen Sie zu fliehen. Wenn keine gegnerische Bewegung auszumachen ist, schließt der Rest auf. Schlagen Sie sich durch bis zum nordöstlichen Gefechtsstand, er liegt ungefähr zwei Kilometer von hier. Und keine Alleingänge! Verstanden? Was machen Sie bei Feindkontakt?«

»Wir geben uns als geflüchtete Bewohner aus Dubrovnik aus und erklären, dass die Soldaten uns zurückgelassen haben, dann lassen wir uns widerstandslos festnehmen.« Sie beantwortete die Frage pflichtgemäß, obwohl ihr bereits die Vorstellung zutiefst zuwider war.

»Haben alle ihre Waffen abgegeben?«, hakte er nach, und ihre Abneigung gegen den Plan war ihm nicht entgangen.

»Ja, Captain«, Lucija reichte ihm zwei Pistolen, »der Rest wurde wie befohlen untauglich gemacht.«

Mit einem knappen Nicken nahm Finn sie entgegen. »Sehr gut, dann Abmarsch, Sergeant.«

»Acht Schuss, mehr ist nicht übrig«, platzte es aus ihr heraus. »Das reicht niemals, bis die Verstärkung eintrifft. Wir können die Schwerverwundeten in Rettungsdecken mit uns nehmen, dann bleibt niemand zurück. Oder ich bleibe und helfe. Ich benötige keine Schusswaffen.«

»Lucija, den Transport würden sie höchstwahrscheinlich nicht überleben. Wenn wir sie dennoch mitnehmen, dann bremsen sie die anderen unnötig aus, und damit wächst die Gefahr, dass noch mehr Menschen getötet werden. Mit dir in der Führung haben wir die besten Chancen, den Rest zu retten.« Seine Worte hatten sie nicht überzeugt, er sah es in ihren Augen. Absichtlich hatte er darauf verzichtet, ihr einen direkten Befehl zu erteilen, dem sie sicher sofort Folge leisten würde, denn er wollte sie überzeugen. In den folgenden Stunden sollte sie nicht durch unnütze Zweifel abgelenkt sein. Er hatte miterlebt, wozu sie im Stande war, und er wollte sichergehen, dass sie bei dieser Operation in Höchstform war, daher setzte er eindringlich hinzu: »Uns bleibt keine Zeit mehr, was auch immer die Feuerpause verursacht hat, sie wird nicht lange anhalten. Auf die Verstärkung können wir nicht länger warten, wir müssen schnellstmöglich evakuieren. Hier sitzen wir in der Falle. Es ist nur eine Frage der Zeit, bis wir vom Feind überrannt werden, und mit uns werden alle Zivilisten den Tod finden. Das ist vielleicht unsere letzte Gelegenheit. Also wirst du es tun?«

Wie zur Unterstreichung seiner Worte erschallte eine Durchsage, die bis in die letzte Gasse drang:

Kämpfer der HEA, ihr seid die blinden Werkzeuge einer Regierung, die ihr eigenes Volk verraten hat.

»Er ist hier!« Bei dem Klang von Silan Contis lautsprecherverstärkter Stimme war Finn aufgesprungen, die Pistolen im Anschlag. Wochenlang hatten er und die HEA nach dem General gesucht, nun war er in greifbarer Nähe. Das Versteckspiel hatte endlich ein Ende, und Finn wollte ihn eigenhändig zur Strecke bringen. Sein Verlangen nach Rache übermannte ihn, und er schob Lucija entschlossen beiseite, als er den gequälten Laut einer Frau vernahm. Verzweifelt umklammerte sie einen reglosen Frauenkörper auf dem Krankenlager, unfähig sie zurückzulassen, bettelte sie die Kranke an aufzuwachen. Bei dem leidvollen Anblick der Liebenden verflogen seine Rachegelüste. Es war seine Aufgabe, die Menschen in Sicherheit zu bringen, und jeder andere Gedanke war nicht nur egoistisch, sondern auch tödlich. »Schaff sie fort, sie alle, und zwar jetzt. Das ist ein Befehl!«

Die Syn wird euch nicht die Wahrheit bringen, sondern euch in Ketten legen. Einzig der Machterhalt der ...

»Zu Befehl, Captain«, antwortete Lucija vernehmlich über die Anschuldigungen hinweg.

... verleumdet und denunziert, damit ihr euch nicht unserem rechtmäßigen Kreuzzug gegen die Lakaien der Exesor anschließt, hetzte der Graue General weiter.

Energisch drehte Lucija sich auf dem Absatz um und zog mit vorsichtiger Gewalt die andere Frau mit sich. Finn ging auf Position, und nur unter gewaltiger Anstrengung gelang es ihm, die Ansprache seines verhassten Feindes auszublenden, die vor allem der Rechtfertigung von Contis eigenen Schandtaten diente. Während der Graue General seine Drohungen aussprach, entwischte der Flüchtlingstrupp unbemerkt der gefallenen Stadt. Kalte Genugtuung durchfuhr Finn.

Stellt sofort jegliche Kampfhandlungen gegen die Stadt ein, oder es wird eure Schuld sein, dass weitere Unschuldige für die Vergehen der Europäische Alliance sterben. Jeder Schuss wird von nun an mit dem Leben eines Gefangenen aufgewogen. Ergebt euch, und ihnen wird nichts geschehen. Bekämpft ihr uns aber weiter, zwingt ihr uns, nicht nur unsere Kameraden, sondern auch die Bürger Dubrovniks für die Gerechtigkeit zu opfern.

Das Ende der Durchsage markierte den Wendepunkt der Kämpfe um Dubrovnik. Um ein Massaker zu verhindern, erfolgte der rasche Rückzug der HEA-Truppen und damit der siegreiche Vormarsch der Abtrünnigen. Ungehindert drangen sie in die vormaligen Stellungen ein. Jedweder Möglichkeiten zur Gegenwehr beraubt, legten überall eingekesselte Soldaten ihre Waffen nieder. Einer der letzten Schüsse dieser Nacht fiel in der Klosterruine. Finn hatte sich schützend vor dem Krankenlager aufgebaut, als ein Brennen seinen Körper durchzog. Schmerz verspürte er nicht, nur das warme, klebrige Blut an seinen Fingern bestätigte ihm, dass er getroffen war. Seine Hand tastete nach dem Büchlein, als er zusammensackte zwischen den fünf, die an der Schwelle des Todes standen und den neun, die sie bereits überschritten hatten.

Brüssel Sablon

Auf der anderen Seite des Kontinents schreckte Katharina aus ihren Albträumen auf. Seit Excidium Babylon war ihr Schlaf, abgesehen von den Zeiten, in denen Medikamente oder Finn sie beruhigt hatten, rastlos gewesen. Mit dem Beginn des Weißen Gefechts waren Tag wie Nacht zu einer unerträglichen Qual geworden, bestehend aus einer Endlosigkeit von Abwarten und Angst. Geschürt durch die Gerüchte, die von Millionen von Vertriebenen, Tausenden von Versehrten und Hunderten von Toten erzählten. In grausamer Alltäglichkeit durchströmten die Berichte den Sektor, und dennoch leugneten die offiziellen Vertreter beharrlich, was jeder bereits wusste: dass Bürgerkrieg herrschte. Die Ausläufer der Schlacht hatten Brüssel bereits in der ersten Nacht erreicht, als ein Freibürger den Résidence Palace gesprengt hatte. Seither wohnte Benjamin bei Katharina, die darauf bestanden hatte, da ihr Haus weiterhin durch Militär und Polizei geschützt wurde. Ihn bei sich zu haben, linderte eine Sorge, änderte aber nichts daran, dass ständig ein Gefühl der Beklemmung auf ihr lag, das ihr immer mehr die Kehle zuschnürte.

Katharina setzte sich im Bett auf. Tränen rollten ihr über die Wangen. Das Stechen in ihrem Herzen, das sie geweckt hatte, war bereits wieder verschwunden. Bei ihrem Versuch, sich an den Traum zu erinnern, durchzog sie ein neuer, nie da gewesener Schmerz. Tief verschreckt, stieg sie eilig aus dem Bett und ging zum Fenster. Benjamin, der unter Kissen und Decken verschwunden war, wühlte sich bei dem Geräusch aus den Federn hervor, wachte aber nicht auf. Zitternd stand sie minutenlang am Fenster, während ein Schleier aus Tränen verhinderte, dass sie etwas aus ihrer Umgebung wahrnahm. Erst als sich dieser etwas lichtete, fiel ihr auf, dass nicht nur der Raum, sondern auch der Himmel hinter den Fensterscheiben rabenschwarz war. Kein Mond, nicht mal ein winziger Stern war zu sehen. Die einzige Lichtquelle war ein kleiner Solarfunkwecker, dessen rote Zahlen ihre Vorahnung zur Gewissheit werden ließen. Vor ihren Augen verschwammen die Zahlen zum blutroten Initial aus dem Babylon-Manifest, und mit ihm erklang der erste Vers in ihrer Erinnerung:

Wir lebten in Freiheit. Wir beherrschten die Welt.
Wir sahen die Zukunft, das Ende der Welt.

Plötzlich zerrissen Sirenen die Stille, als hätten ihre Worte das kommende Unheil der ganzen Welt bewusst gemacht. Mit einem Aufschrei schoss Benjamin aus dem Schlaf hoch, wobei er sich seinen Kopf am Bettpfosten stieß. Fluchend und schlaftrunken machte er seinem Ärger Luft, denn er glaubte, ihre neueste Marotte wäre der Ursprung für den Krach: »Bordel de merde, Sœurette! Bei aller Liebe, schalte die verdammte Musik aus, und komm ins Bett. Es ist noch stockdunkel und mitten in der Nacht!«

»Es ist bereits Morgen«, widersprach sie ihm matt, dann atmete sie tief durch und beendete die Verkündung halblaut: »Folgt unserer Warnung nicht, und wir bestrafen euch mit ewiger Finsternis ...«, sie schluckte, »und dem sicheren Tod.«

40

Hüter der Gedanken

Festung Dubrovnik, 05.06.001 n. EB

Jede einzelne Stunde war von Dunkelheit umhüllt. Durchdringend war die Schwärze, es war das vollkommene Fehlen von Licht, die Wiederkehr der allumfassenden Finsternis. Wie wahrhaft dunkel die Welt war, wenn jeglicher Lichtschein, jeder wärmender Strahl vom Tholus verschluckt wurde.

In seiner Gefangenschaft verschwommen die Stunden und Tage ineinander, nur ein anhaltender bohrender Schmerz im linken Oberschenkel, der die Taubheit und die Kälte durchdrang, machte Finn klar, dass er noch am Leben war. Unweit von ihm flackerte ein Kerzenstummel, zischte und drohte, jeden Moment für immer zu versiegen. Der einsame Tanz des Feuers hatte eine nahezu hypnotische Wirkung auf ihn, und alles bis auf den Lichtschein löste sich um ihn auf. Bis eine Hand vorschoss, ihn am Nacken packte und die Umrisse eines schwer atmenden Mannes in sein Sichtfeld kamen. Gerade noch rechtzeitig bemerkte er, dass es Tammo war, und statt ihn von sich zu stoßen, stützte er ihn.

»Du hättest nicht kommen sollen! Was ist passiert? Haben wir versagt?« In voller Panik verstärkte Tammo seinen Griff. Die Haut des Lance Corporal fühlte sich schweißnass und fiebrig an. »Ist Siku in Sicherheit?«

Wie zuvor in der Klosterruine sprach er beruhigend auf ihn ein, obwohl er nicht das Gefühl hatte, dass Tammo ihn wirklich erkannte. »Es ist alles in Ordnung. Dem kleinen Mädchen geht es gut, sie sind alle in Sicherheit.«

»Du solltest es besser wissen, als Siku als kleines Mädchen zu bezeichnen.« Ein Gurgeln folgte, das vielleicht ein Lachen war. »Es muss schlecht um mich stehen, wenn du zurückkommst, mein alter Freund. Aber ich bin froh, dich nun an meiner Seite zu haben.«

Tammo war eindeutig verwirrt, und Finn war sich sicher, dass er in ihm jemand anderen sah, aber er ließ es sich nicht anmerken. »Du musst noch etwas durchhalten, die Kämpfe werden bald enden. Sie müssen enden.«

»Und dann bringt ihr das Licht zurück«, sagte Tammo mit Gewissheit. Seine Stimme klang voll, aber nicht kräftig, sondern auf eine Art vollständig, wie Finn sie nie zuvor bei ihm gehört hatte. Es war, als würde er zu seinem wahren Ich zurückkehren, das Finn unbekannt war.

»Wir bringen dich hier raus.« Er spürte, wie der Griff schwächer wurde, also wiederholte er sich: »Es geht ihr gut, dem Mädchen geht es gut.«

»Sie ist in Sicherheit, Captain?«, fragte Tammo heiser, seine Atmung ging nur noch flach.

Rau, fast tonlos war seine Stimme, aber das war nicht der Wechsel, der Finn irritierte. Nun hatte er wieder den Eindruck mit dem Tammo zu sprechen, den er kannte, wenn auch nicht sehr gut, so war er doch kein Fremder. Aber dieser Mann wirkte verloren, und er fühlte, wie er ihm entglitt. »Siku ist in Sicherheit, sie wartet auf dich. Halte durch.«

»Ich glaube nicht, dass ich sie noch einmal wiedersehe. Ich bin so müde.« Tammo entspannte sich, den Schmerz hatte er bereits hinter sich gelassen, nun fiel auch alle Angst von ihm ab.

»Neunhundertneunundsechzig – jeden einzelnen Tag von dem Moment an, in dem ich sie sah, über alle Tage hinweg, auch die Tage, die ich vergessen habe. Sag ihr, dass die Liebe bleibt. Sag ihr das, versprich es mir, Jamie.«

»Jamie, sagtest du Jamie?« Finn glaubte nun zu verstehen, welches Gesicht Tammo im Zwielicht gesehen hatte und mit wem er meinte zu sprechen. Nicht Tammo war der Fremde, er war es. Immer wieder fragte er ihn nach seinem Bruder, bis die Kerze lautlos erstarb und Tammo mit sich nahm.

Europäischer Sektor, 07.06.–11.06.001 n. EB

Nach drei Tagen Düsternis richteten die Menschen ihren Blick nach Osten, denn wie zuvor bei der Triduum Nox rechneten sie mit der Rückkehr des Lichts. Aber die Kämpfe überdauerten die Zeit, und mit ihnen blieb die Schwärze. Erst am fünften Tag, exakt einen Monat nach Beginn des Weißen Gefechts, endete der Krieg mit der Befreiung der Festung von Dubrovnik. Triumphierend verkündete die EA den Sieg über die Abtrünnigen, die sich scharenweise von ihrem Anführer abgewandt hatten aus Furcht vor den Exesor. Freiwillig hatten ganze Truppenteile der Rebellen ihre Stellungen aufgegeben und sich der feindlichen Armee gestellt. Während der EA die Stadt in die Hände fiel, gelang Conti mit seinen engsten Verbündeten die Flucht. Wie sie aus Dubrovnik entkommen konnten, dessen Grenzen ein Bataillon zu Land und eine Armada auf dem Meer abgesichert hatten, war genauso unklar wie ihr Ziel.

Mit dem Kriegsende erwarteten die Menschen wiederum die Erlösung, aber nichts geschah, und die Angst vor der Ewigen Finsternis kam dröhnend zurück. Sie kroch wie die Kälte durch jede Ritze in die Herzen der Menschen, denn mit jeder dunklen Stunde hatte sich der Sektor merklich abgekühlt. Entgegen der ersten großen Dunkelheit, wo es zwar winterlich kalt gewesen war, hatte damals der Tholus die Restwärme gespeichert. Nun zeigten die Exesor, wie es wirklich war, ohne Sonne zu leben.

Binnen einer Woche lagen die Temperaturen nur noch um den Gefrierpunkt, und die Natur leitete den Winterschlaf ein. Allmählich warfen die Bäume ihre Blätter ab, als Schnee im Juni den Boden bedeckte und die Hoffnung erstickte. In der siebten Nacht flammte ein helles Feuer am schwarzen Himmel auf und kündigte das Ende der Dunkelheit an. Blutrot und unheilvoll thronte das Initial über den Menschen, und erst mit der Morgenröte verblasste es. An seiner statt traten zwei Worte, pechschwarz waren sie unwiederbringlich in das Blau des Himmels eingeprägt: *Letzte Warnung.*

41

Kluft der Unendlichkeit

Brüssel Cimetière du Dieweg, 14.06.001 n. EB

M it einem Windstoß löste sich ein braungrünes Blatt von einem Ahornbaum. Auf seinen Weg zum Boden drehte es verloren Pirouetten, bis es sich schließlich sanft zu seinen Geschwistern gesellte. Es war der zweite Morgen nach sieben todbringenden Tagen, und die Sonne schien gleißend hell auf das Laub herab, doch das Licht machte den Schaden der langen Dunkelheit nicht ungeschehen. Allzu früh war das Blatt dem Lauf der Zeit gefolgt, unbeendet seine Bestimmung. Nur einen verschwindenden Moment ruhte es friedlich, bevor der Flügelschlag eines Kolkraben es wieder aufwirbelte, dessen Schwarm krächzend davonflog. Ihre tiefschwarzen Schwingen verdüsterten den Himmel, während unter ihnen ein Trauerzug die Friedhofspforte durchschritt. Vor Jahrzehnten stillgelegt, war der Friedhof von der Natur zurückerobert worden. Wild und überwuchert lagen umgefallene Steine mitten auf den Wegen, und Rost zerfraß eiserne Ornamente. Seit sechzig Jahren war kein Toter hier mehr zur letzten Ruhe gebettet worden, nun hatten sich Dutzende Trauernde zwischen epochalen Grabmälern und neu ausgehobenen Löchern versammelt. Unter ihnen war Katharina, die neben den Überresten eines Grabsteins mit Davidstern stand, der von Efeu und Moos fast verschluckt wurde. Braungrün wie die Blätter zeigte der Stein schwach die verwitterten Linien eines Namens, aber sie probierte nicht einmal mehr, ihn zu entziffern. Zu sehr fürchtete sie sich, welchen Namen das Grab neben ihm zieren würde. Bisher hatte sie vergeblich versucht zu erfahren, wer zu den Gefallenen des Krieges gehörte. Es war unlängst bekannt geworden, dass unter den hunderten Toten auch vier TAF-Mitglieder waren. Um wen es sich dabei handelte, hatte sie trotz aller Bemühungen nicht in Erfahrung bringen können. Generell war die Bestandsaufnahme der Verluste noch nicht vollständig abgeschlossen, und offizielle Stellen rechneten damit, dass die genauen Zahlen erst in den kommenden Wochen vorliegen würden. Bereits jetzt stand aber fest, dass keine Statistik die gefallene Anhängerschaft des Grauen Generals beinhalten würde, erst recht nicht ihre Namen. Jene sollten nach einer neuen Verordnung in anonymen Bestattungen ohne Publikum und an unbekannten Orten beigesetzt werden. Auf diese Weise bestrafte die EA die Hochverräter und Kriegstreiber auch im Tod, zudem verhinderte dieses Vorgehen, dass ihre Gräber zu Pilgerstätten werden könnten. Es waren die ungenannten Toten des Weißen Gefechts, denen die gesamte Schuld am Krieg zugeschrieben wurde, und ihre letzte Verurteilung war die Vergessenheit. Eine Bestrafung auch für die Familien, die niemals Gewissheit über den Verbleib ihrer Angehörigen haben würden, bis die Zeit offenbarte, dass sie nie heimkehren würden. Aber nicht nur sie warteten, sondern auch alle anderen, denn mit der *Verus Nox*, der zweiten großen Dunkelheit, war der stetige Nachrichtenfluss von der Front abgerissen. Chaos war entstanden, als zahllose Fehlinformationen zum weiteren Kriegsverlauf und zu den Verlusten kursierten. Zu Anfang des Weißen Gefechts war vor allem Nenad Katharinas ständige Auskunftsstelle gewesen, doch auch seine Berichte hatten nicht weitergereicht als bis zu der Information, dass Finn mit seiner Einheit in Dubrovnik eingesetzt worden war. Ein Gefühl sagte ihr, dass er nicht zu den Gefallenen zählte, denn manchmal spürte sie, wie sein Herz fern von ihr kraftvoll pochte. In jenen kurzen Augenblicken war sie sich sicher, dass er lebte. Doch jedes Mal, wenn sie ihn nicht spürte, kam die Ungewissheit grausam zurück. Auch Arvo nahm ihr diese Zweifel nicht ab, obwohl er den heutigen Volkstrauertag ausrichtete und daher wusste, wer bei den ersten Bestattungen zu Grabe getragen wurde. Noch heute Morgen hatte sie ihn förmlich bekniet, ihr Auskunft zu geben, aber er war hart geblieben. Es war fraglich, ob seine Weigerung als Rache zu verstehen war für ihre unkooperative Mitarbeit oder es ihm schlichtweg darum ging, ihre spätere Reaktion authentischer wirken zu lassen, indem er sie vorerst im Ungewissen beließ. Aber seine Gründe waren jetzt nicht mehr wichtig, denn der Trauerzug hatte sich vom Hauptweg in die schmaleren Seitenreihen aufgeteilt. Eine schier endlos wirkende Kolonne kam auf sie zu, an deren Spitze ein mit der Republikflagge überdeckter Sarg getragen wurde. Das Bahrtuch und die Soldaten kennzeichneten den Verstorbenen als Mitglied der HEA. Einen vollen Schlag setzte ihr Herz aus, bis sie Finn in der Mitte der sechs Sargträger entdeckte. Erleichterung überkam sie, doch diese währte nur kurz, als sie erkannte, in welcher Verfassung er war. Seine Gesichtszüge wirkten hart durch die fest zusammengepressten Kieferknochen. Seine Lippen formten einen schmalen Strich, der unter seinem neuen Bart fast völlig verschwand. Aus dem festen, langsamen Gleichschritt der Gruppe brach er öfters aus, da er sein linkes Bein nachzog. Einzig seine Augen waren weich, und diese waren unter der tief ins Gesicht gezogenen Schirmmütze unbeirrbar auf sie gerichtet. Schnell trat sie auf ihn zu, ergriff seine freie Hand und stützte ihn bestmöglich ab. Seine Augen lösten sich von ihr, und er blickte starr geradeaus, doch durch den sanften Druck seiner Finger signalisierte er ihr seine Dankbarkeit. Eng an seiner Seite begleitete sie den Trauerzug die letzten Meter, bis die Träger den Sarg auf Brettern über dem Grab abstellten. Danach traten sie zurück, und die Sicht war frei auf eine hochgewachsene Frau, die starr am Kopfende des Sarges verweilte. Ein schwarz bestickter Schleier umhüllte sie bis zur Hüfte und verzerrte die schönen Linien ihres Gesichtes. Unter dem Stoff kam eine perfekt manikürte, weiße Hand mit einem aus Sternen geformten Ehering hervor, die das Holz unter dem Bahrtuch leicht berührte. Lene atmete ruhig, während es Katharina den Atem verschlug, als sie begriff, dass sie vor Tammos Grab stand. Noch näher schmiegte sie sich an Finn, suchte nach seinem Herzschlag und presste ihren eigenen Ehering auf sein Herz, während sie ihren Blick nicht abwandte. Über den Friedhof verteilt, begannen die einzelnen Beerdigungen, wodurch die Luft durchzogen wurde von einer leisen Mischung aus Gebeten und Grabreden der verschiedensten Religionen und in den unterschiedlichsten Sprachen. Nacheinander verstummte die Vielfalt der Kulturen, und die Klänge eines am Rande des Friedhofs spielenden Geigers setzten ein. Katharina kullerten Tränen über die Wangen, während die Musik sie zu entfernten Erinnerungen brachte. Alles verschwamm vor ihren Augen, bis Salutschüsse die Stille zerrissen. Regierungsvertreter traten vor und sprachen Ehepartnern, Kindern und Eltern ihr Beileid aus. Auch auf Lene trat ein Mann zu, und nach einigen Worten versuchte er, ihr einen Tapferkeitsorden und die Republikflagge zu übergeben. Vollkommen abwesend ließ sie weiter ihre Hand auf dem Sarg ruhen. Weil sie nicht reagierte, sprach er ihr erneut sein Beileid aus und zog sich nach einer weiteren Minute des vergebenen Wartens zurück. Nun drückte Finn Katharina noch einmal fest an sich, dann nahm er mit den restlichen Sargträgern wieder Aufstellung am Grab an. Eine Soldatin rief laut den Unison-Gruß aus, woraufhin alle Militärs ihn wiederholten. Alle, bis auf Finn, der weder den Leitspruch der EA ausrief noch die Geste praktizierte, sondern sich für keinen anderen hörbar von Tammo verabschiedete. Während der Rest sich zweimal kurz hintereinander mit der rechten Faust auf die linke Brust schlug, bevor sie den Arm samt Kopf gen Tholus ausstreckten, salutierte er. Dies entging seinen Kameraden nicht, und kurz darauf folgten sie seinem Beispiel. Wieder setzte fernab Musik ein. Vier der Soldaten hoben den Sarg mit goldenen Seilen an, während Finn und ein weiterer Mann die Unterlage aus Brettern entfernten. Langsam senkte sich der Sarg hinab, und Lene, die ihn weiterhin berührte, beugte sich leicht vor, als wollte sie ihm folgen. Doch dann richtete sie sich wieder auf und straffte ihre Schultern. Erneut stand sie bewegungslos da, bis es Zeit wurde, sich endgültig zu verabschieden. Wortlos ließ sie eine einzelne rote Rose in die Tiefe gleiten. Eine Flut aus purpurroten Weidenröschen folgte und ein einzelnes handgemachtes Amulett. Aber Lene sah das Blumenmeer nicht, denn sie hatte den Ort verlassen, noch bevor Erde das Grab bedeckte.

Erst am Abend kehrten die Raben zurück, als auf dem Friedhof nichts als Grabesstille und der endlose Tanz der Blätter herrschten.

42

Sinnentrug

Brüssel Militärbasis Fort

Ein Militärjeep nach dem anderen rollte über die breite Zufahrtsstraße. Zügig stiegen Soldaten aus und verteilten sich zielstrebig auf dem Stützpunkt. Nach dem Kämpfen des Weißen Gefechts war ein Teil der Truppen in den Konfliktregionen zurückgeblieben, ein anderer Teil überwachte die Gefangenenüberführung zum Tribunal. Der Rest war zurückbeordert worden, um in Kürze die Sommersonnenwende mitabzusichern. Zur partiellen Öffnung des Tholus, die in nicht einmal mehr einer Woche beginnen würde, hatten die Exesor endlich die benötigten Informationen mittels eines schlichten Briefes übermittelt. Das Schreiben war aber nicht per Post oder Kurier im vorläufigen Regierungssitz der EA in Brüssel eingetroffen, sondern hatte am ersten Morgen nach Verus Nox auf dem Schreibtisch der Interimspräsidentin gelegen. Um den Briefumschlag zu platzieren, hatten die Eindringlinge erhebliche Sicherheitsmaßnahmen überwinden müssen, und dennoch waren bislang keine verwertbaren Spuren zum Tathergang gefunden worden. Trotzdem war seitdem eine Sondereinheit der FIA mit der Aufklärung betraut, um einen neuen Anhaltspunkt zur Ergreifung der Exesor zu finden. Schließlich hatten bisher weder die dritte Verhaftungswelle noch der Loyalitätstest zum Durchbruch geführt. In dem einseitigen Schriftstück, welches das verzierte Initial der Exesor trug, waren nur die Koordinaten der Übergangspunkte sowie die Zeit aufgeführt. Demnach sollte die partielle Öffnung des Tholus in der Nacht zum 21. Juni 001 n. EB stattfinden und exakt vierundzwanzig Stunden andauern. Wieder um Mitternacht würde sich die Barriere schließen, und erst nach Ablauf des Jahrhunderts sollte eine erneute Überquerung möglich sein. Da es bisher wenig Grund zur Hoffnung gab, die Exesor zeitnah aufzuspüren, war dies vielleicht für lange Zeit die letzte Chance für die Menschen, in einen anderen Sektor zu wechseln. Daher lagen alle Augen auf dem Komitee zur Sommersonnenwende, das einen Abdruck der Nachricht in jeder größeren Zeitung noch am selben Tag veröffentlicht hatte. Unter Hochdruck arbeiteten sie daran, den Transport der Ausreisewilligen auf dem Land und auf dem Meer abschließend zu organisieren. Deshalb war Katharina auch nach der Beerdigung sofort aufgebrochen. Am Friedhof hatte sie nur kurz mit Finn gesprochen, denn wie immer wurde jede Berührung, jedes Wort von Kameras eingefangen. Dennoch hatte sie ihn mit aller Kraft umarmt, und auch er hatte ihre Hand erst freigegeben, als sie bereits im Wagen saß, fertig zur Abfahrt.

Dicht vor dem Lazarett hielt der Fahrer, und Finn stieg aus. Durch die Belastung am Morgen war seine Wunde etwas angeschwollen, und das konstante Pochen in seinem Oberschenkel hatte sich verstärkt. Er machte ein paar Schritte, bis er außerhalb der Sichtweite anderer Menschen war, dann musste er stehenbleiben und sich abstützen. Seit der Verletzung spürte er bei jeder Bewegung ein Ziehen, das er oftmals gut ignorieren konnte, doch heute gelang ihm das nicht so einfach. Trotz allem hatte er Glück gehabt, die Kugel war im Muskel steckengeblieben und hatte nach der Befreiung der Festung von Dubrovnik problemlos entfernt werden können. Zwar war eine Entzündung aufgetreten, aber die war mittlerweile weitestgehend abgeklungen. Mit der Zeit würden alle Beschwerden vergehen, mit Ausnahme eines leichten Taubheitsgefühls an der Eintrittsstelle, das zumindest hatten ihm die Ärzte prognostiziert. Er biss die Zähne zusammen und wandte sich der Tür zu. Im Lazarett der Basis glaubte er, ein Déjà-vu zu erleben, denn Isolda Clemente Peña lag mit geschlossenen Augen und sorgsam gefalteten Händen auf einem Krankenbett. Noch dazu genau dort, wo er sie in seiner Erinnerung das letzte Mal gesehen hatte. Überrascht trat Finn näher an sie heran, aber erst als er sich sicher war, dass sie tatsächlich da war und es sich um keine Sinnestäuschung handelte, sprach er sie an: »Frau Clemente.«

Ein genervtes Zischen entwich ihren Lippen, dann öffnete sie die Augen und blickte ihn angriffslustig an. »Und wo sind nun meine Sachen? Ich sage es noch mal, ich rühre mich nicht vom Fleck, bis Sie mir mein Eigentum zurückgegeben haben. Also vergeuden Sie nicht länger meine Zeit, und helfen Sie beim Suchen.«

Mit einer hochgezogenen Augenbraue blickte er auf die Andorranerin. Isolda machte keine Anstalten, das Bett zu verlassen oder sich wenigstens aufzurichten. Stattdessen strich sie sich betont langsam ihre langen schwarzen Haare glatt. Heute glich sie noch mehr als bei ihrer ersten Begegnung einer zum Leben erwachten Märchengestalt, einzig der rote Apfel fehlte. Ihre Lippen waren nicht mehr blass, sondern blutrot, und ihre Haut wirkte nunmehr gesund, wenn auch weiterhin erstaunlich hell. Nur ihr Auftreten hatte keine Ähnlichkeit mit der Erzählung der Gebrüder Grimm, jedenfalls soweit er sich erinnerte. Ihr aufgesetztes Verhalten, das nur dazu diente, Menschen auf Abstand zu halten und sich selbst zu schützen, war unverändert. Genauso wie damals im Verhörraum gab sie sich selbstbewusst, herrisch und überheblich. Da seine früheren Einschätzungen offensichtlich weiterhin zutrafen, musste er feststellen, ob auch seine erste Vermutung ihrer Verwicklung in Excidium Babylon stimmte und der Freispruch durch die Syn falsch war. »Wie ich sehe, sind Sie wieder vollständig genesen, das freut mich.«

Ihre Augen verengten sich, dann nickte sie ihm zu. »Ach ja,

der Bart ist neu, daher habe ich Sie nicht sofort erkannt. Captain Evans, der Mann mit den speziellen Fähigkeiten. Wie nennt man das gleich?«

»Verhaltensanalyse.«

»Oder Hexerei«, sagte sie und riss ihre Augen auf, bevor sie sich wild bekreuzigte.

Finn verzog keine Miene, er wusste, dass sie ihn nur reizen wollte. »Wir beide wissen, dass es keine Hexerei ist. Meine Arbeit besteht lediglich darin, Unregelmäßigkeiten im Verhalten von Menschen zu erkennen.«

»Lügner und Betrüger zu enttarnen, nennen wir das Kind doch beim Namen. Aber egal, Ihre Talente sind wie meine mittlerweile obsolet«, sagte sie mit Triumph in der Stimme, denn das hatte sie ihm anscheinend an den Kopf werfen wollen.

Er ließ ihr den Moment, sich zu freuen, dann sagte er: »Ich hatte nicht erwartet, Sie wiederzusehen, meinen Berichten zufolge hat die Syn Sie vor einem Monat laufen lassen.«

Isolda verschränkte die Arme hinter ihrem Kopf, um zu demonstrieren, dass sie sich für unantastbar hielt. »Ich habe etwas Zeit gebraucht, um wieder auf die Beine zu kommen, nach ihrer besonderen Verhörmethode. Wissen Sie, fast zu verdursten, hat meinen kritischen Zustand weiter verschlechtert.« Sie lächelte. »Später hatte ich noch ein paar Probleme mit den geschlossenen Grenzen, dem Krieg und so. Nun kann ich zwar wieder reisen, aber jetzt hat das Krankenhauspersonal meine persönlichen Sachen verschlampt.«

»Klingt nach einer wahren Tortur, und trotz all der Strapazen haben Sie sich dem Loyalitätstest unterzogen«, sagte er und lächelte zurück, ihr machte es augenscheinlich Spaß, ihn zu necken. »Sehr tapfer.«

»Es gab ja nicht wirklich die Möglichkeit, sich zu verweigern.«

»Ja, stimmt«, sagte er, »dennoch hätte ich nicht erwartet, dass Sie sich gleich freiwillig dazu melden, sich als Erste testen zu lassen.«

»Das zeigt doch nur, dass Sie mich nicht halb so gut kennen, wie Sie vielleicht meinen. Ich habe nämlich die Erfahrung gemacht, dass es durchaus Vorteile bringt, sich zumindest in bestimmten Situationen kooperativ zu zeigen und die Erste zu sein. So wurde mir die Syn von der schönen Eiskönigin ausführlich erklärt, und ich durfte sie mir sogar ansehen. Viel zu kurz, wie ich leider zugeben muss, und unter Aufsicht, aber dennoch war es krass.« Ihre Augen leuchteten begeistert auf. »Die Syn ist außergewöhnlich, und ich glaube, nur die wenigsten können sich überhaupt vorstellen, wie komplex das System dahinter ist, von den nötigen Algorithmen ganz zu schweigen.« Sie warf einen abschätzigen Blick auf Finn, dann folgte eine wegwerfende Bewegung, die bedeutete, dass sie ihn ebenfalls dazuzählte. »Übrigens erinnern Sie sich, ich hatte Ihnen doch gesagt, dass ich unter gewissen Umständen dazu bereit wäre, mich freiwillig einem Test zu unterziehen … Et voilà, ich habe mein Versprechen gehalten, auch wenn ich nicht erwartet hätte, dass eine solche Technik jemals existieren würde. Aber auch ich irre mich in seltenen Fällen. Ach ja, auch Sie haben ihr Wort gehalten, denn ich wurde nicht zu den alten Anschuldigungen befragt. Obwohl ich natürlich auch zum Banküberfall gerne Fragen beantwortet hätte, schließlich bin ich vollkommen unschuldig.«

»Natürlich, wie könnte man daran zweifeln«, stimmte er genauso unglaubwürdig zu, wie sie zuvor ihre Unschuld beteuert hatte. Es war so einfach, die Wahrheit und die Lüge bei ihr zu erkennen, dass ihre Geringschätzung ihn nicht kümmerte. Erneut log sie, doch diesmal waren die Anzeichen nur in Bezug auf die alte Anklage zu erkennen, dennoch bohrte er weiter. »Aber ehrlich gesagt, war ich davon überzeugt, dass Sie den Exesor angehören, bis die Syn meinen Verdacht wiederlegt hat.«

»Mich amüsiert unser kleiner Schlagaustausch genauso wie Ihre Offenheit, während Sie mich erneut verhören. Auch wenn es beleidigend ist, als Terroristin bezeichnet zu werden. Aber um Ihre unausgesprochene Frage zu beantworten: Nein, ich gehöre nicht den Exesor an, soweit würde nicht einmal ich gehen.« Plötzlich wurde sie nachdenklich. »Obwohl es uns auch noch schlimmer hätte treffen können, oder etwa nicht? Früher hatte ich manchmal die Befürchtung, dass uns alles entgleiten und die Technik, mit all ihren Raffinessen, uns schlussendlich die Seele rauben würde. Jetzt sind wir gefangen unter dem Tholus und haben doch ein Stück unserer Freiheit wiedererlangt.« Sie räusperte sich und setzte wieder ihre vorgetäuschte Gleichgültigkeit auf. »Jedenfalls kurz, denn am Ende wird die Syn die Exesor schnappen, und alles wird beim Alten sein. Glauben Sie mir, es ist nur eine Frage der Zeit. Bis dahin sollten Sie sich hinlegen, denn wenn Sie umkippen, kann ich den Gefallen nicht erwidern und Sie ins Bett hieven.«

»Es geht schon«, winkte er ab, plötzlich verunsichert über ihre ehrlichen Worte.

»Ich meine es ernst, es waren ein paar schwere Wochen für uns alle, aber Ihnen kann selbst ich die Erschöpfung ansehen. Viel zu viel Leid und dann der Tod des Lance Corporals. Ehrlich gesagt mochte ich ihn als einzigen unter den ganzen aufgeplusterten APs. Nichts für ungut«, entschuldigte sie sich schwach. »Sie und ein paar andere nehme ich davon aus.«

»Kein Problem.« Er starrte sie unverwandt an, dann folgte er seiner Eingebung und fragte sie direkt: »Sagt Ihnen *Siku* was?«

»Die App?« Alle Anteilnahme war aus ihrer Stimme verschwunden, er konnte förmlich sehen, wie sie die Mauer um sich herum wieder hochzog, als sie gewohnt bissig antwortete: »Ohne Satelliten und Internet sollten selbst Sie wissen, dass Sie sich das Geld sparen können.«

Besorgnis erschien auf ihrem Gesicht; dies in Kombination mit ihrer ausweichenden Antwort und ihrem Gebaren bestätigte ihm seinen alten Verdacht. Er griff nach ihrem Arm und fragte: »Isolda, weißt du, wo James Evans oder Alé sind?«

»Nein, weiß ich nicht, und ich kenne auch niemanden unter diesen Namen«, sagte sie ehrlich und wirkte eingeschüchtert. Ein Pfleger kam und überreichte ihr einen kleinen Papierbeutel, sie warf nur einen flüchtigen Blick hinein, bedankte sich aber nicht bei ihm. »Kann ich jetzt gehen?«

Resigniert ließ Finn ihren Arm los und stimmte nickend zu. Er hatte nichts. Für einen Augenblick war er erneut überzeugt gewesen, dass die Computerspezialistin zu seinem Bruder gehörte. Zwar hatte er nicht unbedingt angenommen, dass sie Alé war, aber vielleicht jemand aus der Gruppe. Doch sein erneuter Verdacht gegen sie hatte sich ebenso schnell zerschlagen, wie er sich aufgebaut hatte. Er musste sich eingestehen, dass er sich in die Idee verrannt hatte, endlich Fortschritte zu machen, und wieder rational vorgehen. Bei seinem Loyalitätstest hatte er am eigenen Leibe gespürt, wie unausweichlich der Zwang der Syn war. Hätte die Explosion nicht die Systemstörung ausgelöst, dann wäre er vor dem Weißen Gefecht enttarnt worden. Aber am Abend zuvor hatte es keine solchen Beeinträchtigungen gegeben, daher war ein Fehler bei Isoldas Befragung unrealistisch. Zudem hatte er diesmal keinerlei Anzeichen für Lügen bei ihr entdeckt in Bezug auf die Exesor, und er musste zugeben, dass er das Ergebnis der Syn teilte. In seiner ersten Analyse hatte er sich schlichtweg getäuscht, die Indikatoren falsch gedeutet, was wiederum zu seiner irrtümlichen Schlussfolgerung geführt hatte. Mit großer Wahrscheinlichkeit hatten ihre Krankheitssymptome sein Fazit verfälscht, auch wenn ihm sein Instinkt etwas anderes sagte. Es war an der Zeit, sich einzugestehen, dass Isolda Clemente Peña vieles war, allem voran eine schlechte Lügnerin und definitiv eine Bankräuberin, aber eben keine der Exesor. Ohne weiteren Abschied ging sie aus dem Lazarett, wohl um ihn schleunigst hinter sich zu lassen. Mit ihrem Verschwinden brach eine weitere Brücke zu seinem Bruder endgültig ab.

43

Brüchige Masken

Brüssel Sablon

Auf den schattigen Stufen vor dem letzten Haus in einer kleinen Seitenstraße in Sablon saß Lene, in einem Sommerkleid wie zartes Abendrot. Selbstvergessen strich sie nicht vorhandene Falten aus dem dünnen Stoff. Ihr unnützes Tun setzte sie eifrig fort, auch als zwei Soldaten sich an ihr vorbei ins Haus der Evans drängten. Vor dem Grundstück verharrte eine kleine Einheit der Polizei, auch diese gehörte zu Katharinas Wachschutz, den sie ebenso wie die anderen APs weiterhin hatte, weil der Graue General entkommen war. Dies war ein offensichtliches Zeugnis dafür, dass zwar das Weiße Gefecht beendet war, aber die Gefahr überlebt hatte. Als Katharina ihren unerwarteten Besuch entdeckte, entgingen ihr weder Lenes auffälliges Verhalten noch die verstohlenen Blicke der Anwesenden. Doch sie vergeudete keine Zeit damit zu gaffen, sondern setzte sich energisch zu Lene und umfing ihre flattrigen Hände. Nach Verus Nox waren die Temperaturen stetig nach oben geklettert, bisher war es aber nur in der Sonne sommerlich warm. Daher saßen sie still fröstelnd zusammen auf den kalten Steinstufen, wobei Lenes Haut eine Gänsehaut überzog. Als die Soldaten endlich wieder aus der Tür traten, verkündeten sie, die routinemäßige Überprüfung des Hauses wäre beendet. Gleich darauf zog Katharina ihre schweigsame Besucherin hoch und nahm sie mit hinein. In der Küche setzte sich Lene stumm an den runden Tisch, während Katharina sich daran machte, Tee und Erbsensuppe zu kochen. Dabei beäugte sie Lene näher, ihre Haare waren in einem straffen Knoten fixiert, sie trug keinen Schmuck und war gänzlich ungeschminkt. Das alles stand im starken Kontrast zu ihrem gewöhnlich makellosen Styling, und der Gegensatz war besonders deutlich, wenn man die auffällige Trauerkleidung samt Schleier vom Morgen bedachte. Gewiss war diese Aufmachung von Arvo diktiert worden, um Lene als trauernde Witwe richtig in Szene zu setzen. Ohne das Ganze wirkte Lene auf ihre Umgebung wie immer: schön, aber unnahbar. Nur ein scharfer Beobachter erkannte, dass ihr heutiges Verhalten nicht ihrer üblichen Distanziertheit geschuldet, sondern ein Ausdruck von Trübsinn war. Das anhaltende Schweigen veranlasste Katharina zum Plappern, um die beklemmende Stille zu füllen. Lene quittierte es mit einsilbigen Antworten, und sprach den Grund für ihr Kommen nicht an. Nachdem Katharina die heiße Suppe serviert hatte, nahm auch sie am Tisch Platz und ihr schleppendes Gespräch erstarb. Auch nach dem Essen wurde nicht viel mehr gesagt, und später saßen sie wortlos beim Tee zusammen. Nach einer weiteren Stunde machte Lene Anstalten zum Aufbruch, und Katharina brachte sie über die Terrassentür nach draußen. Durch die hinteren Gärten konnte sie zum anderen Ende der Häuserreihe gelangen, wo sie von nun an allein lebte. Förmlich reichte Lene ihr die Hand, und auf ihrem ausgestreckten Arm war die Gänsehaut nach wie vor zu sehen. Zusammen mit dem entrückten Blick war es der Anstoß dafür, dass Katharina sie in eine feste Umarmung zog. Steif reagierte Lene darauf, und allzu schnell löste sie sich wieder. Danach verabschiedeten sie sich mit wenigen Worten, und Lene ging zügig zum Gartenzaun. Mit einer Hand bereits am niedrigen Tor blieb Lene stehen, wobei ihr Blick langsam zur untergehenden Sonne wanderte. Irgendetwas entdeckte sie in dem goldroten Farbenspiel, etwas, das sie dazu veranlasste, ihr Schweigen zu brechen.

»Ich erinnere mich nicht mehr, was ich dachte oder fühlte, als ich damals allein durch den schier endlos wirkenden Mittelgang der Marienbasilika schritt. Vielleicht war ich unsicher, bestimmt war ich nervös, einen Fremden zu heiraten. Aber was ich auch damals gefühlt oder gedacht hatte, es änderte sich, als ich Tammo am Altar stehen sah. Plötzlich hatte ich das unbegreiflich schöne Gefühl von Wiedersehensfreude, so als hätte ich auf ihn gewartet. Es war wie eine innere Wärme, die ich bisher nicht kannte, und es hat mich nicht mehr losgelassen. Doch jetzt, wo er weg ist und ich ihn niemals wiedersehen werde, fühle ich es nicht mehr.« Erst da drehte sich Lene noch mal zu ihr um, der Ausdruck auf ihrem Gesicht war hilflos. »Ich weiß nicht mehr, was ich denken soll, er war doch immer ein Fremder für mich. Oder etwa nicht?«

»Er war bloß ein Fremder«, sagte Katharina und schluckte, »es ist in Ordnung, nichts zu fühlen.«

Die Endgültigkeit ihrer Worte verfehlte ihre Wirkung nicht, denn Lene öffnete entschlossen das Gartentor und ließ die Abendsonne hinter sich. Katharina schaute ihr nicht nach, sondern betrachtete den Himmel, der hinter einem Schleier immer wieder verschwamm. Solange, bis sie bemerkte, dass sie nicht allein war. Benjamin konnte es nicht sein, denn er war zu sich nach Hause zurückgekehrt, nachdem die Kämpfe geendet hatten. Angeblich, um sich von ihrer ›nervigen Musik‹ zu erholen, wie er mit einem Augenzwinkern erklärt hatte. Aber sie wusste es besser, er wollte Finn und ihr Zeit zu zweit geben. Tief atmete sie durch, blinzelte schnell und drehte sich dann gefasst um. Finn, der bei seiner Heimkehr vertraute Stimmen in einer fremden Sprache vernommen hatte, stand wie erwartet wenige Meter hinter ihr in der Küche. Sein bloßer Anblick führte zu einem kleinen Lächeln auf ihren Lippen, und eh sie sich versah, lag sie in seinen Armen. Für einen Moment der Ewigkeit verweilte sie friedlich an seiner Brust, bis ihr auffiel, dass sein Herz nicht in dem ihr bekannten Rhythmus schlug. »Geht es dir gut?«

»Ja, es war ein langer Tag«, sagte er und atmete hörbar aus, beim Einatmen vernahm er ihren vertrauten Geruch.

»Sehr lang«, stimmte sie zu, während sie sich an ihn schmiegte und unauffällig über ihre Augen strich. »Lene war bis eben da.«

»Mhm, ich habe sie noch gesehen«, murmelte er und fuhr mit seiner Hand über ihre Locken. »Was wollte sie?«

»Ich glaube, das wusste sie selbst nicht.« Katharina rückte noch näher an ihn heran und verscheuchte jeden anderen Gedanken.

»Ich hätte nie erraten, dass ihr zwei Freundinnen seid.«

»Ha«, lachte sie trocken auf, in dem Glauben, dass er es ironisch meinte. »Wenn wir es sind, dann hat sie es vergessen.«

Lächelnd hob sie den Kopf und sah in seine grünblauen Augen, die auf sie gerichtet waren mit einem Ausdruck, den sie inzwischen gut kannte. Er war wachsam, sein Blick zwar liebevoll, aber sein Ziel war es, sie zu durchleuchten. Dennoch behielt sie ihr Lächeln bei, und etwas schien in ihm zu wanken. Langsam beugte er sich tiefer, bis die Türklingel erschallte. Nur widerwillig ließ er sie los und ging zur Tür, während sie kribbelig den Herd anstellte. Vom Eingang erschallte eine gut gelaunte Brummstimme, die ihrem Sprecher vorwegeilte, und sie wusste, wer es war, noch bevor er sie begrüßte: »Privet Kateryna!«

»Privet Maxim. Jak sprawy?«, fragte sie mit dem Kochlöffel in der Hand und spürte sofort wieder Finns intensiven Blick auf sich gerichtet.

»Maxim, meine Frau spricht mehr Sprachen, als ich zählen kann«, witzelte Finn, sein Gesicht verschwand hinter der weißen Kühlschranktür. »Und jedes Mal, wenn sie eine neue Sprache ausgräbt, habe ich das Gefühl, eine Fremde vor mir zu haben.«

Katharina lief rot an, niemals zuvor hatte er sie als seine Frau bezeichnet, gleichzeitig klang seine Aussage weniger wie ein Kompliment als wie ein Vorwurf. Schließlich hatte sie bei *ihrer Bewerbung* für die Völkervereinigung nur die sechs Sprachen angegeben, die sie fließend beherrschte.

»Tja, Alter!« Maxim schlug Finn auf die Schulter und nahm ein kaltes Bier entgegen. »Du wirst wohl auch in fünfzig Jahren nicht schlau aus ihr werden.«

»Ich war mal in Kiew und da habe ein paar Worte aufgeschnappt, das bedeutet noch lange nicht, dass jemand eine Sprache spricht«, sagte Katharina spöttisch und kaschierte damit ihren wachsenden Argwohn.

»Stimmt wohl«, gab Finn zu und hielt ihr ein Glas Weißwein hin, dabei blieb offen, wem er zugestimmt hatte.

Seinem weiterhin analysierenden Blick begegnete sie mit einem neckischen Lächeln und griff nach der Bierflasche statt dem angebotenen Weinglas. Nach einem großen Schluck wandte sie sich ungezwungen an Maxim: »Suppe ist gleich fertig, möchtest du etwas?«

»Nee, lass mal, danke.« Maxim verzog sein Gesicht zu einer Grimasse. »Ich mach mir lieber später etwas Richtiges zu essen. Wir haben morgen schließlich eine lange Fahrt vor uns, und da muss man gut genährt sein.«

»Wo geht es denn hin?«, hakte sie aus reiner Höflichkeit nach, bemerkte dann aber, wie Maxim einen vielsagenden Blick mit Finn austauschte, woraufhin echtes Interesse in ihr aufflammte. »Und wer ist ›wir‹?«

»Ich sollte meine Sachen packen gehen, morgen starten wir bereits um viertel vor vier statt halb fünf«, informierte er Finn, während er sich mit einer reumütigen Miene sein Bier sicherte. »Also wir sehen uns. Buvay Kateryna.«

Finn lehnte mit verschränkten Armen an der Wand und verabschiedete Maxim nur mit einem Nicken, als dieser sich schnell zurückzog. Dabei ließ er Katharina nicht aus den Augen, die ihn fragend anblickte. Erst als die Tür ins Schloss fiel, antwortete er ihr ruhig: »Ich hatte keine Zeit, es dir zu erzählen. Morgen früh bringt uns ein Shuttle zum Bahnhof, von da fahren wir nach London.«

»Du reist schon wieder ab?« Katharina strich mit einer verzagten Geste die Haare aus dem Gesicht. »Aber unsere Reiseroute steht doch schon fest! Für die Völkervereinigung sollten wir eine viertägige Promotiontour hinlegen, die uns über Paris, Madrid und Lissabon nach São Miguel bringt. Wir starten bereits in drei Tagen. Ich hätte nicht gedacht, dass du davor noch einen anderen Auftrag erhältst, besonders bei dem knappen Zeitplan und deiner Beinverletzung. Also warum schicken sie dich jetzt nach London?«

»Du musst die Reise leider ohne mich machen, es tut mir leid. Aber wir treffen uns auf São Miguel, versprochen! Von dort werde ich wie geplant zum *Übergangspunkt ZULU* gebracht. Arvo war außer sich, als er davon erfahren hat, dass wir aus London anreisen. Du hättest ihn wirklich sehen sollen, ich dachte, er würde sich aus Wut selbst in zwei Hälften reißen«, sagte er und ließ ihre eigentliche Frage unbeantwortet.

»Das würde ihm recht geschehen, besonders bei der Show, die er nun schon wieder geplant hat«, sagte sie lässig, um ihre Enttäuschung zu kaschieren, dass er auf der Reise nicht bei ihr sein würde. »Aber ich verstehe es dennoch nicht. Werden plötzlich alle Truppen, die den Übergangspunkt vor den Azoren absichern, über London verschifft? Das wurde uns bisher nicht mitgeteilt, und es ergibt auch keinen Sinn! England ist die völlig falsche Richtung, der Hafen in Zeebrügge ist dem Fort am nächsten. Daher hatte das Komitee auch veranlasst, dass die Truppen die ZULU absichern von dort aus starten. Also warum verschifft man euch alle jetzt über London?«

»Nicht alle, nur ein paar von uns«, gab er zu. »Die Sicherungstruppen für ZULU starten weiterhin von Zeebrügge.«

»Okay … Also warum schickt die HEA euch nach London? Was ist so wichtig, dass du dich dem großen Inszenator und seinen glorreichen Plänen entziehen kannst? Was ist in London?«, hakte sie nach.

»Stéphanie ist da, um sich von ihren Cousinen zu verabschieden. Sie haben vor, den Sektor zu verlassen, und es trifft Stéphanie sehr, sie stehen sich sehr nahe. Maxim will ihr beistehen, daher geht es für ihn auch nach London.«

»Stéphanie hat es mir bereits erzählt. Es tut mir leid, dass sie sich voneinander verabschieden müssen«, sagte sie und drehte sich weg. Langsam begann sie wieder, im Kochtopf zu rühren, nur um etwas zu tun zu haben. »Es ist gut, dass *Maxim* hinfährt.«

»Bei Lene geht es nach London gleich weiter. Wohin es danach genau geht, hat sie keinem verraten. Aber …«

»Lene verlässt Brüssel?«, unterbrach sie ihn und machte einen ungewollten Schritt Richtung Tür, hielt aber gleich wieder inne. Ihre drängende Frage nach seinem Grund zur Abreise war wie weggeblasen.

Ihre offene Bestürzung irritierte ihn, denn es passte nicht zu dem, was er zufällig im Garten beobachtet hatte. »Ich dachte, das wüsstest du bereits, und sie war hier, um sich zu verabschieden.«

»Nein, sie hat nichts dergleichen gesagt.« Katharina war sich seines forschenden Blicks wieder bewusst geworden und wurde geschäftig. Energisch holte sie einen Teller, Löffel und Brot hervor, dann schnitt sie mit etwas zu viel Kraft dicke Brotscheiben ab, bevor sie volle Kellen der dampfenden Suppe aufgab. »Ich habe dir bereits gesagt, dass sie anscheinend selbst nicht wusste, warum sie hier war. Also woher sollte ich wissen, dass sie abreist? Gottverdammt, ich weiß noch nicht mal, warum du nach London fährst.«

»Lene hat dir also nichts gesagt?«, fragte er, und sein Blick bohrte sich regelrecht in ihren Rücken. Ungestüm drehte sie sich um und stellte einen randvollen Teller für ihn auf dem Küchentisch ab, wodurch die Suppe über den Rand schwappte.

»Nein, warum auch?« Wütend blickte sie auf. »Jetzt hör auf, mich so anzublicken, und sag mir endlich, was du sagen willst!«

Mit einem Ruck stieß er sich von der Wand ab und trat auf sie zu. Seine stoische Gelassenheit, ein Charakterzug, auf den er sich sein gesamtes Leben lang verlassen hatte, war seit Monaten dahingeschmolzen. Besonders in ihrer Nähe oder bei allem, was mit ihr zu tun hatte, verlor er immer wieder die Kontrolle. So wie jetzt, wo er einen Teil der Wahrheit preisgab: »Ich misstraue Lene.«

»Lene?« Keinen Schritt wich Katharina vor ihm zurück und hielt seinem durchdringenden Blick eisern stand. »Was weißt du schon von ihr?«

»Sie ist eiskalt und berechnend. Ohne mit der Wimper zu zucken, geht sie über Leichen«, sagte er verachtend.

»Sprichst du etwa von ihm? Von ihrem Mann?«, fragte sie stockend, dann fing sie sich wieder. »Lene ist nicht kalt und schon gar nicht berechnend, sie fühlt sich verloren. Mit der Völkervereinigung ist sie eine Zweckehe mit einem Fremden eingegangen, von dem sie bis heute nicht weiß, wer er war! Also was erwartest du von ihr? Eine Weiterführung des inszenierten Dramas von Arvo, so wie auf der Beerdigung?«

»Nein, aber sein Tod verdient wenigstens etwas Anteilnahme«, sagte er schneidend. Zwar wusste er, dass Tammo möglicherweise als Teil der Exesor das Unheil mit seinem Bruder heraufbeschworen hatte. Trotzdem hatte er tapfer gekämpft und war gestorben, um Unschuldige zu retten.

»Nur weil Lene ihre Trauer nicht offen zeigt, heißt es nicht, dass sie keine verspürt«, sagte sie erhitzt. »Ich dachte, du solltest in der Lage sein, das zu erkennen.«

»Nichts dergleichen habe ich gesehen, dafür aber eine unerwartete Vertrautheit, die du Lene gegenüber gezeigt hast.« Mit jedem Satz kam er ihr näher. »Und ich habe Schmerz und Schuldgefühle bei dir erkannt, als du ihr überraschend in Norwegisch geantwortet hast.«

»Ist es das, was dich stört, dass deine Akten über mich lückenhaft sind? Ich habe damals keine falschen Angaben gemacht, ich habe nur die Sprachkenntnisse angegeben, die erwähnenswert sind. Aber danke, dass du mich an diese Sache erinnerst. Bei allem, was passiert ist, hatte ich deine Nachforschungen über mich fast vergessen. Aber das ist es nicht, was du wirklich sagen willst, also sprich es endlich aus!«

»Die Syn ist gefährlich!«, sagte er, und das war ein weiterer Teil der Wahrheit.

»Warum? Hast du die Befürchtung, dass sie die Exesor eher findet, als du es tust? Weißt du, ich hätte zu gern Zugang zur Syn, dann würde ich endlich erfahren, was in deinem Kopf herumgeht und warum du mir so viel verschweigst. Du bist weder Abtrünniger oder Sympathisant noch Exesor, das hätte die Syn aufgedeckt. Also was ist dein Problem?«, fragte sie, und eine Flut weiterer aufgestauter Fragen folgte, die ihr schon lange auf der Seele brannten. »Warum bist du so versessen darauf, wie viele Sprachen ich spreche? Warum hast du dir meine Akte besorgt? Warum bist du *wirklich* bei der Völkervereinigung? Und warum fährst du nach London? Du hast mir immer noch keinen Grund dafür genannt. Ist es wegen Stéphanie oder Lene? Warum interessierst du dich für sie? Erklär es mir! Erklär mir irgendetwas von alledem!«

»Warum sagst du mir nicht zuerst, warum du dich gegenüber Lene schuldig fühlst? Oder warum du an Tammos Grab so bitterlich geweint hast und warum dir auch jetzt Tränen in die Augen steigen, wenn ich nur seinen Namen erwähne?« Finn hatte bisher selbst nicht genau gewusst, was er ihr zum Vorwurf machte. Der Besuch von Lene war seltsam gewesen, genauso wie Katharinas Fähigkeit, sich ohne Anstrengung in Norwegisch zu unterhalten. Dies hatte den Verdacht geweckt, dass eine ominöse Verbindung zwischen den Frauen bestand, die Katharina mit ihrer vehementen Verteidigung von Lene nur noch bekräftigte. Eine Verbindung zu einer Person, die ihm seit Wochen suspekt war, weil er nicht wusste, ob Lene und die Syn Freund oder Feind waren. Aber nichts davon war momentan wichtig, denn bittere Eifersucht hatte seine Gedanken verätzt. Bei Lene fehlte jegliches Anzeichen von Trauer, dafür zeigte Katharina sehr viel Gefühl und dazu Anzeichen von Schuldbewusstsein. So brach es unkontrolliert aus ihm heraus: »Hattest du eine Affäre mit Tammo? War Lene deswegen da? Fühlst du dich deswegen schuldig?«

Vor überschäumender Wut schlug sie ihm ins Gesicht. Ihre Handfläche brannte, und ihr gesamter Körper zitterte, doch er drehte ihr ungerührt wieder seinen Kopf zu. »Wie kannst du es wagen?«, rief sie, »Du hast zwar die Fähigkeit, kleinste Lügen und Gefühlsregungen zu erkennen, doch weißt du nichts. Du kennst mich nicht und ihn schon gar nicht.«

Finn packte sie an den Oberarmen und zog sie zu sich heran: »Ich war bei ihm, als er starb, und er sprach immer nur von einer Frau, von einer Siku. Er wollte, dass sie erfährt, dass er sie noch immer liebte. Lene hat er damit bestimmt nicht gemeint.«

»Er hat nicht von mir gesprochen.« Ein Schrecken überzog ihr Gesicht, die Wut verpuffte und ließ nur Trauer zurück. »Ich war weder seine Geliebte, noch habe ich jemals solche Gefühle für ihn gehabt. Aber du hast recht, es schmerzt mich, dass er tot ist, es tut so schrecklich weh. Aber ich betraure jeden Einzelnen, der bei diesem sinnlosen Krieg gefallen ist, selbst die Anhänger des Grauen Generals. Ich fühle mich schuldig, weil sie alle tot sind und ich am Leben bin.«

Das Licht ging aus, die Stromsperre hatte eingesetzt, und ihre Worte versiegten. Unter Tränen wand sie sich frei, löste sich von ihm und verschwand nach oben.

Brüssel Sablon, 14.06.–15.06.001 n. EB

Als der Schlaf in dieser Nacht kam, war die Trauer wie der Schmerz noch allgegenwärtig, und zum ersten Mal seit Jahren suchte Katharina ein alter, aber nicht vergessener Albtraum wieder heim. Getrieben von den Schreien der Toten und den Klagen der Überlebenden, strauchelte sie suchend über den mit Schutt bedeckten Boden. Schwarzer Rauch raubte ihr den Atem, brannte in ihren Augen und nahm ihr oftmals die Sicht. Vom grauen Himmel fielen glühende Ascheflocken auf die Trümmer und versengten ihre blutverschmierten Hände. Todbringendes Feuer umzüngelte sie und schmetterte sie buchstäblich zu Boden.

Wieder wach, aber im Glauben, sie würde tatsächlich brennen, rutschte Katharina in Panik aus dem Bett heraus und über den Boden. Wüst schlug sie auf ihr langes Nachtshirt ein, bis sie gegen etwas stieß. Sie sah, wie seine schützenden Arme sie umfingen und hörte seine beruhigenden Worte, als sie an seiner Brust zusammensackte. Sofort fühlte sie seinen vertrauten Herzschlag, schmeckte seine warme Haut und roch ihn in der klaren Luft. Mit all ihren Sinnen spürte sie Finn, und ihr Schlafzimmer nahm wieder Formen an. Ein Gefühl von Kontrolle kam zu ihr zurück. »Es geht mir gut, es war nur ein Albtraum.«

»Danach sieht es aber nicht aus!« Er drehte sie zu sich um. »Was war das? Was hast du geträumt?«

»Nichts, ich weiß nicht mehr«, stammelte sie und richtete sich auf. Sie vermied es, ihn anzusehen. »Ich bin müde und sollte einfach weiterschlafen. Du solltest gehen.«

»Nein, ich lass dich nicht allein.« Ein Hämmern an der Tür strafte seine Worte Lügen, als die gedämpfte Stimme von Maxim erschallte.

Finn versuchte nach Katharinas Hand zu greifen, aber sie ließ es nicht zu. Stattdessen streckte sie ihren Arm weit aus, um ihn auf Abstand zu halten. »London wartet, geh jetzt!«

Durch seinen Kopf ratterten die Gründe für seine Abreise. Stéphanie war in London und schwanger, wie ihm Maxim erst gestern erzählt hatte, damit war sie nicht durch die Syn getestet worden. Abgesehen von Katharina und Cornel war sie die letzte AP ohne Überprüfung. Alise hingegen hatte den Loyalitätstest zur gleichen Zeit wie er und Tammo gemacht. Es war daher wahrscheinlich, dass die Explosion alle drei Ergebnisse verfälscht hatte. Und obwohl Alise bei ihrer Familie in Litauen war, wartete die Auswertung des von Finn beauftragten Vaterschaftstests in London. Dann war da noch Lene, die dabei war zu verschwinden. Warum und wohin war unklar, genauso wie alles zu ihrer Person. Es war daher möglich, dass es für lange Zeit das letzte Mal war, dass er sie sah. Aber seine Suche nach Alé duldete keinen weiteren Aufschub. Es war bereits zu viel geschehen, und seine eigene Verantwortung an dem Krieg lastete schwer auf ihm. Er hatte es zugelassen, dass sein Ziel, seinen Bruder zu beschützen über dem Tod von vielen stand. So hatte er Daniil Rybáks Schicksal mit in Kauf genommen, des Sanis, der unter seiner Führung im Hinterhalt von Malbun tödlich verwundet worden war. Genauso wie Lukas Altmeier, der starb, während seine Familie nur zusehen konnte, wie die Vergissmeinnicht hinter dem Haus verwelkten und alle Hoffnung auf ein Wiedersehen mit sich nahmen. »Katherine.«

»Geh«, sagte sie, aber er kam erneut auf sie zu. Hektisch wich sie weiter zurück, bis sie an den Nachttisch stieß und ihm den Rücken zudrehte. »Verschwinde endlich.«

»Es tut mir leid«, sagte er, denn es gab nichts anderes, was er hätte sagen können. Ein drängendes Hupen erklang von der Straße hinauf, während Maxim erneut laut an die Tür klopfte. Finn konnte die Rufe zur Hast nicht mehr länger ignorieren. Da sie ihm weiter die kalte Schulter zeigte, verabschiedete er sich mit einem leichten Kuss auf ihren Hals. Als er ging, hielt sie abwartend den Atem an und lauschte. Zuerst waren seine schnellen Schritte auf der Treppe zu hören, dann das Klicken der Eingangstür, gefolgt vom leisen Geräusch eines Elektromotors, der beschleunigte. Mit einem Japsen holte sie Luft und sank vor ihrem Bett zusammen, die Augen vor Angst weit aufgerissen.

44

Memoriam

Brüssel Sablon, 15.06.001 n. EB

Tief hingen die goldenen Strahlen der Junisonne über der zweistöckigen Häuserreihe in Sablon, wo jedes der vier Häuser identisch war bis auf ein kleines Detail. Jede Tür war in einer anderen Farbe gebeizt, so war die erste Blau, dann kam Grün, gefolgt von Gelb und schließlich Rot. Als Alise Mitte April frühzeitig von der Mission Schwarzer Stein zurückgekehrt war, hatte Arvo einen Bildband über die weiblichen APs in Auftrag gegeben. Réka Varga, eine bis dato unbekannte, aber begabte ungarische Journalistin war für die Texte engagiert worden. Da Arvo zu der Zeit größtenteils abwesend war, hatte Réka wesentlichen Einfluss auf das Projekt genommen. Noch nie in den Publikationen der EA hatten ihre Begleitartikel die bisherigen Erfolge, Leistungen wie auch Fehlschläge unverfälscht porträtiert und die Teilnehmerinnen der Völkervereinigung als starke

Säulen der neuen Gesellschaft gezeigt. In ihren Texten waren sie als vielfältige Individuen präsentiert worden und nicht als Vorzeige-Ehefrauen. Erstaunlicherweise hatte das den Inszenator überzeugt, und in einer seltenen milden Geste hatte er ihren Namen unter seinen eigenen auf das Buch drucken lassen. Nach der Veröffentlichung hatte das Werk breiten Zuspruch erhalten und war in aller Munde. Aber nur für kurze Zeit, denn Contis Aufruf zur Rebellion und das Weiße Gefecht hatten die Publikation bald überschattet. Auch Katharina hatte nicht mehr daran gedacht, bis jetzt, als die letzten Sonnenstrahlen die vor ihr liegende Häuserreihe erleuchteten. Vor dieser Kulisse war sie mit Lene, Alise und Stéphanie fotografiert worden. Rékas' Vorschlag eines schlichten Gruppenbildes war abgelehnt worden, und nach Arvos Vorstellung war jede der Frauen einem der vier Elemente zugeordnet worden. In Vorbereitung seiner mystischen Vision waren die Vorgärten damals aufwendig umgestaltet worden. Ein Seerosenteich war angelegt, Bäume und Sträucher waren gepflanzt worden. Alles, um eine andere Realität zu schaffen, die so wenig wie möglich auf visuelle Effekte zurückgriff. Es war ironischerweise sein Verständnis von Authentizität, dass Fragmente seiner Scheinwelten überdauerten. So hatte er die Symbole von Wasser, Erde, Luft und Feuer für immer auf den Holztüren verewigen lassen. Erst nach seiner Rückkehr aus Albanien hatte Arvo das Bild für das Buch ausgewählt. Überraschenderweise hatte er sich für die Aufnahme entschieden, die zufällig entstanden war und auf der keine der Frauen in die Kamera geblickt hatte. Katharina sah es nun wieder vor sich, Nebel hatte den Teich überzogen, doch die Türen mit den prächtigen Schnitzereien waren klar erkennbar gewesen. Lene hatte auf dem Rücken am flachen Ufer gelegen, während Alise mit den Händen tief in der Erde gesteckt hatte. Vor ihr ein grüner Steckling, der zu Stéphanie aufragte, die in der Luft zu schweben schien. Ein Wirbelwind war von ihr ausgegangen, der bis zu Katharina gereicht hatte. In einer Tonschale hatte Katharina das Feuer getragen, dessen Schein die einzige Lichtquelle für das Foto gewesen war.

Als sie ihr verlassenes Haus betrat, verschwand das Bild so plötzlich, wie ihr der Gedanke daran gekommen war. Ihr wurde jäh bewusst, dass sie alle weg waren und dass wohl keiner der Brüsseler APs wieder hier wohnen würde. Nur sie war übrig, und auch sie würde nicht mehr lange bleiben. Ihre Gedanken drohten, zu Finn zu wandern, zu seiner Abreise und dazu, was diese für sie bedeutete, doch wie immer gestattete sie sich nicht, darüber nachzudenken. Stattdessen legte sie eine Platte auf das alte Koffer-Grammofon und stellte es an. Sofort erhellten alte Klänge das leere Haus, und sie fühlte sich etwas wohler. Sie wusste, dass es völliger Selbstbetrug war, aber wie bei seiner letzten Abwesenheit gab es ihr das Gefühl, dass er nur im nächsten Raum wäre. Kurz überlegte sie, schon mal ihre Sachen zu packen, aber eine tiefe Erschöpfung durchzog sie. Den gesamten Tag hatten sie die Traumbilder der letzten Nacht verfolgt, und in ihrem Innersten fürchtete sie sich vor ihrer Wiederkehr. Ihr Albtraum hatte sich so real angefühlt, und das war er auch, denn es war kein Traum, sondern Erinnerungen. Es waren nur nicht ihre eigenen, das wusste sie, aber das machte es auch nicht erträglicher. Zwar gab es jetzt die Möglichkeit, sich bis tief in die Nacht zu beschäftigen und mit aller Macht gegen den Schlaf anzukämpfen. Aber das würde nur das Unvermeidliche herauszögern, und die Konsequenz wäre, dass sie länger brauchen würde, um aus ihrem Albtraum zu erwachen. Dem Schlaf entkam sie nicht, nur für traumlose Nächte konnte sie sorgen. Manches Mal hatte sie starke Schlafmittel geschluckt und sich so künstlichen Frieden beschafft. Doch diese Option blieb ihr diesmal nicht, denn die Tabletten hatte sie Ladina gegeben, wie auch ihr Wort, sie nicht mehr einzunehmen. Ein kleiner Teil von ihr bereute jetzt, dass sie sich wie immer an ihr Versprechen gehalten hatte, statt sich ein paar Tabletten für den Notfall zu besorgen. Aber dafür war es nun zu spät, und sie beruhigte sich damit, dass niemand da war. Katharina zog sich ihr langes Nachtshirt an und legte sich hin, jetzt blieb ihr noch genügend Kraft, sich abzulenken. Krampfhaft konzentrierte sie sich auf den Bildband über die weiblichen APs, bis sie einschlief.

Nebel umgab sie, doch glaubte sie, es wäre Rauch, bis sie sich umdrehte und die anderen entdeckte. In ihrem Traum war sie zurück zu dem Tag vom Shooting gereist. Genervt, weil sich die Aufnahmen weiter hinzogen, streckte sich Lene gerade auf dem

Boden aus. Alise behielt pflichtbewusst ihre Position bei und beschwerte sich nicht, obwohl ihre Gliedmaßen taub waren. Befestigt an einer Aufhängung aus Drähten, hing Stéphanie von einem Kran hinab. Sie drehte sich lachend in dem künstlich erzeugten Sturm. Katharina hingegen stand still, in ihren Händen hielt sie die Feuerschale, die eine wohltuende Wärme verströmte. Als sie die Flammen betrachtete, entspannte sie sich und sank tiefer in den Schlaf. Allmählich ging das vergnügte Lachen verloren, an seine Stelle trat ein immer lauter werdendes Knistern. Gerade noch rechtzeitig blickte Katharina auf und sah, wie sich Arvos Illusion im Feuer auflöste. Eine alte, vergangene Welt tat sich vor ihr auf, und sie wusste, dass sie in den Albtraum ihrer Kindheit zurückgekehrt war. Durch den Qualm rieselte Asche und bedeckte die Ruinen der Städte, als sie über die Toten hinwegtaumelte. Vorbei an den Lebenden, die ihr Leid beklagten, suchte sie in den Trümmern weiter. Glutfunken fielen vom Himmel und entzündeten erneut eine Feuersbrunst, brannten anderer Menschen Blut in ihre Haut.

Schreiend fuhr sie aus dem Schlaf, und obwohl sie diesmal wusste, dass sie nicht in Flammen stand, spürte sie dennoch die tödliche Hitze. In Panik atmete sie schnell tief ein und aus. Immer wieder. Schwindel überkam sie, obwohl sie im Bett saß, und sie begann zu zittern. Noch rascher holte sie Luft, aber sie fühlte sich dennoch, als würde sie ersticken. In ihr Sichtfeld traten gerade schwarze Flecken, als die Tür aufflog. Im ersten Moment war sie sich unsicher, wen sie vor sich sah. Die Konturen des Gesichts verwischten, wandelten sich, und sie wusste, dass keiner von den beiden hier sein konnte. Erst als sie ihn spürte, wusste sie, dass es Finn war. Er war zu ihr zurückgekommen, und er drückte sie fest an sich. Seinen ruhigen Anweisungen folgend, formte sie eine Hohlhand über Mund und Nase, bis sich ihre Atmung regulierte. Langsam stand ihre Umgebung wieder still, und Gefühl kehrte in ihre tauben Finger zurück. Ein Kribbeln ersetzte es, das nichts mit dem Mangel an Kohlendioxid zu tun hatte, und sie klammerte sich an ihn. Nach weiteren ruhigen Atemzügen erwachte ihr Verstand und warnte sie davor, nicht weiterzugehen.

Die Vorsicht kämpfte mit ihren Gefühlen für ihn, und nur mit größter Anstrengung gewann schließlich die Vernunft.

»Lass mich, geh weg«, krächzte sie mit bleierner Stimme. Mit der Kraft, die sie zuvor aufgewandt hatte, um ihn festzuhalten, schob sie ihn jetzt von sich weg.

Brüssel Sablon, 16.06.001 n. EB

Unschlüssig stand Katharina vor ihrer Haustür und kam sich wie ein Feigling vor, denn seit einer Viertelstunde trat sie nicht ein. Sie wusste, dass Finn zu Hause war, da niemand versucht hatte, die routinemäßige Hausüberprüfung durchzuführen. Damit war ihr ursprünglicher Plan hinfällig, ihm und jeglichen seiner Nachfragen aus dem Weg zu gehen, indem sie sich in ihr Schlafzimmer verkroch. Finn war nicht nach London gereist, nachdem ernstzunehmende Gerüchte im Sektor kursierten, dass Conti erneut Truppen sammelte. Diese Gefahr hatte die FIA dazu veranlasst, alle Ressourcen darauf anzusetzen den Grauen General aufzugreifen. Es galt, einen neuen Angriff der Abtrünnigen auf den Sektor und die Ewige Finsternis zu verhindern. Selbst die Auffindung der Exesor war hinter dieser Bedrohung zurückgestellt worden. Daher war er in der gestrigen Nacht überraschend nach einem langen Tag im Fort nach Sablon zurückgekehrt. Nun blieb er bis zu ihrer beider Abreise nach São Miguel in Brüssel, die sie weiterhin getrennt voneinander antreten würden. Wie geplant reiste Katharina zur Sommersonnenwende in ihrer Funktion als AP. Während ihre viertägige Promotiontour sie über Frankreich, Spanien, Portugal zu der Atlantikinsel brachte, würde Finn direkt hinreisen. Bis dahin würde er für die FIA Hinweisen zu General Conti nachgehen, bis er, zwei Tage vor der Sommersonnenwende, in Zeebrügge einen umfunktionierten Flugzeugträger bestieg. Das Schiff würde ihn und weitere Truppenteile zur partiellen Öffnung am Übergangspunkt ZULU bringen, um dort den Austausch zwischen den Sektoren abzusichern. An diesem Morgen hatte sie im Komitee von den neuen Befehlen für die FIA und damit die geänderte Anreise von Finn zur Sommersonnenwende erfahren.

In der letzten Nacht war sie nach wenigen, nur sehr schwachen Versuchen, ihn fortzuschicken, doch an seiner Seite eingeschlafen. Als sie aufgewacht war, war er noch da gewesen. Es war das erste Mal, dass er bis zum Morgen bei ihr geblieben war. In dem Moment hatte sie sich friedlich gefühlt. Doch als sie ihren Kopf gehoben hatte, um sein Gesicht im Schlaf zu betrachten, war das Gefühl verloren gegangen. Behutsam, aber dennoch schnell, hatte sie sich aus seiner eisernen Umarmung befreit. Unbemerkt hatte sie versucht zu verschwinden, aber kurz bevor sie das Haus hatte verlassen können, war er erwacht. Es war wieder zum Streit gekommen, als er sich nach ihren Träumen der letzten zwei Nächte erkundigt hatte, während sie erneut London und seine Heimlichtuerei zur Sprache gebracht hatte. Abermals war keiner der beiden bereit gewesen, die Fragen des jeweils anderen zu beantworten. Weil ein Teil der Auseinandersetzung bei offener Tür stattgefunden hatte, war sie dem Wachschutz nicht entgangen. Katharina kümmerte es recht wenig, welche Meinung ihre Bewacher über sie hatten oder ob sie die Geschichte weitererzählten. Solange Arvo seine Finger im Spiel hatte, würde ohnehin nie etwas davon in einer Klatschspalte landen. Ein Gutes hatte ihr öffentlicher Streit: Als sie eben vor ihrem Haus angekommen war, hatte Nenad in ihren täglichen Smalltalk einfließen lassen, dass Finn auf eigenen Wunsch in Brüssel geblieben war. Dabei hatte er bedeutungsvoll genickt und wohl gehofft, sie zu besänftigen. Aber da es ihr nicht um seine Reise, sondern um seine andauernde Unehrlichkeit ging, war ihr das egal.

Mit einem Augenrollen, das niemand sah, gab sie ihr sinnloses Zögern auf und öffnete leise die Haustür. Finn war nicht zu sehen, und wie ein Dieb auf Raubzug schlich sie lautlos durch den breiten Flur. Im Wohnzimmer blickte sie sich um und sah ihn auf der überdachten Terrasse sitzen. In der einen Hand hielt er ein volles Whiskyglas, in der anderen etwas Silbernes. Ihr Erscheinen war ihm entgangen, und sie huschte weiter bis zur Stahltreppe. Mit dem Fuß auf der ersten Stufe, haderte sie plötzlich mit sich. Es war untypisch für ihn, allein zu trinken. Sie schaute noch mal zu ihm und erkannte jetzt das Objekt in seiner linken Hand. Es war sein Reisebilderrahmen, der kaputtgegangen war, als Jamey bei ihnen gespielt hatte. Wie versprochen, hatte sie ihn reparieren lassen. Danach hatte er leer auf dem Couchtisch gestanden, sogar noch heute Morgen. Jetzt aber steckten die zwei Familienbilder wieder darin, und er betrachtete sie. Katharina machte einen neuen Anlauf, nach oben zu verschwinden, doch da fiel ihr noch etwas auf. Es spielte keine Musik, die sonst immer erklang, wenn er zu Hause war. Bevor sie weiter darüber nachdenken konnte, drehte sie sich wieder um. Zurück im Wohnzimmer, schnappte sie sich aus der Schrankwand ein Whiskyglas, schritt zur Terrassentür und schob sie auf.

»Kann ich mich zu dir setzen?«, fragte sie zaghaft, aber er war so tief in Gedanken, dass er sie nicht einmal hörte. »Finn?«

Erst sein Name holte ihn in die Gegenwart zurück. Als er aufblickte, sah er das Glas in ihrer Hand, woraufhin er den Bilderrahmen vorsichtig auf dem Terrassentisch abstellte, um nach der Flasche zu greifen. Katharina reichte ihm ihr Glas und bedankte sich, nachdem er es gefüllt hatte. Weil er nichts sagte, setzte sie sich leicht beunruhigt neben ihn auf die weiche Auflage der Gartenbank.

»Heute ist ihr Todestag«, sagte er in die Stille und leerte sein Glas mit einem langen Zug.

Da er unbeirrt ins Leere starrte, warf sie einen verstohlenen Blick auf den Bilderrahmen. Aus dem Hochzeitsbild heraus lächelten seine Eltern, und sie war sich sicher, dass er ihren Todestag meinte. Auf dem zweiten Foto waren alle vier Evans gemeinsam zu sehen, jung und glücklich als Familie. Aber von seiner Erzählung vor dem Zelt im Bielany-Tyniec Park wusste sie, dass der einen Tragödie weitere gefolgt waren. Die Überdosis seines Onkels, der überfordert im Alkohol- und Drogenrausch versunken war. Und dann, nur ein Jahr und einen Tag nach dem Tod der Eltern, war ihr jüngstes Kind ihnen in den Tod gefolgt. Sein kleines Gesicht auf dem unscharfen Foto war leuchtend rot angelaufen. Zwar war es schwer zu erkennen, aber sie glaubte, dass er Finn äußerst ähnlich gesehen hatte. Im Vordergrund waren ihre Eltern zu sehen, eng umschlungen, im Kuss vereint. Katharina betrachtete wieder Jamie, sein sorgloser Ausdruck machte es schwer, sich vorzustellen, dass er sich jemals unglücklich genug fühlen würde, um solch eine Entscheidung zu treffen. Ihr fiel plötzlich auf, dass sie sich nicht einmal sicher war, ob er sich das Leben genommen hatte. Finn hatte zwar so etwas angedeutet, aber nichts Konkretes über die Umstände von Jamies Tod gesagt. Aber sie würde den Teufel tun und sich jetzt danach erkundigen.

»Ihr fünfzehnter Todestag«, wiederholte Finn leise, »und dieses Jahr hätte ich ihn fast vergessen! Es war mir am ersten Tag der Verus Nox eingefallen, als aller Schlachtenlärm endlich verstummt war, und dann gleich wieder entfallen. Wie kann mir so etwas nur entfallen?«

Wieder setzte er sein Glas an, aber es war leer. Katharina, die zuvor nur an dem Whisky genippt hatte, trank nun zügig aus. Danach nahm sie ihm rasch sein Glas ab und füllte beide Gläser wieder auf. Das vollere Glas hielt sie ihm hin, aber als er danach griff, zog sie es weg. Als Reaktion blickte er ihr zum ersten Mal in die Augen. Sanft, aber bestimmt sagte sie: »Aber du hast doch heute daran gedacht.«

»Nur weil meine Großeltern mich mit einem Brief daran erinnert haben. Als hätten sie es geahnt, dass ich es sonst vergesse«, gestand er sich mit einem Kopfschütteln ein. Dabei dachte er an seine geplatzte Londonreise, die ihn zu Alé und Jamie hätte führen können. Bei seiner Planung war ihm nicht einmal in den Sinn gekommen, dass ihr Todestag nahte, geschweige denn, sie auf dem Friedhof zu besuchen. »Ich bin ihr Sohn, es ist meine Aufgabe ihrer zu gedenken und Blumen auf ihr Grab zu legen … besonders heute … Und das sollte mir gelingen *ohne* Erinnerung.«

»Deine Eltern wissen, dass du sie liebst. Du hast sie nicht vergessen!«, sagte sie, bevor sie begriff, dass ihn wohl kein Auftrag für die HEA nach London gezogen hatte, sondern die Benachrichtigung seiner Großeltern. Kurzfristig hatte er nach Hause reisen wollen, um ihr Grab zu besuchen. Widerstandslos gab sie ihm sein Glas zurück. »Aber du bist hier, nur wegen mir. Nur wegen meiner Albträume bist du nicht gefahren.«

»Nein, nicht nur deshalb«, unterbrach er sie und ergriff kurz ihre Hand, bevor er den Whisky ansetzte. Als der Shuttle ihn in der Nacht ihres ersten Albtraums abgeholt hatte, war er in trübe Gedanken versunken gewesen. Der Ausdruck in Katharinas Augen hatte ihn nicht mehr losgelassen. Auf der Fahrt waren sie über die erhöhte Gefahrenlage informiert worden. Conti, der anscheinend einen erneuten Angriff plante. Die neu erlassenen Befehle für die HEA hatten Lene nicht tangiert. Sie war Zivilistin. Hingegen war Maxims Urlaub verkürzt worden, wodurch er bereits zur Sommersonnenwende wieder Dienst würde schieben müssen. Während Finn aufgrund seiner Beinverletzung vom Einsatz auf unbestimmte Zeit befreit worden war. Trotzdem, statt am Bahnhof auszusteigen, hatte er sich an Ort und Stelle entschieden, nicht nach London zu reisen. Für Maxim hatte er die Adresse seines alten Schulfreundes aufgeschrieben, bei dem die Auswertung des Vaterschaftstests auf ihre Abholung wartete. Mit seiner Bitte, den Umschlag für ihn zu besorgen, hatte er ihm kurz erklärt, dass er in Brüssel bleiben und die FIA unterstützen wollte, den General ein für alle Mal unschädlich zu machen. Aber dies war nicht der wahre Grund, denn es waren seine Gefühle für Katharina, die verhinderten, dass er nach London reiste. Er wusste, dass es egoistisch war, nicht alles zu unternehmen, um Alé und seinen Bruder schnellstmöglich zu finden. Aber diesmal hatte er sich gegen seine Suche nach Alé und für Katharina entschieden. Im Fort war er zum Stabsarzt gegangen und hatte sich diensttauglich schreiben lassen, um am Tage Conti zu verfolgen und in der Nacht bei Katharina zu sein. Zudem hatte er einen Versuch gestartet, dass auch Katharina mit dem Schiff aus Zeebrücke nach São Miguel reisen könnte. So wäre sie auch da bei ihm gewesen, in Sicherheit. Aber dies war gescheitert. Sie beide waren der Völkervereinigung verpflichtet, und nur seine dringende Arbeit für die FIA befreite ihn vorübergehend davon. Wieder im Dienst hatte Major Vītols seine neue Reiseroute festgelegt, und er hatte sich gegen den Befehl nicht wehren können. Morgen würde Katharina ohne ihn abreisen müssen. Dann hatte ihn der Brief seiner Großeltern erreicht, und seither ertränkte er seine Schuldgefühle im Alkohol. Er hatte das Gefühl, weder seinen Eltern oder Jamie noch Katharina gerecht zu werden, sie alle im Stich zu lassen. Dennoch bereute er seine Entscheidung nicht, und so sagte er: »Ich bin, wo ich sein muss!«

»Wo ich sein muss«, hallte es ihr durch den Kopf, und sie verstand seine Worte falsch. Daraufhin tat sie es ihm gleich und trank. Viel zu viel und viel zu schnell. Doch so traute sie sich wenigstens wieder, etwas zu sagen und ein Glas auf ihre Schwiegereltern zu erheben: »Liebe ist unsterblich, deswegen leben alle, die wir lieben. Auf Joan, Benedict und ihren Jamie!«

Finn schaute sie lange an, dann hob auch er sein Glas und prostete den Bildern zu. »Auf Mom und Dad.«

Der Toast war das Letzte, das für eine geraume Zeit gesagt wurde. Erst nachdem sich die Wirkung des Alkohols auch bei ihm voll entfaltet hatte, entspannte er sich und begann, ihr zuvor stockendes Gespräch im Plauderton fortzuführen: »Ich habe vorhin mit meinen Großeltern telefoniert.«

»Telefoniert?«, wiederholte sie überrascht, denn nach der Offensive Libertas war die technische Infrastruktur im Sektor fast vollständig zerstört worden. Zwar verlegten die Lichtbringer fleißig neue Leitungen, aber die wenigsten kamen bereits in den Genuss.

»Ja, ich habe vom Fort aus im Büro des Bürgermeisters in Reading angerufen. Als er hörte, wer dran ist, hat er sofort jemanden losgeschickt, um die zwei zu holen. Mein Pop war am Anfang seltsam wortkarg, er hat meine Nan nicht ein einziges Mal unterbrochen. Normalerweise fällt er ihr bereits im ersten Satz ins Wort, daher habe ich mir Sorgen gemacht. Doch dann gestand er, dass es ihm unangenehm war, im Rathaus zu telefonieren, denn er hatte eine andere Kandidatin für das Bürgermeister-Amt gewählt. Meine Nan hat die Sonderbehandlung gar nicht gestört, sie ist bis heute eine wahre Operndiva. Während des Telefonats hat sie sich sogar Kuchen zum Tee bringen lassen.« Finn zog ein schiefes Lächeln. »Sie meinte auch, dass sie Blumen niederlegen werden und ich mich besser darum kümmere, dass wir bald für eine längere Zeit zu Besuch kommen. Das sollte ich auch unbedingt tun, denn mein Pop war so töricht zu erwähnen, dass mein Dad Blumensträuße früher immer als teures Tierfutter bezeichnet hatte. Nach dem Kommentar wurde meine Nan sehr laut, und dann wurde es verdächtig still am anderen Ende der Leitung.«

»Ah verstehe! Wir können natürlich nicht zulassen, dass sie sich monatelang anschweigen. Oh, und wenn wir da sind, höre ich dich auch auf dem Klavier spielen«, stimmte sie freudig zu und leerte ihr Glas. Das warme, überschwängliche Gefühl, das die goldbraune Flüssigkeit in ihrem Magen hinterließ, erreichte auch ihre Gedanken. Schwach erinnerte sie sich daran, dass sie kaum etwas gegessen hatte. Doch sie hatte bereits zu viel getrunken, um dem Bedeutung beizumessen.

»Einverstanden«, sagte er, und sie stießen an. Unbefangen, wie oft nur durch den Einfluss von Alkohol möglich, fing er plötzlich an, von der Vergangenheit zu erzählen, als er die fast leere Whiskyflasche sah. »Als mein Bruder und ich zum ersten Mal wirklich etwas getrunken haben, hatte bereits eine Flasche Bier für jeden von uns ausgereicht, um völlig blau zu sein.«

»Oh ja, das kenne ich«, sagte sie und schenkte ihnen beiden erneut nach, bis die Flasche leer war. »Was ist damals passiert?«

»Wir hatten uns mit zwei hübschen Mädchen aus der Schule an einer Bushaltestelle verabredet und warteten auf ihre Ankunft, als der Nachbarshund kam und einen Höllenlärm machte. Wir wussten, dass sein geschwätziger Besitzer nicht weit weg sein konnte, daher sind wir aufgeschreckt, wie die Hühner geflüchtet und schließlich irgendwie in einem Tümpel gelandet. Als wir klatschnass zu Hause ankamen, sind wir nicht so leise gewesen wie erhofft. Unsere Eltern erwischten uns im Flur und bemerkten natürlich, dass wir betrunken waren. Mein Dad nahm uns sofort ins Verhör, und Jamie schwor Stein und Bein, dass wir nur für ein Biologieprojekt Alkohol fermentiert hätten. Zudem log er, dass wir aus Versehen die dabei entstandenen Dämpfe eingeatmet hätten und das ausgereicht hätte, um uns betrunken zu machen. Ich selbst habe nur gesäuselt, dass wir keine Ahnung hätten, wie wir im Wasser gelandet waren.«

»Haben eure Eltern euch das etwa abgenommen?«, fragte sie und schielte zu ihm herüber.

»Nee, sie haben uns kein Wort geglaubt und uns erstmal ins Bett zum Ausnüchtern geschickt. Ich bin mir sicher, dass sie geplant hatten, uns am nächsten Morgen erneut ins Gebet zu nehmen, aber Jamie kam ihnen zuvor. Während ich in der Nacht meinen Rausch ausgeschlafen habe, ist er wach geblieben. In der Küche hat er das angebliche Experiment aufgebaut.«

Katharina kicherte: »Nicht wirklich, oder?«

»Doch, und als unsere Eltern am nächsten Tag nach unten kamen, köchelte eine Mischung aus Zucker und Hefe vor sich hin. Und eine Kopie von einem selbstverfassten Aufsatz hat auf der Anrichte gelegen, ein Kapitel widmete sich sogar dem Thema der Gefahren und Auswirkungen der Inhalation von Alkohol. Wir waren da schon zur Schule aufgebrochen und haben am selben Tag den Vortrag gehalten. Unser Lehrer war so zerstreut und faul, dass es ihm nicht auffiel oder es ihm einfach recht war, solange er sich eine Stunde ausruhen konnte. Alles lief glatt, und als wir wieder nach Hause kamen, konnten wir unseren Eltern eine Eins für den Vortrag präsentieren.«

Finn musste bei der Erinnerung so stark lachen, dass sie Mühe hatte, die restliche Geschichte zu verstehen. So viel verstand sie aber: dass die völlig überrumpelten Eltern ihre Jungs nicht bestraft hatten, weil diese ihre offensichtlichen Lügen wissenschaftlich belegt hatten. Als er mit der detaillierten Beschreibung der jeweiligen Gesichtsausdrücke begann, schnitt er so viele Grimassen, dass auch sie in sein Lachen einfiel. Es war nur die erste von vielen lebhaften Geschichten, durch die die Familie Evans an diesem Abend wieder lebendig wirkte. Als Finn von dem Tag erzählte, an dem er durch seinen Bruder die kleine Narbe neben seinem Auge erhalten hatte, brach sein Bericht immer wieder ab. Katharina versuchte, wach zu bleiben, aber als er längere Zeit nichts sagte, schlief auch sie ein. Ihr letzter Gedanke waren die Jungs unter dem Weihnachtsbaum, wobei ihre Fantasie beide wie kleine Versionen von Finn aussehen ließ, und ihr Herz tat einen ungewollten Hüpfer.

45

Scherben der Aszendenz

Brüssel Sablon, 16.06.–17.06.001 n. EB

Noch schöner als das weiche Bett fühlte sich sein Herzschlag an ihrem Ohr an. Eine stetige Melodie, wie nur für sie gemacht. Als er sich zur anderen Seite rollte, spielte ihr Geist das Lied weiter. Es begleitete sie diesmal, als ihr Albtraum wieder Gestalt annahm. Schmerzliche Rufe mischten sich unter das beständige Klopfen, als die Toten wie die Lebenden ihr Leid herausschrien. Dichte Rauchschwaden verschluckten die teils leblosen Körper am Boden, über die sie auf ihrer Suche hinwegstolperte. Wie Schnee fiel brennende Asche auf die Trümmer der Städte, ein glühendes Leichentuch, das alles Leben erstickte. Blut tropfte von ihren Händen, bis das lodernde Feuer auch sie entflammte. Todesschmerz kam, und ein Schrei formte sich in ihrer Kehle, doch diesmal kam Katharina das Lied zur Hilfe. Sein unbeugsamer Rhythmus wurde lauter als alles andere, und sie passte ihre Atmung an. Jeder ihrer ruhigen Atemzüge vertrieb ein Stück der Vergangenheit. Als der schwarze Rauch nur noch aus leichten Nebelschwaden bestand, war sie zurück vor ihrem Haus. Erleichtert stellte sie fest, dass ihre Melodie sie weggebracht hatte zu einem friedlichen Traum. Lene lag wieder am flachen Ufer und lenkte das Wasser zu Alise. Verbunden mit der Muttererde verhalf diese ihrem Steckling zum Wachsen, bis er tief verankert war und Stéphanie als Halt diente. Vom Wind getragen schwebte diese über dem Boden und ließ die Luft Katharinas Flammen nähren. Durch sie sicher verwahrt, flackerte das Feuer zahm und spendete ihnen zugleich Wärme und Licht. Es war ein ewiger Kreislauf, bei dem jedes Element das der anderen beeinflusste.

Ihre Melodie verlor sich, es herrschte vollkommene Stille.

Endlos floss das Wasser, wuchsen die Pflanzen, zirkulierte die Luft und brannte das Feuer, bis Katharina die natürliche Ordnung durchbrach. Mit aller Gewalt schleuderte sie die Feuerschale zu Boden, sodass sie in tausend Stücke zerbrach und eine gleißende Flammensäule aufbegehrte. Sofort umschlängelte das Feuer sie, rankte sich an ihr hinauf bis zu ihren blutüberströmten Händen. Aber diesmal verbrannte sie sich nicht, sondern ließ die Flammen willig auf ihren Fingern tanzen. Unter ihrer Herrschaft stand das Feuer nun, und sie spürte die Macht, die damit einherging. Lene, Alise und Stéphanie verwandelten sich, wurden zu leuchtenden Figuren ihres jeweiligen Elements. Katharina sah es und lächelte kalt. Vermessen peitschte sie einen Feuersturm auf, der nichts als Chaos hinterließ. Um ihren Treiben Einhalt zu gebieten, verbündeten sich die anderen Elemente gegen sie. Gleichzeitig überflutete sie das Wasser, während die Erde zu ihren Füßen aufbrach und die Luft sich ihr entzog. Fast schon mühelos wehrte sie den Angriff ab, bezwang die anderen Urkräfte und machte sie sich alle zu eigen. Geknechtet unter ihrer neuen Herrin blieb ihnen keine andere Wahl, als zu gehorchen als sie eine Flutwelle nach Norden, eine Gerölllawine nach Osten, einen Tornado nach Süden und einen Lavastrom nach Westen befehligte. Als sich der Tod durch ihr Werk ausbreitete, zog es sie plötzlich wieder in die fremde Erinnerung. Zurückversetzt um über siebzig Jahre, beobachtete sie unbeteiligt die damalige Zerstörung. Ein neuer Sog tauchte auf und zerrte sie zurück nach Sablon, in das neue Zeitalter des Tholus. Dort thronte sie erhaben in der Luft, an ihrer Seite war ein vertrauter Rabe. Mit einem lauten Krächzen breitete er seine versengten Flügel aus, ließ alles hinter sich und kämpfte sich zu einer Scholle auf dem eisblauen Meer. Doch er entkam der entfesselten Naturgewalt nicht. Sein langsamer Fall durch Raum und Zeit endete gebrochen auf der blutigen Asche des einstigen Trümmerfeldes. Immer schneller wechselte sie zwischen den Albträumen, bis kein Unterschied mehr zu erkennen war. Ein neuer Kreislauf war entstanden, in seiner Mitte war der Tod. Unvorhergesehen traf sie die Erkenntnis, durch sie wiederholte sich die bittere Vergangenheit, wurde zur Gegenwart und zu ihrer aller Zukunft.

Mit wildem Herzrasen fuhr Katharina aus dem Schlaf; eben noch so real, entglitt ihr Albtraum ihr schon wieder. Zitternd legte sie ihr Kinn auf die angezogenen Knie und umschlang ihre Beine fest. Sie wusste nicht, ob sie beim Aufwachen geschrien hatte, doch das war jetzt nicht von Bedeutung. Ihr Albtraum hatte ihr eine entscheidende Wahrheit aufgezeigt, doch zu dunkel waren die Bilder, und das erlangte Wissen verblasste mit jedem ihrer schnellen Herzschläge. Finn kam aus dem Bad ins Schlafzimmer, mit nacktem Oberkörper und barfuß. Frisch rasiert, wobei an seiner Wange Reste von Rasierschaum klebten. Sein Anblick lenkte sie ab und stahl ihr so weitere Einzelheiten. Heftig schüttelte sie ihren Kopf, um sich wieder zu konzentrieren. Dennoch fand sie nur trübe Erinnerungsfetzen, daher dachte sie weiter zurück. Gestern war sie betrunken neben ihm auf der Terrasse eingeschlafen. Sie wusste nicht, wie sie in ihr Bett gekommen war, aber sie schätzte, dass er sie hochgetragen hatte. Sein Herzschlag kam ihr in den Sinn, und sie war sich sicher, dass er sich eine Weile zu ihr gelegt hatte. Doch dann waren er und sein Lied verschwunden, woraufhin ihr alter Albtraum in einer neuen Gestalt zu ihr zurückgekommen war. Wieder schloss sie die Augen, aber bei ihrem Versuch, die Bilder festzuhalten, löschte sich jede Erinnerung daran aus ihrem Gedächtnis. Einzig die Angst blieb.

Vorsichtig setzte sich Finn zu ihr aufs Bett, und als sie zögernd näher rutschte, legte er seinen Arm um sie. Sogleich hörte sie es: *dam, dam, dam.* Das sanfte Geräusch bezirzte sie, wieder einzuschlafen. Aber seine Nähe hatte den gegenteiligen Effekt auf sie. Hitze durchzog sie, fuhr durch ihren Körper bis in die letzte Zelle. Ihr Herzschlag beschleunigte sich zeitgleich mit seinem. Um Abstand zu gewinnen, löste sie sich von ihm, doch auch ohne Berührung raste ihr verräterisches Herz weiter. Eine drängende Stimme in ihrem Kopf meldete sich zu Wort, flüsterte ihr zu, ihn ein für alle Mal fortzujagen. Es war zu einfach, dieses Flüstern zu ignorieren, denn ihre Gefühle für ihn drohten endgültig die Oberhand zu gewinnen. Als er erneut näherkam, schrie die Stimme sie an und jagte sie so hoch. Unentschlossen stand sie vor dem Bett, einen Blick warf sie zur Tür, einen zweiten auf ihn. Die zwiespältigen Gefühle in ihr verhinderten, dass sie ging, überzeugten sie aber auch nicht davon, dass es richtig wäre zu bleiben.

»Nach ihrem Tod fing es an, nächtelang lag ich wach, weil mir Tausende Gedanken durch den Kopf gingen. Ich war so müde, fand aber keine Ruhe«, sagte er behutsam, wobei er sitzen blieb, um sie nicht zu bedrängen. »Über Monate hinweg änderte sich nichts daran, und ich war kurz davor, meinen Verstand zu verlieren.«

»Was hast du gemacht?« Ihr Blick ruhte jetzt auf der Tür, ihrem Fluchtweg, bis ihr die Antwort einfiel und sie sich ihm zuwandte: »Natürlich ... Musik!«

»Musik gehörte in unserer Familie immer dazu, allerdings hatte ich sie nie beim Schlafen gehört. In unserem Elternhaus war es immer laut, doch nach ihrem Tod war es unnatürlich still. Die Ruhe machte ihren Tod endgültig«, sagte er, und seine Offenheit ließ sie weiter innehalten. »Als ich eines Nachts das Radio nicht ausschaltete, schlief ich zum ersten Mal wieder zügig ein. Bei Musik kann ich mich entspannen, mich ablenken von düsteren Gedanken. Manchmal bringt sie mich auch zurück zu denjenigen, die ich liebe und vermisse.«

»Ich habe seltener Probleme mit dem Einschlafen. Es ist das, was ich sehe, wenn ich schlafe ...« Katharina musterte ihn lange, bis sie erkannte, dass es ihr unmöglich war, sich von ihm loszusagen. Als sie das akzeptierte, bemerkte sie, dass ihre Angst verschwunden war. Sie setzte sich auf den äußersten Rand des Bettes und wickelte sich in eine Decke ein. Nicht weil ihr kalt war, schließlich trug sie weiterhin ihre Kleider vom Vortag, sondern um Zeit zu schinden. Zeit, um zu entscheiden, was sie ihm von sich erzählen konnte. »Meine Familie ist mit einem Fluch belegt, das zumindest glauben mein Vater und Benjamin. Sie meinen damit die Linie meiner Vorfahren mütterlicherseits. Meine Mutter bezeichnet es als eine spezielle Eigenart ihrer Familie, ich dagegen als unvorsichtige Tradition. Aber wie man es auch nennt, eins steht fest: Seit über einem Jahrhundert werden in unserer Familie in jeder Generation drei Geschwister geboren. Zuerst ein einzelnes Erstgeborenes, woraufhin einige Jahre später die Nachzügler folgen. Zweieiige Zwillinge, bestehend aus einem Jungen und einem Mädchen. Das Zwillingsmädchen setzt dann die Tradition fort. So ist es seit mindestens vier Generationen, meine Mutter bildet da keine Ausnahme. An sich kein Grund, es Fluch zu nennen, wären da nicht weitere Begleiterscheinungen … Zum Beispiel, dass die Zwillingsmütter allesamt minderjährig bei der Geburt ihres ersten Kindes waren. So waren meine Eltern sechzehn, als sie mich bekamen, meine Großmutter war fünfzehn und meine Uroma gerade einmal vierzehn. Auch sie war ein Zwilling und ein Kind von dreien, wie auch ihre eigene Mutter, also meine Ururgroßmutter. Über sie ist nicht mehr bekannt als ihr Name und ihr Sterbedatum, daher weiß niemand, wie alt sie war, als sie ihr erstes Kind gebar. Vielleicht dreizehn, auf das Ergebnis kommt man zumindest, wenn man der Zahlenreihe folgt. Wie dem auch sei, sicher ist nur, dass sie einen Jungen mit in die Ehe brachte, bevor sie meine Uroma und ihren Zwillingsbruder bekam. Ein uneheliches Kind mit einem Mann, bevor sie einen anderen heiraten und Zwillinge bekommen, das ist übrigens ebenfalls Teil des sich wiederholenden Musters. Alle Faktoren mit einberechnet, ist die statistische Chance eines derartigen Zufalls äußerst gering, wie mein Vater mir selbst vorgerechnet hat. Daher wird wohl meine kleine Schwester Line als Teenagerin arg unter Beobachtung stehen, denn diese Sache ist bei meinem Vater zu einer richtigen Paranoia geworden. Und obwohl meine Mutter immer sagt, dass sie nicht an Flüche glaubt, hat sie dennoch alles dafür getan, dass sich die Geschichte nicht wiederholt … Aus diesem Grund hat sie meinen Vater gleich geheiratet als

sie mit mir schwanger wurde, danach wollte sie jahrelang keine weiteren Kinder. Sie hat sich schließlich erst umentschieden, als sie alle weiteren Parallelen zu ihren Vorfahrinnen beseitigt hatte. So hatte, entsprechend der Zeit und den Umständen, keine der früheren Zwillingsmütter eine abgeschlossene Schulbildung oder Karriere vorzuweisen. Meine Mutter hingegen ist bereits ein Jahr nach meiner Geburt wieder zur Schule gegangen. Sie hat gleich im Anschluss studiert und promovierte, sogar vor meinem Vater. Um das alles zu schaffen, blieb ihnen nur wenig Zeit für mich. Dadurch war ich nachmittags und manchmal sogar abends bei meiner Uroma, in deren Haus wir lebten. In ihrer Wohnung gab es keine einzige freie Wand, überall waren übervolle Bücherregale, und ihre Tische waren bedeckt von Zeitungsstapeln. Ich liebte es dort, und ich liebte meine Uroma, die mich Französisch lehrte. Jeden einzelnen Tag las sie mir stundenlang vor. Mit vier Jahren begann ich selbst zu lesen, und ab diesem Zeitpunkt war ich die Vorleserin. Anfangs waren meine Lesekünste sicherlich anstrengend, aber sie war geduldig und wurde niemals müde, mir zuzuhören. Sie war ein besonderer Mensch, intelligent und liebevoll, zwar oftmals in sich gekehrt, aber nicht schüchtern. Ihr Interesse lag mehr darin, die Welt zu beobachten als sich einzumischen. So behielt sie ihre Gedanken stets für sich, vertraute sie einzig ihren Tagebüchern an, in die sie jeden Tag schrieb. Viele verkannten sie als wortkarg und ungesellig, aber das stimmte nicht. Es lag nicht in ihrem Naturell zu plaudern, schon gar nicht über Vergangenes. Zu niemandem. Doch alles ändert sich irgendwann.«
Katharina stoppte, bis zu diesem Punkt hatte sie ohne Pause gesprochen. Aufmerksam wie eh und je, hatte er ihr zugehört, obwohl sie in seinen Augen sehen konnte, dass er sich fragte, wo das Ganze hinführen würde. Und auch sie fragte sich, wie viel sie ihm noch erzählen konnte. Aber er war hier bei ihr, nicht in London beim Grab seiner Eltern, und schon allein deswegen hatte er eine Antwort auf seine Frage nach ihren Albträumen verdient.
»Meine Uroma war damals vierundachtzig, ich war acht und in der Schule, als es geschah. Sie stürzte, als sie allein war, und erst am Nachmittag fand ich sie erschöpft mit einer blauen Gesichtshälfte vor. Ihr Hausarzt konnte nur vermuten, dass es sich um

einen leichten Schlaganfall gehandelt hatte, denn eine Untersuchung in einem Krankenhaus lehnte sie kategorisch ab. Ruckzuck war sie wieder auf den Beinen, doch in den folgenden Wochen fielen mir Veränderungen an ihr auf. Meine Uroma war plötzlich vergesslich, manchmal verwirrt und oft unruhig. Meinen Eltern gegenüber erwähnte ich nichts von meinen Beobachtungen, sondern vertuschte diese sogar für sie, weil ich befürchtete, dass sie mich sonst nicht mehr bei ihr lassen würden. Doch fast täglich wurde es schlimmer, an manchen Tagen weinte sie unentwegt, an anderen erkannte sie mich nicht mehr oder hielt mich schlicht für jemand anderen. Nun sprach sie von ihrer Vergangenheit, die sie nicht mehr zurückhalten konnte, und damit fingen meine Albträume an. Die Auswirkungen konnte ich nicht verstecken, ich war unentwegt müde, bedrückt und schreckhaft, dennoch verriet ich meinen Eltern nicht den Grund dafür. Aber das brauchte ich auch nicht, die Demenz meiner Uroma und meine Albträume waren so verheerend geworden, dass meine Eltern schnell selbst darauf kamen. Ich hatte Recht behalten, denn danach ließen sie mich nur unter Aufsicht zu ihr, wenn überhaupt. Zwar wollten mich meine Eltern nur beschützen, doch als sie wenig später starb, waren ihre Erzählungen aus der Vergangenheit die einzige Erinnerung an sie, an die ich denken konnte.«

»Sie hat dir vom Krieg erzählt«, schlussfolgerte Finn, auch er kannte solche Berichte.

Fast unmerklich nickte Katharina und zog die Decke enger um sich. In den letzten Wochen hatte sie immerzu daran gedacht, und zwar nicht erst, als ihre Albträume zurückgekehrt waren, sondern schon davor, als der Krieg über den Sektor gerollt war. »Meine Uroma hat immer wieder von dem Blut an ihren Händen gesprochen, von Asche, den Toten und ihrer Suche in den Ruinen, aus denen Europa bestand. Ich war zu jung, um ihre zusammenhanglosen Erinnerungen zu verstehen. Nur ihre Angst war für mich greifbar. Selbst als Erwachsene hätte ich es niemals ganz begriffen, hätte sie mir nicht ihre Tagebücher hinterlassen. In ihrem Testament hatte sie veranlasst, dass nur ich sie lesen durfte, doch nach ihrem Tod waren sie unauffindbar. In ihrer Wohnung, in der ich in den darauffolgenden vier Jahren täglich ein paar Stunden verbracht hatte, um in Ruhe zu lesen, fand ich sie auch nach intensiver Suche nicht. Als ich dann zwölf war, konnte ich es nicht mehr verhindern, dass meine Eltern ihre Wohnung ausräumten, doch auch da blieben sie verschwunden. Meine Mutter war ehrlich erleichtert, als sie glaubte, sie wären für immer verloren gegangen. Ihr war es gleich, wie ich mich dabei fühlte. Keinen von beiden interessierte es, dass ich die Tagebücher unbedingt finden musste … Obwohl sie sich etwas anderes erhofften, kam es doch schließlich anders. Bei der Wohnungsrenovierung entdeckten Bauarbeiter hinter einem schweren Regal einen versteckten Hohlraum mit beweglicher Wand. Darin war eine große verzierte Truhe, in der unter Verschluss die kleinen Lederbücher lagen. Es ist meinen Eltern bis heute ein Rätsel, woher sie die nötige Kraft nahm, um ihr Versteck auch im hohen Alter noch öffnen zu können. Ich hingegen weiß es …« Katharina schwankte, ob sie weitersprechen sollte, denn sie verstand ihre Uroma nur allzu gut. Bis heute kannte niemand außer ihr selbst den Inhalt der Tagebücher. Bereits das, was sie ihm bisher erzählt hatte, wusste außerhalb ihrer eigenen Familie nur eine weitere Person. Ihr restliches Wissen preiszugeben, führte zu einer Wahrheit, die der Schlüssel zu all ihren Geheimnissen war.

»Haben sie dir die Tagebücher gleich überlassen?« Finn konnte es sich beim besten Willen nicht vorstellen.

»Nein, das haben sie nicht, besonders meine Mutter war bei dem Thema unerbittlich.« Sie sah, dass er die Antwort erwartet hatte. »Ich war so wütend darüber, dass ich tagelang nicht mit ihnen sprach. Aber es nützte nichts, sie stellten die verschlossene Truhe in einen Schrank in ihrem Arbeitszimmer, den sie zusätzlich abschlossen. Mir sagten sie außerordentlich streng, dass ich sie erst mit sechzehn erhalten würde.«

Finn stellte sich Katharina als trotzigen Teenager vor und zog einen neuerlichen Rückschluss: »Du hast nicht bis sechzehn gewartet.«

»In dem Alter hatte ich bereits jedes einzelne Tagebuch mehrfach gelesen.« Kurz lächelte sie über seinen treffsicheren Spürsinn. »Obwohl ›Tagebuch‹ die falsche Bezeichnung ist, es sind Briefe, die meisten davon in Bücher hineingeschrieben. Nur die aus frühster Zeit sind auf lose Seiten geschrieben und verschickt worden.«

»An wen hat sie ihr Leben lang geschrieben?«, fragte er, aber sie hob nur leicht die Schultern. Als sie eine Weile nicht weitersprach, rückte er weiter auf das Bett und streckte sich aus, wodurch er ihr wieder viel näher kam.

»*Mari* nannte sie ihn in ihren Briefen, seinen tatsächlichen Namen hat sie nie erwähnt. Nicht mal an ihren schlimmsten Tagen, kein einziges Mal. Noch hat sie es gewagt ihn niederzuschreiben, dieses Geheimnis hat sie für immer bewahrt.«

46

Dritte Verantwortung

Eine Weile lauschte Katharina den Geräuschen des beginnenden Tages, dachte daran, wie kurz sie Finn kannte und wie viel seitdem geschehen war. Nach wie vor wusste sie sehr wenig von dem Mann, mit dem sie verheiratet war. Er hatte Geheimnisse, verschwieg ihr Aspekte seines Lebens, und dennoch, aus ihr unerfindlichen Gründen, vertraute sie ihm. Nach Minuten des Schweigens ließ sie die Schultern fallen. Langsam rutschte sie vom Rand des Bettes weiter zur Mitte und drehte sich ihm zu. Ganz leise begann sie mit der Geschichte, die nicht ihre eigene war: »Das, was ich weiß, habe ich ihren Briefen entnommen oder ist das Ergebnis jahrelanger Recherchen. So bin ich mir heute sicher, dass Mari der Sohn des Verwalters ihres Vaters war. Meine Uroma hieß gebürtig Alma Landisreiner, sie kam mit ihrem Bruder Albert zu Beginn des Ersten Weltkrieges zur Welt. Ihr Vater

Friedrich stammte aus einer angesehenen Familie von Industriellen und Kaufleuten in der Pfalz. Während bis zum Kriegsende fast alle Handwerks- und Industriebetriebe in der Region in die Kriegswirtschaft eingingen, schaffte er es, unabhängig zu bleiben. In den Kriegsjahren stieg sein Reichtum sogar an, denn er hatte die meisten seiner Geschäftsaktivitäten auf den Schwarzmarkt verlegt. Durch Unterstützung seines Verwalters verkaufte er Genuss- und Luxuswaren an beide Seiten, an jeden, der sich seine horrenden Preise leisten konnte. Wenn nötig, bestach er Aristokraten, Offiziere und hohe Beamte des Deutschen Kaiserreichs wie von der Französischen Republik. Er war gebildet, zudem äußerst charmant, zumindest wenn es ihm gelegen kam, und vor allem gewieft. Da er über kein politisches Interesse verfügte, war es ihm gleichgültig, wer gewinnen würde, solange er davon profitierte. Als nach Kriegsende die Pfalz der französischen Militärregierung unterlag, florierte sein Geschäft trotz Besatzung wie zuvor weiter. Er war am Höhepunkt angelangt, doch dann wendete sich das Blatt gegen ihn. Im März 1927 starb seine Frau Elisabeth, kurz danach auch sein einziger Sohn Albert. Seinen Ziehsohn Gustav mit seinen extremen politischen Ansichten hatte er nur wegen seiner Ehefrau toleriert, nun wollte er ihn weit weg von seinen Geschäften wissen. Er schickte ihn nach Berlin, kein Jahr später sendete er auch seine Tochter, meine Uroma, diskret hinterher. Zur selben Zeit entließ mein Ururgroßvater seinen Verwalter, der jahrelang sein loyaler Komplize in seinen illegalen Geschäften gewesen war. Dessen Nachfolger veruntreute immense Summen von Geldern, und nach Abzug der Truppen verlor mein Ururgroßvater seinen restlichen Reichtum wie auch sein Leben. Man hatte ihn beschuldigt, als Separatist mit den Franzosen kooperiert zu haben. Das traf zwar nicht zu, denn er war schlicht ein Kriegsgewinnler ohne jegliche Moral, doch das war irrelevant. Nach seinem gewaltsamen Tod blieb der Vorwurf des Heimatverräters an der Familie einige Jahre haften. Besonders Gustav litt darunter, denn er strebte nach Anerkennung, aber mit einem unbekannten Vater, einer Mutter aus ominösen Verhältnissen und dem beschmutzten Familiennamen war das schwierig. Einzig die Zuwendungen durch seinen Ziehvater hatten ihn die ersten Jahre über Wasser gehalten, diese hatte er bis zu Friedrichs Tod erhalten, unter der Bedingung, dass er seine schwangere Halbschwester aufnahm, um später das Kind als sein eigenes auszugeben. Nach ihrem unfreiwilligen Umzug war meine Uroma der Gnade ihrer letzten Verwandten ausgeliefert, aber Gustav und seine Ehefrau Hilde verachteten sie zutiefst. Nur um an das Geld zu kommen, hatten sie meine Uroma aufgenommen, und um das letzte Ansehen der Familie zu schützen, hielten sie sich an die Absprache. Vor und auch nach der Geburt verboten sie meiner Uroma, das Haus allein zu verlassen, verbargen sie, nur um zu verhindern, dass ihr Geheimnis ans Licht kam. In Berlin lebte meine Uroma wie eine Gefangene und war ständig ihrer Tyrannei ausgeliefert. Aber am schlimmsten war für sie, dass ihr eigener Sohn Hans sie als eine Art verarmtes Kindermädchen ansah, nicht als geliebte Verwandte und schon gar nicht als Mutter. Trotzdem vergötterte sie ihren Sohn, wie auch seinen Vater Mari, mit dem sie es geschafft hatte, Kontakt zu halten. Über einen Mittelsmann im Elsass schrieben die beiden Briefe. Seitenlang, Jahr um Jahr, beschrieb meine Uroma darin die Entwicklung des Kindes. Gemeinsam verloren sie sich in Fantasien, planten eine fast unmögliche Flucht mit ihrem Sohn in ein neues Leben. Dabei ignorierten sie alles, was gegen sie stand, denn sie beide waren minderjährig und nach Gesetz nicht die Eltern des Kindes. Zudem war meine Uroma völlig mittellos, ohne eine Möglichkeit, Geld zu verdienen, und stand unter ständiger Beobachtung. Der drastische Wandel ihrer Welt in den kommenden Jahren, machte den Erfolg ihrer Pläne nur noch unwahrscheinlicher. In der Zeit von Hitlers politischem Aufstieg erlangten sie ihre Volljährigkeit, und während das Parteiprogramm der NSDAP das Leben um sie herum neu formte, sparte Mari weit weg von alledem jeden Cent, den er verdiente. Es dauerte Jahre, bis sich die erste reelle Chance zur Flucht eröffnete, meine Uroma war da bereits vierundzwanzig und Hans zehn. Ihre schwer lungenkranke Schwägerin begab sich zur Kur in die Nähe von Hamburg. Begleitet wurde sie durch ihren angeblichen Sohn und seine Kinderfrau, nur ihr Ehemann Gustav blieb in Berlin zurück. Dieser hatte versucht, sich seit Anbeginn im Regime zu etablieren, daher stand es außer Frage, seine Bemühungen monatelang für eine Reise zu unterbrechen. Damit war meine Uroma zum ersten Mal wieder weitestgehend frei von einer Aufsicht, denn die kränkliche Hilde stellte keine Gefahr mehr dar. Von seinem Ersparten hatte Mari gefälschte Dokumente besorgt und eine Schiffspassage für sie drei gebucht, die am 14. November 1938 den Hamburger Hafen verließ. Gustav und Hilde hätten von ihrer Flucht erst erfahren, wenn sie bereits auf dem Atlantik gewesen wären. Ihr Halbbruder hätte nicht in Erfahrung bringen können, wohin sie verschwunden wären, und hätte keine Möglichkeit gehabt, ihnen zu folgen – sie wären frei gewesen. Doch nichts davon geschah, denn Mari erschien nicht, um sie abzuholen. Während sie vergebens wartete, schrieb sie ihm täglich Briefe, jeder enthielt ihre immer größer werdenden Befürchtungen über sein unerklärtes Fernbleiben. In dieser Zeit kam es in Österreich und Deutschland zu den Novemberpogromen, ein neuer schrecklicher Höhepunkt der systematischen Hetze und Diskriminierung der jüdischen Bevölkerung. Zu diesem Zeitpunkt in ihrem Leben hatte meine Uroma recht wenig Ahnung über die wahren Ausmaße dieser Nächte, denn ihr Wissen stützte sich allein auf die zensierte Berichterstattung der Medien, die durch die Propaganda des NS-Regimes gesteuert wurde. Aber die Zerstörung von Synagogen und Geschäften war nur die Spitze, unter der die Toten und Inhaftierten begraben lagen … Im Frühjahr 1939 kehrte meine Uroma allein mit Hans nach Berlin zurück, ihre Schwägerin war zuvor verstorben. Wenige Wochen später, kurz vor Beginn des Zweiten Weltkrieges, erhielt sie ihre Briefe der letzten Monate ungeöffnet und ohne Begleitschreiben zurück. Von da an war sie sich sicher, dass Mari nicht mehr lebte. Dennoch schrieb sie ihm weiter, doch anstatt auf Briefpapier nun in ihre Bücher. Ihr eigener Lebenswille hing nur noch an Hans, denn Gustav ließ all seine Frustration und seine zahlreichen Unzulänglichkeiten an ihr aus. Seine Wut lag darin, dass zwar die NSDAP aufgestiegen war, aber er nicht im gleichen Maße. Seiner Ansicht nach wurden seine Anstrengungen, sein Einsatz nicht ausreichend honoriert. Gustav besaß so gut wie keinen politischen Einfluss und keine Macht. Seine unkontrollierbaren Aggressionen darüber mischten sich mit seinem krankhaften Geltungsbedürfnis und machten ihn äußerst gefährlich. Als Soldat der Wehrmacht war er am abscheulichen Angriffskrieg auf Polen beteiligt. Nach dem Überfall meinte er, sich besonders ausgezeichnet zu haben und emporzusteigen, doch er behielt weiterhin seine untergeordnete Position bei, woraufhin er meine Uroma fast zu Tode prügelte. Sie erholte sich, aber sie fürchtete, was mit Hans geschehen würde, wenn er sie eines Tages in seinem Wahn umbrachte. Ihr letzter Ausweg war eine Eheschließung, damit entkam sie der Vormundschaft ihres Halbbruders, auch wenn sie dann in die nächste Abhängigkeit übergehen würde. Karl Meinert, ein doppelt so alter Witwer aus der Nachbarschaft mit Vermögen und gewissem Einfluss, hatte jahrelang erfolglos um sie geworben. Nachdem er ihr versprochen hatte, Hans mit in sein Haus aufzunehmen und den Kontinent zu verlassen, stimmte sie einer Ehe zu. Gustav gab seine Einwilligung erst, als Karl ihn für höhere Aufgaben empfohlen hatte. Nach der Hochzeit hielt Karl einen Teil seiner Versprechen ein, nur die Pläne vom Auswandern schob er immer wieder in die Zukunft. Im April 1943 brachte meine Uroma Zwillinge zur Welt, aber in ihren Briefen findet sich kaum etwas über ihre Neugeborenen oder ihre Ehe. Ihr Herz hing weiterhin an Mari, ihre Gedanken drehten sich ausschließlich um ihren gemeinsamen Sohn und die Sorgen, die sie sich um ihn machte. Hans trieb sich nächtelang rum, plapperte Naziparolen nach und träumte wie die meisten seiner Altersgenossen davon, Soldat zu werden. Für Ruhm und Ehre zu kämpfen wie seine Helden auf den U-Booten oder in den Kampffliegern. Seinen Onkel und dessen verstorbene Frau hielt er weiterhin für seine leiblichen Eltern, wobei er besonders Gustav verehrte. Sein angeblicher Vater hatte ihm seit seiner Geburt durchgängig die NS-Ideologie eingeflößt, seine pflichtgemäße Teilnahme in der Hitlerjugend und in einem paramilitärischen Verband hatten seine Weltanschauung weiter geprägt. Hans kannte nichts anderes als das Leben im Nationalsozialismus und eine glorifizierte und verklärte Vorstellung von dem, was es tatsächlich war. Er war zu dem geworden, was sie alle ihm systematisch anerzogen hatten, zu einem enthusiastischen Anhänger des NS-Regimes. Als nun auch noch Fünfzehnjährige zum kriegsbedingten Hilfsdienst einberufen wurden, war er begeistert davon, für das Vaterland zu kämpfen und endlich als Mann anerkannt zu werden. Aber Karls Einfluss verhinderte seine Teilnahme.

Die Intervention des neuen Mannes im Haus war Hans verhasst, genauso wie dessen zurückhaltende Einstellung zur Parteilinie und zum Krieg. Auch die Beziehung meiner Uroma zu ihrem Sohn verschlechterte sich zusehends. Als Anfang 1944 die Nachricht über Gustavs Tod kam, verlor sich Hans im Hass auf die Feinde des Dritten Reiches. Karl war mittlerweile trotz seines Alters einberufen worden. Sein vermeintliches Bekenntnis, mit meiner Uroma und ihren Kindern das Land zu verlassen, war ein für alle Mal Geschichte. Im Januar 1944 waren bereits großflächige Bombenangriffe auf Wohnviertel in Berlin erfolgt. Als auch im März wieder vermehrt besiedelte Gebiete angeflogen wurden, entschied sich meine Uroma, mit ihrer Familie die Stadt zu verlassen. Als Hans davon erfuhr, kam es zum Streit, denn er wollte nicht mitgehen, nicht fliehen. Vor ihrem Aufbruch meldete er sich freiwillig als Flakhelfer, eine gefährliche Aufgabe, der andere Jugendliche nur gezwungenermaßen nachkamen. Ihre zwei Kleinkinder brachte meine Uroma aufs Land zu Karls Mutter, sie selbst kehrte wieder nach Berlin zurück. Ihren Sohn versuchte sie zu bekehren, ihm den Glauben an die Rechtschaffenheit des Regimes, des Krieges und Hitlers zu nehmen. Aber nur sehr wenig drang nach fünfzehn Jahren der nationalsozialistischen Erziehung zu ihm durch. Als nichts davon fruchtete, brach sie schließlich ihr Schweigen und sagte ihm die Wahrheit über seine Herkunft. Hans reagierte auf ihre Eröffnung mit Zorn und schwor, dass er ihr nicht glaubte. Aber sie blieb hartnäckig, redete monatelang auf ihn ein, eröffnete ihm all ihre Geheimnisse, auch die zu seinem leiblichen Vater und Gustavs Misshandlungen. Trotz seines Misstrauens und der Verachtung, die er ihr anfänglich entgegenbrachte, kamen ihm schließlich Zweifel an seinen bisherigen Überzeugungen. Doch es war bereits zu spät, der ›Deutsche Volkssturm‹ wurde ausgerufen. Dies war der letzte Schritt von Hitler, die Truppen der Alliierten aufzuhalten, und alle wehrtauglichen Jungen wie Männer im Alter zwischen sechzehn und sechzig wurden verpflichtend zum Kriegsdienst einberufen. Der Krieg war da bereits ausweglos verloren, und die Schar aus Halbwüchsigen, Greisen und Kriegsinvaliden konnte dem nichts mehr entgegensetzen. Ihr militärischer Nutzen für den Kriegsausgang war gleich null, sie zögerten den völligen Kollaps des Systems nur weiter hinaus. Hans' Einheit schickten sie aus, um gegen die übermächtige Rote Armee zu kämpfen. Meine Uroma wollte sich nicht damit abfinden, dass ihr fehlgeleitetes Kind mit dem Leben für die Verbrechen ihres Volkes bezahlen sollte. Von ihrem Vater Friedrich hatte sie gelernt, dass man durch geschickten Einsatz von Bestechungsmitteln und Dreistigkeit im Leben vorankam, wenn man willens war, alles dafür zu riskieren. Durch Kontakte zu Kameraden ihres Bruders und ausreichend Geld gelangte sie an eine vorgeschützte Position als Frontschwester, damit konnte sie ihm nachreisen. Ihr Ehemann Karl war da bereits in der Normandie gefallen, und es gab keinen Mann mehr, dem sie hätte gehorchen müssen. Nach kurzer Zeit fand sie im Morast eines übervollen Lazaretts einen Kameraden von Hans, ebenfalls ein Kindersoldat, der in einer zu großen SS-Uniform steckte und verstümmelt war. Bis er starb, wachte sie an seiner Seite, und er berichtete ihr, dass sich ihr Sohn mit zwei weiteren Soldaten unerlaubt abgesetzt hätte. Deserteure wurden erschossen, und genau das war mit Hans' Kameraden geschehen, nur er war entkommen. Meine Uroma reiste kreuz und quer durch Europa auf der Suche nach ihm. Erst da erkannte sie das gesamte Ausmaß des Leids, das der Krieg der Nationalsozialisten über die Menschen und Städte gebracht hatte. Sie spürte das Grauen, als Berge von ermordeten Hungerleibern sich vor ihr auftürmten. Erfuhr am eigenen Leib die Gewalt, die unzählige Frauen und Mädchen vor ihr erlitten hatten … Kurz vor Kriegsende geriet sie in Gefangenschaft, wurde krank und verhungerte fast. 1946 wurde sie entlassen, aber die Spur zu ihrem Sohn, wenn es jemals eine solche gegeben hatte, war verloren. Allein kehrte sie nach Berlin zurück, ihre finanziellen Mittel waren aufgebraucht, alles hatte sie versetzt, war zerstört oder geplündert worden. In dem verhassten Haus ihrer Jugend wartete sie darauf, dass ihr Kind heimkehrte … Jahre vergingen. Zwischenzeitlich waren aus den vier Besatzungszonen zwei deutsche Staaten geworden. Karls Mutter kümmerte sich bis zu ihrem Tod um die Zwillinge, denn meine Uroma vertröstete sie jahrelang damit, sie zu sich zu nehmen. Erst als sie keine andere Wahl mehr hatte, nahm sie ihre Kinder wieder bei sich auf. Die Elfjährigen lebten sich entsprechend schlecht bei ihr ein, und ihre Tochter Ilse, meine Oma, wurde mit fünfzehn schwanger. Vor dem Bau der Mauer flüchtete Johann aus der sowjetischen Zone nach Westen, und der Kontakt brach danach für lange Zeit ab. Das Verhältnis zu ihren Kindern verbesserte sich in den kommenden Jahren nur bedingt. Zwar kümmerte sich meine Uroma von Zeit zu Zeit um die wachsende Schar ihrer Enkel, aber meist war sie für sich. Von ihrer Wohnung aus setzte sie ihre Suche bis zum Schluss fort, schrieb Mari und wartete. Erst mit mir übernahm sie wieder Verantwortung für jemand anderen.«

Finn hatte die gesamte Zeit geschwiegen, sich alles angehört, aber vermieden, sie durch Fragen zu unterbrechen. »Hat sie jemals erfahren, was mit ihrem Sohn geschehen ist?«

Katharina schüttelte den Kopf. »Bis heute gelten über eine Millionen Soldaten aus dem Zweiten Weltkrieg als vermisst, sein Name steht mit auf der Liste. Doch meine Uroma glaubte immer, dass er entkommen war, dass er dem Nationalsozialismus abgeschworen hatte, bevor er eingezogen worden war. Dass sein Auszug in den Krieg nur seinem Pflichtgefühl entsprungen war, seine Heimat und seine Familie vor der Rache der Alliierten zu beschützen. Und dass er dem Schlachtfeld den Rücken zugekehrt hatte, nachdem die ersten Kugeln seine kindlichen Vorstellungen vom Krieg zerfetzt hatten. Dass auch er ein Opfer des Regimes war und keiner seiner Täter. … Hans' Verschwinden und dass er niemals zu ihr zurückkam, führte sie auf ihre eigenen Verfehlungen zurück. Weil sie es verdrängt hatte, was mit ihm und der Gesellschaft geschah, bis auch sein Leben bedroht war. Dass sie ihm zu spät von seiner wahren Herkunft erzählt hatte und es nicht hatte verhindern können, dass er ging. Mit ihrer Todesangst um ihre Familie hatte sie selbst lange ihre Untätigkeit gerechtfertigt, doch später glaubte sie, dadurch ihr Schicksal besiegelt zu haben. Sie bereute es, nicht mutiger gewesen zu sein. Es quälte sie, dass ihr Schweigen dazu beigetragen hatte, dass Mari und Millionen andere ungestraft ermordet worden waren. Dieses Gefühl der Mitschuld bestimmte ihr restliches Leben, und einzig ihr Versuch, etwas von dem Unrecht wiedergutzumachen, indem sie ihren

Sohn finden würde, einen Unschuldigen doch noch retten könnte, machten das Leben für sie erträglich.«

Katharinas Gesicht hatte die ganze Zeit über die verschiedensten Emotionen gezeigt, eine jede war bezeichnend für ihr Urteil über ihre Vorfahren. Verachtung für ihren Ururgroßvater Friedrich, der sich als Profiteur im Ersten Weltkrieg beteiligt hatte, der seine Kinder verstieß, alles verlor und schließlich allein starb. Genugtuung über Gustavs frühen Tod, den sie hasste, nicht allein für seine Grausamkeit gegenüber ihrer Uroma und dem ihm anvertrauten Kind, sondern für seine überzeugte Teilnahme an den Verbrechen jener Zeit. Geringschätzung für ihren Urgroßvater Karl, der gegen seine Überzeugung als Mitläufer fungiert hatte. Mitleid für ihre Oma und deren Zwillingsbruder, die wenig Zuwendung von ihrer Mutter erfahren hatten. Ratlosigkeit über Hans, von dem sie überzeugt war, dass er den Krieg nicht überlebt hatte und an dessen Schuldlosigkeit sie zweifelte. Nachsicht für die Entscheidungen ihrer Uroma, die sie innig liebte wie ihre eigenen Eltern. Und Betroffenheit, eine Art von mitfühlender Trauer für Mari. Sein Schicksal war das einzige neben dem ihrer Uroma, das sie tief bewegte und das einzige, das sie noch nicht abschließend erzählt hatte. Um das Thema nun darauf zu lenken, äußerte er eine Vermutung. »Der Name Mari ist französisch, nicht wahr?«

»Er bedeutet *Ehemann*«, übersetzte sie, und hier bei ihm meinte sie zum ersten Mal wirklich die Bedeutung des Wortes zu verstehen. »*Épouse* ist die Ehefrau, es war die Bezeichnung meiner Uroma. Die Decknamen waren nicht nur ein Symbol für das, was sie füreinander empfanden, sondern eine Sicherheitsmaßnahme zum Schutz ihres gemeinsamen Kindes. Jeder ihrer Briefe war auf Französisch verfasst, damit fiel diese Anrede nicht weiter auf. Zudem unterzeichneten sie diese mit ihren Decknamen und kommunizierten nur über Dritte, damit niemand Rückschlüsse auf die Verfasser würde ziehen können, sollten diese in falsche Hände gelangen. Erst in ihrem letzten Eintrag, am Tag, an dem sie starb, war meine Uroma frei von jeglicher Angst und Schuld. Nach über siebzig Jahren ohne ihn, sechzig Jahre nach seinem Tod, liebte sie ihn immer noch, und sie unterschrieb mit Alma Landisreiner – Épouse.«

Finn nickte nachdenklich. Die Geheimhaltung der Identität von Almas Liebhaber hatte Finn bereits zu Beginn beschäftigt, nun sah er seinen Anfangsverdacht bestätigt. Wenn die Familie von Mari aus Frankreich stammte, erklärte das, warum Katharina so früh in der Geschichte eingesetzt hatte. Den Erfolg von Friedrichs Geschäften im Ersten Weltkrieg und unter der französischen Besatzung. Den Anlass, nicht nur die uneheliche Schwangerschaft Almas zu vertuschen, sondern die gesamte Herkunft des Kindes. Die Notwendigkeit eines Decknamens, denn damals herrschte eine jahrhundertealte Aversion zwischen den Ländern. Grund genug, den Namen des Vaters zu verheimlichen, auch bereits vor der Zeit der Nazis. Selbst später, zu Zeiten des Kalten Krieges, wäre eine Verbindung zu den Westmächten schädlich gewesen. Weshalb sie es wohl auch da weiter verschwieg, denn schließlich hoffte sie auf Hans' Rückkehr. Erst nach dem Ende der DDR gab es keinen Grund mehr zur Heimlichkeit. Aber Finn bezweifelte, dass jemand aus der Familie sich für Hans oder dessen Vater interessiert hätte, denn schließlich hatte sie die beiden immer bevorzugt. Was blieb, waren die verborgenen Tagebücher, ein Zeugnis ihrer unausgewogenen Liebe. Aus Treue zu ihr hatte Katharina ihre Lebensgeschichte weiter gehütet, denn sie wollte nicht, dass jemand ihre Uroma verurteilte. Jetzt, da sie ihm diese offenbarte, hatte sie darauf geachtet, dass auch er alle Umstände von damals verstand. Deshalb hatte sie die Gedanken ihrer Uroma wie ihre Gefühle in die Erzählung mit einfließen lassen. Genauso wie historische Eckdaten und wichtige Details, wie die Referenz zu den Novemberpogromen. Ihm fiel plötzlich auf, dass diese tödlichen Ausschreitungen zur selben Zeit stattgefunden hatten wie der mysteriöse Tod von Mari. Wenn das kein Zufall gewesen war und sein neuer Verdacht stimmte, dann hatte das Geheimnis einen weitaus wichtigeren Grund gehabt. Nun fragte er direkt nach: »Wer war Mari?«

»Ich vermute, dass sich dahinter Elian André Pelous versteckte, sein Vater Pierre war talentiert darin, unauffällig Kontakte zu knüpfen. Diese Begabung und seine französische Abstammung machten ihn so wertvoll für meinen Ururgroßvater, denn damit gelang ihm der Zugang zum Markt der gegnerischen Seite. Verheiratet war er mit einer deutschen Jüdin, sie hieß gebürtig Sara Rosenquarz, aber sie starb bei der Geburt ihres ersten Kindes. Elian war nur wenige Monate älter als meine Uroma und Albert, dadurch wuchsen sie praktisch gemeinsam auf. Nach dem Tod ihres Zwillingsbruders verbrachten sie all ihre Zeit zu zweit. Keiner kümmerte sich weiter darum, bis aufflog, dass meine Uroma ein Kind erwartete. Friedrich musste nicht fragen, um zu wissen, wer der Vater war. Das Einzige, was er in der Schwangerschaft und dem Kind sah, waren die negativen Auswirkungen auf ihn. Zwar waren ihm Politik wie auch Religion gleichgültig, aber er duldete nichts, was seinen Geschäften schadete. Deshalb schaffte er sie fort, bevor jemand nur den geringsten Verdacht über ihren Zustand schöpfen konnte. Seiner Tochter bläute er ein, niemals über den Kindsvater zu sprechen. Mit Gustav regelte er alles Weitere, überzeugte ihn durch den Anreiz großzügiger finanzieller Zuwendungen, wobei er auch ihm die Wahrheit verheimlichte. Danach entledigte er sich seines Verwalters und jagte ihn mit Sohn von seinem Land. Fast elf Jahre später reiste Elian unter fadenscheinigem Vorwand zu Verwandten seiner Mutter. Auf seiner Durchreise nach Hamburg kam es zum gezielten Pogrom gegen Juden ... Elian hatte versucht, die Brand- stiftung einer Synagoge zu verhindern. Sein Widerstand und seine Abstammung waren für die Angehörigen der SS Grund genug, ihn zu ermorden. Er starb, ohne seinen Sohn jemals gesehen zu haben ... Vielleicht gibt es ja tatsächlich einen Fluch, nur ist er anders, als mein Vater immer glaubte.« Ruhig lag sie da, ihre Hände unter dem Kopf gefaltet, sie rührte sich nicht, um die Tränen wegzuwischen, die sich auf ihrem Nasenrücken sammelten. »Du hattest mich gefragt, wovon ich träume. Ich sehe, was sie gesehen hat auf ihrer Suche nach ihrem Kind ... Ich sehe die Welt in Trümmern liegen.«

47

Bote des Kranichs

Brüssel Sablon, 17.06.001 n. EB

Feine Staubpartikel schwirrten durch die Luft, sichtbar durch den hellen Sonnenstrahl, der durch das Fenster aufs Bett fiel. Aufgewirbelt durch Katharina, die am Schrank stand und wahllos Kleidungsstücke in einen offenen Koffer warf. Erst als dieser auf beiden Seiten bis zum Rand gefüllt war, hörte sie damit auf. Aus dem Bad packte sie ihre Kulturtasche hinein und glaubte schon fertig zu sein, bis sie bemerkte, dass ihre Schuhe fehlten. Mit einem kurzen Blick auf die Uhr stellte sie fest, dass ihr noch genügend Zeit bis zur Abreise blieb. Trotzdem rannte sie nach unten zum Schuhschrank, griff sich mehrere Paare und lief hastig zurück. Oben im Koffer lag ihr weißes Sommerkleid, sodass sie die Schuhe fallen ließ, anstatt sie einfach nur hinein-zuschmeißen. Erneut rannte sie nach unten und holte aus der Küche einen Stoffbeutel, wobei sie die benutzten Gläser und die

Whiskyflasche vom Vortag entdeckte. Rasch versteckte sie die Beweise ihres Trinkgelages unter der Spüle, ehe sie wieder nach oben sauste und ihre Schuhe in den Beutel stopfte. Nun quetschte sie alles in den Koffer und klappte ihn zu, aber erst unter Einsatz ihres gesamten Körpergewichts schnappten die Verschlüsse ein. Gleich danach sah sie, dass der Grund für das schwere Schließen eine eingeklemmte Jeans war, dann fand sie eine einzelne vergessene Sandale. Lustlos öffnete sie wieder den Koffer, der ihr fast entgegensprang. Einen Moment starrte sie das von ihr fabrizierte Chaos an, bevor sie den kompletten Inhalt auskippte, um diesmal alles sorgfältig einzupacken. Nachdem sie das letzte Teil ordentlich gefaltet hatte, kontrollierte sie den Boden und suchte das Bett ab, damit sie diesmal nicht wieder etwas vergaß. Als sie nichts weiter finden konnte, schloss sie ungehindert den Koffer und brachte ihn zur Tür. Bei einem Blick zurück fielen ihr die zerwühlten Laken ins Auge, sodass sie sich gezwungen fühlte, das Bett vor ihrer Abreise zu machen. Als sie die Tagesdecke zurecht zog, verspürte sie Wärme am Kopfende des Bettes. Kurz glaubte sie, dass diese noch von Finn stammte, bis ihr auffiel, dass der Schein der Sonne sie hinterlassen hatte. Sehnsüchtig legte sie ihren Kopf auf das warme Kopfkissen, und weil das Licht sie blendete, schloss sie ihre Augen. Sofort lösten sich ihre Gedanken von der Gegenwart ab und glitten ein paar Stunden zurück. Nicht zu ihren Albträumen und der Angst, sondern zu Finn.

Nachdem sie ihre Familiengeschichte zu Ende erzählt hatte, die außer ihr kein lebender Mensch mehr kannte, hatte er sich über sie gebeugt. Nichts von dem, was sie befürchtet hatte, was er über sie denken oder fühlen könnte, hatte sich in seinen Augen widergespiegelt. Stattdessen hatte er ihre Hand auf sein Herz gelegt und ihr eines versprochen: »Du wirst nicht dein Leben lang warten. Du wirst deine Familie wiedersehen, dafür werde ich sorgen.« Keinen Gedanken hatte sie mehr daran verschwendet, was richtig oder falsch war. Voller Verlangen hatte sie ihn zu sich gezogen, denn sie hatte es nicht mehr ertragen, dass auch nur ein Zentimeter sie trennte. Als sie sich küssten, in jenem verlorenen Moment, hatte es nur Finn gegeben. Keine Geheimnisse, Halbwahrheiten oder Geister der

Vergangenheit. Einzig eine dünne Stoffbarriere hatte zwischen ihnen gelegen, und eifrig hatte sie sich von der Decke befreit. Auch ihn hatte es nach mehr Nähe verlangt, und während er sie an sich gepresst hatte, waren ihre Hände drängend seinen Körper entlanggeglitten.

»Catherine!« Das war Benjamins Stimme, die von unten durch das Haus schallte, und abrupt setzte sie sich auf.

Wie immer war er überpünktlich, und sie vermutete, dass er schon eine Weile versucht hatte, auf sein Erscheinen aufmerksam zu machen. Mit viel zu schriller Stimme rief sie ihm eilig zurück: »Hier!«

»Bist du fertig, Sœurette?« Seine schnellen Schritte waren bereits auf der Stahltreppe zu hören. Als er kurz danach in ihrem Schlafzimmer erschien, stand sie neben dem Bett und strich hektisch die Tagesdecke glatt. »Hast du noch geschlafen?«

»Nein.« Sie ärgerte sich, denn ihre Stimme klang weiterhin unangenehm hell und durchdringend.

»Habe ich dich bei etwas ertappt? Versteckst du einen Mann unter dem Bett?«, fragte er scherzhaft, während er sich nach den Zierkissen bückte, die verstreut auf dem Boden herumlagen. Wobei er aber so tat, als würde er nach jemandem suchen.

»Natürlich nicht!«, verneinte sie viel zu übertrieben.

»Was ist los mit dir? Ist Finn da? Habe ich euch zwei überrascht?«, riet er belustigt weiter und blickte sich demonstrativ um. »Ach nee, der ist ja in London.«

Katharina erwiderte nichts, weil es keine einfache Antwort darauf gab, die nicht etliche Fragen aufgeworfen hätte. Zwar war Finn nicht hier, aber auch nicht seit drei Tagen in London, wie Benjamin glaubte. Bisher hatte sie ihm verschwiegen, dass Finn in Brüssel geblieben war. Auch jetzt wollte sie es besser nicht erwähnen, besonders nicht den Fakt, dass er ihretwegen geblieben war. Es hätte zu unzähligen Nachfragen zum Stand ihrer Beziehung geführt, die sie sich gerade nicht stellen konnte. In ihr herrschte ein wahres Gefühlschaos, mit dem sie selbst nur schwer zurechtkam und das sie keinem anderen erklären konnte. Nicht einmal Benjamin. Unbewusst drehte sie an ihrem Ehering, bis Benjamin ihr eines der Kissen entgegenwarf, um sie aus ihrer Trance zu wecken. Nur knapp fing sie es vor ihrem Gesicht auf. »Ja, nein. Er ist nicht hier.«

Schlagartig war ihm nicht mehr nach Scherzen zumute. »Finn kommt doch wie geplant nach São Miguel?«

»Ja, kommt er. Ich treffe ihn in Ponta Delgada zu Arvos großer Abschiedsfeier«, versicherte sie ihm, begann aber gleichzeitig, unruhig von einem Bein auf das andere zu treten.

Achtlos entledigte sich Benjamin des letzten Kissens, trat auf sie zu und packte sie an den Schultern, damit sie stehenblieb. »Dann läuft doch alles nach Plan.«

»Ja, tut es«, stimmte sie wenig begeistert zu. »Solange ich mich nicht irre, weil meine Familie doch aus Australien einreist.«

»Das ist nicht anzunehmen, Catherine! Aber wenn sie wirklich über den Suezkanal einreisen, dann bin ich im Hafen von Piräus, um sie in Empfang zu nehmen«, sagte er sanft, und zu ihrer wie seiner eigenen Beruhigung wiederholte er noch mal, was sie nach ihren langen Recherchen ausgemacht hatten: »Wir waren uns schließlich einig, dass sie dir Bescheid gegeben hätten, bevor sie die USA verlassen oder zumindest ein Bild geschickt hätten, wenn sie irgendwo gelandet wären. Haben sie aber nicht, daher ist es am wahrscheinlichsten, dass sie über die Azoren zurück nach Hause kommen.«

»Das weiß ich ja! Und deshalb warte ich auf São Miguel, während Finn auf das Schiff darf, um den Transfer vor Flores abzusichern.« Es klang nörglerisch, obwohl sie dankbar war, dass er nach Griechenland reiste und Finn trotz seiner Beinverletzung Dienst auf dem Schiff tat. Frustriert war sie nur, weil es ihr verboten war, mit an Bord zugehen. Zeit- und Kapazitätsmangel wie auch Sicherheitsbedenken hatten dazu geführt, dass neben den Ausreisewilligen nur die HEA auf die Schiffe durften. Eine sehr unpopuläre Entscheidung, und deshalb sollte Katharina gut sichtbar für die Anwesenden und die Kameras im Hafen von São Miguel warten, um all denen, die Familie oder Freunde verabschiedeten, als Vorbild zu dienen.

Benjamin ignorierte ihr Meckern, er war nur froh, dass Finn für sie da war, für den Fall, dass Familie Frey nach der Sommersonnenwende nicht in Portugal auftauchen würde. Um weiteren

Bedenken zuvorzukommen, betete er ihr den restlichen Plan vor, den sie beide zur Genüge kannten: »Sollten sie doch ihren Flug nach Venezuela genommen haben und von dort einreisen, dann werden sie in Madeira auf eines der Schiffe gebracht, die Lissabon ansteuern. Ein Mitarbeiter vom Komitee wird ihnen dann mitteilen, dort zu warten, bis du eintriffst, und das wird nur wenig später sein. Damit deckt ihr die Übergangspunkte ZULU und TANGO ab, während ich KILO übernehme.«

»Ja«, sagte sie zum dritten Mal und nickte halbherzig.

»Du hast alle Eventualitäten eingeplant, sogar solche, an die kein anderer gedacht hätte. Selbst für die nicht existente Chance, dass sie die letzten Monate irgendwo anders auf der Welt waren, steht jemand für sie bereit. Und ich muss dich nicht daran erinnern, dass es keinerlei Hinweise auf den Kauf von weiteren Flugtickets oder irgendwelche anderen Reiseplänen gibt«, sagte er weiter aufbauend. »Es gibt also keinen Grund, dir Sorgen zu machen. Wir treffen uns dann in Scheibenhardt. Maman und Tante Babette werden um die Wette kochen. Onkel Martin spielt mit seiner Blaskapelle, und die Kleinen werden ihren Teil zum allgemeinen Krach beitragen. Irgendwann wird Tante Babette uns alle in ihren Freudentränen ertränken. Laut und mit viel zu viel Essen, ich kann es jetzt schon vor mir sehen. Alles wird wie immer sein, es kann gar nichts schiefgehen.«

Katharina biss sich auf die Zunge, um sich zu verkneifen, dass zwar alles entsprechend organisiert war, aber es trotzdem keine Garantie dafür gab, dass alles gut werden würde. Es gab Hunderte von Szenarien, was alles schieflaufen könnte, aber weder er noch sie hatten die Macht, etwas daran zu ändern.

Trotz seiner zuversichtlichen Worte kreisten Benjamins Gedanken in ähnlichen Bahnen, denn auch er wusste, dass ihre Heimkehr keinesfalls in Stein gemeißelt war. Seit Excidium Babylon wusste niemand, wie es in den anderen Sektoren aussah. Kriege, politische Verstrickungen oder schlicht die Weigerung einer Nation, den Anweisungen aus dem Babylon-Manifest nachzukommen, konnten dazu geführt haben, dass die Vorbereitungen nicht rechtzeitig abgeschlossen worden waren oder niemals begonnen hatten. Es war daher möglich, dass ein Teil der Verschollenen den Tholus niemals durchqueren würde. Aber auch er zog es vor, sich nicht dazu zu äußern, denn es half nicht, den Teufel an die Wand zu malen und sie unnötig in Angst zu versetzen. Doch das hieß nicht, dass er sich nicht schon lange für den Fall gewappnet hatte, sollte das Unaussprechliche eintreten. Jetzt war dafür aber nicht die Zeit, und mit einem weiteren Scherz versuchte er, ihre Stimmung aufzulockern: »Ob in Portugal oder in Scheibenhardt, so oder so hast du bald Gelegenheit deinen Eltern zu erklären, warum sie nicht auf deiner Hochzeit waren! Ich hoffe, du hast dir dafür die richtigen Worte zurechtgelegt, denn diese Geschichte kannst nicht einmal du lange verheimlichen!«

In ihrem Gesicht zeichnete sich Verblüffung ab, und mit einem nervösen Kichern löste sich ein Teil ihrer Anspannung. »Ich weiß, ich weiß! Und ich will es auch gar nicht verheimlichen. Nur dachte ich, du würdest das für mich übernehmen.«

»Nein!« Unter wildem Kopfschütteln drehte er sich um. »Bei aller Liebe, aber vergiss es! Ich kann jetzt schon hören, wie Père Erik mir die ganze Sache zum Vorwurf macht: ›Benjamin, du hättest besser auf dein Schwesterchen aufpassen müssen!‹ Und vielleicht hat er sogar recht damit, aber du hörst doch eh nie auf mich«, beschwerte er sich, während er sich ihren Koffer schnappte und zur Treppe ging.

»Frérot.« Sie lief ihm hinterher und legte ihre Arme von hinten um seinen Hals. »Bitte!«

»Niemals«, rief er aus. Unbekümmert zog er sie mit sich die Treppe herunter.

»Sag du es ihnen. Komm schon!« Bettelte sie weiter. »Bitte! Bitte!«

Nachdem er es wiederholt verneint hatte, hüpfte sie ihm auf der letzten Treppenstufe auf den Rücken. Weiteres Betteln, nun dicht an seinem Ohr.

»Ich denke nicht im Traum daran. Ich springe eher ins Mittelmeer, bevor ich ihnen ein Wort sage!«

»Tust du eh nicht!«, sagte sie herausfordernd und klammerte sich fester an ihn, als er versuchte, sie abzuschütteln. Beide genossen das Spiel, denn sie wussten, dass es am Ende irrelevant war, was sie untereinander ausmachten. Egal wer ihre Eltern zuerst zu

Gesicht bekäme, würde es ihnen schnell sagen müssen, oder eine der Informationsplattformen würde das für sie übernehmen, nur waren auch da unangenehme Fragen vorprogrammiert.

»Oh, doch, das mach ich! Einen Köpfer direkt ins Wasser.« Bei den Worten beugte er sich schwungvoll nach vorne.

»Nein!«, quiekte sie, während sie vornüberfiel und auf dem Boden landete. »Autsch!«

Benjamin lachte genüsslich auf, als sie sich leicht bedröppelt den Po rieb, und nahm seinen Koffer in die andere Hand. »Bist du jetzt endlich fertig?«

Unverzüglich rappelte sie sich wieder auf und lief zum Couchtisch. »Warte, ich brauche meinen Rucksack und meine Unterlagen, dann kann es gleich weitergehen.«

»Du brichst mir noch meinen Rücken«, schimpfte er und ließ ihren Koffer polternd fallen. Dann öffnete er schnell die Tür, um ihr zu entkommen. Weit kam er aber nicht, denn ein Mann blockierte den Ausgang. Verblüfft rief er aus: »Herr Yang!«

Bei dem Namen drehte sie sich um und sah tatsächlich ihren ehemaligen Vermieter vor der Haustür stehen. Als sie noch in ihrer alten Wohnung gelebt hatte, war sie oft zum Essen bei seiner Ehefrau Jing und ihm eingeladen gewesen.

»Hallo, Herr Amitié«, erwiderte der unerwartete Besucher mit einem knappen Kopfnicken, dann sah er sie, und um seine dunklen Augen zeichneten sich Lachfältchen ab. »Hallo Katharina!«

Wie immer sprach er sie mit ihrem richtigen Rufnamen an, der besonders schön bei ihm klang und den nur selten jemand benutzte. Mit einem Blick zur Straße erkannte sie, dass außer ihm niemand da war. »Yazhen, ich freue mich, Sie zu sehen! Kommen Sie doch rein, bis wir abgeholt werden.«

»Danke«, sagte er, bewegte sich aber nicht über die Türschwelle, »doch leider kann ich nicht bleiben. Ich bin nur hier, um Ihnen ein Paket vorbeizubringen. Es wurde gestern bei mir abgegeben, anscheinend hat die Post Ihren Nachsendeauftrag verlegt. Vielleicht war es aber auch Schicksal, denn ich wollte mich sowieso von Ihnen verabschieden, fand aber bisher nicht die Zeit.«

»Verabschieden?«, wiederholte sie verdutzt.

Yazhen zögerte, eigentlich hatte er das Thema nicht direkt ansprechen wollen. »Wir haben uns dazu entschieden, in die alte Heimat zurückzukehren.«

»Zurückkehren? Nach China?« Sie sah bereits sein bekräftigendes Nicken, bevor sie zu Ende gesprochen hatte.

»Meine Jing erträgt den Gedanken nicht, die Regenbogenberge nie wieder zu sehen. Und auch ich kann es mir nicht vorstellen, nie mehr nach Gansu zu kommen.«

»Regenbogenberge?«, wiederholte sie erneut verwirrt seine Worte.

»Ja, wir sehnen uns nach der Heimat, dem Trubel, dem Essen und …«, seine Stimme schwankte, »… und unserer Familie.«

»Aber … aber sie haben doch das Geschäft? Sie beide haben so lange dafür gearbeitet! Über dreißig Jahre … Und Ihr Ruhestand in der Wallonie? Dort wollten Sie doch leben, oder nicht?«, stammelte sie. Das letzte Jahr hatte das Paar fast unentwegt von der Rente gesprochen und nach Häusern im Südosten des Landes gesucht. Nie hätte sie erraten, dass die Familie den Tholus durchqueren würde.

»Das macht nichts.« Seine sanften Worte und sein freundliches Lächeln bewirkten, dass sie nicht spürte, wie ihre Nachfragen ihn immer weiter aus dem Gleichgewicht brachten. »Jan Li und Martine werden sich um das Geschäft kümmern. Und wenn der kleine Jules Bo alt genug ist, wird er seinen Eltern zur Hand gehen, wie damals sein Vater uns zur Hand gegangen ist.«

Langsam sickerten seine Worte zu ihr durch, und die Erkenntnis traf sie wie ein Blitz: »Sie bleiben zurück! Ihr Sohn und seine Familie bleiben hier.«

»Ja, aber ich möchte Sie jetzt nicht mit Einzelheiten belasten.« Es war sein letzter Versuch, das Gespräch in harmonischere Gefilde zu führen und das Thema zu beenden. »Es wird alles gut werden. Wir werden uns alle wiedersehen.«

Plötzlich verstand sie, worauf er setzte, denn da er nicht an ein Leben nach dem Tod glaubte, gab es nur eine andere Erklärung: »Yazhen, ich kenne die Gerüchte, aber nichts davon ist wahr. Es gibt keinen geheimen Regierungsplan, der alles wieder richtet. Keine neuen wissenschaftlichen Erkenntnisse zur Technik, die hinter dem Kraftfeld steckt, und keinen Fehler im System! Der

Tholus ist unüberwindbar, und er wird sich nicht erneut öffnen. Nicht zu unseren Lebzeiten!«

»Ich gebe nichts auf Gerede, und ich weiß, Sie meinen es nur gut, aber sie vergessen anscheinend eine ganz entscheidende Sache: Die Exesor können sich nicht ewig verstecken! Jeder auf dem Planeten sucht sie, Millionen von Augen halten Tag und Nacht nach ihnen Ausschau. Gemeinsam werden wir sie finden. Und sobald wir sie haben, werden wir sie zwingen, den Tholus zu öffnen.« Er legte ihr leicht die Hand auf die Schulter. »Meine liebe Katharina, sie können uns gar nicht entkommen.«

»Das sind sie doch schon«, widersprach sie ihm laut. »Was nützen Millionen von Augen, wenn keiner weiß, wonach man suchen muss?«

Yazhen behielt ein mildes Lächeln bei, aber seine Lachfältchen waren verschwunden. »Wir werden sehen.«

»Nein, werden wir nicht! Sie irren sich, bitte hören Sie mir zu! Die Teilung der Welt ist endgültig. Es gibt keine zweiten Chancen! Keine Hoffnung.«

Benjamin scharrte mit dem Fuß unruhig auf dem Boden. Anders als sein Schwesterchen hatte er erkannt, wie mitgenommen Yazhen war. Seit Katharinas Hochzeit, wo er ihn das letzte Mal gesehen hatte, war sein schwarzes Haar vollständig ergraut. Auch sein Gesicht wirkte übermäßig gealtert. Hoffnung war das Einzige, das ihm geblieben war. »Catherine, es ist genug!«

»Nein«, fauchte sie ihn an. »Er versteht nicht!«

»Doch, tut er.« Katharinas verbissene Miene verriet ihm, dass sie noch mehr sagen wollte, daher warf er ihr zusätzlich einen warnenden Blick zu. »Lass es gut sein.«

»Es ist bereits sehr spät«, sagte Yazhen in die entstandene Pause, »ich muss mich leider verabschieden.«

Er hatte aus einer Tüte ein braunes Paket herausgenommen und hielt es Katharina hin, die es nicht beachtete. Es war arg ramponiert, an einer Ecke war es sogar nass geworden und wieder getrocknet, wodurch sich die Pappe nach oben gewellt hatte. Offensichtlich hielten es nur noch die Versandetiketten und das Klebeband zusammen. Auf dem schmutzigen Paket lag ein grazil gefaltetes Origami aus schönem rosafarbenen Seidenpapier, doch ihr fiel es nicht einmal auf. Sie schaute Yazhen nur ungläubig an, sodass es Benjamin übernahm, ihm das Paket abzunehmen. »Vielen Dank. Für alles!«

Yazhen deutete eine leichte Verbeugung an, die nur Benjamin erwiderte. Ihr erneutes unhöfliches Gebaren verstörte den Besucher weiter, und er verabschiedete sich knapp. Abermals reagierte nur Benjamin, während sie um Zurückhaltung kämpfte. Yazhen machte sich auf zu gehen, aber noch bevor er das Grundstücksende erreichte, lief sie ihm hastig nach.

»Yazhen, wenn Sie den Tholus durchqueren, werden Sie Ihren Sohn und Ihren Enkel nie wiedersehen. Das ist die Wahrheit!« Sie schaute ihn daraufhin lange an, aber seine unergründliche Miene blieb unverändert. Das letzte bisschen Feingefühl fiel von ihr ab, und aufgebracht sagte sie: »Wegen ihrer eigenen Sturheit werden Sie alles verlieren!«

Sofort wurde er blass, bereits zuvor hatte sie ihn ungewollt tief beleidigt. Nun hatte sie es auf die Spitze getrieben und auch seine Ehre laut in Frage gestellt. Dennoch blieb er ruhig und erhob seine Stimme nicht. »Extreme fordern immer das gegensätzliche Extrem heraus. Das ist eine allumfassende Wahrheit, die Sie noch lernen müssen. Die Exesor werden das am eigenen Leib zu spüren bekommen, und die Welt wird wieder im Gleichgewicht sein.«

48

Nebelpforte

Yazhen hatte ihr keine weitere Chance gegeben, noch etwas einzuwenden, sondern war zügig gegangen. Als er verschwunden war, lief Katharina zurück ins Haus. Zwischenzeitlich hatte Benjamin das Paket mit dem kunstvoll gefalteten Kranich auf der Couch abgelegt und sich hingesetzt. Sofort wusste sie, dass er maßlos enttäuscht von ihr war, und sie verteidigte sich automatisch: »Ich musste versuchen, ihn aufzuhalten! Er musste wissen, dass es keinen Weg zurück gibt.«

»Es geht nicht darum, was du gesagt hast, sondern wie«, wies er sie zurecht. »Wie konntest du ihn nur so angehen?«

»Er hat mich so wütend gemacht, wie kann er alle Logik hinter sich lassen und sich in einer Wunschvorstellung verlieren? Das Babylon-Manifest war eindeutig, sich nicht danach zu richten, ist purer Wahnsinn.« Katharina schmetterte die Tür ins Schloss, ihr Abholdienst war immer noch nicht da, Yazhen schon lange außer Sichtweite.

»Du bist wütend auf ihn? Ist das dein Ernst?« Es war keine Frage, sondern ein Vorwurf. »Du solltest deine Wut lieber auf diejenigen richten, die dafür verantwortlich sind. Die Exesor haben ihn gezwungen, sich zu entscheiden. Eine grausame und unmögliche Wahl! Wie kannst du ihm da seine Entscheidung vorwerfen?«

»Ich bin nicht wütend auf ihn, und ich werfe ihm auch nichts vor. Ich verstehe nur nicht, wie er alles riskieren kann!«

»Du kannst ihn auch nicht verstehen. Wie solltest du auch? Deine Heimat ist ausschließlich Europa. Du weißt, dass deine Eltern alles versuchen werden, um zu dir zurückzukommen. Damit war deine Entscheidung einfach, für uns andere ist es komplizierter.«

»Für uns andere?«, fragte sie verständnislos. »Was meinst du damit? Wo musstest du dich denn entscheiden?«

»Lassen wir das Thema, es bringt doch nichts«, ruderte er sofort zurück. Er wollte ihr in dieser schweren Zeit beistehen, auch wenn das hieß, seinen eigenen Schmerz weiter zu unterdrücken. »Ich hätte gar nicht davon anfangen sollen.«

»Nein, erklär es mir!«, forderte sie ihn auf. »In dir hat sich so viel Wut angestaut, dass du jedes Mal gleich explodierst. Und wenn ich mit dir darüber reden will, wiegelst du mich gleich ab. Ich mache mir echt Sorgen, diese unbändige Wut passt nicht zu dir!«

»Du hast recht, das passt nicht zu mir.« Seine gleichmäßigen Gesichtszüge waren vor Zorn verzerrt. »Aber vielleicht bin ich auch nur so wütend, weil du es nicht bist! Weil ich es für uns beide sein muss! Die Exesor haben uns alles genommen, unsere Familien entzweit, und du tust nichts. Du bist nicht wütend, sondern du arrangierst dich, als wäre es das Normalste auf der Welt, was hier geschieht.«

»Du irrst dich, ich bin wütend! Nur kann ich nichts weiter tun, ich habe keinen Einfluss auf die Geschehnisse, und ich hasse das. Ich hasse meine Hilflosigkeit. Ich hasse es abzuwarten, und ich hasse es, dass nichts so ist, wie es sein sollte. Am liebsten würde ich die ganze Zeit schreien, nur auch das würde nichts ändern«, entfuhr es ihr, dann wurde ihre Stimme sanfter. »Aber Frérot, wie es auch sei, sie werden zurückkommen. Du hast es selbst gesagt!«

»Das werden sie auch, nur meine Familie nicht!«

»Deine Familie?«, fragte sie verstört und verstand erst, was er damit meinte, als er sich über seine zimtfarbene Haut strich. Für sie waren sie alle eine Familie, ihre Eltern, ihre Geschwister, zu denen sie Benjamin zählte, seine Mutter. Céline Amitié war für sie eine Art Zusatzmutter, wie auch ihre Eltern es für ihn waren. Sie alle gehörten zusammen, nur Benjamins leiblicher Vater nicht. »Aber du hasst ihn! Elyas Botha hat euch verlassen, seit dreiundzwanzig Jahren hat er nichts von sich hören lassen. Du selbst wolltest ihn nie finden, und du hast jeden meiner Vorschläge, deinen Vater aufzuspüren, abgeschmettert.«

»Ich weiß das.« Benjamin wirkte erschöpft, als er seinen Kopf zwischen seine Hände legte. »Aber er hat sich gemeldet.«

»Wann? Warum hast du mir nichts davon gesagt?«

»Auch andere haben Geheimnisse, du hast kein Vorrecht darauf.« Seine Erwiderung war wie eine Ohrfeige, und als er sah, wie seine Worte sie verletzten, tat es ihm sofort leid. Er lenkte ein und gab ihr eine Erklärung: »Vor etwas über einem Jahr hat er mir einen Brief geschrieben, sich entschuldigt. Mich gebeten, ihm Gelegenheit zu geben, es wiedergutzumachen. Als könnte er irgendetwas tun, das es nur im Entferntesten wiedergutmachen könnte.«

»Benjamin«, hauchte sie seinen Namen und kam auf ihn zu, um ihn in den Arm zu nehmen.

Aber es hielt ihn nicht länger auf der Couch, Wut und Verzweiflung trieben ihn durch das Zimmer. »Ja, ich hasse ihn, aber er ist auch mein Vater! Und ich habe Halbschwestern, die ich nicht einmal kenne.«

»Du hast weitere Geschwister? Und das weißt du seit einem Jahr? Seither trägst du das mit dir rum.« Sichtlich erschüttert setzte sie sich auf den Platz, wo er zuvor gesessen hatte. »Und du hast mir nie etwas davon gesagt …«

»Niemand weiß es, und ich wollte es dir nicht verheimlichen, aber du warst in letzter Zeit so …« Er fand keine Worte, um es zu erklären.

So vieles war ihr entgangen, und das nicht erst seit Excidium Babylon, sondern schon lange davor. Das erkannte sie jetzt, und sie wusste, dass sie ihn im Stich gelassen hatte. »Es ist meine Schuld.«

»Nein, ist es nicht. Diese feigen Terroristen sind schuld«, sagte er harsch. »Sie haben mir die Möglichkeit genommen, meine Halbschwestern kennenzulernen, eine Beziehung zu ihnen aufzubauen und vielleicht sogar zu meinem Vater. Ich dachte immer, ich hätte alle Zeit der Welt, mich zu entscheiden, doch dann kam der Tholus, und jetzt ...«

»Und jetzt willst du zu ihm?« Angst schwang in ihrer Stimme mit.

»Ich will nicht zu ihm.« Es lag genauso viel Verachtung wie Sehnsucht in seiner Stimme. »Ich will meine Freiheit zurück!«

Es schmerzte sie in der Seele, ihn so zu sehen, und sie fand keine Worte zum Trost, stattdessen stürzte sie sich auf das nächstbeste Thema: »Freiheit? Welche Freiheit? Der Mensch war niemals frei. Es gab schon immer Grenzen und die Mächtigen, die diese definiert haben.« Katharina redete auf ihn ein, in Panik, er könnte sie verlassen. »Kriege wurden wegen des Traums von Freiheit geführt, und Unzählige sind dafür gestorben, doch frei waren sie nur im Tod.«

Er schüttelte abwehrend den Kopf: »Es ist etwas völlig anderes, ob man durch Gesetze, Verpflichtungen, Besitz oder Liebe gebunden ist oder tatsächlich eingesperrt.«

»Nein, ist es nicht! Wir haben immer nur die freie Wahl aus den Optionen, die uns zur Verfügung stehen. Nur diese Freiheit haben wir, die haben wir alle. Nur gefallen uns oftmals die Wahlmöglichkeiten nicht.«

»Wie sollte mir das auch gefallen? Ich habe nur die Möglichkeit, zu gehen und meine Familie niemals wiederzusehen oder zu bleiben und meine andere Familie niemals kennenzulernen. Das ist meine Wahl. Ein Leben, eine Zukunft im Tausch für eine andere.«

»Frérot, es tut mir unendlich leid.« Und das tat es ihr von ganzem Herzen, doch die Dringlichkeit ihrer Worte drückte nur wenig davon aus. »Ich wünschte, es wäre anders, aber bitte tue nichts Unüberlegtes. Du weißt, wo du hingehörst. Du gehörst hierher, zu uns! Zu deiner Mutter, die dich dein Leben lang uneingeschränkt geliebt hat. Und zu mir!«

»Ich bin mehr als nur dein Bruder und als nur ihr Sohn. Mehr als nur Europäer, wie mir schon so oft gezeigt wurde. Nur du willst das nicht sehen.«

»Was soll ich sehen? Wir sind alle unterschiedlich, ob in Hautfarbe, Geschlecht, Herkunft, Gewicht oder worin auch immer, und es wird immer diejenigen geben, die uns das vorhalten. Ich lege keinen Wert darauf, und das hast du bisher auch nicht. Entweder wir überlassen es der Welt, unser Schicksal zu bestimmen, oder wir nehmen es selbst in die Hand. Du selbst hast mir das immer gesagt!« Sie kämpfte mit allen Mitteln und scheute sich nicht, seine eigenen Worte gegen ihn zu verwenden. Alles war ihr recht, solange er bleiben würde. »Also wenn du nach Südafrika willst, dann geh, weil du zu deiner anderen Familie willst und nicht, weil es Menschen gibt, die dich nicht akzeptieren.«

Sie wusste, dass das unfair war, und sie schwor sich, es wiedergutzumachen, aber jetzt musste sie erst einmal dafür sorgen, dass er blieb. Yazhen hatte sie nicht aufhalten können, bei ihm durfte ihr das nicht passieren. Egal, was sie dafür tun oder sagen musste. Es zählte nur eins: Benjamin durfte den Tholus nicht durchqueren.

»So einfach ist das nicht.«

»Doch, das ist es! Die Exesor haben die Welt geteilt, ob es dir gefällt oder nicht. So ist es jetzt, aber wir bestimmen, was wir daraus machen.«

»Wir bestimmen gar nichts. Unter dem Deckmantel, die Welt zu retten, haben sie uns jegliches Recht auf Selbstbestimmung geraubt. Und es kam, wie es kommen musste, mehr Krieg und Zerstörung. Du glaubst doch nicht etwa, dass es jetzt irgendwem besser geht. Dass irgendwelche Probleme dadurch gelöst werden. Der Mensch tut, was er von jeher gemacht hat, nichts hat sich daran geändert. Die Exesor haben uns die Freiheit genommen und uns den Tod gebracht, nichts anderes. Aber du hast recht, wir haben immer noch *eine* Wahl.«

Benjamin hatte ihr schon einmal Ähnliches gesagt, er wusste es nur nicht mehr. Auch sie konnte sich nicht mehr an ihre damalige Erwiderung erinnern, heute sah sie nur die Toten vor sich. Tränen liefen über ihre Wangen, als sie sagte: »Du hast dich also entschieden?« Es klang schwach.

»Ich habe mich bereits vor Wochen entschieden.«

Seine Entschlossenheit war eindeutig, und sie nickte langsam.

»Dann komme ich mit dir.«

»Du verstehst mich, glaube ich, falsch, ich werde nichts tun, außer den Rest unserer Familie heimzuführen.« Er gab ihr einen Kuss auf den Scheitel, bevor er sich zu ihr setzte. Es war seine Art, ihr zu zeigen, dass die Sache für ihn beendet war.

Streitigkeiten zwischen ihnen waren zeitweilig heftig, aber immer kurz, denn Benjamin ertrug es nicht, mit ihr zu streiten. Katharina wischte sich ihre Tränen weg, dann griff sie nach seiner Hand. »Ich komme trotzdem mit nach Griechenland.«

»Glaubst du mir etwa nicht?«

»Würdest du mich allein gehen lassen, wenn bei mir ein Fluchtrisiko besteht?«, stellte sie die Gegenfrage.

»Nein, aber das kannst du nicht machen, Sœurette. Deine Eltern erwarten ...«

»Erwarten, dass wir aufeinander aufpassen, genauso wie Maman Céline«, führte sie den Satz zu Ende. Er setzte zur Erwiderung an, aber sie kam ihm zuvor: »Sag mir, dass du nicht einmal daran gedacht hast, den Tholus zu durchqueren.«

Das konnte er nicht. »Gedanken sind keine Taten.«

»Ja, aber sie führen dazu.« Sie nahm das Paket weg und legte es auf den niedrigen Tisch, damit er sich hinlegen konnte. Es war eine Aufforderung, und Benjamin zögerte nicht. Er streckte sich auf der Couch aus, seinen Kopf legte er wie so viele Male zuvor vertrauensvoll in ihren Schoß und schloss seine Augen. Sie legte einen Arm um ihn, so als wollte sie sicherstellen, dass er nicht plötzlich verschwand. In der freien Hand hielt sie Yazhens Geschenk, das sie nun betrachtete. Auf den Flügeln des kleinen Papiervogels war ein chinesisches Schriftzeichen aufgemalt. Es sah aus wie drei ineinander verschnörkelte Buchstaben. Ein x mit horizontalem Dach, das gleichzeitig der oberste Strich eines F war. Somit war das x auf der linken Seite durch das F mit einem halben Kästchen eingefasst. Links neben der Buchstabenkombination stand ein kleineres z mit einem Accent grave, dessen Schlenker unter dem verschmolzenen Fx verlief. Es war eine handgeschriebene Kalligrafie, die dennoch auf beiden Flügeln exakt gleich war.

So schön es auch anzusehen war, die Bedeutung blieb ihr vorerst verborgen. Zwar sprach sie etwas Mandarin, konnte sogar vereinzelte Schriftzeichen lesen, aber die Übersetzung dieses *Hànzì* fiel ihr nicht ein. Während sie angestrengt nachdachte, starrte sie auf das beschädigte Paket, bis sie das Versandetikett unbewusst entzifferte. Es wies London, England aus, und obwohl der Absender nicht mehr lesbar war, wurde sie sofort unruhig. Hastig legte sie die letzte Mitteilung von Yazhen weg und angelte sich umständlich das Paket. Benjamin lag weiterhin mit seinem Kopf auf ihren Beinen und nahm den Großteil der Couch ein, daher quetschte sie es auf der anderen Seite neben sich. Durch den Wasserschaden ließ sich der Karton mühelos aufreißen, und laut raschelnd holte sie eine Ladung braunen Packpapiers heraus. Benjamin regte sich jetzt, öffnete seine Augen und setzte sich auf. Sofort stellte sie den Karton auf ihre Beine und zog weiteres Verpackungsmaterial heraus, bis ihr endlich ein quadratisches Plastikbündel in die Hände fiel. Neugierig geworden beugte er sich nun über ihre Schulter, um zu sehen, was der Inhalt der Lieferung war. Einen Moment hielt sie in ihrer Bewegung inne, dann riss sie auch die letzte Schutzhülle unachtsam auf. Zum Vorschein kam ein helles Holzkästchen, mit von der Natur rund geschliffenen Ecken und kleinen Holzwurmlöchern. Es war aus einem Stück Treibholz, das schonend gesäubert, getrocknet und verarbeitet worden war. Dies wusste sie genau, weil sie einmal bei der Herstellung eines ähnlichen Stückes zugeschaut hatte. Sanft strich sie über die ausgeblichene Maserung, die dank der Verpackung unbeschädigt war.

»Das ist hübsch. Was ist darin?«, fragte Benjamin interessiert und verhinderte, dass sie in Erinnerungen versank.

Sie öffnete langsam den Deckel, ihr Herz schlug bis zum Hals. Wie von ihr erwartet, waren darin kleine Metallbausteine in den verschiedensten geometrischen Formen und Größen gestapelt. »Ein Spielzeug für Line und Bastian zur Vorbereitung auf die Schule. Ich hatte es damals im Internet gefunden und wollte es den Zwillingen in Australien schenken.«

»Oh, nett.« Benjamin nahm sich ein Trapez, das sehr schwer und entgegen der gängigen Holzvariante nicht bunt, sondern blaugrau war. Es lag kalt in der Hand, zudem war es schlecht gearbeitet. Ein kleiner abstehender Span, der sich nicht lösen wollte, hatte ihm den Finger blutig gestochen. Die gesamte Ausfertigung fand er recht ungeeignet für Kinder im Allgemeinen und vielleicht auch nicht alters- oder interessengerecht für die Zwillinge. Aber er wollte sie nicht vor den Kopf stoßen, daher verkniff er sich jeden weiteren Kommentar. Stattdessen sah er beunruhigt Katharina zu, die den restlichen Inhalt des Pakets aufgeregt durchsuchte, bevor sie das Kästchen auskippte. »Alles okay?«

»Alles gut«, sagte sie aufgeschreckt und bekam sich gleich wieder unter Kontrolle. Es war nichts Weiteres in den Verpackungen zu finden, daher räumte sie das leere Paket enttäuscht zur Seite und begann die Bausteine wieder sorgfältig einzuräumen.

»Sicher?«, fragte er verwundert und schaute sie genauer an.

Das entging ihr nicht, und sie reagierte intuitiv, indem sie den Mund zu einem schiefen Lächeln verzog, das den bitteren Geschmack der Enttäuschung nicht verscheuchen konnte. »Klar! Ich hatte mir nur mehr davon erwartet.«

»Sie werden sich schon darüber freuen«, sagte er und gab ihr das Trapez zurück.

»Hm, nur eine Beschreibung wäre schön gewesen.« Katharina packte zuletzt das Trapez vorsichtig zurück. Dann nahm sie sich den Papierkranich, faltete ihn sorgfältig und legte ihn dazu. Als sie beides zusammen sah, fiel ihr schlagartig die Bedeutung des Schriftzeichens wieder ein: ›Rückkehr‹.

Es klopfte an der Tür, der Abholdienst war endlich da. Nachdem sie es den ganzen Morgen nicht hatte erwarten können, rührte sie sich jetzt nicht vom Fleck. Sie hatte eine flache, runde Münze mit Verzierungen gefunden, die bisher unbemerkt an einem Stück des Packpapiers geklebt hatte. An sich war sie nichts Besonderes, und obwohl sie aus demselben Material war, wirkte sie nicht, als würde sie zu dem Baukasten gehören. Sie sah eher wie ein zusätzliches Werbegeschenk der Firma aus als Anreiz für ihr restliches Sortiment.

»Bereit? Komm schon, los geht's.« Er zog sie auf die Beine, dann wollte er die Tür öffnen, doch diesmal hielt sie ihn am Arm fest.

»Benjamin Amitié, versprich mir, dass du in diesem Sektor bleibst«, sagte sie unvermittelt, »dass du den Tholus nicht durchquerst. Versprich es mir! Und ich verspreche dir, dass ich eine Möglichkeit finden werde, damit du deinen Vater und deine Schwestern kennenlernst!«

»Was soll das? Ich dachte, wir hätten das bereits geklärt.« Irritiert schaute er sie an.

»Versprich es mir!«, forderte sie ihn erneut auf.

Ihr Griff wurde fester, und er nickte. »Ich verspreche es dir! Was ist los?«

Katharina verstaute den Baukasten samt Münze sowie den Kranich in ihrem Rucksack und setzte ihn auf, dann erst sagte sie: »Ich muss nach Portugal.«

49

Völkerwanderung

Distrikt Évora, 20.06.001 n. EB

Die sanft hügelige Natur Südportugals zog rasend am Zug vorbei. Eine endlose Mischung aus Viehherden, Olivenhainen, Weinbergen und Korkeichenwäldern, die in der Morgensonne erstrahlten. Kleine weiße Dörfer und Städte erhoben sich entlang der Strecke aus trockener, aufgerissener Erde. Flüsse schlängelten sich durch fruchtbares Grasland, das die Sommerhitze an manchen Stellen verbrannt zurückgelassen hatte. Es war ein schöner und einsamer Anblick, der ablenkte von der langen Fahrt in dem überfüllten Zug. Ihren Platz in der ersten Klasse hatte sie bereits kurz nach Madrid an ein älteres Ehepaar abgegeben. Seither saß sie auf der obersten Stufe vor der Zugtür, durch dessen lange schmale Fenster sie die vorbeiziehende Landschaft beobachtete. Der Zug war gerammelt voll, kein einziger Platz war mehr frei. Überall waren Menschen eng gedrängt, auf ihrem Weg zu den Übergangspunkten oder Ferienorten. Das zeitweilige Reiseverbot, das während des Weißen Gefechts gegolten hatte, war aufgehoben worden. Ersetzt hatte es ein Verbot von touristischen Reisen, aber da es keine Kontrollen gab, hielten sich die wenigsten daran. Es war Ferienzeit und der erste Sommer ohne Flugreisen und private Transportmittel. Daher waren seit Tagen die Bahnen, Schiffe und Busse im gesamten Sektor verstopft. Für die Ausreisewilligen und ihre Angehörigen, welche die Verordnung hätte schützen sollen, war die Lage prekär. Auch die fünfköpfige Reisegesellschaft um Katharina hatte das bereits am eigenen Leib zu spüren bekommen, obgleich für sie überall Plätze reserviert waren. In Brüssel hatten sie ohne Probleme die *LZ GoldBlue One* bestiegen. Sie war das Flaggschiff einer neuartigen Flotte von Zeppelinen, welche die ausgefallenen Flugzeuge zukünftig ersetzen sollten. Der Jungfernflug mit prominenten Gästen zum nicht einmal dreihundert Kilometer entfernten Paris hatte die neue Ära der alten Art eingeleitet. Es war aufregend gewesen, im Luftschiff zu reisen, und für eine Weile hatte sie nicht ständig an Benjamin gedacht oder von Finn geträumt.

In Paris angekommen, hatte sie an einer offiziellen Feier zur Verabschiedung von ausländischen Regierungsvertretern und Militärs teilnehmen müssen. Über Stunden hatte sie den Reden zugehört, den warmen Worten über tiefe Freundschaften zwischen den einzelnen Ländern, den Treueschwüren und den unausgegorenen Plänen, das Jahrhundert des Tholus baldmöglichst zu beenden. Es war überaus interessant gewesen, und alle meinten, das anschließende festliche Diner wäre hervorragend gewesen. Aber sie hatte nichts davon herunterbekommen, sie hatte nur weiterreisen wollen. Doch sie war *gezwungen gewesen zu bleiben*, denn ihr Transport wurde von der Völkervereinigung organisiert, und damit hatte Arvo sie in der Hand. Als es dann endlich Zeit war, zum nächsten Zwischenstopp auf ihrer Reise aufzubrechen, war alles schiefgelaufen. Vor dem Pariser Sackbahnhof hatte ein liegengebliebener Zug mehrere Gleise blockiert und einen gewaltigen Stau verursacht. Zwar hatten sie versucht, die wartende Menschenmasse zu durchqueren, aber vor dem Ansturm von Passagieren hatten auch Nenad, Ando und die zwei Polizistinnen schnell kapitulieren müssen. Schließlich hatten sie warten müssen, wie jeder andere auch, bis sie einen Platz in einem Zug ergatterten. Dadurch waren sie mit acht Stunden Verspätung in Madrid angekommen, wodurch sie ihren nächsten Programmpunkt auf ihrer Tour verpasst hatte. Geplant gewesen war ein öffentliches Zusammentreffen mit lokalen APs, eine Art Erfahrungsaustausch, auf das sie ohnehin keinen Wert gelegt hatte. Traurig war sie nur darüber, dass sie keine Zeit hatten, sich frisch zu machen und die Füße zu vertreten. Stattdessen hatten sie sich gleich darum bemühen müssen, den nächsten Zug zu erreichen, was für sie bedeutet hatte, erneut stundenlang zu warten.

Mittlerweile hatten sie Évora hinter sich gelassen, womit noch etwa anderthalb Stunden Fahrtzeit bis Lissabon vor ihnen lagen. Ihr verbliebener Zeitpuffer in der portugiesischen Hauptstadt war damit dahin. Auch wenn Katharina sich sehnlichst ein Bett und eine Dusche wünschte, war ihr auch das egal, solange sie am Mittag planmäßig das Schiff erreichen würde, das sie nach São Miguel bringen sollte. Nach São Miguel und zu Finn, der bereits auf der Azoreninsel gelandet war, denn die Militärschiffe waren frei von den hier herrschenden Problemen. Bei dem Gedanken an ihr baldiges Wiedersehen breitete sich ein feuriges Kribbeln in ihrem Magen aus. Jeder Meter, der vorbeizog, brachte sie näher zu ihm, zu ihrer Familie, und die Freude darüber hob ihre sonst gedrückte Stimmung. Paolo schnarchte auf, und sie blickte ihn an, endlich war er eingeschlafen. Zusammengekauert lag er in einer unbequemen Position ihr gegenüber, seine Hände umklammerten fest seine Kameratasche. Sein Kopf war unter einem breiten Hut verschwunden und schwankte leicht mit den Bewegungen des Zuges. Schlafend mochte sie ihn am liebsten, im wachen Zustand wollte sie ihn nur erwürgen. Dieses Gefühl hatte sich seit Beginn ihrer Reise noch einmal verstärkt, denn er hatte sie ständig genervt. Andauernd hatte er sie bedrängt, etwas Interessantes zu tun, obwohl er selbst nicht genau wusste, was das sein sollte. Wie immer hatte sie ihn bestmöglich ignoriert, nur hatte ihn das nicht davon abgehalten, sie beim Nichtstun zu filmen. Da Diskutieren oder Bitten bei ihm zwecklos waren, hatte sie sich möglichst still verhalten, bis er aus Langeweile eingeschlafen war. Jetzt, da er selig schlief, nutzte sie die Gelegenheit und erhob sich.

»Wo willst du hin?«, fragte Nenad sie und stand mit ihrem restlichen Wachschutz auf.

»Pssst …« Katharina legte ihren Finger auf die Lippen und bedeutete ihnen allen, ruhig zu sein. »Weckt ihn bloß nicht auf! Ich gehe nur zum Speisewagen und besorge uns was zu trinken. Das schaffe ich, ohne ihn. Gerne auch ganz allein.«

Nenad schüttelte den Kopf, dann zeigte er auf sich und Sergeant Ginsberger, bevor er leise sagte: »Wir kommen mit.«

Katharina schaute die kleine Frau an, die etwa in ihrem Alter war und keine Miene verzog. Lucija, zumindest glaubte sie, dass es ihr Name war, war erst in Madrid zu ihnen gestoßen, als Ergänzung zu ihrem üblichen Wachschutz. Gleichgültig nickte sie den beiden zu. »Na dann.«

Surrend glitt die Abteiltür auf, dann kam ein Quietschen, und es riss sie von den Füßen.

Nossa Senhora da Tourega, Distrikt Évora

»Bist du noch woanders verletzt?« fragte Katharina, während sie Paolo eine Kompresse auf seinen Haaransatz drückte. Seine Platzwunde sah böse aus, und Nenad hatte ihn aus dem Zug tragen müssen, weil er allein nicht dazu im Stande gewesen war. »Geht es dir gut?«

»Wo ist meine Kamera?« Paolo schielte, tastete aber bereits nach dem Gesuchten.

»Ihm geht es gut!«, sagte sie zu niemand Bestimmtem, denn keiner hörte ihr zu. Um sie herum waren die Passagiere des Zuges verteilt, manche versorgten Wunden, so wie sie. Andere suchten nach schattigen Plätzen zum Schutz vor der Sonne. Sie alle sahen mitgenommen aus, blass und verängstigt, aber zumindest sah sie keine Schwerverletzten. Paolo streckte sich nach seinem Equipment aus, doch sie hielt ihn fest. »Bleib ruhig sitzen, und drück das auf die Wunde, ich muss einen Verband anlegen. Danach kannst du meinetwegen machen, was du willst, solange du mich damit in Ruhe lässt.«

»Daraus wird leider nichts!«, sagte er und verzog sein Gesicht, als sie seinen Verband zuzog.

Nenad kam angerannt. Breit baute er sich vor ihr auf, um sie vor ungewollten Blicken zu schützen. »Geht es ihm gut?«

»Gut genug, um schon wieder filmen zu wollen«, sagte sie mit einem Lächeln über Paolos Hartnäckigkeit. »Was ist passiert?«

»Eine Stahlblockade auf den Gleisen. Der Zugführer hatte sie recht früh erkannt und eine Vollbremsung eingeleitet. Danach hat er eine Durchsage gemacht und die vorderen Zugteile evakuiert, bevor der Aufprall erfolgte.«

Lucija war wie aus dem Nichts erschienen und baute sich ebenfalls vor ihr auf. »Der erste Wagen hat sich vollständig im Hindernis verkeilt, wäre er besetzt gewesen, hätte es wohl keiner überlebt. Die drei nächsten Waggons sind entgleist, der restliche Zug steht weitgehend unbeschädigt auf den Schienen. Einige Kabel hängen runter, wodurch der Triebwagen unter Strom steht und die Elektrik ausgefallen ist. Es gibt einige Leichtverletzte, den Zugführer hat es schwerer erwischt.«

Paolo lehnte sich mit einem ungläubigen Schnauben gegen den dicken Stamm der Steineiche, unter deren Krone sie saßen. Katharina fand es eine passende Reaktion und sie fragte: »Wird er es überleben?«

»Ja, mit seiner Geistesgegenwart hat er sich und vielen anderen das Leben gerettet.«

Als Lucija das schnelle Handeln des Zugführers erneut erwähnte, fiel Katharina wieder ein, was den Unfall verursacht hatte. »Eine Blockade?«

»Ja, eine Blockade aus beladenen Containern, absichtlich platziert, um den Zug zu stoppen.« Nenad hatte das Wort ergriffen.

»Aber wer würde …«

»Abtrünnige, Freibürger oder irgendeine Splittergruppe«, sagte er und besah sich die nahegelegenen Hügel. »Es war vielleicht ein gezielter Anschlag auf dein Leben, wäre nicht das erste Mal.«

»Aber keiner weiß, dass ich hier bin, denn eigentlich müssten wir schon lange in Lissabon sein«, wandte sie ein. »Außerdem müssen es nicht zwangsläufig Anhänger vom Grauen General sein. Es gibt auch andere Gruppen, die verhindern wollen, dass

Menschen den Tholus durchqueren. Ganz in der Nähe gibt es die Sekte ›Kinder Babylons‹ oder so, deren Anführer dazu aufgerufen hat, jeglichen Austausch zu stoppen. Er meint, dass Gott die Menschen mit Excidium Babylon in die Sektoren eingeteilt hätte und wir mit der Sommersonnenwende seinen erneuten Zorn heraufbeschwören würden.«

»Möglich«, sagte Lucija unbeeindruckt, dann nickte sie Ando zu, der bei einer Gruppe von Schaffnern stand und einen Daumen hochhielt. »Aber du wirst nicht hierbleiben, um das herauszufinden. Für dich geht es zurück nach Évora.«

Distrikt Évora

Ein intensiv-aromatischer Geruch stieg Katharina in die Nase, als sie an einem Meer aus Violett-Tönen vorbeiging. Der Lavendel stand in voller Blüte, und sie betrachtete die malerischen Sträucher. Mit ihr und ihren Bewachern war gut die Hälfte der Passagiere aufgebrochen, um in die nächste Stadt zu laufen, denn der Zug hatte sich ohne Klimaanlage schnell aufgeheizt. Zudem wusste niemand, ob ihr Notsignal jemanden erreicht hatte und Hilfe unterwegs war. Auf einen Kilometer verteilt, folgten sie den schier unendlichen Schienen. Ihr Gepäck hatten die meisten wohlweislich zurückgelassen, nur Paolo schleppte seine Kamera mit. Er durfte aber nicht filmen, weil Lucija fürchtete, dass dadurch ungewollte Aufmerksamkeit auf sie gezogen würde. Dennoch hatte es Paolo versucht und es schnell bereut. Lucija ging nicht zimperlich vor, wenn man sich ihren Anweisungen widersetzte. Jetzt hielt sich Paolo seinen verdrehten Arm und lief schmollend ein paar Meter hinter ihnen. Umringt vom Rest ihrer Begleitung ging Katharina schweigend im strammen Marschschritt, dabei lauschte sie den vereinzelten Gesprächen um sie herum. Ein Pärchen, das zuvor am Anfang der Gruppe gelaufen war, fiel langsam zurück, und ihre Stimmen kamen in Hörweite.

»Wenn ich es dir doch sage, ist alles Fake, nichts davon ist echt!«, sagte ein drollig aussehender Mann mit roten Haaren.

Um den Kopf hatte er sich sein T-Shirt gewickelt, unter dem einzelne Strähnen hervorlugten. »Die ganze Völkervereinigung ist gestellt, die Teilnehmer kannten sich alle bereits davor.«

»Sprich leiser! Deinen Unsinn muss keiner hören«, sagte die Frau an seiner Seite genervt. »Und du hast unrecht, ich habe erst neulich eine Dokumentation über den Auswahlprozess gesehen. Es war sehr interessant und zeigte die APs ganz privat vor den Hochzeiten.«

»Dokumentation, dass ich nicht lache. Du glaubst auch alles, was sie dir vorsetzen. Es ist eine Show, nichts weiter. Die Leute haben Skripte und lernen das ganze Zeug auswendig. Jeder ihrer Auftritte ist bis ins kleinste Detail durchchoreografiert, nichts davon ist echt. Wahrscheinlich sind es sogar Schauspieler, jedenfalls einige von ihnen.«

»Mach endlich leiser«, warnte sie ihn erneut, diesmal warf sie einen Blick zurück auf Katharina, die zu Boden starrte. »Und hör endlich auf, so einen Schwachsinn zu reden.«

»Fein, aber ich erzähle keinen Schwachsinn«, flüsterte er in einer Lautstärke, die weiterhin gut vernehmbar war, und machte gleich weiter: »Mein Freund Lenny hat doch vor ein paar Jahren immer mal Nachtschichten in der Irrenanstalt vom Krankenhaus geschoben ...«

»Das heißt ›Psychiatrie‹, und die Leute sind nicht irre«, fiel sie ihm ins Wort, zufrieden, dass er zumindest leiser sprach.

»Wie auch immer«, sagte er ungeduldig. »Jedenfalls war damals Lene Bondevik auch da.«

»Ist jetzt nicht ungewöhnlich, schließlich hat sie sowas studiert«, unterbrach sie ihn erneut.

»Nein, nicht als Ärztin, sondern als Patientin ... Und rate mal, wer sie regelmäßig nachts besucht hat? Weit nach den Besuchszeiten und ohne, dass jemand wusste, wie er reinkam ... Na, wer war das wohl? Wer kam für die heimlichen Schäferstündchen vorbei?«, fragte er, ließ ihr aber keine Zeit zum Antworten. »Ihr zukünftiger Ehemann! Hah, da staunst du!«

Er führte ein kleines Triumph-Tänzchen auf und wedelte mit dem Finger vor ihrem Gesicht, bis sich sein schlechtsitzender Turban löste.

»Ich weiß gar nicht, worüber du dich so sonderlich freust«, sagte sie ungerührt. »Lenny ist andauernd so breit, der erkennt doch die Hälfte der Zeit nicht mal mehr seine eigene Mutter. Das Ganze, was du erzählt hast, beweist nur, dass dein bekiffter Freund seinen Job nicht richtig gemacht hat, weswegen sich irgendwer rein- und wieder rausschleichen konnte. Und übrigens darf er solche Informationen nicht weitergeben, ob wahr oder nicht, ist dabei egal.«

Er verdrehte die Augen über ihre schulmeisterliche Art, ließ sich aber immer noch nicht unterkriegen. »Es existieren Beweise.«

»Ach wirklich?«, fragte sie ungläubig.

»Ja, ein Foto«, bestätigte er. »Lenny ist extra noch mal hingegangen, um es zu holen. Aber da war es bereits weg.«

»Wie passend, dass die Beweise verschwunden sind«, sagte sie und verdrehte ihrerseits die Augen.

»Ich glaube, irgendjemand von der Völkervereinigung hat das Bild verschwinden lassen, damit die Sache nicht auffliegt«, murmelte er verschwörerisch und ignorierte ihren Sarkasmus. »Denn Lenny hatte zuvor Kontakt mit einem Redakteur von der *Times*, der an der Geschichte interessiert war. Aber dann ist der plötzlich abgesprungen und meinte nur, er wollte keinen Ärger. Und das Bild war dann ebenfalls weg. Klingt doch verdächtig.«

»Verdächtig? Verdächtig danach, dass der Mann keinen Rufmord begehen wollte, weil sich die Anschuldigungen auf die Aussagen eines dahergelaufenen Kiffers stützen«, sagte sie und blieb stehen, ihre Hand drückte sie in ihre Seite. »Puh. Können wir eine Pause einlegen? Ich kann nicht mehr!«

»Was, jetzt schon?«, fragte er plump. »Aber wir sind doch noch nicht mal eine halbe Stunde unterwegs.«

»Ja, jetzt! Wann denn sonst? Ich hatte dir bereits beim Zug gesagt, dass ich nicht laufen will. Wir hätten auf die Rettung warten sollen! Aber nein, der Herr wollte ja.«

»Ist ja schon gut«, beschwichtigte er sie, »wir machen eine Pause.«

Es war das letzte, was Katharina von dem Gespräch mitbekam, und das Gehörte reichte ihr auch.

Zwei Stunden später fühlte auch sie sich vollkommen erledigt und hätte am liebsten eine Pause gemacht. Sie alle hatten den Weg und die unerbittliche Hitze unterschätzt. Ihre Locken klebten an ihrem Kopf, ihr Mund war ausgetrocknet, und ihre Schritte waren nur noch schleppend. Auf ihrem Arm trug sie einen zweijährigen Jungen, seine Eltern hatten die älteren Kinder auf den Schultern. Zu Beginn der Wanderung waren die Kleinen nicht zu bremsen gewesen und wild herumgerannt, begeistert von dem Abenteuer. Doch schnell wurde ihnen die Anstrengung zu groß, und ihr Geschwätz versiegte. Vor ihren Augen begann die Landschaft zu flimmern, und zuerst glaubte sie, sich die Türme nur einzubilden. Doch dann hörte sie freudige Rufe von der Spitze der Gruppe und sah die weißen Mauern von Évora vor sich. Sie hatten die Stadt endlich erreicht. Unerwartet nahm der Vater ihr sein Kind ab und zog mit einer unmenschlichen Verbissenheit an ihr vorbei. Auch er war sichtlich am Ende seiner Kräfte, dennoch begann er munter, seiner Familie vom See der sieben Farben in Bacalar zu erzählen, und sie meinte, dass es Heimweh war, das ihn immer weiter antrieb.

Arena d'Évora

»Danke«, sagte sie zu Ando, der Wasser für sie alle besorgt hatte.

Sofort öffnete sie die Flasche und trank gierig. Sie saß auf einem Drehstuhl in einem fensterlosen Büro einer Veranstaltungshalle, in der die Passagiere des Zuges untergekommen waren. Mittlerweile waren alle angekommen, die gelaufen waren, und einige von ihnen hatte man direkt ins nahegelegene Hospital geschafft. Der Rest lag erschöpft im Saal, separiert von ihr. Seit ihrer Ankunft in der Stadt hatten sie ihre Sicherheitsvorkehrungen nochmals verschärft. Eng gedrängt waren sie als riesiges Knäuel durch die Straßen gelaufen. Nenad hatte seinen schweren Arm schützend um sie gelegt und sie ungeduldig vorangeschoben. Ando hatte ihre andere Seite gedeckt, während Lucija vor ihr und die Polizistinnen hinter ihr hergelaufen waren. Auch jetzt blockierte Nenad mit seinem Rücken die Tür. Immer wachsam, genau wie Lucija, an die er sich wandte: »Ich werde uns einen Transport besorgen, der uns schnellstmöglich nach Lissabon bringt.«

»Nein!« Katharina sprang auf und verschluckte sich an ihrem Wasser.

»Sergeant, sie werden alle Fahrzeuge brauchen, um die restlichen Menschen zu evakuieren«, sagte Lucija und sprach damit das aus, was auch sie hatte sagen wollen. »Dort draußen sind immer noch Verletzte.«

»Genau!«, keuchte Katharina durch ihren Hustenanfall.

»Wir haben den Befehl, sie nach São Miguel zu bringen«, sagte Nenad zu Lucija und drehte Katharina den Rücken zu.

»Die Temperaturen klettern auf die vierzig Grad zu.« Wild nickend stimmte sie Lucija erneut zu, die sie ebenfalls nicht beachtete. Katharina bekam immer mehr das Gefühl, dass die beiden diese Diskussion schon zuvor geführt hatten und sie absichtlich ausschlossen.

»Hier ist sie nicht in Sicherheit!« Nenad bekräftigte seine Ablehnung mit einem Kopfschütteln.

»Wir bringen sie weg, sobald alle zurück sind«, sagte Lucija. Katharina war wütend, denn sie mochte es gar nicht, dass man über ihren Kopf Entscheidungen über sie traf.

Ando klopfte ihr helfend auf den Rücken, und endlich bekam sie wieder Luft. »Macht ihr, was ihr wollt, aber ich bleibe hier.«

»Das ist keine Verhandlungssache, wir haben einen Auftrag.«

»Den habe ich auch, und ich werde erst in ein Fahrzeug steigen, wenn ich dafür gesorgt habe, dass alle Ausreisewilligen rechtzeitig zum Übergangspunkt gelangen. Genauso wie diejenigen, die sich verabschieden müssen. Nur deswegen habe ich an der Völkervereinigung teilgenommen, und nur deswegen sind wir alle hier.« Entschieden stellte sie sich vor Nenad. Ihre Gedanken waren bei der Familie mit den drei Kindern, deren Vater von ihrer mexikanischen Heimat gesprochen hatte. »Lass mich durch.«

Als er nicht reagierte, schob sie ihn zur Seite und verschwand durch die Tür, keiner hielt sie zurück. Zur selben Zeit legte im Hafen von Lissabon ihr Schiff pünktlich nach São Miguel ab. Ohne sie an Bord.

50

Abschied der Welt

Marina de Ponta Delgada

Weiße Tauben erhoben sich in die Lüfte und verschwanden im wolkenfreien Himmel, der nahtlos ins Kristallblau des Wassers überging. Im Hafen schwenkten die Menschen goldene und blaue Tücher, als die letzten Schiffe ablegten. Eine Flut von Stimmen schwoll zu einem einzigen lauten Ruf des Abschieds an, in dem nicht zu unterscheiden war, wer weinte und wer einen Namen schrie. Es war der Ausdruck von Liebe, vom Land wie von See, ein Versprechen, die Teilung zu überdauern. Als ihre Rufe in der Ferne verklangen, folgten die Signaltöne der Nebelhörner und Glocken, bis der Hafen verschwand.

In V-Formation stach die Flotte in den Atlantischen Ozean, an ihrer Spitze die *RFA Argus*. Ein britischer Hilfsflugzeugträger, auf dessen Oberdeck Finn stand und eine Taube beobachtete, die ihr Köpfchen der Sonne entgegenstreckte. Der Start der weißen Vogelschar und das Glockengeläut hatten ihn an seine Hochzeit mit Katharina erinnert, die gefehlt hatte. Er war darüber informiert worden, dass es durch den Andrang auf die öffentlichen Transportmittel zu zahllosen Verspätungen auf den Reiserouten gekommen war. Wodurch einige Passagiere ihre Verbindungen verpasst hatten und erst kurz vor Ablegen an Bord der Schiffe gestürmt waren. Keine Kenntnis hatte er hingegen von dem verheerenden Zugunglück und davon, dass Katharina dadurch abwesend war. Der Angriff, der durch die Sekte der ›Kinder Babylons‹ verübt worden war, hatte zwar nicht die Sommersonnenwende verhindern können, aber die problematischen Reisebedingungen weiter erschwert. Bereits im Vorfeld hatte das Komitee zur Sommersonnenwende vor den Menschenmassen gewarnt, und das Verbot von touristischen Reisen war erlassen worden. Zudem sollten durch flächendeckende Kontrollen der Ausweisdokumente, in denen Ausreisewillige und ihre Angehörigen Stempel hatten, Touristen aussortiert werden. Doch dann kam eine zweite dringliche Warnung, diesmal von der FIA, die vor möglichen Anschlägen gewarnt hatte. Durch die Nachwirkungen des Weißen Gefechts und die bevorstehende partielle Öffnung des Tholus standen nur begrenzte Ressourcen zur Verfügung, wodurch Personal von den Passkontrollen abgezogen worden war, um sie stattdessen auf Patrouille zu schicken. Aufgrund der erhöhten Gefahrenlage hatte Finn versucht zu erreichen, dass Katharina statt mit der Promotiontour mit ihm gemeinsam reisen könnte. Als das missglückte, hatte er sich dafür eingesetzt, dass eine weitere Sicherheitskraft für ihren Schutz verpflichtet wurde. Sein Vorschlag, Sergeant Ginsberger dafür zu nehmen, war angenommen worden, und er war seitdem etwas beruhigter. Erst als er voller Anspannung vergeblich auf Katharinas Ankunft im Hafen gewartet hatte, war ihm klargeworden, dass er nicht nur besorgt um sie war, sondern sie schmerzlich vermisste. Nach nicht einmal vier Tagen, seit er sie das letzte Mal gesehen hatte, und gerade einmal zwei Monaten arrangierter Ehe.

Maxim kam, und seine schweren Schritte verscheuchten die Taube von der Reling. »Alles gut bei dir?«

»Ja, und selbst?« Finn behielt den Vogel im Auge, der zu einem nahegelegenen Mast geflattert war. »Wie geht es Stéphanie?«

»Es war sehr schwer für sie, für alle drei. So wie für alle, die sich heute für immer verabschieden mussten. Aber für meine Kleine war es besonders hart, ich habe sie noch nie so aufgelöst erlebt.« Dies war eine neuerliche Erinnerung an die Verbrechen seines Bruders, von denen er nun ein Teil war, an seine Mitschuld an dem Leid der Menschen, und deswegen kam er sich wie ein Heuchler vor, als er beteuerte: »Es tut mir ehrlich leid!«

»Ja, mir auch. Aber generell geht es ihr besser, seit Lene mit ihr gesprochen hat und sie beim ersten Ultraschall war.« Maxim grinste nun. »Ein gesunder zehn Millimeter großer Minimensch, ich kann es immer noch nicht fassen.«

Finn lächelte, als sein Freund vor Glück erstrahlte. »Glückwunsch, Mann! Jetzt musst du nur noch erwachsen werden.«

»Glaub es oder nicht, meine Mutter hat Ähnliches zu mir gesagt.« Maxim war offensichtlich verdutzt, und Finn lachte auf.

»Es wird alles gut werden, du hast ja noch Stéphanie.« Er klopfte ihm auf die Schulter, dann kam ihm ein neuer Gedanke: »Hey, was hat eigentlich Lene mit der Sache zu schaffen?«

»Stéphanie war wegen ihres Loyalitätstests seit Wochen beunruhigt, dann kamen noch mein Einsatz und der Stress dazu.« Maxim schüttelte den Kopf. »Na, jedenfalls, als ich dann mit Lene nach London gefahren bin, habe ich die Gelegenheit genutzt und ihr davon erzählt. Also davon, dass Stéphanie in der Schwangerschaft getestet worden war. Ich dachte mir: Wenn mir jemand sagen kann, was das für die Entwicklung des Babys bedeutet, dann sie. Kein anderer weiß mehr davon, und die einzige Aussage der Ärzte war, dass wir abwarten müssen. Stéphanie hat die Ungewissheit fertig gemacht und mich, ehrlich gesagt, auch. Aber egal, jetzt ist alles gut. Lene hatte mir die gesamte Fahrt über die Funktion der Syn und deren Einfluss auf den Körper erklärt. Sehr viel verstanden habe ich zwar nicht, aber zum Glück hat sie auch noch mal ausführlich mit Stéphanie gesprochen. Das hat geholfen, und dann kam die Bestätigung bei der Untersuchung. Seither ist alles besser, und das nur wegen Lene. Ich weiß, du magst sie nicht, und es stimmt, sie wirkt kühl, aber ich bin ihr sehr dankbar.«

»Gut, das ist gut.« Finn wusste nicht, was er dazu sagen sollte, das alles war vollkommen neu für ihn. Vor dem Ausrücken hatten alle Einsatzkräfte durch die Syn getestet werden sollen. Der Befehl war erteilt worden, um Verräter zu entlarven, und er hatte auch für die Zivilisten gegolten. Doch als Maxim ihm nach dem Krieg die frohe Nachricht von Stéphanies Schwangerschaft überbracht hatte, war er automatisch davon ausgegangen, dass man Stéphanie nicht getestet hatte. Schließlich hatte es ihm Alice selbst gesagt: Kinder und Schwangere waren vom Loyalitätstest ausgeschlossen. Aber in den Wirren des ausbrechenden Krieges war alles sehr schnell gegangen. Vielleicht war Stéphanie deshalb durchgerutscht, oder sie war nicht informiert gewesen oder hatte selbst noch keine Ahnung von der Schwangerschaft gehabt. Alles Möglichkeiten. Aber wie es auch immer dazu gekommen war, es hieß, dass Stéphanie den Test gemacht und bestanden hatte. Somit war sie unmöglich Alé, und es blieben nur zwei Alternativen übrig. »Zum Glück war Lene da«, fügte er zu seiner vorigen Aussage hinzu, bevor er beiläufig fragte: »Weißt du eigentlich, warum sie nach London gereist ist?«

»Wegen der Auslieferung der Syn an die anderen Sektoren. Lene hat jedes einzelne Gerät noch einmal höchstpersönlich überprüft, nur um völlig sicher zu sein, dass sie einwandfrei funktionieren. Tag und Nacht soll sie damit beschäftigt gewesen sein, hat keinen anderen vom ICN rangelassen. Selbst die Verpackung und der Abtransport wurden von ihr überwacht.« Maxim schaute auf die Weite des Meeres. »Damit haben wir eine echte Chance, die Exesor zu finden, meinst du nicht auch?«

»Ja, wenn jeder Sektor mit der Technik der Syn ausgestattet ist.« Im Gedanken ergänzte er: und wenn sie reibungslos funktioniert, nicht wie bei mir. Doch der Ausfall war eine Ausnahmesituation gewesen, die möglicherweise auch die Testergebnisse von Tammo und Alise verfälscht hatten. Aber mal abgesehen davon, hatte er keinerlei Zweifel an der Effektivität der Syn, die eine sektorweite Befragung der Bevölkerung erst möglich gemacht hatte. Und nur wegen Lenes Engagement auch bald in der restlichen Welt zum Einsatz kommen würde. Niemand würde sich mehr lange vor der Syn und der Wahrheit verstecken können.

»Übrigens, ich habe getan, worum du mich gebeten hattest.« Maxim zog einen Briefumschlag aus der Innenseite seiner Jacke und übergab ihn ohne weitere Worte.

Finn warf einen Blick auf seinen Freund, der sich betont weit über die Reling gebeugt hatte und keine Anstalten machte, Fragen zu stellen. In seinen Händen hielt Finn die Auswertung seines illegalen Vaterschaftstests von Alises Sohn Jamey und seinem Bruder. Noch bevor er den Brief öffnete, glaubte er, das Ergebnis bereits zu kennen. Kurz danach sah er die Bestätigung schwarz auf weiß: Vaterschaft von James Evans zu Jēkabs Mauriņa nach zweifacher Testung ausgeschlossen. Er faltete das Papier wieder zusammen und ließ es seinerseits in der Jacke verschwinden. Es war, wie er es erwartet hatte: Alise war nicht Alé. Keine der drei Frauen war es. Seit langem hatte er es bereits geahnt, jetzt war er sich sicher. Er war die ganze Zeit einem Phantom nachgejagt.

Einen flüchtigen Gedanken warf er auf die verbliebenen Spuren, die ihn möglicherweise doch noch zu Jamie führen könnten. Nagib Amin, der das grundsätzliche Konzept zur Völkervereinigung verfasst hatte, konnte er ausschließen. Bei der Recherche zu ihm hatten sich keine Hinweise auf eine Verbindung zu Jamie ergeben, geschweige denn seine einstige Vermutung bekräftigt, dass der Ägypter seinen Tod fingiert hatte. Auch seine gesammelten Informationen zur Abgeordneten Niobe Basdeki hatten ihn nirgendwohin geführt. Abgesehen von einer nicht belegten Schmiergeldaffäre in den 90ern, war ihre Karriere makellos verlaufen. Ihr Vorschlag zur Verordnung zur Völkervereinigung hatte ihr die Schirmherrschaft über das Projekt eingebracht und die zweifelhafte Ehre, bereits durch die Syn getestet zu sein. Übrig blieb die ›zweite Auswahl‹ - sieben weitere potenzielle Kandidatinnen für die wahre Identität von Alé –alles Einzelkinder zwischen Mitte zwanzig bis Anfang dreißig, die er aber schließlich auch aussortiert hatte, weil der Rest nicht passte. Finn glaubte nun nicht mehr daran, dass er so die Freundin seines Bruders finden würde. Er gestand sich ein, dass es sinnlos war. Jamie war verschwunden und würde, wie schon immer, auftauchen, wenn es ihm passte. Vielleicht zusammen mit Alé, aber vorerst blieb er für ihn unerreichbar.

Ihm gegenüber sprang ein Bildschirm an, der Ton war ausgestellt, daher liefen die Untertitel. Katharina lächelte ihm strahlend zu, als ein Zusammenschnitt alter Bilder von ihr als

AP abliefen. Als die Vorschau endete, war Morten Sørensen zusehen, wie er vor ihrem Haus in Sablon den Loyalitätstest bei ihr durchführte. Diese Aufnahme konnte nur am Morgen vor ihrer Abreise gemacht worden sein. Bei den Fragen wirkte Katharina, als wäre sie in Gedanken weit weg und etwas bedrückt, aber nicht ängstlich. Nach der dritten Antwort reichte Morten ihr freudig die Hand und wandte sich der Kamera zu, um einen seiner Monologe zu halten.

»Auf der wäre ich jetzt auch gerne.« Maxim stieß ihm leicht in die Rippen und zeigte auf eine gut fünfzehn Meter lange schwarze Yacht, die in entgegengesetzter Richtung an ihnen vorbeipreschte. »Oh ja, eine kleine Spitztour damit, würde meiner Kleinen sicher gefallen.«

Finn drehte sich nur kurz um, dann wandte er sich wieder dem Bildschirm zu. Katharina war erneut zu sehen. Diesmal hatte sie Tränen in den Augen, als sie ihn am Gleis des Gare de Bruxelles-Central verließ.

»Brumm. Brumm. Brumm«, machte Maxim wie ein kleines Kind ein Motorengeräusch nach und wurde immer lauter, während er ein unsichtbares Lenkrad in seiner Hand drehte. Bis ein langgezogenes Signal ertönte und ihre Einheit aufgerufen wurde. Sofort würgte er den eingebildeten Motor ab. »Der alte Käpt'n ruft uns ans Ruder! Zeit, sich Poseidon zu stellen.«

»Ja, die Pflicht ruft«, stimmte Finn ihm zu. Ein Windstoß kam, und das Täubchen breitete seine Flügel aus, wie die Yacht steuerte sie den Hafen an. Er wäre ihr am liebsten gefolgt.

Hafen von Lissabon, 20.06.001 n. EB

Eine Brise wehte über den Tejo auf die Anlegestelle, auf der eine Siebenergruppe sich nach der Hitze des Tages in der Abendsonne ausruhte. Im Hafen lagen keine Schiffe vor Anker, die für eine längere Fahrt taugten, doch trotzdem rührten sich die Wartenden nicht vom Fleck. Sie verharrten geduldig, seit Stunden, ohne dass sich etwas an der Situation änderte.

In ihrer Mitte saß Katharina, in sich gekehrt, auf ihrem Koffer und blickte in den dunkler werdenden Himmel. Daher entging ihr der hagere Mann, der zügig von Bord einer riesigen Yacht stieg. »Katharina Evans! Sie faules Stück. Sie Nichtsnutz, Sie sollten ausgepeitscht und an den Pranger gestellt werden.« Mit erhobenem Stock trat der Mann wetternd auf sie zu. »Wie können Sie sich hier sonnen, während der Rest …«

Weiter kam er nicht, denn Lucija drückte ihn vehement zu Boden, bevor Katharina ihn überhaupt wahrgenommen hatte. Zwar hatte Lucija am weitesten von der Gruppe entfernt gestanden, aber als der schwarzgekleidete Mann sich wütend genähert hatte, war sie ihm unauffällig entgegengegangen. Als er den Stock erhob, sprintete sie los und riss ihn kurz danach mit Wucht von den dünnen Beinen. Seinen mattschimmernden Gehstock hatte sie ihm dabei elegant abgenommen und verwendete ihn nun gegen seinen Besitzer.

»Wie können Sie es wagen, wissen Sie nicht, wer ich bin? Nehmen Sie ihre Hände von mir, und lassen Sie mich augenblicklich los«, rief Arvo brüskiert aus, aber Lucija rührte sich nicht. Katharina, die ihn jetzt erst erkannte, schob sich an Nenad vorbei. Dieser hatte die Hände warnend erhoben, um dem tobenden Arvo zu signalisieren, dass er sich zu beruhigen hatte. Im Gegensatz zu Lucija kannte er ihn und hatte ihn daher nicht als ernsthafte Bedrohung angesehen. Arvo, mittlerweile zitternd vor Zorn, sprach weiter, wobei seine Stimme etwas quiekte: »Wer ist diese Verrückte? Ich verlange sofort Auskunft!«

»Lucija Ginsberger, ich darf vorstellen: Villem Arvo Tamm«, sagte Katharina vornehm und kam damit seiner Bitte nach einer Vorstellung nach, die doch recht ungewöhnlich für seine Lage erschien. »Lucija ist Sergeant in der Heimatschutzbehörde der Europäischen Alliance. Arvo ist der Inszenator der Völkervereinigung, und wir verdanken ihm unsere Tickets für die Reise hierher.«

»Tun Sie doch was! Sagen Sie ihr, sie soll mich loslassen«, rief er Paolo zu, der mit herunterhängenden Schultern an seinem Koffer lehnte und jetzt große Augen machte.

»Lucija, würdest du ihn loslassen?«, fragte stattdessen Katharina höflich. Es war ihr schon zuvor aufgefallen, dass Arvo zwar auf dem

Boden lag und Lucija ihn festhielt, aber sie keinen Druck ausübte.

Sogleich ließ Lucija von ihm ab, und er erhob sich unbeschadet, woraufhin sie ihm seinen Zierstock hinhielt, als wäre nichts geschehen. Entrüstet schnappte er ihn und strich sich mit einem schwarzen Einstecktuch vorsichtig den Staub ab. Zum ersten Mal fiel Katharina auf, dass er immer dasselbe Ensemble trug. Tiefschwarze Maßanzüge mit Hemd und Krawatte in derselben Farbe sowie ein variierendes schwarzes Accessoire. So wie der Stock heute, den er tunlichst an seiner Seite hielt.

Mit hochgezogenen Augenbrauen blickte Lucija ihn an, dann ging sie an Katharina vorbei und stellte sich hinter sie. Im Vorbeigehen sagte sie in ihr Ohr: »Grüße vom Captain, er hat mich gebeten, den großen Inszenator bei Gelegenheit in seine Schranken zu weisen.«

»Ähm, danke«, flüsterte sie zurück. Perplex auch darüber, dass Lucija mit Finn bekannt war, obwohl es ihre Anwesenheit erklärte.

»Maʼam Evans«, sagte Arvo mit schwach unterdrückter Wut und machte ungeduldig auf sich aufmerksam.

»Wie kann ich Ihnen behilflich sein?«, antwortete sie honigsüß und schämte sich etwas für ihre Schadenfreude.

»Werden Sie mich zu den Steilklippen bei Fajã Grande begleiten? Ich habe aufgrund Ihrer späten Ankunft umdisponiert und würde wollen, dass Sie auf Flores ihrer Pflicht nachkommen. Und zwar jetzt sofort!« Bei dem herablassenden Tonfall, den er erneut angeschlagen hatte, war ein Knurren von Lucija zu hören. Er zuckte leicht zusammen, und durch seine Lippen presste sich ein weiteres Wort, an dem er beinahe zu ersticken schien: »Bitte.«

Zu den Steilklippen, schoss es ihr durch den Kopf, und Erregung wallte in ihr auf. Der westlichste Punkt in Europa, von dem sie den Übergangspunkt ZULU und die partielle Öffnung sehen würde. Finn und ihre Familie, alle zum Greifen nah. Ihr Herz jubelte, doch als sie ihm antwortete, ließ sie sich davon nichts anmerken: »Na dann, lassen Sie uns aufbrechen.«

Bei ihrer Abfahrt kurz danach mit der imposanten Yacht blickte sie auf die Stadt Lissabon zurück. Überall flackerten Kerzen auf, wurden durch die Straßen getragen oder in den Fenstern platziert, so wie im gesamten Sektor. Ein jedes Licht stand für eine Seele, die in der heutigen Nacht verloren ging oder die der Tholus bereits genommen hatte.

Atlantik vor Flores, 20.06.–21.06.001 n. EB

Nach ihrem Aufbruch aus São Miguel hatten sich der Flotte um die RFA Argus weitere Schiffe aus anderen Häfen angeschlossen. Gemeinsam fuhren sie über den Rand der Eurasischen Platte hinweg auf Nordamerika zu. Hinter Flores löste sich die Formation auf, und während die anderen abwartend zurückblieben, steuerte die Argus weiter auf die Gefahrenzone zu. Einsam und in zehn Meilen Sicherheitsabstand vor dem Tholus ging sie vor Anker. Funkstille war befehligt worden und Ruhe eingekehrt. Von der Brücke über das Deck, bis hinunter zu dem schiffseigenen Krankenhaus war kein Laut zu hören. Hundertfünfzehn Seeleute und noch mal dieselbe Anzahl an HEA-Soldaten harrten einsatzbereit aus, als die letzten Minuten des Tages schweigend vergingen.

Mitternacht kam und ging. Nichts rührte sich. Sanft schlugen die Wellen an den Rumpf der Schiffe, es war das einzig vernehmliche Geräusch, bis auch das Rauschen des Meeres versiegte. Nur für einen Moment, dann geschah alles kurz hintereinander. Heulend kam Wind auf, der sich ruckartig zu einem kreischenden Sturm steigerte. Aus der Tiefe erhob sich ein bedrohliches Grollen, und die ruhige See verwandelte sich in ein tosendes Meer. Mit enormer Geschwindigkeit und entgegen der Windrichtung traf eine turmhohe Welle auf die Steuerbordseite der Argus. In zwanzig Metern Höhe zerschmetterte sie Fenster, spülte über Deck und brachte das Schiff gefährlich ins Schwanken. Von Bug aus erschallte ein Krachen, schrecklicher als alles zuvor. Gefolgt von einem kerzengeraden, blutroten Blitz, der die Schwärze der Nacht entzweiriss. Rasend schnell bewegte er sich auf die Wasseroberfläche zu, bis er sie knallend durchdrang. Rotes Licht blendete auf, bevor sich der Tholus teilte wie ein Vorhang. Sogleich ebbte der Wind ab, und das Meer kam zur Ruhe.

Das Tor für die letzte Wanderung der Menschheit war geöffnet.

51

Ode an die Freiheit

Übergangspunkt Zulu, 21.06.001 n. EB

Neben der RFA Argus befand sich ein zweiter Flugzeugträger, die weitaus größere USS Gerald R. Ford. Parallel zueinander lagen sie auf halber Strecke in dem vorübergehenden Korridor, den die Sommersonnenwende geschaffen hatte. Miteinander verbunden durch zwei Stahlbrücken, mit deren Hilfe der Austausch stattfand. Um sie herum schipperten in dem zweihundert Meter breiten Durchgang gut ein Dutzend Forschungsschiffe, zudem ein schwer bewaffneter Kreuzer und mehrere Tenderboote. Während die Wissenschaftler versuchten, neue Erkenntnisse zum Kraftfeld zu erlangen, fand auf dem Kriegsschiff ein Gipfeltreffen der Staats- und Regierungschefs beider Sektoren statt. Unterdessen wurden die Motorboote für den Transport der Passagiere zwischen den Flugzeugträgern und den außerhalb liegenden Schiffen eingesetzt. Angesichts der

Völkerwanderung war auf die mittlerweile unnützen Kampf-flieger verzichtet und das lange Hauptdeck der Argus in zwei Abschnitte für die Ein- und Ausreise eingeteilt worden. Für die Einreisenden hatte man eine Sicherheitsschleuse ähnlich wie vormals am Flughafen eingerichtet, nur mit dem Zusatz der Syn. Zum Grenzübertritt war es für jeden verpflichtend, sich einem angepassten Loyalitätstest zu stellen und Fragen zu Excidium Babylon zu beantworten. Gleiches galt für die Ausreisewilligen, diese hatten die Sicherheitskontrollen bereits vor dem Anbordtreten durchlaufen müssen.

Ein ständiger Menschenstrom war zu sehen, bepackt mit dem wenigen Hab und Gut, das jeder von ihnen hatte mit-nehmen dürfen. Am Rande der emsigen Betriebsamkeit standen HEA-Soldaten in schwarzen Kampfanzügen und mit Helmen, sie alle hielten ihr Maschinengewehr fest vor der Brust. Wie Salzsäulen flankierten sie die Durchgänge und wurden wenig von den Menschen beachtet, die sich erschöpft und abgezehrt an ihnen vorbeischoben. Nur ein großer blonder Mann mit durchdringendem Blick, der jeden einzelnen Einreisenden genaustens musterte, schüchterte sie ein. Bedrohlich wirkte er, daher zogen viele die Köpfe ein und eilten schnellstmöglich an ihm vorbei.

Es schlug Mittag. Halbzeit, und Finns Gesicht verdüsterte sich weiter, denn der Name Frey war weder auf den Einreiselisten aufgetaucht, noch war ihm Katharinas Familie untergekommen.

Nun liefen die letzten zwölf Stunden zur Überquerung des Tholus ab.

Flores Faja Grande, 21.06.001 n. EB

Ein penetranter Pfiff tönte zu ihr herüber, und Katharina drehte sich um. Mit den Armen fuchtelnd, zitierte Arvo sie zu sich. Weg von dem schönen Aussichtspunkt oberhalb von Faja Grande, den sie sich gesucht hatte. In den letzten Stunden hatte sie an der Spit-ze des kleinen Plateaus gestanden und unermüdlich das Treiben auf dem Meer beobachtet. Mit dem Einbrechen der Nacht hatten sich die Schiffe in leuchtende Perlen auf der schwarzen See verwandelt, kaum zu unterscheiden vom Nachthimmel. Mittlerweile aber waren die Sterne wie die meisten Schiffe verschwunden. Einzig der Kreuzer und die Flugzeugträger waren in dem Korridor zurückgeblieben, der sich bald schließen sollte.

»Mistress Evans, kommen Sie bitte, wir wollen anfangen.«

Arvo hatte eine seiner Assistentinnen zu ihr geschickt, er selbst hatte Höhenangst und traute sich nicht näher an die Steilkante heran. Ein weiteres Plus ihres Aussichtspunktes, und sie schüttelte den Kopf.

Da sie ihrer Aufforderung nicht nachkam, gesellte sich die Frau zu ihr. »Wonach halten Sie denn noch Ausschau? Die Schiffe sind doch schon auf sicherem Kurs in ihre Häfen.« Keine Antwort folgte, daher blickte auch die Assistentin hinaus auf die letzten erkennbaren Lichter auf dem Meer. »Machen Sie sich Sorgen, weil der Flugzeugträger weiterhin in der Schleuse ist? Wollen Sie deshalb hierbleiben? Glauben Sie, dass Ihre Familie mit an Bord ist?«

In ihrer Fragerei war keine Spur Neugier zu erkennen, die junge Frau schien aufrichtig mitzufühlen, daher antwortete Katharina ihr diesmal: »Sollte mal etwas nach Plan gelaufen sein, dann befindet sich meine Familie mit den restlichen Zivilisten auf einem der Passagierschiffe. Doch Finn ist weiterhin dort draußen, und bald schließt sich der Tholus.«

Eine Pause wie eine Schweigeminute folgte, dann begannen sich die drei leuchtenden Punkte auseinander zu bewegen. Viel später als geplant nahmen sie schnell Fahrt auf, um ausreichend Abstand zum Kraftfeld zu gewinnen.

»Sehen Sie? Die Schiffe steuern aus der Gefahrenzone heraus, jetzt können Sie beruhigt sein.« Katharina hatte es ebenfalls entdeckt und nickte. »Nun kommen Sie, Liebes. Auch von hier haben Sie eine gute Sicht, und wenn die Veranstaltung beendet ist, bringe ich Sie zum Hafen. Versprochen! Aber kommen Sie doch bitte kurz mit zu den anderen.«

»In Ordnung, mach ich. Aber sobald der Tholus geschlossen ist, reisen wir ab! Mir egal, ob das dem werten Herrn Inszenator passt oder nicht.« Nickend und mit dem Arm um ihre Taille führte sie die Assistentin zu der festlich gedeckten Tafel, wo der Rest des geladenen Publikums sich flüsternd miteinander unterhielt. Katharina war nicht interessiert an irgendeinem Gespräch und unternahm keinen Versuch, sich zu beteiligen. Stattdessen begann sie, sich mit einer Kerze zu beschäftigen. Unauffällig tauchte sie ihre Fingerkuppen in ihr Wasserglas, um dann Daumen und Zeigefinger in der Mitte der Flamme kurz zusammenzudrücken. Danach wiederholte sie das Spielchen in schneller Abfolge mit ihren anderen Fingern, wobei sie sich angespannt umschaute. Arvo stand mit dem Stehgeiger fernab seiner eigenen Veranstaltung bei den Schaulustigen, einer bunten Gruppe, die auf selbst mitgebrachten Stühlen oder Decken saß und die Sommersonnenwende verfolgte. Mit dem Dirigenten hatte das gesamte Orchester die Bühne verlassen, und sie waren mit ihren Instrumenten nicht mehr zu sehen. Alles sah danach aus, als wäre die Veranstaltung beendet, und sie fragte sich, warum sie zu ihrem Platz hatte zurückkehren müssen. Anstatt nachzufragen, blickte sie zurück zum Meer – bis ein Kind mit kastanienbraunem Haar singend an ihr vorbeilief. Wie die Nachtigall zwitscherte das Mädchen ein nächtliches Lied, dessen Text leidvoll und zu traurig war für ihr junges Alter.

I'm all alone. My heart is shattered. My soul is broken.
Darkness surrounds my lonesome life.
Forsaken; the world is missing.
My loneliness is all I have.

Mit ihrem kleinen Ständchen zog sie alle Aufmerksamkeit auf sich, während sie an den runden Tischen vorbeischlenderte. Ihr Weg führte sie zu den Schaulustigen, wo sie sich in der Nähe der Klippe zu einem alten Mann setzte, und ihr Gesang erstarb.

Atlantik vor Flores

Auf der RFA Argus flogen unaufhörlich die Funken, als Seeleute notdürftig die Sturmschäden flickten, die bei der Öffnung des Tholus entstanden waren. Unterdessen überwachten die Soldaten die provisorische Unterbringung der zuletzt eingetroffenen Einreisenden, die mit an Bord waren. Der ursprüngliche Plan hatte zwar vorgesehen, dass nur die Streitkräfte bis zum Schluss auf dem Flugzeugträger zurückbleiben sollten, doch der Transfer zwischen den Sektoren hatte längere Zeit in Anspruch genommen als geplant. Zu verschulden hatte das die Auslieferung der Syn und weiterer Handelsgüter, denn der Transport der sperrigen Container hatte den Reiseverkehr zwischenzeitlich zum Erliegen gebracht. Als sich die immense Verzögerung abgezeichnet hatte, hatte der Admiral alle Flottenschiffe zu den Häfen zurück befohlen, die nicht zwingend bis zuletzt gebraucht wurden. Diese Sicherheitsmaßnahme war notwendig gewesen, denn es war zu erwarten, dass bei der Schließung des Tholus ebenfalls extremer Seegang und Sturm aufkommen würden. Ein Kaventsmann, wie in der letzten Nacht, konnte mit so viel Kraft aufprallen, dass die tobende See kleinere Schiffe leicht in die Tiefe riss. Selbst für die kolossalen Flugzeugträger stellten derlei Wetterverhältnisse eine enorme Gefahr dar. Der Kapitän der weitaus langsameren Argus hatte daher unverzüglich die Gangway einholen lassen und die Anker gelichtet, nachdem der Austausch beendet war. Mit höchster Geschwindigkeit hatte er sein Schiff in Bewegung gesetzt, während die meisten der unvorhergesehenen Passagiere schleunigst in die unteren Schiffsteile evakuiert worden waren.

Finn tauchte auf dem Hauptdeck auf, er war die letzten Stunden im Hangar eingesetzt gewesen. Jetzt füllte frische Nachtluft seine Lungen, und er schmeckte den salzigen Geruch der See, als er das Flugfeld überquerte. Er war nicht weit vom Treppenaufgang entfernt, da kam die Durchsage, dass sich jeder umgehend auf seinen Posten einzufinden hätte. Für ihn hieß das zurück unter Deck, doch er entdeckte Maxim und entschied sich schnell, einen anderen Weg zurück zu nehmen.

»Gibt mir ein Update. Wie ist der Stand?«, fragte er und nahm ein Stapel beidseitig bedruckter Papiere von seinem Freund entgegen.

»Wir haben es vier Minuten vor 0000«, las Maxim von seiner Uhr ab, während sie zusammen auf das mehrstöckige Deckshaus zumarschierten. »Der alte Kahn macht über einundzwanzig

Knoten, denn der Kapitän lässt alle Maschinen auf maximaler Umdrehung laufen.«

»Werden wir die Sicherheitszone rechtzeitig erreichen?« Mit Blick auf die stummen Signalleuchten, die überall mit rotem Licht ihre Kreise drehten, und in Anbetracht der laufenden Evakuierung bezweifelte er es.

»Laut Bootsmann werden wir die berechnete Gefahrenzone vor der Schließung des Kraftfelds verlassen. Dennoch soll davor das Deck gesichert und geräumt sein.«

»Warum sind dann noch Zivilisten hier?« Finn hielt neben einer Menschenmenge an, die auf dem Deck unterhalb der Kommandobrücke verteilt war. Bei ihnen stand Delta Troop One, die Einheit, welche die Aufgaben von Finns Team beim letzten Wachwechsel übernommen hatte.

»Um endlich ablegen zu können, haben sie die letzten fünfzig Einreisenden so durchgewunken. Dadurch hat keine Überprüfung durch die Syn stattgefunden, und den Test jetzt durchzuführen, ist zu riskant. Doch ohne Sicherheitsfreigabe gelten sie als potenzielle Bedrohung für das Schiff, daher durften sie bislang nicht unter Deck. Erst jetzt wurde entschieden, dass sie unter Bewachung im Hospital unterkommen. Für sie wird extra ein Teil geräumt, damit sie separiert vom Rest sind und keiner der Kontrolle entgeht. Ihre Verlegung sollte jetzt jeden Moment starten.«

»Wurden bereits ihre Personalien aufgenommen?«, fragte Finn und hielt Maxim vom Weitergehen ab.

»Ja, sie sind in den aktualisierten Einreiselisten aufgeführt.« Maxim deutete auf die Papiere in Finns Hand. »Unsere Aufstellung weicht erheblich von den zu Beginn gemeldeten Einreisenden ab. Es gab sowohl Differenzen bei den Namen, Nationalitäten wie der angegebenen Personenanzahl. Dort drüben scheint die letzten Monate ein noch größeres Chaos geherrscht zu haben als bei uns. Andererseits schaffen es unsere Leute nicht einmal mehr, mir eine alphabetisch sortierte Liste auszuhändigen. Deshalb wollte ich gerade zurückgehen, um einen neuen Ausdruck zu verlangen, doch da habe ich dich entdeckt.«

Auch Finn war das bereits aufgefallen, so fuhr sein Finger langsam über jeden einzelnen Namen auf der Liste. »Schon gut, wir haben keine Berechtigung, irgendeinen Ausdruck zu verlangen. Hoffen wir einfach, dass dieser wenigstens vollständig ist.«

Maxim stellte sich neben ihn und lugte mit auf die Liste, während um sie herum ein Fangspiel begann. Eine Bande von vier Kindern rannte lachend auf und ab, einer quetschte sich sogar ungestüm zwischen ihnen durch. Mit einem strengen Pfiff, erhobener Faust und harten Worten beendete ein Sergeant die Angelegenheit. Ein weiterer Soldat rief die Wartenden zusätzlich zur Ordnung. Sofort sammelten die Eltern ihre ausgebüxten Kinder ein.

»Ich habe die Listen vorhin schnell überflogen, dabei ist mir der Name Frey nicht untergekommen. Tut mir leid, Mann«, raunte Maxim ihm zu, doch Finn hatte die Papiere in seiner Hand bereits völlig vergessen. Er beobachtete den kleinen Jungen, der sich bei ihnen durchgezwängt hatte und der seinem Vater auf bemerkenswerte Weise glich. Beide hatten ein rundes Gesicht mit rotbraunem Kraushaar und trugen eine Brille auf der schmalen Nase. Mit seinem Sohn im Schlepptau ging der Mann zur Reling, wo eine Frau mit stolzen Zügen und kurzen schwarzen Haaren wartete. Ihre Statur war die eines Kindes, klein und ohne jegliche Rundungen. In ihren dünnen Armen hielt sie ein Mädchen in demselben Alter wie der Junge, wiederum eine Miniausgabe des Vaters. Bei seiner erzwungenen Ankunft gestikulierte der Bursche, weiterspielen zu wollen, doch beide Eltern schüttelten vehement den Kopf. Als der Sohn nicht aufgab und sogar seine Schwester anstachelte mitzumachen, stimmte die Mutter ein Finn bekanntes Lied an.

Flores Faja Grande

Eine ähnliche und doch ganz andere Szene spielte sich am Rande von Flores ab, denn erst vor wenigen Momenten hatte die junge Sängerin ihr trauriges Lied beendet. An ihrer statt, fing der alte Mann an zu singen, als würde er sie mit fröhlicheren Klängen in den Schlaf wiegen und so ablenken wollen von ihrer Schwermut. Seine Stimme, tief und klar, stieg empor, erhob sich allein über die Klippen. In der Art eines überlieferten Volksliedes erzählte es von einer in der Welt verteilten Familie. Es war ein Wunschbild der Menschheit, geeint als Brüder und Schwestern, in der Zeit vor dem Tholus. Wie zufällig stieg von irgendwo leise eine Sopranistin ein, flocht Worte vom Babylon-Manifest in die Erzählung des alten Mannes ein. Seine sonore Bassstimme verlor sich langsam, als Zupfinstrumente, versteckt in der Menge, hinzukamen und das Tempo allmählich erhöhten. Die sanfte Melodie, wie ein kleines Bächlein, verwandelte sich in einen Fluss, der eine reißende Stromschnelle passierte. Wortlos beschworen sie den Tag von Excidium Babylon hinauf, erweckten das Grauen von damals mit einem Paukenschlag zu neuem Leben. Leicht verändert wiederholte die Sopranistin nun den Refrain der kindlichen Sängerin:

Ich bin mutterseelenallein. Mein Herz ist zersplittert.
Meine Seele zerbrochen.
Dunkelheit umgibt mein einsames Leben.
Verblassen; sich der alten Tage entsinnen.
Meine Erinnerung ist alles, was mir bleibt.

Eine Altstimme übernahm, führte sie mit ihrem Gesang weiter durch die jüngste Vergangenheit. Erneut ließ sie die Kälte von Triduum Nox aufkommen, die erste große Dunkelheit, nachdem die Offensive Libertas kläglich gescheitert war. Im mehrstimmigen Chorgesang erschallten die Schreie der Schwarzen Revolution, bis ein stimmgewaltiger Solist sie durchbrach und ihr Aufbegehren erstickte. Nun schlug das Lied eine neue Richtung ein. Majestätisch besang er in seinem Solo die Gründung der Europäischen Alliance als die Geburt einer großen Nation.

Noch lieblicher wurde die Melodie, als ein Streichquartett einsetzte, sie spielten die vertrauten Klänge der Völkervereinigung, wie zuvor bei den Hochzeiten. Doch das friedliche Zwischenspiel währte nur kurz, denn die Jagd der Heimatschutzbehörde auf die Exesor begann. Musik, wie gemacht zur Hatz, ertönte, untermalte die Mission Schwarzer Stein und die dritte Verhaftungswelle. Erneut erklang der Refrain, diesmal von einem weichen Tenor vorgetragen und wiederum leicht verändert:

> *Ich bin mutterseelenallein. Mein Herz ist zersplittert.*
> *Meine Seele zerbrochen.*
> *Dunkelheit umgibt mein einsames Leben.*
> *Ersehnen; die Zukunft ändern.*
> *Meine Hoffnung ist alles, was mir bleibt.*

Es folgte ein harter Bruch, bevor sie den Verrat von Silan Conti und das Weiße Gefecht vertonten. Totenklänge durchdrangen die Stille, wurden zu einer kalten Leere, die in der Verzweiflung von Verus Nox gipfelte. Jene zweite Dunkelheit war greifbar in diesem Moment, auf den eine weitere kurze Unterbrechung folgte.

Als dann eine versierte Opernsängerin das Lied fortsetzte, besang sie einen glorreichen Sieg der EA über die Abtrünnigen und ihren Grauen General. Nur das Spiel eines einzelnen Geigers honorierte die herben Verluste, die der Krieg den Menschen abverlangt hatte. Es war das Gleiche wie zum Volkstrauertag, und Katharina sah den Cimetière du Dieweg deutlich vor sich. In ihrem Geist durchlebte sie wieder, wie die purpurroten Weidenröschen in Tammos Grab fielen, während die Sängerin ihre Arie kraftvoll mit dem Refrain beendete:

> *Ich bin mutterseelenallein. Mein Herz ist zersplittert.*
> *Meine Seele zerbrochen.*
> *Dunkelheit umgibt mein einsames Leben.*
> *Erstarken; wir halten zusammen.*
> *Mein Mut ist alles, was mir bleibt.*

Ihre Stimme und die Instrumente verhallten. Langsam kam ein einfaches, aber stetiges Trommeln auf. Eine Hand auf einer schweren Holzkiste gab einen neuen Takt vor, stimmte aber keine Strophe an. Langsam gesellten sich weitere Trommler hinzu, klatschten, stampften oder hämmerten auf alle greifbaren Gegenstände ein. Ein tiefes Brummen setzte ein. Es diente als Lückenfüller, während sie abwarteten, bis das gesamte Publikum sich ihnen anschloss. Als sie es taten, begann die letzte Strophe über die Völkerwanderung. Dabei erinnerte dieser Teil an ein altes Seemannslied, und viele der Zuschauer sangen den Text gleich mit.

Sogleich fiel Katharina auf, dass auch dieser Abschnitt ihr bekannt vorkam. Zwar waren ihr die Worte nicht im Gedächtnis geblieben, aber sie war sich sicher, dass eine Truppe von Straßenmusikern es in Évora musiziert hatte. Das war kein Zufall, denn Arvo hatte für alle großen Ereignisse der letzten Monate eine eingängige Strophe komponieren lassen. Jedes einzelne Teilstück seiner Komposition war im Vorfeld bei der entsprechenden Veranstaltung präsentiert worden oder dezent im Hintergrund der Berichterstattung über die Informationsplattformen gelaufen. Es hatte dazu gedient, dass die Menschen im Sektor eine Verbindung zwischen der Musik und dem Geschehenen herstellten, wodurch ihre Emotionen in die gewünschte Richtung gelenkt wurden. Es war eine geschickte Manipulation, um die Geschichte zugunsten der EA umzuschreiben und eine überaus effektive Beeinflussung der breiten Bevölkerung. Genauso wie es jetzt half, den Anschein zu erwecken, dass es sich um einen spontanen Auftritt handelte und nicht um eine seiner Inszenierungen.

Ein letztes Mal stimmten die Musiker in das Lied ein. Abermals trug das junge Mädchen den ursprünglichen Refrain vor:

Ich bin mutterseelenallein. Mein Herz ist zersplittert.
Meine Seele zerbrochen.
Dunkelheit umgibt mein einsames Leben.
Verlassen; die Welt ist verschwunden.
Meine Einsamkeit ist alles, was mir bleibt.

Bevor sie endete, wiederholte die Opernsängerin die ersten Worte des Refrains. Wie bei einem Kanon stimmten nacheinander die anderen Solisten ein. Jede Gesangseinlage und Interpretation wich deutlich von der zuvor gehörten ab, und doch klangen alle harmonisch zueinander. So wie das gesamte Stück, wie die Vielfalt im Sektor.

Lichter teilten die Menge, als die Sänger zur Klippe schritten, sich hinter dem kleinen Mädchen formierten, die von neuem sang:

Ich bin nicht allein. Mein Herz wird genesen. Meine
Seele wird heilen.
Licht durchdringt mein verdunkeltes Leben.
Ausersehen; wir werden uns vereinen.
Vertrauen ist alles, was ich brauche.

Zu einer Einheit verschmolzen, im perfekten Einklang erhoben
sie sich zu einem einstimmigen Chor:

Ich halte an der Welt fest. Mein Herz entkettet. Meine
Seele entfesselt.
Helligkeit erfüllt mein Schicksal.
Befreien; wir werden nicht aufgeben.
Freiheit ist, was wir verlangen.

Eine neue Stimme, zuvor nur im Hintergrund zu hören, brach
nun aus dem Chor heraus. Mit einer Gewalt, die alle anderen
Sänger nicht nur in Volumen, sondern auch im Klang übertraf,
schrie sie schon fast Freiheit. Weitere Stimmen, andere Sprachen, aber derselbe dringliche Appell. Melodisch wiederholten
sie ihre Forderung, bis ein jeder sich ihrem Freiheitsruf anschloss. Gemeinsam übertönten sie alles, selbst das Orchester.
Nacheinander sah Katharina den Unison-Gruß, und als der
letzte Ruf über dem schwarzen Meer verklang, waren Köpfe
wie Arme gen Himmel ausgestreckt. Sie alle hielten inne, einige
starr, andere weinend oder verbissen, so als würden sie die vollständige Öffnung des Tholus nun umgehend erwarten.

Atlantik vor Flores, 21.06.–22.06.001 n. EB

Einzelne Rufe nach Freiheit erreichten selbst die RFA Argus,
der günstig stehende Wind wehte sie herüber. Hier mischten sie
sich mit dem Lied, das die Mutter ihren beiden Kindern beruhigend vorsang:

Die Gedanken sind frei, wer kann sie erraten?
Sie fliehen vorbei wie nächtliche Schatten.
Kein Mensch kann sie wissen, kein Jäger erschießen.
Es bleibet dabei: Die Gedanken sind frei!

»Nicht das passende Lied, Christine«, unterbrach sie ihr Mann mit Blick auf Finn, der wie ferngesteuert ihrer dünnen, aber zärtlichen Stimme gefolgt war. Der Mann glaubte, das alte Freiheitslied würde der Soldat als Provokation gegen die Syn auffassen, denn sein forscher Gang ließ nichts Gutes erahnen.

»Was meinst du damit, Erik?«, fragte sie stirnrunzelnd, bemerkte dann aber den bewaffneten Soldaten, der sich dicht vor ihnen aufgebaut hatte.

Von Neugier und Erleichterung erfüllt, betrachtete Finn die kleine Familie. Bei einem flüchtigen Blick glich keiner von ihnen seiner Katharina, genauso wenig wie das Lied jenem gleichkam, das sie so manches Mal träumerisch vor sich hin gesummt hatte. Doch der erste Anschein war trügerisch, denn Christine Frey hatte ihr die vollen Lippen und Erik seiner Tochter die kleine Nase vererbt. Während Line die langen schwarzen Wimpern ihrer Schwester hatte, waren es bei Basti seine großen, bernsteinfarbenen Augen. Bei näherer Betrachtung war auch das Lied dasselbe, und obwohl in Deutsch gesungen, benötigte er nun keine Übersetzung mehr, um es wiederzuerkennen. Völlig ratlos suchte er nach den passenden Worten und trat einen weiteren Schritt auf sie zu. Jetzt schob Christine ihre Kinder beschützend hinter sich, bevor sie sich an die Seite ihres Mannes stellte. Ihre offene Abwehrreaktion brachte Finn wieder zu vollem Verstand. Aber bevor er sich bei seiner unbekannten Schwiegerfamilie für sein unheimliches Auftreten entschuldigen konnte, hörte er plötzlich ein tödliches Brausen im Meer.

Tholus, 22.06.001 n. EB

In die Dunkelheit der Nacht stiegen die ersten weißgelben Lichter auf. Auch Katharina hielt eine leuchtende Himmelslaterne in ihren Händen, die sich langsam mit heißer Luft aufblähte. An der Klippe stehend fiel ihr urplötzlich wieder der vergessene Text zu ihrer Melodie ein, als hätte auch sie ihre Mutter singen gehört. Tatsächlich war es die Hymne, die ihre Erinnerung zurückgebracht hatte. Im leise murmelnden Sprechgesang zitierte sie:

Ja fesselt man mich im finsteren Kerker, so sind doch
das nur vergebliche Werke. Denn meine Gedanken zer-
reißen die Schranken und Mauern entzwei:
Die Gedanken sind frei!

Im Anschluss an die kurze Textstelle summte sie wie üblich weiter, während sie ungeduldig darauf wartete, die Papierlaterne endlich loslassen zu können. Unter der Wasseroberfläche summte es ebenfalls, als sich vier längliche Objekte ihren Weg unter den Schiffen durch die See bahnten. Auf dem Radar waren sie als schnelle Punkte bestens zu sehen, doch niemand nahm Kenntnis davon, denn der Tumult um das sich schließende Kraftfeld hatte alle Aufmerksamkeit auf sich gezogen. Begleitet von einem entsetzlichen Krachen jagte ein Orkan über den Atlantik und peitschte riesige Wellen auf. Ungehindert davon trafen die todbringenden Geschosse in ihr Ziel: den Tholus. Zeitgleich mit dem Blitz und hundertfach verstärkt durch die Energie des Tholus explodierten die Torpedos. Augenblicklich entflammten sich Himmel und Wasser zu einem entsetzlichen Inferno, als der Tholus Feuer fing.

Zu spät erschallten die Signalhörner der Kriegsschiffe, und auch Finns gebrüllte Warnung war zwecklos. Eine Welle, turmhoch wie eine weiße Wand, baute sich vor ihnen auf. Rollte unaufhaltsam auf die RFA Argus zu, auf deren Deck die Menschen den Naturgewalten ausgeliefert waren.

»Finn!«, kreischte Katharina auf das Flammenmeer hinaus. Dabei trat sie einen weiteren Schritt nach vorn. Schneller als die seismische Welle hatte sich ein Riss über dem Meeresboden ausgebreitet. In jenem Moment, als sie an der äußersten Kante der Klippe stand, trafen die Erschütterungen auf die Insel, und das Gestein brach unter ihren Füßen weg. Das schwere Beben raubte ihr den letzten Halt, und sie spürte, wie sie ins Leere stürzte.

Epilog

Nachlass der Toten

Mit einem Rumms landete ein bereits gepackter Rucksack auf dem kleinen Esstisch und beförderte einen Stapel alter Zeitungen zu Boden. Ein Teil landete im offenen Kamin, in dem an diesem ungewöhnlich kühlen Sommertag seit Stunden ein Feuer brannte. Sofort züngelten die sterbenden Flammen auf und fraßen sich langsam ihren Weg durch ein großes schwarz-weißes Bild von einem abgemagerten Greis mit lebensmüden Augen. Unter Ruß und Glut verschwand die Schlagzeile, die in fetten Lettern verkündet hatte:

BLUTRÜNSTIGER GENERAL GEFASST
Die Geschichte des tiefen Falls vom gefeierten Oberbefehlshaber der HEA zum meistgesuchten Massenmörder der Republik hat ihr wohlverdientes Ende gefunden.

In der Nacht vom 21. auf den 22. Juni 001 war es nach den erfolglosen Bombardements des Grauen Generals auf den Tholus zu katastrophalen Bränden, Beben und Überschwemmungen gekommen. Während der Sektor von der Ewigen Finsternis verschont wurde, stiegen die Opferzahlen in den letzten Tagen weiter an. Bisher haben die Verwüstungen mehr als eintausendvierhundert Menschen das Leben gekostet, weitere sechshundert werden vermisst. Bekanntestes Opfer ist Dr. Lene Bondevik, nach Angaben eines Mitglieds der Völkervereinigung fehlt von ihr seit der Sommersonnenwende jede Spur.

Zur Ergreifung der Verantwortlichen hatte die Interimsregierung engmaschige Patrouillen an Land wie auf See veranlasst. Nach ersten schnellen Erfolgen galt Silan Conti bis zuletzt als flüchtig. Bis zum gestrigen Sonntagmorgen, als das letzte von der Befreiungsfront gekaperte U-Boot im Hafengebiet von Ventspils, Lettland, eigenständig aufgetaucht war. Nachdem das Schiff selbst schwere Schäden erlitten hatte, stellte sich die geschwächte und unterkühlte Besatzung den Behörden. Bei der anschließenden Durchsuchung war Silan Conti in der Kommandantenkammer aufgefunden worden, in der er sich nach einer Meuterei verkrochen hatte. Er leistete keine Gegenwehr, als ihn die Polizei von Bord brachte.

»Stinkend und wimmernd, passend für den verräterischen Abschaum«, beschrieb eine Augenzeugin die Szene über seine Festnahme. »Man wollte ihn an Ort und Stelle lynchen«, fügte ein anderer Passant hinzu. »Um ehrlich zu sein, ich wollte ihn auch hängen sehen.« Die Neuigkeit über den Fahndungserfolg hatte sich wie ein Lauffeuer in der Hafenstadt verbreitet. Eine schnell anwachsende Meute hatte die sofortige Hinrichtung des Verdächtigen gefordert und den Abtransport blockiert. Die Auflösung der aufgebrachten Menge war zunächst gescheitert, es war zu Gewaltausbrüchen gekommen, teilte die zuständige Behörde mit.

Später war Contis Überstellung zum Tribunal nach Athen

unter höchsten Sicherheitsvorkehrungen und strengster Geheimhaltung angelaufen. Neben ihrem Anführer wird weiteren einhundertfünfundneunzig Abtrünnigen und Freibürgern der Prozess gemacht. Der Start der Verhandlungen ist für die letzte Augustwoche angesetzt. Das Urteil wird vor den ersten Wahlen der Europäischen Alliance erwartet.

Lesen Sie in unserer morgigen Sonderausgabe weitere Details zur Verhaftung, zu den neuesten Entwicklungen und zu dem zu erwartenden Todesurteil.

Als das Blatt eingetroffen war, hatte Alé den Artikel aufmerksam gelesen und gewusst, dass sich der Hass in Wohlgefallen aufgelöst hätte, wäre der Angriff auf den Tholus erfolgreich gewesen. Statt der Schmähschrift wäre General Conti als Held der Wiedervereinigung gefeiert worden, und seine Kriegsverbrechen wären vergessen. Für sie stand seine Schuld außer Frage, es gab keine Vergebung. Sie hatte den Tag herbeigesehnt, an dem er seine gerechte Strafe erhalten würde, doch jetzt verschwendete sie keinen weiteren Gedanken mehr daran.

Überstürzt zog sie mit flinken Fingern ihre Wanderschuhe an, schloss mit einem schnellen Ruck ihre schwarze Kapuzenjacke und schwang sich einen Träger des Rucksacks über die linke Schulter. Kurz überlegte sie, das alte Steinhaus in Brand zu setzen, das Mobiliar, die freiliegenden Deckenbalken, die hölzernen Türen und Fenster würden dem Feuer als Zunder dienen. In der dünn besiedelten Gegend wäre wahrscheinlich alles bis auf die Grundmauern niedergebrannt, bevor jemand eingreifen könnte. Aber sie entschied sich dennoch dagegen, sie wollte die Feuerwehr nicht auf den Plan rufen. Ihre übereilte Abreise musste sie so lange wie möglich verbergen. Sowieso hatte die Vernichtung von Spuren keinerlei Priorität mehr, ihre Identität war der EA bekannt, davon war sie überzeugt. Als einziger Ausweg blieb es ihr, unterzutauchen und unverzüglich den europäischen Sektor zu verlassen. Die zwei Féth, einer in ihrer Jackentasche, der andere in ihrem BH versteckt, konnten sie eine gewisse Zeit verschwinden lassen. Zusammengesetzt zu einem *Portalarva*, ermöglichten sie es ihr zudem, überall den Tholus durch eine eigene Pforte zu durchqueren. Nur musste sie hierfür das Kraftfeld erst einmal erreichen und aufpassen, dass sie die Energie der Féth nicht vorher verbrauchte. Daher musste sie große Teile der Strecke ohne Unterstützung der Tarnfunktion zurücklegen, denn der Weg war auch ohne ihre geplanten Zwischenstopps zu weit dafür. Mit großen Schritten durchmaß sie den Raum. Ihre Hand lag schon auf der Türklinke, als sie einen letzten Blick zurück warf.

Ein qualvolles Stechen durchzog ihre Brust, als sie an die Zeit dachte, die sie hier in vermeintlichem Glück verbracht hatte. Ihre sichere Unterkunft der letzten Wochen hatte sich binnen Sekunden als das offenbart, was sie war: eine Todesfalle. Erst vor wenigen Minuten hatte sie die Beweise dafür entdeckt. Auf der Suche nach einem Besen hatte sie in der oberen Etage des Hauses eine Rumpelkammer betreten. Ihr Auge war in dem mit Haushaltsgeräten vollgestopften Raum an einem gut dreihundert Jahre alten Sekretär hängengeblieben. Der Staub auf dem Möbelstück hatte keinen Zweifel daran aufgekommen lassen, dass es lange Zeit unberührt dagestanden hatte. Ihr war eingefallen, dass bei der Restaurierung solcher Objekte schon so mancher Schatz aufgetaucht war. Versteckt von ihren Besitzern und durch die Zeit in Vergessenheit geraten, warteten sie darauf, gefunden zu werden. Alé hatte die Neugier gepackt und, um die Langeweile zu vertreiben, die im einsamen Haus aufgekommen war, hatte sie ihre Vermutung gleich überprüft. Der Sekretär war in einem bedauerlichen Zustand, Furniere lösten sich ab, Intarsien fehlten, und Risse verliefen über das Holz. Abgesehen davon war der Schreibschrank robust, aus exzellenten Materialien gefertigt und eine hervorragende Handwerkskunst. Er war das ideale Versteck, denn er war zwar recht ansehnlich, aber kein Blickfang. Im Gegenteil: gefertigt, um in der Fülle eines Raumes unterzugehen. Bei der weiteren Betrachtung hatte sie eine winzige quer laufende Erhebung entdeckt. Eine Art Verdeckung über einem Pilaster, die weder eine nützliche Funktion erfüllte noch ins Gesamtbild passte. Deshalb hatte sie ihr Taschenmesser angesetzt und das Holzstück vorsichtig abgelöst. Darunter verborgen hatte sich ein

Schiebemechanismus, und mit einem Grinsen hatte sie ihn sofort betätigt. Ein Geheimfach war zum Vorschein gekommen, dessen Abmaße es erlaubten, Dokumente oder Briefe zu verstecken. Aber es war leer, wie der restliche Schrank. Enttäuscht war sie von ihm weggetreten und hatte den Sekretär noch einmal im Ganzen betrachtet. Unter der geheimen Ablage war ein offenes Fach, das mit Spiegeln ausgekleidet war. Drumherum waren Schubladen, eine von ihnen war bis zum Anschlag herausgezogen. Dadurch war ihr aufgefallen, was die Reflexion zuvor vertuscht hatte, denn das Spiegelfach reichte nicht tief genug in den Schrank hinein. Ein neuer Verdacht war ihr gekommen, und ohne zu zögern, hatte sie ihre Hand tief in das flache Geheimversteck hineingeschoben. Vor der Rückwand hatte sich eine Lücke befunden, gerade einmal breit genug, um die Fingerspitzen abzuknicken. Entlang der Kante hatte sie das Holz abgetastet, bis sie auf einen weiteren Schiebemechanismus gestoßen war. In ihrem Gesicht war ein erneutes triumphierendes Lächeln erschienen, als der hintere Spiegel einen Spaltbreit aufsprang und ein zweites Geheimfach offenbarte. Schnell hatte sie ihre Hand wieder herausgezogen und den Spiegel zur Seite gedrückt. Daraufhin war ihr ein Behältnis entgegengefallen, das zuerst wie eine gewöhnliche Geldkassette ausgesehen hatte. Der blaugraue Kasten war schwer und exakt auf die Maße des Faches abgestimmt. Vorne angebracht war ein schmuckloses Buchstabenschloss mit acht Stellen, das über zwei Milliarden Kombinationen ermöglichte. Ihr war klar, dass nach drei falschen Eingaben oder bei dem Versuch, den Kasten gewaltsam aufzubrechen, die eingebaute Sprengladung den Inhalt zerstören würde. Es war ein Prototyp, nicht mehr als eine Spielerei, und es war einzigartig. Alés Grinsen war dahingeschmolzen, denn sie kannte den Erfinder des raffinierten Tresors. Zittrig hatte sie die Walzen eingestellt, bis das Wort *BUCKLERS* zu lesen war. Sie hatte den Atem angehalten und inständig gehofft, es würde sich nicht öffnen, doch dann war das Schloss mit einem leisen Klicken aufgegangen. Ihre Atmung hatte wieder eingesetzt und war immer schneller geworden, als sie ein mattgoldenes Medaillon erblickte. Hektisch hatte sie das Schmuckstück geöffnet. Es beinhaltete einen kleinen Kompass und zu ihrem blanken Entsetzen eine persönliche Gravur, die es zweifelsfrei als ihr Eigentum auswies. Mit einem Surren war das dünne Halskettchen durch die Öse des Medaillons und ihre Finger gesaust. Auf den dunklen Dielen war es unverkennbar, dass die Kette gerissen war. Wahrscheinlich hatte sie das Medaillon deshalb verloren, auch wenn ihr der Verlust nicht bewusst gewesen war. Bis dato hatte sie geglaubt, dass ihr Schmuckstück in einer Umzugskiste läge, die sie bereits vor Excidium Babylon in ihre Heimat verschickt hatte.

Ohne zu wissen, wie es hierhergekommen war, aber mit einem schrecklichen Gefühl im Bauch, hatte sie ihre Aufmerksamkeit wieder dem Kästchen gewidmet. Der Boden war bedeckt mit Fotografien, deren Bildseite nach unten zeigte. Obendrauf hatte ein schwarzes Rechteck mit dickem, vergilbtem Rand gelegen. Wie betäubt hatte sie es langsam herausgenommen und erkannt, dass es ein Polaroid war. Ein Knick und die vielen Jahre hatten dem Bild arg zugesetzt. Ihr selbst war es schwergefallen, sich darauf wiederzuerkennen, so viel Zeit war seitdem vergangen. Zudem hatte sie es nicht mehr gesehen seit dem Tag, an dem es geschossen worden war. Denn es gehörte nicht ihr, sondern dem abgebildeten Jungen, der ihr Teenager-Ich im Arm hielt. Ihre zweite Entdeckung hätte wie die erste nicht hier sein dürfen, besonders da sie nicht geglaubt hatte, dass das Polaroid noch existierte. Doch er hatte es all die Zeit aufbewahrt und niemals freiwillig aus der Hand gegeben, denn es zeigte seine Verbindung zu ihr. Es hatte nur eine logische Erklärung dafür gegeben, dass es mit ihrem Medaillon an diesem Ort war. Wäre er am Leben, hätte er beides zerstört, bevor man ihn schnappte. Nur der Tod hätte ihn davon abhalten können. Tot! Ermordet! Bei dem Gedanken hatte sie ein eiskalter Schauer erfasst, wie ein getroffenes Tier war sie zurückgetaumelt. Der unvermittelte Schmerz hatte ihre Glieder versteift, und die leichte Erhöhung der Türschwelle hatte sie zu Fall gebracht. Dabei war ihr der Kasten aus den kalten Händen geflogen. Statt zu versuchen, ihn aufzufangen, hatte sie der Tür zur Rumpelkammer einen Tritt verpasst. Gerade noch rechtzeitig, denn das Kästchen knallte hart auf dem Boden auf, wobei ein Stück des Deckels abbrach. Die folgende kleine Explosion war wie der Startschuss zu einem Sprint. Sofort war sie losgerannt. Im Schlafzimmer hatte sie ihren Rucksack gegriffen und schnell alles Nötige hineingestopft. Mit Karacho hatte sie ihn auf den Esstisch geworfen, wobei der Zeitungsstapel heruntergefallen war. Unbeachtet von ihr, denn sie war bereits in Schuhe und Jacke geschlüpft. Nur jetzt hielt sie inne, ihr Blick wanderte durch den Raum, und eine altbekannte Schwäche überkam sie. Doch sie verbat sich jeden Gedanken daran und warf stattdessen die Eingangstür auf. Erneut rannte sie, ihr Ziel war die Garage zwischen den Bäumen. Darin war ein Sportmotorrad, eine wiederhergerichtete 1000er Black Shadow, die über genügend Benzin verfügte, um sie zum nächsten Bahnhof zu bringen. Wirklich unauffällig war das legendäre Bike nicht, weder in seinem Aussehen noch in seiner Lautstärke. Besonders auf den einsamen Straßen, die Pferdekutschen zurückerobert hatten und auf denen zumeist nur Busse, Fahrräder oder Krankenwagen unterwegs waren. Aber es war schnell, und sie brauchte den Vorsprung, denn ihr Scharfrichter konnte jeden Moment kommen, um sie zu holen. Als sie um die Hausecke bog, schlitterte sie über den Kiesboden. Schmerzhaft landete sie auf ihren Knien, dabei spürte sie ihre Rippen und schürfte sich auf den Steinen die Handflächen auf. Bevor sie aufstehen konnte, hörte sie etwas. Äste knackten, und sofort fuhr ihre blutige Hand in ihre Jackentasche. Es war niemand zu sehen, doch das Geräusch war eindeutig. Ein Mensch bahnte sich seinen Weg durch das anliegende Wäldchen, auf das sie zugesteuert war. Die schweren Schritte wurden schneller, kamen unaufhörlich auf sie zu. Ihr Blick ruhte auf dem Wald, während ihre Finger eilends den Féth umfassten und nach dem feinen Spalt an der schmalen Seite des Rechtecks suchten. Geübt drückte sie ihn auf, bis eine Sternenform entstand, die leise einrastete. Sie war dabei, ihren Daumen auf die Nadel in der Mitte zu drücken, als ein Mann das Dickicht durchstieß. Wie so viele Male zuvor taxierten seine intensiven grauen Augen sie. Bohrten sich in sie hinein. Als er sie vor Monaten verlassen hatte, hatte sie ihr brechendes Herz mit aller Gewalt zum Schweigen gebracht. Alles getan, um das Chaos, das in ihr wütete, zu beherrschen. Ihre Liebe zu ihm hatte sie niedergezwungen, sich jegliche Erinnerung an ihn verboten und all ihre Gedanken auf ihren Plan gerichtet. Nur so hatte sie bis heute überlebt und die Kraft gefunden zu fliehen, nachdem sie eben noch geglaubt hatte, ihn für immer verloren zu haben. Ungläubig rappelte sie sich auf und stürzte ihm entgegen. Als Alé ihn erreichte, umfing er sie, drückte sie fest an sich. Bei seiner Umarmung fügte sich ein Teil ihres Herzens wieder zusammen, während ein anderer abbrach. Mit aller Kraft schob sie sich von ihm weg und sah ihm direkt in die Augen. »Du darfst nicht hier sein, du bist hier nicht sicher! Ich weiß nicht wie, aber wir sind enttarnt worden! Wir müssen fliehen!«

Unnachgiebig begann sie, an seinem Arm zu zerren, versuchte, ihn mit sich zu ziehen. Er bemerkte es nicht, ihre Nähe vernebelte seine Sinne. Nichts, das sie tat oder sagte, erreichte ihn. »Jetzt wird alles gut.«

Ein Nadelstich durchfuhr ihr Herz. Seine Worte durchbrachen die streng kontrollierte Mauer, hinter die sie Trauer und Schmerz verbannt hatte. Ihr Gesicht verzog sich qualvoll, und sie gab ihren Versuch, schnell mit ihm zu fliehen einstweilig auf. »Nichts wird gut! Raven ist tot! Er ist tot, und Siku weiß nicht einmal, was sie verloren hat! Ich habe sie sogar davon überzeugt, dass sein Tod bedeutungslos für sie wäre. Kannst du dir überhaupt vorstellen, wie schrecklich das war? Und als wenn das nicht schon genug wäre, wurde Neve verhaftet. Verhaftet, hörst du? Und verhört, während sie sich noch an alles erinnern konnte.« Einen Moment sah sie wieder Neve vor sich: kränklich, mager, unnatürlich blass, wie ein Geist mit tiefschwarzen Haaren. Nur dem Zufall war es zu verdanken, dass Neve in dasselbe Krankenhaus verlegt worden war, in dem auch sie gelegen hatte. In jener Nacht, in der Conti der EA den Krieg erklärt hatte und zur Säuberung der HEA alle Kapazitäten im Fort freigemacht worden waren. Das Gefühl, das damals im Institut Jules Bordet über Alé gekommen war, hatte sie nicht getrogen. Neve hatte die erste Gelegenheit ergriffen und war, durch den Féth verborgen, zu ihr ins Krankenzimmer gekommen. Auf ihre Bitte hin, hatte Alé ihr geholfen, bevor sie zum Loyalitätstest am nächsten Tag musste. Die Befragung war nicht das Problem, alle Bucklers waren frei von dem Zwang zur Wahrheit. Bei der Syn handelte es sich um eine ihrer eigenen Sicherheitsmechanismen, eine raffinierte Finte, wodurch sie über jeden Zweifel erhaben waren. Aber Sikus Erfindung war zu weitaus mehr imstande, auch wenn das niemand außerhalb der Bucklers auch nur ahnte. In ihren jahrelangen Forschungen hatte Siku das menschliche Gehirn komplett entschlüsselt. Mit Hilfe der Syn war es möglich, falsche Erinnerungen zu erschaffen, das Gedächtnis zu manipulieren, Gedanken einzupflanzen oder sogar dafür zu sorgen, dass ein Mensch eine Begebenheit gänzlich vergaß. Es war eine weitere Vorsichtsmaßnahme, die ultimative Absicherung, die sie sogar vor Verrat aus den eigenen Reihen schützte. So hatten fast alle Bucklers ihr Mitwirken an der Teilung der Welt vergessen - wie auch Neve in dieser Nacht. Alé hingegen war so endlich wieder in Besitz eines Féth gelangt, somit konnte sie eine codierte Nachricht senden: den Warnruf, ihren Sektor zu verdunkeln – den Krieg zu stoppen, bevor er angefangen hätte. Doch lange Zeit war nichts geschehen, und nun wallte die Wut darüber in ihr auf. »Tausende sind tot, weil du mit der Verdunklung des Tholus gewartet hast. Wieso hast du so lange gewartet? Antworte mir endlich!«

Anstatt darauf zu reagieren, streichelte er liebevoll über ihr Haar. Aus purer Verzweiflung packte sie ihn im Nacken und zog ihn zu sich herunter, damit er ihr endlich zuhören würde. Ihre Berührung fasste er falsch auf, und er küsste sie leidenschaftlich. Ihren Widerwillen erkannte er erst, als sie ihm auf die Lippe biss. Außer sich vor Wut verpasste sie ihm zusätzlich eine Ohrfeige, nun endlich drangen ihre Worte zu ihm durch. »Du hast ohne mich den Tholus aktiviert und mich zurückgelassen. Du hast mich nicht einmal gewarnt, sondern mich auf einen Sicherungsposten verbannt. Sechs Zahlen und drei Buchstaben war alles, was ich von ihr erhalten habe. Nicht einmal mehr in dem Päckchen mit dem Féth war eine Nachricht für mich, eine Erklärung oder irgendwas! Nichts! Wie konntest du das tun? Wie konntest du mich einfach ausbooten? Du hattest kein Recht. Es war mein Plan, und du hast mich verraten! Du hast uns alle verraten. Wegen dir ist Raven tot!«

Noch einmal schlug sie ihm voller Wut auf die Brust, dann stieß sie sich von ihm weg. Im Gehen setzte sie ihre Kapuze auf und ignorierte seine wiederholten Rufe. Bis er sich ihr Handgelenk schnappte und sie zurückhielt.

»Alé, hör mir zu«, sagte er, während sie sich weiterhin gegen seinen Griff wehrte. Bei der Erwähnung des Kraftfeldes war ihm wieder eingefallen, was ihm zwischenzeitlich entfallen war, als er sie gesund vor sich gesehen hatte. »Es gibt ein Problem mit dem Tholus. Die Explosionen an allen sich schließenden Übergängen zu diesem empfindlichen Zeitpunkt haben eine erhebliche Systemstörung verursacht. Ich habe versucht, sie in den Griff zu bekommen, aber ich habe uns nur etwas Zeit verschaffen können.«

Der neue Ausdruck auf seinem Gesicht ließ sie plötzlich innehalten. »Zeit, wofür?«

»Wir müssen das gesamte System neu starten, oder der Tholus wird sich bis zur automatischen Abschaltung verdunkeln.«

»Das ist aber erst in hundert Jahren, starte das System jetzt neu!« Eine Stimme sagte ihr, dass es nicht so einfach sein würde, warum sollte er es sonst erwähnen? In ihr kam Panik auf und vertrieb die gleißende Wut auf ihn. »Nutz die Rückversicherungen, dafür haben wir sie doch! Und starte es neu, und zwar sofort!«

»Sie sind zerstört worden.« Sein Gesicht war genauso weiß wie seine Schläfen, die sich so markant von seinem dunkleren Haar abhoben. »Alle unbrauchbar. Wir müssen einen neuen Schlüssel generieren.«

»Alle? Aber wie kann das sein?«, fragte sie fassungslos, als ihr einfiel: »Wenn wirklich alle zerstört sind, dann müssten wir jeden einzelnen der Bucklers auf der Welt ausfindig machen.«

»Ja, und das schnell, uns bleibt kein Jahr!«

Alé spürte, wie auch sie erbleichte. Ihre Augen weiteten sich vor Grauen. Es war eine Spiegelung seiner Gefühle an jenem Tag, an dem er das Ausmaß der aufkommenden Katastrophe begriffen hatte. Einen weiteren langen Moment starrte sie ihn an, während sie in Gedanken fieberhaft die verbliebenen Möglichkeiten durchging.

»Jamie!«, rief plötzlich jemand nur wenige Meter hinter ihrem Rücken. Sofort blickte der Gerufene auf.

»Jamie«, wiederholte Alé voller Unglauben und wich dabei

einen Schritt von ihm zurück. Weg von dem Mann, den sie seit jeher nur als Phelan O`Dwyer kannte. Von dem sie geglaubt hatte, alles zu wissen und den sie ihr halbes Leben lang geliebt hatte. Sie trat noch einen Schritt rückwärts und näherte sich damit dem zweiten Mann, der soeben den Namen eines Toten gerufen hatte. »James Evans«, wisperte sie zu sich selbst, dabei kam ihr die Hinterlassenschaft des totgesagten Bruders wieder in den Sinn: ein Medaillon und ein Polaroid – und nun wurde ihr einiges schmerzlich klar. »Jamie«, sagte sie erneut zu ihrer ersten Liebe, dem Mann, der sie mit seinem eigenen Bruder verheiratet hatte. Sie schloss die Augen, sie konnte ihn nicht mehr anblicken. Dann, ganz langsam, drehte sie sich von ihm weg.

Als Alé sich umdrehte, kam ihr Gesicht unter der Kapuze zum Vorschein, und Finn stieß geschockt ihren Namen aus: »Katherine!«

Prophezeiung – Es hat gerade erst begonnen.

Noch sind nicht alle Geheimnisse gelüftet, nicht alle Bucklers enttarnt und nicht alle Lücken geschlossen. Ungelöstes und offene Fragen verlangen noch nach Antworten.

Die Geschichte geht weiter!

Ihr kennt bereits mehr von uns als ihr denkt. Unsere Namen sind euch bekannt, aber nicht unsere Vergangenheit. Ihr glaubt zu wissen, wer wir sind. Doch ihr wisst nur einen Bruchteil. Wir sind unter euch. Wir sind die Bucklers.
Erfahrt alles über die Entstehung der Bucklers und ihres riskanten Plans zur Teilung der Welt im spannenden **Prequel** zu Excidium Babylon.
Findet heraus, warum Jamie Finns Existenz mit aller Macht selbst vor Alé verheimlichte und wie sein Plan für die beiden so gnadenlos scheitern konnte.

Wir haben euch gewarnt. Wir haben die Welt geteilt. Wir haben euch die Chance auf Frieden geschenkt. Ihr habt nicht gehört, ihr habt uns herausgefordert und ihr alle zahlt den ultimativen Preis für Krieg.
Fiebert mit, wenn die Trilogie ihr Ende findet im nervenaufreibenden **Sequel** zu Excidium Babylon.
Begleitet Alé, Jamie und Finn auf ihrer gefährlichen Reise durch die Sektoren in ihrem Versuch, die Ewige Dunkelheit abzuwenden. Liebe, Schuld und Verrat kreuzen ihren Weg, während die letzte Entscheidung über das Zeitalter des Tholus fällt.

Liebe Leserinnen und Leser,

vielen Dank, dass Sie meine Geschichte bis zum Ende begleitet haben! Ich hoffe, ich konnte Ihnen ein aufregendes Leseerlebnis mit »Prophezeiung - Excidium Babylon« bereiten.

Ihre Meinung ist mir sehr wichtig. Wenn Ihnen mein Buch gefallen hat, würde ich mich außerordentlich über eine Bewertung freuen. Diese Bewertungen helfen anderen potenziellen Lesern, mein Buch zu entdecken und unterstützen mich als Autorin dabei, meine großartige Bücherwelt einem breiteren Publikum zugänglich zu machen. Ihre Rückmeldungen in Form von Sternen, Likes oder Rezensionen zu "Prophezeiung - Excidium Babylon" auf Plattformen wie Amazon, Phantastik-Couch, Lovelybooks, BücherTreff, Lesejury, Goodreads und vielen anderen wären eine unschätzbare Unterstützung. Das größte Kompliment für mich als Autorin ist und bleibt die persönliche Weiterempfehlung meiner Geschichte an Familie, Freunde oder Arbeitskollegen. Über diese Form der Wertschätzung würde ich mich ganz besonders freuen.

Falls Sie Anmerkungen, Fragen oder Anregungen haben, zögern Sie nicht, mich direkt zu kontaktieren unter instagram.com/anne.hess_autorin/ hess_von_wichdorff@gmx.de. Ihr Feedback ist für mich von unschätzbarem Wert und ich freue mich über einen anregenden Austausch.

Um noch tiefer in die fesselnde Welt der »Prophezeiung -Trilogie« einzutauchen, besuchen Sie die Website des Nydensteyn Verlags unter nydensteyn-verlag.com. Hier finden Sie spannende Hintergrundinformationen, ein umfangreiches Glossar, die neusten Updates und aufregende Insights.

Nochmals herzlichen Dank für Ihre Unterstützung, und ich hoffe, dass Sie auch in Zukunft Freude am Lesen meiner Bücher haben werden.

Anne W. v. Hess

Printed in Poland
by Amazon Fulfillment
Poland Sp. z o.o., Wrocław

23977595R00280